Au

Bulletin de la Socie

te

polymathique du Morbihan

Anatiposi

Auteur inconnu

Bulletin de la Socie

´

te

´

polymathique du Morbihan

Réimpression inchangée de l'édition originale de 1896.

1ère édition 2023 | ISBN: 978-3-38270-178-9

Anatiposi Verlag est une marque de Outlook Verlagsgesellschaft mbH.

Verlag (Éditeur): Outlook Verlag GmbH, Zeilweg 44, 60439 Frankfurt, Deutschland
Vertretungsberechtigt (Représentant autorisé): E. Roepke, Zeilweg 44, 60439 Frankfurt, Deutschland
Druck (Imprimerie): Books on Demand GmbH, In de Tarpen 42, 22848 Norderstedt, Deutschland

BULLETIN

DE LA

SOCIÉTÉ POLYMATHIQUE

DU

MORBIHAN.

ANNÉE 1895.

VANNES

IMPRIMERIE GALLES, RUE DE L'HOTEL-DE-VILLE.

1896.

ALLOCUTION

DE

M. le Cte DE LIMUR

EN PRENANT LE FAUTEUIL DE LA PRÉSIDENCE.

MESSIEURS,

Avant de prendre la place à laquelle vous avez bien voulu me faire l'honneur de m'appeler d'une façon si flatteuse, permettez-moi de vous adresser l'expression de ma bien vive gratitude, pour une telle distinction accordée à un modeste collectionneur de roches et de minéraux. J'en comprends tout le prix, alors que me viennent à la pensée les noms des éminents chercheurs, dans toutes les branches des hautes études, qui ont avant moi occupé ce fauteuil. La liste en est longue. Pour ne faire que quelques citations, nommons M. de Cussé père, dont le concours a toujours été si utile à la Société et M. l'intendant militaire Galles, dont nous avons ici sous les yeux le portrait. Grâce aux fouilles si habilement dirigées par ses soins dans les gigantesques monuments mégalithiques des environs de Carnac et de Locmariaquer, des renseignements précieux, sur ces constructions des temps passés, ont été acquis; des trouvailles d'objets d'une haute rareté ont été faites dans ces cryptes que nul n'avait encore visitées. Nommons aussi M. le docteur de Closmadeuc, qui, tout dernièrement, nous a signalé une découverte des plus intéressantes au point de vue de l'histoire du pays et de l'archéologie : ce sont les restes importants d'un théâtre de l'époque romaine, démonstration formelle de l'existence d'une grande cité sur les bords du Morbihan. Cette découverte a été considérée comme tellement importante au ministère de l'instruction publique, qu'une subvention a été donnée pour compléter les recherches et pourvoir à la conservation des objets trouvés.

Un nom dont on doit encore garder le souvenir, c'est celui de notre prédécesseur à cette place, M. Taslé, dont le père fut le bienfaiteur des collections de la Société. En même temps que naturaliste savant, il a doté notre compagnie de précieuses monographies concernant la faune du Morbihan : *ornithologie* et *mollusques*. Aussi le portrait de M. Taslé père ainsi que celui de M. le docteur Mauricet, tous deux fondateurs de notre Société, sont-ils de droit placés dans la salle de nos séances.

Ces hommes d'un grand savoir qui se sont succédé sur ce fauteuil forment une série, comprenant bien d'autres noms, qu'il serait par trop long de citer. Tout ce passé est bien fait, Messieurs, pour intimider votre nouveau président. Et plus encore, quand il lui vient à la pensée que son successeur sera M. de l'Estourbeillon, dont les mémoires et les ouvrages sont hautement estimés de toutes les compagnies savantes de France.

Nous avons pensé qu'avant toutes autres choses, il serait peut-être opportun de se rendre compte de l'état présent de nos collections diverses, particulièrement au point de vue de certaines améliorations possibles. Nous avons tenu à consulter et à prendre l'avis de nos collègues, les membres du Bureau, à ce sujet.

La Commission se trouvant réunie le 14 de ce mois, nous avons profité de cette circonstance pour lui soumettre quelques remarques. Savez-vous, Messieurs, que pour tout ce qui touche à la Géologie, nous sommes riches, d'une richesse exceptionnelle en comparaison de nombre d'autres musées de villes, même des plus importantes, de province comme Nantes, Bordeaux, etc. et cela grâce au don d'un de nos collègues, M. de Cussé, qui a bien voulu enrichir nos collections de celle formée par son grand-père, M. de Labadie, si connu de toutes les hautes notabilités scientifiques qui s'occupent de l'histoire de notre globe. Les échantillons pêle-mêle remplissent un appartement contigu à celui de l'Herbier, où il serait très facile de les établir méthodiquement dans les six grandes vitrines que nous avons en réserve. Pour une seule personne, il ne faut pas se le dissimuler, ce serait une tâche longue et minutieuse que d'entreprendre de débarrasser de la poussière, ranger à leur ordre respectif selon les formations et les étages de l'écorce terrestre des roches et des fossiles, dont les spécimens se comptent par centaines, en nombre suffisant pour remplir tout un appartement. Mais si une entreprise de quelque nature qu'elle puisse être se trouve difficile à mener à bonne fin par une seule personne, il est souvent possible d'arriver à un résultat satisfaisant, avec l'aide des soins apportés conjointement, par des collaborateurs ayant le même but.

Si vous pensez, comme le Bureau, qu'il est utile d'approprier cet appartement inoccupé pour y caser la Géologie, M. le Conservateur de la section d'Histoire naturelle, notre Secrétaire, M. Lallement, que l'on trouve en toutes circonstances disposé à rendre des services à notre Société, et votre serviteur, nous avons l'espoir de vous installer convenablement une nouvelle salle, consacrée uniquement, tout comme celle de l'Herbier, à la branche si intéressante de l'histoire du globe, *la Géologie.*

Dans toute entreprise, quel que soit son but, la question financière n'est point à perdre de vue ; ainsi, pour l'installation et l'aménagement d'un local spécialement destiné aux collections géologiques, quelques petits frais seraient nécessaires, bien que fort minimes (nous possédons déjà le local et une importante partie du matériel : vitrines prêtes à placer, etc.). Cependant pour arriver à une installation suffisante, nous serons probablement conduits à frapper à la porte de M. Fontès, qui de longue date veut bien consacrer ses bons soins à notre modeste fortune, dans le but de lui demander une somme de 45 à 50 fr. qui nous semble suffisante pour mener à bon résultat ce projet.

Encore une fois, merci, Messieurs, et veuillez être certains de l'entier dévouement de votre nouveau Président pour tout ce qui peut être agréable ou utile à notre Société.

LES CARMES DU BONDON

(Par M. l'abbé Le Mené.)

I. Chapelle.

Le Bondon ou Bodon est un village situé à un kilomètre au nord-ouest de Vannes. Il est traversé par un vieux chemin public, conduisant de la ville à Sainte-Anne et à Hennebont. Il y avait là jadis une chapelle dédiée à Notre-Dame, construite sur un terrain vague et entouré de grands arbres. On lisait sur le mur du chœur l'inscription suivante : *Ceste chapelle fut commencée en l'onour de Nostre-Dame du Bodon le lundy quatorziesme jour de may l'an mil CCC. XVIII.*

Un vieux registre des Carmes de Rennes, qui nous a conservé cette inscription, ajoute ensuite : « Cette chapelle est d'environ 120 pieds de long, et 23 de large ; au milieu d'icelle y a une grosse tour, quarrée par en bas et voustée par en hault, de la quelle les quatre pilliers qui la portent divisent le chœur de l'église d'avecq la neff et deux chapelles collatérales, qui rendent l'église en forme de croix, tant par le dedans que par le dehors ; et la poincte de la tour couverte d'ardoise estoit bien d'environ 80 pieds de hault, mais par laps de temps a esté rabaissée environ de la moytié. »

Auprès de la chapelle de Notre-Dame du Bondon se tenaient trois grandes foires par an, savoir : le lundi avant la Mi-Carême, le 1er août et le 25 novembre ; ces foires existent encore, mais transférées en ville. Les oblations, par suite de ce mouvement commercial, étaient assez considérables, et elles donnent la raison des ressources qui avaient permis, avec le concours des seigneurs voisins, de construire une chapelle si vaste et un clocher si élevé.

Le village du Bondon, au point de vue féodal, dépendait de la grande seigneurie de Largoet, qui appartenait alors à la famille de Malestroit ; au point de vue ecclésiastique, il relevait de la paroisse de Saint-Patern, qui comprenait toute la campagne autour de Vannes.

Quant au nom même du Bondon, Albert Le Grand prétend que le duc Jean V ayant annoncé à la duchesse, en 1425, son intention de donner la chapelle aux Carmes, aurait reçu cette réponse : « Monseigneur, c'est un bon don » ; et le nom du Bondon serait resté depuis au couvent et au village voisin. Cette gracieuse explication est malheureusement contredite par l'histoire sérieuse, puisqu'on trouve dès 1318 le nom de Notre-Dame du Bondon. D'ailleurs le nom primitif du village est habituellement écrit Bodon et non Bondon, et le peuple de la campagne dit encore aujourd'hui le Bodon.

Voici maintenant le texte de l'acte par lequel le duc Jean V transmit aux Carmes la chapelle de Notre-Dame du Bondon.

« Jehan, par la grâce de Dieu, duc de Bretagne, comte de Montfort et de Richemont, à tous ceux qui ces présentes lettres verront et orront, salut. — Comme dès pieça Nous, considérantz estre chose très méritoire fonder églises et collèges de personnes religieuses sainctes et dévottes, pour faire et dignement célébrer le divin office, et ayant en propoux de fonder ung collège de Frères Carmélistes à l'honneur, gloire et louange du benoist Jésus, nostre Redempteur, et de la glorieuse Vierge Marie, sa benoiste Mère, et en rémission et pardon des péchés de nos progéniteurs, de nous et de noz successeurs, et de touz ceux pour lesqueulx en nostre conscience avons volonté et intention de ce faire, et voulans nosdits propoux et intention mettre, moyennant l'aide de Nostre-Seigneur, à exécution, voyans la chapelle de Nostre-Dame du *Bodon*, située près nostre ville de Vennes, estre lieu et place très dévotte et pour ladite fondation très propice et convenable, par l'advisement et délibération de nostre Conseil, avons voulu et délibéré, voulons et délibérons par ces présentes fonder, faire et instituer ledit collège et église des Frères Carmélistes audit lieu du Bodon, ouquel collège avons voulu fonder et ordonner estre dictes et célébrées deux *Messes* à notte, à diacre et soubzdiacre, par chacune sepmaine perpétuellement par les Frères religieux dudit convent et collège, scavoir est, l'une de Nostre-Dame à l'introït de *Rorate* au lundy, et l'autre de *Requiem* au mercredy, ainsy et par condition que celle messe de Nostre-Dame sera après nostre déceis dicte de *Requiem*, et en la manière que dessus, et à ce seront lesdits religieux pour eux et leurs successeurs obligez et tenuz ;

« Et tout ce de l'assentement exprès de révérend père en Dieu et nostre bien amé et féal conseiller Amaury, évesque de Vennes, et de son Chapitre, et de dom Pierre Hervou et Me Hervé Albin, curez de Sainct-Pater, en laquelle paroisse l'église et chapelle dudit lieu du Bodon sont situées, lesquieulx curez et chacun d'eux, de l'autorité et consantement desdits Évêque et Chapitre, ont consenti et voulu ladite fondation estre faite à ladite chapelle et ès lieux et places à icelles contiguës et adjacentes, qui à icelle fondation seront proufitables et nécessaires, et pour cause d'icelle fondation nous ont cédé et transporté tout le droit raison et action qui leur compétoit et pouvoit compéter et appartenir en icelle chapelle et èsdites places adjacentes et contiguës, et les autres lieux que nous baillerons èsdits Frères pour ladite fondation, tant en fonds, propriété, chasubles, calices, possessions, édifices, que en debvoirs d'offrandes, oblations, luminaires, enterrages, draps d'or et de soye, ornementz, livres, reliques et reliquaires, que en autres choses quelconques, sans rien en excepter, sauff que lesdits curez et les autres curez voisins auront des enterrages qui en l'église dudit collège seront faitz de leurs paroissiens seullement tel droit comme ils ont et prennent en tel cas chez les Frères Cordeliers de nostre ville de Vennes ;

« Et pour retour et recompensation de ce, par l'advisement et délibération de nostre dit Conseil, nous avons baillé, cédé et transporté, baillons, cédons et transportons par ces présentes èsdits curez de Sainct-Pater et à leurs successeurs recteurs et curez d'icelle paroisse *cinq thonneaux de fromant* de rente, à compter dix perrées mesure de Vennes pour chacun thonneau, à estre payez par chacun an par les mains de noz fermiers ou autres faisant la recepte des revenus de noz moulins de Vennes, sis en et soubz nostre estang vulgaument appellé l'Estang-au-Duc, présentz et advenir, et de chacun d'eux, à deux termes, scavoir est, à Pasques et à la sainct Michel en Monte-Gargane par moytié, ainsy et par forme que toutes fois et quantes qu'il plaira à nous et à noz successeurs, nous nous en pourrions descharger et acquitter, baillant et asséant lesdits cinq thonneaux de fromant de rente èsdits curez de Sainct-Pater et leurs dits successeurs en la banlieue de nostre ville de Vennes ou ailleurs en bons lieux suffisantz; ainsy dict que si ladite assiette est faite en ladite banlieue, iceux curez et leurs successeurs seront tenuz l'aller ou envoyer quérir, cuillir et recepvoir à leurs coustz et despans; et si ladite assiette est faite hors de ladite banlieue, nous et noz successeurs serons et suymes tenuz le leur faire rendre et porter à noz coustz et despans en nostre dite ville de Vennes ou ès forsbourgs d'icelle, ès termes dessus nommez, et avons voulu et voulons par ces présentes que lesdits curez et leurs successeurs jouissent chacun an desdits cinq thonneaux de fromant de rente, en la manière que dit est, sur l'hipotecque et obligation des revenus de nosdits moulins, que avons à ce obligez et obligeons par ces présentes, en leur en transportant et transportons droiture, propriété, possession et saizine.

« Sy mandons et commandons à touz et chacun noz receveurs et fermiers dessus ditz, présentz et advenir, etc...

« En tesmoign perpétuel de ce, avons fait mettre à ces lettres nostre scel en lacz de soye et cire verte, le derroin jour de janvier, l'an de grâce mil-quatre-cenz-vingt-quatre. (N. S. 1425.)

Par le Duc,

« De son commandement, en son Conseil, ouquel le comte d'Estampes, l'évesque de Vennes, le Président, Mres Pierre Eder et Jehan de Kermellec, conseillers, Me Jehan Doguet, Jehan de Pennerven, généraux procureurs de Bretaigne-Gallo et Basse-Bretaigne, le Doyen de Nantes, Jehan Chauvin, Jehan Garin, le procureur de Broérech, Jehan Guébo, Pierre Loret, et autres estoint.

A. Guillemet. »

Ces lettres furent lues et publiées au sein des États tenus à Vannes le 12 février 1424. (N. S. 1425.) — (*Largoet.*)

II. ENCLOS.

Le don de la chapelle de Notre-Dame du Bondon pour l'établissement des Carmes n'était qu'un commencement de fondation ; il fallait en outre un terrain suffisant pour bâtir un couvent et constituer un pourpris. Le Duc lui-même, dans l'acte de donation de la chapelle, mentionnait « les places adjacentes et contiguës et les autres lieux qu'il voulait bailler ès Frères pour la dite fondation. » Or ces terres appartenaient pour le fief et le fonds à Jean de Malestroit, seigneur de Kaer, et pour la jouissance à Pierre Loret, qui en tirait une rente de 59 sous 10 deniers. Le Duc s'adressa donc aux deux intéressés et il en obtint le contrat suivant :

« Comme noble home Messire Jehan de Malestroit, seigneur de Kaer, eust autrefois baillé et transporté en pur et perpétuel héritage à Pierre Loret, pour luy et ses héritiers, les maisons, courtil et hebregement, avecques la maison et hebregement de l'hospital, que feu home de bon mémoire noble et puissant Messire Jehan de Malestroit, son aieul, seigneur de Malestroit, et dont le dit sire de Kaer est hoir principal, et luy mesme souloint avoir et tenir et leur appartenoint jouxte et au derrière de l'église Nostre-Dame du *Bodon*, avecques un grand clos en prée, boais et terres de labour, contenant *douze journaulx* de terre ou environ, comme celles choses sont closes à plesses, haies et fossés, situées d'un costé devant la dite église, entre le grand chemin par où l'on va de la ville de Vennes à Grandchamp, et le domaine terres et héritages de Jouachin de Camsquel, d'un et autre costé, et le chemin par où l'on va de la dite église du Bodon au pont Mahé d'un bout, et les terres du village de Camsquel d'autre bout ;.. à tenir les dits héritages noblement, à foy et à rachapt du dit sieur de Kaer, de ses héritiers et cause-ayantz, à l'usement et coustume des autres rachaptz et nobles tenues de Bretagne ;

« Et soit ainsy que puis le temps du dit transport et contract, mon souverain seigneur Mgr le Duc ait eu en dévotion de fonder et édiffier un collège de religieux de Nostre-Dame du Carmel, en l'honneur et révérance de Dieu et de la benoiste Vierge Marie, Mère de Dieu, pour l'édiffication et emplacement duquel collège les dites maisons courtil et herbregement, avecques le dit grand clos de prée joignant au dit courtil et herbregement, estoint et sont bien propres et nécessaires, et désiroit le dit sieur de Kaer les donner et transporter au dit collège et moutier, en dotation et fondation de certaines messes, offices et services divins, selon sa dévotion.., le dit sieur de Kaer, tant pour luy que pour ses héritiers, a baillé, livré, cédé et transporté, baille, livre, cède et transporte ausd. religieux et collège et à mon dit seigneur le Duc les dits maisons, courtil, hospital et hebregement sittués jouxte et au devant la dite église, avecques le dit grand clos de prée joignant au dit hebregement, comme celles choses se poursuivent...

« Et pour que le dit Loret se assentit à ce que dit est, mon dit seigneur le Duc a promis, doibt et est tenu bailler et assurer au dit Loret cinquante et neuf soubs dix deniers de rente valante et levante en bons lieux et suffisantz... Et partant le dit Pierre Loret s'est assenty au transport et baillée que le dit sire de Kaer a fait ausd. religieux et collège du dit clos et hebregement, et en a quitté et quitte le dit sire de Kaer et ses héritiers.

« Les quelles choses toutes et chacunes tenir, fournir et accomplir, sans jamais encontre venir, par eux ny par autres en aucune manière, promirent jurèrent et eux obligèrent les ditz sieur de Kaer et Pierre Loret, et mon dit seigneur le Duc soit y assentit, authorisa et confirma toutes et chacunes les choses dessus dictes... Donné tesmoigns le sceau estably aux contractz de nostre court, avecques le sceau de mon dit de Kaer... Ce fut fait le unziesme jour d'apvril l'an mil quatre cenz vingt et cinq, après Pasques.

Signée : Guillemet, passe... » (*Largoet*).

Après avoir lu cette pièce, on voit combien s'est encore trompé le P. Albert Le Grand, en disant que « le duc Jean V donna aux Carmes une sienne maison de plaisance, située hors la ville de Vennes. » La vérité est que le Duc ne possédait pas un pouce de terrain au Bondon. Pour donner la chapelle aux Carmes, il lui avait fallu d'abord en obtenir la concession de ceux qui en avaient la propriété, puis indemniser les curés de Saint-Patern, qui en avaient la jouissance. De même pour l'enclos, il en avait obtenu la cession de Jean de Malestroit, qui en était le propriétaire foncier, et il avait accordé une indemnité à Pierre Loret, qui en avait la jouissance.

Si le duc Jean V est le principal fondateur des Carmes du Bondon, parce que le premier il en a eu l'idée, et qu'il a payé largement pour en écarter les usufruitiers, il n'en est pas moins vrai que les propriétaires de la chapelle et de l'enclos ont pris part à sa bonne œuvre et qu'ils ont droit au titre de fondateurs secondaires. Aussi les moines, pendant plus de deux siècles, n'ont fait aucune difficulté pour reconnaître les Malestroit de Kaer comme leurs fondateurs après le Duc, et ce n'est que plus tard qu'ils leur ont contesté ce titre, afin de se rattacher directement au Roi.

Dans l'acte de fondation on ne trouve aucune trace de dotation pour les religieux, et cela peut-être parce qu'ils devaient vivre d'aumônes et du produit de leur enclos. Le duc fondateur leur imposa deux messes chantées par semaine, et c'est probablement pour compenser cette charge qu'il leur alloua sur son domaine une rente annuelle de 60 livres monnaie, ou 72 livres tournois, qui a été fidèlement payée jusqu'à la Révolution.

Les Carmes s'établirent au Bondon dès 1425, car on voit dans l'enquête pour la canonisation de saint Vincent Ferrier, qu'un démoniaque fut conduit en cette année à la chapelle de ce lieu et présenté au P. Thomas, Carme, qui s'y trouvait. Les religieux durent se loger provisoirement dans la maison et l'hôpital mentionnés ci-dessus.

Le couvent qu'on leur bâtit semble avoir formé deux côtés

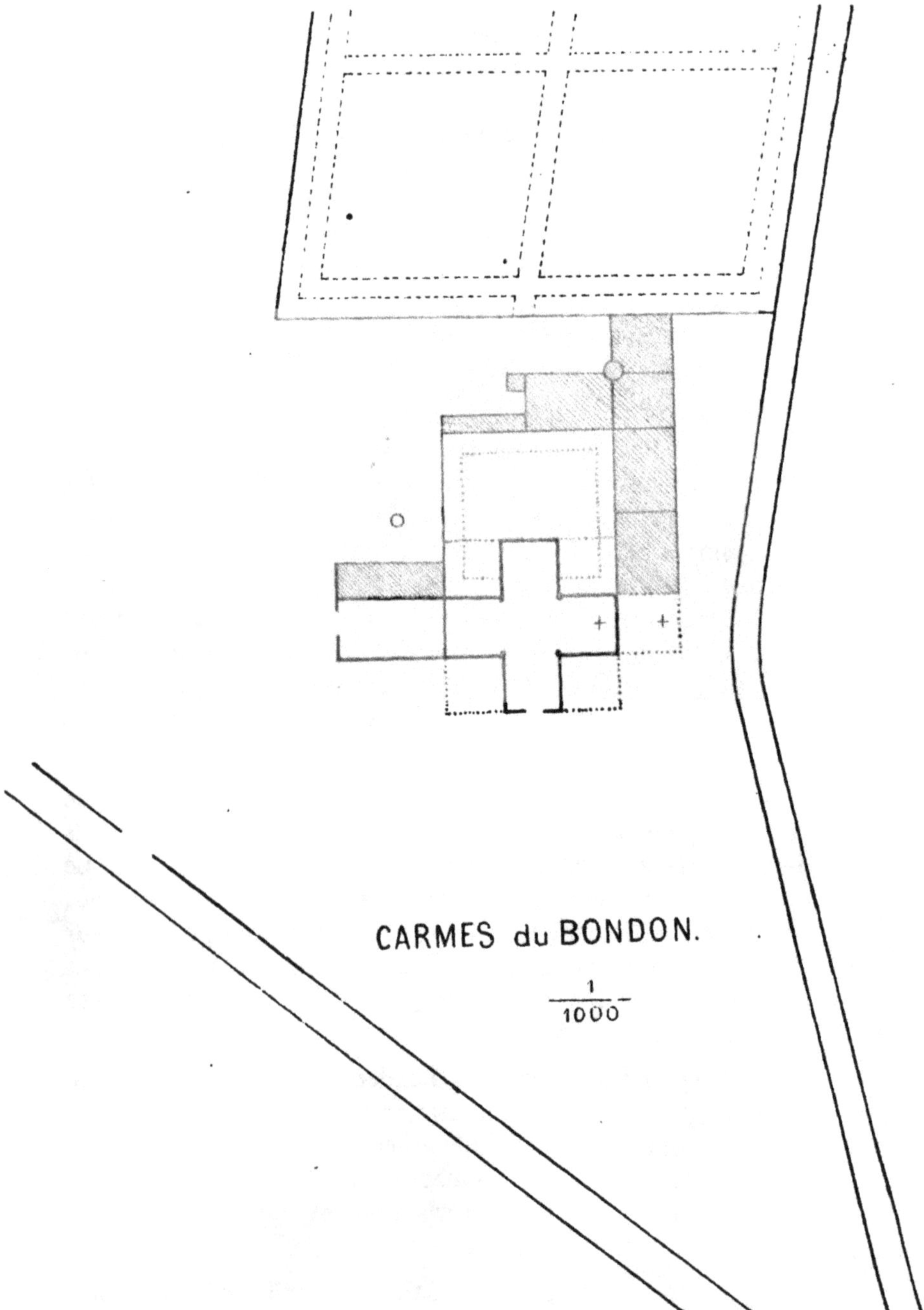

CARMES du BONDON.

1/1000

d'un carré, dont l'église occupait au sud le troisième côté. Les édifices primitifs ont été sans doute retouchés dans la suite des temps, et même détruits en partie, mais on y voit encore deux ou trois grandes fenêtres ogivales, qui pourraient bien remonter au xve siècle.

III. Carmélites.

Les Carmes occupaient leur couvent depuis 35 ans, quand Françoise d'Amboise, veuve du duc de Bretagne Pierre II, leur parla de son projet de fonder un établissement de Carmélites auprès de leur maison, afin d'avoir toujours à proximité les secours spirituels des religieux. A cet effet, elle obtint, dès le 16 février 1460, une bulle du pape Pie II, autorisant la fondation, prescrivant une séparation absolue entre les deux maisons, fixant le personnel futur à 18 religieuses, 4 novices, 3 tourières, et déléguant l'évêque de Vannes pour veiller à l'accomplissement de toutes ces conditions. En même temps la duchesse obtint d'Alain Le Faucheur, prieur du Bondon, et des frères de la communauté, la jouissance du bas de leur église, pour y faire le chœur des religieuses ; en outre elle reçut tout le terrain situé au sud de l'église jusqu'au chemin public, et même une partie du pré des religieux vers l'ouest : le tout fut ratifié par le prieur provincial Jean de la Nuce et par le prieur général Jean Soreth.

Aussitôt commencèrent les travaux pour la construction du monastère et l'aménagement du chœur. On peut voir encore aujourd'hui le mur fermant le chœur des religieuses et le séparant du reste de l'église ; on y retrouve d'un côté la place de la grande grille, et de l'autre la petite fenêtre servant à la communion. C'est tout ce qui nous reste ici de la B. Françoise d'Amboise. Ce vénérable débris est d'autant plus précieux qu'il marque d'une manière certaine la largeur de l'ancienne chapelle, son axe et sa direction vers l'est, et qu'avec les mesures déjà connues il permet de restituer sur le terrain et sur le papier le plan de l'église primitive.

(Voir le plan ci-joint.)

Quant au couvent des religieuses, qui devait être construit au midi de leur chœur, il n'en reste actuellement aucune trace, et il est impossible d'en donner un plan même approximatif.

Les travaux du monastère touchant à leur fin, neuf religieuses Carmélites furent appelées de Liège, et arrivèrent à Vannes le 31 octobre 1463. Elles furent logées provisoirement au château de l'Hermine, et le 21 décembre suivant elles furent conduites processionnellement au Bondon par le prieur général Jean Soreth, par l'évêque de Vannes Yves de Pontsal, et par un grand nombre de personnes de la noblesse, de la bourgeoisie et du peuple.

Le nouveau monastère fut dédié aux *Trois Maries*, c'est-à-dire à Marie, mère de Jésus, à Marie, mère de Jacques, et à Marie surnommée Madeleine : c'est ce qu'indique du reste le sceau de la communauté.

Le 21 mars 1467 (N. S. 1468), la communauté des Carmes du Bondon, composée des FF. Yves Alain, prieur, Pierre Brient, Pierre Boterel, Yves Parin, Jehan Ponloye, Jehan Loers, Michel Rivalen, Thierry Norart, Paul Vaillant, Jacques Hirel et Jehan Rondel, se réunit en chapitre. Après avoir ratifié la première cession de terrain faite en 1460 par leurs prédécesseurs à la duchesse, ils autorisèrent la construction d'une chapelle latérale entre le bâtiment des religieuses et le bras sud de l'église, pour servir spécialement à la sépulture des sœurs.

En retour, la duchesse donna aux Carmes : 1° un capital pour acheter une rente de six livres, destinée à l'entretien de la lampe du Saint-Sacrement et à la fourniture d'un cierge pour les messes et les heures de Notre-Dame ; 2° une somme de 600 écus, pour construire une seconde chapelle au sud, le long du chœur de l'église ; 3° un grand nombre d'ornements ecclésiastiques, tels que chasubles, chapes, dalmatiques, etc... pour le service exclusif de l'église du Bondon. Enfin, pour améliorer la situation des sœurs, elle donna cent écus d'or aux religieux, pour avoir leur prairie située sur le bord de la voie publique à l'entrée du chemin qui conduit du Bondon au Vincin. Tous ces arrangements furent sanctionnés le même jour par le provincial de Touraine, et le lendemain par le Père général Jean Soreth, qui se trouvaient au Bondon.

Le 24 mars 1468, Françoise d'Amboise, à la veille de prendre l'habit religieux, fixa d'une manière définitive la dotation du couvent des Trois-Maries. Elle donna les rentes qu'elle avait acquises à Plouagat, à Plouhinec, et sur différents particuliers, montant au chiffre de 534 livres par an, et promit de compléter incessamment le total de 600 livres, qui avait été précédemment fixé par divers actes.

Le lendemain, 25 mars, fête de l'Annonciation, la bienheureuse duchesse se présenta dans la chapelle de Notre-Dame du Bondon, avec quatre de ses damoiselles, qui voulaient aussi se donner à Dieu, et là, en présence de l'évêque, du clergé et d'une foule considérable, elle reçut l'habit des Carmélites des mains du R. P. Soreth et fut ensuite admise dans la clôture.

Pendant son noviciat, Françoise se signala surtout par son humilité, remplissant les emplois les plus communs, et voulant toujours prendre la dernière place; il fallut même l'intervention du P. général pour l'obliger à prendre, comme fondatrice, la première place après la prieure.

L'année révolue, la novice fut admise à faire ses vœux, du consentement unanime de la communauté, le 25 mars 1469 (N. S.). Elle les prononça devant l'Évêque, qui bénit ses habits et devant le R. P. Soreth, qui fit une pieuse exhortation à l'assistance. La nouvelle professe était au comble de la joie : elle était détachée du monde et elle espérait désormais vivre ignorée au fond du couvent. Mais ses sœurs ne l'entendaient pas ainsi; dès la première élection qui eut lieu en 1469 elle fut nommée prieure, et malgré ses répugnances elle dut accepter la charge. Au bout de trois ans, elle fut heureuse de se voir remplacée, conformément à la règle, mais trois ans après, en 1475, les suffrages de ses sœurs l'appelèrent de nouveau à gouverner la communauté.

C'est au milieu de ses occupations que la B. Françoise d'Amboise fut invitée par le Duc et par le Pape à prendre possession du monastère des Coets près de Nantes, et à y conduire une colonie de Carmélites. Elle quitta le Bondon au mois de décembre 1477, emmenant avec elle neuf de ses religieuses.

Celles qui restèrent ici, ne pouvant se consoler du départ de leur mère, se plaignirent bientôt de l'âpreté de l'air et d'autres inconvénients, qu'elles n'avaient pas remarqués auparavant, et elles finirent par obtenir du Pape, le 13 décembre 1479, l'autorisation de quitter le Bondon pour se réunir à leurs sœurs des Coets.

Ce n'est que cinquante ans plus tard, qu'un essaim de Carmélites revint des Coets à Vannes, pour s'établir au couvent de Nazareth.

IV. Fondations.

La plus grande partie des archives du Bondon se compose d'actes de fondations, et de procédures soulevées à leur occasion. Pour être complet, il faut nécessairement en donner le résumé, malgré l'aridité du sujet.

Le 31 janvier 1425, le duc Jean V fonda deux messes chantées par semaine, l'une au lundi et l'autre au mercredi.

Vers 1463, Françoise d'Amboise fonda une messe chaque samedi pour le repos de l'âme de sa mère, Marie de Rieux.

Le 21 mars 1468, la même Françoise fonda l'entretien de la lampe du Saint-Sacrement et d'un cierge à Notre-Dame.

Vers 1481, le seigneur du Garo fit aussi une fondation, qu'il hypothéqua avec les deux précédentes sur deux tenues à Lézolvan, en Grandchamp.

Le 13 avril 1499, Marie du Pont, veuve de Kaer, donna une rente de 20 livres monnaie pour avoir 3 messes chantées par semaine.

Le 30 novembre 1499, Béatrix de Rostrenen, dame d'Acigné, donna une rente de 34 perrées 1/4 de froment, 37 perrées d'avoine, 23 poules et 7 livres d'argent, pour 3 messes chantées par semaine.

Le 20 février 1506 (1507), Odet de Loyon donna des rentes sur divers immeubles, pour avoir une messe chantée par semaine.

Le 4 avril 1510, Jean, seigneur de Kaer, donna une rente de 6 livres monnaie pour fonder l'anniversaire de sa mère au 8 septembre.

Le 28 décembre 1512, François Le Pennec, Sr de Caden, donna 25 livres de rente sur des immeubles, pour 3 messes par semaine.

Le 16 juillet 1515, Guy du Quirisec, archidiacre, donna 1,000 livres à placer, pour avoir une messe basse par jour.

Le 6 mars 1515 (1516), Louise du Garo, dame de Kerméno, fonda par testament deux messes basses par semaine.

Le 15 juillet 1517, Jean de Monternault donna une rente de 6 livres sur un pré, pour avoir une messe par semaine.

Le 28 janvier 1526, le roi François I donna ou confirma une rente de 60 livres monnaie pour la messe chantée le dimanche.

Le 4 février 1531 (1532), Pierre Madégo donna des terres situées à Brestevan en Theix, pour avoir 2 services par an et des prières.

Le 12 octobre 1549, transfert de la fondation Bouczo au Bondon, hypothéquée sur la tenue du Grisso-Parfin.

Fondations sur diverses maisons de Vannes et d'ailleurs, à charge de messes en nombre inconnu.

Fondation faite par les seigneurs de Camsquel, mais on n'en connaît ni les revenus ni les charges.

Le 1er juillet 1583, Pierre du Théno, Sr du Pargo, légua une rente de 15 livres, pour une grand'messe par semaine.

Le 13 juillet 1587, le sieur et la dame de Coetec donnèrent 780 livres pour avoir 3 messes basses par semaine.

Le 22 septembre 1591, Louis Thomas, Sr du Pargo, donna une rente de 18 livres pour une grand'messe par semaine.

En 1595, mention d'un legs de 300 livres de Marguerite du Magouéro, pour une messe basse par semaine.

Le 8 février 1629, Charles de Trédazo, Sr de Kerisouet, donna une rente en grains, pour une messe basse par semaine.

Le 21 février 1630, Guillaume Bidé, Sr de la Grandville, donna une rente de 12 perrées, pour une messe et une procession par mois.

Le 30 janvier 1632, David Papin, Sr de la Tévinière, donna une rente de 150 livres, pour deux messes basses par semaine.

Vers 1638, fondation d'une rente de 15 livres pour des messes au profit d'Olivier de Kerboulart.

En 16... Jeanne de Quélen, douairière de Lesvellec, donna 300 livres à placer, pour une trentaine de messes.

En 16... Amaury Lubin, Sr de Kerlan, donna une rente de 20 livres sur un pré, pour avoir 40 messes basses.

En 1641, Julien de Livilion, recteur de Plœren, donna un capital pour fonder des messes à son intention.

Le 11 février 1648, Jeanne de la Coudraye donna une prairie près Trussac, pour trois messes par semaine.

Le 22 mai 1648, Jean Gouyon, Sr de Vaudurant, donna une rente de 5 perrées de seigle, pour 65 messes par an.

Le 2 novembre 1649, Julienne Guillo, De de Kermelen, donna 10 livres de rente, pour 20 messes basses par an.

En 16... Rollande de Plumaugat, veuve de la Ville-Pierre, donna 600 livres à placer en rente, pour avoir des messes.

Vers 1660, les sœurs Martin, de Saint-Patern, donnèrent une rente de 25 livres, pour une messe tous les lundis.

En 16... Pierre de Sérent, seigneur de la Rivière, donna 1,000 livres à placer en rente, pour avoir des messes.

Le 29 février 1664, Sébastien Thomazo, recteur de Saint-Avé, promit 3,000 livres, pour fonder 188 messes.

Le 24 novembre 1664, Catherine de Francheville donna une rente de 60 livres, pour 56 messes par an; ce qui fut révoqué en 1685.

Le 28 avril 1665, Pierre Le Bouhellec, prêtre, légua une maison en Saint-Avé, pour un service et 52 messes par an.

Le 19 juin 1665, fondation de 57 messes pour les donateurs de deux pièces de terre situées à Pontivy.

Le 30 décembre 1666, transaction pour une rente de 12 livres, due pour la fondation de G. Bino, De du Rest.

Le 26 janvier 1667, Pierre Riaud, Sr de Saint-Canton donna une rente de 65 livres, pour avoir 105 messes par an.

En 16. . Yvonne Dorlot donna une rente de 60 livres, pour fonder des messes à son intention.

En 16 .. Madame Le Valois de Villechauve donna pareillement une rente pour fonder plusieurs messes.

Le 15 décembre 1684, Jeanne Basselinne fonda une messe basse par mois à dire à la prison de Vannes.

Le 1er décembre 1707, Marguerite Jégat, veuve Le Courtois, fonda une messe par mois à dire au Bondon.

A cette liste incomplète, on peut ajouter diverses expositions du Saint-Sacrement fondées au même lieu.

V. Sépultures.

Les fondations de services religieux étaient fréquemment accompagnées de réserves pour les sépultures. Les archives nous ont conservé la trace de quelques-unes de ces inhumations chez les Carmes du Bondon.

Ainsi Béatrix de Rostrenen, veuve de Jean V d'Acigné, bienfaitrice de la maison, choisit sa sépulture dans le chœur, du côté de l'évangile, près du mur de la sacristie. On lisait sur sa tombe : *Cy gist le corps de haulte et puissante dame Béatrix de Rostrenan, dame d'Assigny, de Couédor et de la Chesnaye, laquelle trépassa le XXVe jour de mars l'an M. D. V.* (N. S. 1506).

Odet de Loyon, qui avait fait une fondation en 1507, et avait obtenu un enfeu pour lui et ses successeurs dans la chapelle de Notre-Dame de Paradis, située au midi du chœur, mourut en 1516. Voici son épitaphe : *Cy gist le cœur de noble homme Odet, seigneur de Loyon, de Boismoraud et de Clergerel, premier écuyer tranchant de la Royne, capitaine de Vennes en son vivant, lequel décéda à Moulins en Borbonoys, le mardy XIIe jour d'augst l'an M. D. XVI. Dieu en ait l'âme.*

Les quatre gros piliers qui portaient la tour centrale étaient décorés des armes des seigneurs de Camsquel, et rappelaient le concours généreux fourni par eux lors de la construction de l'église. Cette famille possédait plusieurs tombes prohibitives dans cet espace et près de l'entrée du chœur.

La chapelle du transept nord étant dédiée à Notre-Dame de Pitié, c'est là que François Le Pennec, sieur de Caden, faisant une fondation en 1512, acquit un terrain pour enfeu, « de dix piez de large sur vingt piez de long, en descendant droict de l'aultier à l'huys et porte du cloistre, avecq faculté d'y avoir tombes, escabeaux, vitres et escussons de ses armes, et aultres intersignes, à l'exclusion de touz aultres. »

La chapelle du transept sud portait le nom des Trois-Maries; elle appartenait aux seigneurs du Garo et à ceux du Pargo, qui avaient leurs armes dans les vitres et leurs enfeus sous le pavé. C'est là que paraît avoir été inhumée, en 1516, Louise du Garo, femme de Jean de Kerméno, seigneur de Kerguéhennec. C'est là que Pierre du Théno, seigneur du Pargo, choisit sa sépulture en 1583, et que Louis Thomas, autre seigneur du Pargo, obtint, en 1591, une nouvelle concession de terrain.

Deux chapelles avaient été ajoutées à la nef de l'église. Celle du sud, bâtie en 1468 par les Carmélites, pour leur servir de sépulture, paraît avoir reçu plus tard les noms de Saint-Laurent et de Sainte-Thérèse; celle du nord, d'une date postérieure, était dédiée à Sainte-Barbe, puis à la Conception de Notre-Dame. C'est là que Jean de Monternault fut inhumé en 1517; c'est là pareillement que furent enterrés plusieurs membres de la famille de Kerboutier, seigneurs de Coetec et de Botcoarh.

Dans un aveu de 1679, le seigneur de Coetec, qui était en même temps seigneur du Pargo, mentionne deux chapelles dans l'église du Bondon comme relevant de lui, savoir, celle de la Conception de Notre-Dame, dépendant de Coetec, et celle de la Trinité ou des Trois-Maries, dépendant du Pargo.

En 1624, les religieux construisirent un chœur neuf à l'est de l'ancien, et mirent celui-ci dans la nef. Aussitôt M. Pierre de la Touche, seigneur de Camsquel et de Keroland, conseiller au Parlement, se plaignit de cette innovation, qui laissait un peu plus loin du sanctuaire ses tombeaux de famille. — Mais qu'y faire? Pouvait-il raisonnablement empêcher les religieux d'agrandir leur église? Ne pouvait-il pas exhumer les cendres de ses ancêtres et les rapprocher du nouveau sanctuaire? La famille d'Acigné, qui avait un tombeau dans l'intérieur même de l'ancien chœur aurait eu plus de raison de se plaindre, et néanmoins on ne trouve aucune trace de réclamation.

C'est dans le chœur nouveau, que Me David Papin, seigneur de la Tévinière, de Pontcallec, etc... choisit en 1632 sa sépulture, « en un endroit au hault du dit chœur, advis et joignant les trois premières chères (stalles), proche du marchepied de l'authel et du cotté de l'évangille, distant du pignon de 22 piedz, au quel lieu il aura une tombe prohibitive pour luy et les siens, armoiée de ses armes et épitaphe, quelle tombe sera platte et à fleur de terre, avec six piedz de long et trois piedz de large. » — C'est également dans le chœur neuf et près du balustre du côté de l'épitre, que fut inhumé Me Bino, seigneur du Rest.

Parmi les autres personnes inhumées dans diverses parties de l'église du Bondon, on peut citer :

Olivier de Kerboulart, en Saint-Nolff, mort vers 1638;

Jacques Gouyon, sieur de Vaudurand, mort en 1647;

Laurence de Plumaugat, vve de M. de Granclos, morte en 1649;

Jean Le Gouverneur, recteur de Saint-Nolff, mort en 1652;

Mathurine Berthelot, tertiaire du Carmel, morte en 1669;

Sébastien Thomazo, recteur de Saint-Avé, mort en 1670;

Sébastien de la Touche, seigneur de Camsquel, mort en 1683;

René de la Touche, seigneur de Camsquel, mort en 1699;

Renée-Élisabeth de Chouppes, dame de Camsquel, morte en 1710;

Pierre de Kerboutier, seigneur de Coetec et du Pargo, mort en 1661.

VI. Réforme.

Le R. P. Philippe Thibaut avait commencé la réforme de son ordre en France en 1604, avec l'autorisation du Prieur général des Carmes. Graduellement il avait introduit l'étroite observance dans les diverses maisons de la province de Touraine. C'est en 1624 que la réforme fut admise au Bondon : ce qui fut sanctionné au chapitre provincial tenu à Ploërmel le 29 septembre 1625.

Les Réformés renonçaient aux adoucissements autorisés par la coutume, et ils tendaient à l'observation plus rigoureuse de la règle ; ils ne conservaient pas, comme les anciens religieux, leurs noms de famille, mais ils prenaient des noms de saints : pratique avantageuse pour l'humilité et l'égalité des frères, mais funeste pour les recherches historiques.

Une réforme parallèle et plus radicale avait été commencée en Espagne par saint Jean de la Croix ; et pour les distinguer on appela les réformés de France *Grands Carmes* et ceux d'Espagne *Carmes Déchaussés*.

Les nouveaux religieux du Bondon étaient à peine installés quand ils s'engagèrent dans une affaire très hasardeuse. Ils désiraient avoir en ville une chapelle publique, afin de rendre leurs prédications et les confessions plus accessibles aux fidèles. Il jetèrent les yeux sur la chapelle des Lices, bâtie en 1427 par le duc Jean V en l'honneur de Notre-Dame de Chartres, et desservie par un chapelain, dont la présentation appartenait au roi, et l'institution à l'évêque. Ils s'adressèrent donc au chapelain, qui était alors M. Robert Morin, et obtinrent de lui une résignation de son bénéfice en leur faveur le 8 avril 1627. Sur le vu de cette démission et sur la requête des Carmes, le roi Louis XIII donna des lettres patentes, le 12 mai suivant, pour leur conférer la chapelle et la chapellenie à perpétuité, moyennant le consentement de l'évêque. Ce consentement fut donné, et l'affaire paraissait réglée, quand une vive opposition se produisit en ville.

La chapelle des Lices était publique, les offrandes appartenaient à la fabrique de la cathédrale, ses intérêts étaient gérés par un député du chapitre et par un député de la ville ; elle était de plus le siège d'une confrérie du Saint-Sacrement, et les Cordeliers y acquittaient plusieurs fondations. Or on avait négligé de consulter tous ces intéressés dans la jouissance de la chapelle, et on avait sacrifié leurs droits.

Un procès fut entamé par le Chapitre devant le présidial de Vannes, et les Carmes furent déboutés par sentence du 26 octobre 1627. Les religieux en appelèrent aussitôt comme d'abus, au parlement de Bretagne, et celui-ci rendit l'arrêt suivant le 20 juillet 1628 : « La Cour, en l'appel comme d'abus, dit qu'il a été mal et abusivement procédé, conféré et uny ; a cassé, rejetté et annulé tout ce que fait a été ; a mis et met l'appellation et ce dont a esté appelé au néant ; et faisant droit au principal, a débouté les dits religieux Carmes de l'effet et entérinement des lettres par eux obtenues. »

Battus de ce côté, les Carmes s'occupèrent de reviser leurs fondations. Ils avaient subi la loi commune de la dépréciation graduelle de l'argent, et certaines fondations, qui dans l'origine étaient rémunératrices, étaient devenues avec le temps une charge pour la maison. De ce nombre était la fondation faite en 1499 par Marie du Pont, dame de Ker, et augmentée en 1510 par son fils, Jean de Malestroit, seigneur de Ker. En 1647, le F. Auxence de Jésus-Marie, prieur du Bondon, s'adressa à Messire Rolland Morin, seigneur du Trest et de Ker, et président de la Chambre des Comptes de Bretagne, et lui demanda, comme seigneur de Ker, de vouloir bien réduire la charge imposée jadis par Marie du Pont. M. Rolland Morin y consentit volontiers, et n'exigea plus qu'une messe basse par semaine, une messe chantée et une procession au 16 juillet, et un anniversaire solennel au 8 septembre.

En retour il demanda qu'on lui reconnût son titre de fondateur secondaire, à cause du don de l'enclos fait par ses prédécesseurs, et qu'on lui permît à lui, et à ses successeurs, d'entrer à ce titre dans la clôture. Les religieux, consultés à ce sujet par leur prieur, le 26 avril 1647, en plein chapitre, trouvèrent la demande très juste, et ils donnèrent au R. P. Auxence une procuration où ils disaient : «... Avons consenty et par ces présentes consentons que le dit seigneur de Ker, au dit nom, et sans préjudice des droits des seigneurs souverains ducs de Bretagne, premiers et principaux fondateurs du dit couvent, jouisse du titre de second fondateur ou premier bienfaiteur d'icelluy, avecq pouvoir d'y entrer et lui et ses successeurs, seigneurs du dit Ker... »

Muni de cette pièce, le prieur se rendit à Nantes, pour en faire part à M. Rolland Morin et lui demander de modérer son droit d'entrée à l'égard des femmes. Par acte du 8 mai 1647, « le dit seigneur du Trest et de Ker, voulant, à l'imitation de ses prédécesseurs, favorablement traiter les susdits religieux, ayant mesme dessein d'y faire eslever une sépulture dans un lieu éminant au chœur de leur église, au moins incommodant que faire se pourra, a consenty et consent, tant pour la dame sa compaigne, que pour toutes autres dames de Ker, que les compaignes des seigneurs de Ker, à l'advenir, ne pourront entrer dans la maison et pourpris du dit monastère que trois fois en leur vie, dont elles seront tenues de donner acte, ou pourront les dits religieux le prendre ainsy qu'ils verront bon estre. »

Tous ces points ayant été réglés d'un commun accord, il ne restait plus qu'à les ratifier en chapitre. Le 30 octobre 1648, le nouveau prieur, F. Mathias de Saint-Bernard, réunit ses religieux et leur donna lecture du traité passé avec M. du Trest. Par un revirement inexplicable, les moines refusèrent de le ratifier, « tant parce qu'il étoit contraire aux droits des ducs de Bretaigne et à la justice, que parce que ny le P. Auxence ny la communauté n'avaient pu entrer en traité avec le sieur du Trest, cela leur estant défendu par l'assemblée provinciale tenue à Loudun le 13 mai 1642. » — Ces raisons étaient vraiment pitoyables : le titre de fondateur secondaire, basé sur le don de l'enclos, loin d'être contraire à la justice, était la reconnaissance d'un fait indéniable ; loin d'être contraire aux droits des ducs de Bretagne, il les confirmait, car le titre de fondateur secondaire présuppose celui de fondateur principal. Quant à la défense portée par l'assemblée de Loudun, si elle est réellement bien interprétée, les religieux du Bondon avaient eu tort de donner au P. Auxence leur procuration pour traiter ; et en rejetant le traité signé, ils devaient des réparations à M. du Trest.

VII. Propriétés.

A propos de l'enclos, voici la description qu'en donnait, vers ce temps, le registre des Carmes de Rennes. « Le pourpris, tant en jardins, prairies, terres arables, bocages et pastourages, est bien de dix arpenzs ; et sur l'advenue de la ville de Vannes il y a un beau bocage bien clos, en forme de triangle, quy environne l'église du costé du midy, planté de grands arbres, comme fresnes, ormes, chesnes, oultrepassant la haulteur de l'église et du couvent, pour rompre la violence des ventz, qui sont fort violentz à cause de la proximité de la mer.

« A cause des foires, il y a de grandes portes entre le chemin et les terres qui sont maintenant closes, et qui s'ouvrent aux dits jours de foires, pour recepvoir tant les bestes vénables que les aultres marchandises. Il s'y jetait aussi anciennement une soule le dimanche après la Purification : les religieux la debvoint, ayant le droit du seigneur ; mais cela est supprimé depuis peu de temps, n'estant ny utile ny décent à des religieux. »

Aux trois foires du Bondon, le seigneur de Largoet, représenté par son fermier, percevait un droit de coutume, consistant en un pot de vin sur chaque tavernier. Les religieux voyaient d'assez mauvais œil la perception de ce droit, parce que les foires se tenaient principalement sur leur terrain. Aussi l'attaquèrent-ils plusieurs fois en justice, notamment en 1599, 1679 et 1729, mais toujours sans succès.

Les juges du présidial s'expriment ainsi en 1599 : «.., Nous avons déboutté et débouttons les religieux demandeurs de leurs demandes, fins et conclusions, et avons maintenu le seigneur de Largoet en la jouissance et perception du debvoir d'un pot de vin sur chacun tavernier, vendant vin ausdites foires, tant au dedans que dehors le pourpris du dit couvent, et néantmoins luy avons fait deffences de lever aucun debvoir sur pain, viande ou autre chose que sur le dit vin, sur les peines quy eschéent... »

Les rapports entre les religieux et le seigneur de Largoet, qui était le seigneur féodal du Bondon, étaient donc assez tendus. Aussi lorsqu'en 1679, on procéda à la réformation du domaine royal, les Carmes laissèrent de côté la dame de Largoet, Madeleine de Castille, veuve du fameux Nicolas Fouquet, et rendirent aveu directement au roi. Dans cet acte, passé le 26 décembre 1679 par devant Le Clerc et Rio, notaires royaux, ils déclarèrent « tenir au proche fief du roi, sous la sénéchaussée de Vennes, le couvent et l'enclos du Bondon, situés en la paroisse de Saint-Patern, consistant en l'église, cloistre, dortoirs, maisons, jardin, verger, bois de futaye, appartenances et dépendances, avec un pré joignant le dit enclos... » Il y avait dans cet exposé une confusion, un mélange de droits, qui ne fut peut-être par remarqué sur le moment, mais qui donna lieu plus tard à une rectification, ainsi qu'on le verra.

En attendant, les commissaires du roi, qui étaient Jean-Baptiste de Cornulier de Boismaqueau et Pierre Dondel de Keranguen, n'ayant pas reçu de réclamation contre cette déclaration, en prononcèrent l'admission le 12 novembre 1683, et ordonnèrent « qu'elle serait insérée au papier terrier du domaine de Vennes, en la paroisse de Saint-Patern, à la charge de tenir la maison et monastère du Bondon de Sa Majesté, à devoir d'obéissance, foy, hommage, en fief d'Église amorty, et de célébrer deux messes par chaque semaine, aux jours de lundi et mercredi, pour Sa Majesté, suivant leur fondation, sans préjudice des droits du roy et de plus grand impunissement, s'il y eschet. »

Outre le couvent et l'enclos, les Carmes avaient encore d'autres propriétés qu'il est bon de passer en revue.

La première en date était située à Brestevan en la paroisse de Theix ; elle consistait en quelques prairies et terres labourables, et avait été léguée en 1532 par le prêtre Pierre Madégo, à charge de messes et de prières.

La seconde propriété était un fonds de tenue au village de Grisso-Parfin en Grandchamp, servant de dotation à une chapellenie, dont les Carmes s'étaient chargés en 1549.

La troisième propriété consistait en un petit pré, situé à Botcoarh, donné, parait-il, par le sieur et la dame de Coetec et de Botcoarh, auteurs d'une fondation en 1587.

La quatrième consistait en un grand pré, situé derrière l'enclos des Carmes déchaussés de Vannes, et donné en 1648 par Mlle de la Coudraye, pour trois messes par semaine.

La cinquième acquisition, la plus importante de toutes, fut celle de la terre de Lanoë près Vannes ; ce n'était plus un don à charge de services religieux, mais un achat à deniers comptants ; les Carmes l'acquirent le 24 juin 1664 de M. Sébastien Thomazo, recteur de Saint-Avé, moyennant le prix de quatorze mille livres tournois, dont une faible partie fut laissée par le vendeur pour une fondation faite par lui au Bondon.

La sixième et dernière acquisition fut celle du pré de Matras et du champ des Mottes à Pontivy, faite le 20 juin 1665 pour le prix de six mille livres ; cette somme avait été fournie par plusieurs donateurs, qui voulaient offrir un ermitage aux religieux ; en retour, le prieur, au nom de sa communauté, promit de faire dire pour eux une messe basse par semaine et cinq autres par an à jours fixés.

Telles étaient les propriétés immeubles des Carmes du Bondon. Nous les retrouverons plus loin, quand il s'agira d'étudier les ressources de la communauté ; nous les retrouverons encore quand il faudra mentionner leur confiscation et leur vente au profit de la nation.

VIII. Transaction.

Les Carmes avaient laissé en dehors de leur enclos, vers l'ouest, un petit terrain vague, de forme triangulaire, qui ne leur rapportait rien. En 1727, ils l'affermèrent à un sieur Peltier au prix de sept livres par an, et lui permirent d'y bâtir une maisonnette. M. de Cornulier, seigneur de Largoet, ayant appris ces faits en 1752, contesta la validité de la concession, et poussant l'affaire au fond, il réclama la reconnaissance formelle de son droit féodal sur le couvent du Bondon.

Après quelques procédures intervint, en 1753, la transaction suivante, curieuse à plus d'un titre. « Entre les soussignants Messire Toussaint de Cornulier, chevalier, seigneur de Boismaqueau, conseiller du roy en ses conseils, président à mortier au parlement de Bretagne, mary et procureur de droit de dame Marie-Angélique-Sainte de Cornulier d'une part, et le R. P. Ange de Saint-Augustin, religieux de la communauté des Grands Carmes de Rennes, procureur syndic des Carmes de la province de Bretagne, et fondé en procuration des RR. PP. prieur et religieux de la communauté du Bondon près Vannes, en date du 14 novembre 1753... d'autre part ;

« A été reconnu que le dit sgr président de Cornulier, en la dite qualité, auroit fait assigner en sa juridiction du comté de Largouet le nommé Jean Peltier, par exploit du 22 juin 1752, pour luy estre ordonné d'apparoir les actes ou titres, en vertu desquels il s'étoit mis en jouissance d'un terrain en forme de triangle, attenant d'un côté au mur de l'enclos du couvent des Pères Carmes du Bondon, joignant d'autre côté les terres de Camsquel et le chemin de Vannes à Grandchamp, estre condamné à en payer la jouissance, et à en abandonner la propriété à la seigneurie de Largouet, appartenant à Mme la présidente de Cornulier, avec tous dommages, interests et dépens ;

« Pour réponse à la quelle demande, le dit Peltier auroit communiqué un acte du 12 novembre 1727, luy consenty par les RR. PP. Carmes du Bondon, au rapport de Le Moine et Pacheux, notaires royaux à Vannes, portant arrentement qu'ils luy auroient fait du dit terrain, à la charge d'une rente annuelle de sept livres, même auroit avisagé en cause les dits PP. Carmes, à l'effet de le garantir et libérer, par autre exploit du 7 février 1753 ;

« Sur quoy le dit sgr président de Cornulier auroit soutenu

que le dit terrain étoit du domaine propre de la seigneurie de Largouet, et que l'enclos de la maison conventuelle des d. PP. Carmes du Bondon, également que leurs cloistres, jardins, bois, prez et prairies étoient dans le propre fief de la même seigneurie ; ce qui auroit donné lieu aux d. PP. Carmes de demander le renvoy de l'instance au présidial de Vannes, où elle est actuellement pendante ; mais les parties ayant préféré la terminer à l'amiable, sur la vue de leurs titres respectifs, elles en ont traité, accordé et transigé aux points, clauses et conditions suivantes :

« Premièrement, il a été reconnu que l'établissement des Pères Carmes au lieu du Bondon est de fondation ducale, et que néantmoins, à l'exception de leur église ou chapelle, tout ce qu'ils possèdent au dit lieu, consistant en leur maison conventuelle, cloistres, jardins, bois, prez, prairies, y compris le terrain arrenté au dit Peltier, est en la mouvance directe et prochaine de la seigneurie de Largouet, suivant les aveux et anciennes inféodations des seigneurs de Largouet envers le roy, des 14 septembre 1470, 28 aoust 1533, 1er may 1542, et 17 juillet 1694, duement reçus et vérifiés par les jugements de la réformation du domaine, et nouvellement confirmés encore par un arrest de la Chambre des Comptes de Bretagne du 1er juillet 1719, qui, sur la réclamation du seigneur de Largouet, a déchargé les d. PP. Carmes de rendre aveu au roy, laquelle reconnaissance le d. P. Ange de Saint-Augustin, au dit nom, n'a pas cru pouvoir refuser de faire ;

« En conséquence des dits titres, et non obstant l'aveu rendu au roy par les PP. Carmes du Bondon en 1679, et reçu par une sentence de la réformation du domaine du 12 novembre 1683, sans néantmoins entendre préjudicier en aucune manière aux droits du roy, et sans que le d. sgr président de Cornulier, ou ses successeurs en la seigneurie de Largouet, puissent au surplus prétendre aucuns droits de fondation ou patronage sur l'église et chapelle du Bondon, ni sur le couvent ou dépendances, mais seulement les droits de féodalité sur le dit couvent, maisons et terres en dépendantes au dit lieu du Bondon ;

» En second lieu, que le terrain arrenté par les PP. Carmes du Bondon au nommé Jean Peltier est véritablement de l'ancien domaine et dépendance du couvent, qu'ainsy ils ont eu droit de faire le dit arrentement, renonçant le dit seigneur président de Cornulier à y rien prétendre, fors les droits de féodalité seulement, qui demeurent réservés à la seigneurie de Largoet ;

» En conséquence de quoy, il a été en troisième lieu convenu que les d. PP. Carmes du Bondon rendront dans les six mois à la seigneurie de Largouet leur aveu par lequel ils reconnaitront tenir prochement leur maison conventuelle et dépendances de la dite seigneurie, également que la rente de sept livres leur due sur le terrain arrenté au dit Peltier, sans aucune autre charge ni devoir, leur promettant le dit seigneur de Cornulier toute garentie en cas de réclamation des dits droits et mouvances, soit de la part du domaine du roy, soit de tous autres, ainsi que tout seigneur de fief la doit à ses vassaux, et renonçant à les inquiéter et rechercher pour aucuns droits seigneuriaux d'indemnité, de rachat, et autres quelconques.

» Au moyen de quoy, la dite instance demeure éteinte et terminée, et les parties hors procès, sans dépens, de part ni d'autre ; s'oblige le P. Ange de Saint-Augustin, au dit nom, de faire ratifier et approuver, dans le même terme et délay de six mois, la présente par la communauté des PP. Carmes du Bondon, même par le R. P. Provincial à l'assemblée de la première congrégation de leur ordre, et d'en remettre les expéditions au dit seigneur président de Cornulier ; à défaut de quoy les parties rentreront dans leurs droits respectifs, comme si le présent n'eut été fait, et sans que les reconnaissances y portées puissent leur préjudicier en aucune façon, ni pour le fonds du terrain arrenté à Peltier, ni autrement.

» Fait double à Rennes... » — *Largoet.*

Il était difficile d'être plus juste et plus net dans le règlement des droits réciproques, et il est à présumer que la ratification demandée fut donnée, quoique le texte n'en ait pas été encore retrouvé.

IX. Revenus.

En 1757, toutes les communautés et tous les bénéficiers du diocèse de Vannes furent obligés de fournir à l'assemblée du clergé diocésain un tableau véritable de leurs revenus, à cette époque, afin de faire une nouvelle et plus juste répartition des décimes et des impôts.

Les Carmes du Bondon s'exécutèrent le 1er octobre de cette année, et voici le résumé de leur déclaration :

I. Revenus en argent.

Ferme des fruits de l'enclos et des prairies....	220^{l}		
Ferme d'un pré et de terres à Brestevan......	30.		
Tenue du Grisso-Parfin, grains, etc...........	18.		
Ferme du pré de Botcoarh, près Bernard.....	10.		
Ferme du pré, derrière les Carmes déchaussés	150.		
Ferme de la métairie de La Noë.............	500.		
Ferme des terres de Matras et des Mottes.....	270.		
Rente du Duc, sur le domaine royal..........	72.		
Rente sur les tailles de Bretagne (placements).	69.	6.	
Rente sur Pontcallec, irrégulière depuis 1718..	150.		
Rente sur la seigneurie de Ker..............	31.	6.	
Rente sur la terre de Loyon................	60.		
Rente sur la terre du Pargo................	34.	13.	4.
Rente sur divers immeubles................	108.	0.	6.
Total.................	1,723.	5.	10.

II. Revenus en grains.

Sur la Chesnaye, Lézolvan, le Grisso-Parfin, Kerizouet, la Granville et le Guern ; en tout : 40 perrées de froment, 22 de seigle, 38 d'avoine et une de mil ; le prix était variable, et d'ailleurs une partie du grain était consommée dans la maison.

III. Charges en 1757.

Au R. P. Provincial, pour droit de visite..........	45 liv.
Au même, pour l'entretien du cours d'études.....	80
Aux dames de Nazareth, pour rente constituée....	335
Aux demoiselles Chevalier de Quimperlé, en rente.	90
A Mlle Gobé, pour une rente viagère............	55
TOTAL............	605 liv.

Avec le reste, il fallait nourrir et habiller les religieux, entretenir le culte, réparer les bâtiments, etc. Les ressources auraient été certainement insuffisantes, si des quêtes et des honoraires de prédications n'avaient pas réussi à combler le déficit annuel.

Les religieux auraient pu trouver quelque ressource extraordinaire dans l'exploitation des gros arbres de leur pourpris. Mais depuis longtemps le pouvoir central, sous prétexte de conserver des bois pour les constructions navales, défendait d'abattre les grands arbres, sans son autorisation, non seulement dans les forêts de l'État, mais encore dans les bois des communautés religieuses.

Ainsi les Carmes du Bondon, ayant besoin de planches en 1741 pour réparer le lambris de leur église, en même temps qu'un dortoir et un grenier du couvent, furent obligés de se soumettre à toutes les formalités administratives. Ils demandèrent donc l'autorisation d'abattre 130 arbres sur les 300 qui couvraient leur enclos et qui dépérissaient à vue d'œil; après l'enquête et l'avis du grand-maître des eaux et forêts, après le rapport du contrôleur général des finances, le Roi, en Conseil d'État, accorda l'autorisation demandée, à la condition de planter le même nombre de jeunes arbres, et de remettre au greffe de la maîtrise les pièces justificatives de l'emploi des vieux arbres et de la plantation des jeunes. Décidément la centralisation était bien gênante.

Le nombre des religieux à entretenir au Bondon a beaucoup varié suivant les époques. En 1468 on voit figurer au chapitre onze religieux profès, auxquels il faut ajouter nécessairement quelques novices, quelques frères lais, et peut-être quelques absents. En 1510, on trouve vingt-et-un religieux, réunis en chapitre : c'est le chiffre le plus élevé qu'on ait trouvé jusqu'à présent. En 1629, il y en avait au moins douze ; en 1757 ils n'étaient plus que six, et en 1790 ils étaient réduits à quatre.

Les quatre derniers religieux s'appelaient : Fr. Jacques Biard, prieur, âgé de 59 ans, Fr. André Nicole, âgé de 71 ans, Fr. Pierre Sauvé, âgé de 56 ans, et Fr. Jean Michel Corlay, âgé de 52 ans. Interrogés le 18 novembre 1790, s'ils voulaient cesser ou continuer la vie commune, ils déclarèrent vouloir sortir de leur couvent, sauf le Fr. Sauvé. Celui-ci, ne pouvant rester seul au Bondon, se retira chez les Carmes de Ste-Anne, où il trouva un asile jusqu'au moment de la fermeture de la maison.

Ainsi finit la communauté des Carmes du Bondon, fondée par le duc Jean V en 1425.

X. Aliénations.

L'Assemblée nationale avait confisqué les biens de l'Église et décidé leur vente graduelle.

Avant de procéder à l'adjudication, les administrations locales firent généralement dresser un procès-verbal d'estimation par des experts jurés.

Voici celui qui fut rédigé pour le Bondon, le 24 janvier 1791 ; il renferme des détails topographiques, qui ne sont pas dénués d'intérêt.

« Au midi du cloitre se trouve l'église principale, et une chapelle collatérale au bas de la dite église du côté de l'évangile, (on voit que les autres chapelles avaient été démolies); la dite église plafonnée, contenant des bancs sans accoudoir, deux enfeus, une chaire, un confessionnal et une balustrade en fer.

» La maison servant de communauté comprend : un parloir ayant son entrée sur le petit bois ; un cloitre à la suite, au centre duquel est un jardinet ; un vestibule à l'angle nord-est du dit cloître ; au couchant du dit vestibule, et à gauche en entrant, un appartement servant de bucherie, et à la suite au couchant une botte (cabinet) d'aisance ;

» Au levant du dit vestibule, à droite en entrant par le cloître, est un autre vestibule, ayant au nord une salle à manger, avec une dépense et un office, et au midi une ancienne cuisine, puis la cuisine actuelle ; au midi de la cuisine est la cave, puis l'arrière sacristie, et ensuite la sacristie touchant à l'église.

» Le premier étage de la maison est servi par deux escaliers, dont le principal est en pierre à noyau, donnant dans le premier vestibule ; au couchant se trouvent deux chambres, avec porte de communication, un cabinet, et une sortie sur une galerie en bois ; vis-à-vis le principal escalier est un corridor, desservant trois chambres de maitre et huit cellules; au bout est le chœur.

» Dans la cour et au couchant de la maison, un hangar couvert de paille et soutenu par trois piliers de pierre; de plus et accolée au mur et au couchant une écurie avec un grenier au-dessus.

» Et avons estimé les dits logements la somme de 1,200 liv., attendu l'entretien qu'ils demandent et leur nombre inutile; et le jardin la somme de 2,000 livres ; les bois et les émondes 1,900 livres ; total : 5,100 livres.

» Arrêté à Vannes les jour et an cy-dessus.

Signé : Jehanno, Le Claire, experts. » (Q. 85.)

Deux mois après, c'est-à-dire le 14 mars 1791, eut lieu l'adjudication. « Le Directoire du district de Vannes, passant à l'adjudication définitive des bâtimens, bois, vergers, courtils, pâture et autres dépendances du monastère des Carmes du Bondon, à la chaleur des enchères et à l'extinction des feux; une première bougie allumée, il a été demandé par le héraut qui vouloit faire valoir les dits biens au-dessus de la somme de 11,348 livres, prix de la dernière enchère. Ils ont été portés par M. Guyot (de la Chauvelaye) à 11,448 livres, puis à

12,148 livres par le sieur Saint-Julien, à 12,448 livres par le sieur Guyot, et une dernière bougie allumée et éteinte sans que la dite enchère ait été couverte; le Directoire, ouï le procurateur et le procureur syndic, a déclaré adjuger et adjuge au dit sieur Joseph Guyot, négociant, demeurant à Vannes près le port, paroisse de Saint-Patern, les dits bâtiments, jardins, bois, vergers, prés, courtils, pâtures et autres dépendances du monastère des Carmes du Bondon, pour la dite somme de 12,448 livres, que ledit sieur Guyot acceptant s'oblige de payer et acquitter à la caisse du district, aux termes et dans les délais prescrits par les décrets de l'Assemblée nationale, concernant l'aliénation des domaines nationaux...

Signé : Jacq. Glais, — Serres, fils, — Bernard, — Lucas, fils, — Rollin, proc. syn. — De la Boessière. » (Q. 165.)

Le même jour, 14 mars 1791, la petite prairie de Botcoarh fut vendue au même acquéreur pour 269 livres.

Déjà, dès le 14 décembre 1790, les terres des Mottes et de Matras, à Pontivy, avaient été cédées au Sr Duparc, pour 12,100 livres. Le 19 janvier 1791, la grande prairie, située près des Carmes déchaussés, avait été vendue à M. Malherbe, pour 4,450 livres.

Le 24 mai 1791, la métairie de Lanoë fut adjugée à M. Tilman-Delisle pour la somme de 25,000 livres.

Le 29 mars 1794, les terres situées à Brestevan en Theix furent vendues au sieur Robert pour 2,850 livres.

Enfin, le 18 avril 1798, la tenue du Grisso-Parfin en Grand-Champ fut adjugée à N. Le Drévo pour 33,300 livres.

Tout était vendu; l'établissement des Carmes n'était plus qu'un souvenir historique.

L'acquéreur du couvent s'empressa de démolir l'église, le cloître et le bâtiment de l'est, en sorte qu'il ne reste plus aujourd'hui que le corps de logis du côté du nord et les murs de l'enclos.

NOTE

AU SUJET DES FOUILLES EXÉCUTÉES EN 1895 DANS LA RUE DU FOUR.

(Par M. E. DE KERLINOU.)

La municipalité de Vannes ayant fait exécuter au cours de cette année des travaux qui avaient pour résultat d'abaisser d'une façon sensible le sol de la rue, les ouvriers chargés de ce travail mirent au jour, dès les premiers coups de pioche, de nombreux ossements humains.

Des mesures furent prises aussitôt pour les faire transporter au cimetière de la ville.

Tout porte à croire que ce cimetière dépendait anciennement de l'hospice Saint-Nicolas, mais il y a lieu de remarquer que le niveau de la rue avait déjà dû être baissé, car beaucoup de squelettes ne se trouvaient enfoncés qu'à cinquante centimètres à peine dans le sol; l'un d'eux a été trouvé en partie engagé sous le mur de la maison Savary. C'est d'ailleurs près de là, que l'on trouva quelques objets intéressants : une brique romaine longue et épaisse, donnée au musée de la Société par M. Allanic, et quelques pièces de monnaie dont les seules lisibles portaient l'effigie de Gaston d'Orléans.

Enfin deux goulots en terre cuite de forme élégante, ont été trouvés à peu près en face de la place de la Petite-Garenne. Plus bas, il y avait de nombreux squelettes, mais ils n'étaient accompagnés d'aucun objet intéressant pour l'histoire ou l'archéologie.

ÉTUDE

SUR LES

MÉTÉORES COSMIQUES

(AÉROLITHES, PIERRES TOMBÉES DU CIEL, BOLIDES &c.)

(Par M. le Cte de Limur.)

De temps en temps, il prend fantaisie aux espaces planétaires, pour des raisons qui ne sont pas encore connues, de tirer à boulets rouges et à mitraille sur notre globe, et cela avec toute espèce de projectiles de composition différente : fer, pierres, etc.

Dans le siècle où nous vivons, nos contrées du Morbihan n'ont point été épargnées et le département a reçu sa part de météores cosmiques.

Si vous vouliez bien nous accorder quelques minutes, nous jetterions ensemble un coup d'œil sur ces étranges visiteurs, et sur les curieux phénomènes qui accompagnent leur arrivée. Ils sont une cause de surprise, d'épouvante même, là où ils se manifestent, et cela avec raison, car ils occasionnent parfois mort d'homme, ou, si les circonstances s'y prêtent, ils deviennent des agents incendiaires.

Ces lignes que nous venons de tracer ne peuvent être taxées d'exagération ; il vous sera facile de le reconnaître dans le cours de cette étude. Nous avons tenu à ne consigner que des documents sérieusement établis, et appuyés, pour quelques-uns, sur des échantillons conservés dans les vitrines de notre galerie, qu'il est facile d'examiner en détail (1).

(1) Nous répétons ici ce que nous avons déjà dit dans d'autres études : à l'imitation de ce qui a lieu à l'étranger, pour les grandes collections et les musées, propriétés privées (en Italie, en Allemagne, en Angleterre), notre galerie minéralogique est ouverte à toute personne s'intéressant à l'histoire naturelle des corps inorganiques.

I.

MÉTÉORES COSMIQUES

EN GÉNÉRAL.

Il y a quelques semaines, M. l'ingénieur de Mauroy, qui habite la Haute-Marne et a réuni une des riches collections d'aérolithes, originaires des diverses chutes, soit en France soit à l'étranger, nous adressait une lettre, demandant s'il nous serait possible de lui procurer un spécimen de la météorite tombée à Kernove en Cléguérec, un peu plus important que celui — du poids de quelques grammes seulement — qu'il possède.

Le contenu de sa missive nous a conduit à examiner avec attention les spécimens divers qui existent dans les vitrines de notre galerie de minéralogie (Salle N° 3, armoire N° 75). Si ce n'est pas abuser de vos instants, j'étudierai avec vous les phénomènes particuliers et d'un intérêt considérable qui se sont produits, à différentes reprises, pendant le cours de ce siècle, dans le Morbihan. Il s'agit de météores cosmiques; de ces événements qui touchent de très près à des questions que se posent l'Astronomie, la Chimie ou la Physique, sans omettre la Géologie et la Minéralogie, c'est-à-dire à peu près à toutes les diverses branches de l'histoire naturelle des corps inorganiques. Par suite, ils méritent une attention spéciale. Tout d'abord permettez-nous, avant d'étudier les météores cosmiques signalés dans notre département, de donner quelques détails ou remarques générales sur ces visiteurs étranges qui nous viennent des espaces *planétaires.*

En dépit de leur arrivée sur notre globe avec accompagnement parfois de détonations effroyables, — auprès desquelles un coup de tonnerre, si violent qu'il puisse être, ne serait qu'un bruit comparable à l'éclat d'une capsule de pistolet auprès de la décharge d'une pièce d'artillerie, — de traînées de feu, longues de plusieurs kilomètres, de morts d'hommes ou d'incendies d'habitations, qu'il nous sera donné de constater plus loin ; de semblables événements n'ont cependant guère de retentissement au delà d'un cercle restreint dans les populations. On dit : des pierres sont tombées à tel endroit, tel jour, et c'est tout. Les aérolithes, — météorites, si vous voulez, — ne jouissent que très peu du pouvoir d'impressionner le public, de donner naissance à des légendes fantastiques, à des croyances souvent absurdes, ayant cours encore aujourd'hui. Il n'en est pas de même de l'apparition d'une brillante et inoffensive comète ornée d'un long panache, — *un rien visible* — comme dit quelque part le célèbre astronome Arago. Jadis, au moyen âge, et de nos jours encore dans le public, surtout des campagnes, les comètes sont considérées comme des messagères de calamités, et ont la vertu de terrifier les populations. Ainsi par exemple, l'apparition en 1456 de la *comète de Halley*, cette fois munie d'une brillante et longue queue, revenue depuis cette époque en 1531, 1607, 1682, 1759 et que l'on verra apparaître de nouveau en 1911, causa partout une panique extraordinaire (1).

Nous venons de noter que souvent on constate à l'apparition des météores cosmiques de très fortes détonations avec éclats, semblables à de grosses étincelles. A cet instant, la violence de la détonation doit être telle que rien ne lui est humainement comparable. La physique, en effet, nous fait connaître que la transmission du son ne se fait pas dans le vide, et que, quand il se produit dans l'atmosphère, son intensité perçue décroît en raison inverse du carré de la distance au centre d'ébranlement. Cette remarque du peu de bruit causé par une détonation à des hauteurs où l'atmosphère a moins de densité, est conforme aux observations de Saussure sur les régions des Alpes, où le bruit d'un coup de pistolet ne se fait plus entendre qu'à une très faible distance.

Alors que dire et que penser de ce que pouvait être la violence de l'explosion du globe enflammé qui apparut dans l'atmosphère, à une heure de l'après-midi, le 26 avril 1803 et fut aperçu de Caen, de Pont-Audemer, et des environs

---

(1) Voir Arago, Astronomie, etc. vol. 3, et le Dictionnaire d'astronomie, art. Comètes.

d'Alençon, de Falaise et de Verneuil ? Quelques instants après on entendit à l'Aigle et à trente lieues à la ronde, une violente explosion. Des pierres furent lancées, etc. (1)

Passons au bolide du 6 juin 1850, observé à Dijon et suivi d'une détonation qu'on entendit sur l'étendue d'un cercle de plus de 25 lieues de rayon (Comptes-rendus de l'Académie des sciences, t. XXXI). Enfin, relativement au même phénomène des détonations, signalons le bolide observé à Vannes par nous, le 7 décembre 1865, dont nous parlerons plus loin en détail. Fort heureusement, ce soir-là, le ciel très clair nous a permis de suivre la traînée de sa lumière, et par conséquent le tracé de sa route d'une façon très nette, à travers les constellations. A la suite des détails uranographiques que nous nous étions empressé de transmettre à M. Le Verrier, l'éminent directeur de l'Observatoire a jugé opportun de faire dresser du trajet de ce météore une carte — dont nous possédons un exemplaire, — et de faire établir les calculs par M. Grucy, attaché à l'Observatoire, ainsi qu'il est possible de le constater sur la légende inscrite au bas de la carte. Le météore a fait explosion à 50 kilomètres de Vannes, à une hauteur de 50 kilomètres au-dessus de l'horizon de cette ville. La hauteur moyenne de sa course égalait 95 kilomètres. Le calcul a montré que la vitesse absolue du bolide dans l'espace était de 20 kilomètres à la seconde, chiffres ronds. — Or peu d'instants après son apparition, environ 6 minutes 10 secondes, nous entendions comme un gros coup de tonnerre éclatant à 2 ou 3 kilomètres. On se demande, sans pouvoir bien s'en rendre compte, quelle *a pu être la violence et la force, à l'endroit, et dans une atmosphère très raréfiée, d'une pareille explosion*.

Nous avons accusé les pierres qui viennent du ciel, aérolithes, météorites, etc. de causer parfois mort d'homme. Pour soutenir un procès il est nécessaire d'avoir en mains des pièces à l'appui ; ici, elles ne font pas défaut. Chladni, Bigot de Morogues, Hoff, Kœmtz, Quételet et quelques autres ont dressé des catalogues des pierres tombées du ciel depuis les temps historiques ;

---

(1) Voir notre galerie, salle N° 3, armoire N° 75 : échantillon de météorite de l'Aigle. Don de M. Damour.

de plus, grâce aux recherches faites par Arago et complétées sur sa demande par MM. Barral, Biot, Abel de Remusat, pour les contrées de l'Orient, on a une liste aussi complète que possible de ces phénomènes. Nous allons en extraire quelques passages.

On lit, dans le catalogue de Biot : Une pierre tombée en Chine le 14 janvier 616 de notre ère, fracassa des chariots et tua dix hommes.

Le capitaine Suédois Olœus-Ericson-Willeman, entré comme volontaire au service de la compagnie hollandaise des Indes Orientales, rapporte qu'en 1654 étant en mer, une boule qui pesait huit livres tua deux hommes en tombant sur le pont du navire faisant route à pleines voiles.

En 1654, le 30 mars, à Milan, une petite pierre tua un moine de l'ordre des Franciscains (Museum Septalianum).

Le célèbre chimiste Laugier a laissé un échantillon d'aréolithe avec une note portant que cette météorite avait fait explosion avant sa chute et près de *Roquefort en Amérique*, qu'elle avait écrasé une chaumière, tué le métayer, et fait un trou en terre de deux mètres de profondeur en tuant le bétail (Arago, t. 4.).

Ainsi d'après les quelques faits *authentiquement* établis que nous venons de rapporter, dans certaines circonstances, les météores cosmiques peuvent être cause de mort d'homme, tandis que les comètes si calomniées n'ont jamais fait autre chose que de nous donner de bons vins, appelés par les gourmets *Vins de la Comète* (Comète de 1811).

Voyons maintenant si les météorites ne sont pas susceptibles, à l'occasion, de jouer le rôle d'agents incendiaires.

Les météorites qui tombèrent à Braunau en Bohême, le 14 juillet 1847, étaient encore tellement chaudes, ainsi que le constate le compte-rendu de l'Académie des sciences, t. XXV, qu'il était impossible de les toucher, six heures après leur chute.

« Nombre de faits ne laissent aucun doute, au point de » vue de la possibilité d'incendies, lors même que ces

» pierres n'ont pas été retrouvées toujours après l'événement.
» Citons quelques-uns de ces brûlis. » (Arago, Astronomie, etc., t. 4.)

1° Les mémoires de l'académie de Dijon nous apprennent que du 11 au 12 novembre 1761, une maison de Chamblan, à une demi-lieue de Seurre en Bourgogne, fut incendiée par suite de la chute d'un météore.

2° Le 13 novembre 1835, un météore très brillant apparut vers neuf heures du soir, par un ciel serein, dans l'arrondissement de Belley (*Ain*). Il éclata près du château de Lauzières, et incendia une grange couverte en chaume; tout fut brûlé en quelques minutes. *Un aérolithe a été retrouvé sur le théâtre de l'événement* (Comptes-rendus de l'Académie des sciences, tome 1.).

3° Le 25 février 1841, un bolide venant du nord-est tomba sur le toit d'un pressoir situé au hameau nommé le *Bois-aux-Roux*, commune de Chanteloup, arrondissement de Coutances (*Manche*), et y alluma un incendie qui se communiqua à deux maisons contiguës.

4° Le 26 janvier 1846, un bolide, dirigé du nord au sud et laissant après lui une trace lumineuse, incendia un bâtiment à la *Chaux*, arrondissement de *Châlon-sur-Saône* (Saône-et-Loire) (1).

5° Le 22 mars de cette même année 1846, à trois heures du soir, une gerbe lumineuse qui a sillonné l'espace avec une grande vitesse et un bruit assez intense, est tombée sur une grange de la commune de Saint-Paul, arrondissement de *Bagnères de Luchon* (Haute-Garonne). En un instant tout est devenu la proie des flammes; les bestiaux renfermés dans les étables ont été entièrement consumés.

Il serait facile de citer d'autres faits d'incendies ayant pour cause l'arrivée de météores cosmiques, mais ce serait par trop abuser de votre temps. Les faits que nous venons de rapporter suffisent pour établir que les boulets rouges venus

---

(1) Arago, Astronomie, t. 4.

du ciel, quand ils se trouvent en contact avec des matières inflammables, peuvent occasionner, presque à coup sûr, des incendies plus ou moins considérables. Si, au lieu de tomber près d'un chêne, dont il a brûlé les jeunes branches seulement, l'aérolitne de Kernove avait pris logement plus loin, sur les bâtiments de la ferme, il les eût probablement brûlés en les effondrant. Ce projectile représentait un gros poids.

On en connaît d'autres très pesants aussi. Par exemple, la météorite de *Juvenas* — dont il existe un fragment dans notre galerie — pesait 92 kilos. L'aérolithe du 7 novembre 1492, tombée à *Ensisheim* près de l'empereur Maximilien Ier, ne pesait pas moins de 133 kilogrammes (note Vauquelin et Fourcroy). Celui de *Santa-Rosa* dont on doit la description à MM. Boussingault et Maviano de Rivero pesait 750 kilogrammes.

Enfin, la masse de fer météorique tombée entre Krasnojarsk et Sisim (Sibérie méridionale),dont j'ai un échantillon, pesait de 1,500 à 1,600 kilos. Mais ce volume et ce poids ne représenteraient que la valeur d'une cerise près d'un abricot, comparativement à ce que sont les deux masses de Krasnojarsk et celle de la Rivière-Rouge (dans la Louisiane). Cette dernière ne représente pas moins de 8,500 kilos.

Mais voilà bien des détails au sujet des gros projectiles, des boulets rouges, pour employer un terme de comparaison. Maintenant, disons quelques mots sur les projectiles de moindre dimension. On dit que dans un grand engagement entre deux armées, c'est toujours le canon qui commence l'action, mais que c'est le fusil qui gagne la bataille. Il s'est présenté ici des résultats semblables; c'est la mitraille céleste qui a eu raison de l'entêtement et des négations scientifiques qui se produisaient avant la grêle de pierres du 26 avril 1803 à l'Aigle. Jusqu'à cette époque, l'Académie des sciences refusait opiniâtrément de les admettre, en dépit de chutes de pierres bien authentiquement reconnues, à Ensisheim, sous les yeux de Maximilien Ier; à Lucé dans la Sarthe; en Toscane le 16 juin 1794, etc. Peu s'en fallut qu'un rire général n'éclatât lorsqu'un savant distingué vint faire à l'Institut l'annonce d'une chute de pierres, à Bénarès (Bengale). Le 19 décembre 1795, le rapport de M. Biot constate que des pierres furent lancées, sur une surface elliptique d'environ deux lieues et demie de long et à peu près une lieue de large. La plus grosse pierre trouvée dans cet espace n'excédait pas 8 kilos et demi.

C'est loin du bolide observé en Angleterre le 18 août 1783. Vu en Angleterre, en Écosse, en France, dans les États Romains, faisant le tour de notre globe avec une vitesse de 28 kilomètres à la seconde, son volume fut estimé à plus de soixante millions de quintaux métriques. Il passa à 36 kilomètres de nous. Il ne se trouverait positivement pas une différence plus considérable entre une semblable masse qu'est la terre et l'un des astéroïdes ou petites planètes qui se promènent en compagnie autour du soleil, qu'il n'en existe entre celle de Mercure et l'astre qui nous éclaire. (Transactions philosophiques, Londres, 6e volume.)

Citons un autre exemple d'une mitraillade céleste plus récente que celle de l'Aigle :

Le 30 janvier 1868, à sept heures du soir, à la suite d'une détonation formidable, à Sièle, près de Pultusk en Pologne, sur un espace de plusieurs kilomètres de surface, une véritable grêle de météorites est tombée sur le sol. Le volume des grains pouvait varier entre le volume d'une noisette et celui d'une très grosse prune.

Tous les exemplaires de forme grossièrement arrondie sont revêtus d'une croûte noire et se rapportent au groupe A des sidérites, groupe des sporadosidères (le fer se présente sous la forme de grains disséminés) (1). Il est possible d'avoir en main, de la chute de Pultusk, dans notre galerie minéralogique, trois exemplaires absolument intacts recouverts de leur croûte. Un exemplaire cassé par la moitié fait voir la structure intérieure, et un fragment poli montre, en grains disséminés, le fer à l'état métallique, tout comme pour un autre spécimen de la météorite tombée le 14 mai 1831 à Vouillé dans la Vienne, lui aussi en partie poli.

---

(1) Voir la classification des météorites solides et cohérentes établie par M. Daubrée, rapportée plus loin.

Dans un grand nombre de citations touchant les phénomènes observés au moment de l'arrivée ou de l'apparition d'un météore cosmique, les observateurs signalent, nombre de fois, une traînée lumineuse, blanche au début comme serait l'éclat d'un fil de magnésium en combustion — mais à mesure que le météore voyage dans l'espace, la traînée change de couleur et d'éclat. De blanche elle devient rouge aurore, puis rouge de feu, ou présente l'aspect de charbons enflammés. C'est le moment où, si un bolide doit éclater, le phénomène a lieu, en produisant nombre d'étincelles, une vraie gerbe, comme une fusée de feu d'artifice.

Cette traînée lumineuse que nous venons de signaler, n'est qu'une illusion d'optique se produisant pour les bolides et les étoiles filantes. La chose peut se démontrer par une expérience facile à exécuter : Faites tourner en cercle et rapidement dans l'air devant vos yeux, une longue baguette en fer, rougie à blanc (c'est-à-dire près du point de fusion du métal) à un des bouts, dans un milieu sombre ou la nuit, votre cercle tracé dans l'air va vous présenter un ruban, un cercle brillant et passant par toutes les teintes que nous venons de signaler plus haut, toujours à condition que vous traciez votre cercle en l'air le plus rapidement possible avec une longue baguette. Ce n'est cependant qu'un point brillant, mais doué d'un mouvement rapide il vous produit l'illusion d'un cercle de feu ; c'est la conséquence de la persistance momentanée de la vision et de l'impression produite sur la rétine par un corps brillant. Ce point est déjà loin que l'œil le soupçonne à l'endroit où il n'est plus : de là l'illusion d'optique d'une traînée lumineuse.

De même, une fusée de feu d'artifice qui s'élève tout enflammée dans l'air, est la représentation exacte de tous les détails des phénomènes produits par un bolide en marche dans l'espace. Plus le mouvement de translation d'un corps ou d'un point enflammé est rapide, plus la traînée brillante qui semblera suivre, paraîtra longue et persistante dans un espace de temps donné. En conséquence, si la vitesse d'une masse enflammée est ou approche d'être celle dite astronomique, c'est-à-dire de 20 à 30 kilomètres à la seconde comme, par exemple, la vitesse tangentielle de notre globe autour du soleil, — 8 lieues à la seconde, — l'illusion d'optique d'une traînée lumineuse aura lieu. Mais une semblable rapidité de translation dans l'espace ; — 25 à 30 kilomètres à la seconde, — est bien peu de chose, en comparaison de celle parfois constatée pour certaines comètes. Ainsi, celle de 1680 a développé en deux jours une queue de vingt mille lieues. Nous écrivons cette somme en lettres pour qu'on ne suppose pas quelque erreur de chiffres. Ce qui représenterait une somme de vitesse bien difficile à s'imaginer. Bien plus, la comète de 1472, à son périhélie, a fait en un seul jour plus de 40 degrés, ce qui représente la somme fantastique de 250 lieues à la seconde.

Des observateurs ont aussi constaté la présence de deux aérolithes distincts, cheminant de compagnie et parallèlement, tous deux à une très faible distance l'un de l'autre. Le fait est arrivé dans la commune de Lancé, canton de Saint-Amand (Loir-et-Cher), d'après une communication adressée par M. de Tastes à l'Académie des sciences et insérée au tome LXXV, page 273, année 1872.

Voici quelques passages de cette communication :

..... « Le 23 juillet à 5 h. 25, une violente détonation » suivie d'un roulement prolongé, se fit entendre du nord-est. » Je me trouvais sur le canal de jonction du Cher à la Loire, » dans l'isolement et le silence le plus complet. Cette détonation ressemblait à celle d'une pièce de canon de fort calibre, » tirant à une distance de 3 kilomètres et qui aurait été » suivie d'un feu roulant de mousqueterie prolongé pendant 30 » à 40 secondes...

»... L'explosion aurait été entendue dans presque toute » l'étendue du département. Les communes de Monthodon, » Neuville, Chateaurenaud, Beaumont-la-Rose, Dammarie, » avaient été terrifiées par une explosion épouvantable faisant » trembler le sol et les maisons.

».... L'instituteur de Thilouze m'a écrit qu'il avait vu distinctement passer dans le sud du bourg, deux corps lumineux, comme deux flammes de chandelles, marchant

» parallèlement avec une grande vitesse, du sud-est au
» nord-est. Les témoignages de MM. Mestayer, Benoit, de
» Thilouze, et Fusciller, ne laissent aucun doute sur l'exis-
» tance de deux météores distincts et cheminant parallèlement
» à une faible distance l'un de l'autre..... » (1).

Du reste, le fait de deux aérolithes faisant route vers notre sol de compagnie, n'est nullement exceptionnel.

Le 21 février 1846 un bolide, à Collioure (Pyrénées-Orientales), était constitué de deux gros globes lumineux, paraissant presque en contact et se dirigeant du nord-est au sud-ouest (Comptes-rendus de l'Académie des sciences, tome XXII). La météorite de Kerboulard, que nous examinerons plus loin, présenterait peut-être un troisième exemple de météores cosmiques faisant route de concert.

Pendant bien longtemps les désignations de météorites, aérolithes, pierres tombées du ciel et, plus anciennement encore, pierres de foudre, ont été en quelque sorte employées indifféremment pour indiquer des météores cosmiques; termes assez vagues au point de vue des divers phénomènes qui sont le sujet de cette étude.

Par suite des recherches de Beudant, d'Arago, de M. Daubrée et autres savants, il a été généralement admis que les désignations de *météorites*, *aérolithes*, etc., seraient appliquées aux masses solides de nature diverse récoltées sur notre sol, reconnues pour être les débris de l'éclatement d'un bolide, et, *bolide*, un météore cosmique, lumineux, en route à travers les espaces, qu'il éclate ou n'éclate pas. Voici, à ce sujet, quelques faits bien établis par les observations, rapportés dans les comptes-rendus de compagnies savantes.

LES BOLIDES.

En 1718, le 19 mars, apparition d'un météore presque aussi brillant que le soleil. Les étoiles s'effacèrent complètement. On ne voyait presque plus la lune bien qu'alors elle

(1) Voir dans notre galerie, salle N° 3, un spécimen de cet aérolithe du Loir-et-Cher, avec la croûte.

fût de neuf jours. La disparition du météore fut suivie d'une forte détonation. La hauteur verticale du phénomène pendant toute l'apparition était de 119 lieues. Il aurait été aperçu à 240 lieues de distance. Son diamètre était de 2,560 mètres. Il se mouvait avec une vitesse de 2,700 mètres à la seconde. (Halley, Transactions philosophiques 1718. Londres). Nous avons voulu rapporter en première ligne cette observation du célèbre astronome Halley, dont la comète citée plus haut porte le nom de comète de Halley.

Le 12 mars 1731 il se montra à Halstead (comté d'Essex) un bolide d'où, après une explosion, il tombait une grosse pierre (Kœmtz).

Le 9 juin 1822, bolide vu à Loudun, Poitiers, Angers, suivi d'une violente détonation qui a donné naissance à un aérolithe tombé à Angers (Journal de chimie et de physique, 2e série, tome XX, p. 89).

Le 27 octobre 1844, apparaît un bolide à Parcé (Sarthe) et vu du Blanc dans l'Indre, etc., ayant, selon les calculs de M. Petit, une vitesse de 18 lieues par seconde, distant de la terre de 128 lieues au moment de son apparition et de trois lieues au moment de son extinction (Comptes-rendus de l'Académie des sciences, tomes XIX et XX).

En 1850 le 6 juillet, bolide observé à Bordeaux, à Toulouse etc., se dirigeant du nord-est au sud-est, distant de la terre, selon les calculs de M. Petit, de 64 lieues lors de son apparition et de 32 lieues lors de son extinction. Diamètre réel 215 lieues et se mouvant avec une vitesse de 19 lieues par seconde (Comptes-rendus de l'Académie des sciences, tome XXXV).

Nous ne rapporterons ici qu'un petit nombre d'observations au sujet des bolides, pensant que cela suffira pour établir que si, parfois, il arrive à certains de détonner et de disparaître en éclats — dont les débris nommés météorites, aérolithes, peuvent être ramassés sur notre sol — d'autres bolides disparaissent dans le silence et sans laisser d'autre trace qu'une trainée lumineuse, à la manière des étoiles filantes.

Les personnes qui visitent notre galerie minéralogique, lorsqu'elles ont en main, par exemple, un de ces débarqués sur le sol de Pultusk en Pologne, arrivé à grand fracas le 30 janvier 1868, complètement revêtu de ses habits de voyage — c'est-à-dire la croûte — ne sont-elles pas, parfois, tentées de lui demander : « D'où viens-tu bien, de chez notre voisine la lune? ou, — faisant un autre chemin, — de ce groupe d'astéroïdes ou petites planètes en procession autour du soleil? Dans ton bagage chimique, se rencontrerait-il par hasard quelques substances ou combinaisons inconnues sur notre globe? Tu es arrivé chez nous de si loin, si loin!... On ne sait trop d'où. »

Telles sont les questions qui nous restent à examiner.

I.

D'après les documents que nous venons de citer, les bolides arrivent des espaces, suivis de violentes détonations. Dans leur course, ils présentent l'apparence de masses plus ou moins volumineuses à l'état incandescent et, presque toujours, terminent leur évolution par un éclatement avec gerbe d'étincelles puis, après la disparition de tous ces phénomènes, arrivent parfois à terre des masses plus ou moins volumineuses de nature diverse, aérolithes, météorites, etc.

Prenons en main quelques échantillons de météorites, que nous allons considérer de près.

On peut remarquer que tous ces visiteurs, arrivant de loin, probablement partis de milieux planétaires inaccessibles à tout être organisé comme nous, viennent prendre gite dans nos contrées terrestres, ayant toujours leurs vêtements de voyage, c'est-à-dire une croûte brune ou noire, terne ou subluisante, selon le tempérament de celui qui en est revêtu, croûte encore chaude au moment de l'arrivée (voir page 39.) Ce revêtement épais tout au plus d'un millimètre, ou même moins, est indiscutablement le résultat de la fusion extérieure de la masse générale, car à l'intérieur on ne voit pas trace de vitrification, sauf peut-être quelques minces petites fissures préexistantes dans la masse, où la matière en fusion de la croûte s'est glissée, mais jamais au delà de un à deux centimètres de profondeur.

A la suite de ces remarques, nous avons voulu savoir si cette mince croûte est bien la conséquence d'une forte élévation de température portée au rouge blanc, seulement à la périphérie de la masse générale — par suite de ce phénomène, lumière intense, blanche au début de l'apparition d'un bolide dans l'atmosphère — sans agir profondément vers le centre et donnant cependant au météore l'aspect d'un globe de feu marchant à grande vitesse.

Après les observations que nous venons de consigner, nous avons tenté quelques recherches synthétiques pour essayer de reproduire cette croûte superficielle si caractéristique des météorites, en employant les procédés de la voie sèche. Nous avons donc détaché une esquille du point le plus central et le plus éloigné possible de la croûte, d'un gros spécimen de la météorite de Kernove, en Cléguérec.

Nous avons soumis ce petit fragment à l'action du feu de réduction, en ayant le plus grand soin de ne faire porter le dard de la flamme bleue que sur la pointe extrême de l'esquille, pour ne pas altérer, par le feu de réduction, le reste — en particulier le fer à l'état métallique faisant partie de la composition du spécimen soumis à l'expérience.

Le résultat, ainsi qu'il est facile de le remarquer en examinant le tube A (1), est complet. La croûte se voit très bien à l'aide d'une forte loupe, la pointe du spécimen et le reste de la masse du fragment sont demeurés inaltérés. A' est une autre esquille de même origine. Un éclat traité de la même façon, mais chauffé au feu de réduction sur toute sa surface, s'est revêtu d'une croûte semblable à celle du bloc primitif, et est devenu une petite météorite en miniature complètement enveloppée de sa croûte.

Les expériences synthétiques dont nous venons de consigner les détails, nous conduiraient peut-être à penser que cette

---

(1) Voir dans notre galerie, armoire N° 75, salle 3.

croûte fondue et toute superficielle, est la conséquence d'une somme considérable de calorique, développée instantanément à la périphérie seulement d'une météorite en voyage vers notre sol terrestre.

La température des espaces planétaires a été, de longue date, le sujet des recherches de nombre de savants, astronomes, physiciens, etc.

Vous rapporter ici les hauts calculs de Fourier, Arago, Pouillet, Herschell, Poisson et autres, serait chose bien abstraite et de plus, singulièrement compliquée. Dans le but d'être aussi concis que possible, permettez-nous de ne consigner qu'un seul renseignement.

Dans la célèbre ascension en ballon, faite, conformément à la demande de l'Académie des sciences, par MM. Biot et Gay-Lussac, dont les résultats sont classiques, les deux savants ont atteint une température très basse. La congélation du mercure (1), dépassée à 7,000 mètres au-dessus du niveau de la mer, point où le thermomètre marquait alors 16° 1/2. Or, cette hauteur d'un peu plus de 7,000 mètres, n'est pas même le double de celle où se trouve présentement l'observatoire du sommet du Mont-Blanc, c'est-à-dire à 4,811 mètres.

Nous devons encore à M. Le Gal de Kerlinou, notre collègue, un renseignement curieux au sujet de la température très froide des espaces planétaires. Il se souvient avoir lu il y a quelques années dans *le Figaro*, qu'une météorite était tombée dans l'Inde ; que quelque temps après sa chute, — trente-six ou 40 heures — étant profondément enfoncée dans le sol, on voulut l'arracher ; qu'une fois hors de son trou, ayant été brisée, un fort éclat détaché du centre de cette météorite, avait gardé une température tellement basse, que la peau de la main de la personne qui tenait le fragment central y resta collée. Ce fait arrive, quand, par exemple, on touche avec les doigts, sans gants, un bouton ou la tête d'un instrument métallique, vers le pôle, et que la température hivernale est inférieure à 45° ou 50° au-dessous de zéro (2).

(1) Le mercure est solidifié à 40° au-dessous de zéro.

(2) Les voyages autour du monde. Voyage du *Tegetof*, de la *Germania*, etc.

II.

DE L'INFLAMMATION A LA PÉRIPHÉRIE D'UN BOLIDE.

En tête de ce paragraphe, il est peut-être bon de reproduire les lignes suivantes d'une de nos hautes autorités scientifiques, M. Dufrénoy. On lit, tome II, page 447 du traité de minéralogie redigé par l'éminent directeur de l'École des mines : « La hauteur à laquelle les bolides s'enflamment et éclatent » est très souvent supérieure à celle de l'atmosphère; ainsi » leur ignition, dans ce cas, est indépendante de l'action de » l'air »... Or un proverbe dit : point d'effet sans cause. Si quelques-uns admettent la résistance de l'air et le frottement à travers les masses ou les couches atmosphériques, comme susceptibles de provoquer une fusion extérieure, une croûte à la surface périphérique d'une masse, quel que soit son volume, ce n'est pas le seul élément pour arriver à la solution du problème.

La physique nous apprend qu'une vitesse acquise, brusquement altérée, se convertit en chaleur proportionnellement à la vitesse supprimée. Exemple : une balle ronde d'un fusil du premier Empire, arrêtée subitement par de la ouate ou un obstacle matelassé, recueillie à l'instant de son arrivée, se trouve chaude au moment de l'arrivée, à la surface périphérique. Elle a cheminé à raison d'une vitesse de 400^{m} à la seconde. Que peut être cette petite vitesse, en comparaison de la marche du bolide passé au-dessus de Vannes, dont nous avons dit quelques mots plus haut, ayant une course moyenne de 15 kilomètres à la seconde, et une vitesse absolue dans l'espace de 20 kilomètres de marche, au moment de l'éclatement ? Une différence semblable à la seconde pouvait peut-être bien amener à la surface du bolide en question, non seulement un chiffre énorme de calories, entraînant la formation d'une croûte mince et fondue, mais aussi la vaporisation de la matière, donnant lieu à une auréole, comme celle signalée au sujet du bolide de Cherbourg (12 février 1836) — dont il sera question plus loin — ou à une traînée lumineuse à couleur variable et persistante, après l'éclatement du bolide, quelques minutes plus tard.

En somme, la dilatation, conséquence de conversion d'un mouvement doué d'une énorme vitesse, en chaleur proportionnelle, par suite de ralentissement brusque dans la marche d'une masse mauvaise conductrice du calorique, — comme est la pierre, — doit avoir pour résultat probable la formation de zones d'une inégale dilatation, de la périphérie de l'astéroïde entrant en fusion, même passant à l'état de volatilisation; alors que vers le centre ce dernier point reste à moins de 40° au-dessous de zéro, point de congélation du mercure. Nous venons de parler d'énorme vitesse. Pour essayer de fixer nos idées à l'aide d'une comparaison, supposons un instant que nous montions à Vannes sur un de ces astéroïdes qui se dirige vers Nantes, marchant à son train cosmique ordinaire de 20 à 25 kilomètres à la seconde, en 5 secondes trois quarts nous serons au zénith de la place Bretagne à Nantes. Cette remarque suffit pour montrer l'énorme somme de calorique développée par le plus léger ralentissement instantané, dans la vitesse acquise de l'astéroïde.

III.

NATURE ET COMPOSITION CHIMIQUE DES MÉTÉORES COSMIQUES.

Ces émigrés arrivant de temps à autre on ne sait d'où, qui sont-ils définitivement, pour venir ainsi, sans dire gare, s'installer dans notre sol terrestre ?

Apporteraient-ils donc avec eux quelque nouveau corps, qnelque combinaison chimique ?

Les chimistes les plus éminents se sont préoccupés de recherches touchant les météores cosmiques, et voici ce qu'ils en disent. Howard, Klaproth, Vauquelin, Proust, Berzelius, Stromeyer, Laugier, Beudant, Dufrénoy, Gustave Rose, Boussingault, Bammelberg, Shépard, M. Daubrée, etc., dans leurs recherches successives, n'ont trouvé, dans les météores cosmiques, que des corps connus dans l'enveloppe terrestre, qui sont : le magnésium, le potassium, le sodium, le calcium, l'oxygène, le soufre et le phosphore ; — pour les métaux : le fer, le nickel, le cobalt, le chôme, le cuivre et le manganèse, enfin le titane ; — comme composés métalliques : le fer combiné avec le nickel, des pyrites de fer magnétique, etc., le chrômate de fer ; dans la classe des silicates : l'olivine, le péridot, l'enstatite ; — le labrador et l'anorthite parmi les substances du groupe des feldspaths ; enfin l'augite.

Beudant, plus spécialement, s'est occupé de rechercher les éléments pierreux. Il fait observer... en outre « que les » analyses *qu'il cite*, et que nous transcrivons plus loin ne » contiennent pas d'alumine $\dddot{Al}$; par conséquent dans ces » premières, il ne peut se trouver ni orthose ($\dot{K}\,\dddot{Si} + \dddot{Al}\,\dddot{Si}$), » ni albite ($\dddot{Al}\,\dddot{Si} + \dot{Na}\,\dddot{Si}$) ni labradorite ($\dddot{A}\,\dddot{Si} + (\dot{Ca}\,\dot{Fe}\,\dddot{Si}$) ; » alors la partie dominante présente des silicates magnésiques » et des bisilicates se rapportant aux péridots ou au groupe » des pyroxènes, au nombre desquels l'enstatite ($\dot{Mg}_3\,\dddot{Si}_2$). »

Au moment où Beudant traçait ces lignes dans son traité de minéralogie, tome II, p. 692, on n'avait pas établi la distinction entre la bronzite et l'enstatite, c'est bien après lui que ces substances ont été séparées.

Il se trouve souvent des restes dont on ne sait que faire dans la discussion et qui jettent des doutes dans le résultat du calcul.

DES RAISONS PROBABLES OU POSSIBLES DE DÉTONATIONS ET DE BRISURES, ÉCLATEMENTS, ETC.

La physique démontre que tout corps solide quelle que soit sa nature, qui subit une élévation de température, se dilate et augmente de volume, alors que sous un abaissement de cette même température, il se contracte et devient plus petit comme volume.

Par exemple, une petite mésaventure susceptible de vous arriver tous les jours : oubliez sur votre cheminée tout près d'une glace une bougie allumée, vous entendez bientôt un bruit d'éclatement et de cassement qui appelle votre attention. C'est que vous êtes devenu propriétaire d'une glace étoilée. Les métaux bons conducteurs du calorique se contentent de s'échauffer, alors que les mauvais conducteurs — la pierre, le verre, le charbon, etc. — ne s'échauffent que là où la source de la chaleur agit, dilatant seulement cet endroit qui, devenu trop volumineux, fait éclater le reste, à la manière d'une mine.

Un exemple de dilatation par le changement de température : prenez une boule de cuivre passant bien juste à travers une plaque, aussi elle, en cuivre ; ces deux objets à la température moyenne de 15 ou 16°. Si vous chauffez seulement la boule elle ne passera plus, rien qu'en élevant sa température de 15 ou 16° à 50 ou 60°. La physique nous apprend encore que, par suite de resserrement, de vibrations plus ou moins rapides, de changement d'état, etc. etc., les molécules constitutives d'un corps subissent une élévation de température proportionnelle à la rapidité du mouvement qui leur est imposé. Frappez à coups répétés et rapides un morceau de fer : resserrement des molécules, élévation de température par suite du changement de place desdites molécules. Frottez le bord d'un verre à boire avec un archet de contre-basse, au 3e ou 4e coup il vous tombera en pièces dans la main. Limez vivement un petit morceau de fer, il va vous brûler les doigts : comme pour le verre, dérangement des molécules de leur place, par vibration.

Or, la substance, laissant des résidus qui embarrassaient si fort M. Beudant et qui semblaient se rapporter à une substance inconnue, cependant susceptible de représenter jusqu'à 38,7 dans certaines météorites, a été analysée par Dufrénoy. Cette partie est composée de : (par exemple, pour celle tombée à Château-Renard, le 12 juin 1841).

Silice	51,77	Comptes-rendus de l'Académie des sciences, X-XIII, page 51.
Alumine	10,22	
Protoxyde de fer	17,51	
Magnésie	18,33	
Chaux	0,47	
Potasse	6,68	
Soude	2,30	

L'enstatite et la bronzite sont isomorphes et toutes deux très difficiles à fondre. 1 enstatite, 2 bronzite.

	$(\dddot{Si})$	$(\dot{Mg})$	$(\dot{Fe})$	$(\dot{Mn})$	$(\dddot{Al})$	$(\dot{H})$
1	56,41	31,50	6,56	3,30	»	2,28
2	57,03	35,59	5,77	»	0,28	0,90

Nous avons insisté sur l'enstatite, par suite des raisons suivantes développées dans le si remarquable et important mémoire de M. Daubrée. *Expériences synthétiques relatives aux météorites, rapprochements auxquels ces expériences conduisent tant pour la formation de ces corps planétaires que pour celle du globe terrestre* (1).

(Imitation des pierres météoriques). On lit : 1° « La lherzolithe, formée d'un mélange de péridot, d'enstatite et de » pyroxène, fond encore plus facilement que le péridot et donne » des masses qui reproduisent, à s'y méprendre, la roche » naturelle (Vicdessos et Prades dans les Pyrénées). Il existe » entre les météorites et le globe terrestre des analogies » frappantes de composition.

» 2° Le fer renfermant des globules de péridot (fer de » Pallas) (2), entre Krasnojarsk et Sisim (Sibérie méridionale). » 3° Fer associé à des silicates, péridot, etc., ici le péridot » est cristallin et même cristallisé. La Sierra de Chaco* » avec pyroxène, désert d'Atakama, Chili*.

» Cette dernière association établit le trait d'union entre » les extrêmes, en apparence si différents, des deux » divisions indiquées.

» Les pierres, pour la plupart, ne renferment le fer natif » qu'en petits grains et disséminé au milieu des silicates, » principalement à base de magnésie et de protoxyde de fer » dont le péridot forme en général la plus grande partie. C'est

(1) M. Daubrée. Comptes-rendus de l'Académie des sciences, tome LXII, pages 200, 269 et 660.

(2) Nous avons tenu à rapporter en entier ce passage du mémoire de l'éminent membre de l'Académie des sciences, en raison de son haut intérêt. On peut consulter dans la bibliothèque de notre galerie, un exemplaire de cette importante étude synthétique, dont nous sommes redevable à la gracieuse amabilité de l'auteur.

» ce groupe que nous désignons, ici, à cause de son extrême
» fréquence, sous le nom de type commun.

» Les autres météorites pierreuses qui ne contiennent pas
» le fer (à l'état métallique), peuvent être rapportées à trois
» groupes principaux.

» Dans les unes prédominent les silicates magnésiens,
» soit que le péridot en constitue la masse presque entièrement
» (Chassigny), soit qu'un silicate moins basique y prédomine
» (Bischopville).

» Un autre groupe, sans péridot, pauvre en magnésie,
» renferme de l'alumine en quantité notable, se caractérise
» par un mélange grenu d'anorthite et de pyroxène, et par
» son analogie avec certaines laves (Juvinas*, Jonzac,
» Stannern*.

» Enfin un dernier type est caractérisé d'une manière très
» remarquable par la présence de matières charbonneuses
» (Alais, Orgueil). »

On peut lire plus loin : 2° le péridot et la lherzolithe, qui offrent de grandes ressemblances avec la partie silicatée des météorites magnésiennes et particulièrement avec celles du type commun..... (On sait d'après l'examen qu'en a fait M. Damour que la lherzolithe est composée de péridot, auquel se joignent l'enstatite, le pyroxène et quelquefois le spinelle). On est donc amené à reconnaître que le rôle de ces roches de péridot, si restreint à la surface de la terre, est sans doute prédominant à une certaine profondeur. Les roches à péridot dont nous avons parlé méritent donc de prendre dorénavant un rang particulier dans la classification générale de la lithologie, où, en leur annexant la serpentine, on pourrait les comprendre sous le nom de *famille péridotique* ou *roches cosmiques* (1). Malheureusement, ici, force nous est de limiter le plus possible bien des détails de ce mémoire si important au point de vue de la chimie synthétique des météores cosmiques. Cependant impossible de ne pas re-

(1) Voir le mémoire de M. Daubrée.

produire ici la classification établie par M. Daubrée et adoptée tant au Muséum que dans toutes les autres collections d'Europe.

Toutes les diverses météorites connues se rapportent à deux grandes divisions : *les fers* et *les pierres*. Dans la première, on a établi trois subdivisions ; par exemple le fer sans mélange de matières pierreuses (1), celui de Ruff's montain (Lexington county, South Caroline*), celui de la Cail, dont l'énorme bloc se voit au Muséum, celui du Mexique*, etc. (Il est à remarquer que tous ces aérolithes (2) sont du fer métallique massif).

Il faut aussi ne pas perdre de vue une disposition de structure toute particulière qui se présente parfois dans la texture de certaines météorites, et qui semblerait fréquente, chez ces étrangers, alors que le fer ne se présenterait pas à l'état métallique, et que l'arrivant compte au nombre du groupe *magnésien*. C'est une structure plus ou moins finement globulaire, qui a valu la dénomination de *chondrite* (3) à l'individu qui la possède. « Or, dit M. Daubrée (au sujet d'expériences faites par lui pour arriver à la reconstruction des types similaires à ceux dits magnésiens), nous voyons » des grains ou sphérules semblables, prendre naissance » dans plusieurs des expériences faites sur la fusion des » silicates magnésiens, etc. »

Pour terminer avec les renseignements fournis par la chimie, voici deux tableaux empruntés au traité de minéralogie de Dufrénoy, tome 2, p. 445.

---

(1) Les échantillons dont les localités, comme lieu de chute, sont accompagnées d'un astérisque, peuvent être examinés dans notre galerie.

(2) On désigne préférablement sous le nom d'aérolithes, les météores cosmiques, ou fer à l'état métallique qui est massif et pur, sans mélange pierreux et susceptible de montrer par la réaction ou attaque à l'aide de l'acide chlorhydrique après avoir été poli (les figures Widmanstaëtten).

(3) Voir le mémoire déjà cité de M. Daubrée.

PIERRES MÉTÉORIQUES ALUMINEUSES	A	B	C	D	E
Silice	48,25	40 »	38,06	44 »	30,13
Alumine	14,50	10 4	3,47	6 »	3,82
Magnésie	2 »	» 8	29,93	1 6	38,13
Chaux	9,50	9 »	»	7 5	» 14
Oxyde de fer	»	23 5	4,90	36 »	29,44
Oxyde de manganèse	»	6 5	1,15	2,28	traces
Potasse	»	» 2	»	»	» 27
Soude	»	»	»	»	» 87
Soufre	2,75	» 5	2,70	1,15	» 39
Fer	23 »	»	17,49	»	7,70
Nickel	traces	»	1,36	»	1,55
Chrome	»	1,10	»	1,10	»
Cuivre	»	» 1	»	»	»

A. Pierre tombée à Stannern, en Moravie, 22 mai 1808, analysée par Klaproth.
B. *id.* à Juvénas, le 15 juin 1821, analysée par Laugier.
C. *id.* à Kostritz, en Russie, 13 octobre 1820, analysée par Stromeyer.
D. *id.* à Jonzac, 13 juin 1819, analysée par Laugier.
E. *id.* à Château-Renard, 12 juin 1811, analysée par M. Dufrénoy.

PIERRES MÉTÉORIQUES NON ALUMINEUSES	A	B	C	D	E
Silice	33,90	54 »	43 »	38 »	36 »
Magnésie	32 »	9 »	22 »	14 »	23,58
Chaux	»	1 »	» 50	» 75	1,93
Oxyde de fer	31 »	36 »	»	25 »	5,58
Oxyde de manganèse	»	»	» 25	»	» 71
Oxyde de nickel	»	3 »	»	»	»
Chrome ou oxyde	2 »	»	»	»	» 23
Alumine	»	»	»	1 »	1,60
Soude	»	»	»	»	» 74
Soufre	»	2 »	3,50	3,30	2,35
Fer	»	»	29 »	29 »	24,42
Nickel	»	»	» 50	» 50	1,58

A. Pierre tombée à Chassigny, près de Langres, le 3 octobre 1815, analysée par Vauquelin.
B. *id.* à l'Aigle, le 26 août 1803, analysée par Vauquelin (une partie du fer à l'état métallique).
C. *id.* à Lissa, en Bohême, 3 septembre 1803, analysée par Klaproth.
D. *id.* à Timochin, gouvernement de Smolensk, 13 mars 1807, analysée par Klaproth.
E. *id.* à Erxlèben, le 15 août 1812, analysée par Stromeyer.

Le premier tableau montre que certaines météorites (les deux premières) sont fort riches en alumine et en magnésie, par suite elles doivent contenir une grande quantité d'éléments du groupe des feldspaths : anorthite, etc.

Au contraire, dans le second tableau la partie pierreuse est constituée par une somme importante de silicates de magnésie, les substances des groupes péridots et pyroxènes, etc.

En plus des 12 à 14 substances, reconnues pour être les matières constitutives des météorites en général, par les chimistes les plus experts du commencement de notre siècle, il en est une qui a échappé à leur attention ou plutôt dont, à cette époque, ils n'avaient tenu dans la main aucun exemplaire. Cette substance dont la présence a été depuis peu de temps reconnue, c'est le carbone, « le diamant en petits grains, en » poussière noire (diamant noir). L'aérolithe de Canon-Diablo » (Arizona), États-Unis, a été examiné par MM. Friédel et » Moissan (1). Un échantillon détaché de ce météore cosmique » renfermait, et le *carbonados* (2), et des petits cristaux de » diamant incolores et transparents. Ces diamants avaient dû » se séparer de la masse métallique, au moment de la » solidification.

» Le carbone se dissout en effet dans certains métaux en » fusion, le fer, l'argent, le platine. Lorsqu'une fonte a été » saturée de carbone, celui-ci s'en sépare en partie, au » moment de sa solidification, à l'état de *graphite**. Si la » solidification a eu lieu à la température élevée de l'arc » électrique, et si, comme l'a fait M. Moissan, on n'oppose pas » une solidification brusque de la surface à la dilatation que » subit la fonte, ce qui revient par conséquent à une excessive » compression, le carbone se sépare à l'état de diamant (3). »

---

(1) M. Friédel, membre de l'Institut, conservateur des collections de l'École des mines. M. Moissan dont les découvertes, à l'aide de son four électrique à haute température, sont de première importance scientifique.

(2) Le carbonados est le diamant noir amorphe ou laminaire. C'est ce diamant qui, réduit en poudre, est indispensable pour la taille du diamant. C'est le *bord* des joailliers. (Voir dans notre galerie, salle N° 2, les diamants (bord, lamellaire et amorphes de Minas-Geraës, Brésil).

(3) M. Joly, professeur à la faculté des sciences de Paris, maître de conférences à l'école normale supérieure, *Cours élémentaire de chimie*. M. Moissan, à l'aide de son four électrique est arrivé à reproduire le diamant.

Le passage que nous venons de rapporter, écrit par M. le professeur de la faculté des sciences de Paris, explique le fait qui nous avait si fort surpris quand nous avons pratiqué l'essai qualitatif de la météorite de Kerboulard, savoir, une effervescence lente à froid sous l'action de l'acide chlorhydrique et vive dans l'acide à chaud, indice formel de la présence du carbone (ici à l'état d'acide carbonique).

La présence du carbone ou de l'acide carbonique en combinaison dans les météores cosmiques semblerait un fait exceptionnellement rare, n'existant qu'à Canon-Diablo et peut-être à Kerboulard. Aussi, n'osant pas trop nous fier à notre modeste expérience, nous avons tenu à en référer au savant membre de l'Académie des sciences, M. Daubrée, et nous lui avons adressé, avec les détails de nos essais, des fragments de la météorite de Kerboulard, en le priant de vouloir bien contrôler nos expériences. L'éminent directeur de l'École des mines, indisposé au moment de la réception de l'envoi, a bien voulu adresser le tout à M. Lacroix, professeur de minéralogie au Muséum, pour être examiné dans son laboratoire. Voici la réponse de l'habile et savant professeur à M. Daubrée. « Mon cher maître, je n'ai pas trouvé » le temps de vous porter le résultat de l'examen de la » présente météorite de M. de Limur. Au microscope on » constate une structure globulaire et toutes les propriétés » des minéraux carbonatés du groupe de la calcite. Ce » minéral se dissout et avec effervescence dans les acides. Il » contient une quantité considérable de fer, je n'ai pas cru » devoir pousser plus loin l'examen, la question étant réglée » au point de vue qui vous occupe. Dois-je vous renvoyer » les échantillons ? écrire à M. de Limur ? »

Enfin, pour en terminer avec les généralités touchant les météores cosmiques, et après avoir examiné les divers phénomènes qu'ils présentent ordinairement, nous avons encore à nous demander quelle peut être leur origine et d'où ils viennent.

Ici on se trouve en face de diverses hypothèses émises à des époques différentes. Deux seulement sembleraient plausibles, sans toutefois donner le droit de les considérer comme absolument et invariablement démontrées.

D'abord la plus ancienne, l'hypothèse lunaire. En 1660 Terzago admettait l'opinion que, peut-être, les masses pierreuses arrivées dans tous les siècles sur la terre, seraient originaires de la *lune*. Certaines circonstances chimiques, par exemple, le fer à l'état métallique, sembleraient indiquer que l'origine de ces masses devait être située dans des lieux privés d'oxygène. Or, la *lune*, comme on le sait, est une planète sans atmosphère, hérissée de cratères qui semblent être absolument éteints, comme sont aujourd'hui ceux de l'Eifel ou de l'Auvergne, enfin un astre mort. Au commencement de notre siècle, Laplace, Olbers, Poisson, Biot, etc., s'occupèrent de cette question de l'origine lunaire des météores cosmiques. Ils reconnurent, par le calcul, qu'il faut une vitesse de 2,500^{m} à la seconde, au *départ* de la lune, pour arriver à la limite de l'attraction propre aux deux astres, et encore une vitesse également soutenue.

Quand on examine la lune, au télescope, à l'aide d'un grossissement de 1,000, on la voit comme si cette planète était à 96 lieues de nous ; avec un grossissement de 4,000, à 24 lieues, enfin avec un grossissement de 6,000, qui est aujourd'hui celui que peuvent produire les fortes lunettes astronomiques, notre voisine nous semblerait se trouver à 16 lieues de nous. Or, dit Arago (1), « de Lyon » on voit le Mont-Blanc à l'œil nu. A 40 lieues, les montagnes » de la lune se verraient comme le Mont-Blanc, en se servant » du grossissement de 2,500. » Ce qui nous permet de noter que notre satellite, avec tous ses cratères, est une boule volcanique éteinte, par suite incapable de nous envoyer un fragment quelconque, même de la grosseur d'une noisette. C'est donc une hypotèse à conserver dans les archives scientifiques. Quelques mots maintenant relatifs à l'hypothèse planétaire.

Le 1er janvier 1801, à l'observatoire de Palerme, Piazzi découvrait la toute petite planète *Cérès*, le premier des

(1) Arago. Astronomie.

astéroïdes connus, comblant ainsi la lacune signalée dans la loi de Bode. *Cérès* occupe précisément le nombre vacant 28 de cette loi et son orbite existe entre Mars et Jupiter. Cette découverte de 1801 fut suivie de celle d'un grand nombre d'autres astéroïdes, petites et minuscules masses, fourmillant dans un même cercle au nombre de 166, en 1867, époque où dans son grand ouvrage d'astronomie, intitulé *Le Ciel*, M. Guillemin a reproduit les orbites de 108 de ces astéroïdes, chacune par un trait fin, ce qui, dans la figure 146 de l'ouvrage cité, représente un grand ovale. Cela conduit à penser que cette fourmilière d'astéroïdes, suivant tous à peu près la même route circulaire, la même orbite autour du soleil, pourrait bien être les débris d'une grosse planète brisée, et les bolides les plus petits fragments.

Arago écrit, pages 222 et 223 (Astronomie populaire, t. IV) : « Cet anneau couperait le plan de l'écliptique sur une certaine largeur, et lorsque la terre arriverait vers ces régions, elle rencontrerait quelques-unes de ces masses errantes et les soumettrait à son attraction. » Donc il devrait y avoir une certaine périodicité dans l'apparition des chutes d'aérolithes. En résumant, dans un tableau, les chutes certaines des aérolithes, on reconnaît les mois où ces phénomènes se produisent plus fréquemment. On voit que les météores qui viennent rencontrer notre planète sont en moindre quantité de décembre à juin et plus fréquents, au contraire, de juillet à novembre.

Voici un fait qui viendrait à l'appui, d'une façon remarquable, de l'hypothèse qui admet que les bolides seraient peut-être bien du nombre de ces astéroïdes, débris d'une grande planète, faisant procession autour du soleil, individus égarés dans l'espace à la suite de quelque événement, peut-être un choc entre eux qui les aurait dérangés de leur route ordinaire. On voit dans les comptes-rendus de l'Institut : « Le » 12 février 1836, à 6 heures 27 minutes du matin, un » bolide a été vu de Cherbourg, dans la direction de l'est. » Sa forme paraissait être celle d'une grosse boule enflammée : » elle paraissait, à la vue simple, d'un diamètre à peu près » égal au disque de la lune dans son plein. Ce foyer aérien

» était de couleur pourpre ; il jetait une lumière si vive que
» l'horizon en était comme embrasé, et qu'on aurait pu lire
» dans les rues, quoiqu'il ne fît pas jour. On remarquait
» distinctement dans ce globe de feu une cavité très ombrée
» d'où s'échappait une fumée pâle mêlée d'étincelles.

» Il était entouré d'un cercle vaporeux formant une bande
» assez large, et dont la couleur blanchâtre n'était obscurcie,
» sur un seul point, que par la forte vapeur qu'exhalait le
» météore. Il paraissait n'être qu'à deux ou trois cents mètres
» au-dessus des collines sur lesquelles il passait... Au moment
» de son apparition à Cherbourg, il ne parcourait guère
» qu'une demi-lieue par seconde et avait un mouvement bien
» marqué de rotation sur son axe. Il parut même s'arrêter
» un instant comme s'il eût été incertain de la route qu'il
» devait prendre, puis il s'éloigna avec la vitesse d'un trait,
» produisant un léger craquement dans l'air, et alla tomber
» à environ 12 lieues de là, près d'un marais, dans la
» commune d'Orval, où il s'anéantit en faisant entendre un
» bruit semblable à l'explosion de plusieurs pièces d'artillerie.
» Dans ce rapide trajet, marqué dans l'atmosphère par un
» long sillon grisâtre, le météore traînait après lui une
» queue blanche de la largeur du diamètre du cercle vaporeux
» qui l'entourait. » (Comptes-rendus de l'Académie des sciences, tomes XIX et XXXI.)

Ici se termine la longue et minutieuse enquête que nous avons supposée opportune à l'égard des phénomènes présentés généralement par les météores cosmiques, alors que nous allons considérer les faits de même ordre qui ont été observés à différentes époques dans le Morbihan.

II.

ASTÉROIDES (1), MÉTÉORITES, BOLIDES

OBSERVÉS DANS LE MORBIHAN.

MÉTÉORITE DE KERBOULARD.

Historique. — Note de feu M. Galles. » La toiture en paille d'un méchant abri, espèce d'appentis sur quatre poteaux, isolé, à 20 ou 30 mètres de la maison de ferme de Kerboulard, et sous lequel d'ordinaire on remisait des charrues, des fagots, etc., prit feu instantanément, le 16 mai 1828, vers huit heures et demie du soir, sans cause apparente. Mais, des ouvriers et des enfants qui se trouvaient sur la route, en face et à peu de distance, ont raconté avoir vu, un instant avant l'incendie, arriver du ciel et tomber vers la terre comme deux ou trois boules de feu, semblables à de gros charbons rouges. Ils furent surpris et épouvantés. Un ou deux jours après, à environ 150 ou 200 pas, on ramassa, à demi logée dans le sol, une pierre noire qui avait brûlé les herbes et les bruyères à l'entour, à 300 pas à peu près de la case incendiée. Cette pierre — dont je possède environ le quart — est un peu ovale et grossièrement arrondie, comme un galet. Elle est recouverte d'une croûte noire, lisse, et a l'air d'avoir été fondue.

Ne serait-elle pas une de celles qui auraient mis le feu à cet abri — une météorite ? Ce qui est certain, c'est que dans

(1) C'est la première fois que nous employons cette désignation, *astéroïde*, usitée depuis peu d'années dans un grand nombre d'observatoires, pour indiquer, soit des bolides, soit des météorites ou des aérolithes, etc., d'un volume absolument exceptionnel, par suite d'assimilation ou de rapprochement comparatif avec les petites planètes (astéroïdes) reconnues présentement en nombre tel qu'on a renoncé à leur donner un nom. On les désigne aujourd'hui simplement par des chiffres. Grâce à la perfection des télescopes on en découvre qui semblent être des solides polyédriques, comme des débris, établissant ainsi des intermédiaires entre les petites planètes, Vesta, Cérès, Junon et les bolides, formant en quelque sorte une chaine non interrompue avec les météorites. Il n'y a de différence que le volume.

toute la contrée qui est absolument granitique, il n'existe aucune roche ayant la moindre similitude avec cet échantillon. »

Cet échantillon se trouvant présentement dans nos collections, il nous a été possible de procéder à un examen détaillé et attentif de cet étranger, venu de bien loin sur notre sol.

ASPECT EXTÉRIEUR.

Noir, brûnâtre, lisse, analogue à un vernis qui se serait produit par suite de fusion. Sur un des côtés (celui qui avait frotté le plus, en entrant dans le sol, très probablement), on voit des séries de grosses *stries* parallèles, comme si cette croûte s'était trouvée déjà à demi solidifiée et écorchée, en entrant en terre.

STRUCTURE INTÉRIEURE.

Apparence grenue à la vue simple, d'un noir brun, pierreux et terne, mais examinés à l'aide d'une forte loupe, ce sont des grains globulaires, arrondis, *chondrites* (ce terme est employé uniquement pour indiquer la structure globulaire propre et spéciale aux météorites), entourés, comme enduits d'une matière sub-métalloïde d'un gris foncé, qui est un phosphure de fer ou rhabdite. La trace de la rayure par une pointe d'acier est d'un gris jaunâtre, ainsi que la poussière dans le mortier d'agate.

ACTION DE L'AIGUILLE AIMANTÉE.

Nulle, ainsi que sur la poussière; de même, pour une parcelle fortement chauffée.

RÉACTION DE L'ACIDE CHLORHYDRIQUE.

Un fragment détaché de la masse générale du poids de 146 grammes a été grossièrement broyé. Cette poussière mise au fond d'une éprouvette avec l'acide nous a présenté les réactions suivantes : dès le contact avec l'acide, il s'est montré de nombreux chapelets de bulles montant à la surface du liquide. Les plus grosses, au début emportant avec elles, comme un ballon suivi de sa nacelle, des particules blanches qui descendaient au fond de l'éprouvette quand la bulle avait éclaté, mais lentement, comme si la densité de ces particules se trouvait voisine de celle de l'acide; constituant par suite un dépôt noir indifférent aux autres réactions de la voie humide.

ESSAIS PYROGNOSTIQUES.

Une mince esquille détachée de la masse et soumise à la flamme du chalumeau, — feu de réduction, — sauf erreur de notre part, nous a montré à la pointe bleue du dard, une lueur jaunâtre un peu vive, caractéristique du phosphore dans une combinaison chimique; mais ce caractère est un peu fugace. Il faut une certaine habitude de cet instrument pour que le fait apparaisse bien démonstratif.

Nous nous sommes avisé de nous servir pour la recherche du phosphore d'un autre procédé qui a très bien réussi. Ce procédé est basé sur les phénomènes de l'affinité : *Présenter à un corps* un autre *corps* pour lequel il ait plus d'affinité, à une température plus élevée que pour le *corps* premier, le fer et le phosphore par exemple. Sur une coupelle d'essais, nous avons mis de la matière constitutive de ladite météorite en poussière grossière mélangée avec le borate de soude. Le fer devait s'unir en fondant et donner sur la coupelle un verre, couleur vert bouteille, d'autant plus sombre que le fer devait exister dans la composition en somme plus considérable. Quant au phosphore, libre à lui de brûler, en donnant — autour de la coupelle posée sur charbons et couverte par la flamme bleue du feu de réduction — une auréole jaunâtre un peu livide, caractéristique de la présence du phosphore dans une combinaison. La chose a duré tant qu'il s'est trouvé de la matière à se combiner avec le borate de soude.

Ce fait nous conduirait, sauf erreur, à considérer la substance grise, sub-métalloïde, associée aux globules (*chondrites*) — dont nous avons parlé plus haut — comme étant la *rhabdite* (*phosphure de fer*).

Possédant dans notre galerie un beau spécimen de cette substance rare sur notre globe, compris dans un envoi du

Muséum pour nos collections (salle N° 3, armoire N° 77 — portant derrière son socle l'étiquette du Muséum — *Rhabdite*, *Commentry*), nous avons voulu connaître si les résultats d'essais pyrognostiques pratiqués dans les mêmes conditions, présenteraient les mêmes caractères.

La rhabdite terrestre nous semblerait en vérité un peu plus fusible que celle de la météorite étudiée. Cette petite différence pourrait tenir aux minuscules et microscopiques parcelles blanches presque infusibles qui se montrent dans la masse, au premier coup de feu, et que nous serions tenté de considérer comme un silicate magnésien, enstatite ou pyroxène rhombique, dont la formule est $(\dot{Mg}_3 \dddot{Si}_2)$.

Dernièrement MM. Friédel et Moissan, membres de l'Académie des sciences, ont constaté, dans la météorite de Canon-Diablo, ainsi que nous dans celle de Kerboulard, un élément très rare dans la composition de ces visiteurs arrivés chez nous des espaces planétaires. Cet élément c'est le carbone dont nous avons également constaté la présence, en notant l'effervescence produite par l'acide chlorhydrique.

Ici, cet élément existe à l'état d'*acide* carbonique en combinaison avec le fer et autre X (nous signalons X avec intention). Cette combinaison, en grande partie constitutive des *chondrites*, éléments globulaires de la météorite de Kerboulard.

On peut y remarquer nettement *les stries parallèles*, produites par les petits graviers du sol, sur la croûte encore pâteuse de la météorite se logeant dans la terre dure avec violence ?

Au sujet de ladite croûte, après un bon coup de feu de réduction, — dans le but d'arriver autant que possible à préserver l'esquille du contact de l'air, — au moment de la fusion du point exposé à celui de la flamme, — nous avons pu obtenir les résultats suivants : 1° Esquille A. — Cette parcelle de la météorite en question, prise au centre du spécimen, nous fait voir, à l'aide d'une forte loupe (1) : 1° les globules ou

(1) Voir les essais dans notre galerie.

chondrites (caractéristiques de météores cosmiques), empâtées dans la matière blanche, X, qui se décèle au coup de feu. 2° la pointe et presque la moitié de l'esquille ayant été fondue, on remarque au début : boursouflement, bouillonnement, petites ampoules qui éclatent, en émettant, parfois, de toutes petites étincelles. Après refroidissement, aspect de la croûte extérieure de la météorite. 2° Esquille B. — La pointe est fondue. La base du fragment, intacte, n'a pas été assez chauffée pour faire apparaître les chondrites empâtées ou enveloppées dans la matière X qui ne se montre pas encore; la partie fondue montre une croûte identiquement semblable à celle extérieure de la masse générale, dont elle a été détachée. 3° Esquille C. — Nous avons voulu essayer un petit tour de force de notre chalumeau, muni du modeste perfectionnement que nous avons apporté à sa tuyère en platine. On voit, sur cet essai, un des globules (ou chondrite) fondu tout seul et isolé dans la matière blanche, X, que nous supposerions peut-être toujours, — ainsi que nous l'avons noté plus haut, — être l'*enstatite*.

Ces essais, dont nous venons de décrire les résultats, sont conservés dans des tubes de verre, sur un socle, près de l'échantillon de Kerboulard (armoire N° 75, salle N° 3 de notre galerie minéralogique). Il est donc très facile de contrôler ce qui est écrit plus haut.

Nous avons apporté la plus grande attention dans cette étude à ne consigner que des renseignements d'une authenticité bien établie, généralement des extraits de comptes-rendus de l'Académie des sciences. De même, pour les essais pratiqués par nous, dans notre laboratoire, nous les tenons à la disposition de toute personne qui voudrait les examiner.

Avant d'en terminer au sujet des recherches touchant le spécimen extra-terrestre que nous considérons en ce moment, une dernière remarque.

Nous avons mentionné plus haut un dépôt noir, — constitué par de très fins grains noirs : — une poussière microscopique précipitée au fond de l'éprouvette qui résiste à tous les acides.

De plus, nous avons reconnu, — de même que M. le professeur de minéralogie au Muséum, — la présence de l'acide carbonique ou sa combinaison avec une somme considérable de fer, comme pour la masse tombée à Canon-Diablo (Arizona), où le carbone existe à l'état de *Carbonado* ou diamant noir, etc.

Ne serait-ce pas la matière du dépôt noir au fond de l'éprouvette ? Il serait peut-être imprudent de l'assurer.

MÉTÉORITE DE KERNOVE, EN CLÉGUÉREC.

Le 22 mai 1869, à dix heures du soir, apparaissait dans l'atmosphère, un gros globe de feu plus brillant que la lune qui se trouvait en ce moment sur l'horizon.

Vannes. — Nous étions en ce moment dans notre chambre à l'hôtel de Limur. L'appartement fut éclairé subitement par une vive lumière, en premier lieu, blanche comme celle d'un éclair de foudre, mais beaucoup plus persistante. La lumière que je voyais n'était qu'un reflet général. Le phénomène avait lieu du côté opposé à la fenêtre de l'appartement. Cet éclairage blanc au début, devint ensuite un peu aurore et disparut. Le tout avait pu durer environ 2 secondes ou 2 secondes 1/2. Quelque temps après on entendit comme le bruit d'un coup de canon de fort calibre, tiré à quelques kilomètres et suivi de roulement. Nous étions fixé : c'était l'apparition d'un bolide. Le lendemain matin, nous apprenions, en effet, qu'une grosse pierre était tombée aux environs de Pontivy.

Nos renseignements seraient bien incomplets si tout dernièrement M. Lecadre, chanoine de la cathédrale de Vannes, et M. l'abbé Nicol, ancien président de notre Société polymathique du Morbihan, n'avaient bien voulu nous donner communication de leurs notes et des observations faites par eux au petit séminaire de Sainte-Anne d'Auray, où ils étaient alors professeurs.

Collège de Sainte-Anne d'Auray. — Observations de M. l'abbé Lecadre et de M. l'abbé Guyonvarch. « Direction » du bolide, S. S.-E., N. N.-E. Poids, environ 80 kilogrammes, » lumière blanche passant au rougeâtre, bruit comme un » coup de canon et plusieurs coups s'atténuant.

» Notre attention fut éveillée par les ombres qui tour-
» billonnaient autour de nous, la lune — à son dixième jour
» environ, — était assez forte.

» Entre le moment où le bolide coupait le parallèle de
» Sainte-Anne, et le moment où nous perçumes la première
» détonation, il s'écoula un bon nombre de secondes,
» comptées, faute de mieux, par les pulsations qui, traduites
» en distance, nous firent supposer que le bolide avait éclaté
» aux environs de Pontivy.

» Nous avions, pour nous édifier sur sa direction, deux
» points de repère qui nous donnaient assez exactement la
» trajectoire S. S.-E. et N. N.-E.

» Dans notre calcul nous ne tenions compte que de la
» vitesse du son, à raison de 340 mètres par seconde,
» considérant le trajet de Sainte-Anne à Pontivy comme à
» peu près instantané. »

La note est signée Lecadre, professeur de mathématiques, et Guyonvarch, professeur de physique, tous deux au petit séminaire de Sainte-Anne.

Observations à Cléguérec et Kernove. — Le lendemain nous savions qu'un bolide était tombé aux environs de Pontivy, pas bien loin de Cléguérec. Le surlendemain, en compagnie de M. Jourjon, ingénieur des ponts et chaussées, nous faisions route vers Pontivy. Là, on nous dit qu'une très violente détonation avait eu lieu, que les vitres en avaient tremblé, comme si on avait tiré une pièce de canon de très gros calibre sur la place, et qu'une grosse pierre était tombée aux environs de Cléguérec.

De suite, nous continuons notre route. Là, on était encore sous l'impression de la surprise et de la terreur du phénomène qui avait eu lieu. Nous nous faisons accompagner par le brigadier de gendarmerie de Cléguérec pour nous conduire à Kernove, village situé à un peu plus de quatre kilomètres du chef-lieu de canton. Arrivés à la ferme, le brigadier, notre guide, fut chercher le fermier dans un champ voisin. Pendant ce temps, voici ce que les gens de la maison nous racontèrent :

« Nous avons pensé que c'était notre dernier jour, la fin
» du monde, puisque M. le curé dit que le feu du ciel doit
» tout brûler. Les éclairs sans s'arrêter, étaient si forts qu'on
» était aveuglé. Nous étions au bord du douē (trou à laver)
» à finir de ramasser et tordre le linge ; il faisait du tonnerre
» que tout tremblait, et puis une grande lame de feu, bien
» plus haute que les arbres, est arrivée tout contre le chêne
» *là*; ça sifflait comme un serpent ; la terre qui est bien dure
» en cet endroit cependant, s'est mise à sauter comme la
» paille qu'on jette avec une fourche. Notre homme qui était
» dans la maison dit que tout tremblait. Quand la terre s'est
» mise à sauter nous avons été tant épeurées, qu'avant de
» faire notre signe de croix, nous avons tombé par terre, et
» puis après plus rien. »

Quand le fermier arriva, il nous fit le même récit et nous conduisit au trou béant à trois ou quatre mètres du tronc de ce chêne. Sur toute la hauteur de l'arbre, les jeunes pousses et les petites branches tangentes à la ligne de passage du météore étaient flétries, brisées ou brûlées (1). Une branche du diamètre de deux centimètres, à peu près, était coupée *net*, comme avec un rasoir. Elle avait été détachée avant d'avoir fléchi. Le reste, pas loin du trou, avait dû chuter verticalement. Le trou fait en terre mesurait un mètre 10 à un mètre 15 centimètres de profondeur et à peu près 1^{m},80 centimètres de diamètre, représentant un cône tronqué renversé. Il n'y a pas trop à se fier aux mesures des parements du trou. Les parois ont été mâchées en retirant la masse, mais l'état du fond présentait encore de l'intérêt. La terre était lisse et foulée très fortement; l'emplacement que la météorite occupait était plus grand que son volume, comme si, une fois dans son trou, elle avait encore conservé un mouvement de rotation sur elle-même. Le paysan disait qu'avant d'être retirée elle était libre, isolée dans sa place. (Comme un chien qui fait sa place large pour dormir en rond, cela après avoir tourné et piétiné un certain nombre de fois sur lui-même.)

(1) Météorite de Kernove, Cte de Limur. Comptes-rendus de l'Académie des sciences, 8 juin 1869.

Voilà les résultats de nos remarques au sujet des météorites dans le Morbiban. Occupons-nous maintenant *des bolides.*

LES BOLIDES.

Depuis bien des années, nous nous occupons des météores de tous les genres. Nous avons consigné dans nos notes les passages de 5 bolides, dont 3 observés dans le Finistère, présentant toujours la série des mêmes phénomènes décrits plus haut avec une intensité moindre, sans doute à cause de leur très grande distance par rapport à notre globe. Nous en avons vu passer un autre pendant une soirée aux jardins de Limur. Nous ne nous préoccuperons que de celui du 7 décembre 1865 qu'on aperçut à 7 h. 30 du soir. Le ciel était très découvert. On voyait brillantes les étoiles des diverses constellations. Nous descendions la rue du Méné, quand subitement apparut une vive lumière blanche qui nous aurait permis de lire facilement les caractères les plus fins. A la première demi seconde, nous supposâmes qu'on brûlait du magnésium derrière nous, mais de suite, levant les yeux, nous fûmes fixé, c'était un bolide. A ce moment passait un officier : « Monsieur, votre montre est-elle à secondes? Vite, vite, voyez-vous ! » — Le phénomène disparu, il allait remettre sa montre en poche, mais nous lui dimes. « Attendons, ce n'est pas fini. Comptons attentivement les secondes. » Au bout d'un temps assez long, nous entendimes comme un coup de canon de gros calibre tiré à 6 ou 7 lieues, suivi d'autres détonations de moins en moins fortes; puis une trainée blanche au début, rouge au moment de l'éclatement, parut, exactement comme une gigantesque fusée, lançant une nuée d'étincelles rouges, quand elle détonne en l'air.

La traînée fut assez persistante pour permettre de suivre la route du bolide à travers les constellations. Nous avions adressé ces détails à M. Le Verrier. Ils concordaient avec les observations faites à Vertou, Angoulême, Saint-Vivien, Langon, Lorient, Laval, etc., etc.

Muni de ces renseignements, M. Le Verrier a fait dresser une carte de ce bolide, le considérant comme un phénomène important, puisque son orbite ayant été soumise aux calculs astronomiques, on a pu connaître le rapport qui existe (1) entre les bolides et les astéroïdes. Nous rapportons ici la légende de cette carte établie par un des astronomes de l'Observatoire, M. Grucy, sur avis de M. Le Verrier.

DISCUSSION DES OBSERVATIONS (M. GRUCY).

Le bolide a traversé l'atmosphère entre le premier et le second groupe d'observateurs.

Il se dirigeait de l'O. N. O. à l'E. S. E. avec une vitesse relative moyenne de 15 kilomètres à la seconde.

Il fit explosion à 50 kilomètres de Vannes, à une hauteur de 50 kilomètres au-dessus de l'horizon de cette ville. La hauteur moyenne de sa course était de 95 kilomètres.

Les appréciations faites de son diamètre apparent tendraient à lui attribuer un diamètre très considérable.

Le calcul a montré 1° que la vitesse absolue du bolide dans l'espace était de 20 kilomètres, chiffre rond; 2° que sa direction était de 17° sur l'écliptique et dans l'hémisphère austral; 3° que l'angle de cette direction avec celle joignant *l'astéroïde* au soleil, était de 114°

Les éléments de l'orbite décrite par *l'astéroïde* assimilé à une petite planète auraient en conséquence les valeurs suivantes.

Inclinaison.	= 19°	Excentricité.	= 0,7
Longitude du nœud ascendant.	= 255°	Longitude du périhélie.	= 267°
Demi-grand axe.	= 0,6	Durée de la révolution.	= *6 mois environ.*

D'après les calculs indiqués plus haut, les bolides en général pourraient être avec quelque probabilité assimilés aux *astéroïdes*, à ces petites et minuscules planètes qui décrivent en société leur orbite autour du soleil. Autre

(1) On peut voir et examiner dans notre galerie un exemplaire de cette carte que M. Le Verrier a bien voulu nous faire l'honneur de nous envoyer.

remarque à l'appui de la même idée. Les spécimens plus ou moins volumineux qu'il nous est donné d'examiner, sont constamment des solides polyédriques arrondis, comme des débris d'apparence extérieure, ayant subi une sorte de fusion, et détachés de masses plus considérables.

Une dernière remarque qui ne serait peut-être pas sans présenter quelque valeur. C'est que, — selon le relevé fait par Arago, continué depuis lui jusqu'à nos jours, — sur 214 phénomènes de ce genre enregistrés dans les catalogues et observés dans les diverses contrées du globe, on voit que les météores qui viennent rencontrer notre planète pendant les mois de mai à octobre sont plus nombreux, particulièrement en juillet. Donc, on serait porté à penser que notre orbite annuelle, vers les mois de juillet et août, se trouve, à cette époque, plus rapprochée d'un anneau d'astéroïdes et les attire. Du reste, les étoiles filantes, dont nous n'avons pas à nous préoccuper dans cette étude, et que l'on voit parfois traverser l'espace par centaines aux environs du 10 août, seraient, disent certains astronomes, cousines des bolides, dont le maximum d'apparition est également du 10 juillet au 10 août. Au sujet des étoiles filantes, un seul exemple entre des centaines. A l'Observatoire de Paris, dans la nuit du 10 au 11 août 1837, on a vu 107 étoiles filantes entre 11 h. un quart et minuit un quart.

Un détail d'observations justificatives à l'appui de la désignation d'*astéroïdes*, présentement usitée dans les observatoires, plutôt que celle de *bolides*, quand ces derniers se montrent sous un volume d'une certaine importance. Voici quelques exemples de diamètres réels, observés et calculés, d'un bien autre volume que ceux qu'il est donné de reconnaître touchant les météorites qui arrivent parfois sur notre sol. Les météorites sont bien visiblement des débris, des fragments de masses plus considérables, — les étincelles que l'on observe au moment de l'éclatement d'un bolide.

Dans la nuit du 4 au 5 janvier, un bolide était observé à Vesoul, à Cusset (Allier), etc. Les observations faites sur les lieux, ont permis à M. Petit, directeur de l'observatoire de Toulouse, de calculer sa distance à la terre, sa vitesse et son diamètre réel. Cet habile astronome a trouvé que ce météore devait avoir : 2,200 mètres de diamètre ; vitesse, 5,200 mètres à la seconde ; sa distance à la terre 68 lieues (Académie des sciences. Comptes-rendus, tomes XIX et XXXII).

Le 19 mars 1718, météore presque aussi brillant que le soleil. On ne voyait presque plus la lune quoique son âge fût de neuf jours (comme à Kernove). La disparition du météore fut suivie d'une forte détonation (toujours mêmes caractères). La hauteur verticale, pendant toute l'apparition était de 119 lieues. Il aurait pu être aperçu à 240 lieues de distance. Son diamètre était de 2,700 mètres. Cette note est du célèbre astronome Halley. (Transactions philosophiques 1718.) Une petite ballotte difficile à mettre en poche.

Un troisième exemple. Nous supposons que ce dernier sera suffisant pour justifier la désignation d'astéroïde.

Le 18 août 1841, un bolide a été vu à Paris et à Reims ayant, d'après les calculs de M. Petit, un diamètre réel de 3,900 mètres et distant de la terre, au moment de l'explosion, de 182 lieues (Comptes-rendus de l'Académie des sciences, tome XIX).

Quel formidable coup de marteau serait celui d'un pareil projectile, — ayant près de 4 kilomètres de diamètre, — arrivant du ciel aborder le sol de notre Morbihan, comme il eut pu arriver, pour le bolide du 7 décembre 1865. Animé comme lui d'une vitesse moyenne de 15 kilomètres à la seconde, c'est-à-dire de 15 à 16 fois celle d'un obus de 120 millimètres au sortir de la pièce, il est impossible de se faire seulement une idée approximative des ravages qu'occasionnerait un semblable choc, et ici, nous nous gardons d'exagérer en rien les éléments du problème.

Nous voici au terme de cette longue et minutieuse étude rédigée à l'aide de documents disséminés, soit dans les Comptes-rendus de l'Académie des sciences, soit dans les traités d'astronomie, les cours de physique ou de chimie, même de minéralogie, dans le but de vous rappeler les phénomènes caractéristiques de ces curieux météores, qui sont susceptibles de se présenter devant vous, peut-être aujourd'hui, peut-être demain, ou au sortir de cette séance, qui sait?

Heureux, Messieurs et honorables collègues, si ces modestes recherches sur les pierres tombées du ciel, dans le département du Morbihan, ont pu vous intéresser.

APPENDICE

MÉTÉORES COSMIQUES

DANS LE MORBIHAN.

Au début de cette étude, nous avons fait remarquer que le Morbihan, depuis le commencement de ce siècle, pouvait enregistrer un certain nombre d'observations et de faits bien établis touchant les météores cosmiques. Nous avions gardé le silence au sujet d'autres phénomènes du même genre, cités, sans détails bien précis, entre autres le bolide ou astéroïde d'août 1847, lorsque ces jours derniers, une note due à l'obligeance de M. le professeur du collège de Vannes, Allanic, est venu combler ce vide. La voici telle qu'il a bien voulu nous la communiquer.

« Dans la première semaine d'août 1847, vers 9 h. 1/2 du » soir, descendant avec un de mes frères, des hauteurs de » Malguénac vers la vallée de la Sar, affluent du Blavet, sur » l'ancienne route de Pontivy à Guémené, nous fûmes frappés » d'une vive clarté qui envahit tout le ciel. Nous retournant » pour en connaître la cause, nous vîmes venir vers nous du » sud-est, à une grande hauteur, une boule incandescente, » laissant une traînée lumineuse, qui passa comme l'éclair » au-dessus de nos têtes et éclata aussitôt, avec une for- » midable détonation qui nous terrifia, illuminant tout le pays » que nous dominions, d'une lumière si intense que nous » distinguâmes, tout brillant, un clocher dont nous devions » être éloignés de 12 kilomètres au moins.

» Au juger, je crois que le bolide a dû tomber sur le
» terrain de la commune de Séglien, limitrophe de celle de
» Cléguérec, où se trouve le village de Kernove, témoin de
» la chute du 22 mai 1869. »

Voici, encore, une autre observation intéressante faisant suite à la note communiquée par M. Allanic. « J'ai gardé
» aussi le souvenir d'avoir vu passer, un soir de juillet 18?9,
» au-dessus de Guémené, un bolide allant vers le sud. Il ne me
» parut pas plus gros qu'une petite orange, mais sa traînée
» lumineuse était fort longue. Sa vitesse semblait moins grande
» que celle de celui dont je parle plus haut ; d'ailleurs cela
» venait droit sur nous. Ce dernier passa à 5 ou 600 mètres
» en face et l'on put le voir pendant 3 à 4 secondes.

» Je me souviens bien que mon père, quelques jours après,
» apprit par son journal que cet aérolithe avait été aperçu
» jusqu'aux Pyrénées, où probablement il était tombé. On
» donnait l'heure de la chute et en la comparant avec celle du
» passage que mon père avait constaté, la différence n'était
» que de une minute 1/2. La distance parcourue dans ce petit
» laps de temps est d'à peu près 600 kilomètres. »

L'année 1832 est une de celles où l'apparition de ces météores fut plus fréquemment observée sur notre globe. Suivant le catalogue de Pleinenger on n'en compte pas moins de 10. En 1847, on n'en observa que 4, dont 3 en août. Juillet et août sur tous les catalogues sont les époques où ces phénomènes se trouvent le plus fréquemment constatés, raison de plus pour supposer que notre globe se trouvant, à ces époques, plus rapproché de l'anneau des petites planètes qu'à certains autres moments, dérangerait fortuitement de sa route, par suite de son attraction, quelques astéroïdes, du bord de cette multitude de petites planètes tournant autour du soleil.

LE

MARÉCHAL DE CAMP BARON DE WARREN

CORRESPONDANCES ET NOTES (DE 1740 A 1775) (1).

LIVRE DEUXIÈME

DE LA PAIX D'AIX-LA-CHAPELLE AU TRAITÉ DE PARIS

(Suite).

IX.

A la nouvelle de ces tristes événements, d'Aiguillon donna ordre au chevalier de Redmond d'aller s'établir à Prières sur la Vilaine, et à Warren de remplacer Redmond à Saint-Gildas avec mission de surveiller les mouvements de la flotte anglaise. Puis, il partit de Vannes à la recherche de Conflans, pour conférer avec lui, se rendre compte de l'étendue du désastre, et, au besoin, aviser aux moyens d'en atténuer la portée. Arrivé au Croisic le jeudi soir, 22 novembre, après avoir reconnu la position de nos vaisseaux à l'entrée de la Vilaine, il eut avec le maréchal un entretien qui lui fit perdre ses dernières illusions. Le lendemain, il reprit le chemin de Vannes et s'arrêta à Prières pour voir le chevalier de Redmond.

(1) Voir les bulletins de la Société polymathique du Morbihan : années 1892, 2e semestre; 1893, 2e semestre et 1894, 1er et 2e semestres.

Ce général avait déjà écrit au ministre de la guerre :

A l'abbaye de Prières, à l'entrée de la Vilaine, ce 22 novembre 1759.

MONSEIGNEUR,

... « J'ai été témoin de ce funeste combat. Il s'est passé à
» une lieue de la pointe de Saint-Jacques près de Saint-Gildas.
» Sans être marin, j'ai été effrayé de voir notre escadre
» recevoir un combat, acculée à la terre, dans des rochers
» et sans espace pour manœuvrer...

» J'ai trouvé ici onze vaisseaux ou frégates de l'escadre,
» partie échoués, partie mouillés dehors...

» Je descends du clocher et je viens de voir toute l'escadre
» anglaise à la voile, faisant route dans le sud-ouest. J'y
» compte 29 vaisseaux. Nous n'avons ici aucune nouvelle de
» M. le maréchal de Conflans...

» Cette aventure est incompréhensible. Les sept vaisseaux
» qui sont ici n'ont pas une égratignure et n'ont pas brûlé
» une amorce... » (1).

Le Cher DE REDMOND.

L'émotion produite par la déroute de notre flotte fut générale. On jugeait sévèrement la conduite de ceux qui en étaient considérés comme les auteurs ; on accusait surtout Conflans. Naturellement, les officiers qui devaient faire partie de l'expédition d'Angleterre et espéraient y trouver profit et honneur, se montrèrent les moins indulgents. Ainsi, Warren, dans son dépit, écrivait à Fitz-Gérald :

Saint-Gildas, 24 novembre 1759.

« MON CHER JEMMY,

« Je suis très peiné de commencer ma lettre par la nouvelle
» du désastre qui a frappé le royaume et dont la cause a été
» la défaite du maréchal de Conflans. Arrivée, le mardi 20,
» entre les îles de Houat et le Croisic elle est le résultat des

(1) Archives du Ministère de la Guerre.

» mauvaises dispositions, du manque de tête, de l'ignorance,
» de la lâcheté du chef et de l'insubordination du reste des
» officiers de sa flotte. Ils avaient une victoire assurée entre
» les mains, s'ils eussent été des marins capables et de bons
» patriotes, puisque les 21 vaisseaux de M. de Conflans
» portaient le même nombre de canons et d'hommes que les
» 23 de l'amiral Hawke. Je vous laisse à juger de notre
» angoisse dans cette armée, depuis le général en chef jusqu'au
» dernier soldat, de voir une expédition si brillante, si avan-
» tageuse, si glorieuse pour le roi et l'État échouer si misé-
» rablement... Nous ne savons plus ce que nous allons
» devenir... » (1)

Puis, c'est au général Redmond que Warren fait part de ses impressions :

« ... Nous avons ici (2), sept surveillants (3), il y en a douze
» aux Cardinaux. M. de Conflans et les siens n'ont pas voulu
» ou n'ont pas su nous en débarrasser, quoique cela eût été
» très fort en leur pouvoir. L'amiral Hawke proteste n'avoir
» combattu qu'avec vingt-trois de ses vaisseaux. Je frémis
» d'horreur et de dépit quand je songe à cette inconduite et
» à ses suites pour nos affaires. Je n'en reviens pas... »

Conflans comprit bientôt que son rôle était terminé. Soit par indolence, soit par découragement, il ne donna aucun ordre pour sauver les épaves, restées à la côte, du *Soleil-Royal* et du *Héros*. Avant d'aller rendre compte de sa conduite au ministère, il n'eut qu'une idée, s'assurer de l'état des vaisseaux réfugiés en Vilaine. Dans ce but, le 25 novembre, il quitta le Croisic. — Les capitaines avaient profité des grandes marées des jours précédents pour faire remonter leurs navires à plus de deux lieues dans la rivière, afin de les mieux dérober à toute poursuite. Les vaisseaux étaient échelonnés entre Vieille-Roche et La Roche-Bernard. — Le résultat de la visite du Maréchal ne fut sans doute pas satisfaisant. Dès le lendemain, il partit pour Nantes, et de là fit route vers Paris.

(1) Traduction.

(2) A Saint-Gildas.

(3) Sept vaisseaux anglais.

Les Anglais, qui n'avaient plus rien à craindre de la flotte française, voulurent user d'un bon procédé à notre égard. Le 23, dans la soirée, un *canot parlementaire* monté par un officier touchait à la pointe de Pénerf. L'officier venait de la part de l'amiral Hawke proposer d'envoyer des chaloupes à l'escadre anglaise pour y prendre nos blessés. L'offre fut acceptée avec empressement, on passa même une partie de la nuit à transporter à terre les blessés (1).

---

(1) De Pénerf, les blessés furent conduits à Vannes. Le registre des sépultures pour l'année 1759, de la paroisse de Saint-Patern notamment, contient une longue liste de ces malheureux qui moururent tant dans les hôpitaux que dans les établissements particuliers de la ville.

29 novembre 1759	— Inhumation	de messire de Savonnières, capitaine au régiment de *Saintonge*, décédé chez les Pères Jésuites.
Le même jour	—	de Cécile, du régiment de *Saintonge*, soldat sur le vaisseau le *Formidable*, décédé à l'hôpital sur la Garenne.
30 novembre	—	de Georges Brebion, premier pilote et surnuméraire sur le *Formidable*, décédé à l'Hôtel-Dieu.
Le même jour	—	de Elzéas-Boniface-Louis Cazal, dit *La Douceur*, tambour de *Lanville*, au régiment de *Saintonge*, décédé à l'Hôtel-Dieu.
2 décembre	—	de Guillaume Bihan, officier marinier, décédé à l'hôpital de la Garenne.
Le même jour	—	de Jean Monuho, matelot, décédé à l'Hôtel-Dieu.
4 décembre	—	de Jean Garel, sergent de la compagnie de *Saint-Brieuc*, garde-côte, décédé à l'hôpital sur la Garenne.
5 décembre	—	de Jean Labrosse, matelot du *Formidable*, décédé à l'Hôtel-Dieu.
Le même jour	—	de Jean Lomet, matelot du *Formidable*, décédé à l'hôpital sur la Garenne.
7 décembre	—	de Jean-Servan Tessier, maître d'équipage du *Formidable*, décédé à l'Hôtel-Dieu.
9 décembre	—	de Jean-Jacques Deshayes, soldat de *Saintonge*, compagnie de *Marguerite* (aîné), décédé à l'Hôtel-Dieu.
10 décembre	—	de François l'Hotellier, garde-côte, décédé à l'Hôtel-Dieu.
12 décembre	—	de François Chapeau, dit l'*Aiguille*, soldat de la compagnie de marine de *Terassol*, décédé à l'Hôtel-Dieu.
13 décembre	—	de Jean Oury, dit *La Fleur*, soldat du régiment de *Saintonge*, compagnie de *Savonnières*, décédé à l'hôpital sur la Garenne.
18 décembre	—	de Martin du Luc, dit *Saint-Martin*, du régiment de *Saintonge*, décédé à l'hôpital, à la Retraite des Jésuites.
23 décembre	—	de Claude Elliet, de Saint-Malo, garde-côte, décédé à l'hôpital sur la Garenne.
24 décembre	—	de Laurent Boiserpe, matelot du vaisseau le *Formidable*, décédé à l'hôpital de la Retraite des Jésuites

Le duc d'Aiguillon, informé de la mesure gracieuse prise par les Anglais, remercia l'amiral et, par réciprocité, fit porter à l'escadre des vivres frais et des vins. Il profita de l'occasion pour demander un échange de prisonniers. Le 28 novembre, Hawke chargea milord Howe d'aller officiellement transmettre sa réponse à d'Aiguillon. Mais, dans sa dépêche, tout en acceptant en principe l'échange, l'amiral formulait, relativement à l'équipage du *Héros* qu'il considérait comme prisonnier de guerre (1), des réclamations auxquelles le duc d'Aiguillon ne répondit que d'une manière évasive.

Le chevalier de Redmond ignorait certainement les termes de la dépêche de Hawke et n'appréciait la situation que d'après les relations courtoises qu'il avait eues avec les officiers anglais, quand il écrivait à Warren, le soir même de l'entrevue :

Vannes, ce 29 novembre 1759.

« ..... Je suis venu ici, hier au soir, avec milord Howe
» et M. James, tous deux de l'escadre anglaise, que M. le
» Chr Hawke a envoyés à terre pour venir remercier
» M. le duc d'Aiguillon de ses politesses. Tout s'est passé à
» merveille, ici, avec ces messieurs qu'on a menés, ce soir,
» à la comédie (2) où il y avait beaucoup de monde, comme
» vous le devinez....

Puis, changeant de sujet, Redmond ajoute :

« ..... Quant aux *héros à la Falstaff* — vous avez raison
» de les qualifier ainsi — nous avons parlé d'eux et milord

---

29 décembre	—	de Joseph Cabrié, sergent de marine, décédé à l'hôpital de la Retraite des Jésuites.
Le même jour	—	de Pierre Le Brun, dit *Vive le Roy*, soldat de *Saintonge*, compagnie de *Barlemond*, décédé à l'Hôtel-Dieu.

Dans les premiers mois de l'année 1760, les décès de militaires et marins provenant de la flotte de M. de Conflans sont encore nombreux à Vannes, dans la paroisse de Saint-Patern, ainsi que le constate le registre des sépultures.

(1) Le *Héros*, on s'en souvient, allait être amariné sans l'intervention, à la fin de la journée du 20, du *Soleil-Royal*, de l'*Orient* et du *Tonnant*.

(2) On a dit que les salles de la Société polymathique du Morbihan ont été construites sur l'emplacement du théâtre monté par les comédiens du duc d'Aiguillon.

» Howe nous a dit qu'il répond sur sa tête qu'aucun d'eux » ne sortira de la rivière ; et, en vérité, la tâche des Anglais » sera rendue facile par les capitaines de ces vaisseaux qui » n'ont aucune envie de gagner le large et qui sont allés si » loin en amont que, pour ma part, je crois aussi qu'ils n'en » pourront pas si facilement sortir. Vous avez raison d'être » en colère contre ces messieurs indisciplinés, inexpérimentés » et qui ne combattent pas. Je vous dirai des choses plus » étranges si vous tenez votre parole et venez à Prières d'ici » quelques jours. Vous aurez un bon lit et une bouteille de » vieux bordeaux (1)... »

Le premier moment de stupeur passé et tout espoir d'une invasion en Angleterre étant perdu ou au moins indéfiniment

---

(1) Par l'invitation qu'il adressait à Warren, on voit que le général Redmond en prenait à son aise avec le gîte et la cave de l'abbaye de Prières dont il semble disposer comme de choses lui appartenant. Il supposait sans doute que la bourse des moines était inépuisable. Il en était tout autrement. Les hauts personnages, tant hommes d'état que militaires, de passage ou en résidence dans la contrée, pendant la guerre, avaient pris l'habitude de demander l'hospitalité à l'abbaye, ce qui n'empêchait pas les pillards de venir, de leur côté, la rançonner souvent. Aussi, accablé de toutes ces charges, le monastère était couvert de dettes. Ces faits ressortent du Cartulaire de l'abbaye, écrit tout intime et qui, certes, n'était pas destiné à la publicité :

« ..... Vigesimus secundus abbas regularis fuit R. P. D. Claudius Maria de la » Fruglaye... a rege Ludovico decimo quinto in abbatem de Precibus assumptus est » die 24 septembris anno 1741. Die vero 25 aprilis (1742) in hac abbatia fuit solemniter » benedictus... Attamen, adversa providentia, secundos annui redditus nunquam » habuit, mediocres vero et sæpius ingratos; in talibus angustiis et ærumnis ingentes » sumptus invite fecit. Per multos enim annos, semper, ingravescenti bello contra » Anglos, ora maritima militaribus copiis et classibus armatis erat obsita. Domus » quotidie militum magistris et præfectis erat onerata. Diversis temporibus, rei » maritimæ præpositus, seu admiralis et provinciæ gubernator serenissimus Princeps » dux de Penthievre, belli quoque primus administrator, marchio de Paulmy » d'Argenson et sæpe sæpius Provinciæ Præfectus dux d'Aiguillon, plures gallicorum » castrorum præfecti sive mariscalli et multi alii magnates et optimates diversis » ordinibus, in domo pluribus diebus manserunt.

» His temporibus, notatu dignum, in medio mari prope insulam dictam *Dumet* » Angli cum Gallis pugnam navalem inierunt. Ex utraque parte, classis erat copiosa. » Classis præfectus D. Hawke Anglis, et Mariscallus de Conflans Gallis imperabant. » Tandem fatali necessitate cæsi atque fusi fuerunt milites nostri, multæ naves depressæ, » aliæ incensæ, præsertim prætoria navis, cognomine *Le Soleil-Royal*, aliæ fugatæ. » Undecim naves, hostem fugientes, per longum tempus in fluvio *Villaniæ* ad ancoras » steterunt, et ibi, ab Anglis interclusæ, duobus fere annis remanserunt ; tandem, » successive et solerter e fluvio evaserunt et sine pugna in Bresti portum advenerunt. » Insuper, Abbatia sæpe in gravi et imminenti periculo versata fuit. Piratæ multum » vexabant et eo reducta fuit domus ut vasa sacra, ornamenta Ecclesiæ prætiosa et » tabularium sive archivium, inimico subtrahere oportuerit.

» Et sic, omnibus his de causis, domus multum ære alieno oppressa fuit. »

ajourné, il fallut s'occuper activement des moyens d'éviter une surprise des Anglais. On avait à craindre une descente possible de leur part, à titre de représailles, sur les côtes de l'évêché de Vannes, et surtout une attaque de l'entrée du Morbihan, dans le but de détruire la flotte de transport.

Nous avons dit que pour parer à toute éventualité le chevalier de Redmond était établi à Prières ayant sous ses ordres les brigadiers de Grossoles et Warren. Grossoles occupait Locmariaker.

Le colonel de la Garrigue avait le commandement des navires et des troupes réunis dans le golfe du Morbihan.

Voici en quels termes Warren fait connaître à M. de la Garrigue son arrivée à Saint-Gildas :

Saint-Gildas, 26 novembre 1759.

« Je dois vous prévenir, Monsieur, que rendu ici, par ordre » de M. le duc d'Aiguillon, pour remplacer M. le chevalier » Redmond qui est établi à l'abbaye de Prières, vous pourrez » compter sur moi et les troupes à mes ordres dans l'étendue » de mon commandement, depuis la rivière de Pénerf jusqu'au » Port-Navalo, ainsi que pour tout ce qui est relatif à la » défense des navires du Morbihan. »

Le colonel de la Garrigue s'empressa de répondre à Warren pour lui faire connaître les mesures qu'il avait l'intention de prendre pour la défense de l'entrée du Morbihan.

A bord de l'*Héroïne*, le 29 novembre 1759.

« Je vous suis très obligé, Monsieur, des secours que vous » me faites la grâce de m'offrir. Je ne crois pas que nous » soyons dans le cas d'en avoir besoin, ne supposant pas » que les Anglais fassent la folie de venir nous attaquer. » Cependant, comme il faut être préparé à tout événement, » voilà quelles sont mes dispositions :

» Je compte me mettre avec 150 hommes dans la petite

» Ile aux Larrons (1) pour soutenir et remplacer les canonniers » des 8 canons de 24 liv. qui y sont; 100 hommes derrière » nous, à l'Ile des Grands-Larrons (2), pour empêcher que » des barques armées ne nous tournent et nous prennent » par derrière. Ces 100 hommes doivent nous secourir au » besoin et protéger notre communication avec la pointe de » Michel-Baden. Ils seraient soutenus par les corsaires le » *Samson* et le *Jupiter* qui ne sont pas assez forts pour » prêter le côté à une frégate, mais qui suffisent contre des » barques armées.

» Nous avons en outre en avant de nous, deux chaloupes » canonnières qui ont chacune une pièce de canon de 24; » l'une auprès du Port-Navalo, et l'autre du côté de Loc- » mariaquer. L'île du Petit-Larron où est notre batterie est » située devant l'embouchure du Morbihan et incommoderait » beaucoup les vaisseaux ou bâtiments qui voudraient y entrer.

» Indépendamment des dispositions de terre, je mettrais » 50 hommes sur la frégate de M. Marion de Fresne et 50 » sur *la Pallu* qui s'embosseraient pour défendre la passe. » Le surplus des soldats qui sont dispersés sur les bâti- » ments y resteraient pour garder les équipements de leurs » régiments. J'ai l'honneur, etc.

LAGARRIGUE.

A la date du 26 novembre, Warren avait aussi fait part à son collègue de Grossoles de son établissement à Saint-Gildas.

Le 29, Grossoles répondait :

» Le chevalier de Redmond, Monsieur, désire qu'il soit » établi une correspondance entre lui et moi. Pour cet effet, » je prends des mesures pour que les chaloupes canonnières » fassent passer d'un bord à l'autre (3) les lettres qui iront » ou viendront. Je pense qu'il serait convenable que nous » fassions de même, étant ici dans un enfoncement d'où je » ne découvre rien. Je désire beaucoup savoir ce qu'on

(1) Le petit Veizit.
(2) Le grand Veizit.
(3) De Locmariaker à Port-Navalo.

» voit au loin, indépendamment du plaisir que j'aurai de » m'entretenir avec vous. Pour remplir l'objet de M. le » chevalier Redmond, il est nécessaire que vous donniez vos » ordres à l'officier qui commande à Port-Navalo, que dès » qu'il lui sera remis des lettres ou au corps de garde (car » les chaloupes ont ordre d'aller porter les paquets au corps » de garde de Port-Navalo, et lorsqu'elles ne le pourront pas, » au poste de la batterie), celui qui les recevra en donne sur » le champ son reçu et les fasse partir sans délai, par un » soldat du poste, pour Sarzeau, de Sarzeau à Surzur (s'il » n'y a personne à Saint-Colombier), de Surzur à Ambon » où M. de Redmond ordonnera qu'on les porte à Muzillac, » de là à Prières; que celles qui seront pour vous on vous » les fasse passer par les corps de garde. La chaloupe de » *Limousin* a ordre, lorsqu'on la hélera de la côte, d'envoyer » par canot prendre les lettres. Je commence par cette même » occasion d'écrire à M. Redmond.

» Je pense, Monsieur, que si les Anglais tentaient d'entrer » dans le Morbihan, pendant la nuit, venant le long de la » terre, je ne pourrais en avoir connaissance, qu'alors il » faudrait que vos batteries, qui les premières en auraient » connaissance, tirassent du canon, ce qui serait le signal où » chacun se rendrait à son poste.

» J'ai l'honneur, etc. »

Les mesures proposées par Grossoles furent adoptées et Warren fit part de sa décision à M. de la Garrigue, après avoir approuvé son projet de défense de l'entrée du Morbihan.

Saint-Gildas, le 30 novembre 1759.

« On ne peut rien de mieux, Monsieur, pour la défense » des navires du Morbihan, que les dispositions dont vous me » faites l'honneur de me donner le détail par votre lettre » d'hier. J'y ai fait attention et ne trouve pas qu'il y ait rien » à changer ou à ajouter, *à moins que différentes circonstances » ou événements ne fassent naître d'autres moyens de défense.* » D'ailleurs je ne crois pas que les Anglais veuillent hasarder » de forcer l'entrée du Morbihan, surtout dans ce moment-ci » que maîtres de la mer, ils se voient en état de bloquer tous » nos transports avec 3 ou 4 vaisseaux de guerre.

« Je ferai savoir tous les jours à M. le chevalier de Grossoles » à Locmariaker ce que nous découvrons d'ici de leurs » mouvements, pour la tranquillité et le bien de la chose; » ainsi, comme vous êtes à portée de lui, il vous en instruira. » Cependant s'il arrivait quelque chose d'intéressant ou de » pressant je vous le ferai savoir en droiture à bord de » l'*Héroïne*..... »

A la crainte exprimée dans cette lettre de *circonstances ou d'événements imprévus*, La Garrigue répond immédiatement :

A bord de l'*Héroïne*, 1er décembre 1759, à 2 h. du matin.

« Je reçois dans le moment, Monsieur, la lettre que vous » m'avez fait l'honneur de m'écrire, le 30 novembre, par » laquelle vous voulez bien approuver les dispositions que » j'ai prises, *à moins que les différentes circonstances ou » événements ne changent*; ce qui ne peut arriver qu'au cas » que les ennemis veuillent descendre à terre entre Kerpenhir » et la presqu'île de Quiberon, pour prendre la batterie de » Kerpenhir par derrière et venir ensuite brûler les bâti- » ments que l'on ferait remonter et échouer le long de la » rivière d'Auray. Ce parti, ils ne le prendront sûrement pas, » ayant connaissance de la quantité de troupes que nous » avons dans les environs. Ils feraient donc peu de dommage » par terre et en recevraient, je crois, beaucoup de nos » batteries s'ils venaient par mer, étant à côté et vis à vis » l'entrée par où ils doivent passer.

» Je crois comme vous, Monsieur, qu'ils se contenteront » de bloquer le Morbihan avec un vaisseau et une frégate ou » brigantin, qui pourraient même servir pour bloquer les » vaisseaux qui sont dans la Vilaine, et nous feront autant » d'honneur qu'aux 21 vaisseaux qui étaient dans la rade de » Brest. Deux vaisseaux suffiront pour l'entrée de Rochefort, » surtout si ceux de Cadix trouvent le moyen d'y entrer. » Mais tant qu'ils les sauront dans quelque port d'Espagne » ou en mer, ils seront obligés d'en avoir 4 et croiront faire » beaucoup, et tant qu'ils empêcheront nos vaisseaux de se » réunir, ils sont sûrs que nous ne pouvons rien entreprendre

» dans cette partie. Il est cependant absolument nécessaire
» que nous placions le *Prétendant* en Irlande, en attendant
» que les circonstances nous permettent de le placer sur le
» trône d'Angleterre.....

» L'on ne peut rien de mieux que les arrangements que
» vous avez pris pour nous faire passer des nouvelles.

» LAGARRIGUE. »

P. S. — « Nous avons beaucoup parlé de vous, hier, avec
» M. Marion de Fresne qui m'a dit avoir l'honneur d'être
» connu de vous depuis 1745. »

Comme conclusion, la tâche d'organiser la défense du Morbihan eût été plus facile si déjà on avait mis à exécution l'idée que Vauban indiquait dans un mémoire adressé de Belle-Ile au Roi, le 31 mars 1683 «..... J'ai aujourd'hui
» examiné l'entrée du Morbihan qui est quelque chose de
» très beau et sur lequel il sera très facile de bâtir de petites
» Dardanelles pour le temps présent et à venir, qui seraient
» là placées plus utilement qu'en aucun lieu du monde (1). »

Dès lors que notre flotte était réduite à l'impuissance, il devenait inutile d'entretenir, à grands frais, les troupes embarquées dans le Morbihan. Le gouvernement donna l'ordre de désarmer les navires de transport et de diriger aussitôt les soldats sur leurs différents corps.

A bord de l'*Héroïne*, ce 2 décembre 1759.

COLONEL DE LA GARRIGUE A WARREN,

» J'ai reçu, Monsieur, hier au soir, fort tard, les ordres de
» M. le duc d'Aiguillon de faire partir, le plus tôt possible,
» tous les différents détachements qui sont dans cette rade
» pour rejoindre leurs corps. J'ai expédié, sur le champ, les
» ordres relatifs à cet objet; tout partira aujourd'hui, hors
» 1 officier, un sergent et 12 hommes de six régiments qui,
» ayant des effets qui leur appartiennent, sont obligés de les

(1) Archives du génie militaire de Belle-Ile-en-Mer.

» décharger et escorter à Vannes, ce qui, je crois, sera fini » dans la journée de demain. J'écris à M. Marion pour le » prier de faire relever la batterie de la petite île aux Larrons.

» L'on va bientôt travailler à faire entrer toutes les troupes » dans leurs quartiers..... »

Indépendamment des prames, destinées au transport des troupes, l'État avait nolisé, pour le même objet, un certain nombre de navires de commerce qu'on avait armés en frégates. La Compagnie des Indes en avait fourni plusieurs. C'est à cette circonstance que Warren dut la bonne fortune de retrouver, dans son voisinage, son ancien compagnon d'aventures, M. Dufresne-Marion, qui commandait dans le Morbihan la frégate *la Licorne*. Il s'empressa de lui écrire.

De Saint-Gildas, 3 décembre 1759.

« C'est un vrai plaisir pour moi, mon cher Marion, que » d'être à portée de vous voir souvent ; c'en serait un plus » grand si j'étais assez heureux de trouver l'occasion de vous » prouver combien je vous suis attaché, car je me souviendrai, » toute ma vie, du voyage flatteur pour vous et pour moi que » nous avons fait en Écosse. Il est à espérer que, malgré ce » dernier revers inattendu, nous visiterons encore une fois, » avec autant de succès pour l'objet de notre mission, une » des îles Britanniques : et qui sait si un jour nous ne ferons » pas ensemble un voyage encore de plus long cours !

» J'irai jeudi, s'il m'est possible, vous embrasser, et nous » prendrons des jours pour nous voir, afin d'être plus certains » de se trouver. »

Warren manqua à son rendez-vous. En voici la raison.

Saint-Gildas, 5 décembre 1759.

« Je ne pourrai, mon cher Marion, avoir demain le plaisir » de vous embrasser et de prendre votre soupe, le départ de » M. le prince de Beauveau et de M. le colonel de Rothe, » vendredi matin, m'ayant obligé de demander à dîner à » M. le duc d'Aiguillon, jeudi, et la permission aussi de me

» retirer d'un endroit ennuyeux où je ne vois pas que la » présence d'un officier général soit si nécessaire. J'aurai donc » l'honneur de vous voir à Vannes et vous y réitérer combien » je vous suis attaché...

Warren fut sans doute si insinuant pendant le repas que le duc l'autorisa à venir résider à Vannes et le fit remplacer à Saint-Gildas par le capitaine de Launay.

Restait à trouver à Vannes un logement convenable, et, sans tarder, il écrivit à M. de Montigny, propriétaire d'une maison située à Vannes, au bas de la rue Saint-François. (1)

Vannes, 15 décembre 1759.

« Comme il a plu au Roi, Monsieur, de m'employer, cet » hiver, en Bretagne et que M. le duc d'Aiguillon veut que » je sois auprès de lui, oserais-je vous prier de vouloir bien » me céder la partie de votre maison, ici, à Vannes, qu'occupait » M. O'Sullivan, parti il y a 3 jours. Je vous en serai très » obligé et j'en aurai tous les soins imaginables ....

Pendant qu'à Saint-Gildas, il procédait à ses préparatifs de changement de résidence, Warren put voir à différentes reprises M. Dufresne-Marion et s'entretenir à loisir avec lui.

Vers cette époque, les Anglais après s'être montrés si bien disposés les premiers jours — de leur plein gré, ils avaient remis nos blessés, consenti plus tard à un échange de prisonniers et même renvoyé à terre, sur parole, les gardes-marine — semblèrent changer complètement d'attitude à notre égard. On sait que Hawke avait fait connaître au duc d'Ai-

---

(1) L'hôtel de *Montigny* formait l'un des côtés du carrefour où se rencontrait la rue Saint-François, — appelée aussi rue des Cordeliers, — puis des Bons-Pères, antérieurement rue de la porte Mariolle et maintenant rue Noë, avec celle conduisant à la place du Poids du Roy (place du Poids-Public) et la ruelle se dirigeant vers la place Poissonnerie (ruelle de la Poissonnerie).

En face de l'hôtel de *Montigny* — actuellement à Madame Galles-Taslé — se trouvaient l'hôtel et l'enclos de M. *du Nédo* — où a été construite, de nos jours, l'école primaire supérieure des filles. A droite, en remontant la rue Saint-François, existait déjà l'hôtel de M. *de la Chapelle* — à M. Le Mintier de Léhélec — ayant, pour vis-à-vis, à gauche de la rue, l'hôtel de M. de *L'Espinay* — à M. et Mme Charles Riou — donnant, du sud-ouest, sur une impasse (aujourd'hui rue Léhélec) qui conduisait à la cour des Cordeliers.

guillon ses prétentions relativement à l'équipage du *Héros*, qui, soutenait-il, s'était rendu. Il le réclamait à titre de prisonnier de guerre. Comme on ne semblait pas vouloir donner satisfaction à sa demande, l'amiral crut devoir l'appuyer d'une démonstration en règle. Il donna l'ordre au capitaine Ourry d'aller prendre l'artillerie du *Héros* et du *Soleil-Royal*, abandonnés à la côte. Il lui recommandait toutefois de faire son possible pour éviter un conflit sanglant. Le capitaine Ourry informa par écrit, de sa mission, M. de Broc, commandant au Croisic, ajoutant que ce serait seulement au cas où l'on ferait feu sur lui et les siens, qu'il tirerait. Quand les Anglais débarquèrent pour mettre leur projet à exécution, les habitants du Croisic firent tout ce qui était en leur pouvoir pour s'opposer à l'enlèvement des canons. L'énergie des Croisicais obligea même les ennemis à rembarquer au bout de peu de temps. Par représailles, la flotte anglaise ne tarda pas à se rapprocher de terre et canonna la pointe du Croisic de façon à occasionner des dégâts jusqu'au centre de la ville. (1)

A l'occasion de ce bombardement, d'Aiguillon crut devoir adresser des observations à Hawke. L'amiral anglais irrité de la résistance qu'il venait d'éprouver répondit fort arrogamment. Voici la traduction de la copie de sa lettre trouvée dans les papiers de Warren.

Royal-Georges, 12 décembre 1759

« J'ai l'honneur d'accuser réception à Votre Grâce de sa
» lettre du 11 courant, et, en réponse, qu'elle veuille bien me
» permettre de lui faire savoir que le capitaine Ourry a agi
» entièrement d'après mon ordre et que j'approuve ce qu'il a
» fait. Son manifeste, dont Votre Grâce m'a envoyé une copie,

---

(1) Saint-Gildas, 10 décembre 1759.

DE LAUNAY A WARREN.

« ... Nous avons entendu aujourd'hui, depuis neuf heures et demie jusqu'à midi, une canonnade des plus vives et des plus suivies, fort en avant dans le sud-est. L'amiral anglais y a envoyé six frégates, et lui-même avec toute son escadre est venu à trois heures et demie mouiller sous Houat, environ à une lieue plus près de nous qu'il ne l'était auparavant. Par ailleurs rien de nouveau dans cette partie... »

» est une preuve suffisante de son humanité et de la douceur » de mes ordres qui étaient de ne pas tirer à moins que » l'on ne tirât sur lui.

» Sans remonter plus haut, je n'ai besoin que de me reporter » à ma lettre remise à Votre Grandeur, le 29 no- » vembre, par lord Howe, en ce qui concerne le *Héros*. » Voici mes propres expressions : — « Je réclame les officiers » et les hommes du *Héros* comme prisonniers, et j'attends, » de l'honneur connu de Votre Grandeur, qu'ils me soient » immédiatement livrés. (1) » La coque et les canons n'étaient » pas mentionnés, car, j'avais mis le feu à la coque et je con- » sidérais qu'il était en mon pouvoir de recouvrer les canons. » Laissez-moi encore prier Votre Grandeur de jeter un coup » d'œil sur la convention qu'elle a signée avec lord Howe. » Est-ce qu'on y mentionne même l'artillerie? Non. J'ai » observé scrupuleusement tous les articles : j'ai échangé les » matelots, j'ai relâché les officiers, les soldats et la milice, » aux termes de la convention, et j'ai envoyé les gardes- » marine à terre sur parole. Je ne pouvais m'empêcher d'être » surpris qu'on ne fît aucune attention, dans cette convention, » à ma demande des officiers et des hommes du *Héros*. On » me répondit seulement que cette affaire était du ressort » d'un autre département et ne dépendait pas de Votre » Grandeur, ce qui me fit vous écrire de nouveau à ce sujet. » Je puis seulement encore assurer à Votre Grandeur que si » un capitaine d'un vaisseau de guerre anglais, sous mes » ordres, demandait grâce, s'il se rendait aux Français et s'il » fuyait ensuite avec le navire, en enfreignant ouvertement » les règles de la guerre, je livrerais immédiatement le navire » et son commandant, pour être traité comme le mérite le fait » d'avoir forfait à l'honneur. J'aurais attendu la même chose » du duc d'Aiguillon si je ne le considérais comme le sujet » d'un État dans lequel la volonté du monarque constitue le » droit et le tort. J'assure Votre Grandeur, sur l'honneur, que » je n'ai jamais entendu parler d'un mémoire qui doit être

(1) Les Anglais ont toujours soutenu que l'équipage du *Héros* s'était rendu, et qu'on allait le remplacer par un équipage anglais quand arriva le *Soleil-Royal*.

» présenté à l'amirauté d'Angleterre ; nous ne nous occupons » pas des affaires de cette nature. Par la générosité de leur » roi, les marins anglais ont droit à tout ce que l'ennemi leur » a rendu pendant la guerre et à tout ce qui a été pris en » leur nom et à leur profit. Je tâcherai de recouvrer les » canons du *Héros* ainsi que ceux du *Soleil-Royal* qui était » abandonné et livré à notre merci. La livraison des officiers » et des hommes dépend seule maintenant de l'honneur de » votre Cour. Les canons étant à notre portée et nos efforts pour » les enlever pouvant être justifiés, j'espérais que je n'aurais pas » été interrompu dans cette opération, mais puisque Votre » Grandeur et le marquis de Broc ont jugé à propos de tirer » sur mes vaisseaux, je prendrai une revanche, aussi rigou» reuse que possible, le long de toute la côte, dès que je » recevrai des renforts de Grande Bretagne. Car je suis venu » ici, il y a environ 8 mois, approvisionné seulement pour » décider du sort des deux nations, avec M. Conflans, sur la » haute mer. Comme, lorsque nous nous sommes rencontrés, » il n'a pas voulu se mesurer avec moi, il a par là changé » la nature de mes opérations militaires et m'a réduit à la » nécessité, qui répugne tout à fait à mes dispositions natu» relles, d'envoyer le fer et le feu dans ce pays, d'où Votre » Grandeur avec 40 bataillons sous son commandement — » d'après les instructions authentiques du maréchal de Belle-Isle, » — devait partir pour répandre les plus terribles calamités de » la guerre, en Grande Bretagne et en Irlande.

» Je ne puis pas me persuader que Votre Grandeur ait pu » sérieusement traiter mon entreprise d'irrégulière, c'est une » plaisanterie. Après cela, je ne serais pas surpris, qu'avec » la même belle humeur, on ne m'accusât d'avoir agi irré» gulièrement en attaquant M. Conflans, — après une pour» suite de vingt milles dans la haute mer, — au-dedans de » vos îles et sur votre côte et d'avoir mis, après, le feu au » *Soleil-Royal*.

» Personnellement, j'honore et je respecte le duc d'Ai» guillon ; comme commandant d'une escadre anglaise contre » un ennemi déclaré, j'obéis strictement aux ordres du grand

» Roi, mon Maître, suivant seulement mon propre jugement
» quand les circonstances changent.

» J'ai l'honneur d'être, avec le plus profond respect et
» considération,

de Votre Grâce,
le plus obéissant et le plus humble serviteur. (1)

» HAWKE. »

Le ministre de la guerre, après l'échec de Conflans, avait ordonné, par économie, le débarquement immédiat des troupes destinées à l'expédition d'Angleterre ; le ministre de la marine, de son côté, enjoignit aux capitaines des vaisseaux réfugiés dans la Vilaine, de désarmer leurs navires ou d'en laisser le commandement à des marins plus habiles, si, comme le prétendait M. Villars de la Brosse, commandant alors la division, il leur était impossible de fixer l'époque à laquelle ils pourraient prendre le large et rejoindre leurs ports d'attache.

Naturellement, les officiers protestèrent contre les insinuations blessantes du ministre, tout en déclarant unanimement que la sortie des vaisseaux de la Vilaine serait impossible tant que les ennemis, à l'aide de forces supérieures et d'une surveillance active, voudraient s'opposer à leur départ. Les menaces de la Cour, ainsi que la réponse des capitaines furent bientôt ébruitées. Le champ sembla ouvert aux concurrents. M. Dufresne-Marion, après s'être assuré le concours de M. de Beaulieu, offrit ses services à la Cour pour faire sortir les vaisseaux de la Vilaine. Cette détermination n'avait-elle pas été prise à l'instigation de Warren, n'était-elle pas le résultat des entretiens qu'avaient eus ensemble ces messieurs à l'entrée du Morbihan ? On verra combien Warren souhaitait le succès du capitaine bleu (2), contrairement aux désirs de son chef, le duc d'Aiguillon.

---

(1) Traduction.

(2) On désignait ainsi les officiers qui ne faisaient pas partie du *grand corps*, c'est-à-dire de la marine royale.

MM. Dufresne-Marion et Tréhouart de Beaulieu n'étaient pas, du reste, les premiers venus. Gentilshommes du pays de Bretagne, depuis longtemps rompus à la navigation, ils avaient donné des preuves de leur habileté et de leur savoir-faire. C'étaient les commandants des deux navires l'*Heureux* et le *Prince de Conti*, mis par ordre de Louis XV, en 1746, à la disposition de Warren, pour aller à la recherche du Prince Édouard. On connaît le brillant résultat de cette expédition. On se rappelle aussi que le Roi les avait nommés lieutenants de ses frégates, en récompense de leurs services ; mais ils préférèrent entrer dans la Compagnie des Indes qui, sur la recommandation de la Cour, leur donna aussitôt des brevets de capitaines. Actuellement, ils commandaient dans le Morbihan deux navires, prêtés à l'État par la Compagnie, pour le transport des troupes de l'expédition d'Angleterre.

Tandis que les vaisseaux qui s'étaient sauvés dans la Vilaine, sans avoir pris aucune part au combat du 20 novembre, attendaient les dernières instructions du ministre, la mer rejetait, chaque jour, depuis un mois, sur les côtes voisines, les cadavres des malheureux qui avaient péri dans les naufrages du *Thésée* et du *Superbe*. A Pénestin, en cinq jours, on procède à l'inhumation de treize cadavres (1). On en trouve beaucoup d'autres aux côtes de Penvins et de Saint-Jacques (2). Le corps de M. de Botherel, capitaine en second du vaisseau le *Thésée*, fut retrouvé, le 26 décembre, sur la côte de

---

(1) PAROISSE DE PÉNESTIN.

26 décembre 1759 à 1er janvier 1760. — Inhumation de 13 cadavres d'hommes noyés, venus à la côte de Pénestin, et parmi lesquels on reconnait, à leur habillement, quelques gardes-côtes bretons.

(2) PAROISSE DE SARZEAU.

27 décembre 1759. — Inhumation, avec le consentement du lieutenant-général et du procureur du roi de l'amirauté de Vannes, de trois jeunes gens trouvés noyés à la côte de Penvins, à la suite du combat naval livré sur cette côte, le mardi 20 novembre précédent, entre les escadres anglaises et françaises.

26 janvier 1760. — Acte relatant les inhumations successives faites, depuis le 30 décembre précédent, de sept cadavres apportés sur les côtes de Penvins et de Saint-Jacques à la suite du même combat. Ils avaient été, avec la permission de l'amirauté, enterrés dans le sable par les employés des fermes du Roi, au fur et à mesure qu'on les découvrait, à cause de leur état de corruption, de la distance du cimetière paroissial, des dangers de contagion, etc.

Plouhinec, près le corps de garde d'Étel (1). Que de pertes irréparables, que d'hommes morts sans gloire, sans profit pour le pays ! Aussi quelles imprécations, en France et à l'étranger, contre la marine représentée par ses chefs ! De Dunkerque M. de Mézières exprime ainsi son opinion :

« Je voudrais voir tous vos f... marins, ou du moins ceux
« qui ont fait échouer notre entreprise, au fond de la mer.
» Nous recevons ici tous les jours, lettres, vers et chansons
» qui les accommodent de toutes pièces, sans compter ce
» qu'en disent les Anglais. Je crois qu'il y a quelques démons
» sortis de l'infernale caverne dont le tourment est de nous
» persécuter. En tout cas ils exécutent bien leurs commissions. »

D'Ostende, c'est le général comte de La Mothe d'Hugues qui écrit :

«... Il est bien fâcheux, pour vous, que les affaires de la
» marine aient si mal tourné. On crie beaucoup contre elle.
» Cette catastrophe paraît un peu singulière... »

Le comte d'Hector prétendait même « que les officiers qui
» voyageaient à l'étranger osaient à peine avouer qu'ils
» faisaient partie de la marine française. »

Malgré la mauvaise impression causée par nos insuccès, les amis des Stuarts n'abandonnaient cependant pas leurs espérances, à en juger par la lettre qu'en fin d'année, Dufresne-Marion adressait à Warren.

A bord de la *Licorne*, le 29 décembre.

.... « Je désirerais que l'année 1760 nous fût plus
» heureuse que celle-ci et que nous puissions aider à cou-
» ronner notre cher Prince.

En post-scriptum, il ajoute :

» *Je n'ai encore rien eu de nouveau de la Cour.* »

---

(1) PAROISSE DE PLOUHINEC.

26 décembre 1759. — Inhumation d'un cadavre trouvé à la côte, près le corps de garde d'Étel, et reconnu, d'après les objets qu'il portait, pour être celui du sieur de Botherel, écuyer, capitaine des vaisseaux du Roy, commandant en second du vaisseau *Le Thésée* « que l'on sait avoir été submergé par la mer, lors du combat que les vaisseaux du Roi, commandés par M. le maréchal de Conflans, ont soutenu près de la côte du Croisic contre les vaisseaux du roi d'Angleterre. »

Extraits de l'*Inventaire-Sommaire* des archives départementales antérieures à 1790, rédigé par M. Rosenzweig. *Morbihan.* — *Archives civiles.* — Série E.

X.

Un nouveau malheur vint encore frapper notre marine au début de l'année 1760. Dans la nuit du mardi au mercredi, premier janvier, un des vaisseaux de la Vilaine, l'*Inflexible*, — commandant M. de Caumont, lieutenant M. de Ternay, — chassa sur ses ancres, pendant un coup de vent, et fut emporté par le flot montant. Il alla se briser sur le rocher situé au milieu de la rivière. On ne put sauver que l'artillerie et l'équipage; deux matelots seulement furent noyés. Le duc d'Aiguillon en rendant compte de cette catastrophe au ministre de la guerre, le 3 janvier, terminait ainsi sa lettre : « Cet » événement est d'autant plus malheureux que l'*Inflexible* » était mouillé à trois lieues au dedans de la rivière, et que » les 25 vaisseaux anglais qui en gardent l'embouchure n'ont » pas seulement chassé sur leurs ancres. »

A la suite de cet événement, M. de Ternay se trouva naturellement sans emploi. C'était un officier distingué; d'Aiguillon avait pour lui une sincère affection. Bien que le duc, après le désastre de Conflans, pensât que la marine royale « était un corps à refondre totalement, si on voulait » s'en servir (1) », il restait cependant imbu de cette idée, qu'on est convenu d'appeler « esprit de corps », qui consiste à n'admettre la capacité de personne en dehors des cadres officiels. Il craignait que la marine royale ne devînt l'objet d'une défaveur justifiée, si de simples capitaines de commerce, à l'exclusion des officiers du *grand corps*, venaient à tirer les vaisseaux de la mauvaise passe où ils se trouvaient depuis le 21 novembre. D'Aiguillon s'efforça donc de persuader à M. de Ternay, tant dans son intérêt personnel que dans celui de la marine, qu'il devait entreprendre la tâche difficile de faire sortir les vaisseaux de la Vilaine. Ternay, après quelques hésitations, céda et fit ses offres de service à la Cour, demandant seulement qu'on lui assurât le concours du comte

---

(1) Lettre du duc d'Aiguillon au ministre de la marine.

d'Hector, son ami, dont la réputation d'habile marin était déjà bien établie. Les propositions de Ternay furent accueillies. Le ministre de la marine mit à sa disposition les vaisseaux de 64 canons, le *Dragon* et le *Brillant*. Ternay prit le commandement du premier et confia au comte d'Hector le commandement du second.

La Cour avait, précédemment, reçu les offres du capitaine de la Compagnie des Indes, Dufresne-Marion. Ses offres aussi furent agréées, et le sort des vaisseaux de même force, le *Robuste* et l'*Éveillé*, lui avait été confié. M. Dufresne monta sur le *Robuste* et chargea son ami de Beaulieu de diriger l'*Éveillé*. Ces quatre commandants entrèrent en fonctions vers le commencement de février. Ils auraient dû se concerter sur les mesures à prendre pour leur mission commune, mais dès le début, ils ne purent s'entendre. Chacun avait sa manière de voir et s'y entêtait. D'Aiguillon ne voulait prendre ouvertement parti ni pour les uns ni pour les autres. Il allait donc y avoir, avec ou sans préméditation, une sorte de concours établi entre les deux marines. On espérait peut-être que l'émulation s'en mêlant, un bon résultat ne se ferait pas attendre. On verra ce qui advint de cette combinaison. Du reste, les difficultés signalées au ministre de la marine, par les commandants des vaisseaux, pour sortir de la rivière, étaient plutôt atténuées que grossies, puisqu'il fallait, pour réussir, trouver réunies à époques fixes, ne se rencontrant que deux fois par mois, les circonstances suivantes : un vent nord-est ou est assez fort ; une grande marée à flot descendant ; une nuit obscure et assez longue — un temps brumeux de préférence. Il fallait de plus que les basses et bancs de sable de l'entrée de la rivière fussent parfaitement connus ou indiqués, de façon à pouvoir, sans hésitation, suivre le chenal étroit qui conduit au dehors. Il fallait enfin que la surveillance des Anglais se trouvât en défaut ou que les manœuvres de l'ennemi fussent contrariées par le mauvais temps, — le vent soufflant de l'est. En somme, les conditions défavorables au succès de la sortie de la Vilaine étaient nombreuses. Une semblable entreprise exigeait, de la part du chef, de la témérité ou une confiance entière dans ses talents et sa fortune.

Les Anglais, au contraire, avaient une tâche facile. A part les jours de vives eaux, — à la nouvelle et à la pleine lune, — pendant lesquels ils devaient être, surtout la nuit, en éveil, le reste du temps, ils n'avaient pas à craindre que nos vaisseaux quittassent inopinément la Vilaine. D'ailleurs, quand la mer n'était pas trop mauvaise, un service de vigies fait par leurs canots, à l'entrée de la rivière — à une distance suffisante des batteries de terre, pour n'en avoir pas à souffrir s'ils étaient aperçus, — avait pour mission de les mettre au courant de nos mouvements assez à temps pour pouvoir s'opposer à une sortie, ou au moins être en mesure de poursuivre promptement les navires qui tenteraient de prendre le large. L'escadre ennemie ne redoutait pas une attaque de notre part, du côté de la mer, puisqu'à cette époque la plupart de nos vaisseaux étaient bloqués dans les ports. Enfin, prudemment, elle se tenait assez éloignée du rivage pour n'avoir pas à craindre le feu des batteries.

A terre, notre système de défense consistait en une série de batteries installées sur les côtes, soit en tête des passages, soit aux endroits où l'accès du rivage présentait le plus de facilité pour opérer un débarquement. C'est ainsi qu'à l'entrée du Morbihan, il y avait de chaque côté une batterie, l'une à la pointe de Locmariaker (Kerpenhir), l'autre à Port-Navalo. Deux batteries se trouvaient également en face l'une de l'autre pour défendre l'entrée de la Vilaine : à Pénestin (pointe du Halguen) et à Penlan. Entre Port-Navalo et Penlan on avait installé d'autres défenses, notamment au Petit-Mont, au Grand-Mont, à Kerfago, à la pointe Saint-Jacques, à Beclan, à Pénerf, à Kervoyal. Ces ouvrages dont l'ennemi pouvait, du large, apercevoir le développement, étaient de nature à le tenir en respect. Malheureusement, la réalité ne répondait pas à l'apparence. La pénurie du trésor royal se faisait sentir ici comme partout ailleurs. Les pièces de canon ne valaient rien ; les servants étaient peu nombreux et mal exercés ; les munitions manquaient souvent. Les batteries étaient généralement appuyées par des postes assez forts, soit de gardes-côtes, soit de soldats détachés des compagnies du régiment de *Limousin* et du bataillon de *Marmande*, cantonnés à

Sarzeau. Pour servir d'abri aux hommes, il y avait, à proximité des batteries, des corps de garde, ordinairement casematés, afin que ces refuges fussent plus sûrs.

Les côtes de l'évêché de Vannes avaient été divisées en secteurs commandés par des maréchaux-de-camp. Ainsi, Redmond, à la fin de 1759 et au commencement de 1760, était commandant du secteur partant de la Vilaine pour aboutir au golfe du Morbihan. Il résidait à Prières, point admirablement choisi pour suivre, d'un côté, les mouvements des Anglais et veiller, de l'autre, sur nos navires de la Vilaine. Des officiers supérieurs sous les ordres de Redmond étaient placés aux endroits les mieux choisis au point de vue stratégique. Voilà comment Warren occupa Saint-Gildas et Grossoles, Locmariaker. Enfin, les officiers des gardes-côtes ou des compagnies détachées, résidaient près de leurs troupes et devaient, chaque jour, tenir leurs chefs hiérarchiques au courant des moindres incidents dans l'étendue du territoire qu'ils étaient chargés de défendre, et surtout des mouvements, en mer, de l'ennemi. Ces officiers correspondaient également entre eux pour se signaler les dangers dont ils étaient menacés afin de pouvoir, sans retard, se secourir mutuellement. Tous les rapports étaient portés par des courriers ou des piétons — des pedons, comme on disait alors — auxquels on fixait un itinéraire inscrit sur l'enveloppe. A chaque chef-lieu de paroisse, les piétons devaient faire constater par le syndic, l'heure exacte de leur passage, de manière qu'il ne leur fût pas possible de s'éloigner de leur route, — par exemple pour communiquer avec l'ennemi,— ou de s'attarder inutilement. Ces rapports formaient, au bout de peu de temps, entre les mains des officiers supérieurs, de véritables volumes. Naturellement, beaucoup de ces communications ne signifiaient pas grand chose ou étaient des redites, mais il y en avait d'intéressantes que l'on aura occasion de signaler.

Warren qui avait pris ses mesures pour se procurer un logement confortable à Vannes, n'y resta pas si longtemps qu'il l'espérait. Au bout de quelques jours, d'Aiguillon l'envoya à Lorient, et c'est de là que le baron se rappelle, le 21 janvier, au souvenir de son chef.

« ..... Privé du plaisir de vous faire ma cour en personne,
» permettez que je vous rende, par écrit, les devoirs que je
» vous dois à tant de titres. Je comptais bien que j'aurais
» l'honneur de passer ce mois-ci, avec vous, en terre bri-
» tannique et que vous enverriez au Roi, cette année, des
» étrennes de lauriers. La partie n'est-elle que remise, ou y
» renoncera-t-on, puisque j'apprends, dans le moment, que
» M. le maréchal de Belle-Isle mande à tous les régiments
» irlandais de se tenir prêts à marcher vers l'Allemagne ?
» Telle chose qui arrive, je compte me trouver toujours sous
» vos ordres..... »

Depuis la dislocation de la presque totalité des troupes d'invasion, la situation de Warren n'était pas bien définie. En « faisant sa cour » au duc, il avait été bien inspiré. Le 24 janvier, d'Aiguillon lui fit savoir qu'il le conservait dans son état-major. Il lui ordonnait en même temps de revenir à Vannes. Warren ne manqua pas d'accourir, mais les exigences du service l'obligèrent bientôt à retourner à Saint-Gildas.

On se souvient qu'au nombre des mesures prises par M. de la Garrigue pour empêcher d'entrer de force dans le Morbihan, se trouvait la mise en état de défense des îles des Petit et Grand Larrons appelées aussi Petit et Grand Bézy ou Vésit. Un des premiers soins de Warren, à sa rentrée à Saint-Gildas, fut de s'enquérir de l'état de ces deux postes. Il recommanda aussi expressément à l'officier résidant à Port-Navalo de ne laisser passer dans le goulet que les barques munies d'un billet du duc d'Aiguillon, du commissaire de marine Le Brun ou de lui-même. Enfin, il le chargea d'observer ce qui se passait dans l'île de Méaban, en face de l'entrée du Morbihan, à environ une demi-lieue au dehors, afin de connaître le motif pour lequel les Anglais tiraient constamment des coups de fusil dans cette île.

Pour rompre la monotonie de l'existence à Saint-Gildas, Warren avait écrit à Dufresne-Marion. Il voulait entretenir les bonnes relations qu'il avait déjà eues avec lui et connaître ce qui se passait dans la Vilaine.

Voici les renseignements qu'il reçut :

Vieille-Roche, 20 février 1760.

Mon cher Général,

« M. de Redmond m'a remis votre lettre le lendemain de » mon arrivée à Vieille-Roche. J'ai eu trois violents accès de » fièvre en revenant de prendre des sondes au bas de la » rivière..... Je reprends avec courage mon entreprise qui » sûrement est retardée pour 12 jours, puisqu'il faut que le » vent s'accorde avec la marée pour sortir de cet endroit. » Ainsi, comme on le sait, il faut du vent du nord-est ou est » s'accordant avec la grande mer qui sera les premiers jours » de mars. Je continuerai à vous donner de mes nouvelles, » donnez-moi des vôtres et de la position des Anglais.

» Il fait un temps affreux qui retarde bien toutes nos » opérations et le départ des deux autres vaisseaux »

Cette lettre n'était pas de nature à distraire beaucoup le commandant de place de Saint-Gildas, à occuper son imagination, ni à satisfaire sa curiosité. Par bonheur, sur ces entrefaites, Warren eut une agréable surprise. Il reçut de Rome, daté du 10 février 1760, un brevet par lequel le Roi Jacques III — comptant sans doute encore sur l'invasion prochaine de l'Angleterre par la France — l'élevait au haut grade de major-général de ses armées (1). Distinction purement honorifique, selon toute probabilité. Mais n'était-ce

Jacques R.

(1) « Jacques, par la grâce de Dieu, roi de Grande-Bretagne, France et Irlande, défenseur de la foi, etc., à notre fidèle et bien aimé sir Richard Warren, Baronnet, Brigadier général de nos armées, salut. Nous, ayant une foi et une confiance spéciales dans votre fidélité, courage et bonne conduite et dans votre savoir et habileté dans l'art de la guerre. par ces présentes nous vous faisons, constituons et nommons major-général de nos armées pour prendre rang à partir d'aujourd'hui.

» Vous êtes en conséquence chargé de remplir avec soin et diligence les fonctions susdites de major-général et d'accomplir tout ce qui s'y rapporte Et, par ces présentes, nous enjoignons à toutes et chacune de nos troupes de vous respecter et obéir en cette qualité et d'exécuter, vous-même, les ordres que vous pourrez recevoir, à l'occasion, de Nous, de notre général en chef actuel, ou de tout autre supérieur, suivant les règles et la discipline de la guerre.....

» Donné en notre Cour, à Rome, le 10e jour de février 1760, la 59e année de notre règne. * J R. »

* Traduction.

pas un touchant souvenir du vieux monarque à l'égard du fidèle sujet qui lui avait donné jadis des preuves incontestables de son dévouement.

Warren ne devait rester que quelques jours dans la « triste résidence » de Saint-Gildas où le vent soufflait alors en tempête et venait d'occasionner — nouveau malheur pour notre marine — le naufrage, dans la rivière du Morbihan, de cinq prames. Il reçut du duc d'Aiguillon l'ordre d'aller, le 1er mars, remplacer Redmond à Prières. Le Mis de Miran lui succédait à Saint-Gildas.

Quand Warren arriva à Prières, les vaisseaux ennemis étaient ainsi répartis en face de son commandement. Cinq vaisseaux et une frégate surveillaient l'entrée de la Vilaine; un vaisseau et deux frégates étaient dans la baie de Quiberon; quatre vaisseaux et une frégate formaient chaîne depuis la pointe de l'île d'Houat jusqu'au-dessus des Cardinaux.

Redmond, après avoir mis Warren au courant de ce qui était fait et à faire, lui remit le service et partit pour Vannes.

Ce jour-là, 1er mars, le vent était bon, les marées atteignaient déjà une certaine hauteur — on était au onzième jour de la lune — le temps était couvert; c'étaient trois conditions favorables. A un moment, Ternay eut l'intention de tenter la sortie; mais que se passa-t-il? Le fait est que les navires ne bougèrent pas de place et que le 2, Warren écrivait au duc d'Aiguillon :

«..... Comme M. de Redmond vous aura fait le détail hier
» de tout ce qui se passait et me dit, en partant, qu'il ne
» serait pas nécessaire de vous envoyer un courrier, chaque
» jour, à moins qu'il ne se présentât quelque chose de nouveau,
» je n'ai pas eu l'honneur de vous écrire ce matin. Je me
» flattais pourtant de pouvoir vous donner à votre réveil,
» Monsieur le Duc, la nouvelle de la sortie de 4 vaisseaux,
» M. le chevalier de Ternay m'ayant demandé de faire
» allumer un feu au corps de garde, s'il essayait..... »

Tout le monde attendait avec anxiété le moment où nos vaisseaux seraient delivrés. Mais qui réussirait à les dégager de la Vilaine? Les uns avaient pleine confiance dans l'expérience de Dufresne-Marion, les autres dans les talents de Ternay. D'une manière ou d'une autre, chacun souhaitait une prompte solution. A ce sujet, pour ne pas allonger outre mesure cette étude, et puisque nous possédons de nombreux documents, nous allons nous borner à extraire de la correspondance si complète de Warren en 1760, les parties les plus saillantes depuis le 1er mars. Présentées par ordre de date, elles formeront, à elles seules, un résumé des événements et tiendront parfaitement le lecteur au courant de tout ce qui se passait alors à la Vilaine : des dissentiments qui s'accentuaient entre les commandants du *Dragon* et du *Robuste;* de la bienveillance et des encouragements accordés à l'un et au contraire des reproches adressés à l'autre; de la confiance exagérée du premier et du complet découragement du second; des mouvements de la flotte ennemie; des rapports des commandants anglais avec nos officiers; des principaux incidents qui avaient lieu à la côte et, en général, de tout ce qui intéressait particulièrement Warren.

Saint-Gildas, dimanche 2 mars 1760, à 7 h. du matin.

Le Marquis de Miran a Warren.

» Il n'y a rien de nouveau, je m'attendais pourtant à
» quelque événement, M. le duc d'Aiguillon m'ayant mandé
» que nos vaisseaux se préparaient à sortir la nuit dernière ;
» le vent est admirable, aussi j'espère que nous nous en
» tirerons bientôt. J'ai grande confiance dans notre ami
» Marion..... »

Saint-Gildas, 2 mars au soir.

Le Marquis de Miran a Warren.

» Un vaisseau anglais de Quiberon est en marche et sa
» destination est sûrement d'aller joindre ceux qui sont
» devant la Vilaine. Pourquoi n'est-on pas sorti cette nuit?
» Cela me donne de l'humeur..... »

Pénerf, 3 mars 1760.

DANIEL A WARREN.

» ..... Cet après-midi, à 4 h. 1/2 trois cents Anglais » sont venus sous la batterie d'ici. J'ai fait tirer cinq coups » de canon sur eux, du canon qui était en état de servir. Au » cinquième coup, il s'est fendu environ un pied à l'em- » bouchure, par conséquent hors d'état de servir. Le second » l'est depuis bien du temps. J'ai eu l'honneur d'en informer » M. de Redmond qui m'avait mandé qu'il ferait en sorte » d'en faire donner d'autres qui seraient, Monsieur, bien » nécessaires à cette pointe. On ne peut plus compter sur » la batterie de Pénerf, n'y ayant plus de canons..... »

Saint-Gildas, lundi 3 mars 1760.

LE MARQUIS DE MIRAN A WARREN.

» Je suis tout aussi consterné que vous, mon cher Chevalier, » de voir aussi peu d'accord pour l'exécution de notre » projet. Je plains de bien bon cœur M. le Duc. Il doit être » désespéré. Je ne vous dis rien de la fonction de nos vais- » seaux, l'officier M. Maillart (1), vous fera, à cet égard, de » plus justes réflexions que les miennes. Sur tout ce que me » dit l'officier du *Dragon*, il me paraît qu'il n'y a plus de » ressources ou pour mieux dire plus de volonté, j'en enrage.

— » 7 h. 1/2. Les vaisseaux qui sont dans la rade de » Quiberon me semblent prêts à partir au premier signal. Qu'il » me tarde que nous soyons sortis, je tremble, voici le » calme qui revient. »

Au Croisic, le 5 mars 1760.

LE MARQUIS DE BROC A WARREN.

« Vous devez voir, Monsieur, de la batterie de Penlan toute » la position des vaisseaux anglais qui sont : deux corvettes à » l'entrée de la rivière, une frégate du côté de Pénerf, quatre

(1) Desforges-Maillart, commandant de la corvette la *Calypso*.

» vaisseaux ou frégates sur la droite de l'île du Met, entre l'île » et la terre, et deux vaisseaux qui sont du côté du Grand- » Mont et des Cardinaux. On me mande aujourd'hui des » îles du Met qu'on voyait entre Houat et le Morbihan huit » autres voiles. Pour du côté du Pilier il n'a rien paru, s'il » y avait eu quelque chose d'intéressant, j'aurais eu l'honneur » de vous le mander et d'en instruire MM. de la Vilaine que » voilà restés pour cette marée.

» J'ai l'honneur, etc... »

Saint-Gildas, jeudi 6 mars à 7 h.

Le Marquis de Miran a Warren.

« Les Anglais n'ont pas fait le plus petit mouvement, ils » attendent que nous sortions. Hier au soir, tout était » favorable, marée, bon vent, point de clair de lune... »

Prières, 6 mars 1760.

Warren au Duc d'Aiguillon.

« ..... J'ai fourni le détachement du Bat[on] de *Marmande* à » M. le Ch[r] de Ternay, suivant votre ordre du 5. La réussite » de son projet me tient tant à cœur que, pour l'accélérer, » j'aurais prévenu vos volontés en prenant sur moi de lui » donner tout ce que nous avons, s'il l'eût demandé.....

» Avant hier, 3 cache-marée partis de Bordeaux, samedi, pour » Vannes, ayant été aperçus à la hauteur de l'île du Met » furent chassés par neuf bateaux anglais. Deux se sont » sauvés du côté de la batterie de Kvoyal, le 3me fut obligé » de s'échouer près du moulin de Pénerf. M. Daniel s'y » transporta, tout de suite, avec 25 hommes. Il arriva et » commença à fusiller au moment où les Anglais montaient » à bord, mais ils eurent le temps d'enlever 3 hommes du » bord, le 4me s'était sauvé. On tira une cinquantaine de » coups de fusil de part et d'autre, sans accident. Cinq » matelots de bonne volonté à qui il promit une récompense, » se jetèrent à l'eau, flottèrent la barque et l'ont ramenée à » Pénerf où elle est en sûreté. Elle est chargée de 12 tonnes » d'eau-de-vie pour la Ferme... »

Saint-Gildas, vendredi 7 mars à 7 h. 1/2.

LE MARQUIS DE MIRAN A WARREN.

« Mon ordonnance d'hier matin n'étant pas revenue, j'ai » cru que vous la reteniez pour m'annoncer quelque bonne » nouvelle, mais je vois bien que je me suis trompé. Pour » n'être plus dans ce cas, je vous promets de ne plus croire » que nos vaisseaux sortent. Je voudrais bien que M. le duc » d'Aiguillon en pensât enfin autant. »

Saint-Gildas, samedi 8 mars à 5 h. 3/4.

LE MARQUIS DE MIRAN A WARREN.

« L'île d'Houat vient d'arborer pavillon anglais; elle ne » l'avait pas fait depuis que nos ennemis sont dans cette baie. » Toujours tout de même par ailleurs. Apprenez-moi donc » bien vite que nos deux vaisseaux sont dehors et réunissons- » nous tous à Vannes. »

A bord du *Dragon*, samedi 8 mars, à 1 heure.

LE CHEVALIER DE TERNAY A WARREN.

« Je vous prie, Monsieur, de faire rendre à la batterie de » Penlan, aujourd'hui sur les 7 heures du soir, les douze » fusiliers et le sergent que vous m'avez promis. M. Beaunier » m'annonce que le bâtiment que je lui ai demandé descendra » à la marée. Je les enverrai prendre sur les huit heures. Je » compte commander moi-même les chaloupes et canots de » l'escadre, cette nuit.

» Trois canots anglais sont venus m'enlever, à 6 h. du » matin, des bouées mouillées à portée de mousquet de la » batterie de Pénestin. Je ne le croirais pas si je ne les avais » pas vus. J'ai descendu dans mon canot à 6 h. et j'ai été » témoin de leur retraite. Malheureusement les 3 chaloupes » armées que j'avais fait descendre hier au soir, se sont » trouvées d'un autre côté dans ce moment-là. Il n'y a pas » moyen de faire aucune opération tant que les bâtiments à » rames viendront nous inquiéter. Nous serons peut-être plus » heureux demain matin. Je vous souhaite le bonjour... »

A bord du *Dragon*, le 9 mars 1760.

LE CHEVALIER DE TERNAY A WARREN.

« Je vous prie, Monsieur, d'ordonner que l'on allume un
» feu, ce soir, à la porte du corps de garde de la pointe de
» Penlan, de façon qu'il ne puisse point être aperçu de
» l'escadre anglaise... Je compte mettre à la voile à 7 heures
» pour peu que les vents fraîchissent de la partie où ils sont
» actuellement.

» Si le vent mollissait au lieu de fraîchir, j'enverrais dire
» sur la batterie que l'on n'allume rien et que je resterai
» tranquille.

» Que rien ne transpire, je vous prie, de ce que j'ai
» l'honneur de vous mander ; pourvu que la pointe de Penlan
» soit instruite à 6 h. du soir, c'est suffisant. »

Saint-Gildas, 11 mars 1760.

LE MARQUIS DE MIRAN A WARREN.

«... Il ne paraît rien au large, le vent est bon et fort,
» pressez donc vite et partez sans que rien ne vous arrête... »

Vannes, le 13 mars 1760.

LE CHEVALIER DE BALLEROY A WARREN.

«... Vous ne voulez donc pas faire sortir nos vaisseaux de
» la Vilaine ? Il faut que Prières ait bien des charmes pour
» vous pour ne pas faire cesser les raisons qui vous y
» retiennent...

Le désaccord entre Ternay et Dufresne-Marion était déjà, depuis quelque temps, arrivé à l'état aigu. Dufresne-Marion avait, une première fois, exposé trop franchement ses plaintes au duc d'Aiguillon, puisque Warren lui écrit le 13 mars 1760 :

» Votre lettre, mon cher Monsieur, à Monsieur le Duc est
» on ne peut mieux. Elle est nette, claire, énergique,
» nerveuse et décidée avec délicatesse et du bon sens. Je
» vous en embrasserais volontiers si j'étais auprès de vous.

» Je vous reconnais bien là. Je vous dirai franchement que » vous avez bien mieux réussi qu'au procédé antécédent, » quoiqu'il ne péchât que par la forme. Cela ne vous serait » pas arrivé, si vous connaissiez les ministres et les hommes » aussi bien que votre métier. J'envoie la lettre à M. le Duc. » Je continue toujours dans la plus ferme persuasion qu'il » doit être content de vous, le sera dans toutes les occasions, » et que si la besogne est possible, vous y réussirez.

» Bonjour, mon cher Amiral, on ne peut rien ajouter aux » sentiments qui m'attachent à vous pour la vie. »

A bord du *Robuste*, le 13 mars 1760.

Dufresne-Marion a Warren.

« Mon général, j'ai reçu votre lettre et vois avec plaisir » que vous convenez que j'ai saisi l'esprit de la Cour. Pour » le style de la Cour que je ne connais pas, je n'en ferai d'étude » que pour dire la vérité. Toujours le vrai !... »

A bord du *Robuste*, le 14 mars 1760.

Dufresne-Marion a Warren.

« Mon général, je suis fort aise que M le Duc soit » content de ma dernière. Je pense qu'il est assez inutile » qu'il vienne à Prières, pour nous voir ou nous accorder. » Voilà du vent qui prend le mauvais tour, mais je pense qu'il » ne retardera pas le désir que j'aurais de sortir avec mes » 2 vaisseaux. Au reste, nous avons encore jusqu'à mercredi... » Beaulieu vous assure de son respect ainsi que moi. »

Saint-Gildas, vendredi 14 mars, à 8 heures.

Le Mis de Miran a Warren.

«... Les Anglais ne paraissent pas s'apercevoir qu'il fasse » du vent, ils ne bougent jamais de leur place ; au moins » cela facilitera la sortie des vaisseaux de Lorient qui sont, » dit-on, prêts à partir dès qu'on leur donnera le passeport... »

Saint-Gildas, samedi 15 mars.

LE Mis DE MIRAN A WARREN.

«... Il ne plaît pas à M. Brouillard de se dissiper. Il a été
» moins épais un instant et nous avons cru ne plus apercevoir
» le vaisseau amiral. »

Prières, 15 mars 1760.

WARREN AU DUC D'AIGUILLON.

«... Le gros temps qu'il a fait, ces deux jours passés, n'a
» rien fait aux Anglais... Il fait actuellement calme et un
» brouillard si épais qu'on ne voit pas à quatre pas devant
» soi. Si peu de vent qu'il y ait au nord-ouest, si nous avions
» le bonheur de l'avoir favorable et un peu frais, voilà le vrai
» temps qu'il faudrait pour assurer à nos marins la réussite...
» Je crois que si le vent devenait bon, votre présence contri-
» buerait prodigieusement à les déterminer à tenter la fortune,
» *mieux accorder les deux corps ensemble* et accélérer l'o-
» pération.

» Je saurai, ce soir, par le retour de mon courrier, verba-
» lement, si vous n'avez pas le temps d'écrire, ce que vous
» résoluerez. »

A bord du *Robuste*, 17 mars 1760.

DUFRESNE-MARION A WARREN.

« Mon général, je suis toujours occupé du chagrin que
» je ressens de voir tous les jours s'écouler, sans avoir la
» consolation de pouvoir réussir. J'en suis si affecté que
» je donnerais la moitié de mon sang pour réussir..... »

Affaires du Roy. — M. LE CHEV[r] DE WARREN, B[er] DES ARMÉES DU ROY.

De poste en poste, Sarzeau, Pénerf, Prières — à Prières.

Parti de Sarzeau, à 9 heures un quart. Parti de Pénerf, à 1 heure après-midi.

Saint-Gildas, mardi 18 mars, à 7 heures du matin.

« Je ne vous ai pas écrit, de hier, mon cher Chevalier,
» parce que je n'y voyais goutte. Ce matin, tout est dans la
» même position : deux vaisseaux à Quiberon, quatre vaisseaux

» et cinq frégates, depuis la Teignouse jusqu'au delà des
» Cardinaux, puis vos bloquants qui ont changé de place. Nous
» les apercevons à l'ouest de l'isle du Met et votre frégate
» dans les Cardinaux. Nous ne serons sûrement pas plus
» heureux cette lune que la dernière, et j'ai bien peur qu'il
» n'en soit de même de toutes. Nous sommes dans une furieuse
» veine de malheurs, mon cher Chevalier. M. le Duc m'a écrit
» qu'il allait coucher, vendredi, chez vous et qu'il partait de là
» pour Paris, où son séjour ne serait pas long. Si le nôtre
» doit durer le temps que nos vaisseaux seront dans la Vilaine,
» nous pouvons y former un établissement très solide. Bonjour,
» mon cher Chevalier, je périrais d'ennui sans la ressource
» de recevoir des assurances de votre amitié, etc. »

LE Mis DE MIRAN.

Saint-Gildas, le 18 mars 1760.

L'ABBÉ DE VILLENEUVE (1) A WARREN.

«... Il semble que le Maître des mers ne favorise pas nos
» justes projets ; il faut espérer qu'enfin il exaucera nos vœux,
» qui sont bien légitimes..... Les vaisseaux ennemis sont
» toujours sous nos yeux et forment un cordon depuis Qui-
» beron jusques vers Le Croisic. Il semble que ces gens là
» commandent aux vents et qu'ils ne craignent ni la tempête,
» ni les orages ; voilà de bien mauvais voisins et qui nous
» chagrinent trop. Dieu veuille les éloigner de nous, nous
» n'en pleurerons pas..... »

A bord du *Robuste*, 19 mars 1760.

DUFRESNE-MARION A WARREN.

« Je ne m'attendais pas à la visite de M. le Duc. Je
» m'aperçois qu'on a envie de désarmer les vaisseaux, par les
» difficultés qu'on envisage dans leur sortie, qui sont réelles ;
» M. le chevalier de Ternay qui s'obstine à vouloir rester
» armé, en sera, je crois, la dupe. Si notre départ de cette

---

(1) Jean-Joseph de Villeneuve, dernier abbé commendataire de Saint-Gildas de Rhuys.

» rivière n'était pas soumis à tant de choses, on pourrait » tromper la vigilance des ennemis, mais nous avons affaire » à trop forte partie.....

» Je regarde comme le plus malheureux jour de ma vie, » celui où j ai été destiné pour la Vilaine, puisque je ne pourrai » réussir, non que j'aie rien à me reprocher, mais en » comparant le plaisir d'en venir à bout avec l'occasion » manquée. C'est mon supplice ! »

Cependant « le vent était au bon coin » (1), écrivait, le même jour, Miran à Warren.

Le 19 mars 1760, le commandant de l'escadre anglaise qui surveillait la Vilaine, annonçait ainsi au commandant du quartier de Pénerf l'envoi de trois prisonniers.

AU COMMANDANT DANS CETTE QUARTIER.

MONSIEUR,

« Par commisération pour trois pauvres marins du pays, » habitant ces parages avec leurs familles, qui furent pris » sur un chasse-marée français, par une des chaloupes de » l'escadre de Sa Majesté Britannique dont j'ai le comman- » dement, je leur ai donné la liberté et vous les envoie » accompagnés d'un de mes lieutenants, avec un drapeau » blanc. Dans toutes les occasions, je serai fort aise de vous » témoigner mes sentiments d'humanité et toujours heureux » de vous prouver que je suis, Monsieur, votre très obéissant » serviteur.

» J. GAMBIER,

Capitaine du vaisseau et commandant l'escadre de Sa Majesté Britannique sur cette côte de Vilaine (2). »

Burford, à l'entrée de la rivière de la Vilaine, 19 mars 1760.

Comme un bon procédé en vaut généralement un autre, le commandant du *Burford* pensa pouvoir profiter de la circonstance pour demander, le même jour, *en français*, un petit service.

(1) Lettre du 19 mars.
(2) Traduction.

Burford, 19 march 1760.

« Monsr le Comandant de l'escadre anglaise icy, sera bien » obligée à Monsr le Comandant dans cette quartier, s'il » pourrait, par ses moyens, avoire quatre out cinque petites » vaches à lait pour quelqùnes de ses amies et une demie » douzaine de bien petites mouton, melle et femelle pour le » race, du foin pour nourrir les vaches et des moutons pour » se multiplier, des plantes de jardin ou légumes, des poulets » ou dindons, des œufs, et sera bien aise de lui offrir aucune » civilitée dans cette escadre. »

En vérité, le capitaine du *Burford* avait fait des efforts bien inutiles pour libeller sa requête en français puisque, par un singulier hasard, le « commandant dans cette quartier » était un Anglais.

Ces deux lettres furent envoyées à Prières.

A la même date, 19 mars, le duc d'Aiguillon informait Warren qu'il avait l'intention d'aller inspecter la côte, et que, le vendredi au soir, 21, il s'arrêterait à Muzillac. Warren lui répondit aussitôt :

Prières, 19 mars 1760.

« Quelque regret que j'aie de me voir séparé de vous, » Monsieur le Duc, pour quelque temps, j'aurai l'honneur » de vous donner à souper vendredi, avec le plus grand plaisir » du monde, à Muzillac, et je ferai aussi mon possible pour » que vous y soyez bien couché.

» J'ai prévenu M. Puget de votre tournée à sa batterie, » vendredi 11 h., de même que les marins de votre arrivée » vers midi à Tréguier... »

Saint-Gildas, 23 mars 1760.

Mis de Miran a Warren.

« Toujours tout de même, mon cher Chevalier, les vents » sont N.-E. mais il n'en résultera rien, je n'y compte plus. » Je voudrais bien qu'on finit notre exil... »

Pour mieux garder l'entrée de la Vilaine, les Anglais avaient été obligés de se départir un peu de leur surveillance du côté du Blavet. Deux navires de la Compagnie des Indes, transportant des troupes, purent prendre le large.

Vannes, le 25 mars 1760.

Cte DE BALLEROY A WARREN.

« Il me semble, Monsieur, que vos compatriotes se trouvent » si bien dans votre voisinage que je doute que rien puisse » les engager à s'en départir. Le Cte *d'Artois* et *le Berryer* » leur ont escamoté la marche, hier, et je ne doute pas que » le *Massiac* ne soit parti ce matin. Ainsi voilà le régiment » *de Cambrésis* sur le grand chemin de l'île Maurice. Dieu » veuille qu'il y arrive à bon port !

» Suivant ce qui avait été convenu avec M. le duc d'Aiguillon, » j'ai permis aux bâtiments qui étaient retenus dans les rivières » de Vannes, d'Auray et de Crach d'en sortir. On ne les y avait » arrêtés que pour faciliter la sortie des corsaires du Morbihan » qui ont pris le parti de désarmer. Mais l'embargo doit » continuer dans tout le reste de votre Empire jusqu'à ce que » M. le Ch[er] de Ternay vous marque, ainsi qu'il en est convenu, » le temps auquel on pourra y rétablir la liberté du commerce, » sans crainte de préjudicier à son opération dont il doit être » le seul arbitre. Je vous serai très obligé de me donner, » autant qu'il vous sera possible, des nouvelles de ce que vous » verrez ou apprendrez, par le courrier de Nantes qui arrive » ici, par Muzillac, les dimanche et mercredi, ou par des » exprès, quand la chose vous paraîtra en valoir la peine. »

Je vous prie, etc...

Warren n'avait malheureusement aucune bonne nouvelle de la Vilaine à adresser à Balleroy.

Vannes, ce 29 mars 1760.

Cte DE BALLEROY A WARREN.

» Je suis d'autant plus fâché, Monsieur, de ce que vous me » faites l'honneur de marquer, que j'espérais beaucoup du » vent qui me paraît favorable et des grandes marées dans » lesquelles nous entrons. Je m'en désiste bien à regret.

» Les vaisseaux de la Compagnie sont partis le 26 et le 27,
» ainsi rien ne peut plus gêner M. le Cher de Ternay dans ce
» qu'il croira devoir faire pour le succès de sa besogne.

» Nous comptons, M. de Fontette et moi, vous aller demander l'hospice et à souper jeudi et je reviendrai ici le vendredi, après avoir visité les batteries de la côte jusqu'à Pénerf. J'espère, etc... »

A bord du *Dragon*, le 28 mars.

LE CHer DE TERNAY A WARREN.

« Les ennemis se sont furieusement rapprochés de notre
» rivière... je remonterai donc aussitôt que tous les vaisseaux
» de Lorient seront dehors. Il faut leur inspirer de la confiance
» et leur ôter cette exactitude à nous observer... »

A bord du *Dragon*, le 31 mars.

LE CHer DE TERNAY A WARREN.

« ... Je ferai sortir les chaloupes encore ce soir, le mot
» du guet sera *St-Laurent* ; je vous prie de le faire donner à
» Kvoyal et à Penlan. Nous verrons si nous sommes plus
» heureux cette nuit-ci que la dernière... »

Saint-Gildas, le 31 mars 1760.

CAPne MONDIET (remplaçant le Mis DE MIRAN) A WARREN.

» Le vent d'est qui règne depuis quelques jours, avec le
» plein de la lune, me donne quelqu'espérance pour exécuter
» nos projets. Il est cependant à craindre qu'il y ait quelque
» *si* ou quelque *mais*. Il faut attendre patiemment le moment
» favorable. — Mille amitiés à M. votre aide-de-camp... »

Vannes, le 31 mars 1760.

Cte DE BALLEROY A WARREN.

« C'est à Prières, Monsieur, que je compte avoir le plaisir
» de vous voir jeudi. Nous partirons jeudi après la poste et
» si, à votre sollicitation, M. l'abbé de Prières veut bien

» donner un lit à M. de Fontette et un autre à moi, nous y
» coucherons et y ferons maigre, s'il vous plait. Parce que
» vous êtes Bernardin vous croyez donc les gens du monde
» sans foi ni loi de proposer du gras dans la semaine sainte.
» Nous sommes gens de bien, Monsieur, je vous prie de le
» croire et de ne plus nous traiter en profanes. Je ne vous
» demanderai en gras que quatre chevaux d'ordonnance pour
» faire, le vendredi, la tournée de votre côte jusqu'à Pénerf
» et revenir ensuite ici.

» Quelque mauvaise opinion que vous ayez de votre pro-
» chain, je me flatte néanmoins que vous rendez justice au
» sincère attachement avec lequel j'ai l'honneur d'être, Mon-
» sieur, votre très humble et très obéissant serviteur. »

Warren avait-il mis très peu d'empressement à répondre aux deux lettres adressées le 19 mars, par le capitaine anglais, ou, à son insu, comme il prétendit, sa réponse s'était-elle attardée à Pénerf par la faute de l'officier du poste ? En tous cas, Gambier, après plusieurs jours d'attente, ayant eu une nouvelle communication à faire, de la part de l'amiral Boscawen, le 4 avril, saisit l'occasion pour marquer son étonnement du silence qu'avait gardé l'officier commandant « *le quartier* ».

A L'OFFICIER COMMANDANT A PÉNERF.

MONSIEUR,

» Son Excellence l'amiral Boscawen me charge de vous
» faire savoir qu'il se trouve sur la flotte soixante prisonniers
» qu'on serait disposé à échanger si vous vouliez renvoyer
» le même nombre ; autrement il les enverrait en Angleterre.
» Il y a quelque temps, la pitié pour trois pauvres diables
» pris sur une barque m'a engagé à les envoyer à terre avec
» un drapeau blanc. Mon officier et le canot attendirent
» plusieurs heures une réponse à ma lettre. Quand ils partirent
» au coucher du soleil, on leur dit qu'une lettre me serait
» adressée par vous, à la première occasion. Cette lettre n'a
» pas été envoyée.

» Un manquement si manifeste aux règles de politesse dont
» se pique la nation française ne peut que me surprendre et
» m'empêchera, à mon grand regret, dans les occasions futures,
» d'agir avec cette compassion et cette bienveillance ordinaires
» aux Anglais... »

Je suis, Monsieur, votre très obéissant et humble serviteur.

J. Gambier,

Commandant l'escadre de Sa Majesté Britannique à l'entrée de la rivière de Vilaine (1).

Warren ne pouvait manquer de relever les termes de ce dernier paragraphe.

Pénerf, 4 avril 1760.

Au commandant Gambier.

« Monsieur, dans ma tournée, ce matin, j'ai trouvé à Pénerf
» l'officier que vous avez envoyé dans un canot parlementaire.
» Il m'a remis votre lettre qui m'apprend qu'il y a actuellement
» sur l'escadre anglaise, soixante de nos matelots prisonniers
» que M. l'amiral Boscawen offre d'échanger contre un pareil
» nombre des siens. J'ai l'honneur de vous faire connaître que
» je doute que, dans ce moment ci, nous en ayons ce nombre,
» cette partie de la Bretagne n'étant pas le district des échanges
» ou celui où on les garde ordinairement, mais, s'il veut bien
» les mettre à terre à Pénerf, ou moi ou l'officier à mes
» ordres en ce poste, en ferons un reçu pour vous tenir compte
» d'un pareil nombre sur le pied de cartel, aussitôt que nous
» pourrons les ramasser, en écrivant à Brest et autres ports
» où il peut s'en trouver et d'où on les fera partir pour cette
» côte, tout de suite, pour vous les remettre.

» La dernière fois que votre même officier est venu à terre,
» le 19 mars, avec 3 de nos pauvres pêcheurs que vous
» renvoyiez suivant les lois de la guerre, l'officier du poste
» de Pénerf ne crut pas devoir ouvrir le pli. Il fit partir

(1) Traduction.

» un homme pour me l'apporter à mon quartier général à » Prières. Le basard voulut que je me trouvais, ce jour-là, » en tournée avec M. le duc d'Aiguillon à 6 ou 8 lieues d'ici, » et ce ne fut qu'à la nuit tombante que j'en eus l'avis. » Je vous fis, dans le même instant, mes remerciements. » Le porteur de ma lettre arriva trop tard à Pénerf, votre » officier était reparti dans l'intervalle...

» Voilà, Monsieur, la cause du retard de ma réponse. » Elle est restée ici, faute d'occasion de vous la faire tenir. » Comme les gens bien nés et bien élevés de toutes les » nations ont les mêmes idées sur ce que l'on se doit les » uns les autres, j'aurais souhaité que cette raison se fût » naturellement présentée à votre esprit, rendant ainsi justice » à vous-même et aux autres, sans pouvoir vous imaginer que » des militaires puissent manquer aux devoirs de la politesse... » D'ailleurs les vertus sont de toutes les nations et chacun » est maître de sa conduite... »

LE CHEVALIER DE WARREN.

La leçon était de nature à froisser le capitaine anglais, mais la vue de la signature — celle d'un compatriote — le fit changer de ton.

MONSIEUR,

» .... Si j'avais su que c'était le chevalier de Warren avec » lequel j'avais le plaisir de correspondre, j'aurais été par- » faitement sûr de sa courtoisie. Mais au début, je ne » connaissais ni le nom, ni le rang de l'officier qui com- » mandait ce territoire.

» L'amiral Boscawen, — quoique mal disposé à rendre les » prisonniers, sans en recevoir en même temps un nombre » égal, — pour répondre à votre désir, mettra cependant à » terre ceux qu'il a à bord de sa flotte, mardi matin, si » vous promettez que le même nombre lui sera envoyé » aussitôt que vous pourrez les faire réunir ici des districts » où il peut y en avoir.

» L'amiral désire aussi que je vous dise que dès qu'il a eu » connaissance qu'un bateau de pêche avait été pris, il ordonna » de le rendre et le fit conduire à Quiberon.

» Cela me fera toujours plaisir de cultiver des relations » agréables et une bonne entente avec mes frères de l'état » militaire par un échange de bons procédés permis entre » deux nations en guerre. Je suis également convaincu que » ces sentiments sont ceux du général Warren.

» Votre très obéissant et humble serviteur.

» J. GAMBIER,

» *Capitaine du vaisseau de Sa Majesté Britannique le* Burford, *et commandant de l'escadre en face de la rivière Vilaine.* (1) »

Cette année, Pâques tombait le 6 avril. Pendant les jours qui précédèrent et qui suivirent la fête, on ne tenta aucun mouvement, bien qu'on fût à l'époque des hautes marées, puisque la nouvelle lune ne datait que du 5. Malgré les tristesses de la situation, on voulut se décarêmer à l'escadre. M. Boisberthelot eut l'idée de donner une fête à bord de la frégate la *Vestale* qu'il commandait. Il avait lancé des invitations dans tous les châteaux des environs et fait appel à la société de Guérande et du Croisic. Voici l'invitation adressée à Warren :

» A bord de la *Vestale*, ce dimanche de Pâques.

MONSIEUR,

» J'ai l'honneur de vous prévenir que plusieurs dames » doivent venir à mon bord, mercredi prochain, et qu'elles y » danseront. J'espère que vous voudrez bien augmenter le » nombre de la bonne compagnie qui sera, ce jour-là, à » bord de la *Vestale*. Les occupations dans lesquelles je me » trouve actuellement m'empêchent d'aller moi-même vous » en prier ; je me flatte que vous voudrez bien recevoir pour

(1) Traduction.

» excuses les soins que je suis obligé de prendre pour
» recevoir les dames, et que j'aurai l'honneur de vous les
» faire de bouche à mon bord.

» Je suis avec respect, etc.

BOISBERTHELOT.

Warren avait écrit, le 6 avril, au comte de Balleroy pour lui demander des instructions relativement aux échanges de prisonniers. Il lui annonçait aussi la fête qui devait avoir lieu prochainement à bord de la *Vestale*.

A Vannes, le 7 avril 1760.

Cte DE BALLEROY A WARREN.

» Il n'y a nulle difficulté, Monsieur, à donner à l'officier
» que l'amiral Boscawen enverra avec les prisonniers français,
» un reçu du nombre qu'il vous en aura remis. Suivant une
» lettre de cet amiral à M. Le Brun, en date du 6, il lui
» mande qu'il en enverra 119. Vous pouvez aussi l'assurer
» que l'on ne perdra pas un moment à faire venir ici et lui
» renvoyer les prisonniers anglais qui se trouvent dans cette
» province, jusqu'à concurrence du nombre qu'il vous en
» aura rendu, s'il aime mieux les avoir ici que de les laisser
» passer en Angleterre, par la voie ordinaire des échanges
» que l'on fait à Saint-Malo. S'il ne se contentait pas de
» votre reçu, vous pouvez envoyer ici l'officier et on lui en
» donnera un, tel qu'il le désirera.

» A l'égard des prisonniers français qui vous seront rendus,
» il faut les envoyer à Vannes, sur le champ, afin qu'il leur
» soit délivré des passeports pour se rendre dans leurs
» départements respectifs. — Quant aux canons de la batterie
» de Kerguen que vous proposez de faire passer à Pénerf,
» je n'y vois, comme vous, aucun inconvénient, mais il faut
» consulter MM. les officiers commandant les vaisseaux de
» la Vilaine; cette batterie n'étant faite que pour leur sûreté,
» c'est à eux à juger si l'on peut, sans inconvénient, en ôter
» quelques pièces, soit en les remplaçant par d'autres ou
» non, et il ne faut pas qu'ils aient à aucun égard le plus
» petit reproche à nous faire, quelque mal fondé qu'il pût être.

» J'espère bien une belle relation de la fête, détaillée et » circonstanciée. Soutenez-y les intérêts de la terre, ils » ne peuvent être en meilleures mains. J'espère que les » Croisiquennes, Guérandaises et autres ne pourront s'em» pêcher d'en convenir et d'y applaudir. Amen. »

AMIRAL BOSCAWEN A WARREN.

MONSIEUR,

» J'ai l'honneur de vous adresser, sous ce pli, trois certificats » (extraits mortuaires), demandés par M. Redmond, par » ordre du duc d'Aiguillon, certificats que je reçus hier » d'Angleterre, et vous prie de vouloir bien les faire par» venir au Duc.

» Le capitaine Gambier me fait connaître qu'un bateau de » pêche a été pris par quelques canots de Sa Majesté, sous » mon commandement, — ce que je savais déjà, — et qu'il » avait donné des ordres pour la remise de ce bateau. La » remise a été faite, il y a environ quatorze jours, à l'officier » français commandant à Quiberon, qui a promis de *publier* » le retour de ce bateau afin que le propriétaire le sache » et puisse le retrouver.

» J'ai envoyé, par cette occasion, cent trois prisonniers » français et j'espère que vous renverrez le même nombre, » aussitôt que vous pourrez.

» Je serai très aise de contribuer, toutes les fois que je » le pourrai, pourvu que ce soit compatible avec ma situation, » à désoler le pays aussi peu que possible.

» Je suis, Monsieur, votre très obéissant et très humble » serviteur.

E[d]. BOSCAWEN.

Namur, en baie de Quiberon, 8 avril 1760. (1)

---

(1) Traduction.

A Pénerf, 8 avril 1760.

WARREN A L'AMIRAL BOSCAWEN.

MONSIEUR,

» J'ai trouvé dans la lettre que vous m'avez fait l'honneur » de m'écrire ce matin, trois certificats — demandés par le » chevalier de Redmond — que vous avez reçus d'Angleterre. » Je les enverrai à M. le duc d'Aiguillon, suivant » vos désirs.

» Nous n'avons jamais douté que vous n'eussiez fait rendre » les bateaux pêcheurs, conformément à vos assurances et » aux lois de la guerre.

» Je suis également sensible, comme je le dois, au renvoi » de cent trois de nos matelots prisonniers, dont j'ai donné » le reçu à un de vos officiers, pour en rendre un pareil » nombre, à mesure que nous le pourrons.

» Je suis très persuadé que nos idées se rencontrent sur » l'équité et la façon qu'il convient de se faire la guerre. » Aussi, de mon côté, je veillerai attentivement à tout ce qui » se pratique de mieux entre deux puissances en guerre, » fort aise de trouver des occasions de vous prouver tous » les sentiments avec lesquels j'ai l'honneur d'être, etc. »

Les prisonniers français n'arrivèrent pas tous à Vannes.

A Vannes, le 10 avril 1760.

Cte DE BALLEROY A WARREN.

» Je n'ai reçu, Monsieur, que ce matin à 7 h. 1/2, votre » lettre du 9 à laquelle était joint l'état des cent trois » matelots renvoyés par l'amiral Boscawen. Vous verrez » cependant par le petit chiffon que je joins ici qu'elle était » arrivée à Ambon, hier, à une heure après midi. Je vous » prie de suivre sa marche et de faire punir le syndic de la » paroisse qui a négligé de la faire passer.

» Vous voudrez bien aussi faire punir les deux ordonnances » qui avaient été chargés de la conduite des prisonniers et

» ne les ont point amenés ici. Les matelots sont venus seuls » et je n'ai su que par la ville, hier au soir, qu'ils avaient » pris leurs passeports. Il résulte de là, qu'au lieu de 103, il » ne s'en est présenté que 95. Je joins ici les noms des » huit autres parmi lesquels il est très possible qu'il se trouve » quelqu'un de suborné ou mis à terre exprès pour avoir des » nouvelles. Si pareille circonstance se présente à l'avenir, » vous voudrez bien les faire escorter par un détachement » en règle.

» Je joins ici la lettre que vous me demandez pour M. du » Puget. Comme vous gouvernez la marine, je ne doute pas » que vous en tiriez tous les secours nécessaires pour établir » votre nouvelle batterie de Pénerf, sans dépense ; les » habitants du lieu fourniront volontiers leurs bras. Vous » trouverez avec raison que je suis comme l'avare : *Sans dot,* » me paraît de toutes les raisons la plus forte.

» Je joins ici une lettre de M. d'Aiguillon au chevalier de » Ternay et une que j'écris à l'amiral Boscawen pour répéter » en conséquence du cartel, 2 soldats de *Lorraine*, pris sur » un bateau de pêche, en allant à l'île du Met. Vous voudrez » bien la lui faire passer. *Si le chevalier de Ternay veut » envoyer un canot examiner de plus près leur escadre, ce » pourrait être un prétexte.*

» Si M. Gambier n'a pas trouvé son petit bélier et sa petite » brebis, mandez-le et je vous les enverrai. »

Cette lettre fut immédiatement communiquée à Ternay qui répondit aussitôt à Warren :

A bord *du Dragon*, ce 11 avril à 10 h. du soir.

« Je partais pour Vieille-Roche dans l'instant que l'on m'a » remis votre lettre et j'en suis revenu très tard. Je ne serais » pas fâché du prétexte que vous me proposez pour envoyer » à l'escadre anglaise. S'il était possible que vous vinssiez » dîner demain à bord *du Dragon*, nous arrangerions cette » affaire... Je remonterai sous Brouelle aussitôt que les » vents pourront le permettre... »

Les deux soldats faits prisonniers près de l'île du Met, furent remis contre le reçu suivant :

A Pénerf, le 12 avril 1760.

« Je déclare avoir reçu de Monsieur de Gambier comt
» l'escadre anglaise, deux soldats du régiment de *Lorraine* qui
» étaient prisonniers à son bord, savoir : Charles Remy et
» Jean Ervie, dont pareil nombre lui sera tenu en compte
» par M. le Chcr de Warren, officier général, commandant de
» cette côte, suivant le cartel.

DANIEL,

*Capitaine au B*on de Marmande, *commandant à Pénerf, sous les ordres de M. le Cher de Warren, officier général.*

A bord *du Dragon*, ce 13 avril.

LE CHEVALIER DE TERNAY A WARREN.

« Si les ennemis jugeaient à propos de ne laisser pour
» nous bloquer que les cinq vaisseaux qui sont à l'embouchure
» de la rivière, l'affaire deviendrait à peu près égale et je ne
» balancerais pas un instant à les aller chercher. Vos canons
» de 12 seront embarqués demain à 2 h. après midi. »

Saint-Gildas, 16 avril.

CAPne MONDIET A WARREN.

« Vous n'avez à présent que quatre surveillants, ainsi
» quatre contre quatre, partie égale, nouvelle lune et nuits
» obscures par conséquent, mais point de vent...
» Si Mr Haly, votre aide-de-camp, n'est pas parti pour
» l'Allemagne, je lui souhaite un bon voyage, une parfaite
» santé et lui demande un peu de part dans l'honneur de son
» souvenir. »

Port-Navalo, 17 avril.

CAPne CANTECAT A WARREN.

« Il vient d'arriver 19 vaisseaux anglais. Ils sont entrés par
» les Cardinaux et deux se sont détachés pour aller canonner
» Saint-Gildas ; 2 petites frégates sont aussi venues canonner
» le Petit-Mont. Deux brigantins s'en détachèrent qui étaient
» chargés de beaucoup d'hommes qui venaient pour les
» mettre à terre sur le sable, entre Saint-Gildas et le Petit-
» Mont. Je les ai repoussés après plusieurs coups de canon... »

Saint-Gildas, 17 avril 1760.

Cap^ne Mondiet a Warren.

« J'ai eu l'honneur de vous informer ce matin de l'arrivée » de six bâtiments anglais qui allaient joindre l'amiral. » Comme le vent leur était contraire, il leur a fallu courir » plusieurs bordées pour y arriver. Sur ces entrefaites, une » douzaine de cache-marée sont sortis de la rivière de » Vannes et suivaient le long de la côte vers Nantes. Trois » frégates avec deux petits corsaires se sont détachés de la » flotte qui n'avait pas encore mouillé et sont venus resserrer » les dits cache-marée qui s'étaient jetés sous la petite » batterie de Kerfago et les ont canonnés depuis une heure » jusqu'à quatre. Il y a eu deux de ces cache-marée coulés » à fond. Comme il y avait pleine mer, les frégates leur » tiraient leurs bordées presque à la portée du mousquet. Ils » ont tiré environ deux cents coups de canon qui ont presque » tous passé par dessus et nous avons trouvé plusieurs » boulets de 24. La petite batterie de Kerfago n'a pu faire » grand feu, faute de boulets de calibre et même de gargousses. » L'on avait été obligé d'y porter de la poudre dans un sac, » ce qui a occasionné un accident. Une frégate de 36 canons » ayant envoyé sa bordée sur cette batterie, les canonniers ont » mis ventre à terre, celui qui tenait la mèche n'a pas fait » attention qu'elle portait sur le sac de poudre ce qui l'a fait » sauter. M. de Rochebonne, commandant cette batterie, a eu » le visage brûlé. Le canon qu'il pointait lui-même est parti, » dans le moment, et le recul l'a renversé par un grand coup » dans la poitrine. J'ai aussi trois soldats de ma troupe, qui » aidaient à la batterie, qui ont le visage entièrement brûlé; » on croit que deux ont perdu la vue. J'avais ma troupe en » bataille sur la grève sous un espèce de retranchement, en » cas de débarquement.

» Sur l'avis que j'en ai donné à notre commandant à » Sarzeau, il m'a envoyé deux piquets consécutivement dont » j'en ai retenu un ici pour cette nuit, en cas d'alerte.

» Les Anglais se sont retirés avec le descendant; les » cache-marée qui n'étaient pas endommagés sont partis et » ont gagné du côté de Pénerf. Il ne reste que les deux qui » ont été coulés bas, ils sont vides ainsi que les autres.

» Si pareil cas arrive, les batteries ne seront plus en état de » porter grand secours, n'ayant plus ou bien peu de poudre et » boulets et qu'un canonnier, car si l'aide-canonnier réformé » n'avait pas été à la petite batterie, qu'il a très bien servie, » elle n'aurait pu faire feu parce que l'autre canonnier était à » la batterie du Grand-Mont qui n'a tiré que deux coups, » n'ayant que douze gargousses. »

Léon Lallement. *(A suivre.)*

LES
CARMES DÉCHAUSSÉS DE VANNES

Par M. l'abbé Le Mené.

Les Carmes Déchaussés sont une branche de l'Ordre des Carmes. Ils ont commencé en Espagne en 1568, sous l'inspiration de sainte Thérèse et de saint Jean de la Croix. Leur réforme est très austère, et ils pratiquent la règle primitive, sans aucune mitigation. Ils ont un supérieur général depuis 1593.

Ils se sont établis à Paris en 1611, puis graduellement dans différentes villes du royaume. Vannes les a reçus en 1627, et voici dans quelles circonstances.

I. Origine.

Messire Jean Morin, seigneur du Bois-de-Tréhant, président du présidial de Vannes, et Jeanne Huteau, sa femme, avaient vu leur mariage béni du ciel. Leur fils aîné, Joachim, était entré chez les Carmes Déchaussés de Paris, et y avait fait profession le 25 juillet 1621, sous le nom de Chérubin de Sainte-Marie. Le second, nommé André, suivit son frère, et fit profession le 14 décembre 1623, sous le nom de Vincent-Ferrier de Jésus.

Dès lors ces pieux parents, qui aimaient tendrement leurs enfants, résolurent de fonder à Vannes une maison de leur ordre et de leur transmettre ainsi leur part d'héritage. A cet effet, messire Jean Morin sollicita et obtint la permission de Mgr Sébastien de Rosmadec, le 20 décembre 1624, et le consentement de la communauté de ville, le 31 juillet 1626 (Hist. Carm. 89).

Le fondateur et sa femme offrirent aux religieux, leur maison située dans le quartier du port, près de la chapelle de Saint-Julien, avec les jardins et la prairie y attenants; ils y ajoutèrent la propriété de l'île de Lerne, dans le golfe du Morbihan. Et comme la ville n'avait pas autorisé les religieux à quêter, les époux Morin leur assignèrent en dot une rente annuelle de *cinq cents* livres tournois, qu'ils hypothéquèrent sur leur propriété du Trest en Sarzeau, se réservant à eux et à leurs successeurs la faculté de retirer cette hypothèque pour la transférer sur une autre terre.

Ces offres ayant été agréées par les Carmes Déchaussés de Paris, six religieux furent envoyés à Vannes, savoir les pères Jacques de Saint-Martin, Michel de Sainte-Thérèse, Léonard de Saint-Joseph, Chérubin de Sainte-Marie, Séraphin de Sainte-Marie et le frère Maurice. Ils arrivèrent à destination le 1er juin 1627, furent mis par le fondateur en possession de sa maison et y dirent la messe dès le 3 juin. Leur premier prieur fut le R. P. Lucien de Sainte-Marie, élu au définitoire provincial tenu le 8 octobre de cette année.

Le R. P. Bernard de Saint-Joseph, l'un des deux premiers carmes déchaussés de Paris et alors provincial de France, vint lui-même à Vannes et inaugura dans l'oratoire de la maison, le 19 décembre 1627, le privilège de la réserve eucharistique. Le lendemain, 20 décembre, il arrêta avec les fondateurs les charges du nouvel établissement et en dressa la note suivante : « Il a esté arresté que nous serons obligés de dire en ce couvent trois messes la sepmaine, une le lundi, l'autre le mercredi, et la troisiesme le samedi, à neuf heures ou environ et après le décez des dits sieur et dame les messes du lundi et mercredi se diront au jour qu'eschoira le dit décez, de plus une messe chantée, tous les mois, de Nostre Dame ou autre ;

« De plus, qu'il sera permis aux dits sieur et dame de prendre telle chapelle de l'église, lorsqu'elle se fera, que bon leur semblera, la faisant bastir, d'y mettre leurs armoiries, et aux vitres et aux portes de l'église et du monastère ;

« De plus a esté arresté que Monsieur le Président et Madame sa femme mettront leurs bancqs ou accoudoirs dans la grande chapelle, autrement devant le grand autel ; et qu'il sera mis dans l'acte de fondation qu'on ne permettra à personne de mettre lisière ou ceinture, à cause que cela répugne à nos coustumes ; de plus, que quelqu'un voulant bastir l'église ou le monastère, on en communiquera (le projet) au dit sieur président, afin que le tout soit sans préjudice de ses droitz.

« Faict à Vennes, ce 20e de décembre 1627.

« Signé : F. Bernard de Saint-Joseph.

« Provincial indigne des Carmes Déchaussés de France. »

Un an après, savoir le 8 décembre 1628, fut dressé, en la demeurance desdits sieur et dame du Bois-de-Tréhant, à Vannes, un acte de fondation *en langue latine*, contenant toutes les donations et toutes les conditions énumérées ci-dessus. Les fondateurs y ajoutèrent seulement le désir de voir leur œuvre dédiée à saint Vincent Ferrier, le protecteur spécial de la ville, et choisirent en même temps leur sépulture dans le chœur de la future église, devant le milieu de l'autel. — Cet acte, passé par devant les notaires royaux Anno et Basselinne, fut souscrit par le président Jean Morin et sa femme Jeanne Huteau ; et les Carmes s'engagèrent à leur fournir dans six mois la ratification de ce contrat par le chapitre général de leur ordre.

Les religieux tinrent parole. « Le Chapitre général des Carmes Déchaussez, tenu à Rome, le 9e may 1629, ayant remis au Deffinitoire général d'accepter l'offre faicte par Mr Morin, conseiller du privé conseil du Roy de France et président de Vannes, pour ung couvent des nostres au dit Vannes, et de voir et d'approuver, si bon luy semble, les conditions demandées par mon dit sieur Morin ; les Pères du dit deffinitoire général assemblez à son de cloche et avecques les formalitez accoustumées en l'Ordre, ont accepté avecq action de grâces la maison que le dit sieur a donnée à l'effect de bastir ung monastère des nostres, avecques les jardins et le pré adjacents, comme aussy l'isle appelée Lerne, sise dans la mer mineure, avecques 500 livres tournoys de rente annuelle, pour le tiltre de fondation, pour l'assurance de laquelle rente le dit sieur Morin a hypotecqué sa maison du Trest; — et a le dit deffinitoire accepté les conditions accordées par le R. Père Bernard de Saint-Joseph, provincial, et a donné licence au dit Père provincial et religieux du couvent de Vannes d'en passer avec le dit sieur Morin tels contracts qu'ils sera nécessaire pour la stabilité de la dite fondation, les quels contracts nous avons dès à présent ratifiez et ratifions.

« Faict à Rome, ce 21e may 1629.

« Fr. Ferdinand de Sainte-Marie, préposé général.

FF. Dominique, Nicolas, Louis et Agatange, définiteurs généraux. » (H. Carm. Déch.)

Enfin, le roi Louis XIII sanctionna le tout par lettres patentes, données à Chantilly au mois de juillet 1634. Sa Majesté « de grace spéciale, pleine puissance et autorité royale, permet aux dits religieux d'accepter les dits maison, jardins et pré, à eux donnés par le président Morin et sa femme, ensemble la somme de 500 livres de rente et de faire bastir une église, couvent et autres commodités pour leur demeure, afin d'y vivre selon leurs règle et constitutions; de plus, leur permet d'accepter de quelques autres personnes que ce soient, qui leur voudront donner et aumosner maisons, rentes, deniers et héritages, le tout jusqu'à la valeur de *trois mille* livres de rente par chacun an; lesquels biens acquis et à acquérir le Roy admortit dès lors, comme dédiés à Dieu, sans estre tenuz de luy en payer aucune finance ou indemnité. »

II. Église.

La première construction entreprise par les Carmes Déchaussés fut celle de l'église. Voici le procès-verbal de la pose de la première pierre.

« A tous présens et advenir sçavoir faisons que le 3e jour du mois de may 1629, les Révérends Pères prieur et religieux de l'ordre des Carmes Déchaussés establis au fauxbourg de Ker de la ville de Vennes, assistés de messire Jean Morin, sieur du Bois-des-Tréhans, conseiller du Roy en son Conseil d'Estat et président au présidial du dit Vennes, fondateur du dit couvent, seroient allés supplier très hault, très puissant et très excellent prince Mgr Henry de Bourbon, prince de Condé, premier prince du sang, premier duc et pair de France, duc d'Enguyen et Chasteauroux, duchés de Berry et Bourbonnois, estant de présent au dit Vennes, honorant les estats de cette province de sa présence, et y présidant en l'ordre de la noblesse comme comte de Léon (?), d'avoir agréable de se transporter au d. monastère, pour apposer la première pierre fondamentale de l'église du d. couvent : ce que leur ayant accordé et s'estant à l'instant transporté au d. couvent et entré dans le jardin où doibt estre construite la d. église, y seroit peu après arrivé processionnellement Monseigneur l'Evesque de Vennes, revestu de ses habits pontificaux, assisté des d. religieux et de ses officiers, et arrivé au lieu où doibt estre posé le grand autel de la d. église, et les bénédictions ordinaires faictes suivant le cérémonial romain par le d. seigneur Evesque, il auroit présenté à mon d. seigneur le Prince la truelle, de la quelle il auroit appliqué du mortier sur la première pierre mise au fondement, et frappé sur icelle d'un marteau luy mis en main ; dans laquelle pierre creusée auroit esté enfermée une lame d'argent, présentée à mon d. seigneur le Prince par le d. sieur président Morin, fondateur, armoiée en chef des armes de mon d. seigneur le Prince, et au bas celles du d. sieur fondateur, portant l'inscription cy après :

D. O. M. — Justissimo et christianissimo Ludovico XIII regnante et de hæresi triumphante, invictissimus maximus potentissimus Henricus de Bourbon, primus regiæ prosapiæ princeps, primus Dux et Par Franciæ, in ducatu Bituricensi et Borbonio prorex, prostratis hæreticis, Veneti in amplissimis totius Armoricæ provinciæ comitiis summus nobilium præses, in jaciendis fundamentis hujus ecclesiæ, quam illustris et pius D. Johannes Morin, a regiis consiliis et apud Venetos præses Deo et Beatissimæ Virgini Matri, sub sancti Vincentii Ferrier urbis Venetensis patroni invocatione devovebat et patribus Carmelitis Discalceatis excitabat, primum hac argentea lamina ornatum suffundavit lapidem, die IIIa Maii MDC. XXIX. Reverendissimo P. D. D. Sebastiano de Rosmadec urbis Episcopo benedicente.

« De tout quoy Jan Monneraye et Jan Gaudé, conseillers, notaires, secrétaires du Roy, avons rapporté le présent acte, le nous requérant tant le d. sieur président Morin fondateur que les d. prieur et religieux, pour leur servir où estre debvra sous le seing de mon dit seigneur le Prince, et ceux de messire Sébastien de Rosmadec, évesque de Vennes, messire Claude Gouault archidiacre, Julien Roudault chanoine, messire Isaac Loaisel, premier président en son semestre en la cour de parlement de Bretagne, messire Jean Morin, président au présidial de Vennes, et des RR. PP. du dit couvent, savoir, F. Charles de Sainte-Gertrude, F. Bruno de Saint-Yves, F. Sébastien de Jésus, F. Chérubin de Sainte-Marie, F. Yves de Saint-Joseph, F. Philippe de Saint-Élie, F. Apollinaire de Saint-Paul, F. Nicolas de Sainte-Catherine, F. Basile de Saint-Jean-Baptiste, F. Justinien de Sainte-Marie, F. Laurent de l'Assomption. » (H. Carm. D. Vannes.)

Le fondateur, comme on l'a vu, avait choisi sa sépulture dans le chœur de la nouvelle église ; son beau-frère, Jacques Huteau, sieur de la Haye-Pallée, maître en la Chambre des Comptes de Bretagne, choisit la sienne dans la première chapelle de la nef du côté de l'évangile dédiée à saint Joseph. Et pour contribuer à la construction de l'édifice, il donna, par acte du 27 juin 1630 « au couvent des Carmes Déchaussés de Vennes la somme de cent livres tournois de *rente* à jamais, franchissable au denier seize, lors et quantes qu'il plaira au dit sieur de la Haye-Pallaie et aux siens après son debcès, parceque les dits Pères Carmes feront bastir à leurs fraiz, cousts et despans, la première chapelle de l'églize du dit couvent du costé de l'évangile, avecq un autel et enfeu, devant le lieu de sépulture en icelle, pour le d. sieur de la Haie-Pallaie et les siens, parce qu'elle sera prohibitive à tous aultres; ils feront mettre aux vitres d'icelle les armoiries et escussons du dit sieur de la Haie-Pallaie et de damoizelle Janne Le Livec sa femme et compagne, et feront faire et orneront icelle chapelle en entier de ce qui sera requis; participera le d. sieur de la Haie-Pallaie, sa compagne et les leurs ès prières qui se feront au dit couvent, et feront le prieur et religieux dire des messes en la dite chapelle à leur discrétion et volonté, pour prier Dieu pour les dits sieur et dame et les leurs. »

A la suite de cette chapelle, à gauche en entrant dans l'église, il y avait une autre chapelle. En face, à droite en entrant, était la chapelle de l'Ange-gardien, où fut inhumé plus tard Maurile de Bréhant, seigneur de Mauron. La chapelle au-dessus, dédiée à la sainte Vierge, fut adoptée par les Francheville, et plusieurs d'entre eux y eurent leur sépulture.

III. Couvent.

Après l'église, le couvent. Le 19 juin 1630, Renée d'Aradon, femme de Pierre I de Lannion, donna « pouvoir et permission aux Reverandz Pères Carmes Deschaussés de Vannes de faire tirer en ses perrières de l'Isle-aux-Moines et autres lui appartenant tel nombre de pierres de taille et de massonnage, qu'il leur sera requis pour la construction de leur couvent, sans que ceulx qui y travailleront de leur part puissent en vendre ou distribuer à d'autres. »

Deux ans après, savoir le 14 juin 1632, la première pierre du dortoir, au premier étage, fut placée par le fondateur Jean Morin, et mise à l'endroit réservé pour l'autel de l'oratoire. L'inscription, gravée sur une lame de plomb, et retrouvée de nos jours, est ainsi conçue :

Anno Domini M. DC. XXXII. die XIV junii, Urbano VIII Pont. Max. Reverend. D. D. Sebastiano de Rosmadec Episcopo Venetensi, justissimo Ludovico XIII regnante, primum hunc lapidem nobilissimus et illustrissimus Joan.

Morin, à secretioribus Regis consiliis et Venetensis præses, fundator, locavit in fundamentis hujus domus conventualis RR. PP. Carmel. Discalceatorum, quam devovit Deo, Beatissim. Virgini, et D. Vincentio Ferrier.

Ce couvent n'a pas besoin d'une longue description, puisqu'il existe encore aujourd'hui, converti en évêché. Le cloître, situé au midi de l'église, forme un parallélogramme de 84 pieds de long sur 74 de large ; les piliers sont massifs et carrés, et les arcades en plein cintre. Le couvent occupait le côté sud et le côté ouest du cloître. On y trouvait, au rez-de-chaussée, à partir du nord, une sacristie derrière le maître-autel, puis une menuiserie, et un passage pour aller au jardin, ensuite un lavoir, un réfectoire, une cuisine à l'angle des deux bâtiments, puis une pièce libre, un chauffoir, un escalier en pierre et une chambre d'hôte au bout. Le premier étage était partagé en une vingtaine de chambres pour les religieux ; au-dessus de la sacristie était un oratoire, servant de chœur pour la récitation de l'office ; le corridor longeant l'église renfermait la bibliothèque.

Le parloir était à l'angle de l'église et du cloître, là où se trouve aujourd'hui la loge du portier. En avant de ce parloir, entre le cloître et la rue, était un petit cimetière, créé en 1720. Au midi du couvent se trouvait une basse-cour, bornée comme aujourd'hui par des hangars, une écurie et une maison de décharge. Le jardin, très vaste, contenait trois journaux et demi de terre, et possédait une fontaine, un jet d'eau et un petit étang. Les religieux voulurent utiliser cet étang et bâtir un moulin, mais le seigneur de Ker, dont ils relevaient, s'y opposa formellement et exigea qu'ils restassent tributaires de son moulin de Campen.

Outre l'enclos, les Carmes Déchaussés avaient reçu dès 1625, à titre purement gratuit, de Thomas Huteau, sieur de Bochelinier, une grande prairie, appelée *la prée de Ker*, bornée au nord par l'enclos des Ursulines, à l'ouest par le chemin de Trussac, au sud par une autre prairie et à l'est par le jardin des religieux.

De plus, pour s'affranchir de tout voisinage importun,

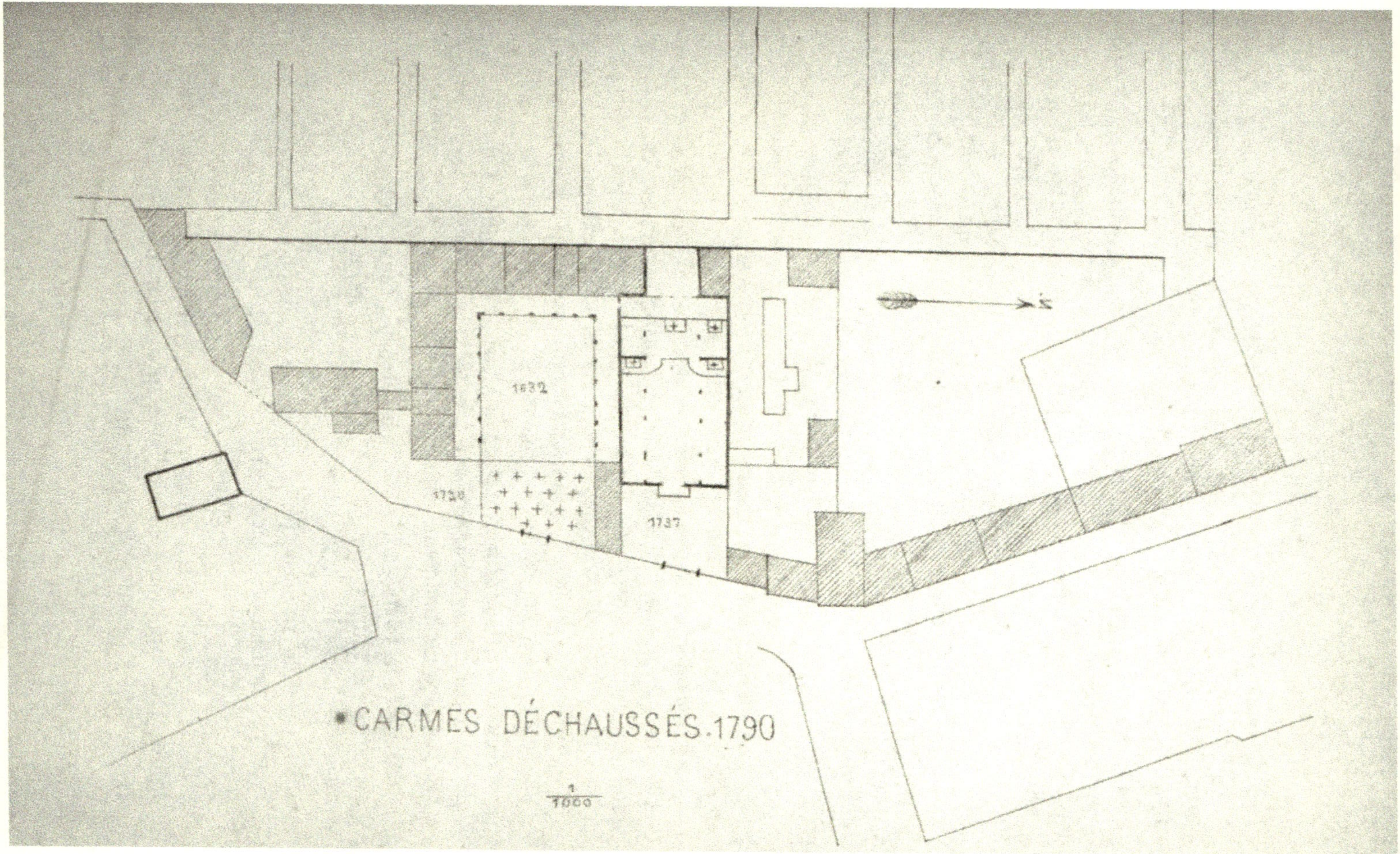
1632
1728
1737
N
•CARMES DÉCHAUSSÉS.1790
1/1000

les Carmes Déchaussés acquirent en 1632 la maison Bidé (aujourd'hui Le Bourg), avec les maisonnettes et jardins adjacents. Ainsi se trouva définitivement constitué le couvent, avec ses dépendances immédiates.

Quant à la dotation de 500 livres par an, hypothéquée sur la terre du Trest en Sarzeau, le fondateur avait réservé, pour lui et ses héritiers, la faculté d'en décharger cette terre, pour les placer ailleurs. Or cette faculté fut réclamée en 1658 par la veuve de messire Roland Morin, dame du Trest, qui voulait vendre cette propriété et l'affranchir auparavant. L'affaire souffrit quelques difficultés de la part des religieux ; mais après diverses procédures, survint en 1666 une transaction définitive, affranchissant le domaine du Trest, et donnant en place les terres de Kerstéphany, de Brouel et de Kerholorec ou Kerollière situées pareillement en Sarzeau.

IV. Fondations.

Les Carmes Déchaussés, comme les autres religieux, acceptaient volontiers des fondations de messes et de services, qui leur étaient proposées par les fidèles. La majeure partie de leurs archives comprend des actes de cette nature, et malgré l'aridité du sujet, il est nécessaire d'en donner la liste sommaire, pour ne pas rester incomplet.

En 1627, M. Jean Morin et Jeanne Huteau, sa femme, fondèrent trois messes par semaine, et se réservèrent divers droits à titre de fondateurs du couvent.

En 1627, le 14 décembre, Anne du Menant, veuve Mersant, marchande à Vannes, laissa une somme de 300 livres, pour avoir une messe basse tous les mardis.

En 1630, le 18 avril, Rollande de Lesté, dame de Limur, légua une maison et un jardin, rue Gillard, à la charge d'une messe annuelle pour son âme.

En 1630, le 27 juin, Jacques Huteau, sieur de la Haie-Pallée, donna une rente de 100 livres, pour avoir une chapelle prohibitive, avec enfeu et armoiries, et des prières.

En 1630, le 10 septembre, Hélène du Val, veuve de la Biffardière, donna une rente de 100 livres, en considération de son fils, le P. Ignace de Saint-Albert.

En 1631, le 30 juillet, M. de Kervelin fonda une messe basse par mois, comme le constate un acte capitulaire, bien que le contrat n'ait pas été retrouvé.

En 1631, le 1er septembre, les héritiers Huteau, etc., transigèrent pour la chapellenie de Klevenan, et cédèrent deux prés situés au Pargo, un jardin à Cliscoet et deux jardinets à Saint-Salomon.

En 1632, le 15 février, M. Rio, sieur de Coetmagoer, père de Yves de Saint-Joseph, donna la tenue de Locmaria-er-Fang en Plumergat, à charge d'une messe basse tous les samedis.

En 1633, le 10 juin, Mlle de Quintin donna un capital de 400 livres, pour avoir une messe basse par mois, comme l'indique un acte capitulaire de ce jour.

En 1634, le 27 mai, Guillaume Chedane, sieur de Kerbourbon, et Perrine Gicquel, sa femme, donnèrent une somme de 66 livres, pour avoir six messes basses par an.

En 1634, le 17 juillet, M. Bigaré, sieur de la Landelle, abandonna un capital de 150 livres, pour fonder le *Salve Regina* de la veille de l'Assomption.

En 1636, M. de Kerbourhis, d'Auray, légua un capital de 300 liv. pour avoir une fois 30 messes, puis à perpétuité deux messes par mois au lundi.

En 1637, le 14 juillet, Yvonne Le Harzellec, veuve, donna le pré Fardel, situé à Penvins en Sarzeau, à la charge de dire 4 messes par an et de payer 25 sous au domaine.

En 1637, le 25 juillet, Pierre Le Bourdiec et sa femme donnèrent 75 sillons en Séné, à la condition de prier pour eux et de payer les rentes dues à la seigneurie de Ker.

En 1638, le 2 juin, Mathurin Bonnefoy, sieur de Penhair, et sa femme donnèrent une rente de 16 liv. 10 s. pour avoir des messes à leur décès et continuer le 1er samedi du mois.

En 1638, le 12 septembre, M. Valentin de Talhoet-Séverac abandonna un capital de 600 liv. pour avoir des messes basses le 1er et le 15e de chaque mois.

En 1639, le 17 mai, Jeanne Brizoual, veuve Pitouays, donna une rente de 27 liv. sur deux maisons d'Hennebont, pour avoir des messes à sa mort et à son anniversaire.

En 1639, le 30 juillet, Guillaume Bidé de la Bidière donna une rente de trois perrées de froment, pour une messe par semaine, en reconnaissance de la guérison de son fils.

En 1641, le 6 février, Louise Le Port, d'Auray, donna la tenue de Kerobel en Pluvigner, pour avoir cent messes à sa mort et puis deux messes par mois.

En 1641, le 5 avril, Jean Alix et sa femme vendirent leur maison de la rue Saint-Yves 1,200 liv., puis en abandonnèrent le prix aux Carmes pour des messes.

En 1641, le 3 septembre, Jeanne Le Mézec, dame de Loénan, légua 3C0 livres, pour avoir une messe par mois, et un anniversaire au 6 octobre.

En 1642, le 8 janvier, M. de Quéhéon légua une maison à Plaudren, vendue 150 liv., à la charge de célébrer un service annuel au 14 janvier.

En 1643, le 30 septembre, Françoise Cinquevin, veuve, donna un petit pré situé à Cliscoet, pour avoir à perpétuité une messe de Notre-Dame le samedi après sa mort.

En 1644, le 2 août, M. le président des Loges, père du R. P. Gabriel, donna une rente de 100 liv. pour avoir une messe tous les ans au jour de son décès (arrivé le 29 janvier 1647).

En 1644, le 29 décembre, Yvorée Le Goff, douairière du Mézo et du Verger-Brossay, donna 1,600 liv. pour avoir une messe quotidienne et un tombeau prohibitif.

En 1646, le 13 juillet, Louise Tourboul, veuve Le Livec et mère du R. P. Louis de Saint-Joseph, donna 500 liv. pour avoir une messe basse tous les vendredis.

En 1647, Isabeau Le Yondre, veuve Puret, donna sa part d'une maison, à la charge de dire une messe basse par mois, puis une seulement tous les deux mois.

En 1647, le 8 novembre, les sœurs Rio, d'Auray, donnèrent une maison et un jardin, situés à Locminé, pour entretenir la lampe du Saint-Sacrement.

En 1647, le 23 novembre, Catherine du Roscoet, dame de Cadillac, abandonna un capital de 700 liv. pour avoir à perpétuité une messe basse tous les vendredis.

En 1648, le 2 mai, M. Jean Lucas laissa par testament une somme de 300 livres, pour fonder une messe chaque lundi, à l'autel privilégié des Carmes.

En 1648, le 8 novembre, le P. Morin, prieur de Rhuys et frère du fondateur, donna 800 livres, pour avoir des messes à sa mort et puis une tous les samedis.

En 1650, le 10 juin, Catherine Mornel, dame de Kerampoul, donna le fonds de deux maisons situées à Auray, rue de l'Hôpital, pour avoir deux messes par an.

En 1650, le 30 septembre, les D^lles Rio d'Auray et M. de la Soraye donnèrent la tenue de Kergourio en Crach, pour avoir quatre messes par an.

En 1650, le 27 octobre, Bertranne Thomas, veuve de Kermur, donna une moitié de maison sur le port, pour avoir des messes à sa mort, et puis une messe par semaine.

En 1652, le 5 janvier, Mlle de Kermapousset donna 200 liv. pour avoir une messe par mois.

En 1652, un prêtre d'Auray donna 120 liv. afin que l'office de l'Immaculée Conception lui fût appliqué tous les ans.

En 1654, le 2 janvier, M. de Francheville donna sa maison de la rue du Drézen et le jardin, pour avoir la chapelle prohibitive de la sainte Vierge et 60 messes basses par an.

En 1654, le 9 novembre, Perrine Pitaut, mère du R. P. Yves de Saint-Samson, donna 1,000 livres pour avoir tous les ans au 19 mai un service pour son mari et ses parents.

En 1656, le 29 juin, Perrine Coudé donna 120 livres, pour avoir 30 messes à sa mort, puis une messe par mois.

En 1657, le 22 mars, M. Guillaume Corno légua une maison et un jardin dans la rue Fontaine, à la charge de prières et d'une messe tous les vendredis.

En 1659, Mlle Magrenon donna une somme de 400 livres, pour avoir une messe tous les lundis.

En 1661, Jean Frigot et sa femme, de Trussac, donnèrent une maison de Calmont-Haut, pour avoir mille messes.

En 1663, le 14 août, les Dlles Martin donnèrent 800 livres, pour leurs obsèques et deux messes par semaine.

En 1664, le 25 octobre, M. et Me de la Ville-Hamon donnèrent 600 livres pour 36 messes par an.

En 1666, M. Boutouillic légua une petite tenue à Kerharno en Locmariaquer, à la charge de deux messes par an.

En 1666, Vincente Le Priolic, d'Auray, laissa une rente de 12 liv. pour deux messes basses par an.

En 1668, le 2 février, M. R. Gouault, archidiacre, frère du R. P. Basile, donna une petite métairie de Kervénic, pour avoir trois messes basses par semaine.

En 1668, le 12 avril, M. Jacques Le Normand, prêtre, donna une rente de 5 liv. pour avoir six messes par an.

En 1669, le 6 avril, Mlle de Francheville donna une rente de 40 livres, pour l'exposition du Saint-Sacrement et une messe pendant l'octave de saint Joseph.

En 1670, le 17 janvier, Mlle Le Bras donna deux maisons, un jardin et une pièce de terre situés à Muzillac, à la charge de 116 messes par an.

En 1670, le 21 janvier, les Dlles Martin donnèrent 400 liv. pour fonder une messe tous les jeudis.

En 1670, le 22 février, Renée De du Vieux-Chastel donna 120 liv. pour fonder 12 messes par an.

En 1670, le 16 juillet, M. Jacques Chedane donna sa tenue de Kergouriec en Erdeven pour des messes.

En 1673, le 10 janvier, fondation d'une messe par semaine pour M. Luco de Truhélin, moyennant 520 livres.

En 1675, le 3 janvier, Mlle de la Villegué donna 300 liv. pour avoir 30 messes par an.

En 1675, le 19 décembre, Me Le Gouvello de Rosmar donna 600 liv. pour avoir 60 messes par an.

En 1680, le 22 juin, Françoise Jamet donna 150 liv. pour avoir une messe par mois.

En 1680, le 24 juin, Mlle de Liziec donna une rente de 12 livres pour avoir deux messes par mois.

En 1682, M. Pierre Gillouard, prêtre, donna 1,800 livres, à la charge de trois messes par semaine.

En 1683, M. de Francheville de la Motte donna une tenue de Cliscoet, pour avoir sept messes par an.

En 1688, Mme Davier donna 600 livres, pour avoir une messe basse tous les mercredis.

En 1688, M. et Mme Harivel donnèrent 1000 liv. à la charge de deux messes par semaine.

En 1688, Mme de Bréhant de Mauron donna 1,600 livres, pour fonder deux services solennels par an.

En 1688. Mme veuve Fruneau donna un petit pré, pour avoir douze messes basses par an.

En 1688, M. et Me Le Gouvello donnèrent une rente de 16 livres pour avoir 24 messes par an.

En 1689, le 4 mai, Mlle du Val laissa 720 livres, pour fonder 59 messes par an.

En 1689, Mlle de Tohanic donna 573 livres pour fonder une messe par semaine.

En 1692, acceptation de 750 livres de Tournay, à la charge d'une messe par semaine.

En 1693, M. Le Danff donna une rente de 35 liv. 17 sols pour une messe par semaine.

En 1693, le 29 septembre, Me Françoise de Quélen, veuve

de M. de Montigny, donna 3,600 livres, pour une messe quotidienne et un service au 11 mai.

En 1699, le 28 septembre, Mc veuve Chedane de Kerbourbon donna 600 liv. pour fonder une messe par semaine.

En 1700, Me veuve Louvart légua une rente de 26 livres sur sa maison de la rue du Drézen.

En 1709, le 9 juin, Mc Barbe Le Vandeur de la Richardaye donna 650 liv. pour une messe tous les dimanches.

En 1709, le 25 octobre, Mlle Crosson donna 300 livres, pour une exposition et une messe chantée au 2 octobre.

En 1709, Mlle Gatienne Larcher donna 2,000 livres pour une messe tous les mercredis et l'exposition du Saint-Sacrement pendant l'octave de Sainte-Thérèse.

En 1713, le 12 octobre, Mlle Renée Le Moine donna 300 liv. pour une exposition et une grand'messe au 15 août.

En 1719? le 26 septembre, M. Jacques Le Verger, sieur du Téno, donna 1,200 livres, pour fonder huit messes basses, avec exposition, pendant l'octave du Mont-Carmel.

En 1720, le 2 janvier, Mlle Bigeau légua 400 livres, pour fonder une messe tous les samedis.

En 1723, le 12 mai, M. Chevreau, chirurgien, légua 800 livres, pour fonder deux services par an.

En 1724, le 10 juillet, Perrine Bourgneuf donna un constitut pour une exposition au 24 août.

V. Acquisitions.

En parcourant la liste des fondations ci-dessus, on a pu remarquer qu'il y en avait de deux sortes, au point de vue de la dotation : les unes étaient hypothéquées sur un immeuble, qui était cédé aux religieux, les autres consistaient en capitaux, qu'il fallait placer en rentes. A cette époque, on ne plaçait pas encore son argent sur l'État, mais sur des particuliers ou sur des communautés, moyennant un contrat de constitut, ou bien on achetait des terres, qu'on faisait valoir à ses risques et périls.

Pendant que certaines communautés préféraient les constituts, d'autres aimaient mieux les biens *au soleil*, comme offrant plus de garantie aux fondations. C'est ce second parti que prirent les Carmes Déchaussés.

Le 9 août 1631, ils achetèrent de la famille Colombel une métairie située au Grand-Conleau, pour le prix de 3,000 livres.

En 1632, ils achetèrent, comme on l'a vu, la maison Bidé, les maisonnettes des deux côtés et les jardins, pour 4,460 livres, moyennant l'hommage à la seigneurie de Ker et une petite rente au seigneur de Propriendo.

Le 1er avril 1649, ils acquirent de Jean Lubin, sieur de la Rouézo, et de Renée Choumin, sa femme, pour 400 livres, un pré situé au sud de leur enclos et contenant un journal; ce pré ayant été plus tard coupé en deux par le nouveau chemin de Saint-Julien à Trussac, une partie resta aux Carmes et l'autre fut afféagée aux dames du Père-Éternel.

Le 12 février 1656, les religieux acquirent à Morlaix quelques immeubles, dont le détail ne nous est pas connu.

Le 18 décembre 1673, ils achetèrent au prix de 500 livres une petite tenue située au bourg de Plœren.

Le 4 septembre 1683, ils acquirent de Perrine Le Ridant, moyennant le prix de 2,140 livres, une maison et un jardin dans la rue de Groutel, un pré situé sur l'ancien chemin de Saint-Avé à la sortie de la ville, et un autre pré situé au sud de l'enclos entre leur pré et celui des Carmes du Bondon.

Le 14 août 1713, ils acquirent, au prix de 16,000 livres, de M. René de la Touche et de Marie-Anne du Bot, sa femme, le domaine de la Guichardaye en Tréal, comprenant le pourpris, la métairie de la Porte et la métairie de Lestrat. Ce fut la plus importante, mais aussi la dernière acquisition des Carmes Déchaussés.

Qu'on ne s'imagine pas que tout fut bénéfice dans la possession des immeubles. Outre les charges ordinaires incombant à tous les propriétaires, les religieux avaient à payer une taxe extraordinaire, dite d'*amortissement* et de nouveaux acquets, qui emportait le revenu de plusieurs années, tant sur les biens achetés que sur les biens reçus en fondation. Voici ce que les Carmes Déchaussés de Vannes durent payer en 1692, à Louis XIV, qui avait toujours besoin d'argent pour ses guerres incessantes.

Pour le pré de Ker, donné en 1625, taxe...	336^l	13^s	4^d
L'île de Lerne, dans le golfe, reçue en 1627.	87	15	
Maison et jardin de la rue Gillard, reçus en 1630..................................	87	15	
Métairie de Conleau, achetée en 1631......	731	5	
Prés du Pargo et trois jardinets, reçus en 1631..................................	212	10	5
Tenue de Locmaria-er-Fang, reçue en 1632.	149	2	6
Maison de la Bidière, achetée en 1632.....	415	9	2
Maisonnettes voisines, achetées en 1632....	118	13	8
Prairie Fardel, près de Penvins, en Rhuys, 1637..................................	415	10	
Soixante-quinze sillons en Séné, reçus en 1637..................................	91	8	1
Rente de 27 livres sur deux maisons d'Hennebont, 1639......................	113	7	6
Rente de trois perrées sur la tenue Corlay, en 1639..................................	75	15	
Tenue de Kerobel, en Pluvigner, reçue en 1641..................................	138	17	6
Maison Alix, rue Saint-Yves à Vannes, reçue en 1641..........................	287	6	5
Pré de Jean Lubin, acheté en 1649........	84	3	4
Tenue de Kergourio en Crach, reçue en 1650.	»	»	»
Fonds de deux maisons à Auray, reçu en 1650..................................	58	10	
A reporter.........	3403^l	11^s	11^d

Report........	3403l	11s	11
Moitié de maison, sur le port de Vannes, en 1650...........................	292	10	
Maison et jardin de Francheville, rue du Drézen, 1654...........................	164	2	6
Biens situés à Morlaix, acquis en 1656......	210	8	4
Maison et jardin Corno, de la rue Fontaine, 1657...........................	189	7	6
Maison et jardin Frigot, à Calmont-Haut, 1661...........................	107	6	3
Tenue de Kerharno, en Locmariaquer, reçue en 1666...........................	26	16	9
Terres de Kerstéphany, Brouel et Kerholorec, 1666...........................	1408	17	11
Petite métairie de Kervenic, en Vannes, 1668.	218	16	8
Deux maisons, jardin et clos, à Muzillac, 1670...........................	209	12	6
Tenue de Kergouriec, en Erdeven, reçue en 1670...........................	253	10	
Tenue à Cliscoet et prés reçus en 1643 et 1683.	21	9	4
Maison et jardin à Plœren, achetés en 1673.	109	11	8
Pré Ridant, pré St-Symphorien, Groutel, 1683.	387	10	1
Total..............	7110l	10s	8d
Remise à déduire..........	266	13	3
Reste à payer.............	6853	17	5

A ces taxes considérables il faut encore ajouter ce que les religieux payèrent plus tard pour l'importante acquisition du domaine de la Guichardaye en Tréal. C'est alors seulement qu'ils purent jouir en paix de leurs biens et acquitter sans pertes les charges qui y étaient annexées.

VI. Sépultures.

Voici les noms des principales personnes inhumées dans la chapelle des Carmes Déchaussés de Vannes.

Jean Morin, sieur du Boistréhant, fondateur, mort le 30 mars 1646.

Sébastien Botherel du Vertin, inhumé le 11 février 1647.

Daniel de Francheville, seigneur de Truscat, inhumé le 7 août 1656.

Yvorée Le Goff, dame du Verger, inhumée le 21 février 1660.

Vincent Le Meilleur, sieur de Kerhervé, inhumé le 30 septembre 1670.

Jacques Chedane, sieur de Kerbourbon, inhumé le 23 novembre 1679.

Jacques de Lantivy, sieur de Rulliac, inhumé le 2 mars 1681.

Jean de Quifistre de Bavalan, âgé de 75 ans, inhumé le 6 mai 1681.

Louise Henry de Bohal, dame de Loénan de Kergonano, 11 décembre 1681.

Claude de Francheville, seigneur de Truscat, sénéchal, 20 février 1682.

Henri Ernault, sieur de Cancoet, juge au présidial, 12 avril 1684.

Thomas de Francheville, seigneur de la Motte-Rivaud, 15 janvier 1686.

Maurile de Bréhant de Mauron, conseiller au Parlement, 10 janvier 1688.

Jeanne Crose, femme d'Armand Le Gouvello, le 28 février 1689.

François de Lentivy, seigneur de Kervéno, inhumé le 21 mars 1693.

Jacquette de Lentivy, demoiselle Quifistre de Bavalan, le 25 mai 1696.

Florimonde de Lentivy, de Rulliac, de Randrecar, inhumée le 1e mai 1697.

Claude Gâtechair, sieur de Kerropert, inhumé le 28 février 1698.

Charles Gravé, sieur de la Rive, inhumé le 15 septembre 1699.

Marie-Anne Bidé, dame de Trécesson, inhumée le 25 juin 1700.

Louise de Quélen, veuve de Maurile de Bréhant, inhumée en 1703.

Jeanne Le Ny de Coadelès, veuve Joseph Bidé, inhumée le 22 mai 1705.

Gillonne de Loénan de Kergonano, inhumée le 3 février 1706.

Guy-Barthélemy de Coetlagat, inhumé le 28 février 1707.

Marie Pembou, dame de Roscanvec, en Saint-Nolff, 18 juin 1708.

François-Gabriel de Montigny, marquis de Camper, 6 octobre 1709.

Pierre Dondel, sieur de Keranguen, sénéchal, 21 décembre 1714.

Jeanne Rollée, dame de Lambilly de Kergrois, 5 avril 1715.

Joseph Le Meilleur, sieur de Larré, du Rest, 4 juin 1717.

Jean-Vincent de Quifistre de Bavalan, le 28 avril 1718.

A l'époque où nous sommes rendus, en 1719, parut un arrêt du Parlement de Bretagne, défendant d'inhumer désormais dans les églises et chapelles, sauf ceux qui avaient un droit d'enfeu bien établi. C'était une mesure de salubrité publique et un retour à l'ancienne discipline ecclésiastique.

Les Carmes Déchaussés se soumirent à cet arrêt. Ils préparèrent, pour servir de cimetière, le terrain compris entre leur cloître et la rue, où le public pouvait entrer sans passer par la communauté. Quand tout fut prêt, les religieux prièrent M. de Robien, vicaire général de l'évêque de Vannes, de vouloir bien se rendre chez eux, pour juger par lui-même de la situation et de la décence de ce lieu, et y autoriser, s'il le jugeait à propos, la sépulture des fidèles qui désireraient se faire enterrer chez eux.

En conséquence, le 11 mars 1720 « Nous, Jacques-André de Robien, docteur en Sorbonne, trésorier et chanoine de l'église cathédrale de Saint-Pierre de Vannes et vicaire général de Mgr Le Febvre de Caumartin, sommes, à la prière et réquisitoire du Père Prieur, ayant avec nous M. Jacques-Daniel Colomb, secrétaire de mon dit seigneur l'évêque, descendus chez les dits religieux Carmes Déchaussés, qui nous ont conduits dans le lieu destiné à servir de cimetière ; nous l'avons vu et examiné et nous ayant paru séparé par un mur nouvellement élevé de la clôture des religieux, et dans un état de propreté et de décence convenables à un cimetière, nous avons cru, pour répondre à la dévotion des fidèles et favoriser autant qu'il est en nous l'exécution des arrêts et réglemens de la Cour, devoir autoriser les d. religieux à se servir de ce lieu pour la sépulture de ceux qui désireront se faire inhumer chez eux. Dans cette vue nous sommes entrés dans la sacristie, et vêtus d'aube, d'étole et de chape, nous sommes allés processionnellement dans ce lieu, que nous avons bénit et où nous avons dit toutes les oraisons et observé toutes les formes en pareil cas nécessaires ; après quoy nous sommes processionnellement sortis du dit cimetière par la porte qui a été pratiquée sur la rue du côté du levant, et sommes rentrés dans l'église des dits religieux, où la grand'messe a esté dite et célébrée. — De quoy nous avons fait et redigé notre présent procès-verbal. »

A partir de ce moment, voici les principales sépultures qui eurent lieu chez les Carmes Déchaussés, les unes dans leur église, les autres dans leur cimetière.

Marguerite Le Quinio, femme de Nicolas Le Mintier, 30 avril 1721.

Élisabeth Boussineau, veuve Joseph Le Meilleur, inhumée le 21 avril 1730.

Charles Gouyon, seigneur de Vaudurant, inhumé le 25 février 1731.

François-Vincent de Quifistre, seigneur de Bavalan, 17 décembre 1732.

Marie-Rose Le Meilleur, dame de Chateautro, inhumée le 17 avril 1734.

Jean-Édouard Le Limonnier, sieur du Collédo, inhumé le 19 juin 1735.

Élisabeth de Coetlagat, dame de la Touche, inhumée le 27 août 1742.

Thérèse de Lentivy, dame Aimé G. de Francheville, le 4 janvier 1746.

Aimé-Gervais de Francheville, seigneur de Plélin, inhumé le 28 mai 1746.

Jeanne-Pauline de Muzillac, veuve de la Guibourgère 18 août 1747.

Guy-Jules, comte de Goyon, lieutenant du Roi, le 2 juillet 1749.

Claude de Langle, lieutenant de vaisseau, inhumé le 5 avril 1753.

M. A. Thérèse du Breil de Pontbriand, veuve G. de Francheville, 1755.

Alexandre du Bouéxic, seigneur des Forges, etc. inhumé le 13 janvier 1777.

Gillonne Charpentier, veuve de F. V. de Quifistre, 5 mars 1781.

Yves-Claude-René, marquis de Montigny, inhumé le 10 mars 1781.

Pierre-Louis Dondel, seigneur de Kergonano, inhumé le 1er mars 1787.

M. A. Félicité de Vaucouleurs, dame Quifistre, inhumée le 27 avril 1789.

VII. 2e Église.

L'église construite en 1629 n'avait pas été, paraît-il, solidement bâtie ; au bout d'un siècle, elle menaçait ruine dans sa partie antérieure.

Le 22 juin 1734, les religieux réunis en chapitre firent marché avec Bertrand Le Hen, architecte et entrepreneur, pour réparer leur église. Le devis montait à 3,800 livres.

Les religieux n'ayant pas toute cette somme, demandèrent à leurs supérieurs de Rome l'autorisation de faire un emprunt de 2,000 livres : ce qui leur fut accordé le 30 juillet suivant.

Mais quand on mit la main à l'œuvre, on reconnut que toute l'église était à refaire jusqu'au chœur, et qu'un emprunt de 16,000 livres était nécessaire. Cette situation ayant été notifiée à Rome, le définitoire général donna, le 22 février 1735, l'autorisation requise pour l'emprunt.

Avant de démolir l'église, pour la rebâtir sur le même emplacement, il fallut prendre quelques arrangements avec les familles, qui avaient des enfeus dans le lieu saint. Voici l'acte concernant la sépulture des Bréhant de Mauron : « Le 24e jour de janvier 1735, après midy, par devant les nottaires royaux et apostoliques de la cour, sénéchaussée et diocèze de Vannes, ont comparu les RR. PP. prieur et religieux Carmes Déchaussés de la ville de Vannes,... les quels s'obligent à exécuter, comme par le passé, la fondation de Mr et de Mme de Mauron, à perpétuité, sans aucun changement, à l'exception de celui qui se doit faire par la destruction, tant de la chapelle de l'Ange Gardien (où se trouve le tombeau de M. de Mauron), que de toute leur église, qui menace une ruine prochaine, sy on n'y rémédie promptement ; et comme dans la réédification de la nouvelle église qu'ils vont faire, suivant le devis et plan qu'ils en ont fait faire, il n'y aura point de chapelles le long de l'église, et afin que Messieurs de Mauron n'en souffrent aucun dommage, les dits religieux s'obligent et obligent leurs successeurs à conserver à MM. de Mauron leur caveau dans le même lieu et estat qu'il est, et tout le terrain qu'occupe présentement la d. chapelle de l'Ange-Gardien leur sera également prohibitif, sans que les d. religieux ny leurs successeurs puissent y enterrer ou inhumer aucun autre qu'eux et leurs descendants; et pour leur marquer de plus en plus leur reconnaissance, ils promettent de faire mettre leur mausolée avec l'inscription au pilier de leur église le plus voisin de leur caveau (c'est le premier pilier à droite en entrant), en lui faisant faire face à la grande neff, et par ce moyen il se trouvera dans un lieu beaucoup plus apparent que celui où il est présentement... »

Cette proposition, soumise à M. le comte de Mauron, fut acceptée par lui en ces termes : « Approuvé l'acte cy-dessus, pour ce qui me regarde, à la charge que le mausolée sera posé et placé avec ses ornements et dans la forme qu'il a aujourd'hui. Donné à Paris ce 16 de février 1735.

Signé : J. de Bréhant, Cte de Mauron. »

Le 8 mai 1735, se fit un arrangement analogue avec M. de Francheville, qui eut tout le terrain du bas côté de droite entre le second et le troisième piliers. Les autres intéressés reçurent également des garanties pour conserver leurs droits.

Ces préliminaires réglés et les matériaux préparés, on commença la construction de la nouvelle église, telle qu'on la voit aujourd'hui. C'est un édifice en forme de parallélogramme, avec deux bas côtés, le tout en style renaissance, le seul usité alors. La façade, toute en pierre de taille, offre une porte monumentale surmontée d'une grande fenêtre en plein cintre. A l'intérieur, des piliers carrés supportent de belles arcades de même style, et partagent l'église en trois nefs.

Il n'y eut plus qu'un autel dans chaque bas côté : celui de droite ou du nord fut dédié à la Sainte Vierge, et celui de gauche ou du sud à saint Joseph. Dans le sanctuaire il y avait à droite une chapelle de sainte Thérèse, à gauche un oratoire sous le clocher, et au fond le maître-autel de l'église.

Sur le frontispice on lit encore la date de 1737, qui est celle de son achèvement. Le plafond fut exécuté par Jean Plaudrain et payé le 11 octobre 1739.

Pour subvenir à tous les frais, les religieux avaient dû emprunter; puis pour payer les intérêts et rembourser graduellement les capitaux, ils durent faire toutes les économies possibles sur leurs revenus.

Quels étaient ces revenus ?

Un état fourni par eux à l'assemblée du clergé du diocèse de Vannes, en 1756, montre que leurs revenus montaient, en argent, à 1,991 livres, 4 sous, 5 deniers; et en grain à 43 perrées 3 quarts de froment, 27 perrées de seigle et 20 perrées de blé noir. — Le prix du grain était variable, mais en prenant la moyenne de cette époque, c'est-à-dire 17 livres pour la perrée de froment, 9 livres pour le seigle et 8 livres pour le blé noir, on arrive à un total de 1,146 livres, 15 sous; en y ajoutant le revenu en argent on obtient en tout 3,137 livres, 19 sous et 5 deniers.

Sur cette somme, il fallait nourrir et habiller une douzaine de religieux et payer les diverses charges de la maison; c'est avec le reste, qui ne devait pas être bien lourd, qu'il fallait enfin amortir l'emprunt contracté pour la reconstruction de l'église.

VIII. Suppression.

Les Carmes Déchaussés de Vannes menaient depuis 163 ans une vie contemplative et active, quand ils se virent arrêtés par la Révolution.

Le 25 novembre 1790, la communauté comprenait :

1° François-Marie *Renault*, prieur, âgé de 65 ans.

2° François *de Grège*, sous-prieur, âgé de 47 ans.

3° Ange-Joseph *Cornu*, profès en 1781, âgé de 31 ans,

4° Joseph *Kerdoneuf*, profès en 1782, âgé de 43 ans,

5° Jean-Pierre *Girardin*, profès en 1782, âgé de 36 ans,

6° Sébastien *Hamonic*, profès en 1783, âgé de 28 ans,

7° Yves *Guinoys*, profès en 1784, âgé de 30 ans,

8° Jean-Baptiste *Claudic*, profès en 1785, âgé de 34 ans,

9° François *Jollivet*, profès en 1785, âgé de 31 ans,

10° François *Le Cam*, profès en 1787, âgé de 26 ans,

11° Louis *Bourdet*, frère servant, âgé de 64 ans,

12° Joseph-Marie *Mandart*, frère servant, 57 ans.

Interrogés sur leur volonté de continuer ou de cesser la vie commune, sept d'entre eux, savoir les PP. Renault, de Grège, Cornu, Kerdoneuf, Hamonic, Claudic et le F. Mandart déclarèrent vouloir persévérer dans leur état; les cinq autres, savoir les PP. Girardin, Guinoys, Jollivet, Le Cam et le F. Bourdet manifestèrent la volonté de cesser la vie commune. Ceux-ci ne furent pas tous heureux dans le siècle : M. Girardin versa dans l'église constitutionnelle et fut vicaire à la cathédrale; M. Jollivet fut placé à Lignol et y fut assassiné en 1794. Les religieux restés fidèles à leurs engagements furent expulsés de leur asile le 1er avril 1791.

Quant aux biens, tout avait été confisqué. L'*argenterie* de la sacristie comprenait : six calices, deux ciboires, un ostensoir, deux encensoirs et navettes, un bassin et deux burettes, une croix et six chandeliers au maître-autel et une lampe. La *bibliothèque* comprenait 417 volumes in-folio, traitant de l'Écriture sainte, des conciles, des saints Pères et de la théologie; de plus 2,333 volumes de formats divers, traitant de matières variées.

Le mobilier de la maison fut vendu aux enchères. Il en fut de même des biens immeubles. Voici la liste des terres et des maisons vendues, avec les prix d'acquisition.

Le 19 mars 1791, les prairies du Pargo furent adjugées à M. Le Maignen pour 4,825 livres.

Le 27 janvier 1791, une maison située près du port fut cédée à M. Guyot au prix de 5,925 livres.

Le 28 février suivant, une autre maison sur le port fut vendue à M. de Cardelan pour 6,000 livres.

Le 14 mars 1791, la prairie de Ker fut adjugée à M. Malherbe aîné, au prix de 4,450 livres.

Le 20 avril suivant, une maison et un jardin de la rue Fontaine furent vendus à M. Le Gal 1,920 livres.

Le 27 avril 1791, une maison de la rue du Drézen fut cédée au sieur Brulon pour la somme de 1,465 livres.

Le 16 juillet suivant, la métairie du Haut-Kervenic fut vendue à M. Malherbe aîné, pour 7,360 livres.

Le 28 septembre 1791, deux petites maisons de la rue du Drézen furent adjugées à M. de Cardelan, pour 960 livres.

Le 14 mai 1792, la métairie de Conleau fut livrée à M. Danet aîné pour le prix de 8,000 livres.

Le 2 mars 1793, une maison et un jardin de Cliscoet furent vendus au sieur Chauvel pour 500 livres.

Le 16 juillet 1794, une maison et un jardin de Groutel furent adjugés au sieur Rougeot pour 1,225 livres.

Le 17 février 1795, les maisons et jardins de la rue Gillard furent vendus aux sieurs Talec et le Roux 2,075 livres.

Le 1er juin 1796, une maison et un verger furent adjugés pour la somme de 990 livres.

Le 13 juin 1796, une maison et un jardin de Calmont-Haut furent vendus au sieur Beurel, pour 950 livres.

En dehors de Vannes :

La métairie de Brouel, en Sarzeau, fut vendue à M. Patary, le 22 décembre 1790, pour 5,053 livres.

La métairie de Kerholorec ou Kerollière fut cédée au sieur Le Joubioux, le 22 décembre 1790, pour 2,383 livres.

La métairie de Kerstéphany, en Sarzeau, fut adjugée à M. Rollando, le 3 février 1791, pour 9,290 livres.

L'île de Lerne dans le Morbihan fut adjugée le 16 juin 1792, au sieur Salel pour 142 livres.

La tenue de Locmaria-er-Fang en Plumergat fut vendue le 20 juillet 1792, au sieur Segondat, pour 2,700 livres.

La tenue de Kergouriec, en Erdeven, fut adjugée le 20 juillet 1792 au sieur Segondat, pour 4,875 livres.

La tenue de Kerobel, en Pluvigner, fut cédée le 28 mars 1798 au sieur Gorlès, pour 6,300 livres.

Les maisons et jardins du bourg de Plœren furent adjugés à MM. Béluze et Aché, le 14 janvier 1799 pour 1,700 livres.

Quant aux tenues de Kergourio en Crach, de Kerbarno en Locmariaquer et du domaine de la Guichardaye en Tréal, on n'a pas trouvé les actes de vente.

Le couvent des Carmes Déchaussés, avec la chapelle et l'enclos, était resté entre les mains du Domaine national, sans avoir été vendu.

Mgr de Pancemont, en arrivant à Vannes le 11 août 1802, n'avait pas de logement réservé : l'ancien palais épiscopal de la Motte était occupé par le préfet du Morhihan, le général Jullien. L'évêque accepta provisoirement l'hospitalité chez le Receveur général, qui demeurait au N° 11 de la rue des Orfèvres, et loua des chambres dans le voisinage pour son secrétaire et ses domestiques.

Dès le 20 août, il écrivit au Directeur des domaines, pour demander qu'on mît à sa disposition l'ancien couvent des Carmes Déchaussés, afin d'y établir son logement et son secrétariat. Sa demande fut transmise au Gouvernement, qui prit, le 17 novembre 1802, l'arrêté suivant :

« Extrait du registre des délibérations des Consuls de la République.

» Saint-Cloud, le 26 brumaire l'an IX de la République une et indivisible.

» Les Consuls de la République arrêtent :

» Article 1er. — Les maisons et jardins des ci-devant » Carmes à Vannes seront donnés pour logement à » l'Évêque de Vannes.

» Article 2. — Le Ministre des Finances est chargé de » l'exécution du présent arrêté.

» *Le premier Consul :*

» Signé : BONAPARTE.

» *Pour le premier Consul, le Secrétaire d'État :*

» HUGUES-BERNARD MARET. »

Depuis ce temps l'ancien couvent des Carmes sert de palais épiscopal. C'est une habitation à peu près suffisante, mais qui a le grave inconvénient d'être trop loin de la cathédrale ; en revanche on y trouve un magnifique enclos, renfermant jardins, prairies et pièce d'eau. La chapelle adjacente, après avoir été longtemps abandonnée, a subi d'importantes réparations et est actuellement ouverte au public.

MONOGRAPHIE DU JADE ORIENTAL OU NÉPHRITE

ET NOTE TOUCHANT LES PHÉNOMÈNES D'ÉPIGÉNIES MÉTAMORPHIQUES DANS LE GOLFE DU MORBIHAN

Par M. le Cte DE LIMUR.

LE JADE ORIENTAL OU NÉPHRITE

Encore une substance rare dans nos collections archéologiques, sous la forme d'ustensiles de la période des dolmens. Jusqu'à ces temps derniers, nous ne possédions sous la dénomination de *néphrite*, qu'un méchant petit exemplaire, une hachette sans indication de provenance.

Nous serions assez conduit, par suite de l'aspect général de son facies, à penser que ce spécimen serait très voisin des deux hachettes, *bien en néphrite*, que l'on peut examiner et comparer dans notre galerie (armoire 105, salle des silicates). Ces deux exemplaires ont été trouvés dans la station lacustre de Neufchâtel, canton de Fribourg en Suisse. Ils portent les Nos 240 et 261 du musée royal de Dresde, et nous ont été envoyés par le haut conseiller de cour, Dr Meyer, conservateur de ce musée. Il n'y aurait donc rien d'impossible à ce que notre spécimen n'ait été, lui aussi, trouvé dans quelque station lacustre.

HISTORIQUE

Le jade oriental, néphrite, est un silicate connu et estimé de longue date par les peuples de l'extrême Orient, de la Chine en particulier, et c'est de ces contrées lointaines que nous sont venus les premiers morceaux de cette substance toujours travaillée, par suite désignés sous la dénomination de jade oriental.

La première description minéralogique en a été faite par le célèbre Hauy en 1801. Ce minéral, par suite de la ténacité qu'il possède, a été confondu parfois avec d'autres substances, le jade de Saussure par exemple, lui aussi fort tenace, mais qui appartient au groupe des feldspaths.

En 1812, H. Lucas, conservateur adjoint au Muséum, donnait une description intéressante à consulter des échantillons de cet établissement. Ainsi on lit p. 219 : « Jade de de » Bournon, de Lametheri, vulgairement jade oriental ; pierre » néphrétique ou pierre de reins, pierre des Amazones, etc. » Il ajoute : « Le jade néphrétique se trouve en Chine et dans » l'Inde, d'où on le rapporte. Tous ces morceaux sont toujours » travaillés, mais on ne connaît nullement son gisement ; il » en vient aussi du pays des Amazones en fragments roulés. »

Beudant (1) en 1822 disait à peu près les mêmes choses : « Jade oriental, jade néphrétique, d'après la légende que cette » substance appliquée calme les coliques néphrétiques. »

En 1847, Dufrénoy (2) est le premier à considérer la *néphrite* comme une variété compacte du groupe des *amphiboles* (trémolite), d'après une analyse de la trémolite du Saint-Gothard, par M. Damour, qu'il a soin de rapporter.

En 1862, une haute autorité minéralogique, M. Des Cloiseaux (3), réunit également le jade néphrite, Yu des Chinois, aux amphiboles, ainsi que celui des insulaires des îles de l'Océanie, que ces derniers nomment *poëmanu*. Ils en fabriquent des haches, des grains de colliers, etc. Il note qu'en Orient, sa localité exacte n'est pas connue.

M. Damour (4) en 1865, dans un important mémoire, après avoir parlé du quartz, de l'obsidienne, de la fibrolite etc., arrive au jade oriental ou néphrite. Il fait la remarque « que » dans une notice insérée aux *Annales de Chimie et de Phy-*

---

(1) Beudant (*Traité de minéralogie*, vol. 2. p. 140) rapporte l'analyse de Kastener $A\,Si^3 + 3\,Mg\,Si^2$ (formule minéralogique).

(2) Dufrénoy (*Traité de minéralogie*, vol. 3, page 317) rapporta aussi l'analyse de Kastener.

(3) M. des Cloiseaux. *Manuel de Minéralogie*, p. 80.

(4) M. Damour. *Comptes-rendus à l'Académie des sciences*, tome LXI. Sur la composition des haches en pierre trouvées dans les monuments celtiques, etc. Séances des 22 et 28 août 1865.

» *sique* (3ᵉ série, tome XVI) il a donné des analyses montrant » que le jade oriental devait être rapporté à la trémolite, » espèce minérale du groupe des amphiboles. » Quant à celui dont la couleur est le vert foncé et qui renferme une notable proportion d'oxyde de fer, il propose « de le réunir à » l'espèce *actinote* qui se rattache également au groupe des » amphiboles. » Il inscrit la formule chimique suivante :

$$2.\ C.\ 2 + 6(\dot{Mg}.\ \dot{Mn}.\ \dot{Fe}) + 9\ \dddot{Si}.$$

GISEMENTS DU JADE ORIENTAL

M. Damour (1) fait la remarque que : « Cette matière se » trouve sur le continent asiatique et particulièrement en Chine, » dans la contrée située entre les provinces de Tsu-Tchoun et » le Tibet ; on le rapporte également de la Sibérie orientale » attenant aux frontières de la Chine. »

Enfin, il était réservé à un célèbre voyageur d'être le premier européen à visiter et mettre le pied dans les carrières de jade. M. le baron Schlagintweit-Sakynluski (2) rapporte un phénomène très peu connu touchant l'eau de carrière au point de vue de la sculpture et du travail des objets. Voici les propres expressions de la note communiquée par lui à une des séances du congrès dont nous avions l'honneur d'être membre :

« Jusqu'à ce jour, dans l'Inde comme en Europe, on pensait que le jade ne se trouvait qu'en Chine et provenait de l'empire : je déclare cependant en avoir trouvé des carrières dans la 3ᵉ chaine de la Haute-Asie, dans le Küklün.

Ce minéral, dans l'état de pureté où il s'y présente, est si rare et si estimé que, malgré la longueur et les périls du voyage, on vient l'exploiter chaque année dès que la saison permet de séjourner dans ces régions élevées.

Les carrières les plus riches, et nous les avons visitées, sont celles de Dera-Goubagashen, à 12,252 pieds anglais d'élévation. La pierre de ces carrières est appelée *Yashem* par les Tourkezas.

---

(1) M. Damour, mémoire déjà cité.

(2) M. Schlagintweit. Resultats of a scientific mission to India in High-Asia, VIIᵉ vol.

Un fait surprenant est que le jade est si tendre en sortant de la carrière qu'on le raye avec la pointe d'un couteau et qu'on peut le façonner et le polir avec un autre morceau de jade déjà exposé à l'air depuis quelque temps, mais il durcit très vite ; quelques semaines suffisent à le changer complètement. Les pièces que je présente ont maintenant la dureté du quartz. Le dessin que je mets sous vos yeux montre exactement le caractère des roches serpentineuses dans lesquelles se trouvent placés les dépôts de jade ; ce sont des couches lenticulaires occupant une position presque horizontale. »

Voilà des renseignements suffisamment détaillés et formels relatifs aux néphrites orientales.

Jade ascien, jade océanien, pierre de hache.

Dans son mémoire, déjà cité, M. Damour consacre quelques lignes à cette variété. Elle provient, dit-il, de plusieurs des îles de l'Océanie (Nouvelle-Zélande, Nouvelle-Calédonie, îles Marquises, Taïti). J'ai dû classer ce jade à part et le désigner sous une épithète particulière, à raison de sa composition et de quelques autres caractères distinctifs.

Il fond à la flamme d'un chalumeau, en un émail blanc-jaunâtre, mais avec moins de facilité que le jade oriental, et il ajoute, plus loin, qu'il peut répondre comme composition chimique à la formule des pyroxènes ($\dot{Ca}$, $\dot{Mg}$, $\dot{Fe}$). (Nous rapportons ici en regard celle du jade oriental donnée par lui plus haut ($2\,ca + 6\,(\dot{Mg}, Mn, \dot{Fe} + 9\,\dddot{Si}$).

On lit dans le *Cours de minéralogie* de M. de Lapparent, p. 375 : « M. Damour rattache au pyroxène le jade océanique de la Nouvelle-Calédonie et des îles Marquises. »

Gisements du jade oriental, néphrite en Europe.

Donc, jusque vers ces derniers temps, ainsi que nous venons de le noter, les pays lointains, l'Extrême-Orient, la Chine, les îles de l'Océanie, l'Amérique, la Sibérie semblaient être considérés comme les seuls renfermant des gîtes de cette intéressante substance, à l'exclusion du sol de l'Europe, fait susceptible de paraître quelque peu étonnant, lorsqu'enfin la matière néphrétique brute et en place a été reconnue à Jordansmühl, en Silésie, dans les Alpes à Steiermark (1) et dans une localité bien plus voisine de nous dont nous dirons quelques mots plus loin.

Caractères minéralogiques.

Dureté. Privé de son eau de carrière, le jade oriental blanc donné par M. Schlagentweit à notre galerie (carrière de Déra-Goulbagashen, Thibet), raye le verre ; le jade vert de Sibérie (Boutagol) peut-être avec un peu plus de difficulté, celui de la Sibérie, un échantillon détaché d'un énorme bloc de néphrite de la Polynésie, qui existe au musée de Rennes, raye également le verre.

Action par les acides. — Nulle.

Action de la voie sèche. — Fusibilité assez difficile, entre 4 et 5 de l'échelle de Kobell (cela dépend d'une tuyère en platine, bonne ou médiocre au chalumeau), quelle que soit l'origine du spécimen, un peu plus difficile cependant pour le jade océanien. Quelle que soit la couleur, blanche, grise, verte, vert d'herbe ou vert-olive, même presque noire, l'esquille, avant de donner un globule, blanchit à l'emplacement du coup de feu (caractère distinctif inhérent à toute variété d'espèce du groupe des amphiboles, soit trémolite ou actinote), quelque structure que présente l'esquille à l'essai. Après avoir blanchi, et le coup de feu soutenu, il se forme à la pointe extrême un globule qui bouillonne pendant la fusion et, après le refroidissement, se montre une perle en émail non bulleux, jaune, verdâtre, sale, de teinte plus ou moins grise selon la couleur de l'esquille à l'essai, blanche ou verte plus ou moins foncée.

Pensant qu'en histoire naturelle, toute monographie, quel que puisse en être le sujet, réclame des pièces démons-

(1) M. le Dr Meyer, conservateur du musée royal de Dresde. Découverte de néphrite brute à Steiermark, dans les Alpes. Ein Rohuephriffund in Steiermark. Separat abdruct aus, Nr 27 des Ausland" 1883. »

tratives sur certains détails, et pour obéir à cet adage qui proclame que la meilleure description ne vaut pas le plus mauvais dessin et le meilleur dessin un mauvais exemplaire, il est facile d'examiner dans notre galerie 35 bons spécimens du jade oriental. Nous allons en noter quelques-uns.

Jade oriental. — Blanc. Plaque découpée à jour au moment où elle avait encore son eau de carrière (Chine).

id. Blanc. Bloc couvert de gravures, travaillé, ayant encore son eau de carrière (Chine).

id. Gris. Plaque découpée sous la forme d'une espèce de dauphin et gravée (on y voit les faux coups d'outils), ayant encore son eau de carrière (Chine).

id. Gris amorphe, type ; don de M. Schlagintweit rapporté des carrières de jade de Dera-Goubagashen (Thibet.)

id. Gris amorphe. (Essai montrant le globule) voie sèche (Thibet).

id. Vert-céladon. (id. à la voie sèche amorphe (Thibet).

id. Vert-olive — Échantillon d'étude. Une face montre l'extérieur du bloc dont il a été détaché, une autre la cassure, et une troisième l'aspect du sciage. Don de M. Alibert. Dans sa lettre il indique le gisement : « La néphrite provient du torrent Anotte près des mines de graphite, sommet du mont Boutagol faisant partie des monts Saïan, à 400 werstes ouest de la ville d'Irkoutsk, à 2,445m d'altitude (Sibérie).

id. Série de trois grandes plaques depuis le vert poireau jusqu'au vert-olive presque noir, les deux premières très translucides (même origine).

Jade oriental. — Vert : Échantillon de grand volume, poli sur une face et brut sur les autres. Envoi du musée royal de Dresde (le conseiller de cour, Dr Meyer, conservateur) et autre spécimen brut. Jordansmühl (Silésie).

id. Hachette en jade gris (musée de Dresde), station lacustre de Neufchâtel (Suisse).

id. Hachette en jade gris-verdâtre (musée de Dresde), station lacustre de Neufchâtel (Suisse).

JADE NÉPHRITE OCÉANIEN ($\dot{C}a$, $\dot{M}g$, $\dot{F}e$, $\dddot{S}i$.)

Nous conservons ici la distinction telle qu'elle a été établie par M. Damour dans son mémoire de 1865 cité plus haut, bien que nombre d'auteurs réunissent aujourd'hui en une seule et même variété le jade oriental et le jade océanien. Pour nous, la raison en est que d'après l'éminent académicien, la formule inscrite plus haut et qui se rapporte au pyroxène, se trouve être celle du jade océanien. M. de Lapparent consigne lui aussi la même chose (Cours de minéralogie, page 375), fait qui concorde avec les phénomènes reconnus d'épigénie subie par le pyroxène devenant parfois de l'actinote ou de la trémolite. (Voir plus loin le paragraphe du mémoire du savant géologue, M. Barrois, touchant la néphrite du Morbihan, reproduit en entier page 161.)

1° Collier de grand chef — 60 grains, dont deux gros comme des prunes. Signe distinctif de celui qui le portait. Jade vert-olive (Océanie.)

2° Disque monté en ostensoir, vert d'herbe veiné de blanc et percé de deux trous coniques sur les deux faces, fixé à son manche par des cordes en poil de chauve-souris. Archipel des Navigateurs (Océanie).

3° Hache montée en herminette. Jade vert d'herbe, avec des mèches des individus qui ont été mangés.

4° Hache montée en herminette, vert-olive.

5° Hache sans montage vert-olive.

6° Hache de grande proportion démontée, en jade noir.

7° Hache sans montage veinée bleu d'ardoise foncé, veinée de vert-olive.

8° Hache sans montage vert-olive.

9° Échantillon brut vert d'herbe, fragment détaché d'un énorme bloc conservé au musée de Rennes.

10° Hache en ostensoir, grand fragment vert d'herbe et disposition ou structure très schistoide.

LA NÉPHRITE DANS LE MORBIHAN.

Les pyroxénites dans le Morbihan (signe S^b) existent en deux faisceaux... Si l'on jette un coup d'œil sur la feuille de la carte de l'arrondissement de Vannes publiée par le service de la carte géologique détaillée de France, on lit dans la notice en marge inscrite sur cet exemplaire, les lignes suivantes : « Pyroxénite S^b deux faisceaux... le faisceau septentrional qui s'étend de Roguédas aux marais de Montsarrac, le faisceau méridional, remarquable par l'abondance de l'actinote et la présence de la néphrite, s'étendant du Port-Blanc à Toulindac en Baden, à travers l'Ile-aux-Moines, le sud de l'Ile-d'Arz et la côte de Saint-Armel. »

En 1875 nous avions signalé la présence du jade océanien constituant un filonnet à travers les pyroxénites de Roguédas (a). Mais il était réservé à M. Barrois, explorant le golfe du Morbihan, de faire connaitre les gîtes de néphrite sur d'autres points. Voici la transcription textuelle d'un passage de son mémoire intitulé : *Les Pyroxénites des îles du Morbihan*. On lit page 78 (b) : « L'actinote épigénise le pyroxène, suivant le » mode décrit par MM. Schumacher (1), Becke (2), Michel-

(a) De Limur. — Extrait du rapport au Congrès pour l'avancement des sciences françaises, Nantes, 1875 (*Jade océanien de Roguédas*).

(b) M. Barrois. — *Les pyroxénites des îles du Morbihan*, extrait des annales de la Société géologique du Nord. Séance du 28 décembre 1887.

(1) Schumacher. — Die Gebirgogruppe des Rummelsberes bei Strehlen zeitz, d, deuts, geol, Ges 1878. XXX p. 498.

(2) Fr Beck. — Die Gueissformation, d, niederosterreischscben ; Waldviertels, Tschermak's, m, o, petro, mittheil, 1882 IV, p. 360.

» Lévy (1), et il est facile de voir la marche progressive de » cette transformation à la périphérie des cristaux de pyro- » xène. Souvent pourtant l'actinote existe seule, le pyroxène » étant réduit à de très rares débris, ou manquant com- » plètement ; certains bancs (Ile-d'Arz, Toulindac, Port-Blanc) » sont formés uniquement d'actinote en cristaux enchevêtrés » de plusieurs centimètres de longueur dont l'origine serait » difficile à établir si on ne l'avait suivie de proche en proche.

» Ces roches ainsi formées d'actinote présentent d'assez » grandes variétés de structures; tantôt les cristaux d'actinote » se séparent assez facilement en groupes fibreux allongés ; » mais plus souvent ils forment des tissus d'aiguilles incolores » en faisceaux entremêlés d'une ténacité extrême, constituant » une roche massive, sur laquelle le marteau n'a pas prise. » Il est impossible de distinguer ces roches au microscope des » néphrites de Chine ou de Sibérie, décrites par MM. Fischer » et Anzruni; et on peut attribuer à ces gisements du » Morbihan les haches en néphrite du musée de Vannes. »

Après une description aussi complète et si nettement détaillée de la substance de notre golfe, il ne reste plus qu'à poser la plume, ou à examiner comparativement les 30 ou 40 spécimens de cette matière, disposés près les uns des autres, et de toutes les contrées du globe, dans la vitrine N° 103, salle 4 de notre galerie minéralogique de l'hôtel de Limur.

(1) En 1875, l'épigénie du pyroxène en néphrite n'avait pas encore été étudiée.

NOTE

SUR UN FRAGMENT DE CELTÆ

(Par M. le Cte DE LIMUR.)

Notre conservateur du musée archéologique et ancien président, M. le chanoine Le Mené, nous a montré à la séance dernière des séries intéressantes d'objets divers : haches, hachettes en pierre, pointes de flèche en silex, etc., dont il avait fait l'acquisition pour notre musée à la succession de M. l'abbé Lavenot, décédé dernièrement.

Parmi ces objets, se trouvait une hache fracturée, dont il n'existait qu'un débris de très modeste apparence Il a, cependant, de suite fixé notre attention, et notre conservateur a bien voulu nous le confier pour en faire tout spécialement l'examen minéralogique. De ce morceau de hache, il était facile de distraire un petit fragment, ce qui n'est pas possible pour les belles haches qui sont intactes ; il faut se contenter alors de déterminer la matière d'une façon quelquefois douteuse et incertaine.

RÉSULTATS DE NOTRE EXAMEN.

Comme nous le supposions au premier coup d'œil, nous étions en face d'une matière fort rare, et qui n'existait pas dans nos remarquables séries d'objets de l'âge des dolmens, connues cependant de tout le monde savant, ce qui a amené l'Institut royal d'Angleterre et d'Irlande, venu faire visite à nos collections, sous la conduite de l'amiral Tremlett, à déclarer spontanément que dans leur musée national de Blackmore, à Salisbury — musée qui est pour l'Angleterre ce que celui de Saint-Germain est pour la France — il n'existe dans les vitrines de leur splendide installation aucun exemplaire susceptible d'être comparé à ceux trouvés dans le Morbihan.

« Even the Blackmore museum at Salisbury has nothing to » compare with so many enormous and beautifull worked » hatched heads made out of a variety of precious materials. » Des conclusions semblables sont difficiles à énoncer pour une plume anglaise (1). Et dire que nous ne possédions pas en ce moment l'exemplaire dont il est question ici.

C'est bien avec la fibrolite blanche compacte à taches vertes (*fibrolite chloriteuse*) que cette hache, dont il ne subsiste qu'une partie, avait été fabriquée. Les essais docimasiques nous ont montré que la masse générale, inattaquable aux acides, infusible au feu le plus violent et soutenu, est bien le silicate d'alumine (Al^2 Si O^5), *la sillimanite* (variété désignée sous le nom de *fibrolite*), Biss. Ng parallèle a g^1 croisement en NM. lig Np. angle droit (Section h^1) et que les taches vertes sont une substance de la famille des *chlorites* (silicates d'alumine, de magnésie avec de l'oxyde ferreux et de l'eau).

Avant de passer plus loin, il nous faut consigner la vive surprise (l'échantillon est là pour démontrer le fait) avec laquelle nous avons reconnu la présence, dans ce curieux fragment de hache, du *plomb sulfuré* (galène) (2), avec du fer oligiste non seulement visible à l'œil nu, mais constituant des inclusions, des veines considérables ; tout comme la chlorite dans la masse générale fibrolitique de ce fragment d'un outil préhistorique ou de la période des dolmens.

Nous supposons ne pas trop nous avancer en disant n'avoir remarqué à l'état d'échantillon minéralogique, aucun spécimen de cette rare association de substances, dans les collections de l'École des mines ou du Museum, ni au Collège de France, pas plus que dans de grands musées étrangers.

A la vue de cet échantillon, nous serions fort tenté de soumettre quelques remarques à une autorité bien connue

---

(1) The Athenœum, 3 septembre 1887, page 317. The archœological Institute in Brittany. « Mais le musée de Blackmore à Salisbury ne possède rien susceptible d'être » comparé aux gigantesques et magnifiques haches fabriquées avec des matières » variées et précieuses.. » (Traduction).

(2) Ce qui ne présenterait rien de bien surprenant, la chlorite ayant pour formule $\dddot{Si}$ $\ddot{Al}$ $\ddot{Fe}$, $\dot{Mg}$, $\dot{H}O$, et le fer oligiste $\dddot{Fe}$.

dans la science des temps passés, peut-être peu familière avec l'histoire naturelle des corps inorganiques (les pierres comme on les nomme vulgairement), et, par suite, ne reconnaissant pas bien nettement les limites qui existent entre les domaines particuliers de deux sœurs jumelles, la minéralogie et la pétrographie.

Alors, par suite de la surprise en face de divers chiffres qui sont reconnus de la pesanteur spécifique de certaines *roches* (nous soulignons le mot) en gisement dans le golfe du Morbihan, des doutes, des scrupules se sont élevés dans la pensée de l'éminent archéologue, touchant les éléments constitutifs de ces agglomérations (non combinaisons) de substances minérales hétérogènes ou *roches*.

Donc, pour tout ce qui est de la pesanteur spécifique, considérée comme caractère de détermination d'espèce, au point de vue des *roches* nous poserions volontiers ici de nombreux points d'interrogation. Nos recherches minéralogiques, continuées depuis de longues années, et appuyées sur une collection comptant plus de douze mille échantillons minéralogiques ou éclats de toutes les roches de la terre (1), nous encourageraient peut-être dans l'opinion que nous venons d'exprimer plus haut. Ce vestige de l'industrie des temps passés que vous avez ici sous les yeux vient confirmer les lignes précédentes (2).

Si, par exemple, il nous convenait de détacher aux deux extrémités de ce morceau de hache en fibrolite, des éclats; d'en prendre la pesanteur spécifique, ces deux fragments vont nous présenter des chiffres très différents. La densité de la fibrolite = 3,23 à 3,24, celle du plomb sulfuré = 7,4 à 7,6 et celle de la chlorite = 2,65 à 2,66.

---

(1) Allocution de M. Galles, prenant le fauteuil de la présidence (1882). « Les efforts opiniâtres de l'un des nôtres sont parvenus à former, des éclats de toutes les roches de la terre, une des plus riches collections privées de l'Europe; c'est à l'École des mines que je l'ai entendu dire. »

(2) Nous répétons ici ce que nous avons déjà dit à différentes reprises : notre galerie est acessible à toutes personnes s'intéressant à l'histoire naturelle inorganique; l'examen des spécimens renfermés dans les vitrines peut leur éviter des doutes et des scrupules dans bien des cas.

Il est certain que la pesanteur spécifique de l'éclat associé au plomb indiquera un chiffre bien supérieur à 3,23 ou 3,24, caractéristique de la fibrolite, alors que l'autre éclat seulement chloriteux, à coup sûr n'atteindra pas les 3,23 ou 3,24 voulus. Cependant pas de doute possible, c'est bien avec la fibrolite compacte que cette hache a été fabriquée, tous les autres caractères physiques ou chimiques le démontrent.

Nous venons d'inscrire 3,23 à 3,24 au sujet de la fibrolite; la pesanteur spécifique du pyroxène diopside sodifère, si vous voulez jadéite, Na^2, Al^2, Si^4, O^{12}, du groupe des pyroxènes monocliniques, est 3,20 à 3,40, pesanteurs bien voisines l'une de l'autre. Or, certaines des haches trouvées dans nos grands tumuli, présentent un facies absolument semblable — blanc taches vertes, — à celui des haches en fibrolite chloriteuse. Si elles ont été désignées jadéite, le seul caractère observé à leur sujet, a été la pesanteur spécifique; il n'était pas possible d'en détacher des fragments pour essais docimasiques. D'après ce que nous venons de dire plus haut, nous serions assez porté à penser que certaines de ces haches sont en fibrolite chloriteuse.

Avant d'abandonner le sujet de la fibrolite chloriteuse et les spécimens de cette substance rare trouvés invariablement sous forme de haches, voici la liste de ce que nous en connaissons d'exemplaires depuis de nombreuses années que nous nous préoccupons de reconnaître la nature des substances diverses utilisées par les peuples de la période des dolmens pour fabriquer leur outillage.

On peut donc voir la fibrolite chloriteuse : 1° dans les collections de M. le commandant le Pontois, à Lorient; 2° dans notre galerie, armoire de Bretagne, hachette trouvée dans le dolmen du Run, en Guidel, et donnée par M. le Pontois à notre galerie; 3° hache de même nature, longtemps considérée par nous comme de la jadéite et tout dernièrement, d'après des essais docimasiques, reconnue pour être de la fibrolite chloriteuse, à M. le conseiller Fournier, trouvée aux environs de Corseul; 4° spécimen de hachette trouvé aux environs d'Arradon par notre secrétaire et collègue

M. Lallement ; 5° une fort belle hache qui nous a été confiée pendant quelques heures pour être examinée, de la part d'un capitaine d'artillerie, hache trouvée dans le sol aux environs de Saint-Aubin du Cormier, en faisant établir un épaulement pour masquer des pièces en batterie ; 6° enfin, le fragment dernièrement acheté par notre conservateur, le sujet de cette présente note.

LES HACHES FAUSSES.

Avant de quitter cette étude des haches, quelques mots au sujet des procédés susceptibles d'être employés pour reconnaître si une pièce qu'on tient en main est fausse ou véritablement ancienne. La fabrication de ces *fac-simile* est devenue une industrie très avantageuse et fort profitable pour l'escarcelle de certains individus dont il convient de se défier, témoin ce qui est arrivé tout dernièrement à des touristes étrangers qui ont payé une grosse somme de méchants cailloux qui valaient au plus dix centimes, mais préparés assez habilement pour surprendre la bonne foi.

Nous avons l'honneur de déposer sur votre bureau certains exemplaires touchant cet art de la préparation des haches fausses.

Pour arriver à leur but les faussaires sont en possession de diverses recettes plus ou moins compliquées, nous en dirons quelques mots plus loin.

La chose importante, après la forme obtenue sur un grès, est de faire disparaître, de masquer les points à éclat comme micacés ou moirés qui brillent sur une surface nouvellement dressée. Ces endroits à éclat micacé sont les lames de clivage du minéral constitutif de la roche. Cette matière peut être lamellaire, c'est-à-dire des lamelles orientées dans tous les sens, comme en désordre, mais présentant une surface assez grande visible à l'œil nu, ou saccharoïde, alors il faut une loupe pour les distinguer. Scintillants à la surface nouvellement dressée, ces points brillants ne se ternissent et ne disparaissent qu'à la suite des temps ou des intempéries atmosphériques, alors il se forme une espèce de patine superficielle, dans le genre de celle des bronzes antiques. Un coup de lime, et le bronze se montre dans toute sa fraicheur métallique ; frottez un point d'une hache antique sur un grès, le brillant des lamelles de clivage va scintiller par endroits.

Nous avons parlé de recettes employées par des industriels, fabricants de pièces apocryphes, pour leur donner l'apparence d'exemplaires vieux et masquer un travail récent. Nous les donnerons plus loin avec les procédés pour en détruire l'effet.

PATINES PRODUITES NATURELLEMENT.

Le quartz. — Nous avons noté que cette matière étant peu commune dans nos pays à l'état de silex pyromaque a toujours été négligée par les industriels en question; il n'en est pas de même aux environs d'Abbeville et Saint-Acheul touchant les haches en silex éclaté.

Exemple de la patine vraie du silex pyromaque.

A est une scie véritablement ancienne des ateliers à l'air libre du département de l'Oise, les retailles opérées au moment de la fabrication de la pièce sont aussi patinées que les faces, un bout de la pièce est cassé pour montrer le silex frais à l'intérieur.

Exemple de la patine artificielle.

B est une roche de pyroxène sodifère en voie d'ouralisation épigénique ou passage à la néphrite. Dans notre musée nous possédons de belles haches absolument identiques à cette matière, la moitié est patinée artificiellement, l'autre montre le scintillement des lamelles de clivage par suite de dressage sur le grès (île d'Arz).

Autre exemple de patine artificielle.

C. Pyroxène sodico-ferrifère dans les mêmes conditions (également île d'Arz).

D. Galet en diorite à grains fins (cornéenne); il suffirait d'affiler un des bouts et de lisser le reste pour avoir une hache.

RECETTES POUR OBTENIR UNE FAUSSE PATINE.

Le procédé le plus usité et le plus simple est de se servir d'une pommade composée de cire jaune, d'un peu de résine et de benzine. *Frottez* doucement pour empâter les pores, le tour est fait.

L'autre recette est bien plus compliquée, c'est un procédé savant, peut-être l'élucubration de quelque fruit sec du baccalauréat, fort en chimie.

Faire bouillir à gros bouillon pendant deux ou trois heures les haches dans une saumure comme celle qui sert à conserver la viande de porc, mais aussi concentrée que possible, puis faire passer à ces haches au moins deux mois sans les déranger dans le canal au purin de l'étable.

Alors voici ce qui s'est passé quand on les retire. Les haches se sont enduites, recouvertes d'une fine croûte d'urano-phosphate de chaux qui résiste à l'action du savon noir et de la benzine, par suite elle conserve toujours sa patine artificielle inaltérée. Cependant il existe un moyen facile de la faire disparaître. Tous les corps s'attaquent par les acides. Comme les silicates, amphibole, pyroxènes sont inattaquables aux acides, rien à craindre pour l'exemplaire de hache qui trempe en partie dans les acides azotique ou chlorhydrique. Quels que soient les procédés employés par les fabricants, toujours est-il qu'une fois pommadés et lustrés, ces prétendus instruments des temps anciens n'ont plus à attendre que l'arrivée du client.

NOTE

SUR UNE VARIÉTÉ FOSSILE DE L'ORDRE DES CRINOIDES.

(Par M. le Cte DE LIMUR.)

CLASSE DES ÉCHINODERMES (PENTACRINUS).

Aux temps passés, s'il était arrivé aux curieux de la nature, — ainsi qu'on avait coutume de désigner les naturalistes, — de se trouver en face de gerbes de prismes tous à pans réguliers, ou encore de colonnades ayant des dizaines de mètres de hauteur, comme les orgues d'Expally, ils auraient eu garde de ne pas désigner ces imposants phénomènes autrement que jeux de la nature.

De même, pour toutes ces petites pierres qu'on rencontre parfois isolées dans le sol : croix de types divers mais toujours avec des angles invariables défiant, à moins d'une seconde, les mesures du goniomètre, ou bien petits disques, ronds, carrés, ou en étoiles à six pointes ornés sur leurs deux faces de gracieux dessins ou reliefs d'une délicatesse et d'un fini à désespérer le plus habile ciseleur, qu'il est possible parfois de ramasser dans la terre à pleines mains. Ici encore, jeux de la nature vous diront les rhéteurs et philosophes classiques grecs ou romains. Aujourd'hui ces indications vagues ne sont plus admissibles. Ces petites pièces sont reconnues pour être la conséquence et le résultat géométrique des lois de la cristallisation pour les corps inorganiques.

Certains autres exemplaires sont les débris de l'organisme d'individus ayant appartenu à la classe si nombreuse et de formes si variées des *échinodermes, ordre des crinoïdes fixes.* Ces débris des tiges sont passés à l'état fossile dans le sol où on les rencontre en grande quantité.

Pour répondre au désir d'un des anciens présidents de notre Société, M. le Dr Mauricet, nous allons dire quelques mots de ces crinoïdes fixes (eutroques).

La classe, ainsi que l'ordre, présente des variétés différentes très nombreuses. On en compte un grand nombre de genres dans les terrains de l'époque primaire ; 7 dans les formations jurassiques ; 5 dans les étages du crétacé, enfin l'espèce vivante habite de nos jours les grandes profondeurs des mers des Antilles (genre pentacrinus). Le nombre maximum de ce genre a existé à la formation des dépôts de l'étage oxfordien (jurassique). On remarque chez ces individus un calice composé de deux séries de pièces, savoir cinq pièces basales petites, cinq grandes pièces branchiales composées d'articulations branchues en nombre indéterminé, cela suivant la taille de l'individu, le tout est porté sur une longue tige adhérant à la roche sur laquelle il vit. Cette tige, composée elle aussi de plaques ou vertèbres empilées, a cinq pans lui permettant de s'incliner sur sa tige dans tous les sens à la ronde autour de sa base fixe pour saisir sa nourriture à l'aide de ses branches articulées. Les étoiles que l'on trouve dans le sol *sont les disques*, ou vertèbres constitutives de cette tige ou canne à l'état fossile (1).

Les crinoïdes sont en contradiction complète (écrit d'Orbigny) avec « l'hypothèse qui ferait croire au perfectionnement des êtres dans les âges du monde. »

Pour les genres dont il est ici question, on peut dire qu'il n'y a en rien marche croissante vers la perfection des organes, des âges anciens aux plus modernes.

---

(1) Voir dans notre galerie (salle de la géologie), une petite dalle avec des pentacrinus au complet de Lime-Régis (Dorsetshire), et à côté. Encrinites Liliiformis. Ober Muschelkalk (Erkerode bei Braunschweig); aussi au Muséum du jardin des plantes (Paris), une dalle où on voit des pentacrinus.

NOTE

SUR DES ROCHES DE L'ILE-D'ARZ

(Par M. A. Damour).

Dans un récent séjour à l'Ile-d'Arz (Morbihan), M. le docteur de Closmadeuc, après M. Barrois, membre de la Société géologique de France, a constaté l'existence d'une roche formant un filon de 200 mètres de longueur, vers la partie occidentale de l'île, et en a recueilli de nombreux échantillons. M. Barrois a jugé que cette roche devait être classée parmi les pyroxénites qui comprennent les diabases, diorites, aphanites. grünstein etc., toutes essentiellement composées d'un pyroxène (augite ou enstatite) et d'un feldspath calcarifère (labradorite ou anorthite).

M. de Closmadeuc a également recueilli à l'Ile-d'Arz, dans les débris d'une maison en démolition, un bloc d'une pierre gris-noirâtre pesant environ 30 kilogrammes, qui lui a paru mériter un examen spécial.

Un des membres de la Société polymathique, se fondant sur quelques apparences physiques de ces rochers, a émis l'opinion que la matière constituant le filon observé à l'Ile-d'Arz, doit se rapporter à la jadéite, et le bloc de 30 kilogr. à la chloromélanite.

M. de Closmadeuc m'a demandé d'étudier la question, et à cet effet m'a envoyé des échantillons des deux roches. Je viens exposer le résultat de mes essais.

1° Pyroxénite du filon. Échantillon N° 1. Blanc-jaunâtre, structure cristalline grenue montrant, par places, quelques lamelles micacées. Il raie faiblement le verre. Sa densité égale 2,60. Chauffé dans le matras, il dégage un peu d'humidité et prend une teinte brunâtre qui persiste après refroidissement. A la flamme du chalumeau, il fond difficilement sur quelques points et reste infusible en d'autres parties.

Réduit en poudre fine et traité à chaud par l'acide chlorhydrique, une faible proportion de la matière se laisse dissoudre; la majeure partie reste insoluble. Lorsqu'on sature la liqueur acide par l'ammoniaque, il se précipite de l'alumine mêlée d'un peu d'oxyde de fer; et l'oxalate d'ammoniaque, ajouté ensuite, démontre la présence de la chaux.

Cet essai fait voir que la substance rocheuse n'est pas simple; elle est constituée par au moins deux espèces distinctes : l'une fondant à la flamme du chalumeau, l'autre qui ne fond pas; l'une attaquable par les acides, l'autre y restant insoluble. C'est donc une roche composée. Sa densité est aussi très inférieure à celle de la jadéite qui est : 3,34.

Ces deux caractères de la densité et du peu de fusibilité suffiraient déjà pour séparer la roche du minéral simple nommé *jadéite.*

Un 2e échantillon, de couleur olivâtre et provenant du même filon, a montré une densité égale à 2,83, un peu supérieure à celle du No 1. Elle est due à un mélange de pyrites de fer qu'on peut reconnaître à la loupe. Du reste mêmes caractères chimiques, même composition que pour le précédent. Tous deux ont donné à l'analyse qualitative : silice, alumine, oxyde de fer, chaux et magnésie.

Quant à la roche noire constituant le bloc de 30 kilog., elle se rapproche beaucoup de la précédente par ses caractères physiques et par sa composition : densité = 2,98. Elle raie faiblement le verre et, en quelques parties, est rayée par l'acier : ceci peut être attribué à un mélange de parties chloriteuses. On voit aussi quelques pyrites de fer disséminées dans la masse. C'est encore à une pyroxénite qu'il me paraît convenable de la rapporter. Il est probable que son gîte naturel n'est pas fort éloigné du lieu où elle a été recueillie.

Les celtæ que l'on ramasse en Bretagne à la surface du sol, ont été, pour la plupart, façonnés sur des matières à peu près semblables à celles dont je viens de présenter l'examen, et que les géologues désignent sous les noms d'aphanite, diabase, métaphire, trappite, grünstein, etc. Ce sont des roches composées renfermant accessoirement aussi, mais en faible proportion, diverses espèces, telles que : mica, chlorite, sphène, zircon, etc. On ne saurait les assimiler aux espèces nettement définies, telles que : fibrolite, jadéite, idocrase, épidote, etc.

Quel que soit le nom qu'on veuille assigner aux deux roches dont je viens d'exposer les caractères physiques et chimiques, on peut affirmer, avec certitude, qu'elles ne se rapportent ni à la jadéite, ni à la chloromélanite.

Il serait fâcheux qu'une erreur d'appréciation qui me paraît évidente, fût accréditée sous l'autorité scientifique de la Société polymathique du Morbihan : on la verrait bientôt repoussée et rectifiée par les savants étrangers.

Le caractère tiré de la densité des minéraux est fort important, surtout dans le cas où l'on ne peut entamer l'échantillon dont on doit connaître la nature. On ne veut pas briser une pierre précieuse, et l'on sait que les archéologes tiennent beaucoup à conserver intacts les objets de leurs collections. La densité vient à propos donner quelques lumières; mais encore il y a lieu de tenir compte des matières parfois mélangées. Ceci m'amène à faire remarquer que parmi les haches en jadéite et surtout en chloromélanite, il se trouve parfois engagés dans la pâte, des grenats en plus ou moins forte proportion et qui élèvent ainsi notablement la densité de la matière. La jadéite pure qui vient de la Chine a pour densité 3,34. La chloromélanite a 3,40, 3,42. Les celtæ qui montrent une densité plus élevée donnent à présumer qu'ils sont mélangés de grenat. On les distingue assez bien à l'aide d'un verre grossissant. J'ai dû faire part de cette observation à la Société. Ces celtæ grenatifères peuvent être classés à part, et près des *eclogites*.

LE

MARÉCHAL DE CAMP BARON DE WARREN

CORRESPONDANCES ET NOTES (DE 1740 A 1775) (1).

LIVRE DEUXIÈME

De la paix d'Aix-la-Chapelle au traité de Paris

(Suite).

M. de Rochebonne, commandant la batterie de Kerfago, avait été sérieusement atteint par l'explosion. Son visage était « rempli de grains de poudre et, au cou, une pièce de chair emportée formait un trou de la grosseur d'un œuf » (2). Il se fit soigner chez lui. Les trois soldats blessés furent dirigés sur l'hôpital de Vannes.

Vannes, le 26 avril 1760.

Cte de Balleroy a Warren.

« Le bataillon garde-côte de La Roche-Bernard, Monsieur,
» s'assemble le 9 mai pour passer en revue devant MM. le
» chevalier de Mirabeau et le Cte de la Noue. C'est à eux
» d'indiquer l'emplacement, ou à M. de Pellan de le choisir.
» Tout ce que je vous prie de lui recommander, c'est que les

(1) Voir les bulletins de la Société polymathique du Morbihan : années 1892, 2e semestre ; 1893, 2e semestre ; 1894, 1er et 2e semestres et 1895, 1er semestre.

(2) Lettre de Mondiet à Warren du 21 avril 1760.

» gardes aux batteries et de l'observation soient exactement » montées sur l'étendue de la capitainerie qui est sous votre » commandement, afin que M. le chevalier de Mirabeau soit » en état de juger de la façon dont le service est établi sur » la côte. Je vais aussi faire établir, de Penvins à Port-Navalo, » les postes qui doivent y être, et M. d'Andreuil, officier » d'artillerie, y fait actuellement une tournée pour toutes les » choses qui appartiennent au service des batteries.

» Je reçois à l'instant une lettre de M. le duc d'Aiguillon » qui me marque qu'il sera à Nantes le 4 et de vous remettre » le commandement de cette partie. Comme je partirai mardi, » pour me rendre dans celle de Brest, je vous prie de vouloir » bien venir ici lundi au soir ou mardi matin, de bonne heure, » et je crois que vous ferez bien de vous y établir, vous y » serez plus à portée de votre besogne militaire..... »

Saint-Gildas, 27 avril 1760.

CAPne MONDIET A WARREN.

« ... Il y a, au total, 12 vaisseaux de ligne et 4 frégates. » M. d'Andreuil, officier d'artillerie, vint hier visiter les bat- » teries de toute la côte, il est reparti ce matin pour Vannes.

» Il a passé cette nuit six cache-marée qui ont été bien » canonnés par des brigantins, du côté de l'île Dumet, mais » cela ne les a pas empêchés d'entrer dans le Morbihan. » Celui qui portait le vin de Messieurs Bénédictins est du » nombre ; ils sont très contents de son arrivée. Il paraît encore, » en delà des Cardinaux, un autre vaisseau de ligne et deux » autres que l'on ne peut pas bien distinguer..... »

A bord du *Dragon*, ce 27 avril, à 5 h. du matin.

LE CHer DE TERNAY A WARREN.

« Un temps peu favorable pour la vue et qui annonce la » pluie pour toute la journée, m'empêche d'aller à Saint-Gildas » aujourd'hui. J'y envoie à mon lieu et place M. Desforges- » Maillart, qui couchera à l'abbaye, et aura tout le temps » d'examiner la position de l'ennemi et sa force dans ce

» moment-ci. J'ai vu des vaisseaux, hier, dans la journée
» venant de la partie du Croisic et retournant à Quiberon ;
» je veux savoir au juste de quoi il est question..... »

La vigilance des Anglais, malgré tous les efforts, ne se laissait pas surprendre. Les quatre vaisseaux demeuraient bloqués. Un cinquième, toutefois, leur fut adjoint. Dans quel but ? Il est malaisé de le déterminer sûrement : servir d'éclaireur aux autres — ou donner le change à l'ennemi en attirant au besoin sur lui toute son attention ? Sur ce navire devaient s'embarquer 80 hommes du régiment de *Limousin.*

A bord du *Dragon*, ce 28 avril.

LE CHer DE TERNAY A WARREN.

« La position des Anglais et les vents décideront absolument
» du moment de mon départ, Monsieur. Comme il se pourrait
» faire que tout concourût à le favoriser, la nuit du mercredi
» au jeudi, ou du jeudi au vendredi, je vous demanderais les
» 80 hommes que M. de Balleroy et vous ensuite, m'avez fait
» espérer. Il faudrait qu'ils fussent rendus de bonne heure
» à Vieille-Roche, où ils trouveront des chaloupes et canots
» qui les transporteront à bord du vaisseau où ils sont des-
» tinés, mais il serait à propos qu'il n'y eût que le commandant
» du détachement qui sût de quoi il est question. Une chemise
» de rechange pour chaque soldat et deux pour les officiers
» suffisent pour cette expédition.

» Si, dimanche, nous sommes encore dans la rivière, nous
» vous les renverrons par la même occasion ; si vous en avez
» besoin, nous prendrons d'autres arrangements dans la suite
» pour fournir ce 5e vaisseau. Tâchez de nous donner du
» *Limousin.*

» Je suis, avec tout l'attachement possible, Monsieur, etc.

Saint-Gildas, ce 1er mai 1760.

CAPne MONDIET A WARREN.

« Je n'ai pas manqué d'exécuter vos ordres en donnant,
» tous les jours, avis à MM. les commandants de la Vilaine

» de ce qui s'aperçoit d'ici, d'après la lettre que vous m'avez » fait l'honneur de m'écrire, le 28 du passé, et qui m'a annoncé » votre départ pour Vannes. J'aurais cependant pensé qu'un » seul bulletin aurait pu suffire, parce que M. de Ternay » l'aurait fait passer à M. Marion, dès que c'est pour le même » objet. Mais je continuerai d'envoyer à chacun le leur, dès » que vous me l'avez ordonné..... »

A bord du *Dragon*, ce 3 mai.

LE CH^er DE TERNAY A WARREN.

« Des obstacles que je n'avais pas prévus, Monsieur, ayant » empêché ma sortie de la rivière de Vilaine, je ne peux que » vous remercier du secours que vous m'avez envoyé. Comme » je ne prévois pas que le détachement de *Limousin*, qui est » embusqué à bord de l'*Éveillé,* puisse nous être actuellement » nécessaire, je vous le renvoie, Monsieur. La bonne volonté » de M. Descolar me fait envisager, encore avec plus de » peine, les difficultés qui m'ont empêché de sortir..... »

A bord du *Robuste*, 31 mai 1760.

DUFRESNE-MARION A WARREN.

« Mon général, s'il m'eût été possible je vous eu, hier, » fait part d'une partie de la conférence que j'eus avec » M. le Duc, mais un *projet conçu que j'ai sous le secret* ne » me permet que de vous dire que, s'il n'avait pas lieu, » M. le Duc m'a laissé entrevoir que pour éviter des dépenses » monstrueuses, il vaudrait mieux désarmer les vaisseaux » jusqu'en septembre ou novembre. Si c'est par cette raison » de finances, je n'aurai à me plaindre que du malheur de » n'avoir pu sortir jusqu'à présent; *je m'explique en ces termes* » *au ministre de la marine.* Mais, au contraire, je serais » très fâché qu'on me désarmât pour donner mes vaisseaux » à d'autres. Il est presque sûr que le Ch^r de Ternay est » fâché que je sois en concurrence avec lui. Je ne sais à quoi » attribuer que M. le Duc n'ait plus de confiance en ce que » j'ai eu l'honneur de lui dire. Au nom de l'amitié que vous

» avez pour moi, si vous trouvez occasion de parler à M. le
» Duc, assurez-le de toute l'envie que j'ai de sortir mes deux
» vaisseaux et que j'ai, jusqu'à présent, mis tout en usage
» pour lui prouver mon zèle..... »

Six mois de vaine attente avaient enfin démontré la faiblesse d'une combinaison qui reposait sur la chance — bien illusoire — de la coïncidence des vives eaux et de vents favorables. L'exiguïté et le peu de profondeur du chenal de la Vilaine avaient pu paraître l'imposer d'abord. Il fallut y renoncer. Le plan nouveau, il est possible de le conjecturer par certaines allusions éparses dans les correspondances. C'est à lui sûrement que se rapportent ces craintes mal dissimulées de disgrâce de Dufresne-Marion. Il était suggéré par le voisinage de la Loire et l'existence de l'étier de Méhan. L'étier de Méhan mettait en communication la Loire et la Vilaine sauf sur un espace de trois lieues. Il était utilisable pour le transport du matériel. Le principal obstacle à la sortie — le trop grand tirant d'eau des navires — grâce à lui pouvait disparaître. Il constituait, en effet, pour l'armement une voie facile d'évacuation vers la Loire. Excellent mode d'allègement que celui qui ne privait des canons que le temps nécessaire pour opérer une sortie impossible avec eux! Il n'avait rien de chimérique. Le lieu de réarmement, la Loire, était aussi voisin par mer. La Loire, en outre, comme refuge avait sur la Vilaine la supériorité d'un chenal praticable en tout temps, d'un estuaire plus spacieux, plus commode pour les mouvements d'une sortie et plus difficile à surveiller par les Anglais, à cause de son éloignement de l'abri de Quiberon. Ce plan dont Ternay était l'auteur parce qu'il laissait subsister un *alea*, celui du trajet de la Vilaine à la Loire — quoique diminué par suite de l'accélération de la marche des navires due à leur allègement — ou pour toute autre raison, fut combattu par Dufresne-Marion. Il avait du moins le mérite de rompre une inaction qui pesait à tous. Le capitaine de la compagnie des Indes eut le tort de ne pas le comprendre. Ses critiques mal interprétées indisposèrent le Commandement. Il dut recourir à l'intermédiaire de Warren pour essayer d'en atténuer l'effet.

Prières, 4 juin 1760.

WARREN AU DUC D'AIGUILLON.

« Je suis bien fâché, M. le Duc, que la lettre de M. Marion » que M. de la Nouë m'a rapportée de votre part vous ait » donné de l'humeur, mais vous serez content de lui, quand » vous aurez lu sa lettre et le détail que vous fait M. de » la Nouë de tout ce que je lui ai dit là-dessus. J'ai conseillé » à celui-ci de ne pas venir à Tréhiguer étant inutile, que je » me chargeais de la chose ; ainsi il est parti d'ici en droiture » pour Vieille-Roche et je me suis rendu à bord du *Robuste* » pour avoir une explication avec M. Marion. Son but n'a été » que de chercher à le mettre à l'abri de reproches s'il lui » arrivait contre son attente un malheur, en détaillant d'avance » les obstacles, mais il fera tout ce qui est possible pour » réussir. Il est marin et habile marin. Il a du zèle, du nerf, » de la fermeté, c'est tout ce qu'il faut.

» Nous avons toujours 8 à 9 surveillants et de plus » actuellement vent contraire et point d'eau. Il est à espérer » que nous jouerons heureusement à notre tour dans 3 à » 4 jours..... »

L'escadre anglaise, sur ces entrefaites, rappela sur elle toute l'attention. Elle fit en effet de nombreuses évolutions dans la baie, en un mot « tout ce qu'il fallait pour nous » persuader qu'elle voulait non seulement faire une des- » cente, mais de plus brûler ou les vaisseaux du roi stationnés » dans la Vilaine ou les vaisseaux de transport restés dans la » rivière d'Auray (1).

On prit les mesures nécessaires pour empêcher la réussite de ces entreprises :

A bord du *Dragon*, le 4 juin.

LE CHer DE TERNAY A WARREN.

« ... Je vous envoie au hasard, Monsieur, un renfort pour » la batterie de Penlan, au cas que l'amiral Boscawen se » porte à l'embouchure de la Vilaine pour nous faire » quelque niche. »

(1) Lettres de Warren à la comtesse de Rothe et au chevalier de Mézières.

A bord du *Dragon*, le 5 juin.

LE CH[er] DE TERNAY A WARREN.

« Je vous avais envoyé un renfort de 6 aides-canonniers et » de 30 matelots pour servir la batterie en cas de besoin. Je » vous renvoie ce soir le même nombre d'hommes. Je crois » que dans les temps où la lune n'éclaire pas pour apercevoir » l'ennemi de loin, il est nécessaire que la batterie de Penlan » soit garnie et prête à faire feu sur les chaloupes et canots » qui pourraient être déjà à la portée du canon lorsque l'on » en aurait connaissance..... »

Pénestin, 15 juin 1760.

LE CH[er] DE LASCOURS, COM[t] LES COMPAGNIES DÉTACHÉES DU RÉG[t] DE BOURBON, A WARREN.

« Monsieur, j'ai l'honneur de vous prévenir que dans le » cas d'entreprise de la part des ennemis sur cette partie, il » est convenu de mettre le jour pour signal un pavillon » quelconque à *la batterie des matelots* située vis-à-vis de » Prières, et de tirer la nuit de la même batterie deux coups » de canon à poudre coup sur coup... »

Ce n'était encore qu'une alerte. Dufresne-Marion se vit presque aussitôt après frappé du coup dont il était menacé. L'ordre lui arriva de désarmer ses vaisseaux.

A bord du *Robuste*, 18 juin 1760.

DUFRESNE-MARION A WARREN.

MON GÉNÉRAL,

« Enfin, je reçus hier l'ordre de désarmer ainsi que le » *Glorieux* et l'*Éveillé*. Le ministre me marque seulement » de lui rendre compte du progrès de ce désarmement qui » ne tiendra qu'à l'argent pour payer les équipages. Il est » malheureux pour moi de n'avoir pas réussi, les Anglais » nous bloquant, première cause ; la seconde, que M. de » Ternay, officier de marine, eut appartenu à M. le Duc. Les

» vaisseaux *Le Dragon* et le *Brillant*, restent armés, je leur » souhaite comme bon patriote une heureuse réussite. Pour le » projet de la Loire, je les en délie et ils ne l'entreprendront » point, de même que j'assure qu'*aucun vaisseau ne sortira de » la Vilaine avant l'hiver ou la paix*, *ou que les Anglais se » départent de leur blocus.* »

» Il m'arrivera peut-être de faire un voyage à Paris, mais » je ferai voir clair que l'envie et la jalousie ont présidé aux » torts qu'on m'impute. Je compte toujours sur l'amitié que » vous m'avez promise.

» On m'a dit que vous auriez une flotte à Quiberon. Je me » flatte que vous me donnerez de vos nouvelles. Je compte » partir dimanche, 22, de la Vilaine, après avoir remis mon » vaisseau, et me rendre le lundi à Lorient; ainsi j'aurai le » temps de recevoir samedi de vos nouvelles si je n'ai pas le » plaisir de vous voir avant. Je suis, etc. »

Lorient, 2 juillet 1760.

DUFRESNE-MARION A WARREN.

« .... Nous projetons d'aller dimanche pour huit jours au » Plessis pour achever de me rétablir. Je commence à perdre » de vue mon armement de la Vilaine. Tous mes amis ont » paru me féliciter de mon retour, tous mes camarades » m'ont plaint et m'ont revu avec plaisir, d'autant mieux que » je les ai assurés que mon projet était de ne pas les quitter » et d'armer pour les Indes. Je puis certifier que tous les » officiers m'en ont marqué leur joie.

» M. le Duc m'a corrigé de mes desseins ambitieux, je » n'en ai pas moins l'espoir de me distinguer quand l'occasion » s'en présentera, je la saisirai même avec plaisir, mais rien de » commun avec la marine. J'attends la réponse de M. de » Berryer et, suivant les circonstances, j'irai à Paris. *Comme » bon citoyen et patriote je souhaite une heureuse et prompte » réussite au chevalier de Ternay*; *il peut avoir eu de la » jalousie, mais je crois qu'il ne saurait me refuser son estime » et par celle que j'ai pour lui, je lui conseille de se désister » de son projet de la Loire et de se défier de son pilote...* »

Au chevalier de Ternay seul incombait donc désormais la tâche de faire sortir promptement les vaisseaux de la Vilaine.

A bord du *Dragon*, le 30 juin 1760.

LE CHer DE TERNAY A WARREN.

« .... Vous pouvez vous en rapporter à moi sur le moment que » je croirai favorable pour ma sortie ; avec un peu de patience » nous verrons la fin du roman... »

Pour le dire de suite, la fin du roman fut ce qu'avait prédit Dufresne-Marion. Après de longs mois, la surveillance des Anglais se relâchant, nos navires s'échappèrent. En attendant, Ternay en est réduit à prendre des précautions pour empêcher l'entrée des Anglais, la nuit, dans la Vilaine. Il ne semble même pas que l'exécution du projet de la Loire ait été poussée plus loin que les simples apprêts mentionnés dans la lettre du 15 juillet.

A bord du *Dragon*, le 13 juillet 1760.

LE CHer DE TERNAY A WARREN.

« M. Howe a donc fait des siennes dans l'embouchure de » la rivière de Quimperlé ? Prenons garde qu'il n'en fasse » autant à nos batteries du nord. Le pavillon rouge sera » selon moi mieux placé à Penlan puisque ce signal doit » servir d'ordre aux détachements placés à Billiers de se » rendre à la batterie pour la soutenir. La batterie de » Kervoyal n'a pas besoin de pavillon, mais comme elle est » la seule qui puisse apercevoir l'ennemi pendant la nuit, si » les chaloupes longeaient la côte du nord pour rentrer dans » la rivière, le gardien de la batterie doit avoir la plus » grande attention de tirer les deux coups de canon, coup » sur coup, qui sont les signaux d'alarme pour notre côté ; » ils seront répétés aussitôt par la batterie de Penlan et ce » sera alors à moi à mettre obstacle aux projets que pourrait » former l'ennemi sur cette partie-ci... »

A Vieille-Roche, le 15 juillet 1760.

MARCHAIS, COMMISSAIRE, A WARREN.

« .... M. de Martinaus, mon camarade, qui aura l'honneur » de vous remettre cette lettre se chargera du mortier, de » ses ustensiles et des 50 bombes que M. le duc d'Aiguillon » veut bien prêter à la marine et pour lesquels M. de » Redmond vous a écrit. Je vous supplie, Monsieur, de » vouloir bien faire prêter à M. de Martinaus tout ce qui » pourrait lui être nécessaire pour l'embarquement de toutes » ces munitions et pour lui en faciliter le transport par terre » depuis La Roche-Bernard jusqu'à l'étier de Méhan où » elles doivent être embarquées pour être transportées » à Paimbœuf... »

La disgrâce de Dufresne-Marion avait profondément affecté Warren, depuis longtemps son conseiller et son protecteur. Découragé, l'ancien aide-de-camp si actif du maréchal de Saxe songea à aller occuper un poste sédentaire. Il jeta les yeux sur l'emploi de commandant de la place de Port-Louis. En même temps qu'il s'adressait au maréchal de Belle-Isle, pour l'obtenir, il faisait discrètement part de son projet au duc d'Aiguillon :

A Prières, 12 juillet 1760.

MONSEIGNEUR,

« Je prends la liberté de vous communiquer une idée qui » me vient en tête ; celle de demander à M. le maréchal de » Belle-Isle le commandement de Port-Louis vacant par la » mort de M. d'Entrechaux...

» Oserais-je espérer, mon général, que vous voudrez bien » me protéger dans cette occasion. Quel agrément pour moi » d'avoir une retraite dans une province où vous commandez, » où vous êtes adoré.... »

D'Aiguillon, dans sa réponse, semble attribuer le désir de retraite de Warren à un tout autre motif que l'amour du repos.

Saint-Malo, le 17 juillet 1760.

LE DUC D'AIGUILLON A WARREN.

« La lieutenance de Roy de Port-Louis, Monsieur, est une » retraite très décente pour un lieutenant-colonel d'infanterie » qui a servi avec distinction et n'est plus en état de continuer » le métier, mais je vous avoue que je ne pense pas que cette » place vous convienne et que vous deviez vous y borner. » Avec les talens que vous avez, vous êtes fait pour occuper » des postes plus brillants et je serais affligé de vous voir au » Port-Louis quand je devrais rester toute ma vie en Bretagne. » J'en suis si convaincu que j'ai demandé il y a quinze jours » cette place, — comptant que M. d'Antrechaux était mort, — » pour un officier qui ne peut pas avoir certainement les mêmes » prétentions que vous et au sort duquel je ne m'intéresse » pas autant qu'au vôtre. Je soupçonne que Mme..... a beau- » coup de part dans le désir que vous avez actuellement d'être » placé dans le voisinage de Lorient, et dans cette idée je suis » persuadé que vous me remercierez dans quelque temps de » n'y avoir pas souscrit, quelque haute opinion que j'aie de » votre constance et de la durée de ses charmes. Je ne » mériterais pas la confiance que vous me témoignez, si je » vous parlais autrement et je me flatte que vous ne vous » méprendrez pas sur le principe qui m'empêche d'acquiescer » à vos vues. Votre gloire et votre intérêt en sont les seuls » motifs. Personne ne les à cœur autant que moi. J'ai l'hon- » neur d'être, Monsieur, votre très humble et très obéissant » serviteur. »

L'année 1760 se termine au milieu d'incidents de blocus insignifiants. La prise de l'île Dumet, à cause d'une affaire de conseil de guerre qui suivit, pourra paraître offrir un certain intérêt.

A bord du *Dragon*, le 20 juillet 1760.

LE CHer DE TERNAY A WARREN.

« Je vous renvoie, Monsieur, les bulletins de l'armée. Je » les ai communiqués à M. d'Hector qui vous en fait ses » remerciements.

» N'avez-vous point su, Monsieur, ce que c'est que tous
» ces coups de canon que nous avons entendus hier matin?

» La prame est bien et duement barrée au Croisic, deux
» vaisseaux anglais et une frégate sont mouillés à l'entrée de
» la Loire sous le Charpentier et c'est ce que je craignais le
» plus. Il me paraît que la sortie de cette prame était inutile
» pour le transport du canon du Croisic à Saint-Nazaire, et je
» crois qu'elles n'eussent dû jamais se montrer que toutes
» ensemble. Nos opérations ne sont pas si bien dirigées que
» celles de M. de Broglie, ce n'est pas que je n'aie écrit plu-
» sieurs fois à ce sujet au ministre. Je souhaite le bonjour à
» M. le Cher de Warren et le prie de faire part de l'article
» des prames à M. le Cher de Redmond. Les *chattes* (1) qui font
» de l'eau pour nous la font du côté de Kervezo dans la rivière
» de Muzillac. Je vous prie de faire ordonner que l'on ne fasse
» point rouir du chanvre au dessus de l'endroit où les *chattes*
» remontent. »

Vannes, 5 septembre 1760.

CHer DE REDMOND A WARREN.

« Les Anglais sont dans l'île du Met. Leur pavillon y est
» arboré, on a vu aller et venir les chaloupes et on ne tire
» plus depuis hier matin. J'ignore encore le sort du détache-
» ment du régiment de *Bourbon*, mais il ne peut manquer
» d'être prisonnier de guerre. J'ai averti tout le monde et je
» viens d'écrire à M. de Saint-Pern pour donner ses ordres
» pour que les dix hommes de remplacement que M. de Borie
» commande à Hœdic viennent tout de suite à Quibéron...
» Si les ennemis continuent à l'île du Met, ce que je ne crois
» pas, il faudra que vous repreniez votre ancienne station à
» l'abbaye de Prières..... »

Vannes, le 17 septembre 1760.

REDMOND A WARREN.

« C'est milord Howe, semble-t-il, qui a pris l'île du Met.
» Il a écrit le 7 une lettre aimable à M. de Broc pour lui dire

---

(1) A Billiers, les petits bateaux de pêche se nomment *chattes*.

» de n'être pas inquiet au sujet de ses hommes et officiers, » qu'il les lui renverrait et d'après cela, M. de Broc me » mande qu'il les a envoyés chercher avec le chirurgien, le » gardien et deux femmes. Tout est arrivé au Croisic. De Broc » n'est pas satisfait de son officier et en a rendu compte à » M. le duc d'Aiguillon. Il prétend que les boulets de l'ennemi » ont percé les murailles du fort et que les batteries furent » démontées dans un instant, de sorte qu'il ne jugea pas à » propos de faire tuer ses hommes inutilement,.... »

.....

Vannes, 13 septembre 1760.

WARREN AU R. PÈRE JACQUES WARREN.

« .... L'amiral Hawke a relevé l'amiral Boscawen, la » semaine dernière ; il a ordonné au lord Howe d'attaquer la » petite île Dumet, ce qu'il fit avec 3 navires. Un capitaine » du régiment de *Bourbon* avec 50 hommes dans le fort se » rendirent immédiatement, conduite impardonnable. Je crois » qu'il passera en conseil de guerre, il mérite au moins » d'être cassé. Mais n'en dites pas une syllabe, Dieu sait de » qui il peut être parent... »

Vannes, ce 23 septembre 1760.

CHer DE REDMOND A WARREN.

« .... Le Duc me confirme l'ordre du roi pour la tenue du » conseil de guerre dont je suis nommé président et il » m'ajoute qu'il vient de me donner pour m'assister et juger » avec moi : MM. de Marbeuf et de Warren, brigadiers ; » MM. de Coislin et de Miran, colonels ; et MM. de Saint- » Maurice et de Maurens, lieutenants-colonels. Il y a quelques » petites choses préliminaires à faire auparavant, après lesquelles » je dois avertir M. le duc d'Aiguillon qui enverra tout de suite » le Cher de Balleroy, qui est nommé pour faire les informa- » tions et qui doit se transporter au Croisic, où se doit faire » le jugement dès que tout sera prêt... »

A Vannes, ce 16 octobre 1760.

LE CHer DE REDMOND A WARREN.

« Je vous attends, sans faute, samedi prochain, cher » Monsieur, j'ai d'importantes affaires à traiter avec vous. Je » pense faire un petit voyage de deux jours à Nantes avant » la réunion de ce triste conseil de guerre au sujet duquel » je reçois tous les jours des lettres du Maréchal. J'ai reçu » hier par l'escadre anglaise une gazette du 6 courant avec la » fatale nouvelle de la reddition du Canada entier. Montréal » pris sans la perte d'un seul homme.....

» Je fus témoin hier, à la côte, de la réjouissance qu'y » faisaient les Anglais. Chaque vaisseau grand ou petit tira » 21 coups de canon.

» C'est l'amiral anglais qui m'a envoyé cette gazette. Je » ne sais si c'est de la politesse anglaise, mais je m'en serais » fort bien passé... »

A Vannes, 28 octobre 1760

LE CHer DE REDMOND A WARREN.

« Vous avez bien fait de rester à couvert par cette terrible » tempête. Les Anglais ne l'ont pas tous soutenue également. » Il en vint hier une frégate à la côte près de Quiberon » vis-à-vis le corps de garde de Sainte-Barbe. On ne sait » pas trop si c'est une frégate ou un vaisseau de transport. » Elle est mal échouée et démâtée de son grand mât et de son » artimon... Il y a eu plusieurs chaloupes et d'autres marques » de naufrage arrivées dans différents endroits de la côte.... »

Nantes, le 6 novembre 1760.

CHer DE BALLEROY A WARREN.

« M. le duc d'Aiguillon me charge, mon cher Warren, de » vous mander d'être rendu le 10 de ce mois au Croisic pour » y juger le procès des officiers qui commandaient à l'île du » Met lorsqu'elle a été rendue aux Anglais. Je suis fâché que » ce soit cette circonstance qui nous rassemble, mais je suis » enchanté de me trouver à portée de vous renouveler les » sentiments d'estime et d'amitié qui m'attachent à vous... »

Léon LALLEMENT.

(A suivre.)

NOTICE SUR DES SÉPULTURES ANTANKARAS

(ILE DE MADAGASCAR.)

(Par M. René LAVIGNE.)

Monsieur le Président,

J'ai l'honneur de vous adresser pour le Musée de la Société polymathique du Morbihan, un cercueil antankara trouvé par moi dans la baie de Diégo-Suarez le 4 février 1894, pendant mon séjour sur le ponton-stationnaire *La Corrèze.*

Ce cercueil appartient à la tribu des Antankaras qui occupe la pointe nord de l'île de Madagascar. Suivant l'usage de cette tribu, il avait été déposé, avec plusieurs autres, dans une petite grotte située près de la plage sur l'île du *Pain de Sucre.* Puis la grotte avait été fermée par un mur en pierres sèches. La mer avait eu vite raison de cette faible clôture, et au moment où une promenade en embarcation m'a fait découvrir cette sépulture, les cercueils et les ossements gisaient dispersés sur la plage. Entre les divers cercueils, j'ai choisi les deux parties les mieux conservées, tous étant semblables et ne différant que par la taille ; aussi les deux morceaux de cercueil que je vous fais parvenir n'ont pas été destinés au même cadavre, et vous pourrez voir que le dessus et le dessous ne s'adaptent pas exactement. Autour de la sépulture se trouvaient des lambeaux d'étoffe ayant servi de linceul et des débris des poteries destinées à recevoir le riz et les autres denrées offertes aux morts ; ces objets étant tous de fabrication européenne et de modèle récent me permettent d'affirmer que cette sépulture est toute contemporaine.

Le bois dans lequel est creusé ce cercueil est le dragonnier, sorte de baobab dont le tronc atteint de très grandes dimensions ; ce bois est le même qui sert à la confection des pirogues. — Sur une des faces du couvercle un bœuf est grossièrement dessiné, sur l'autre un poisson et une pirogue. Ces dessins sont les signes de la richesse du mort ou de sa famille. Quant aux autres ornements qui décorent les deux parties du cercueil, ils n'ont à ma connaissance aucune signification symbolique ou religieuse. On ne doit pas d'ailleurs s'étonner outre mesure de cette absence de tout indice religieux, quand on sait que la religion des Malgaches consiste uniquement dans une sorte de spiritualisme vague sans prêtres et sans culte.

A première vue, les dimensions de ce cercueil paraissent disproportionnées ; la longueur correspond à celle d'un homme de grande taille et la largeur à celle d'un enfant. Cette particularité provient d'une coutume spéciale aux Antankaras ; tous les Malgaches attendent pour enterrer leurs morts que le corps commence à se décomposer, mais de plus les Antankaras compriment le cadavre de telle sorte qu'il ne reste plus guère que les os à mettre dans le cercueil.

Il y a quelques années la baie de Diégo-Suarez contenait de nombreuses sépultures du même genre ; un îlot, l'île du *Sépulcre*, leur a même dû son nom. Mais la baie de Diégo-Suarez a été tellement parcourue par les Européens que toutes ces sépultures ont été violées, et pendant tout mon séjour à Madagascar, je n'ai eu connaissance de la découverte d'aucun autre cercueil. Il peut donc y avoir quelque intérêt à recueillir celui que je vous adresse. L'arrivée des Européens fait rapidement disparaître les vieilles mœurs malgaches ; actuellement les Antankaras enfouissent leurs morts après les avoir roulés dans quelque lambeau d'étoffe, et sans doute, il ne se passera pas de longues années avant que le souvenir même des anciennes coutumes ait totalement disparu.

Veuillez agréer, Monsieur le Président, les assurances de ma respectueuse considération.

LAVIGNE.

RAPPORT

DU CONSERVATEUR DU MUSÉE ARCHÉOLOGIQUE.

MESSIEURS,

Le Musée archéologique s'est enrichi de nombreux objets pendant l'année 1895.

Je dois vous citer d'abord deux haches en diorite et un fragment d'une autre en silex, provenant de la Trinité-sur-Mer, et achetés pour le Musée ; puis une hache en diorite, mal polie, trouvée à la Croix-Helléan, non loin de Mi-Voie, et donnée par le P. Michel, capucin ; et enfin une pendeloque et un collier en petits grains, le tout en jade océanien, donnés par M. de la Monneraye.

Mais l'acquisition la plus considérable a été celle des objets antiques dépendant de la succession de M. l'abbé Lavenot. Nous avions déjà les poteries plus ou moins fragmentées, provenant de ses fouilles, nous avons maintenant ses haches et autres objets en pierre polie.

En voici l'énumération :

De la première fouille de Keric : deux haches en diorite, un fragment d'outil en diorite, un fragment de couteau en silex et un pilon en diorite.

De la seconde fouille de Keric : une belle hachette en silex, une pendeloque en agalmatolite et un fragment brut de fibrolite.

De la fouille de Roh-en-Tallec : deux hachettes en fibrolite, deux fragments de fibrolite, une perle en agalmatolite et une autre en argile rouge.

De la fouille de Clud-er-Yer : une hachette en fibrolite ; et de la fouille de Mané-Gatannec : une hache en bronze.

D'autres objets avaient été recueillis par lui en divers endroits, savoir : douze haches ou fragments de haches, trouvés à Carnac ; une hache en diorite provenant de la Trinité-sur-Mer ; une belle hache en silex rose, trouvée à Locoal-Mendon ; deux haches en diorite ; une hache en chloromélanite ; une pointe de hache en fibrolite semée de plomb sulfuré ; une pendeloque en quartz brunâtre ; une petite perle en callaïs ; et un objet en forme de poisson (Bull. 1870, p. 109, 110).

De plus, une portion de grande hache en jadéite ; une belle hache en jadéite verte ; trois haches en diorite, dont deux aiguisées en biseau ; une hache en néphrite, avec manche, de la Nouvelle-Calédonie ; une herminette en agalmatolite de l'Océanie ; une pendeloque en pierre rougeâtre ; une pierre de fronde et cinq boules en granit.

A cette liste il faut ajouter un pot, trouvé à Houat, un autre pot et menus objets trouvés à Hœdic, le mobilier funéraire du cimetière de Saint-Clément en Quiberon, et diverses monnaies romaines et baronniales, sans compter une petite lampe juive en terre cuite, et quelques objets en ivoire travaillé, provenant des colonies.

J'ai été heureux de faire l'acquisition de toutes ces richesses pour le Musée archéologique de la Société et d'empêcher ainsi leur dispersion, et peut-être leur vente à l'étranger. M. l'abbé Dréanic, légataire de M. Lavenot, à qui je fis part de mes projets, comprit immédiatement mes préoccupations ; il m'envoya sans retard tous les objets énumérés ci-dessus, et me laissa même le soin d'en faire l'estimation. Je demande, en conséquence, à la Société de lui voter des remerciements, qui certes, sont bien mérités.

Je termine ce rapport, en mentionnant un cercueil en bois travaillé et peint, trouvé chez les Antakaras de la baie de Diégo-Suarez (Madagascar), et donné par M. Lavigne, aide-commissaire de la marine.

Vannes, le 31 décembre 1895.

Le Conservateur du Musée archéologique,

J[h]-M. LE MENÉ.

RAPPORT

DU CONSERVATEUR DU MUSÉE D'HISTOIRE NATURELLE.

Messieurs,

Je n'ai que peu de choses à vous signaler concernant notre Musée d'histoire naturelle.

Nos collections se sont enrichies en 1895 d'un groupe d'oiseaux-mouches, offerts par M. Pocard-Kerviler; d'un certain nombre d'oiseaux exotiques, don de M. Jeannel, commandant au 35e régiment d'artillerie, et enfin d'une femelle de plongeon imbrin ou grand plongeon de la mer du Nord (*Colymbus glacialis*, Linnée) dont j'ai fait l'acquisition.

Cet oiseau tué dans la commune du Tour-du-Parc le 5 novembre 1895, présente cette singularité qu'il porte encore son plumage d'été; c'est à ma connaissance le premier spécimen de cette espèce tué sous cette livrée dans notre région.

En terminant je crois intéressant de vous signaler la capture d'un oiseau extrêmement rare dans notre pays, le tichodrome échelette (*Tichodroma Muraria*, Linnée), dont il n'existe que deux spécimens dans les musées des cinq départements bretons et de celui de la Vendée.

Le sujet qui nous occupe a été capturé sur les murs de la cathédrale de Vannes : c'est du reste toujours sur les grands édifices que sa présence a été signalée, on l'y voit grimpant ou cramponné aux murailles pour chercher les araignées dont il se nourrit.

M. Louis Bureau a publié dans le bulletin de la Société des sciences naturelles de l'Ouest de la France (Tome 1, No 2, 1891) une curieuse notice sur le tichodrome échelette dans l'ouest de la France; nous y renvoyons ceux de nos collègues qui s'intéressent à l'ornithologie.

La capture que je vous signale et qui s'est opérée dans les derniers jours de décembre dernier vient apporter une nouvelle preuve à l'appui de l'affirmation de M. Bureau que le tichodrome devient erratique pendant la saison d'hiver, et peut ainsi être rencontré de temps à autre loin des hautes montagnes des Alpes et des Pyrénées, seules régions où il se rencontre en France d'une façon permanente.

Le spécimen tué à Vannes figure dans la collection de M. Bardet fils ; tous mes efforts pour l'acquérir ont malheureusement été vains.

Vannes, le 14 janvier 1896.

Le Conservateur du Musée d'histoire naturelle.

A. LÉGUILLON-GUYOT, fils.

ALLOCUTION

DE

M. LE C^TE DE LIMUR

EN QUITTANT LE FAUTEUIL DE LA PRÉSIDENCE.

MESSIEURS,

Avant de céder le fauteuil à notre éminent collègue, M. de l'Estourbeillon, lauréat du dernier congrès des Sociétés savantes de France, et dont les recherches historiques sont particulièrement appréciées dans le monde des travailleurs, permettez-nous de vous remercier de nouveau d'avoir bien voulu, d'une façon si flatteuse, appeler par vos votes le minéralogiste vannetais à la tête de votre Bureau.

Si vous daignez nous accorder quelques instants, nous jetterons ensemble un rapide coup d'œil sur ce qui s'est passé dans notre Société au cours de l'année qui vient de s'écouler, et sur l'état de nos collections.

De nouvelles recrues sont venues ajouter leurs noms à la liste des membres de notre compagnie; malheureusement nous avons à constater quelques vides. Ainsi, des raisons de famille viennent d'entraîner loin de nous, notre collègue et ancien trésorier, M. Fontès, qui a bien voulu pendant de nombreuses années consacrer ses soins, en bon père de famille, aux intérêts de nos modestes finances. Je suis certain d'être votre interprète en exprimant le regret de ne plus le retrouver au milieu de nous.

Nous venons de parler de modeste fortune, de finances trop restreintes, c'est qu'en vérité nos ressources ne sont pas suffisantes pour pouvoir installer convenablement nombre de choses d'un réel intérêt, comme le grand plan des alignements de Carnac, dressé il y a longtemps, après un relevé exact, par ordre de M. Jaquemet, ingénieur en chef des Ponts et Chaussées et quantité d'aquarelles remarquables reproduisant des trouvailles faites dans le Morbihan. Il faut, hélas ! faute de place, conserver enroulés tous ces dessins susceptibles d'être consultés utilement, mais qui occuperaient la majeure partie d'une salle. De même on ne peut, faute d'espace, présenter avantageusement, comme elles le méritent, les rarissimes pièces, témoins des anciens âges, trouvées dans nos dolmens du Morbihan et qui ont amené l'Institut royal d'Angleterre et d'Irlande, après la visite à nos collections, à reconnaître que le célèbre musée de Blackmore, à Salisbury — qui est pour nos voisins d'outre-Manche ce qu'est celui de Saint-Germain pour la France — ne possède pas dans ses vitrines des richesses comparables aux nôtres. Nous pensons qu'une partie du paragraphe de l'Athenœum, relatif à cette visite des savants anglais, mérite d'être rapportée : The archæological institute in Brittany. — Even the Blackmore « museum at Salisbury has nothing to compare with so many « enormous and beautifully worked hatched heads made out « of variety of precious materials... »

Toutes les sociétés savantes de la France et de l'étranger, en échange de nos bulletins, apportent le plus grand soin à nous faire part de leurs recherches. Notre excellent conservateur des bibliothèques, M. Lunven, a l'occasion d'enregistrer, à chacune de nos séances, de nombreuses brochures, d'intéressantes publications déposées sur notre bureau, qui nous parviennent directement ou nous sont adressées par l'entremise du ministère de l'instruction publique.

En ce qui concerne l'*archéologie*, grâce aux bons soins de M. l'abbé Le Mené — dont l'attention est toujours en éveil dans la pensée d'enrichir de plus en plus nos importantes séries, de mettre à profit les bonnes occasions — des exemplaires d'espèces diverses, curieux ou fort intéressants, sont venus prendre place dans nos vitrines. Puisque j'ai parlé de notre dévoué conservateur de la section d'archéologie, laissez-moi vous rappeler ici ses intéressantes lectures sur des réparations faites à des dates très anciennes, à la tour d'Elven — château fort de Largouët — ou sur l'histoire des diverses communautés établies à Vannes et dans les environs.

Passant à l'*histoire naturelle des êtres organisés*, constatons que la collection d'ornithologie du Morbihan, par suite de certaines chasses heureuses de notre conservateur, M. Léguillon-Guyot, s'est accrue d'espèces rares dans notre pays, et qu'il n'est possible de rencontrer que très exceptionnellement.

Pour le *règne botanique*, conformément à votre décision, arrêtée dans une de nos séances, nous avons pris autant que possible les précautions les plus urgentes afin de préserver les herbiers de leur éternel ennemi, la poussière. De l'avis des botanistes nos richesses sont considérables : des cartons en grande quantité, bien étiquetés, contenant des exemplaires choisis par centaines, occupent des séries d'étagères superposées faisant le tour de l'appartement. Là, dans ces cartons, se trouvent des spécimens de toutes les parties du monde, récoltés en Amérique, en Afrique, à Madagascar, en Océanie, etc. par des officiers de marine, membres de notre compagnie qui, dans leurs lointains voyages, gardent le souvenir de la Société polymathique du Morbihan. Là encore existent, au grand complet, artistement préparées, sur leurs cartons, les algues et plantes marines du Morbihan, collection des plus remarquables et fruit des longues et patientes recherches de nos collègues, spécialement de feu M. Prouhet; il en est de même de la collection des mousses — étude spéciale, comme celle des algues —, elle a occupé toute l'existence d'un de nos savants présidents, M. Arrondeau.

En ce qui touche l'*histoire naturelle des corps inorganiques*, voici comment cette grande branche des sciences naturelles est représentée dans notre musée. Il existe une collection assez complète des substances du Morbihan, donnée par feu M. Galles. Le classement est peut-être à revoir, parce que les espèces minérales rares, dernièrement reconnues dans le pays, font défaut.

Au point de vue de la *Géologie*, nous devons à un de nos honorables collègues, M. de Cussé, un magnifiqne don, de haute importance scientifique, susceptible d'inspirer des sentiments d'envie à d'autres musées de villes fort importantes, Bordeaux, Nantes, Rennes — c'est parce que nous connaissons ces collections, que ces noms de villes viennent se présenter à notre mémoire.

Ce don, qui peut être d'un grand intérêt pour les recherches en histoire naturelle, composait la collection géologique du grand-père de MM. de Cussé, feu M. de Labadie, savant géologue bien connu jadis de toutes les notabilités de France se préoccupant de l'histoire de notre globe.

Pendant longtemps, les remarquables pièces de cette collection sont restées pêle-mêle, dans un parfait désordre, exposées aux injures des chats et de la poussière, sur le plancher d'une pièce inoccupée. Vous avez décidé dans une de vos séances qu'il était urgent de porter remède à un tel état de choses. Grâce à l'assistance de M. Lallement, notre secrétaire, toujours disposé à se rendre utile à la Société, nous sommes arrivé à force de soins et de patience, à dépoussiérer, remettre en ordre de classement, ces diverses séries de roches et de fossiles épars dans tous les coins de la chambre ; à les caser dans de vieilles vitrines agencées du mieux possible pour présenter un coup d'œil satisfaisant : entreprise qu'il nous eût peut-être été difficile de mener seul à bonne fin. Aussi, je demande à nos collègues un vote de remerciements à l'adresse de M. Lallement.

M. le Dr Mauricet fils, un de nos anciens présidents, a bien voulu enrichir nos collections de certains spécimens hors ligne, — parmi lesquels un magnifique cristal d'oxyde d'étain, d'une perfection et d'un volume rarissimes, présentement protégé par un globe de verre. Dans une autre séance, il a également fait déposer sur le bureau une caisse remplie de minéraux divers nous engageant à en retirer ce qui conviendrait à la Société, et à disposer du reste en faveur d'établissements d'instruction, tels que le collège de Vannes, l'école normale d'instituteurs, etc. La Société a été d'avis de joindre à ces spécimens, d'autres échantillons de ses réserves, dans le but d'arriver à former deux collections scolaires. Cette fois encore, M. Lallement a bien voulu nous prêter son concours, et des lettres de gratitude adressées à la Société par M. le Principal du collège de Vannes et M. le Directeur de l'école normale sont venues témoigner du vif plaisir avec lequel ils ont vu ainsi s'augmenter leur matériel d'instruction.

Voilà, Messieurs, l'état actuel de nos collections et ce qui s'est passé dans l'année qui vient de finir. Notre Société compte déjà plus d'un demi-siècle d'existence, veuillez pardonner à un de ses plus anciens membres de vous rappeler encore les travaux remarquables de prédécesseurs, qui ont su faire à notre Association une place honorable parmi les sociétés savantes de France. Cette place, il faut la conserver. Travaillons à notre tour, suivons la voie tracée par nos devanciers. C'est un devoir pour nous d'apporter de nouveaux matériaux à l'édifice qu'ils ont établi, dès le début, sur de solides et larges bases accessibles aux différentes spécialités. Continuons les recherches qui avaient conduit les anciens de notre Société à porter leur attention d'une façon si intéressante sur une foule de choses de notre pays : M. Blutel, sur les insectes et l'entomologie du Morbihan ; MM. Prouhet et Arrondeau sur le règne végétal maritime et terrestre; MM. Taslé et Fouquet sur les mollusques, — nous leur sommes redevables des séries constitutives de notre musée d'histoire naturelle. Quant à ce qui se rapporte à l'ornithologie, les suites très instructives des oiseaux de toutes les variétés qu'il est possible de voir dans nos vitrines, sont la preuve des incessantes recherches de M. Taslé, dont le nom vient encore une fois se présenter à notre souvenir. M. Le Lièvre pour la géologie et M. J.-M. Galles pour la minéralogie, eux aussi ne sont pas restés inactifs — nous leur devons la connaissance de roches et d'espèces curieuses et rares en gisement dans le pays. MM. Louis et René Galles, par suite de leurs investigations dans les monuments mégalithiques et des rapports qu'ils ont faits à la Société, ainsi que M. L. de Cussé, ont laissé le souvenir de leurs noms aux archéologues de la France et de l'étranger.

Nous ne pouvons citer ici tous les hommes de haute valeur, qui ont travaillé à l'histoire du pays, ou à vulgariser sa littérature en révélant, par exemple, de curieuses légendes des temps passés qui tombaient dans l'oubli. Nos bulletins sont remplis de leurs études sur les sujets les plus variés et c'est à vous de maintenir et même d'augmenter, s'il est possible, par vos travaux, l'intérêt qu'ils ont présenté jusqu'à ce jour. Tout est loin d'être dit sur notre contrée de l'Armorique si séduisante à tous les points de vue.

Je vous prie de nouveau, mes chers collègues, d'agréer l'assurance de mon entier dévouement et l'expression de mes vœux pour la continuation des succès de notre Société.

PROCÈS-VERBAUX.

509e SÉANCE.

29 JANVIER 1895.

PRÉSIDENCE DE M. J. TASLÉ, ET ENSUITE DE M. DE LIMUR.

ÉTAIENT PRÉSENTS :

MM. Gravier, préfet du Morbihan, J. Taslé, de Limur, Le Rouzic, Caradec, de La Gillardaie, Le Mené, Le Digabel, de Lagatinerie, de Closmadeuc, Nicol, Rolland, Fontès, Mauricet, Lunven, Le Gall de Kerlinou, Jausions, Letoux, H. de Cussé et Léon Lallement.

PROCÈS-VERBAL LU ET ADOPTÉ.

En quittant le fauteuil de la présidence, M. Taslé remercie la Société des marques de confiance qu'elle n'a cessé de lui prodiguer. Il paie un tribut d'hommage et de regrets à la mémoire de ceux de nos collègues que la mort a séparés de nous et souhaite la bienvenue aux nouveaux sociétaires.

En terminant, M. Taslé félicite la Société d'avoir appelé à la vice-présidence M. de l'Estourbeillon et invite M. de Limur à prendre place au fauteuil.

Rapport de la Commission des finances. — M. Rolland, au nom de la Commission des finances, lit un rapport sur les comptes de M. Fontès, trésorier, et sur le projet de budget pour l'exercice 1895.

Les comptes en recettes et dépenses de M. Fontès sont approuvés par la Société, ainsi que le projet de budget pour 1895. — Des remerciements sont votés à l'unanimité à M. Fontès.

L'assemblée décide qu'à l'avenir les frais pour le recouvrement des quittances seront à la charge de la Société.

Élection des Conservateurs-adjoints du Musée archéologique. — Sur la proposition de M. Le Mené, MM. Nicol et Le Brigant sont élus conservateurs-adjoints du Musée archéologique.

Dépôts et donations. — M. le Président dépose pour la bibliothèque :

Société archéologique de Bordeaux, tome X, 4e fascicule.

Bulletin monumental, 6e série, tome 9e, 1894.

Revue archéologique, 3e série, tome XXVe, septembre-octobre 1894.

Analecta Bollandiana, tome XIII, fasc. IV, année 1894.

Revue des travaux scientifiques, tome XIV, Nos 7 et 8, année 1894.

Revue historique de l'Ouest, 10e année, 6e livraison, novembre 1894.

Mémoires de la Société d'émulation du Doubs, 6e série, 8e volume, 1893.

Catalogue des incunables de la bibliothèque publique de Besançon.

Bulletin de la société des sciences, lettres et arts de Pau, 1891-1892 et 1892-1893.

Bulletin de la Société d'étude des sciences naturelles de Béziers, XVIe volume, année 1893.

Actes de la Société linnéenne de Bordeaux, volume XLVI, 5e série, tome VI, 1893.

Société d'émulation des Côtes-du-Nord, tome XXXII, année 1894.

Annales de Bretagne, tome X, No 2, janvier 1895.

Mémoires de l'Académie de Metz, 2e période, LXXIIIe année, 3e série, XXIe année, 1891-92.

Revue de Bretagne, de Vendée et d'Anjou, tome XII et tome XIII, décembre 1894, janvier 1895.

Bulletin de la Société d'anthropologie de Paris, avril, mai, juin 1894.

Bulletin de la Société académique franco-hispano-portugaise de Toulouse, tome XII, 1894.

Conseil général du Morbihan, session extraordinaire, novembre 1894.

Bulletin du syndicat agricole de l'arrondissement de Meaux, 7e année, No 12, 15 décembre 1894.

Société des sciences naturelles de la Charente-Inférieure, No 30, tome I, 1894.

Bulletin de la Société archéologique du Finistère, tome XXI, 10e livraison de 1894.

Bulletin de la Société dunoise, No 103, janvier 1895.

Société bretonne de géographie, 12e année, bulletin No 61, 4e trimestre 1894.

Revue des provinces de l'Ouest, 10e année, tome XIV, décembre 1894.

Journal des savants, novembre et décembre 1894.

Revue des Deux-Mondes, 1er et 15 janvier 1895.

Des remerciements sont votés aux donateurs.

Admission. — M. Lafosse, propriétaire au Mézo, est admis membre titulaire résidant.

RECTIFICATION AU PROCÈS-VERBAL DE LA SÉANCE DU 18 DÉCEMBRE 1894.

Note de M. Revelière, sur le couteau de Quiberon. — « Deux fragments constituent ce couteau dont la pointe seule manque. La lame et la gaine sont adhérentes. Il n'y a eu ni reconstitution ni réparation, mais simple rapprochement de deux fragments; la photographie en fait foi.

» Le plus grand fragment *était dans la terre non remuée*, l'autre gisait sur la lande. M. de Closmadeuc et M. le Directeur de l'école normale de Belgique ont vu l'objet le lendemain de sa découverte et pourraient l'attester au besoin.

» D'après tous les ouvrages que j'ai pu consulter, ce serait un couteau de sacrifice appartenant à la première civilisation étrusque ou gallo-grecque et très probablement antérieur à la conquête. »

Angers, le 24 février 1895

REVELIÈRE.

Le Dr de Closmadeuc met sous les yeux de la Société un très bel assortiment d'objets en pierre, recueillis dans la région de Carnac, par M. Le Rouzic, gardien du musée Miln :

Cinq têtes de flèche en silex, à ailerons, admirablement façonnées et dix-neuf *celtæ*, de forme et de composition minérale variées.

De ces 19 *celtæ*, 13 sont en *fibrolite ;* 1 en *chloro-mélanite ;* 1 en *diorite* ; 1 en *éclosite ;* 1 en *silex* ; 1 en *schiste*, 1 en *jadéite.*

Un des *celtæ* en fibrolite est remarquable par sa petitesse et son aplatissement. Il ne mesure que 0,028 millimètres de longueur, c'est-à-dire qu'il est plus petit que le celtæ également en fibrolite de notre musée, qui provient du dolmen de Keryaval, et a 0,033 millimètres de long.

M. Le Rouzic exhibe en même temps un vase gallo-romain, découvert près de Hanhon.

Toutes ces antiquités, devenues la propriété du musée Miln, vont en orner les vitrines.

Des pierres de justice, anciens monuments et coutumes populaires dans les Côtes-du-Nord, par E. de Kerlinou. — Une pierre de justice très grande et percée d'un trou au milieu pour permettre d'y placer un poteau, existait encore en 1810 à Saint-Gilles-Pligeaux, dit M. Le Grontec, ancien sous-préfet de Lannion, qui ajoute que c'est vers la même époque que fut détruit un monument ayant la forme d'un tombeau et nommé dans le pays tombeau de la prêtresse. Sur cette pierre étaient sculptées en relief des bosses ayant la forme de petits pains dits « Chignoua » en breton.

A Vannes, ajoute M. de Kerlinou, il existe encore dans la rue de la Boucherie, à droite en descendant par la rue Traversière, une pierre qu'il croit être une pierre de justice.

Le Secrétaire, LÉON LALLEMENT.

510e SÉANCE.

26 Février 1895.

PRÉSIDENCE DE M. DE LIMUR.

ÉTAIENT PRÉSENTS :

MM. de Limur, de la Gillardaie, Nicol, Fontès, de Kerlinou et Léon Lallement.

PROCÈS-VERBAL LU ET ADOPTÉ.

A l'ouverture de la séance, M. de Limur remercie ses collègues de l'honneur qu'ils lui ont fait en le nommant, de la façon la plus flatteuse, Président de la Société polymathique. Puis, il rend hommage à la mémoire de plusieurs de ses prédécesseurs au fauteuil, notamment de MM. Taslé père, de Cussé père et de Monsieur l'intendant Galles, rappelant l'éclat que leurs recherches et leurs travaux ont donné jadis à la Société.

M. de Limur parle ensuite des fouilles de Locmariaquer dont M. le Dr de Closmadeuc a fait, il y a peu de temps, l'historique et qui ont amené la découverte des restes d'un théâtre romain. Enfin, à l'occasion des collections que possède la Société, le Président déclare que, particulièrement en ce qui concerne la géologie, notre musée est d'une richesse exceptionnelle, en comparaison de ceux de plusieurs villes plus importantes que Vannes; mais il regrette que le défaut de place ait empêché, jusqu'à présent, de classer les echantillons d'une façon complète. Il pense que moyennant une légère dépense, il serait facile d'approprier à cet effet une pièce actuellement vacante.

M. de Limur termine son allocution, en donnant l'assurance de son entier dévouement aux intérêts de la Société et de son désir de lui être agréable et utile.

Dépôts et donations. — M. le Président dépose pour la bibliothèque :

Mémoires de la Société archéologique et historique de l'Orléanais, tome 25e, 1894.

Revue de Bretagne, de Vendée et d'Anjou, tome XIII, 2e livraison, février 1895.

Bulletin of the american geographical Society, vol. XXVIe, N° 4, décembre 1894.

Bulletin de la commission historique et archéologique de la Mayenne, 2e série, tome X, année 1895.

Comité archéologique de Senlis, 3e série, tome VIII, année 1893.

Bulletin de l'académie du Var, nouvelle série, tome XVIIe, 2e fascicule 1894.

Journal of the anthropological institute, february, 1895.

Procès-verbaux des séances de la Société des lettres, sciences et arts de l'Aveyron, XVI.

Revue archéologique, 3e série, tome XXV, novembre-décembre, 1894.

Bulletin de la Société des antiquaires de Picardie, année 1894, N°s 2 et 3.

Bulletin de la Société archéologique et historique de Tarn-et-Garonne, tome XXII, année 1894, 1er, 2e, 3e et 4e trimestres.

Revue de l'histoire des religions, 15e année, tome XXX, N°s 1 et 2, juillet-août-septembre-octobre 1894.

Bulletin de la commission archéologique de Narbonne, année 1895, (1er semestre.)

Bulletin de la Société des sciences naturelles de l'Ouest de la France, tome 4, 4e trimestre 1894.

Mémoires de l'Académie des sciences et belles-lettres d'Angers, tome II, 1892-93.

Revue des Deux-Mondes, LXVe année, 4e période, tome 127e, 3e et 4e livraisons, 1er et 15 février 1895.

Bulletin de la Société d'agriculture, sciences et arts de la Sarthe, IIe série, tome XXVI, XXXIVe de la collection, année 1893-94, 4e livraison.

Recueil des publications de la Société havraise d'études diverses, 1er, 2e et 3e trimestres, année 1894.

Congrès archéologique de France, LVIIe et LVIIIe session 1891, 2 volumes.

Bulletin de la Société archéologique du Vendômois, tome XXXIII, 1894.

Mémoires de la Société des antiquaires de Picardie, 4e série, tome II, 1894.

Bulletin de la Société dunkerquoise, 1894, 1er fascicule.

Bulletin d'histoire ecclésiastique, 14e année, 7 volumes.

Bulletin de la Société des amis des sciences et arts de Rochechouart, tome IV, N° V.

Annales de la Société d'horticulture et d'histoire naturelle de l'Hérault, 34e année, N°s 4 et 5, juillet-août-septembre-octobre.

Bulletin de la Société archéologique du Finistère, tome XXI, IIe livraison de 1894.

Société des antiquaires de l'Ouest, bulletin du 3e trimestre 1894.

Bulletin du Syndicat agricole de l'arrondissement de Meaux, 8e année, N° 2, 15 février 1895.

Revue des provinces de l'Ouest, 11e année, tome XV, janvier 1895.

Nouvelle revue européenne, 5e année, N° 3, 1er février.

Annales du musée Guimet, tome 26e, 1894.

L'ancienne baronnie de La Roche-Bernard. — Par M. Léon Maitre. — Don de M. le Cte de Montaigu.

Des remerciements sont votés aux donateurs.

Correspondance. — Lettre de M. Revelière priant M. le Président de vouloir bien donner lecture d'une note relative « au couteau de Quiberon » et contenant rectification au procès-verbal de la séance du 18 décembre 1894. Communication est faite de cette note qui sera insérée au prochain procès-verbal.

La Société déclare souscrire à « L'histoire de Bretagne » de M. de La Borderie, à « l'Histoire des Paroisses » de M. Le Mené et au « Nobiliaire » de M. de l'Estourbeillon.

La Société ouvre un crédit à M. de Limur pour disposer la petite chambre qui fait face à la salle des séances, en musée de géologie.

Présentations. — Sont présentés comme membres titulaires résidants : MM. H. Willotte, ingénieur en chef des Ponts et Chaussées; E. de Mauduit du Plessix.

Le Secrétaire, Léon LALLEMENT.

511e SÉANCE.

26 Mars 1895.

PRÉSIDENCE DE M. DE LIMUR.

ÉTAIENT PRÉSENTS :

MM. de Limur, de la Gillardaie, Le Mené, Taslé, de Closmadeuc et Nicol.

PROCÈS-VERBAL LU ET ADOPTÉ.

Dépôts et donations. — M. le Président dépose pour la bibliothèque de la Société :

Annales de l'Académie de Mâcon, 2e série, tome X, 1893.

Mémoires de la Société académique d'archéologie, sciences et arts de l'Oise, tome XV, 3e partie, 1894.

Revue des Deux-Mondes, 1er et 15 mars 1895.

Mémoires de la Société savoisienne d'histoire et d'archéologie, tome XXXIII. 2e série, VIII, 1894.

Société de Borda, 19e année, 1894, 4e trimestre 1895.

Bulletin de la Société historique et archéologique de l'Orne, t. XIII, 4e bulletin, 1894.

Analecta Bollandiana, tome XIV, fasc. 1, 1895.

Revue de Bretagne, de Vendée et d'Anjou, tome XIII, 3e livraison, mars 1895.

Bulletin de la Société archéologique de Nantes, 33e année, 1894, 1er semestre.

Bulletin de la Société d'anthropologie de Paris, Nos 7 et 8, juillet-octobre, octobre-novembre 1894.

Bulletin de la société archéologique du Finistère, t. XXII, 1re livraison de 1895.

Annales de la Société d'horticulture et d'histoire naturelle de l'Hérault, 34e année, No 6, novembre-décembre 1894.

Mémoires de la Société archéologique du midi de la France, t. XV, 1re livraison.

Journal des savants, janvier et février 1895.

Revue des provinces de l'Ouest, 11e année, tome XV, février 1895.

Bulletin du Syndicat agricole de l'arrondissement de Meaux, 8e année, No 3, 15 mars 1895.

L'ancienne paroisse de Carentoir, par M. l'abbé Le Claire. Acquisition de la Société.

Nombreuses brochures concernant l'archéologie et importante collection de plans, notamment de monuments mégalithiques et de l'époque gallo-romaine dans le Morbihan, dressés par M. Jaquemet, ingénieur en chef des Ponts et Chaussées :

1° Plan du dolmen des Marchands (Locmariaker).

2° Grottes de Plouharnel.

3° Dolmen du Nelud (Locmariaker).

4° Alignements de Lagagur, au-dessus de Camaret.

5° Cromlech de Kergonan (Ile-aux-Moines).

6° Dolmen de Penhap (Ile-aux-Moines).

7° Croquis du dolmen de Kerio (Moustoirac).

8° Menhir sur la route d'Auray à La Trinité.

9° Dolmen de Pluneret (Kervaingu).

10° Dolmen de Kerhan (Locmariaker).

11° Croquis des dolmens du Rutual, de Kercadoret et du Porher (Locmariaker)

12° Planche de Tumiac.

13° Un plan des alignements de Carnac (reproduction du plan Bouilland) à l'échelle de $\frac{1}{200}$

14° Plan de l'établissement gallo-romain, près le château d'Arradon.
15° Plan des constructions gallo-romaines de Saint-Christophe (Elven).
16° Plan de l'établissement gallo-romain de Bourgerel.
17° Plan de l'établissement gallo-romain du Lodo.
18° Enclos des Capucins (Vannes).
19° Plan du terrain (monument des Trente).
20° Plan de la communauté des Camaldules de Roga (Saint-Gongard).
21° *Camp des Rouets (au village de Bodieuc)* (Mohon).

Don de Mme veuve Jaquemet, par l'entremise de M. Nicol.

Des remerciements sont votés aux donateurs.

Admissions. — MM. Willotte, de Gourdon et de Mauduit du Plessix sont admis membres titulaires résidants.

Le Secrétaire, Léon LALLEMENT.

512e SÉANCE.

30 Avril 1895.

PRÉSIDENCE DE M. DE LIMUR.

ÉTAIENT PRÉSENTS :

MM. de Limur, de l'Estourbeillon, Fontès, Willotte, de Kerlinou, de la Gillardaie, de Closmadeuc et Léon Lallement.

PROCÈS-VERBAL LU ET ADOPTÉ.

Dépôts et donations. — M. le Président dépose pour la bibliothèque :

Bulletin de la Société d'études scientifiques et archéologiques de la ville de Draguignan, tome XIX, 1892-1893.

Bulletin et mémoires de la Société des antiquaires de l'ouest, tome XVII, année 1894.

Mémoires de la Société des antiquaires du centre, 1893-1894, XXe volume.

Revue de l'histoire des religions, 15e-16e année, tomes XXX et XXXI, Nos 1 et 3, novembre-décembre 1894, janvier-février 1895.

Annales de Bretagne, tome X, N° 3, avril 1895.

Les reclus de Toulouse sous la Terreur, 1895.

Revue des Deux-Mondes. 1er et 15 avril 1895.

Revue des travaux scientifiques, tome XIV, Nos 9 et 10, 2 volumes.

Revue de Bretagne, de Vendée et d'Anjou, tome XIII, 4e livraison, avril 1895.

On the abbey of S. Edmund at Bury, par Montagne Rhodes James.

Bulletin de la Société d'agriculture, sciences et arts du département de la Haute-Saône, 3e série, N° 25, 1894.

Bulletin de la Société des sciences naturelles de l'ouest de la France, tome V, 1er trimestre 1895, N° 1.

Bulletin de la Société Dunoise, N° 104, avril 1895.

Bulletin monumental, 6e série, tome IX, 1894, N° 5.

Cambridge antiquarian society proceedings and communications 1893-1894.

Bulletin de la Société archéologique du Finistère, tome XXII, 2e et 3e livraisons de 1895.

Bulletin du comice agricole central, 13e année, février 1895.

Bulletin de la Société Dunkerquoise, 1894, 2e fascicule.

Bulletin de la Société les amis des sciences et arts, tome IV, N° 6, janvier 1895.

Revue des provinces de l'ouest, 11e année, tome XV, mars 1895.

Archives parlementaires de 1789 à 1860, tomes XLIII, XC, LXXXIX, LXXXVIII, et tome XLIX.

Rapport général sur l'exposition universelle de 1889, tomes I, II, III, IV, V, VI, VII, VIII, IX.

Inventaire des archives des châteaux bretons, par M. de l'Estourbeillon.

Don de M. de l'Estourbeillon.

La noblesse de Bretagne, tomes I et II, par M. de l'Estourbeillon.

(Acquisition de la Société).

Deux photographies d'un vase gallo-romain trouvé à Vannes, lors de la construction de l'école d'artillerie. — Photographie de M. de Gourdon.

Don de M. de Gourdon.

Une photographie d'un vase ancien découvert près Hanhon. — Photographie de M. Le Rouzic.

Don de M. Le Rouzic.

Des remerciements sont votés aux donateurs.

De la part de M. Le Rouzic, exhibition d'une hache-marteau naviforme (en forme de barque) en diorite, longueur 0,·78, trouvée récemment dans la maçonnerie d'une vieille maison, au village de Keriniol en Plœmel. M. de Closmadeuc fait remarquer que le musée de Vannes ne possède qu'un fac-simile d'une hache de ce type très rare.

M. le président de Limur donne lecture d'une lettre, adressée à la Société polymathique, par M. de Mortillet, président de la commission des monuments mégalithiques au Ministère des beaux-arts. Par cette lettre, M. de Mortillet proteste avec indignation contre un article injurieux du *Petit Journal* de Paris (N° du 20 avril). — La feuille parisienne annonçait que l'État était sur le point d'ouvrir, *à l'intérieur des alignements de Carnac, une route carrossable,* qui traverserait d'un bout à l'autre, les trois groupes du Menec, de Kermario et de Kerlescan.

M. de Mortillet déclare que ce projet ridicule n'a jamais existé que dans l'imagination de celui qui a fourni ces faux renseignements au *Petit Journal*. Il s'agit simplement d'un chemin d'accès, *en dehors des alignements,* qui permettra aux visiteurs d'aborder le groupe de Kermario. Le plan du chemin projeté, adopté par la commission des monuments mégalithiques et approuvé par le Ministre, est mis sous les yeux de la Société. Il ne ressemble en rien au croquis fantaisiste du *Petit Journal*.

M. de Kerlinou demande la parole : Comme il est de notoriété publique qu'il est le correspondant du *Petit Journal* à Vannes, il tient à dégager complètement sa personnalité des articles parus dans ce journal et dans le *Progrès du Morbihan*. Il ajoute qu'il ne peut du reste y avoir confusion, puisque le *Petit Journal* dévoilant l'incognito de *l'archéologue morbihannais* l'a nommé en toutes lettres dans son premier article.

La Société donne acte à M. de Mortillet de sa protestation à laquelle elle s'associe. M. le Président déclare l'incident clos.

Présentations. — M. Sigay de la Goupillière, notaire à Carnac, est présenté comme membre titulaire non résidant.

M. George Edmond Lee, recteur de la ville de Saint-Pierre-Port à Guernesey, est présenté comme membre correspondant.

Correspondance. — Invitation de la Société archéologique de Nantes à la Société polymathique à venir assister aux fêtes qui seront célébrées à Nantes et à Châteaubriant à l'occasion de la 50e année de sa fondation.

M. de Limur continue la lecture de son étude sur « les météores cosmiques » dans le Morbihan.

Le Secrétaire, Léon LALLEMENT.

513e SÉANCE.

28 Mai 1895.

PRÉSIDENCE DE M. DE LIMUR.

ÉTAIENT PRÉSENTS :

MM. de Limur, de l'Estourbeillon, de Closmadeuc, Willotte, de Gourdon, Le Mené, Fontès, Mauricet, de Kerlinou, de Cussé et Léon Lallement.

PROCÈS-VERBAL LU ET ADOPTÉ.

Dépôts et donations. — M. le Président dépose pour la bibliothèque :

U. S. Geographical and geological survey of the rocky mountain region, volume IX.

Annual report of the bureau of Ëthnology 1889-1890 et 1890-91, 2 volumes.

Proceedings of the american philosophical society, vol. XXXII, May 1893, N° 143.

Société historique et archéologique de Château-Thierry, année 1893.

Romania, Nos 93 et 94, janvier-avril 1895.

Bulletin des sciences économiques et sociales, année 1894.

Société de Borda, 20e année (1895), 1er trimestre.

Revue des Deux-Mondes, 1er et 15 mai 1895.

Bulletin de la Société impériale des naturalistes de Moscou, Nos 2 et 3, 1894.

Bulletin de la Société archéologique de Nantes, tome 33e, année 1894, 2e semestre.

Bulletin de la Société philomathique de Paris, 8e série, tome VI, 1893-94.

Mémoires de la Société royale des antiquaires du Nord, nouvelle série, 1893.

Proceedings of the american philosophical society, vol. XXXIII, juillet à décembre 1894, N° 146.

Bulletin of the american geographical society, vol. XXVI, N° 4, 1894 et vol. XXVII, N° 7, 1895.

Bulletin de la Société d'anthropologie de Paris, tome V, 4e série, N° 9, novembre-décembre 1894.

Bulletin de la Société d'études des sciences naturelles de Nîmes, 22e année, octobre-décembre 1894, N° 4.

Revue des provinces de l'ouest, 11e année, tome XV, avril 1895.

Mémoires de la Société nationale d'agriculture, sciences et arts d'Angers, 4e série, tome VIII, année 1894.

Journal des savants, avril 1895.

Bulletin de la Société archéologique du Finistère, tome XXII, 4e livraison de 1895.

L'œillet rose, comédie en un acte et en vers, par Mme Auguste Penquer.

Les chants du foyer, par Mme Auguste Penquer.

Velléda (poème), par Mme Auguste Penquer.

Mes nuits, par Mme Auguste Penquer (œuvres posthumes).

La belle Yvonne (poème breton), par Mme Auguste Penquer.

Mme *Auguste Penquer*. Lecture faite à la Société académique de Brest, par M. Edouard Langeron.

Un poète (Mme *Auguste Penquer*), par M. O Pradère.

Don de M. Willotte, ingénieur en chef des ponts et chaussées.

Un marin soldat. (Le général vicomte Proteau), par le Dr Gigon, médecin-major de 1re classe au 104 d'infanterie.

Don de l'auteur.

Pour le musée archéologique :

Photographie d'une invitation à un service dans l'église des Cordeliers de Vannes, célébré le 29 mars 1770.

Don de M. Le Brigant.

Une médaille de Gallien. — Don du frère X.

Pour le musée d'histoire naturelle :

Magnifique échantillon d'étain oxydé provenant de la Villeder.

Don de M le Dr Mauricet.

Crinoïde fossile montée en épingle. — Don de M. le Dr Mauricet.

Des remerciements sont votés aux donateurs.

Communication. — M. le Dr de Closmadeuc demande la parole :

« Il a été fait, à l'avant-dernière séance, un dépôt d'un certain nombre de croquis et de plans manuscrits de monuments du Morbihan, offerts par la veuve de M. Jaquemet, ancien ingénieur en chef des ponts et chaussées à Vannes jusqu'en 1860, et membre de la Société polymathique, décédé à Agen.

Parmi ces pièces intéressantes, dont la liste est au procès-verbal, il en est une qui les dépasse toutes. Elle est intitulée : Plan général des alignements de Carnac au XIXe siècle, sans autre date et sans nom d'auteur.

A première vue, j'avais bien cru reconnaître une copie du plan Bouilland. Vous savez que le premier plan sérieux, géométrique, qui ait été dressé en France, des alignements de Carnac, l'a été, en 1844, par M. Bouilland, conducteur des ponts et chaussées du Morbihan ; ce plan était à l'échelle de 1/2000. La Société polymathique en possédait une copie ; en 1869, elle avait disparu de nos archives. Notre collègue, M. Forestier, alors ingénieur à Vannes, voulut bien en faire exécuter une deuxième copie et l'offrit à la Société, comme le constate le procès-verbal, page 105, 1869 : « *par M. Forestier, calque du plan des alignements de Carnac, dressé en 1844 par Bouilland, conducteur des ponts et chaussées.* »

Cet exemplaire est resté, pendant 10 ans, au secrétariat de la Société ; en 1880, il est inscrit sur le registre comme ayant été emprunté et rendu par le secrétaire-adjoint ; depuis lors, c'est-à-dire depuis 15 ans, le plan, qui a été égaré ou dérobé, n'a plus figuré dans nos archives.

Il y a deux ans, mon ami Forestier, ingénieur en chef des ponts et chaussées, sollicité par moi, a bien voulu faire rechercher l'original dans les cartons de l'administration, dans le but de nous en fournir une nouvelle copie ; ses recherches ont été vaines.

Cette année, le legs de Mme veuve Jaquemet comble heureusement cette lacune.

La pièce, représentée par une bande de papier fort, d'une longueur de 1m,40 environ est, à n'en pas douter, une copie exacte et sans altération du plan Bouilland ; l'échelle est la même. Je l'ai comparée à des calques partiels que j'avais pris autrefois sur le plan Bouilland ; les détails sont identiques. Le fait d'avoir été en possession de M. Jaquemet, très versé en archéologie, suffit pour permettre de considérer ce document comme absolument authentique. On ne doit pas oublier que Bouilland était sous les ordres directs de son chef hiérarchique, et il est probable que la copie a été faite pour lui.

A tous ces titres, ce plan est donc précieux. Il devra être conservé avec soin. Je lui souhaite un meilleur sort que celui des copies qui l'ont précédé, car il est le seul document géométrique qui indique l'état du monument de Carnac en 1844. »

Présentation. — M. le comte Xavier de Bellevue est présenté comme membre titulaire non résidant.

Admissions. — M. Sigay de la Goupillière, notaire à Carnac, est admis membre non résidant et M. George Edmond Lee, recteur de la ville de Saint-Pierre à Guernesey, membre correspondant.

M. de Limur continue la lecture de son étude sur les météores cosmiques (aérolithes, pierres tombées du ciel, bolides, etc.) dans le Morbihan.

Le Secrétaire, Léon LALLEMENT.

514e SÉANCE.

25 Juin 1895.

PRESIDENCE DE M. DE LIMUR.

MM. de Limur, de l'Estourbeillon, Le Mené, de la Gillardaie, de Closmadeuc, Fontès, Le Gall de Kerlinou, Taslé, Le Brigant et Lunven.

PROCÈS-VERBAL LU ET ADOPTÉ.

Dépôts et donations. — M. le Président dépose pour la bibliothèque :

Smithsonian report, 1893.

Revue des Deux-Mondes, 1er et 15 juin 1895.

Mémoires de la Société des sciences naturelles et archéologiques de la Creuse, 2e série, tome 3, VIIIe de la collection.

Revue de Bretagne, de Vendée et d'Anjou, tome XIII, 5e livraison, mai 1895.

Mémoires de la Société nationale académique de Cherbourg, 1894-1895.

Comité des travaux historiques et scientifiques, 1895.

Bulletin de la Société historique et archéologique de l'Orne, tome XIV, 1er et 2e bulletins, 2 volumes.

Revue de l'histoire des religions, 16e année, tome XXXI, N° 2, mars-avril 1895.

Bulletin de la Commission historique et archéologique de la Mayenne, 2e série, tome Xe, 1895.

Société archéologique et historique de l'Orléanais, tome X, N° 154, 3e et 4e trimestres de 1894.

Mémoires de la Société académique du Cotentin, tomes 9e et 10e, 1893 et 1894.

Journal of the anthropological institute, may 1895, volume XXIV, N° 4.

Bulletin de la Société des antiquaires de Picardie, année 1894, N° 4.

Annales de la Société académique de Nantes, volume 5e de la 7e série, 1894, 2e semestre.

Bulletin monumental 1894, 6e série, tome 9e.

Bulletin de la Société des antiquaires de l'Ouest, 2e série, tome VII, 1er trimestre de 1895, janvier-février-mars.

Inventaire des archives des châteaux bretons. IV. Archives du château de la Maillardière en Vertou, 1315-1718, publiées par le marquis de l'Estourbeillon.

Don de l'auteur.

Foi et science, par le marquis de Nadaillac.

Don de l'auteur.

Pour le musée archéologique :

Trois haches celtiques en diorite provenant de la Trinité-sur-Mer. — Acquisition de M Le Mené, conservateur du musée.

Une brique gallo-romaine trouvée rue du Four. — Don de M. Allanic.

Des remerciements sont votés aux donateurs.

Communications diverses. — M. Lunven fait connaître qu'il vient de faire l'acquisition pour la Société d'une certaine quantité de plans, de dessins, de manuscrits et de Bulletins de la Société, provenant de la succession de M. l'abbé Luco.

M. Fontès, trésorier de la Société, annonce à ses collègues qu'il quittera Vannes vers le mois d'octobre et demande qu'on porte à l'ordre du jour d'une séance avant octobre l'élection d'un trésorier.

Présentation. — M. Lamy, greffier du tribunal civil de Vannes, est présenté comme membre titulaire résidant.

M. Le Mené commence la lecture de son étude sur les *Carmes du Bondon.*

M. de Kerlinou lit une note sur les objets trouvés lors des travaux de nivellement de la rue du Four.

M. de Limur termine son étude sur les *météores cosmiques.*

Le Secrétaire, Léon LALLEMENT.

515e SÉANCE.

30 JUILLET 1895.

PRÉSIDENCE DE M. DE LIMUR.

ÉTAIENT PRÉSENTS :

MM. de Limur, de la Gillardaie, Le Mené, Le Digabel, Estienne, de Closmadeuc, Fontès, de l'Estourbeillon, de Kerlinou et Léon Lallement.

PROCÈS-VERBAL LU ET ADOPTÉ.

Dépôts et donations. — M. le Président dépose pour la bibliothèque :

Revue des provinces de l'Ouest, 2 volumes, 11e année, tome XVI, mai et juin 1895.

Journal des savants, mai et juin 1895.

Archives de Bretagne, tome VIII, lettres et mandements de Jean V, duc de Bretagne, de 1441 et 1442

Revue des Deux-Mondes, 1er et 15 juillet 1895.

Recueil des notices et mémoires de la Société archéologique de Constantine, 8e volume de la 3e série, 29e volume de la collection, année 1894.

Bulletin de la commission archéologique de Narbonne, année 1895, 2e semestre.

Revue des travaux scientifiques, tome XIV, No 11, et tome XV, No 1.

Annales de la Société d'archéologie de Bruxelles, tome IXe, 1er janvier 1895.

Annales de Bretagne, tome X, No 4, juillet 1895.

Bulletin de la Société des sciences de l'Yonne, année 1894, 48e vol., 13e de la 3e série.

Revue de Bretagne, de Vendée et d'Anjou, tome XIII, juin 1895, et tome XIV, juillet 1895. 2 volumes.

Bulletin de la Société d'agriculture, sciences et arts de la Sarthe, 2e série, tome XXVII, années 1895 et 1896, 1er fascicule.

Analecta Bollandiana, tome XIV, fascicule II.

Conseil général du Morbihan, session d'avril 1895.

Bulletin de la Société Dunoise, No 105, juillet 1895.

Bio-Bibliographie bretonne, 21e fascicule, 1895.

Bulletin de la Société des sciences naturelles de l'Ouest de la France, tome V, 2e trimestre 1895.

Annuaire de la Société d'archéologie de Bruxelles, 1895.

Bulletin de la Société archéologique du Finistère, tome XXII, 5e et 6e livraisons, 1895.

Bulletin de la Société d'anthropologie de Paris, tome Ve, 10e série, No 10, décembre 1894.

Bulletin du syndicat agricole de l'arrondissement de Meaux, 8e année, No 7, 15 juillet 1895.

Bulletin de la société « Les amis des sciences et arts de Rochechouart », tome V, No 1, mars 1895.

Bulletin de la Société archéologique de Touraine, tome IX, 3e et 4e trimestres 1894.

Des remerciements sont votés aux donateurs.

Admission. — M. Lamy, greffier du tribunal civil de Vannes, est admis membre titulaire résidant. M. le comte Xavier de Bellevue est admis membre titulaire non résidant.

Présentation. — Le vicomte Y. de Kergonano est présenté comme membre titulaire non résidant.

Correspondance. — Communication par M. Fontès d'une lettre de M. Revelière. — La Société charge M. Fontès d'écrire à M. Revelière qu'aux termes du règlement, la Commission des publications, qui se réunit deux fois l'an, a seule qualité pour statuer sur *l'impression des mémoires lus en séance.*

Communications diverses. — M. le docteur de Closmadeuc appelle l'attention de la Société sur un filon de roche *pyroxénitique* qu'il a exploré récemment à l'Ile-d'Arz.

Ce filon, d'une largeur de plusieurs mètres, s'étend le long de la côte sud de la presqu'île de Brouel, sur un parcours de plus de 200 mètres.

Il met sous les yeux de ses collègues un très grand nombre de blocs détachés, à l'aide du marteau, de la roche même, à différents endroits de son étendue. Cette roche, extrêmement tenace, a une couleur qui varie du vert foncé au vert blanchâtre. Sa densité, étudiée dans trois laboratoires (l'école normale, le collège communal, l'officine d'un pharmacien de Vannes), est en moyenne de 2, 70.; sur aucun des échantillons examinés, elle n'atteint 3.

Un autre gros bloc, pesant 30 kilog., a été trouvé dans les matériaux de démolition d'une vieille maison; sa couleur est d'un vert presque noir. C'est aussi une roche composée de pyroxène, d'une densité analogue à celle du filon de Brouel.

M. de Limur présente à ce sujet les observations suivantes :

Certains doutes relatifs à la nature et à la composition de roches en gisement dans notre golfe du Morbihan et présentant de l'intérêt à divers points de vue, ont été émis par un de nos collègues éminent archéologue. Quelques détails sont nécessaires touchant la question de pesanteur spécifique.

L'histoire naturelle des corps inorganiques se divise en deux grandes branches qui sont parfaitement séparées et distinctes l'une de l'autre, et cependant souvent confondues par les archéologues étrangers à ces études des médailles justificatives des événements qui se sont produits pendant la formation du globe sur lequel se passe notre existence. La première de ces deux branches est la minéralogie ; son programme vise les *combinaisons chimiques constituant* les espèces minérales pures. Nous n'entrerons pas dans plus de détails ici. La pesanteur spécifique, quand ces combinaisons chimiques sont cristallisées ou pures d'autres mélanges, inclusions, microlites, ou sans variation de disposition moléculaire, est susceptible de varier quelque peu ; dans le dernier cas que nous venons d'indiquer, même d'une somme importante. En voici un exemple curieux : l'un est un échantillon de quartz vulgaire, silex ou pierre à feu, l'autre le silex *nectique* de Saint-Ouen. Si nous posons sur l'eau d'un vase notre silex (pierre à fusil), immédiatement il va descendre au fond de l'eau ; quant à l'autre, le silex nectique, il va flotter et nager sur l'eau ainsi que le remarquent Beudant, Dufrénoy etc. C'est cependant de la silice, quartz, oxyde de silicium et chimiquement. Si, bien que la pesanteur spécifique présente une grande différence entre les deux spécimens que vous avez sous les yeux.

Nous nous en tiendrons aux remarques que nous venons de consigner ici touchant la pesanteur spécifique en minéralogie. Considérons la même question au point de vue des recherches de la pétrographie, cette autre branche de l'histoire naturelle des corps inorganiques. C'est la connaissance et l'étude des masses constitutives de l'enveloppe terrestre, parfois une espèce minérale seule, d'autres fois (c'est très fréquent) non plus une combinaison chimique, plus ou moins compliquée, donnant naissance à une espèce bien déterminée, mais une agrégation, un mélange, à la place des atomes de la chimie, de substances minérales, hétérogènes associées et formant des masses ou roches. Ici les renseignements donnés par la pesanteur spécifique sont susceptibles d'être tellement variables pour une même roche, que dans les ouvrages de pétrographie ou dans les descriptions des roches, le renseignement *densité* est passé sous silence. En quelques lignes M. Damour en fait parfaitement comprendre la raison ; il écrit ([a]) : « Il est à considérer que

([a]) Damour, sur la composition des haches en pierre et comptes-rendus de l'académie des sciences, tome LXI.

« la matière des haches est rarement d'une pureté absolue et, « sur bien des échantillons, elle constitue non une espèce simple, mais « un mélange de divers éléments, dans lesquels la jadéïte paraît entrer « pour une plus ou moins forte proportion. Les matières mélangées « peuvent appartenir à des minéraux de la famille des épidotes ou des « pyroxènes, isomorphes de la jadeïte et d'une densité à peu prés égale ; « car, dans le cas où il y aurait mélange des minéraux feldspathiques « la densité serait notablement plus faible. »

Cette phrase, textuellement extraite de la communication de l'éminent académicien à une des séances de l'Institut, se trouve être la description méticuleusement exacte et applicable aux roches en gisement dans le Morbihan, à ces curieux gîtes, que sont venus examiner et étudier sur place à diverses époques... M.Whitman Cross, du Geological Survey des Etats-Unis, M. le professeur Barrois, de la commission pour le service de la carte géologique détaillée de France, M. le Dr Lacroix, professeur de minéralogie au Muséum, etc.

Les deux premiers dans leurs publications ont exprimé l'opinion que les roches de ces gîtes morbihannais devaient avoir été utilisées par les populations de l'âge des dolmens en Bretagne.

Rapportons ici ce qu'écrit M. Barrois dans son mémoire au sujet des pyroxénites du golfe du Morbihan... On lit p. 78... « On peut attribuer « à ces gisements du Morbihan les haches en néphrite des musées de « Vannes. »

Conclusions, que nous *adoptons* dans leur entier... cela appuyé pour nous sur les spécimens de notre galerie et les nombreux essais docimasiques qui y sont conservés.

Du reste, en terminant ce qui se rapporte au sujet d'études de l'histoire naturelle des corps inorganiques, nous engagerions très fort nos collègues les archéologues à signaler leurs doutes aux savants professeurs, géologues et pétrographes que nous venons de nommer, ces derniers en possession d'une bien autre autorité dans ces questions que le modeste collectionneur de minéralogie. — (Note communiquée par M. de Limur.)

M. le Mené termine la lecture de son étude sur *les Carmes du Bondon*.

Le Secrétaire, Léon LALLEMENT.

516e SÉANCE.

27 Aout 1895.

PRÉSIDENCE DE M. DE LIMUR.

ÉTAIENT PRÉSENTS :

MM. de Limur, Taslé, Le Mené, Nicol, Henri de Cussé et Léon Lallement.

PROCÈS-VERBAL LU ET ADOPTÉ.

Dépôts et donations. — M. le Président dépose pour la Bibliothèque :

Mémoires de la Société archéologique de Rambouillet, série in-octavo, tome X.

Jetons et médailles français, catalogue N° 13.

Bulletin de la Société Belfortaine d'émulation, N° 14, année 1895.

Revue de Bretagne, de Vendée et d'Anjou, tome XIV, 2e livraison, août 1895.

Bulletin et mémoires de la Société archéologique et historique de la Charente, année 1894, 6e série, tome IV.

Mémoires de l'Académie de Stanislas, 1894, CXLVe année, 5e série, tome XII.

Mémoires de la Société académique d'agriculture, etc. de l'Aube, tome XXXI, 3e série, année 1894.

Mémoires de la Société Dunkerquoise, 27e volume, 1892-1893-1894.

Revue des Deux-Mondes, 1er et 15 août 1895.

Bulletin de la Société archéologique du Midi de la France, série in-8°, N° 15.

Romania, recueil trimestriel, tome XXIV, N° 95, juillet 1895.

Bulletin of the american geographical society, vol. XXVII, N° 2, 1895.

Revue des travaux scientifiques, 1894, N° 12, et 1895, Nos 2 et 3.

Bulletin de la Société d'étude des sciences naturelles de Béziers, 17e volume, année 1894.

Bulletin de la Société historique et archéologique de l'Orne, t. XIV, 3e bulletin, 1895.

Journal of the anthropological institute, août 1895.

Pour le musée archéologique : Deux colliers en jade océanien. — Don de M. le comte de la Monneraye.

Pour le musée d'histoire naturelle : Collection d'oiseaux-mouches, montés sous globe. — Don de M. Pocard-Kerviler.

Des remerciements sont votés aux donateurs.

Admission. — M. le vicomte Y. de Kergonano est admis membre titulaire non résidant.

Communications diverses. — M. Le Mené fait connaître qu'il s'est rendu acquéreur, pour le compte de la Société, d'un certain nombre de celtæ, de vases et de fragments de vases ayant appartenu à notre regretté collègue l'abbé Lavenot. M. Le Mené met en même temps ces différents objets sous les yeux de la Société.

M. de Limur invite ses collègues à visiter la salle renfermant la collection de géologie de M. de Labadie, donnée à la Société par M. de Cussé.

Des remerciements sont votés à M. de Limur pour le soin qu'il a mis à aménager cette nouvelle salle.

La Société ouvre un crédit à M. de Limur pour achat d'andrinople destiné à préserver de la poussière les cartons de l'herbier.

M. de Limur lit une note sur *une variété fossile de l'ordre des crinoïdes.*

Le Secrétaire, Léon LALLEMENT.

517e SÉANCE.

24 Septembre 1895.

PRÉSIDENCE DE M. DE LIMUR.

ÉTAIENT PRÉSENTS :

MM. de Limur, Le Mené, Fontès, Lunven, Le Gall de Kerlinou, Ballu et Léon Lallement.

PROCÈS-VERBAL LU ET ADOPTÉ.

Dépôts et donations. — M. le President dépose pour la Bibliothèque :

Bulletin de la Société d'études des sciences naturelles de Nimes, 23e année, janvier-juin 1895, Nos 1 et 2.

Les États de Bretagne au XVIe siècle, par Henri Sée, chargé de cours à la faculté des lettres de Rennes.

Bulletin de la Société archéologique de Touraine, tome X, 1er et 2e trimestres de 1895.

Bulletin de la Société archéologique du Finistère, tome XXII, 7e livraison de 1895.

Bulletin de la Société d'anthropologie de Paris, tome VIe, 10e série, 1er et 2e fascicules de 1895.

Société de secours des amis des sciences. Compte-rendu des 34e et 35e exercices.

Revue des Deux-Mondes, 1er et 15 septembre 1895.

Société de Borda, 2e trimestre, 20e année, 1895.

Annales de la Société d'archéologie de Bruxelles, tome IXe, 1er avril 1895.

Bulletin de l'Association pomologique de l'ouest, tome XIIe.

Bulletin de la société « Les amis des sciences et arts de Rechechouart », tome V, N° 2, mai 1895.

Société bretonne de géographie, 13e année, N° 63, 2e trimestre 1895.

Journal des savants, juillet-août 1895.

Revue des provinces de l'ouest, 11e année, tome XVI, juillet-août 1895.

Société des antiquaires de Picardie, 10e fascicule, 1895.

Mémoires de la Société des antiquaires de Picardie. — Monuments religieux de l'architecture romane et de transition dans la région picarde, par C. Eulart.

La science pour tous. Don de M. Bert.

Pour le musée archéologique :

Une hachette en diorite trouvée à la Croix-Helléan près Mi-Voie.

Don du R. P. Michel, capucin.

Pour le musée d'histoire naturelle :

Une collection d'oiseaux des colonies.

Don de M. le Commandant d'artillerie Jeannel.

Des remerciements sont votés aux donateurs.

Élection d'un trésorier. — M. de Lagillardaie est élu trésorier en remplacement de M. Fontès, démissionnaire pour cause de départ.

Sur la proposition de M. Le Gall de Kerlinou, la Société vote l'acquisition de l'ouvrage de M. l'abbé Le Garrec « Quiberon ».

M. Lunven, communique l'inventaire des plans, bulletins et objets divers provenant de l'acquisition faite par lui pour le compte de la Société, chez M. l'abbé Luco. (Cet inventaire figurera au bulletin dans le rapport de fin d'année du Conservateur de la Bibliothèque.)

M. Lunven émet l'avis que les bulletins qu'il vient ainsi de se procurer soient déposés au secrétariat pour s'ajouter à ceux dont la Société dispose pour la vente. Adopté.

Présentations. — M. Gabriel Leygues, procureur de la République à Pontivy, et M. F. Forest, conseiller général du Morbihan (Malansac), sont présentés comme membres titulaires non résidants.

M. Lunven entretient l'assemblée de la fouille exécutée au dolmen de Graniol, près Arzon, par M. Gaillard. La Société charge MM. Lunven, de Kerlinou et Lallement d'aller à Arzon dans la seconde quinzaine d'octobre.

M. de Limur invite à visiter la salle contenant l'herbier pour examiner la disposition des tentures destinées à protéger la collection. La Société approuve l'arrangement fait par M. de Limur.

M. de Limur lit une note *sur un fragment de hache en matière* très rare, acquise par M. Le Mené. — Cette hache en fibrolite blanche à taches vertes (fibrolite chloriteuse) dont il n'existe à sa connaissance que 6 spécimens, présente encore cette particularité qu'elle contient du plomb sulfuré (Galène), non seulement visible à l'œil nu, mais constituant des inclusions, des veines considérables, tout comme la chlorite, dans la masse générale fibrolitique. M. de Limur indique en terminant la façon dont les fabricants modernes de haches s'y prennent pour tromper les collectionneurs. Il cite les différents procédés employés pour obtenir une fausse patine.

Le Secrétaire, Léon LALLEMENT.

518e SÉANCE.

29 Octobre 1895.

PRÉSIDENCE DE M. DE LIMUR.

ÉTAIENT PRÉSENTS :

MM. de Limur, de Kerlinou, de Laigue, Fontès, de La Gillardaie, Ballu et Léon Lallement.

PROCÈS-VERBAL LU ET ADOPTÉ.

Dépôts et donations — M. le Président dépose pour la Bibliothèque :

Revue de l'histoire des Religions, 16e année, tomes XXXI et XXXII Nos 1 et 3, mai-juin juillet-août.

Annales de la société des lettres, sciences et arts des Alpes-Maritimes, tomes XIII et XIV.

Mémoires de la société nationale des sciences naturelles et mathématiques de Cherbourg, tome XXIX, 3e série, tome IX 1892-1895.

Revue des travaux scientifiques, tome XV, Nos 4 et 5.

Bulletin de la société archéologique et historique du Limousin, tome XLIV, 1re livraison.

Bulletin et mémoires de la société archéologique du département d'Ille-et-Vilaine, tome XXIV.

Analecta bollandiana, tome XIV, fascicule III.

Répertoire des travaux de la société de statistique de Marseille, tome 43e.

Bulletin monumental, 6e série, tome 10e, 1895.

Revue des Deux-Mondes, 1er et 15 octobre 1895.

Revue archéologique, 3e série, tome XXVII, juillet-août 1895.

Bulletin de la société des sciences naturelles de l'ouest de la France, tome V, 3e trimestre 1895.

Bulletin of the american geographical society, vol. XXVII, No 3, 1895.

Bulletin de la société « Les amis des sciences et arts de Rochechouart », tome V, No 111.

Revue de Bretagne, de Vendée et d'Anjou, tome XIV, 3e livraison, septembre 1895.

Société archéologique et historique de l'Orléanais, tome XI, No 155.

Annales de la société académique de Nantes, volume 6 de la 7e série, 1er semestre 1895.

Bulletin de la société des Antiquaires de Picardie, année 1895, No 1.

Annales de la société d'horticulture et d'histoire naturelle de l'Hérault, Nos 1 et 2, janvier, février, mars, avril, mai 1895.

Bulletin de la société archéologique du Finistère, tome XXII (8e livraison) 1895.

Bulletin du syndicat agricole, de l'arrondissement de Meaux, 8e année, Nos 9 et 10, 1895.

Revue des Provinces de l'ouest, 11e année, tome XVII, septembre 1895.

Léon de la Sicotière, par M. Louis Duval. — Don de l'auteur.

Voyage en Abyssinie — Histoire naturelle — par M. A. Richard. — Don de M. Émile Morio, pharmacien en chef de la marine en retraite.

Pour le musée archélogique :

Un cercueil antankara trouvé dans la baie de Diégo-Suarez.

Don de M. Lavigne, aide-commissaire de la marine.

Des remerciements sont votés aux donateurs.

Admissions. — M. Gabriel Leygues, procureur de la République à Pontivy, et M. F. Forest, conseiller général du Morbihan, sont admis membres titulaires non résidants.

Correspondance. — M. l'abbé Deblond, récemment nommé recteur à Lanouée, demande à être inscrit sur la liste des membres titulaires non résidants.

Note de M. Damour sur des roches de l'Ile-d'Arz. — M. Damour, consulté sur la nature des échantillons de roches recueillis dans l'Ile-d'Arz, est d'avis que d'après l'examen de leurs caractères physiques et chimiques, ils ne sauraient être rapportés à la jadéite et à la chloromélanite. Ils rentrent dans la catégorie de ces roches assez communes dans les terrains primitifs de la Bretagne dont M. Barrois a récemment reconnu un gisement, et qu'il a classés parmi les pyroxénites.

Au sujet de cette note, M. de Limur expose que la famille des pyroxènes est nombreuse comme espèces; que dans les roches pyroxéniques en gisement dans le Morbihan, nul ne songe à contester la présence du pyroxène monoclinique, mais que, seulement, la somme de soude dans la substance bretonne diffère un peu de celle contenue dans la jadéite du Thibet; qu'on peut donc dire de la roche pyroxénique de l'Ile-d'Arz, que c'est un pyroxène diopside sodifère, variété voisine du pyroxène diopside sodifère du Thibet, autrement dit jadéite.

M. de Limur ajoute qu'il a pratiqué des essais par la voie sèche sur l'acmite, sur l'ægyrine et sur l'hédenbergite sodifère de l'Ile-d'Arz et qu'il est difficile pour ces trois substances — diopsides à excès de fer — ou chloromélanite — de distinguer les essais les uns des autres.

M. de Limur lit une étude *sur le jade oriental (Néphrite)*. Il en fait connaître la composition, énumère les différents travaux consacrés à cette substance, indique les gisements de la néphrite et passe en revue ses caractères minéralogiques. M. de Limur en terminant examine les phénomènes d'épigénies métamorphiques dans le golfe du Morbihan.

Les Carmes déchaussés de Vannes. — Par M. Le Mené. Les Carmes déchaussés vinrent s'établir à Vannes en 1627, dans le quartier du port, près de la chapelle de Saint-Julien, à la suite de libéralités faites à leur ordre par messire Jean Morin, seigneur du Bois-de-Tréhart, président du présidial de Vannes, et Jeanne Huteau sa femme. La pose de la première pierre de l'église eut lieu le 3 mai 1629 et le couvent, aujourd'hui converti en évêché, commença à s'élever le 19 juin 1630. M. Le Mené donne ensuite la liste des diverses fondations de messes et de services proposées par les fidèles et acceptées par les Carmes déchaussés.

Le Secrétaire, LÉON LALLEMENT.

519e SÉANCE.

26 Novembre 1895.

PRÉSIDENCE DE M. DE LIMUR.

MM. de Limur, Le Mené, Ballu, de la Gillardaie, de Cussé, de Lagatinerie, de l'Estourbeillon, Le Gall de Kerlinou et Léon Lallement.

PROCÈS-VERBAL LU ET ADOPTÉ.

Dépôts et donations. — M. le Président dépose pour la bibliothèque :

Recueil des publications de la Société havraise d'études diverses, année 1894, 4e trimestre, et année 1895, 1er et 2e trimestres.

Revue archéologique, 3e série, tome XXVI septembre-octobre, 1895.

Société de médecine légale de France, tome XIII, 2e partie 1895.

Bulletin de la Société dunoise, No 106, octobre 1895.

Revue de Bretagne, de Vendée et d'Anjou, tome XIV, 4e livraison, octobre 1895.

Chinoock Texts, par Franz Boas.

Annales du Musée Guimet, — (Voyage dans le Laos), tome Ier, 5e année 1895.

Bulletin du Comité des travaux historiques et scientifiques, 1895.

Proceedings of the american philosophical society, volume XXXIV, janvier 1895, No 147.

Conseil général du Morbihan, 2e session ordinaire de 1895. Rapport de M. Léopold Gravier, préfet du Morbihan.

Société de Borda, 20e année, 1895, 3e trimestre.

Bulletin de la Commission historique et archéologique de la Mayenne, 2e série, tome XI, 1895.

Bulletin de la Société des sciences, lettres et arts de Pau, 1893-94, 2e série. tome XXIII, année 1894.

Bulletin de la Société des sciences historiques et naturelles de l'Yonne, année 1895, 49e volume.

Archeologic investigations in James and Potomac valleys, par Gérard Fowke.

The siouan tribes of the east, par James Mooney.

Bulletin de la Société d'étude des sciences naturelles de Nîmes, 23e année, N° 3, 1895.

Bulletin du syndicat agricole de l'arrondissement de Meaux, 8e année, N° 11, 15 novembre 1895.

Bulletin de la Société archéologique du Finistère, tome XXII, 9e livraison de 1895.

Revue des Deux-Mondes, 1er et 15 novembre.

Journal des savants, 2 volumes, septembre et octobre 1895.

Pour le musée d'histoire naturelle. — Un échantillon de fer sulfuré. Don de M. le commandant Piercy.

Correspondance. — Circulaire de M. Le Ministre de l'Instruction publique, des Beaux-Arts et des Cultes annonçant que la 20e session des sociétés des Beaux-Arts des départements s'ouvrira le mardi 7 avril 1896. — Cette circulaire déposée au secrétariat est à la disposition des membres de la Société.

Circulaire de l'Association des « Bretons de Paris » faisant connaître que les amis et les anciens élèves du regretté chirurgien Alphonse Guérin, ancien président de l'Académie de médecine, ont eu la pensée de lui élever un monument à Ploërmel, sa ville natale. Le comité breton s'adresse à tous les amis d'Alphonse Guérin en les priant de vouloir bien envoyer leur souscription. — La Société décide qu'une somme de 50 fr. sera adressée à M. Famel trésorier du comité.

Lettre d'un archéologue hollandais adressée au Président, demandant s'il existe au musée de la société des haches en plomb bien authentiques. — Il en existe plusieurs trouvées au village de Darun en Saint-Dolay.

Communications diverses. — M. de l'Estourbeillon expose à la Société qu'il serait à souhaiter que, désormais, les rues nouvelles de la ville de Vannes portassent, autant que possible, des noms de Bretons célèbres.

M. Le Mené termine la lecture de son étude sur *les Carmes déchaussés de Vannes.*

La Société fixe au lundi, 23 décembre, la date de sa prochaine réunion.

Le Secrétaire, Léon LALLEMENT.

520e SÉANCE.

23 Décembre 1895.

PRÉSIDENCE DE M. DE LIMUR.

MM. de Limur, de la Gillardaie, de Kerlinou, de l'Estourbeillon, de Gourdon et Léon Lallement.

PROCÈS-VERBAL LU ET ADOPTÉ.

Dépôts et donations. — M. le Président dépose pour la bibliothèque :

Mémoires de la Société d'histoire et d'archéologie de Châlon-sur-Saône, tome VIII, 1e partie, 1895.

Bibliographie des travaux scientifiques, tome I, 1re livraison.

Mémoires de la Société d'agriculture de la Marne, année 1894.

Actes de la Société linnéenne de Bordeaux, volume XLVII, 5e série, tome VII, année 1894.

Romania, tome XXIV, No 96, octobre 1895.

Revue de Bretagne, de Vendée et d'Anjou, tome XIV, 5e livraison, novembre 1895, 39e année.

Mémoires de l'académie de Metz, 2e période, LXXIVe année, 3e série, XXIIe année, 1892-1893.

Mémoires de l'académie de Nîmes, VIIe série, tome XVII, année 1894.

Revue des travaux scientifiques, tome XV, Nos 6, 7 et 8.

Bulletin de la Société impériale des naturalistes de Moscou, année 1894, No 4.

Société archéologique de Bordeaux, tome XIX, 1er, 2e et 3e fascicules, 1894.

Journal of the anthropological institute, novembre 1895, volume XXV, No 2.

Bulletin de la Société d'anthropologie de Paris, tome VIe, IVe série, fascicules 3 et 4, 1895.

Bulletin de la Commission des antiquités de la Seine-Inférieure, tome X, 1re livraison, 1895.

Bulletin de la Société dunkerquoise, 1895, 1er fascicule.

Bulletin de la Société archéologique du Finistère, tome XXII, 10e livraison, 1895.

Annales de la Société d'horticulture et d'histoire naturelle de l'Hérault, 35e année, Nos 3-4, juin-juillet-août 1895.

Revue des provinces de l'ouest, 11e année, tome XVII, octobre 1895.

Revue des Deux-Mondes, 1er et 15 décembre.

Des remerciements sont votés aux donateurs.

Correspondance. — Circulaire de « *l'Association française pour l'avancement des sciences* » faisant connaître que les séances du Congrès auront lieu en 1896 à Tunis, les mercredi, jeudi, vendredi et samedi 1er, 2, 3 et 4 avril. — La circulaire est déposée au secrétariat où en pourra en prendre connaissance.

Lettre de M le Principal du collège de Vannes en date du 29 novembre 1895, remerciant la Société polymathique du don d'échantillons de roches et fossiles qu'elle a bien voulu faire pour la collection minéralogique de l'établissement qu'il dirige.

Lettre du 15 décembre 1895, par laquelle M. le Directeur de l'école normale d'instituteurs de Vannes remercie également la Société polymathique des échantillons de minéralogie et de géologie qu'elle lui a adressés pour le musée de l'école.

M. Lallement continue la lecture de son étude sur *le Maréchal de camp baron de Warren.*

La Société fixe au mardi 14 janvier 1896 la date de la séance supplémentaire.

SÉANCE SUPPLÉMENTAIRE

du Mardi 14 Janvier 1896.

PRÉSIDENCE DE M. LE Cte DE LIMUR.

ÉTAIENT PRÉSENTS :

MM. de Limur, de l'Estourbeillon, Mauricet, Jausions, Le Mené, Mélan, Léguillon-Guyot, Chauffier, de Kerlinou, de la Gillardaie, Huchet, Taslé, de Closmadeuc, de Gourdon, Ballu et Léon Lallement.

Il est procédé au renouvellement du Bureau :

Le scrutin est ouvert à une heure pour la nomination d'un vice-président.

Pendant la demi-heure qui s'écoule avant le dépouillement, MM. Le Mené, conservateur du Musée archéologique, et Léguillon-Guyot, conservateur du Musée d'histoire naturelle, lisent et déposent leurs rapports sur les faits principaux concernant leurs départements pendant l'année 1895.

Sur la demande de M. Le Mené, la Société vote des remerciements à M. l'abbé Dréanic, qui a bien voulu faciliter l'achat pour notre Musée, de la collection archéologique de M. l'abbé Lavenot, notre ancien collègue.

Des remerciements sont également votés à M. de l'Estourbeillon pour le don qu'il a bien voulu faire à la Société de son ouvrage « Inventaire des archives du château de Sainte-Verge, près Thouars. »

Le scrutin est dépouillé :

M. Le Mené est élu Vice-Président.

Sont ensuite élus :

Trésorier : M. de la Gillardaie.
Secrétaire-Adjoint : M. Lunven.

	MM.
Conservateurs-Adjoints du Musée archéologique :	Le Brigant. Nicol.
Conservateurs-Adjoints du Musée d'histoire naturelle :	Motel. Huchet.

On procède ensuite au renouvellement des Commissions permanentes.

Sont élus :

Membres de la Commission des finances :	Rolland. Huchet. Taslé.
Membres de la Commission des publications :	Nicol. Mauricet. Huchet.
Membres de la Commission des fouilles :	de Closmadeuc. Willotte.
Membres de la Commission des achats divers :	de Limur. de Kerlinou.

LISTE DES SOCIÉTÉS SAVANTES

AVEC LESQUELLES

LA SOCIÉTÉ POLYMATHIQUE EST EN RELATION.

Aisne.	Société historique et archéologique, à Château-Thierry.
Alpes-Maritimes.	Société des lettres, sciences et arts des Alpes-Maritimes, à Nice.
Aube.	Société d'agriculture, sciences, arts et belles-lettres, à Troyes.
Aveyron.	Société des lettres, sciences et arts, à Rodez.
Basses-Pyrénées..	Société des lettres, sciences et arts, à Pau.
Belfort.	Société belfortaine d'émulation, à Belfort.
Bouches-du-Rhône.	Société de statistique, à Marseille.
Charente.	Société archéologique et historique de la Charente, à Angoulême.
Charente-Inférieure.	Académie des belles-lettres, sciences et arts de la Rochelle.
Cher.	Société des Antiquaires du centre, à Bourges.
Côtes-du-Nord.	Société historique et archéologique des Côtes-du-Nord, à Saint-Brieuc.
—	Société d'émulation, à Saint-Brieuc.
Creuse.	Société des sciences naturelles et archéologiques, à Guéret.
Deux-Sèvres.	Société de statistique, sciences, lettres et arts, à Niort.
—	Bulletin de la bibliothèque scientifique de l'Ouest, à Niort.
Doubs.	Société d'émulation, à Besançon.
Drôme.	Comité d'histoire ecclésiastique et d'archéologie religieuse du diocèse de Valence, à Romans.
Eure.	Société normale d'études préhistoriques aux Andelys.
Eure-et-Loir.	Société dunoise, à Châteaudun.
Finistère.	Société académique de Brest.
—	Société archéologique du Finistère, à Quimper.
Gard.	Académie du Gard, à Nîmes.
—	Société d'études des sciences naturelles de Nîmes, à Nîmes.

Gironde.	Société archéologique de Bordeaux.
—	Société linnéenne de Bordeaux.
Haute-Garonne.	Société arch. du midi de la France, à Toulouse.
—	Société d'histoire naturelle, à Toulouse.
—	Société hispano-portugaise de Toulouse.
Haute-Loire.	Société d'agriculture, sciences et arts, au Puy.
Haute-Saône.	Société d'agriculture, sciences et arts du département de la Haute-Saône, à Vesoul.
Haute-Vienne.	Société archéologique et historique du Limousin, à Limoges.
—	Société des amis des sciences et arts de Rochechouart.
Hérault.	Société d'horticulture et d'histoire naturelle de l'Hérault, à Montpellier.
Ille-et-Vilaine.	Société archéologique, à Rennes.
—	Annales de Bretagne, Faculté des lettres de Rennes.
Indre-et-Loire.	Société archéologique de Touraine, à Tours.
Landes.	Société de Borda, à Dax.
Loire.	Société d'agriculture et d'industrie, à Saint-Etienne.
Loire-Inférieure.	Société archéologique, à Nantes.
—	Société académique, à Nantes.
—	Société de géographie commerciale, à Nantes.
—	Société de géographie et du musée commercial, à Saint-Nazaire.
Loiret.	Société archéologique de l'Orléanais, à Orléans.
Loir-et-Cher.	Société archéologique du Vendômois, à Vendôme.
—	Société des sciences et lettres du Loir-et-Cher, à Blois.
Maine-et-Loire.	Société d'agriculture, sciences et arts, à Angers.
—	Académie des sciences et belles-lettres d'Angers.
—	Société linnéenne, à Angers.
Manche.	Société nationale des sciences naturelles, à Cherbourg.
Marne.	Société d'agriculture, commerce, sciences et arts, à Châlons-sur-Marne.
—	Société des sciences et arts de Vitry-le-François.
Mayenne.	Commission historique et archéologique, à Laval.
Meurthe.	Société académique de Stanislas, à Nancy.
Moselle.	Mémoires de l'Académie de Metz.
Morbihan.	Société bretonne de géographie, à Lorient.

Nord.	Société dunkerquoise, à Dunkerque.
—	Société des sciences, de l'agriculture et des arts de Lille, à Lille.
Oise.	Société académique d'archéologie, sciences et arts, à Beauvais.
—	Comité archéologique de Senlis.
Orne.	Société historique et archéologique de l'Orne, à Alençon.
Rhône.	Société littéraire, historique et archéologique de Lyon.
—	Musée Guimet, boulevard du Nord, à Lyon.
Saône-et-Loire.	Société d'histoire et d'archéologie, à Chalon-sur-Saône.
—	Académie de Mâcon.
Sarthe.	Société d'agriculture, sciences et arts, au Mans.
—	Société historique et archéologique du Maine, au Mans.
—	Société philotechnique du Maine, au Mans.
Savoie.	Société d'histoire et d'archéologie, à Chambéry.
Seine.	Société de médecine légale, à Paris.
—	Société d'Économie sociale (Réforme sociale).
—	Société philotechnique, à Paris.
—	Société d'anthropologie, à Paris.
—	Société nationale des antiquaires de France, à Paris.
—	Société d'ethnographie du Trocadéro.
—	Société académique indo-chinoise de France.
Seine-et-Marne.	Société d'agriculture, sciences et arts, à Meaux.
—	Société d'archéologie, à Melun.
Seine-et-Oise.	Société archéologique de Rambouillet.
Seine-Inférieure.	Commission dépar^{tle} des antiquités, à Rouen.
—	Société nationale havraise d'études diverses, au Havre.
Somme.	Société des Antiquaires de Picardie, à Amiens.
—	Société d'émulation d'Abbeville.
Tarn-et-Garonne.	Société archéologique de Tarn-et-Garonne, à Montauban.
Var.	Société académique de Toulon.
—	Société d'études scientifiques et archéologiques de la ville de Draguignan.
Vendée.	Société d'émulation de la Vendée, à la Roche-sur-Yon.
Vienne.	Société des Antiquaires de l'Ouest, à Poitiers.
Yonne.	Société des sciences historiques et naturelles à Auxerre.

...

ALGÉRIE.	Société archéologique de la province de Constantine, à Constantine.
ALSACE.	Société d'histoire naturelle de Colmar.
ANGLETERRE.	The archeological journal, à Londres.
—	Anthropological Institute, à Londres.
—	Royal archæological Institute of great Britain and Ireland, à Londres.
—	The Folk-lore Society, 36, Alma square St John's Wood.
BELGIQUE	Analecta Bollandiana, rue des Ursulines, 14, Bruxelles.
—	Société d'archéologie de Bruxelles, à Bruxelles.
DANEMARK.	Société royale des Antiquaires du Nord, à Copenhague.
ÉCOSSE.	Société des Antiquaires, à Édimbourg.
ÉTATS-UNIS.	Smithsonian association, à Washington.
—	The American geographical Society of New-York.
—	The American philosophical Society, à Philadelphie.
NORWÈGE.	Université royale de Norwège, à Christiania.
RUSSIE.	Société impériale des naturalistes, à Moscou.
SUÈDE.	Académie royale des belles-lettres, d'histoire et d'antiquités de Suède, à Stockholm.

REVUES ET PUBLICATIONS PÉRIODIQUES

AUXQUELLES EST ABONNÉE LA SOCIÉTÉ POLYMATHIQUE.

Revue des Deux-Mondes.
Revue archéologique.
Revue des sociétés savantes.
Revue de Bretagne, de Vendée et d'Anjou.
Revue des provinces de l'Ouest.
Revue des travaux scientifiques.
Revue de l'histoire des religions.
Bibliophiles bretons.
Congrès archéologiques de France (Société française d'archéologie).
Association française pour l'avancement des sciences.
Année scientifique et industrielle (Louis Figuier).
Journal des Savants.
Bulletin monumental.
Romania.

Bienfaiteurs de la Société polymathique.

MM. THOMAS-DUCORDIC.
JEAN-MARIE GALLES.
AMAND TASLÉ.
LE VANNIER.
JULES LE ROY. — ABEL LE ROY.
LÉON DE CUSSÉ.
Comte DE LA MONNERAYE.

MEMBRES

DE LA SOCIÉTÉ POLYMATHIQUE DU MORBIHAN.

BUREAU POUR L'ANNÉE 1896.

MM. DE L'ESTOURBEILLON, Président.
LE MENÉ, Vice-Président.
LÉON LALLEMENT, Secrétaire.
DE LA GILLARDAIE, Trésorier.
LE MENÉ, Conservateur du Musée archéologique.
LÉGUILLON-GUYOT, Conservateur du Musée d'histoire naturelle.
LUNVEN, Conservateur de la Bibliothèque.

ADJOINTS AUX MEMBRES DU BUREAU.

LUNVEN, Secrétaire-adjoint.
LE BRIGANT, NICOL, } Conservateurs-adjoints du Musée archéologique.
MOTEL, HUCHET, } Conservateurs-adjoints du Musée d'histoire naturelle.
ESTIENNE, LALLEMENT, } Conservateurs-adjoints de la Bibliothèque.

MEMBRES A VIE

GUILLEVIC (l'abbé), prof. au grand séminaire, titulaire résidant (1893).

VILLEMAIN, Inspecteur des finances, rue d'Orléans, 3, Rennes, titulaire non résidant.

MEMBRES TITULAIRES RÉSIDANTS

BALLU, Conservateur des Hypothèques (1892).

BÉCEL (Mgr), Évêque de Vannes (1867).

BERNARD, chef de Section à la gare de Vannes (1896).

BLANCHE (Dr) (1884).

BUGUEL, père, ancien Notaire à Vannes (1869).

BUGUEL, fils, Notaire (1886).

CARADEC (ALBERT), ancien Député, rue des Chanoines (1869).

CARDINAL, Photographe (1882).

CHABERT, Trésorier général, Caen (1883).

CHAUFFIER (l'abbé), prof. à l'École libre S.-François-Xavier (1865).

DE BOISSÉGUIN, Receveur d'Enregistrement (1880).

DE CLOSMADEUC (Dr), Membre correspondant de l'Académie de médecine (1858).

DE CUSSÉ (HENRI), château de Kergolher, en Plaudren (1884).

DE GOURDON (Cte) (1895).

DE LAGATINERIE, château du Nédo, Plaudren (1880).

DE LA GILLARDAIE, Directr des Contributs directes en retr. (1859).

DE L'ESTOURBEILLON, (Marquis RÉGIS), Inspecteur de la Société française d'Archéologie (1890).

DE LIMUR (1838).

DE MAUDUIT DU PLESSIX (1895).

DE SÉCILLON (1896).

DU BODAN, Député du Morbihan, rue des Saints-Pères, Paris (1877).

DU BOISDANIEL, ancien Receveur des Domaines (1880).

DU PORTAL (Mlle), au Minimur, près Vannes (1886).

ESTIENNE, Archiviste (1884).

FABRE (Baron), propriétaire, Liziec (1893).

GRAVIER, préfet du Morbihan (1895).

HUCHET, Avocat (1875).

JAUSIONS (Louis), fils (1890).
LAFOSSE, rue S.-Honoré, 265, Paris. Château du Mézo, Plœren (1895).
LALLEMENT (Léon), Avocat (1877).
LAMY, Greffier du Tribunal civil de Vannes (1895).
LANCO (Charles), Avoué (1892).
LE BRIGANT, Pontivy (1875).
LECADRE (Dr), Médecin-major au 35e d'Artillerie (1884).
LE DIGABEL (l'abbé), Aumônier des Ursulines (1892).
LE GALL DE KERLINOU (1875).
LÉGUILLON-GUYOT, fils (1889).
LE MENÉ (l'abbé), Chanoine (1872).
LE PENVEN (l'abbé), Aumônier du Collège (1892).
LETOUX (Dr) (1883).
LUNVEN, ancien Magistrat (1884).
MARTIN (Dr) (1893).
MARTIN (d'Auray), ancien Député (1884).
MAURICET (Dr), membre correspondt de l'Académie de médecine (1862).
MÉLAN, Pharmacien (1884).
MORIO, Pharmacien en chef de la Marine en retraite (1895).
MOTEL, place du Commerce, 3, Nantes (1890).
NICOL (l'abbé) (1885).
ROLLAND, Trésorier général (1891).
Supérieur de l'école libre Saint-François-Xavier.
TASLÉ, ancien Notaire (1862).
WILLOTTE, Ingénieur en chef des Ponts et Chaussées (1895).

MEMBRES TITULAIRES NON RÉSIDANTS

ALLANIOUX (l'abbé), Recteur de Meucon.
AVENEAU DE LA GRANCIÈRE (Vte), château de Moustoir-Lan, en Malguénac, par Pontivy.
BONNEAU, Juge de paix, Auray.
CORNUDET (Dr), à La Roche-Bernard.
DAMOUR, Membre de l'Institut, rue Vignon, 10, Paris.
DE BELLEVUE, à Kangat, Plumelec.
DE BELLEVUE (Xavier), rue de Robien, Rennes.
DEBLOND (l'abbé), Recteur de Lanouée.
DE CUSSÉ (Joseph), rue Charles Monselet, 8, Nantes.

DE DANNE, à Talhouët, Pluherlin, par Rochefort-en-Terre.
DE KERGONANO (Vte), château de Kergonano, en Baden.
DE LAIGUE (RENÉ), château de Bahurel, Redon.
DE LA BORDERIE, Membre de l'Institut, place du Marchix, 14, Vitré.
DE LAGRANGE, 10, quai du Bootz, Laval.
DE LA MONNERAYE, ancien Sénateur du Morbihan, Le Cléyo en Caro, par Malestroit.
DE NADAILLAC (Mis), rue Duphot, 18, Paris. Château de Rougemont, par Cloyes (Eure-et-Loire).
DE SECILLON, Commandant d'artillerie en retraite, Guérande (Loire-Inférieure).
DE SOUSSAYE, château de Kavion, près Erdeven, par Étel.
DU BOUÉTIEZ DE KERORGUEN, Avocat, Lorient, 12, rue de la Calc-Ory.
DU CHATELLIER, château de Kernuz, Pont-l'Abbé-Lambour (Finistère).
EUZENOT (l'abbé), Curé de Cléguérec.
ÉZANNO (ERNEST), Carnac.
FONTÈS, ancien Directeur de l'Enregistrement et des Domaines, rue Charles-Lafitte, 14, à Neuilly (Seine).
FOREST, Conseiller général, Parc de Bodélio, Malansac.
FORESTIER, Inspecteur général des Ponts et Chaussées, rue de Lille, 5, Paris.
GAILLARD, Plouharnel-Carnac.
GIGON (D^r^), Médecin-major de 1re classe au 104e d'Infant^ie^, Le Mans.
GOUZERH, Instituteur à Quibéron.
GUILLOTIN DE CORSON (l'abbé), rue Saint-Melaine, 6, Rennes. Château de la Noé, par Bain-de-Bretagne (Ille-et-Vilaine).
GUIEYSSE (PAUL), Député du Morbihan, rue des Écoles, 42, Paris.
HALNA DU FRETAY (baron), château du Vieux-Châtel, par Châteaulin.
HÉMERY, Inspecteur de l'Enregistrement et des Domaines à La Roche-sur-Yon, rue Chanzy, 30.
JACOB, Instituteur à Erdeven, par Étel.
JARDIN (D^r^), Auray.
LANJUINAIS (Comte), Député, rue Cambon, 31, Paris. Château de Kerguehennec, Bignan.
LE BAYON (l'abbé), Recteur de Plœmel.
LE FRANC (D^r^), Carnac.
LE GOUGUEC (l'abbé).
LE MAITRE, Chef de bataillon en retraite, Nantes, quai Duguay-Trouin, 16.

LE PONTOIS, Capitaine de Frégate, Lorient.

LE ROHELLEC (l'abbé), Recteur de Landévant.

LEYGUES, Procureur de la République à Pontivy.

MACÉ, Rédacteur en chef du *Courrier des Ardennes*, Charleville.

MAHÉ, Locmariaquer.

MARTIN LAUZER, château de Kerdroguen, près Auray.

MAUJOUAN DU GASSET, à la Ville-en-Bois, Kerentrech-Lorient.

MONTRELAY, Notaire, Lorient.

MOREL, Lieutenant au 116e de Ligne, détaché aux affaires indigènes à Djelfa (province d'Alger).

OHEIX (ROBERT), à Trévé, par Loudéac.

PASSILLÉ, Médecin à Sarzeau.

PIERCY, Chef de bataillon au 48e d'Infanterie, Guingamp (C.-du-N.).

PIRONNEAU, Avocat-général, Limoges (Haute-Vienne).

POCARD-KERVILER, Ingénieur en chef des Ponts et chaussées, Saint-Nazaire (Loire-Inférieure).

REVELIÈRE, Receveur des Domaines en retraite, 45, rue de Volney, Angers.

SALMON (PHILIPPE), Vice-Président de la commission des monuments mégalithiques, rue Le Pelletier, 29, Paris.

SIGAY DE LA GOUPILLIÈRE, Notaire à Carnac.

MEMBRES HONORAIRES ET CORRESPONDANTS

AIMÉ DE SOLAND, Président de la Société linnéenne d'Angers.

BEEDHAN, membre de plusieurs sociétés savantes, Kimbolton (Angleterre).

COLLIGNON (Dr), Président de la Société nationale des sciences naturelles et mathématiques de Cherbourg.

DELVAUX, attaché à l'École des mines, Paris.

EVANS (JOHN).

FLEURY (ÉDOUARD), Archéologue, Paris.

GODRON (Dr), Doyen honoraire de la Faculté des sciences, Nancy.

GRÉGOIRE, Inspecteur général des Ponts et chaussées, Paris.

HAMARD (l'abbé), Prêtre de l'Oratoire, Rennes.

JUGLARD (le Dr), membre de l'Institut, Président de la Société de statistique, Paris.

DE KERANFLEC'H, propriétaire à Mûr (Côtes-du-Nord).

LAVIGNE (RENÉ), Aide-Commissaire de marine, Brest.

LAVISE, Sous-Commissaire de marine, Brest.

LEE (George-Edmond), Rect. de la ville de S.-Pierre-Port, Guernesey.

LE ROUZIC, Conservateur du Musée de Carnac.

LUKIS, R., membre de plusieurs sociétés savantes.

MONTEIL, Juge de paix à Mauriac.

MOREAU, Archéologue (Aisne).

PACQUETEAU (Arthur), à Ténès (Algérie).

PAVOT (Albert), Sous-Intendant militaire, Rennes.

RIVET-CARNAC, esquire, Bengal civil service, à Ghazipur (Inde-Anglaise).

RIGOUT (Dr), rue Gay-Lussac, 9, Paris.

RIVIÈRE, rue du Bac, 90, Paris.

STÉPHAN (l'abbé), à Groix.

VERRIER, Prêtre, diocèse de Blois.

MM. les Membres de la Société qui auraient à indiquer des rectifications pour leurs noms, qualités ou domiciles, sont instamment priés d'adresser leurs réclamations à M. le Secrétaire de la Société, rue des Vierges, 4, Vannes.

COMMISSIONS POUR L'ANNÉE 1896.

	MM.
Membres de la Commission des fouilles :	Le Président. Le Vice-Président. Le Secrétaire. Les 3 Conservateurs. de Closmadeuc. Willotte.
Membres de la Commission des publications :	Le Bureau. Nicol. Mauricet. Huchet.
Membres de la Commission d'achats divers :	Le Président. Le Secrétaire. Les 3 Conservateurs. de Limur. de Kerlinou.
Membres de la Commission des finances :	Rolland. Huchet. Taslé.

TABLE DES MATIÈRES.

PREMIER SEMESTRE.

DEUXIÈME SEMESTRE.

BULLETIN

DE LA

SOCIÉTÉ POLYMATHIQUE

DU MORBIHAN.

ERRATA A L'IMPRESSION DES FORMULES DANS LE BULLETIN DU 2e SEMESTRE 1895.

ARTICLE DU JADE ORIENTAL

Par M. le Cte DE LIMUR.

Lisez page 156 : $2\ \dot{Ca} + 6\ (\dot{Mg},\ \dot{Mn}.,\ \dot{Fe}) + 9\ \dddot{Si}$.

(Formule inscrite par M. DAMOUR).

Id. page 157. Même formule, semblable.

Symbole tracé sur la carte géologique du Morbihan, lisez : ς^{b}.

(Symbole des Pyroxénites).

BULLETIN

DE LA

SOCIÉTÉ POLYMATHIQUE

DU

MORBIHAN

ANNÉE 1896

VANNES

IMPRIMERIE GALLES, RUE DE L'HOTEL-DE-VILLE.

—

1897

ALLOCUTION

DE

M. LE Mis DE L'ESTOURBEILLON

EN PRENANT LE FAUTEUIL DE LA PRÉSIDENCE.

MESSIEURS,

Lorsqu'il y a un an, votre docte Compagnie m'a fait l'insigne honneur de me désigner pour la présider au cours de cette année 1896, elle s'est laissée aller, je le crains fort, à un acte de témérité qui serait inexcusable, s'il ne pouvait trouver sa justification dans l'enseignement qui en découle. Certes, personne n'ignore l'accueil aussi bienveillant qu'hospitalier, accordé sans cesse par la Société polymathique aux travailleurs amoureux de nos antiquités nationales, aux savants passionnés pour la recherche de la vérité. Mais, n'était-il pas téméraire de choisir un des plus jeunes et des plus modestes de vos confrères pour succéder à l'un des plus doctes et au plus ancien; de lui confier ce gouvernail que votre sagesse avait précédemment remis entre les mains d'un vétéran de la science et de l'archéologie, comme M. le Cte de Limur, le président que vous perdez? Et puisqu'en prononçant son nom, mon cœur a trahi mes lèvres, laissez-moi vous dire, dût sa grande modestie en souffrir quelque peu, toute la gratitude que lui conserve notre chère Société, mais que doivent lui garder aussi, il me semble, tous nos compatriotes vannetais. Si cette présidence de notre Société à laquelle, par suite d'une de ces bizarreries des choses d'ici-bas, il n'est parvenu qu'à l'ancienneté, a pu ajouter un nouveau fleuron à sa couronne de savant, en est-il parmi les plus sceptiques en matière de sciences, qui n'aient éprouvé une respectueuse admiration pour ce chercheur modeste, ce travailleur infatigable qui, depuis plus de cinquante années sur la brèche, a su réunir dans le silence, une de ces collections merveilleuses, que non seulement l'Europe, mais encore le monde civilisé nous envie. Ses richesses vous en sont connues ; maintes fois les savants s'y sont donné rendez-vous ; et notre Bretagne peut être fière, notre Morbihan peut s'enorgueillir de posséder de semblables richesses, amassées par la persévérance éclairée d'un de leurs enfants qui en restera l'honneur.

De tels hommes sont rares, Messieurs ; ils ont d'autant plus de mérite qu'ils sont demeurés plus ignorés, et si les nombreux amis de M. le Cte de Limur ont pu souhaiter parfois de voir les Pouvoirs publics récompenser dignement cette longue vie de labeurs, qu'il nous soit permis, en nous associant à leur pensée, de souhaiter aussi que la résultante de tant de patientes recherches, que ces collections hors ligne soient à jamais conservées à notre pays pour lequel elles sont une véritable gloire.

Ce n'est donc pas sans appréhensions, Messieurs, que l'on peut succéder à un tel maître ; et malgré les paroles si cordiales de bienvenue que m'adressait l'année dernière notre dévoué confrère, M. Taslé, je me sentirais vraisemblablement fort ému devant la lourdeur de ma tâche, si l'enseignement qu'elle comporte et votre extrême bienveillance ne m'assuraient par avance les moyens de la remplir. Le devoir, en effet, Messieurs, ne croît-il pas en raison directe des responsabilités ! Plus l'individu chargé d'une mission est faible et inexpérimenté, plus s'impose à lui l'obligation impérieuse de suivre les exemples de travail, de zèle, de dévouement et d'impartialité donnés par ses prédécesseurs et de conserver les grandes traditions de la société qui l'investit de sa confiance. Cette tâche serait faite à coup sûr pour effrayer bien des caractères, mais la Bretagne n'est-elle pas par excellence le pays du devoir et de la tradition, la terre classique du respect et de la fidélité. Dans nos sociétés, ces fleurs charmantes s'épanouissent mieux que partout ailleurs ; elles y vivent et y prospèrent dans leur naturel élément ; bien plus, elles en sont comme l'origine et la raison d'être, et j'oserais presque dire que nos enceintes archéologiques sont comme ces serres de choix destinées à conserver des plantes rares et précieuses. C'est que la tradition et l'amour du passé deviennent vite un culte pour tout archéologue, et l'ensemble des souvenirs, si frustes qu'ils soient, dès l'instant qu'il est permis d'en reconstituer la chaîne, forme en quelque sorte les arcanes d'un asile de repos où se complait notre cœur.

Et cet état d'âme se manifeste encore plus souvent chez nous autres, fils des Celtes, que chez tout autre individu. Partout notre race celtique, parfois un peu rude, mais toujours vaillante, a le culte inné des ancêtres et de la tradition, depuis ces nobles populations du pays de Galles, qui, dans leurs *Eisteddfolds* ou Assemblées artistiques annuelles, comprenant parfois des milliers de personnes, trépignent d'enthousiasme en répétant cette vieille strophe gaélique :

> O pays de mes pères ! O pays des hommes libres !
> Que tes poètes et ménestrels sont doux !
> Tes guerriers courageux, obéissant à la liberté,
> Sont tombés dans le combat pour leur vieux pays.
> Galles ! Galles ! je t'aime, ô mon vieux pays !
> La mer est un rempart autour de ton sol
> Si longtemps que ta vieille langue subsiste ! (1)

jusqu'à nos Bretons d'Armorique, si attachés, après dix siècles, à leurs antiques coutumes, à leurs vieux pardons. Se départir de ces traditions serait, ce nous semble, Messieurs, renoncer à une force morale dont on ne saurait faire fi sans danger. Le Breton est d'autant plus homme de devoir qu'il est plus respectueux de la tradition et plus soucieux de conformer sa vie aux enseignements légués par ses pères.

(1) Revue des Revues. *Druides et Bardes gallois*. Livraison de janvier 1896.

Aussi, Messieurs, grande est la mission de nos sociétés archéologiques qui se sont imposé pour but de conserver les souvenirs du passé, et, en les faisant connaître, d'en tirer d'utiles leçons pour l'avenir. A cet égard, nous ne saurions trop les divulguer et les mettre en lumière. Nous ne saurions trop faire revivre la mémoire et les gestes des ancêtres dans les cœurs de nos jeunes générations trop enclines, de nos jours, à oublier même leurs propres gloires et nombre de leurs compatriotes qui furent leurs bienfaiteurs. Nombreuses même sont les découvertes que nous pouvons faire dans cet ordre d'idées ; quelques-unes peuvent être de véritables révélations, témoin les précieux renseignements biographiques que viennent nous donner sans cesse une catégorie de documents souvent fort riches, mais encore trop peu connus, j'ai nommé les *anciens Registres* de nos paroisses, la base de notre état civil.

Ne vous surprendrai-je pas, en effet, en vous disant que le grand Arcisse de Caumont, le fondateur de la science archéologique, aurait pu vous dire, lorsqu'il vint encourager les efforts de notre Société naissante, que lui aussi avait du sang breton et du meilleur dans les veines, comme l'attestent les anciens registres de la paroisse de Notre-Dame du Mené, à Vannes, qui rapportent à la date du 5 février 1660, le mariage d'écuyer Jean JUBERT, sgr de CAUMONT, de la paroisse de Saint-Malo de Valognes, avec demoiselle Françoise de QUISTINIC, une de nos compatriotes vannetaises ? Mais combien d'autres, eux aussi enfants de la cité, ne sauraient mériter l'oubli dont ils ont été jusqu'à présent victimes ! — Ici, disent vos anciens registres de Saint-Pierre, c'est messire René de TREVEGAT, chevalier, sgr de LIMOGES, conseiller au Parlement de Bretagne, « le vrai père des pauvres, inhumé le 12 décembre 1711 dans l'église des Capucins de la ville de Vannes, où le présidial assista en corps et grand concours de peuple avec toutes les communautés de la ville, l'air retentissant des cris et clameurs des pauvres, sur la mort de leur bon père. » — Là, c'est un modeste homme de robe : noble homme Jean-Baptiste TOUZÉ, sieur de GRANDISLE, « l'avocat des pauvres et des orphelins, le pilier et le soutien de l'hôpital général, l'exemple de toute la ville, ayant vécu avec toute la piété et l'édification possible, regretté généralement de tous, tant grands que petits, qui assistaient à son convoi avec plusieurs personnes de remarque et considération, lequel décéda le 26 novembre 1712 et demanda par humilité d'être enterré dans le cimetière Saint-Michel, contre le Reliquaire. »

N'est-ce pas œuvre pie, que de conserver et d'honorer leur mémoire, que de garder fidèlement le souvenir de leurs exemples et de leurs vertus ? La Société ne saurait faillir à ce devoir, de même qu'elle ne saurait oublier, et son président moins que tout autre, les leçons et les sages enseignements de ceux qui, dans un temps plus rapproché de nous, l'ont par leurs labeurs constituée grande et forte, ou ont été dans notre pays les pionniers de la science archéologique, tels que les Maudet de Penhoet, les Galles, les de Cussé, les Mauricet, et l'éminent et vénéré barde d'Arvor, le regretté M. Hersart de la Villemarqué, dont le décès, en décembre dernier, fut un deuil pour la Bretagne entière.

C'est ainsi, Messieurs, qu'appuyée sur ses traditions et ses souvenirs, la Société maintiendra son vieux et honorable renom. L'œuvre en effet sera facile avec des collaborateurs comme ceux que votre sagacité aura choisis ; avec un vice-président comme notre érudit confrère, M. le chanoine *Le Mené*, dont tout vous redit ici la science et l'infatigable zèle, un trésorier expérimenté comme M. *de la Gillardaie*, un secrétaire comme M. *Léon Lallement*, dont personne n'ignore le dévouement à toute épreuve. Grâce à leur bienveillant concours, la Société recevra, nous en sommes sûr, une impulsion nouvelle à laquelle chacun s'appliquera dans l'étendue du domaine qui lui est confié. Notre riche bibliothèque pour laquelle ont tant fait ses dévoués conservateurs, MM. *Lunven* et *Estienne*, auxquels je tiens ici à rendre hommage, fixera tout particulièrement notre attention, afin d'augmenter encore, s'il est possible, sa sécurité et son importance, et nous nous appliquerons à encourager dans notre département les fouilles et les excursions archéologiques, éléments de vitalité, croyons-nous, moyens puissants pour faire connaître et aimer davantage nos sociétés et leur donner un regain de vie. Car il en est des sociétés comme des individus ; vaine est leur renommée si des actes utiles ne viennent pas toujours la soutenir. En quittant l'année prochaine la présidence de celle-ci, puissions-nous la laisser prospère comme l'ont fait nos prédécesseurs.

LES DOMINICAINS DE VANNES

(Par M. l'abbé Le Mené.)

Saint Vincent Ferrier, en mourant à Vannes le 5 avril 1419 et en recevant la sépulture dans la cathédrale, avait rendu populaire l'habit de saint Dominique. Ses frères en religion pensèrent dès lors à fonder une maison de leur ordre près de son tombeau. C'est du moins l'idée qui se présente à l'esprit, quand on les voit acheter, en 1428, de Guillaume Brasrouge et sa femme, une maison faisant l'angle de la rue des Halles et de la place des Lices, et un jardin voisin, touchant à la chapelle de Notre-Dame de Chartres.

Les Frères Prêcheurs s'y établirent-ils ? — On l'ignore absolument. Toujours est-il qu'après une possession de quarante ans, ils vendirent ladite maison et le jardin, en 1468, pour la somme de 200 écus, à la duchesse Françoise d'Amboise, qui venait de prendre l'habit de Carmélite au couvent du Bondon.

Ce n'est qu'en 1631 que le projet fut sérieusement repris, et voici dans quelles circonstances.

I. Autorisations.

Nicolas Raoul ou Rodolfi, maître général de l'ordre des Prêcheurs, faisant la visite de ses couvents de Bretagne, vint exprès à Vannes, pour vénérer les reliques de saint Vincent Ferrier. Il vit l'évêque Mgr Sébastien de Rosmadec, et lui exposa le désir qu'il avait de fonder une maison de son ordre à Vannes. Le prélat, qui aimait à développer les établissements religieux dans son diocèse, lui accorda volontiers l'autorisation nécessaire. Malheureusement le texte de cette concession n'a pas été retrouvé.

Après le consentement de l'évêque, il fallait celui de la communauté de la ville. Voici la copie de la délibération prise à ce sujet. « En l'assemblée générale de la communauté de Vennes, tenue en la maison commune du dit lieu par les nobles, bourgeois et habitans de la dite ville, où M. le président présidoit, ce jour du vendredy 21e de novembre 1631, Pierre Fruneau, sieur du Coudray, procureur syndic, a représenté à ladite communauté une requeste luy mise en main par le Révérendissime Père général de l'ordre des Frères Prescheurs de saint Dominique, par laquelle il remonstroit qu'estant venu exprès en cette ville par une particulière dévotion pour vénérer les sainctes reliques du glorieux saint Vincent, religieux dudit ordre et protecteur de cette ville, il auroit désiré exposer à ladite communauté le désir de tout l'Ordre et le sien particulier, affin que ses religieux peussent avoir une maison en cette dite ville, sans lui estre aucunement à charge, soubs ces conditions, scavoir : que les dits religieux ne feront aucune queste en la dite ville et faubourgs, et que son couvent de Rennes particulièrement et autres de son Ordre entretiendront et contribueront à l'entretien et bastiment nécessaires aux religieux qui y seront ; et pour donner toute assurance, il ratifiera et confirmera les dites conditions au nom de tout l'Ordre, avec deffense à ses religieux de non faire queste soubs peine d'excommunication, et de plus fera authoriser le tout par un arrest du Parlement de Bretagne ;

« Requérant le dit syndic de la dite communauté de vouloir délibérer sur la dite requeste ; lecture faicte de la dite requeste hautement, et sur icelle la dite communauté ayant délibéré, et reconnoissant l'assistance continuelle qu'ils reçoivent de la présence des reliques du bienheureux saint Vincent, et l'honneur qu'ils ressentent de la présence du Révérendissime général, qui auroit voulu présenter sa dite requeste, et sur l'assurance du contenu en icelle par sa présente et son signe ;

» Ont arresté et donné consentement à l'establissement des Pères religieux de saint Dominique pour s'establir à Vannes ; et au cas qu'ils ne veillent bastir qu'un hospice, ils pourront s'establir dans l'enclos de la ville, pour petit nombre de religieux ; et au cas qu'ils voudroint et auroint la commodité de bastir et fonder un monastère complet, pour grand nombre de religieux, ne le pourront faire dans l'enclos de la ville, eu égard au peu d'espace qui est en icelle, ains aux forbourgs, en tel lieu qu'ils pourront trouver plus commode à cette fin, fors en la terre de Ker, Calmont et environ le canal, affin que le traffic ne soit pas incommodé ;

« Et à cette fin, et pour assurance du contenu en la requeste, a esté arresté qu'elle demeurera aux archives de la ville, et qu'elle sera enregistrée à la fin de la présente assemblée, et le Révérendissime prié de la signer sur les registres; et suivant icelle, auparavant aucun establissement, fournira le Révérendissime général les actes en forme contenant les deffences et ordonnances mentionnées en la dite requeste, et apporteront lettres du Roy, conformes au présent consentement, par lesquelles la dite communauté ne sera obligée à fournir aucun emplacement, deniers ny autres frais ny contribution pour le bastiment, fondation, dotation et entretien d'icelluy couvent ; de tous lesquels bastiments et entretiens la ville demeurera déchargée, sans que les dits religieux y puissent rien prétendre, ny demander soubs quelque prétexte que ce soit ; les quelles lettres seront vérifiées au Parlement, auquel ils apporteront pareillement l'arrest prins et accordé en la maison de ville les dits jour et an. »

(Fonds des Dominicains. H. Copie papier).

Huit jours après cette délibération, c'est-à-dire le 29 novembre 1631, le Maître général se trouvant à Rennes, donna, pour remplir sa promesse, un acte authentique en latin, muni de son sceau et de sa signature, garantissant les conditions offertes à la ville. «... Nous défendons, dit-il, en vertu du Saint-Esprit et de la sainte obéissance, par ordre formel et sous peine d'excommunication encourue par le fait, à tous nos sujets qui demeureront dans la ville ou les faubourgs de Vannes, de faire aucune quête dans la dite ville ou dans les faubourgs ; et si les aumônes que leur feront les couvents de Rennes et d'ailleurs, suivant notre volonté, ne suffisent pas pour les y faire vivre, les religieux quitteront Vannes, pour rentrer dans leurs maisons respectives. »

De son côté, le Roi donna les lettres patentes qui suivent :

« Louis (XIII), par la grâce de Dieu, Roy de France et de Navarre, à tous présentz et à venir, salut.

« N'ayant en notre particulier rien de plus cher que l'avancement de la gloire de Dieu par toutes les provinces de nostre royaume, Nous avons estimé qu'il seroit agréable à la divine Bonté de permettre l'establissement en notre ville de Vannes en Bretagne, aux fauxbourg d'icelle, d'une maison et couvent de religieux Frères Prescheurs de l'estroite observance de l'ordre de saint Dominique, de la congrégation gallicane, en conséquence des consentements donnez aux dits religieux par les officiers, maires, syndic et habitans de la dite ville en leur assemblée, et par le sieur Évesque de la dite ville ;

« A ces causes, après avoir faict veoir en nostre Conseil les dits consentements cy attachez, soubz le contrescel de nostre chancellerie, de nostre grâce spécialle, pleine puissance et authorité royalle, Nous avons permis, accordé et octroyé, et par ces présentes, signées de nostre main, permettons, accordons et octroyons ausdits religieux Frères Prescheurs de la dite estroicte observance de l'ordre de saint Dominique, de faire bastir et construire une maison et couvent dans la dite ville de Vannes ou fauxbourgs d'icelle, de l'ordre des dits Frères Prescheurs, pour y estre establie, vacquer au service de Dieu, et le prier tant pour nostre prospérité que pour la paix et tranquilité de nostre royaume, et pour la conservation de la religion catholique, apostolique et romaine, mettant les dits religieux Frères Prescheurs, qui seront establis en la dite maison et couvent en nostre protection et sauvegarde, voulons qu'ils jouissent des privileiges et prérogatives dont jouissent les autres religieux et couvents du dit ordre, qui sont dans la dite province de Bretagne.

« Si donnons en mandement à noz amez et féaux conseillers, les gens tenans nostre Cour de parlement à Rennes, baillifs, sénéchaux, allouez ou leurs lieutenans, que de nos présentes lettres de permission et octroy ils facent les dits religieux jouir et user plainement et paisiblement, cessant et faisant cesser tous troubles et empeschemens au contraire : car tel est nostre plaisir. Et affin que ce soit chose ferme et stable à tousjours, Nous avons faict mettre nostre scel à ces présentes, sauf en autres choses nostre droict et l'autruy en toutes. — Donné à Saint-Germain-en-Laye, au mois de febvrier, l'an de grâce 1633, et de nostre règne le 23e.

» Louis.

» Par le Roy : Bouthillier. »

(Dominic. — Orig. parch. — Sceau de Majesté.)

Ces lettres furent enregistrées au Parlement le 6 avril 1633.

II. Fondation.

Muni de toutes les autorisations mentionnées ci-dessus, le R. P. Hyacinthe Charpentier, docteur en théologie, vicaire et commissaire du Réverendissime Père général, vint à Vannes, accompagné de quelques religieux, le 29 mai 1633.

Il obtint, dès le 6 juin, de la communauté de la ville, la permission de se servir, pour trois ans seulement, de la chapelle de Notre-Dame de Chartres ou des Lices, mais à la condition de ne gêner en rien le chapelain ni la confrairie qui s'y réunissait.

Il se mit aussitôt en quête d'un terrain convenable pour y établir une chapelle, un couvent et un petit enclos. Après avoir bien cherché, il ne trouva rien de mieux qu'une prairie, appartenant à l'hospice de Saint-Nicolas, et située à l'endroit où s'élève aujourd'hui l'hôtel de la Préfecture. Ce terrain n'avait qu'un journal et sept cordes environ de superficie, mais il était susceptible d'agrandissement au sud vers la Garenne, à l'est et au nord. Le R. P. Charpentier en obtint, le 23 novembre 1633, des administrateurs de l'hospice, avec le consentement de la ville, non la vente, mais l'afféagement, moyennant une rente perpétuelle de quinze livres par an.

Pour aller de l'église de Saint-Patern à ce terrain, qui était alors enclavé de tous les côtés, le Père avait acheté trois immeubles, qui lui barraient le passage, savoir (A) la maison de la Croix-Blanche, avec ses dépendances, acquise le 16 septembre 1633, d'Armel Ridant et sa femme, au prix de 2,100 livres ; (B) l'emplacement d'un logis, avec jardin derrière, à l'est de la Croix-Blanche, acquis de Mre Guillaume Lamour, le 24 septembre, pour 360 livres ; (C) un logis et jardin derrière, entre la Croix-Blanche et l'hospice, acquis de Jean Quentel et sa femme, le 31 octobre, pour 590 livres. (Voir le plan et les lettres A, B, C.)

Ces acquisitions étaient à peine réglées, quand, le 23 octobre 1633, Mgr Sébastien de Rosmadec vint bénir la maison Ridant, et planter une croix, au pied de laquelle le R. P. Charpentier célébra la messe : c'était la prise de possession des lieux au nom de la religion.

C'est alors qu'intervinrent, à titre de *fondateurs*, le neveu et la nièce de l'évêque, savoir, « hault et puissant seigneur Messire Sébastien de Rosmadec, chevalier, seigneur du Plessis, d'Espinay, Kernicol, Le Pont, Lesnevé, Pradouray, Kerlégan, et autres lieux, et dame Julienne Bonnier, sa compagne, dame des dits lieux, demeurant au manoir du Plessis, en la paroisse de Theix... Les quels ayant eu advis de la construction et bastiment que les humbles et dévoz religieux Frères Prescheurs de l'Ordre de saint Dominicque de l'estroite observance désirent faire à Vennes, en l'honneur de Dieu, soubz l'invocation de saint Vincent Ferrier, selon la permission du Roy de febvrier dernier et le consentement de la communauté du dit Vennes..., et désirant participer eux et leur postérité aux prières quy se feront, ont donné et donnent la somme de *unze mil* livres tournois, pour estre employée en l'achapt et paiement du fondz requis à cette fin, et bastiment des église, maison, couvant et logement, icelle dite somme payable aux termes, charges, points et conditions cy après et non autrement, scavoir est :

1° « Que les dits futurs et espérés églize, cœur, chanceau, nef, maisons et bastimens demeureront, comme dès à présent ils demeurent, prohibitiffz ausdits seigneur et dame et leurs

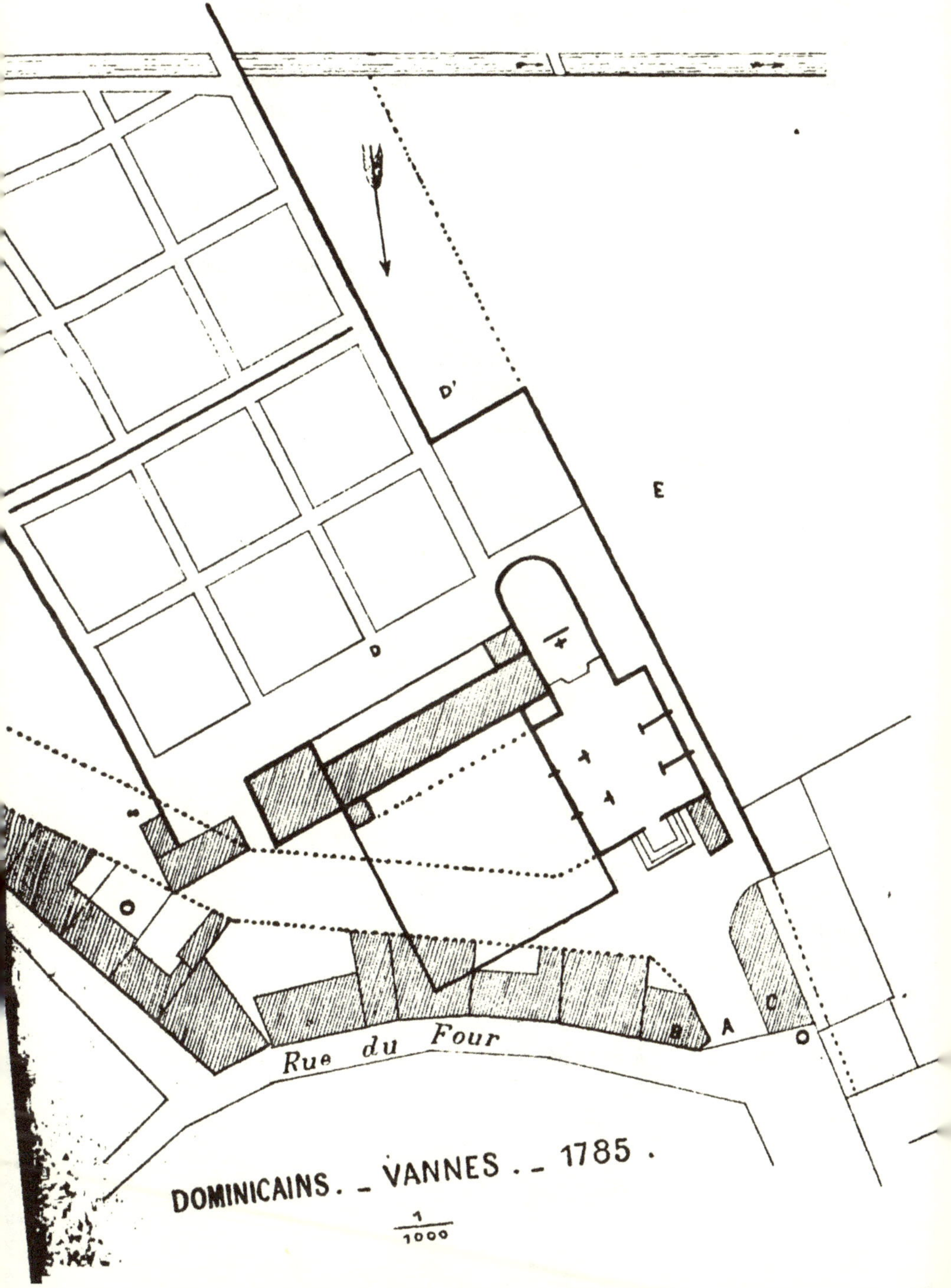

DOMINICAINS. – VANNES. – 1785.

1/1000

successeurs, fondateurs d'iceux, pour avoir dans le dit chanceau leur enfeu et pierre tomballe, quy sera posée au milieu et proche des balustres, qui feront la séparation du dit cœur et de la neff, sur la quelle pierre seront gravées en relieff leurs armes, et y seront escriz ces mots : *Enfeu des seigneur et dame du Plessis de Rosmadec ;* et au dessoubz d'icelle tumbe ou pierre il y aura un degré pour descendre en une voulte et charnier quy y sera jusque à la prochaine marche du grand autel, dans lequel enfeu eux et leurs successeurs et enffans seront enterrés, sy bon leur semble, le dit cœur et chanceau leur demeurant prohibitiffs et à leurs successeurs, pour eux seuls et non aultres ;

2° « Avoir leurs armes dans les viltres au dessoubz de celles du Roy, dans le fief duquel le R. P. Charpentier a dit qu'il entend bastir ; les quelz seigneur et dame du Plessis feront construire leur dit enfeu et apozer ausdites viltres et aultres endroiz cy-apprès leurs armoiries à leurs fraitz, sans diminution ny défalquement de la dite somme de unze mil livres tournois ; comme aussy le dit R. P. Charpentier promet et s'oblige de garantir ausdits seigneur et dame du Plessis et à leurs successeurs la dite qualité de *fondateurs* des dits églize, chanceau, cœur, maison et couvant, prohibitivement à tous, pour y avoir entre aultres droits honorifiques les marques cy-dessus et celles quy seront cy-apprès déclarées ;

3° « Et oultre dans le dit chanceau, du costé de l'Évangile, (ils auront) un bancq à queue, armoyé desdites armes, auquel eux et leurs enfans masles se pouront mettre, pour assister au divin service ; comme aussy dans la neff, du mesme costé de l'Évangile, près et au dessoubz desdits balustres, un aultre bancq clos et fermé et armoyé des mesmes armes, dans lequel la dame du Plessis, leurs filles et leur suilte se pouront mettre aux fins que dessus, sans que aucun y puisse prétendre droit ny mettre au dit cœur et neff aultres bancs à accoudouers, pour quelque cause que ce soit ; pouront néanmoins les dits religieux faire enterrer qui bon leur semblera dans la dite neff seulement, pourveu que ce ne soit soubz le dit bancq des dites dames du Plessis, ains cinq pieds au dessoubz ;

4° « Promettant oultre le dit R. Père de faire célébrer *deux messes* à chant, par chacun an, pro deffunctis, avecq les Libera et obit solemnels institués de l'Églize, qui se chanteront sur la dite tumbe, sur laquelle y aura un drap mortuel armoyé et relevé sur une châsse, quy seront donnés par les dits seigneur et dame, à commencer le premier service le jour de l'enterrement du premier debcédé des dits seigneur et dame fondateurs, et le second au jour de l'enterrement du dernier debcédé, et continuer à l'advenir aux mesmes jours par les années à perpétuité, s'il n'arrive cause légitime, qui oblige les dits religieux à différer le dit service au lendemain ;

5° « Outre, promet le dit R. Père que les religieux du dit couvent chanteront aussy à perpétuité un *Libera* sur la dite tumbe, à l'issue des grandes messes quy seront célébrées en la dite églize, tous les dimanches de l'année, et mesme aus festes de saint Sebastien, saint Julien, saint Dominique et saint Vincent Ferrier, de chaque année, à laquelle fin le prestre qui officira sera revestu d'une chappe de velours noir, armoyée des armes desdits fondateurs et par eux fournie, pour advertir l'assistance de prier Dieu pour les ames des seigneur et dame du Plessix ;

6° « Seront aussy les dits religieux, chaincun en son temps, estans advertis d'heure et de temps, tenus d'aller jusque au boult du pavé des faubourgs du dit Vennes au devant des corps des dits fondateurs, et de leurs enffans et successeurs, quy voudront estre enterrés au dit enffeu ; lesquels ou chacun d'eux pouront faire mettre en la muraille du dit chanceau et cœur leurs épitafes et marques de leurs debceix, et de la présente fondation et aultres qu'ils pouront faire cy-apprès. Néantmoins toutes lesquelles conditions, pouront les religieux du dit couvant recepvoir les fondations des chapelles quy pouront estre bastyes près la dite neff et non ailleurs, et en disposer à leur volonté, et consantir estre quelques bancqs et tumbes plates à ras de terre dans la dite neff...

« En la quelle somme de unze mil livres, le dit R. P. Charpentier a recogneu avoir, dès le 15e jour de septembre dernier, receu du dit seigneur du Plessis, fondateur, la somme et nombre de 3,000 livres tournois, dont il auroit acquis les maisons et jardins d'Armel Ridant et femme et de Guillaume Lamour ;... et le reste qui est 8,000 livres tournois, le sieur de la Noë-Jocet, stipulant pour le seigneur et la dame du Plessix, a promis le payer et faire avoir aud. R. P. Charpentier dans le 1er jour de febvrier 1635...

» Faict et gréé au dit Vennes, au tablier de Tual, notaire, soubz les signes du dit religieux, du dit sieur de la Noë et les nostres, le 29e jour d'octobre 1633, après midy.

» Sahanat, not. roy. — Tual, not. roy. »

Cet acte fut ratifié au Plessis, le 5 décembre suivant, moyennant l'addition d'une messe basse tous les lundis, à 8 heures. (*Domin.* H. *Expéd. parch.*)

III. Construction.

Le terrain était acquis, l'argent était trouvé ; il ne restait plus qu'à bâtir.

Le plan d'ensemble comportait, suivant l'usage, un cloître carré, entouré d'un côté de l'église, d'un autre côté d'une maison d'habitation, et des deux derniers côtés de bâtiments accessoires. Comme on voulait ménager une bonne partie de la prairie, pour en faire un jardin, on rapprocha le plus possible le tout de la rue du Four-du-Duc, avec l'espoir fondé d'acquérir les jardins et les maisons situés au midi de cette rue.

On commença dès 1634 la construction du couvent. Le corps de logis, au sud du cloître, en face du jardin, fut seul bâti à cette époque ; les autres bâtiments furent remis à plus tard, et finalement ne furent jamais exécutés.

Quant à l'église, on la plaça sur le côté occidental du cloître, de manière à avoir le chœur tourné vers la Garenne, et l'entrée de la nef vers Saint-Patern : la démolition de la maison Ridant ou de la Croix-Blanche devait la rendre accessible aux ouvriers d'abord, au public ensuite.

La première pierre de cet église fut solennellement bénite par Mgr Sébastien de Rosmadec, le samedi 28 octobre 1634, en présence du clergé, de la noblesse et du peuple de Vannes, et placée par le seigneur du Plessis, fondateur, sous le premier pilier du côté de l'Épitre ; elle portait une plaque d'argent avec cette inscription :

Deo Opt. Max. Virg. Chr. M. — Sanctissimo Urbano VIII Summo Pontifice, — Illustrissimo et Reverendissimo Sebastiano de Rosmadec Venetensi Episcopo, — Justissimo et Christianiss. Ludovico XIII Galliarum Rege, — Illustrissimus ac potentissimus Dominus Sebastianus de Rosmadec, Dominus du Plessis-Rosmadec, Kernicol, le Pont, Lesnevez, L'Espinay, etc. — Veneti — In jaciendis fundamentis hujus ecclesiæ, quam Deo Opt. Max. et Beatissimæ Virgini Deiparæ, sub Sancti Vincentii Ferrerii urbis Venetensis patroni invocatione, devovebat et Fratribus Prædicatoribus excitabat, urbis Antistite illustrissimo illius patruo benedicente, primum hac argentea lamina suffundavit lapidem 28 octob. M.DC.XXXIV.

(A. Le Grand. — SS. Bret.)

Le chœur de cette église était très allongé et se terminait en hémicycle ; les religieux chantaient ou récitaient leur office au fond, le maître-autel occupait le milieu, et la table de communion était en avant. La nef avait la même largeur que le sanctuaire ; elle avait de chaque côté trois chapelles, séparées les unes des autres, du côté de l'Épitre, par des murs et du côté de l'Évangile, par des arcades.

Les huit mille livres, données par le fondateur pour l'église, s'épuisèrent bientôt, et les travaux n'avancèrent plus que lentement, au fur et à mesure des ressources. En 1638 se présenta tout à coup un bienfaiteur. Messire Pierre de Larlan, seigneur de Lanitré, de Kerguello, de Cohignac, etc., conseiller du Roi au Parlement de Bretagne, se trouvant malade à Auray, fit appeler le P. Julien Hellot, prieur du couvent des Frères Prêcheurs de Vannes, et fit rédiger, le 9 août 1638, un acte notarié, par lequel « le dit seigneur, pour la dévotion particulière qu'il a au B. saint Vincent de Ferrières, grâces et assistances qu'il a receues de Dieu par son intercession, et pour avoir part aux prières des Frères du dit ordre, a fondé et dotté et fonde présentement, pour lui et la dame sa compaigne, ses enfantz et successeurs de son sang, la *chapelle* la plus haute et plus advancée vers le grand autel, du costé de l'Épistre, en l'église dudit couvent, les fondementz de laquelle chapelle sont prins et jettés, que le dit seigneur désire estre dédiée soubz le nom de Saint-Pierre, son patron, de Saint-Jacques, patron de la dite dame, et de Saint-Jean, Saint-Vincent et Saint-Augustin, patrons de ses enffantz, et qu'il fera bastir et orner à ses fraitz, jusques à perfection, à sa volonté, et y poser ses armoiries, tombes, bancs, accoudouers, et toutes autres marques qu'il lui plaira laquelle chapelle lui demeurera et à ses successeurs privative et prohibitive à tous autres, et à y estre le dit seigneur, quand Dieu l'appellera, ensépulturé, et dame Jacquette Le Gouvello, son espouze, ses ditz enffantz, leurs descendans et successeurs.

» Et en fabveur de ce que dessus, le dit seigneur a baillé et baille à perpétuité au dit couvent et religieux la somme de *cent* livres tournois de *rente* annuelle en fondz, et promet en faire assiepte, soit en la juridiction de Vannes, soit en celle d'Auray...; et en considération de la dite rente, les religieux seront tenus et obligés de célébrer par chacune sepmaine à perpétuité une messe obituaire et de Requiem en la dite chapelle à chant et haute voix, pour lesdits seigneur et dame et leurs successeurs, à pareil jour que le debceix du dit seigneur adviendra...

» Le Verger, not. roy. — J. Le Mézec, not. roy. »

En face de cette chapelle, du côté de l'Évangile, était celle du Rosaire. Elle n'était pas encore terminée, quand, le 26 janvier 1641, Jacques Sorel, seigneur du Boisdelasalle, de Kergroix et de Salarun, en obtint la jouissance, aux conditions suivantes :

«... Le dit seigneur et ses successeurs, de ce jour à l'advenir et à perpétuité, auront prohibitivement, pour leur sépulture et autres droits honorifiques, la dite chapelle du Rosaire, depuis la première voute et arcade d'icelle jusques au premier pillier et seconde voute qui est ensuite de la dite chapelle, dont le dit seigneur aura le quarré soubz la dite première arcade seulement ;

» Soubz laquelle chapelle, et à la grandeur d'icelle sera faict un caveau vouté, dans lequel seront pozés les corps des dames du Boisdelasalle, enterrés dans la dite chapelle et enfermés dans des châsses de plomb, et sera le dit caveau aussy pour la sépulture du corps du dit seigneur et ses successeurs seulement, ou autres que bon leur semblera ;

» Pour entrer dans laquelle voute sera fait un escalier de pierre, de largeur compétante pour y passer deux hommes de francq, et l'ouverture de la dite voute sera couverte d'une pierre de grain, taillée à ratz de terre, sur laquelle pierre seront gravés ces motz : *Cy est l'enfeu des seigneurs et dames du Boisdelasalle*, sur laquelle pierre il y aura deux boucles de fer, pour la lever plus facilement ;

» Aussy seront les armes du dit seigneur gravées en relieff dans la cleff de l'arcade de la dite chapelle, et dans la taille des deux costés de la vitre de la dite chapelle en alliance, et dans les lambourdes par le dedans, et mises dans la dite vittre, et paintes au tableau qui sera sur l'autel de la dite chapelle ;

» En laquelle le dit seigneur, aussy pour luy et ses successeurs, pourra faire mettre un bancq, qui sera attaché au bas du pilier de la première arcade, lequel bancq aura cinq pieds de long et quatre pieds de large, et seront aussy les armes du dit seigneur et ses alliances mises en relieff au dit bancq, et ne pourra estre mis aucun autre bancq dans la dite chapelle,... laquelle chapelle les religieux feront parachever au plus tost que faire ce pourra....

» Et pour le bastiment du tout de la dite chapelle, tant massonnage, voute, autel, tableau, vitrage, armoiries, que embellissement d'icelle, dont les religieux prendront le soign, le dit seigneur du Boisdelasalle leur promet payer la somme de *quinze cents* livres...

» Et pour la continuation et entretien des services et prières à perpétuité, le dit seigneur promet donner aux religieux en bon fonds d'héritage, soubz trois à quatre lieues de Vennes, *cent* livres tournoys de rante, et en attendant leur faire fonds, leur paiera par deniers la dite somme, à commencer au 1er février 1642...

» Allain, not. roy. — Tual, not. roy. »

C'est ainsi que, grâce au concours de plusieurs seigneurs, l'église des Jacobins put être complètement achevée.

IV. Enclos.

Le pré, d'un journal sept cordes, afféagé aux Dominicains par la ville et l'administration de l'hôpital de Saint-Nicolas, le 23 novembre 1633, pour y bâtir un couvent et une église, ne laissait que peu d'espace pour un enclos. Aussi les religieux avaient-ils, dès le principe, caressé l'idée de s'agrandir à l'est et au midi. A l'est, ils voyaient un terrain vague, appelé la Petite-Garenne, dont une rue de Vannes a conservé le nom ; au midi, ils voyaient la vallée marécageuse, traversée par le ruisseau qui descend de l'étang du Duc pour se rendre au port ; ils voyaient même au-delà du ruisseau les pentes de la Grande-Garenne, qui pouvaient compléter leurs vœux.

Or tous ces terrains appartenaient jadis aux ducs de Bretagne, puis aux rois de France leurs héritiers. Ils formaient une dépendance du château de l'Hermine, et depuis longtemps la jouissance en était abandonnée aux gouverneurs de Vannes. Dès 1562, le roi Charles IX avait cédé à l'hôpital de Saint-Nicolas un journal et demi de terre, faisant suite au jardin de l'établissement, et s'étendant vers la Garenne. Les Frères Prêcheurs, dans l'espoir d'obtenir une pareille faveur, adressèrent, en 1634, une supplique au roi Louis XIII, pour lui demander la cession du reste du marécage, et aussi la Petite-Garenne.

Leur pétition, examinée à la Cour le 12 novembre, fut renvoyée au présidial de Vannes, pour avoir la contenance et la description des lieux. En conséquence, le 29 décembre suivant, le sénéchal René Coué, sieur du Brossay, accompagné de l'avocat du Roi et d'un greffier, remplit sa commission.

«... Nous sommes descendus, dit-il, aux lieux où sont sittués les dits marais et petite Garenne, joignant le bastiment encommencé de l'église et couvent des dits religieux, les quels marécages avons veu donner d'un boult au pont de la Garenne, qui sert pour aller du fauxbourg (Saint-Patern) à Calmont, d'autre boult au pont de pierre qui sert pour aller de la dite haulte Garenne au moulin à papier et aux moulins du Duc, d'un costé au bas et tout le long de la dite haulte Garenne, et de l'autre costé à la petite Garenne et à la pièce de terre octroyée cy-devant ausdits religieux ; les quels marais et marécages avons veu chargés de jonchées, vasières, et autres mauvaises herbes infructueuses, et dans iceux avons veu un canal qui vient des dits moulins du Dnc, et descend au moulin de la ville ; avons aussy veu que la motte appellée la petite Garenne est sans labour ny prairie, non hayée ny close, et est joignante d'un costé ausdits marais, d'aultre costé à jardins du dit fauxbourg, d'un boult au dit moulin à papier, et de l'aultre boult à la dite pièce de terre où est encommencé le bastiment de l'église ;

» Et procédant au mesurage des dits marais, noble homme Jacques Gouyon, sieur de la Ville-Morel, priseur noble et arpanteur, demeurant en cette ville, nous a rapporté qu'ils contiennent cinq journaulx ; et ayant aussi fait mesurer la petite Garenne, nous a rapporté qu'elle contient deux journaulx.

» Et (les anciens du quartier) ont tous dit que de toute leur connoissance ils ont veu, et ont ouy dire à leurs prédécesseurs... que la dite petite Garenne et les marais ont esté toujours communs, et en mesme estat qu'ils se voient à présant, sans estre labourés, cultivés, ny ensemencés, et sans aucun revenu ny profit... »

Après avoir pris connaissance de ce procès-verbal, le Roi donna les lettres patentes qui suivent :

« LOUIS (XIII), par la grâce de Dieu, Roi de France et de Navarre, à tous présens et à venir, salut.

» Voulant gratiffier et traitter favorablement nos chers et bien amez les religieux Frères Prescheurs réformés, de l'Ordre de Saint-Dominique, de nostre ville de Vannes en Bretagne, et leur donner moyen de parachever leur église et convant de Saint-Vincent-Ferrier, patron de la dite ville, en son vivant religieux du dit ordre, nous leur avons, pour ces causes et autres à ce nous mouvans, donné, octroyé, ceddé, quitté, transporté et délaissé, et de nostre grace spéciale donnons, octroyons, ceddons, quittons, transportons et délaissons, par ces présentes signées de nostre main, les places et lieux qui sont au derrière de leur couvant, vulgairement appelés les courtilles, garaines et marais, terres vaines, vagues et inutiles, qui de mémoire d'homme n'ont esté labourées ny cultivées, ainsi qu'il nous est apparu par le procès-verbal du sénéchal du dit Vannes, en date du 29e jour de décembre dernier, cy attaché soubs nostre contrescel, pour les dites places et lieux jouir et disposer par les dits religieux comme de leur propre chose et vray héritage, sans en rien retenir ny réserver par nous, sinon le ressort, jurisdiction et souveraineté, à condition qu'ils seront tenus de dire et célébrer, par chacun an et à perpétuité, deux messes hautes pour nous et nos successeurs Roys, aux jours de saint Louis et du Saint-Sacrement, et de payer les droits seigneuriaux, cens et rentes, qui peuvent estre deuz sur ces places et lieux.

» Si donnons en mandement à nos amez et féaux conseillers, les gens tenant nostre Cour de parlement de Rennes, gens de nos Comptes à Nantes, trésoriers de France et généraux de nos finances au dit Nantes, et autres nos justiciers et officiers qu'il appartiendra, que nos présentes lettres de don, octroy, cession et transport ils facent registrer, et de l'estat et contenu d'icelles facent, souffrent et laissent les dits religieux Frères Prescheurs du dit couvant de Vannes jouir et user plainement, paisiblement et perpétuellement, cessans et faisans cesser tous troubles et empeschemens à ce contraires : car tel est nostre plaisir. Et afin que ce soit chose ferme et stable à toujours, nous avons faict mettre notre scel à ces présentes, sauf en autres choses nos droicts, et l'autruy en toutes.

» Donné à Paris, le 6e jour de febvrier, l'an de grace 1635, et de nostre règne le 25e.

» Louis.

» Par le Roy : Bouthillier. »

(Domin. — Orig. parch. — Sceau de Majesté.)

Ces lettres furent vérifiées au Parlement le 4 avril et à la Chambre des Comptes le 26 juin 1635.

Le gouverneur de Vannes, Pierre de Lannion, par acte du 2 mai de cette année, renonça à la jouissance de ces terrains, moyennant deux services solennels par an, à célébrer aux fêtes de saint Pierre et de saint Vincent Ferrier.

La prise de possession des terrains donnés eut lieu le 6 août 1635.

En prévision de la donation royale, les Frères Prêcheurs et l'économe de Saint-Nicolas avaient, dès le 14 février 1635, fait un arrangement pour la rectification de leurs limites communes.

Le traité porte :

1° « Que la muraille qui séparera le jardin de l'hôpital de la prée des religieux sera faicte de neuf à fraiz communs, à prendre dans la dite prée depuis la brèche qui est en la muraille du dit jardin, et continuer *droit* tout le long du dit pré et marais jusques à une fosse qui est à costé de la périère nouvellement faicte par les dits Pères, auquel lieu feront planter bornes en l'un et l'autre bout, pour marquer le partage, par lequel tout ce qui est depuis les dites bornes jusques au Pont-Carré demeurera privatif au dit hospital ; le parsur du dit marais jusques au chemin ordinaire qui conduit de la Tannerie à la maison du Verger et à la Garenne demeurera aux dits Pères.

2° » Et est en oultre accordé que les dits religieux laisseront au dit hospital les murailles antiennes à eux appartenantes qui séparent leur enclos de celuy du dit hospital, parceque les filles religieuses feront faire la muraille sur laquelle elles feront bastir, et ne seront les dites filles obligées d'en faire qu'à leur nécessité et volonté seulement ; la quelle muraille sera tirée le plus droictement que faire se pourra, sans incommoder les dits religieux, qui pourront enchasser et atacher à la muraille et bastimant (projeté) des dites filles l'un des piliers de la porte chartière qui sera auprès de leur église ; ce qu'ils feront sans auculnement incommoder le bastimant du dit hospital et à leurs fraiz.

» Et sera le présent concordat et partage exécuté de part et d'autre, quelques dons ou expéditions que les uns ou les autres puissent avoir obtenus et concoureront au don qui leur en sera faict selon le partage cy dessus déclaré, sans aucun remboursement de fraiz ; lequel a esté faict en présence de Mgr le Révérendissime Évesque de Vennes, MM. les président, alloué et lieutenant du Présidial, M. le procureur du Roy et syndic. Faict au couvent des dits Frères Prescheurs, ce jour de mercredy 14e febvrier 1635.

» Signé : Sébastien de Rosmadec, Év. de Vennes. — De la Couldraye. — Salmon. — Colombel, procureur syndic. — Authueil, économe. — Fr. Julien Hellot, humble vicquaire. — Fr. Guérot. — Fr. Jean Geffrard, procureur syndic. — Tual, not. roy. — Le Bras, not. roy. »

V. Suite.

Les religieuses, mentionnées dans ce traité, étaient les Augustines de la Miséricorde de Jésus, qui venaient d'être appelées de Dieppe pour desservir l'hôpital de Saint-Nicolas de Vannes.

Elles se proposèrent bientôt de faire des constructions considérables et de réclamer même quelques parcelles de terre à leurs voisins les Frères Prêcheurs, comme le prouve la transaction suivante : « Le 29e jour d'aoust 1640..., entre les religieuses Hospitalières de l'Hostel-Dieu de Vennes..., et les religieux du couvent de Saint-Vincent... s'est fait le présent acte, par lequel, pour esviter aux différends qui estoient sur le point de se mouvoir entr'eux, en exécution des actes qu'ils ont cy devant passés, ils accordent de part et aultre, scavoir :

1° « Les dits religieux de laisser les dites religieuses bastir une longère de logeix, à commencer au bout de leur église (de Saint-Nicolas), et porter à 102 pieds de longueur, et de leur laisser prendre sur leur fonds, le long de l'ancien bastimant et muraille contiguë, dix piedz de francq, dont le mesurage a esté présentement fait ; les dits Pères pouront attacher à la cotalle du dit bastimant des gonds ou affiches pour fermer leur porte chartière ;

2° « Accordent pareillement les dits Pères que les religieuses auront les veues nécessaires dans la longère de leur dit bastimant sur le fonds des Pères, et fenestres ouvrantes, avec grilles au dehors, à six pieds au dessus du plancher ; oultre accordent et promettent les dits Pères de ne prendre aucune veue, soit par portes ou fenestres du costé des religieuses...

3° « Les dits Pères consentent ausdites religieuses qu'elles prennent l'enlignement du mur de leur jardrin au plus droit que faire se pourra, sans incommoder la voye de leur charette ; et oultre ils délaissent à perpétuité ausdites religieuses une quantité de terre en leur jardrin (D'), à commancer du palier quy est au dessus de la porte du dit jardrin, et estre tiré à droite ligne à vis d'une saule estant au bas d'icelluy, et de la dite saule à la mesme ligne jusques au hault de la montagne apellée la Garenne...

4° « Les dits religieux et religieuses feront à communs frais la muraille d'entr'eux, à commancer d'un pilier de bois et conduire jusques au hault de la dite Garenne, laquelle sera de douze pieds de haulteur, et le fonds d'icelle pris par moitié sur leurs héritages...

5° « Les dites religieuses ont promis, pour retour et rescompanse de ce quy leur est baillé et accordé par les dits Pères, les libérer et afranchir vers le dit Hostel-Dieu de la somme de 8 livres de rente foncière et annuelle...

» Faict et gréé soubs leurs signes les dits jour et an.

» De Launay, not. roy. — Le Faucheux, not. roy. »

D'un autre côté, les Jacobins, dans le but de compléter les édifices de leur couvent, continuaient à acquérir les jardins et les maisons de la rue du Four. Peu à peu ils eurent toute la rue du côté du midi, sur une longueur de 354 pieds.

En 1669, ils entreprirent la construction d'un pavillon, et passèrent à ce sujet le contrat suivant :

« Le 13e jour de febvrier 1669, devant nous notaires royaux ont comparu les RR. PP. du couvent de Saint-Vincent de Vennes... d'une part, et honorable homme François Cosnier, maistre architecte, demeurant en la rue de la Porte Nostre Dame, paroisse du Mené, d'autre part ; entre les quelles parties s'est faict l'acte qui ensuilt, pour et touchant la construction du *pavillon,* que les dits religieux désirent faire au boult de leur maison, duquel pavillon les fondements sont creuzés, suivant les plans et dessins que le dit Cosnier a mis aux mains des dits religieux.

» Par le présent marché, le dit Cosnier s'oblige de conduire le dit pavillon, faire les murailles, avecq les portes, fenestres, et cheminées, les entablements pour supporter les coyaux, lequel entablement sera avecq modillons et corniche au dessus ; outre ledit Cosnier s'oblige de faire les fenestres qui regarderont le midy, l'orient et le nord, lesquelles seront de pierres de taille, et les trois coins du pavillon seront pareillement de pierres de taille, et fera un rang de plinthe de pierres de taille autour du dit pavillon, à hauteur d'appuy de chaque estage, lequel sera du tuffeau, comme aussi l'entablement et les plattes bandes des fenestres ;

» Les murailles du dit pavillon auront trois pieds d'épaisseur jusques au premier estage, et seront faites en diminuant au surplus à proportion de l'élévation du dit pavillon, lequel aura trois estages de hauteur : le premier desquels aura unze pied soubs poutre, auquel estage sera la cuisine, eslevée au dessus du cloistre d'un pied pour le moins ; le second estage au dessus de la dite cuisine aura neuff pieds soubs poutre ; et le troiziesme estage huict pieds et demy soubs poultre ; fera aussi les quatre lucarnes qui seront au grenier, lesquelles seront de tuffeau.

» Pour les susdites œuvres, les dits religieux fourniront au dit Cosnier tous matériaux requis et nécessaires, rendus sur les lieux..., mesme l'échafaudage, et ne sera le dit Cosnier tenu et obligé que à l'œuvre de main seulement, et à bien et deubment conduire le dit bastiment ; à quoy il commencera à travailler de jour en autre, et continuer incessament jusques à perfection du dit œuvre : pour lequel les dits religieux lui pairont la somme de huict livres pour chasque toise, tant plain que vide, à raison de huict pieds en carré pour chasque toise, et sera payé à proportion que l'œuvre du bastiment s'avancera...

» Faict et gréé au dit couvent, soubs les seings des dites parties et les nostres, les dits jour et an.

» Signé : Fr. Jean Hory, humble prieur. — Fr. Jean Odyé. — Fr. Isaac du Pleisseix, procureur. — F. Cosnier. — J. Salomon, not. roy. — Gobé, not. roy. »

Les travaux, commencés en 1669, furent achevés en 1670, comme le prouvent les reçus successifs donnés par M. Cosnier.

La construction de ce pavillon n'avait pas été une affaire de luxe, mais une entreprise nécessaire. La communauté comptait, en 1666, vingt-sept religieux présents au chapitre ; à ce chiffre il faut ajouter nécessairement quelques novices, quelques frères convers, et peut-être même quelques domestiques, et l'on se demande comment on pouvait loger tout ce monde dans une maison qui devait avoir d'abord une cuisine, un réfectoire, un chapitre, une bibliothèque, etc...

Avec ce nombreux personnel on pouvait chanter les offices avec dignité, acquitter de multiples fondations, et fournir des prédicateurs aux paroisses qui en demandaient.

VI. Fondations.

Une grande partie des archives des Dominicains se compose d'actes de fondations de services religieux. Il est donc nécessaire d'en donner ici un résumé, qui, malgré son aridité, pourra fournir quelques noms ou quelques particularités intéressantes.

Après les services, fondés par le seigneur du Plessis, par le Roi de France, et par Pierre de Lannion, déjà cités, on trouve :

Le 28 juillet 1635, le don de 81 sillons de terre, situés à l'Ile-d'Arz, fait par Gillette Le Luhern, à la seule condition de participer aux prières de la communauté.

Le 10 août 1635, fondation de trois messes basses par semaine, pour Jean de Rosmadec, seigneur de l'Espinay, moyennant une rente constituée de 100 livres.

Le 8 octobre 1635, fondation de trois messes de Requiem par Françoise Cinquevin, veuve Manceau, pour une prairie située entre le chemin du Grador et la route de Rennes.

Le 21 mai 1636, fondation d'une messe basse tous les vendredis par Faby Général et sa femme, à fixer au jour de sa mort, moyennant un capital de 300 livres à placer.

Le 5 janvier 1638, fondation par Jeanne Durand, veuve Général, de deux messes basses par semaine, l'une au couvent, l'autre à la prison, pour 600 livres à placer.

Le 9 août 1638, fondation par Pierre de Larlan et sa femme, d'une messe de Requiem chantée chaque semaine, moyennant une rente de 100 livres.

Le 7 octobre 1638, fondation par Guillaume Lamour, prêtre, d'une messe annuelle et solennelle de Requiem, moyennant un capital de 60 livres à placer.

Le 17 novembre 1639, fondation par Alainette Le Marchand, veuve de Jean Olivier, d'une messe le 3e vendredi de novembre, moyennant un capital de 60 livres à placer.

Le 10 août 1640, testament de Vincente Gaincru, fondant six messes basses par an pour 300 livres.

Le 26 janvier 1641, fondation par Jacques Sorel, seigneur du Boisdelasalle, de 3 obits solennels, de messes et de prières, moyennant une rente de 100 livres.

Le 6 août 1641, fondation par Marguerite Greneiche, dame du Parc, de plusieurs messes à dire à la prison, aux fêtes gardées, pour un capital de 360 livres.

Le 7 juin 1642, fondation par Olivier Bigaré, sieur de la Landelle, d'une messe basse par semaine, moyennant un capital de 400 livres à placer en rentes.

Le 6 février 1643, fondation par Julienne Le Didrouc, veuve Dano, d'une messe de Requiem à chanter le 2e vendredi de février, moyennant un capital de 60 livres.

Le 6 juillet 1644, fondation par Barbe Le Joubioux, veuve Houet, de deux messes basses par semaine, pour le don de sa maison et de son jardin touchant le four ducal.

Le 26 juillet 1645, fondation par Louise Floho, veuve, d'une messe par mois, moyennant une rente de 6 livres sur sa maison au haut de la Grand'rue.

Le 13 décembre 1646, fondation par Yvonne Martin d'un service, d'une messe basse chaque vendredi, avec lecture de la Passion, pour une rente de 25 livres sur ses biens.

Le 9 février 1647, fondation par Jeanne Rozé, veuve Armel Ridant, de 9 messes chantées et 9 messes basses, à jours fixes, moyennant un capital de 600 livres à placer.

Le 3 avril 1647, fondation par Mgr Séb. de Rosmadec, évêque de Vannes, d'une messe basse tous les lundis, moyennant une rente constituée de 150 livres.

Le 30 mai 1647, fondation par Thomas Authueil, notaire, et sa femme, de 24 messes par an, moyennant une rente de 8 livres et une perrée de froment par an.

Le 1er octobre 1647, fondation par Françoise Mahé, veuve Lubin de Kergrain, d'une messe basse chaque mercredi, moyennant un capital de 400 livres augmenté en 1652.

Le 10 octobre 1647, fondation par Jeanne Le Bodo, veuve Gourden, de 5 messes de Requiem, chantées à jours marqués, pour un capital de 120 livres.

Le 3 février 1648, fondation par Jacques Sorel du Bois-delasalle, d'un nouvel obit et d'une messe basse, moyennant un capital de 100 livres à placer.

Le 27 novembre 1652, fondation par Jean Collin, boucher, de 3 messes chantées au 23 juin, veille de saint Jean, pour un capital de 100 livres.

Le 11 mai 1653, fondation par Yvonne Le Net, dame de Kermarquer, de cinq messes à jours fixes, moyennant un capital de 240 livres à placer.

Le 31 juillet 1653, fondation par Anne du Verger, dame de Saint-Denac, de trois messes basses par an, moyennant la somme de 300 livres à placer.

Le 26 octobre 1653, fondation par François de Loénan, seigneur de Kergonano, de 13 messes par an, moyennant un capital de 300 livres à placer.

Le 27 décembre 1653, don fait par François Marion et Julienne Pécart, d'une maison et jardin situés à Meucon, à la charge d'une rente de 69 sous.

Le 15 juillet 1654, fondation par Macé Le Joubioux, d'une messe basse de Requiem et de quelques prières, moyennant un capital de 300 livres.

Le.... 16.. fondation par Mme de Rosmec? de vingt-quatre messes basses par an, moyennant un capital de 400 livres à placer en rente.

Le 31 mars 1657, fondation par Mathurin Bonnefoy, d'une messe basse tous les mercredis, moyennant une rente de 25 livres franchissable pour 500 livres.

Le 2 avril 1659, fondation par Jeanne de Livillion, veuve Magrenon, de messes et services, moyennant un capital de 400 livres à placer en rente.

Le 10 mai 1660, fondation par Louise Le Berrigaud, femme Fauconnier, de 15 messes et de 2 expositions du Saint-Sacrement, pour un capital de 300 livres.

Le 15 novembre 1660, fondation par Jeanne Lorho, veuve Mallette, de 12 messes basses et de prières, moyennant un capital de 312 livres à placer.

Le 12 mai 1662, fondation par Jeanne Guillerme de 6 messes basses par an, pour 60 livres.

Le 14 novembre 1662, fondation par François Pédrault de 3 messes chantées, pour une rente de 10 livres.

Le 13 décembre 1662, fondation par Marie du Plessis de 12 messes par an, pour une rente de 12 livres.

Le 13 mars 1665, fondation par Jeanne Launay, veuve, de 2 messes par an, pour un capital de 60 livres.

Le 31 août 1665, fondation par Catherine de Francheville de 156 messes par an, pour une rente de 60 livres.

Le 10 septembre 1665, fondation par Nicole Le Brigand, veuve Marion, de deux services, pour 120 livres.

Le 20 septembre 1665, fondation par Jean Le Fur de 9 messes chantées, pour une rente de 11 livres 5 sous.

Le 1er mai 1666, fondation par Julienne Danet de 10 messes par an, pour un capital de 100 livres.

Le 20 mai 1667, fondation par M. Olivier Le Gallo, prêtre, de 104 messes par an, pour une rente de 45 livres.

Le 8 novembre 1667, fondation par Michelle de Brenugat de 52 messes, pour un capital de 400 livres.

Le 25 août 1668, fondation par M. Guill. Le Belleguic, prêtre, de 12 messes, pour un capital de 120 livres.

Le 28 août 1668, fondation par Anne de Trégouet de 52 messes par an, pour une rente de 25 livres.

Le 23 juillet 1669, fondation par Perrine Trévalinet de messes et services, pour un capital de 700 livres.

Le 16 mai 1670, testament de Bertranne Gouyon, de Kersape, fondant 52 messes, pour une rente de 25 livres.

Le 28 mai 1670, fondation par Susanne Guyot de 52 messes par an, pour le pré de Saint-Goustan, près Muzillac.

Le 27 janvier 1671, testament de Mathurin Dusant, notaire, et de sa femme, fondant des services et des messes, pour un capital de 100 liv. et une maison rue du Four.

Le 10 juin 1673, fondation par Guillaume Le Vaillant, de 64 messes et de prières, pour 300 livres et une maison à la Boucherie.

Le 24 mars 1674, fondation par Michelle Fourché, tertiaire, d'une messe chantée, pour une rente de 6 livres.

Le 19 avril 1675, fondation par Grégoire Guillo du Bodan, de 12 messes chantées, pour un capital de 400 livres.

Le 27 novembre 1675, testament de Julien Salmon, sieur de Kerbloy, confirmant une fondation de messes.

Le 22 juillet 1679, fondation par Jacq. de Quifistre, de Trémoar, de 12 messes chantées, pour une rente de 90 livres.

Le 20 novembre 1682, fondation par les époux Le Corre de 48 messes, pour leur maison et jardin à pont Pallec.

Le 16 janvier 1686, fondation par Vincente Le Net de 20 saluts et messes basses, pour une rente de 75 livres.

Le 29 octobre 1686, fondation par les époux Truscat de 9 messes basses, pour une rente de 9 livres.

Le 13 novembre 1692, fondation par Jeanne Auffray d'une messe chantée, pour un capital de 30 livres.

Les autres fondations appartiennent au XVIIIe siècle.

VII. Sépultures.

Voici quelques-unes des principales sépultures faites dans l'église des Frères Prêcheurs de Vannes :

Faby Général, mort en 1637.

Pierre de Larlan, seigneur de Lanitré.

Trois dames Sorel du Boisdelasalle et de Salarun.

Pierre Pélisson, enquêteur au Présidial, inhumé le 18 septembre 1648.

Louise de Baud, femme du notaire Authueil, 17 sept. 1649.

Jacques Sorel, sgr du Boisdelasalle, etc... 12 juin 1652.

Thomas Authueil, notaire et procureur, 15 mars 1653.

Jean Prud'homme, sieur de Lesnaré, inhumé le 9 oct. 1654.

Nicolas Thomazo, chirurgien, inhumé le 24 novembre 1658.

Sébastien de Rosmadec du Plessis, fondateur, 19 avril 1659.

Jean Sorel, sgr de Salarun et du Laz, 30 juin 1659.

Louise de Rosmadec, dame de Pontmenard, 6 sept. 1659.

Sébastien de Rosmadec, sr de Comenan, 1er juillet 1660.

François Henry, sr de La Chesnaye, 20 novembre 1667.

Jacques Gouyon, sr de la Ville-Morel, 9 janvier 1667.

François de Rosmadec, des Ferrières, 4 novembre 1670.

Charles de Rosmadec, prieur d'Ambon, 16 septembre 1671.

Renée d'Aradon, dame du Vieux-Châtel, 30 janvier 1672.

Il paraît qu'à cette époque les religieux empiétaient parfois sur les droits des recteurs vis-à-vis des malades et des morts. Voici en effet le texte d'un arrêt du parlement de Bretagne du 23 mai 1672.

« Entre les humbles et dévots Prieur et religieux Dominicains du convent de Saint-Vincent de Vennes, appellans de sentence rendue par les juges présidiaux du dit Vennes, le 18 décembre 1671, d'une part, et vénérable et discret Mire Raymond Le Doulx, prestre, chanoine de la cathédralle de Saint-Pierre et recteur de la paroisse de Saint-Patern, intimé, d'autre part.

» Veu... Ouy le substitut du procureur général du Roy ;

» La Cour... faisant droit au principal, a maintenu et maintient l'intimé et tous autres recteurs au droit d'administrer les sacremens à ceux qui se sont retirés dans les maisons religieuses, situées dans l'étendue de leurs paroisses, autres que les réguliers et domestiques à gages, et à faire les levées des corps des deffuncts, et mesme les faire inhumer dans leurs églises paroissiales, s'il n'y a testament des décédés ou délibération des parents à ce contraires ;

» Fait deffense aux appellans de troubler à l'advenir l'intimé en ses fonctions curialles, et pour la faulte par eux commise, les a condemnez en six livres d'aumosne, applicable à l'église du dit Saint-Patern, et en une moitié des despens des causes principal et d'appel, l'autre moitié compensée ;

» Et faisant droit en l'incident de requeste, après la déclaration de l'intimé de ne prétendre aucun droit de passage pour les corps des deffuncts qui passeront dans l'étendue de sa paroisse, pour estre inhumez en d'autres lieux, a débouté les réclamans de leurs demandes, fins et conclusions, et les condemne aux despens de l'incident ; ordonne la dite Cour que la requeste demeurera supprimée au greffe comme injurieuse, et qu'à la diligence des substituts du procureur général du Roy le présent arrest sera leu et publié partout où besoin sera, à ce que personne n'en ignore. — Le Clerc, greffier. »

Pour se consoler de cet échec partiel, les religieux firent

reconnaître par le même parlement, le 11 mars 1675, leur droit d'assister aux sépultures et conduites des corps, quand ils en seraient requis, et de faire transporter directement de la maison mortuaire à leur chapelle, sans passer par l'église paroissiale, les corps des défunts qui auraient choisi leur sépulture chez eux : c'était du reste l'application littérale des lois de l'Église sur cette matière.

Après ces incidents, il faut reprendre la suite des inhumations.

Jean Michiel, s[r] du Prat, 24 ans, inh. le 4 septembre 1674.
Julien Bégaud, s[r] de Bléhano, inhumé le 27 février 1675.
François de Quélen, de Plouha, inhumé le 13 avril 1677.
Franç.-Jacq. de Quifistre, sgr de Trémoar, 24 juillet 1679.
Marie Héno, dame de Kerbot, inhumée le 11 février 1684.
Christophe Bédée, s[r] de Basseville, 3 janvier 1685.
Sébastien Millon, sieur des Salles, 15 juin 1686.
Jean-Baptiste du Couldray, s[r] de Condé, 17 décembre 1688.
Pierre Kermasson, s[r] de Bourgerel, avocat, 22 nov. 1689.
François Gouyon, s[r] de Couespays, 21 septembre 1692.
François Le Sénéchal, chanoine régulier, 12 juillet 1695.
Louis Le Boudoul, s[r] du Baudory, 23 janvier 1701.
Nicolas de Caradeuc, s[r] de la Bellangerie, 15 janvier 1702.
Perrine-Henriette du Foussé, veuve Gouyon, 19 avril 1702.
Joseph Kermasson, s[r] de Bourgerel, avocat, 28 sept. 1708.
Grégoire Guillo, s[r] du Bodan, inhumé le 1er décembre 1716.

Avant d'aller plus loin, il est bon de remarquer qu'en 1719 parut un arrêt du parlement de Bretagne, défendant d'inhumer désormais dans les églises et chapelles, sauf ceux qui auraient un droit d'enfeu bien établi. Les lieux saints étaient devenus de véritables cimetières, et l'arrêt du Parlement fut à la fois une mesure de salubrité publique et un retour à l'ancienne discipline ecclésiastique. Les Dominicains avaient déjà un cimetière, mentionné vers 1673 ; et à partir de 1720 ils le mirent plus particulièrement à la disposition des personnes qui, n'ayant pas d'enfeu dans leur église, désiraient néanmoins reposer dans le voisinage du lieu saint.

Voici, pour finir, quelques-unes des sépultures, qui se firent soit dans l'église soit dans le cimetière des religieux :

Jeanne-Valentine de Talhoet, V^sse du Grégo, 30 avril 1720.

Marguerite Chohan, dame de Moncam, 16 octobre 1723.

Julienne Sesbouez, femme Le Mière-Desplaces, 2 janv. 1727.

Hélène Baude du Val, dame du Baudory, 25 décembre 1728.

Pauline Huchet, femme de François de Coué, 11 fév. 1734.

François-Louis Boudoul du Baudory, ex-major, 20 janv. 1737.

Jeanne de Robien, veuve du Bot du Grégo, 26 juin 1737.

Marguerite de Muzillac, marquise du Chastel, 14 sept. 1738.

Vincente de Caradeuc, veuve Le Mintier de Léhellec, 18 septembre 1743.

Anne-Louise de Kervazic, dame de la Caunelaye, 31 janv. 1745.

Marie-Hiéronyme Le Mintier de Léhellec, 14 juin 1746.

Jean-Bapt. Houet, s^r de Chênevert, procureur, 13 juin 1755.

Vincent Kermasson, s^r de Bourgerel, 14 juillet 1756.

Julien-Nicolas Jamet, greffier du Présidial, 27 mai 1775.

(Registres de Saint-Pierre.)

VIII. Rosaire.

Tout le monde sait que la prière du Rosaire remonte à saint Dominique, qui l'employa avec succès à la conversion des Albigeois. Les Frères Prêcheurs propagèrent ensuite cette dévotion dans toute l'Église, et obtinrent du ciel par ce moyen des grâces merveilleuses. Ils s'appliquèrent partout à obtenir, non seulement la récitation privée du Rosaire, mais encore la récitation publique, et fondèrent dans ce but d'innombrables confréries.

La confrérie du Rosaire chez les Dominicains de Vannes prit naissance en 1703, et l'acte qui en fut dressé mérite d'être publié, pour montrer l'organisation de la société.

« Par devant les notaires royaux, héréditaires et aspostoliques de la cour, sénéchaussée et évêché de Vannes... ont comparu les RR. PP. prieur et religieux dominicains du couvent de Saint-Vincent de cette ville de Vannes, représentés ès personnes du R. P. Julien Huet, prieur, des RR. PP. Chedemail, Alexis Racouet, Charles Châtel, Georges Fourier, Léonard Betten, Guillaume de la Pommeraye et Guillaume Moisan, en leurs noms et faisant pour les autres religieux du dit couvent, capitulairement assemblés... d'une part ; et Gilles Michel, architecte, Jean Le Ray, marchand drapier, Julien Le Quinio, Me Julien Désalleurs, procureur, escuyer François Molezan, Me Jacques Bréguéro, Me Jean Pezdron, commis au greffe, Pierre Marion, tailleur d'habits, Pierre Tual, cordonnier, Julien Le Breton, drapier, Pierre Gouaillon, marchand tanneur, Me Guillaume Le Floch, etc .. faisant tant pour eux que pour les autres qui ont mis et mettront leurs noms en la société et confrérie du saint Rosaire, établie et érigée dans le dit couvent, d'autre part ;

» Entre les quels s'est fait le présent acte et traité, pour durer et valoir entre eux et leurs successeurs ; après qu'il a été reconnu que les dits confrères voulant s'acheminer à une plus haute perfection et s'attirer la protection de la sainte Vierge, ont convenu de s'assembler tous les dimanches et festes au dit couvent, pour y faire des prières et exercices de dévotion, et recevoir à cette fin des dits religieux les instructions et secours dont ils auront besoin : ce que les dits religieux voulant bien accepter et secondant l'intention et la piété des dits confrères, il a esté entr'eux convenu et arresté :

1° » Que les dits Pères prieur et religieux donneront une place commode et convenable dans leur couvent, où les confrères s'assembleront tous les dimanches matins de l'année et les festes commandées de l'Église, et y entreront, scavoir, depuis Pasques jusques à la Toussaints à 5 heures du matin, et depuis la Toussaints jusques à Pasques à 6 heures du matin ; et aussi tous les dimanches à midy, fors pendant l'Avent et le Caresme, que l'on y entrera que le matin seulement, et que le tout se fasse en sorte que les dits confrères puissent assister au service divin en leurs paroisses.

2° » Tous les dits jours de dimanches et festes commandées, le Père qui aura particulièrement le soin et la direction de la dite société dira une messe à basse voix à l'intention de tous les confrères, qui sera précédée d'une exhortation; et en cas de maladie ou autre empêchement du dit Père directeur, la dite messe sera dite et l'exhortation faite par un des autres religieux du dit convent.

3° » Que le dimanche de la Pentecoste prochaine (27 mai), jour de l'ouverture de la société et confrérie, les dits religieux chanteront une messe solennelle, ce qu'ils feront annuellement le mesme jour, avec exposition et procession du Saint-Sacrement, lorsqu'on en aura obtenu la permission, à la quelle procession les dits confrères marcheront en ordre, le cierge en main, avec piété et dévotion, mesme à la procession du saint Rosaire, qui se fait tous les premiers dimanches de chaque mois.

4° » Diront en outre les religieux, à la susdite intention, quatre messes à chant et solemnelles par chacun an, les jours qui seront désignés par le conseil de la dite confrairie; fourniront aussi les religieux tous les ornements, comme chasuble, aube, calice, garniture d'autel, à la réserve des cierges, qui seront fournis par les confrères; et se trouveront les dits religieux aux heures d'assemblées du matin en nombre suffisant pour confesser les dits confrères, et principalement les jours de communion générale, qui seront tous les premiers dimanches de chaque mois de l'année, à moins que pour raison elle ne soit renvoyée par l'avis de l'assemblée à un autre jour du mois : les quelles communions se feront dans l'église du dit convent, où les confrères iront en ordre, le cierge en main, avec toute la modestie et la dévotion possible.

» Et pour toutes les choses cy-dessus spécifiées, tant pour la rétribution des messes que pour les autres fonctions, il sera payé par les confrères de la dite société à la communauté des religieux, par chacun an, la somme de 150 livres, payable par demie année, comme elles eschoiront, à compter du dimanche de la Pentecoste prochaine, 27e du présent mois. A l'exécution de tout quoy les dites parties s'obligent, et aux dits noms, sur tous leurs biens meubles et immeubles, présents et futurs...

» Fait à Vannes, au dit couvent de Saint-Vincent, sous les seings des dits religieux et des dits confrères... ce jour 26e de may 1703, après midy.

» Poissemeux, not. roy. ap.— Le Clainche, not. roy. ap. »

Le 19 juillet de la même année, le conseil des confrères décida que les Dominicains seraient priés d'assister à l'enterrement des membres associés, qu'une messe serait dite immédiatement dans leur église pour le défunt, et qu'on y ferait cinq sonneries depuis le décès jusqu'au service : pour tout quoi, on paierait 7 livres 4 sous aux religieux.

Le 15 octobre 1703, le pape Clément XI accorda une indulgence plénière aux confrères : 1° le jour de leur entrée dans la société, 2° à l'article de la mort, 3° à la fête principale de la confrérie, 4° à quatre autres fêtes à choisir par les confrères et à approuver par l'Évêque.

Or Mgr d'Argouges, sur la proposition des membres, approuva le choix du jour de la Pentecôte comme fête principale, et des jours de la Conception, de l'Annonciation, de saint Jean-Baptiste et de saint Michel, comme fêtes accessoires.

A la suite de la confrérie du Rosaire, on peut placer les rares fondations faites pendant le XVIIIe siècle.

En 1703, fondation des Quarantes Heures pour la Toussaint et les deux jours suivants, avec exposition, grand'messe, salut, etc... moyennant un capital de 700 livres.

Le 20 novembre 1703, fondation par Marie-Françoise Miniac, de 52 messes par an, pour une rente de 25 livres.

Le 27 juin 1713, fondation par Pierre Le Thieis, sr de Keraudren, de l'octave du Rosaire, pour un capital de 350 liv.

Le 27 juillet 1737, fondation par Jeanne Rousseau, de la fête de sainte Anne et d'un service, pour 700 livres.

Le 23 mai 1746, fondation par Perrine Desné, d'une exposition et d'un service, moyennant 200 livres.

Voilà tout ce qu'il a été possible de recueillir, en fait de fondations, pendant le XVIIIe siècle. En admettant même d'autres fondations, restées ignorées, quelle pauvreté pour ce siècle, comparé au précédent ! La cause en était dans l'affaiblissement de la foi et dans les progrès de l'impiété.

Les ordres religieux eux-mêmes en subissaient le contrecoup : les tracasseries administratives se multipliaient, les vocations devenaient plus rares, l'émulation dans la vertu s'affaiblissait, et le relâchement commençait à s'introduire dans bien des maisons.

Les Dominicains de Vannes, qui étaient une trentaine en 1658 et 1666, n'étaient guère qu'une quinzaine en 1703, et ils seront réduits à sept en 1790.

IX. Révolution.

A la veille de la Révolution, les Dominicains subirent une expropriation partielle. Comme il s'agissait du bien général, ils l'acceptèrent avec résignation.

Pour sortir de Vannes ou pour y entrer, du côté de l'est, il n'y avait alors que la Grand'rue et la rue du Four ; la première se ramifiait vers l'hôpital-général, vers l'étang du Duc, et vers la Tannerie, la seconde se continuait par la Petite-Garenne jusqu'à la Tannerie. Or toutes ces rues montaient ou descendaient la colline de Saint-Patern. C'était un inconvénient, sans importance pour les piétons, mais plus grave pour les voitures, dont l'usage se répandait de plus en plus. Pour tourner la colline et avoir une route unie, il n'y avait pas d'autre moyen que de passer par l'enclos des Frères Prêcheurs.

Dès 1758, on traça cette nouvelle voie, qui s'appelle aujourd'hui la rue du Roulage, et qui est indiquée sur le plan par deux lignes pointillées. Il paraît que les formalités préliminaires et les premiers travaux durèrent assez longtemps, puisqu'on n'arriva qu'en 1785 aux abords du couvent. Le 19 septembre de cette année, les religieux reçurent sommation de démolir la maison située à l'est de leur pavillon et servant de logement au fermier de leur enclos. Ils le firent dès le printemps de 1786, et avec les matériaux ils reconstruisirent la maison située près du perron de leur église, portant aujourd'hui le N° 10.

Cependant la révolution s'avançait de plus en plus menaçante. Le 2 novembre 1789, l'Assemblée nationale mit à la disposition de la nation tous les biens ecclésiastiques, et le 5 février 1790 elle prescrivit de faire un inventaire de tous les biens meubles. Dans l'état, dressé par les Dominicains eux-mêmes le 2 mars 1790, on voit que l'église renfermait l'autel du chœur, et les autels du Rosaire, de Saint-Hyacinthe, de Sainte-Rose, de Bonne-Nouvelle et de Sainte-Catherine, avec leur modeste garniture ; que la sacristie renfermait 5 calices, 1 ostensoir, 1 ciboire, une custode, 1 petit crucifix, 1 croix de procession, 1 boite des saintes huiles, 4 burettes, 2 bassins, 1 encensoir, 1 navette, 4 petits flambeaux, 2 petites statues, 1 reliquaire de saint Vincent, 1 autre de sainte Marguerite, le tout d'argent, sans compter le linge et les ornements ; que la maison avait, au rez-de-chaussée, une menuiserie, une grande salle, une cuisine et un salon, avec le mobilier afférent ; que le premier étage renfermait une infirmerie, une chambre pour les hôtes, et cinq chambres de religieux ; et qu'enfin le second renfermait neuf cellules : le tout pauvrement garni ; la bibliothèque renfermait environ 1,400 volumes de tout format ; le total des revenus de la maison montait à 3,762 livres, et le total des charges à 1,974 livres 17 sous ; il restait donc 1,787 livres 3 sous pour nourrir et habiller les religieux (L. 784).

Les religieux étaient alors :

1° P. François-Hyacinthe *Giraudet,* prieur, profès en 1751 ;

2° P. Servais-Bonav. *Larbre de l'Épinne,* profès en 1747 ;

3° P. Jean *Guillard,* sous-prieur, profès en 1760 ;

4° P. Jacques *Noirel*, né en 1737, profès en 1756 ;

5° P. Vincent-Marie *Plaudrain*, né en 1741, profès en 1760 ;

6° Fr. Mathieu Burban; convers, profès en 1771 ;

7° Fr. Jean Hamonic, convers, profès en 1776 ;

Au mois de novembre 1790, ils furent interrogés par des commissaires civils sur leur volonté de quitter ou de continuer la vie commune. Deux, savoir les PP. Noirel et Plaudrain, déclarèrent vouloir sortir ; les cinq autres persévérèrent, mais ils furent impitoyablement expulsés le 1er avril 1791, et ils n'eurent la faculté d'emporter que le chétif mobilier de leurs chambres. Ils se retirèrent où ils purent ; le P. Larbre de l'Épinne et le Fr. Burban subirent même la prison.

Pendant ce temps on vendit leurs biens.

Le 15 janvier 1791, la métairie de Kernipitur fut vendue à M. du Bodan pour 12,400 livres.

Le 26 janvier 1791, un petit jardin fut adjugé à un sieur Guillemet pour 570 livres.

Le 14 mars 1791, une maison et deux jardins, rue du Puits, furent vendus à M. Tourmante pour 1,740 livres.

Le 11 janvier 1792, une maison et un jardin, rue de la Tannerie, furent cédés à M. Janin, pour 1,325 livres.

Le 21 avril 1792, deux maisons et un jardin, rue de la Petite-Garenne, furent acquis par M. Salel, pour 735 livres.

Le 3 octobre 1792, une maison située rue de la Concorde ou du Four, fut achetée par M. Quermeleuc, pour 3,000 livres.

Le même jour, la prairie située près du chemin du Grador fut adjugée à M. Josse, pour 1,175 livres.

Le 15 décembre 1792, une maison située rue de la Concorde ou du Four, fut vendue à M. Philippe au prix de 2,950 livres.

Le même jour, la maison neuve près du perron de l'église fut cédée au même acquéreur pour 3,200 livres.

Le 16 octobre 1793, le jardin, le pré, le verger et le bois furent adjugés à M. Pavec, pour 20,400 livres.

Le même jour, le petit jardin du prieur fut vendu à M. Philippe pour la somme de 310 livres.

Le 18 janvier 1795, une maison située près de l'enclos fut cédée au sieur Thomas pour 705 livres.

Le même jour, trois maisons de la Petite-Garenne furent adjugées à M. Le Merle pour 3,055 livres.

Enfin une maison située rue de la Concorde ou du Four, fut vendue à M. Houdiart ; et une autre, de la même rue, conservée comme annexe de la gendarmerie, n'a été aliénée qu'en 1860.

La *chapelle* fut adjugée à M. Houdiart ; elle devint ensuite un dépôt pour les voitures du roulage, et elle donna ce nom à la rue voisine.

Quant au *couvent,* il fut affecté au logement de la gendarmerie, et il a gardé cette destination jusqu'en 1860, où une nouvelle caserne fut achevée sur le Champ-de-Foire.

A cette époque, le département du Morbihan était à la recherche d'un terrain pour la construction d'un hôtel de la Préfecture. Le Conseil général jeta les yeux sur l'ancien couvent des Dominicains et particulièrement sur son ancien enclos. Il vota la construction de l'édifice le 24 février et le 31 août 1860 : ce qui fut autorisé par une lettre du 20 juin, et déclaré d'utilité publique par un décret du 28 juillet 1861.

L'ancien jardin des religieux avec partie de l'enclos fut racheté du sieur Quennec, l'ancienne chapelle, du sieur Robo, le jardin de l'Hôtel-Dieu, de M. Claret ; le reste de l'enclos, vers le sud-est, ne fut acquis qu'en 1864 et 1866 de la famille Jollivet-Castelot pour 28,600 francs.

L'adjudication des travaux de la nouvelle préfecture fut faite le 4 août 1862, au sieur Jean-Marie Normand pour 552,580 francs. Les modifications apportées ensuite au plan primitif firent dépasser ce chiffre. C'est alors que furent démolis le couvent et la chapelle des Dominicains.

DÉCAPITATION D'UN BRETON A LISIEUX

LE 29 JUIN 1440.

Jehan Neel, lieutenant particulier en la vicomté d'Orbec et ressort d'icelle, à noble Monseigneur Jehan Salvain, chevalier, bailly et receveur du Vicomte d'Orbec ou a son lieutenant, salut. Comme au jourd'huy par sentence de justice *Laurens Tison*, natif de la ville de Faloize ait esté décappité et mis à mort pour ses démérites, comme traictre, larron, brigant et agresseur de chemins, laquelle sentence ait esté mise à exécution par Maistre *Guille Dubust*, dit : *Le Pellaust*, exécuteur de la haute justice cappital en ceste ville de Lizieux ; et aussy eust au jour dier iceluy Maistre Guille par l'ordonnance de justice mis et ataché sur une lance à la porte d'icelle ville, la teste de *Pierres Desré,* natif des parties de Bretaigne comme l'on dit, lequel estoit semblablement traictre, larron, brigant et agresseur de chemins, et quel avoit ce dit jour diér matin esté tué et mis à mort par certains compaignons de guerre dudict lieu de Lisieux en ung assault par eulx fait sur plusieurs brigans entre lesquels estoient lesdits Tison et Desré, pour laquelle sentence et ordonnance de justice mettre à exécution, nous avons tauxé audit Maistre Guille pour sa paine et sallaire *trente solz* pour avoir décappité ledict Tison et son corps pendu au gibet et *cinq sols* pour avoir ataché la teste dudit Desré à ladite porte comme dit est et xx *deniers par chacun gans.* Sy nous mandons que des deniers de vostre recepte vous paiez, bailliez et délivrez audit Maistre Guille icelles sommes tout avouez en vos comptes et rabatez de vostre recepte où et ainsi qu'il appartiendra. — Donné à Lizieux, le derrain jour de juing l'an de grâce mil cccc quarante.

J. Eschalart, (1) passe.

La pièce ci-dessus, trouvée récemment par nous chez un bouquiniste de Paris, bien que concernant plutôt la Normandie que la Bretagne, nous a paru digne d'être conservée et communiquée à la Société Polymathique, dès lors qu'elle relatait la mort d'un Breton, et les vengeances exercées à cette époque par les Normands sur sa dépouille. Malgré de nombreuses recherches, nous n'avons pu identifier cet individu, ce qui eut été pourtant d'autant plus curieux que ces hommes, traités alors de *brigands*, n'étaient à vrai dire que des *patriotes*, et faisaient partie des bandes qui luttaient chaque jour, sans trêve ni merci, dans les campagnes contre les Anglais, maîtres des villes normandes et d'une grande partie de la Normandie. Il n'est pas sans intérêt également de savoir combien étaient soldés les bourreaux de cette époque, auxquels on payait généreusement des gants.

Enfin la famille *Eschalart* ou *L'Eschalart*, appartenant à la vieille noblesse de Lisieux, existe encore de nos jours. Un officier de ce nom, originaire de cette ville, qui a fait pendant plusieurs années partie du 116e régiment d'infanterie à Vannes, où il a laissé de nombreuses sympathies, est actuellement professeur à l'école d'enfants de troupe de Montreuil.

Marquis de L'Estourbeillon.

---

(1) *J. Eschalart* était, à cette époque, notaire et garde scel de la vicomté d'Orbec, à Lisieux.

NOTICE

SUR LA MORT DE CHARLES DE BLOIS

ET QUELQUES FAMILLES DE BRETAGNE PEU CONNUES

(Par M. E. Le Gall de Kerlinou).

Depuis longtemps déjà j'avais la conviction intime que l'infortuné Charles de Blois avait été tué par un chevalier breton nommé Lesnérac.

Un document inédit, qui vient confirmer les dires de « quelques mémoires », selon l'expression de M. de Courcy, vient d'être mis au jour par l'infatigable chercheur qui nous préside, et enlève tout doute à cet égard.

Aussi, loin de combattre sa thèse, je viens, à l'aide d'autres documents, qui malheureusement ne sont pas inédits comme il est inscrit par erreur à l'ordre du jour, mais qui jusqu'à présent n'ont été ni juxtaposés ni coordonnés, apporter de nouvelles preuves, tantôt morales, tantôt positives, à l'appui de sa thèse.

Il me faut tout d'abord écarter l'objection que, selon dom Lobineau et selon dom Morice, il fut tué par un *anglais* et non par un *breton ;* en ce cas, à cette époque, j'en prends Froissart à témoin, — qui d'ailleurs en cette circonstance ne donne ni un nom ni un autre, — les chroniqueurs pour se faire comprendre appelaient *anglais* quiconque soutenait le Cte de Montfort et *français* ou *bretons* les partisans de Charles de Blois.

Ainsi, Froissart dit à propos du combat des Trente : « les trente compagnons que nous appellerons anglais, à cette besogne, attendirent longuement les autres que nous appellerons français. »

Or, de tous ceux qu'il appelle français, pas un ne l'était, Beaumanoir, breton, commandait 8 chevaliers et 22 écuyers, bretons les uns comme les autres.

Bembro, d'autre part, n'avait sous ses ordres que 20 anglais, accompagnés de 4 bretons et 6 allemands ou flamands, un tiers de sa troupe n'est pas anglaise.

Et il n'y a pas à arguer d'ignorance de la part de Froissart, car ce qu'il dit en ce chapitre VII de son livre premier, partie IIe, est précédé de ces réflexions au chapitre CCCXXV (livre I, partie 1re), sur Croquart « qui avait été en son commencement un pauvre garçon et longtemps page du sgr d'Ercle, en Hollande..., il avait le renom d'être le plus appert homme d'armes qui fût au pays. Et fut élu pour être à la bataille des Trente, et fut tout le meilleur combattant de son côté, de la partie des anglais, où il acquit grand grâce, et lui fut promis du roi de France, que s'il voulait revenir français, le Roi le ferait chevalier et le marierait bien et richement (1), et lui donnerait 2,000 livres de revenu par an, mais il n'en voulut rien faire et depuis lui meschey-il (lui arriva malheur), ainsi que je vous dirai. »

Ceci est péremptoire. Dans l'usage, à moins de spécifications contraires, Froissart, comme ses contemporains, appelait en termes génériques, soit anglais, soit français, les combattants de la succession de Bretagne, selon la cause qu'ils soutenaient.

J'en arrive au texte inédit publié par M. de l'Estourbeillon :

« Vers 1603, Gabriel Gaulterot, escuyer, descendant de Robert Gaulterot et d'Agnès de Lesnérac, déclare : l'association avec Jean Chandos et messire Huc de Caverley, capitaines anglais, pour le fait de la bataille d'Auray, pour chasser cette truandaille et moyse (mauvaise) engeance de français, car ainsi l'appelaient-ils, qui si longtemps avaient pillé et guerroyé le pays et terre de Bretagne (comme ils firent); ledit de Lesnérac ayant tué de sa propre main en bataille rangée le comte de Blois, ainsi que tous trois (Chandos,

---

(1) Voilà donc Croquart, hollandais ou flamand, invité *à revenir français !*

Caverley et Lesnérac) l'avaient voué et juré de ce faire sur la sainte hostie, qu'à cette fin ils prirent, l'ayant fait répartir en trois ; et se voit encore aujourd'hui près d'Auray le tombeau dudit de Lesnérac, et sa statue élevée ; ce que le suppliant (Gabriel Gaulterot) vérifia en la présence du Roi, de ses princes et chevaliers, lorsqu'il plût à sa majesté faire manifester par ses lettres patentes à attacher l'honneur de *chevallerye* qu'il lui avait donné à la journée d'Arques, et depuis à la bataille d'Ivry. »

On voit par ce serment à quelle ardeur de haine contre la « truandaille et mauvaise engeance de français » en étaient arrivés les partisans du comte de Montfort ; ceux de Charles de Blois n'étaient pas moins exaspérés. N'avaient-ils pas autant souffert pendant ce long temps où l'anglais « pilla et guerroya le pays et terre de Bretagne ? »

Froissart, l'écrivain soldé par l'Angleterre, nous l'apprend lui-même dans ce chapitre CCCXXV qu'il consacre « au brigand appelé Croquart » ; se sentant libre de parler, parce que comme il nous l'apprend et comme je l'ai dit plus haut, ce Croquart était allemand ou flamand ! mais, dans ce chapitre immortel, comme il fait bien le procès des saxons et autres étrangers ! et, au moment où l'écrit sa plume, devenue à la fois satirique et vengeresse, la guerre ne durait que depuis 9 ans (1341-1350, ancien style).

Il vient de parler des atroces exploits du brigand Bacon en Languedoc, et il s'écrie :

« En autelle maniere se maintenait-on au duché de Bretagne, car si faits brigands conquéraient villes fortes et bons châteaux et les robaient et tenaient et puis revendaient à ceux du pays bien et chèrement. Si en devenaient les aucuns, qui se faisaient maîtres par dessus les autres, si riches que c'était merveille...

» Quand Croquart commença à devenir grand il eut congé et s'en alla ès guerre de Bretagne et se mit à servir un homme d'armes. Si se porta si bien que, à un rencontre où ils furent, son maître fut tué : mais pour le vasselage de lui, les compagnons l'élurent à être capitaine au lieu de son maître, et y demeura.

» Depuis, *en bien peu de temps*, il gagna tant et acquit et profita par rançons, par prise de villes et de châteaux, qu'il devint si riche qu'on disait qu'il avait bien la finance de soixante mille écus, sans les chevaux, dont il avait bien en son étable vingt ou trente, bons coursiers et doubles roncins (1). »

Froissart, après l'avoir signalé (voir ci-dessus) comme le plus vaillant des anglais au combat des Trente, termine ainsi cet admirable portrait d'aventurier du XIVe siècle :

« Ce Croquart chevauchait une fois un jeune coursier, fort embridé, qu'il avait acheté 300 écus, et l'éprouvait au courir. Si l'échauffa tellement que le coursier outre sa volonté, l'emporta ; si bien que, à saillir un fossé, le coursier trébucha et rompit à son maître le cou.

» Je ne sais (ce) que son avoir devint, ni qui eut l'âme ; mais je sais que Croquart finit ainsi. »

Ah ! pauvre et chère Bretagne, il n'y avait que neuf années que cette terrible guerre civile durait, et déjà, « en bien peu de temps », un seul aventurier avait amassé 60 mille écus en finance et une valeur de plus de 3,000 écus en coursiers.

Et pour se rendre compte de la valeur de l'argent à cette époque, je mentionne seulement que 17 ans plus tard (1367), la rançon de du Guesclin fixée par lui-même à 100,000 fr. (2), fut par le prince de Galles lui-même reconnue une grosse somme. Plus tard, en 1387, c'est encore la somme de 100,000 fr. que le duc de Bretagne exige du connétable de Clisson pour le remettre en liberté, et Clisson était l'un des plus riches seigneurs du royaume.

Ces châteaux, ces manoirs, pris, repris, vendus et revendus, pillés et brulés si le pauvre gentilhomme ne peut payer la rançon, voilà, et j'atténue l'histoire, le sort d'une grande partie de l'Armorique pendant 23 ans.

Et alors on fait ce serment terrible qui peut-être va jusqu'à la limite du sacrilège.

---

(1) Roncin, grand cheval.

(2) Froissart, la chronique d'Ayala, histoire de du Guesclin.

Je dis limite, car dans le cœur du breton qui le prêtait, il ne pouvait servir qu'à assurer l'indépendance de la patrie bretonne au prix d'un meurtre légitime. Ruiné, lui et tous ceux de son parti si Charles de Blois triomphe, il se considère en état de légitime défense et au lieu de se laisser tuer par le loup (blei, Blois, loup en breton), il le tue.

Je ne dois pourtant pas être suspect de partialité pour Montfort. Tout jeune, je ne sais pourquoi, j'aimais bien mieux son doux et fier rival ; je n'ai jamais cessé de reconnaître que le droit successoral était pour lui et jusqu'aujourd'hui, mes poésies sont en faveur de Charles de Blois et de ses chevaliers.

Plus tard, fouillant mes papiers de famille, je vis que plusieurs de mes ancêtres ou de mes parents suivirent sa cause et si l'on veut me permettre cette digression je dirai ceci :

Lorsque je communiquai à M. de l'Estourbeillon les actes de ma famille qui lui ont permis de faire paraître une notice sur elle dans son premier volume des *Généalogies bretonnes*, je n'avais pas cru devoir lui indiquer une note assez informe trouvée sur un papier tellement atteint par l'humidité qu'il est tombé en lambeaux entre mes mains la première fois qu'il me fut donné de le lire — j'avais seize ans alors.

Mais j'en pris la copie :

L'acte est écrit par Pierre III Le Gall seigneur de Kerlinou et dit « j'étais jeune, quand un jour j'entendis un gentilhomme du Léonais, fort expert en généalogie, dire à mon père que l'origine de notre race était Alain Le Gall, époux d'Amice de Léon (*Ici quelques mots illisibles*), veuve du sire de Lohéac. »

Il est bien évident qu'à la Chambre de la réformation de 1668, ni les Le Gall de Ménéguen et de Kerlinou, ni les Le Gall du Plessis et de Kermorgan n'auraient pu se servir d'une désignation aussi vague et qui de plus n'était appuyée sur aucune preuve écrite.

Cependant cette note n'était pas perdue de vue par moi, mais je croyais à une confusion de la part de ce gentilhomme du Léonais, ma famille ayant eu une alliance antérieure à Pierre III Le Gall, avec une autre famille Lohéac dont les armes sont d'argent à la macle de sable, et n'ayant alors à ma disposition, pour étudier la maison des sires de Lohéac, que la note incomplète donnée sur elle par M. Bizeul dans la *Biographie bretonne* de Paul Levot, parue en 1852. Aujourd'hui, à la suite de recherches nouvelles, faites de toutes parts par les travailleurs de Bretagne : M. l'abbé Le Mené, que je remercie ici de la complaisance avec laquelle il mit à à ma disposition ses précieux manuscrits, mais où Amice de Léon n'était indiquée que comme épouse de Bernard, seigneur de la Roche-Bernard, ce qui est fort exact, mais ne me suffit pas à me mettre sur la voie, n'ayant pas fait attention qu'à la baronnie de La Roche-Bernard, il avait signalé ce Bernard comme seigneur de Lohéac ; M. Léon Maître, auteur de l'*Ancienne baronnie de la Roche-Bernard*, où Bernard, fils d'Eudon, est qualifié seigneur de Lohéac du chef de sa mère, époux d'Amice de Léon et mort sans hoirs en 1306 ; et M. Urvoy de Portzamparc, qui vient de publier dans la *Revue historique de l'Ouest* une généalogie de la maison de Léon ; je viens dis-je, à l'aide de tous ces renseignements, essayer de donner une explication qui me semble très vraisemblable, d'autant plus qu'elle paraît concorder avec un texte de Froissart, complété par Dom Morice.

Voici ce que dit Dom Morice : (Tome I, page 248) « De Goy, le Comte se rendit à Carhaix où l'évêque de Quimper s'était renfermé. C'était Alain Le Gal qui était, vraisemblablement, dans le cours de ses visites (1). »

Au début de la guerre, selon Froissart, Hervé de Léon et son oncle, Alain Le Gal, étaient dans le parti de Montfort.

Hervé de Léon, mécontent de reproches qu'il considérait comme injustifiés, le quitta assez vite, puisque dès 1342 il

(1) Dans son catalogue historique des évêques de Bretagne, Dom Morice écrit : « Alain Le Gal, natif de Riec, fut ordonné l'an 1336 et mourut en 1358. Les troubles qui affligèrent le pays pendant son pontificat ne servirent qu'à faire éclater sa vertu, les *Anglais, venus au secours de Jean de Montfort*, assiégèrent Quimper le 11 août 1345 et la réduisirent à la dernière extrémité ; mais elle fut miraculeusement délivrée de leurs attaques par les prières de l'évêque et du clergé. »

était du parti de Charles de Blois qu'il suivit jusqu'à sa mort arrivée en 1343 ou 1344.

L'évêque de Quimper essaya, sans succès, d'être fidèle à Jean de Montfort, mais sa ville fut emportée d'assaut, les troupes de Blois exercèrent des cruautés horribles, tuant plus de 1400 personnes de tout âge et de tout sexe. Charles fit cesser le carnage, protéger les gens d'église dans leur corps et dans leurs biens et comme la moitié de la ville appartenait au duc et l'autre à l'évêque, il fit démanteler les fortifications qui lui appartenaient et laissa intactes celles qui étaient à l'évêque.

Celui-ci dut prêter un serment de foi et hommage à Charles de Blois et y resta fidèle jusqu'à sa mort.

Je regrette la longueur de ces citations, mais je les crois nécessaires pour montrer combien, malgré l'abondance des détails et peut-être même à cause de cette prolixité, combien il faut parfois se méfier des textes qui semblent les plus précis dans Froissart, et ici j'en trouve un exemple frappant :

Après avoir indiqué la parenté d'Hervé de Léon et d'Alain Le Gal : « Cet évêque était *oncle* audit Hervé de Léon... il s'accorda bonnement par l'admonestement et sermon dudit Mgr Hervé de Léon son *neveu.* » Il ajoute « L'évêque de Carhaix fit ouvrir les portes de la bonne ville et du châtel de Carhaix, qui sied sur la mer. »

Carhaix, *évêché !* Carhaix, *port de mer !* Je n'insiste pas.

Dom Morice se borne à dire « Froissart ajoute qu'Alain le Gal était l'oncle d'Hervé de Léon : mais il ne nous apprend point d'où venait cette parenté. »

Je vais essayer de l'établir, en faisant des réserves, bien entendu, en l'absence de tout document formel.

Froissart avait eu certainement des renseignements précis sur la généalogie des seigneurs de Léon. Ainsi, ayant à parler du même Hervé de Léon dans les chapitres CLXXVI et CLXXVII il dit : « Il advint que messire Guy de Léon qui était *oncle* de messire Hervé de Léon... parla un jour audit messire Hervé son *neveu* etc. » et « Le dit messire Hervé (de Léon) si emmena son *oncle*, ledit évêque (Guy de Léon), à messire Louis d'Espagne qui le reçut à bon gré et liement. »

Il est curieux de constater comme les mêmes termes sont répétés par Froissart pour donner les liens de famille entre Hervé de Léon et les évêques Guy de Léon et Alain Le Gall. Cette précision, justifiée en ce qui concerne Guy et Hervé, ne peut-elle s'appliquer à Guy et Alain ? En ce cas, la généalogie s'établirait de la façon suivante ;

Hervé IV de Léon, seigneur de Châteauneuf, mort en 1281, épousa le 20 avril 1209, Mahaut de Poissy.

Hervé V, s^r de Châteauneuf, mort en 1304, épousa Jeanne de Rohan.	**Guillaume de Léon, chanoine de Nantes, évêque de Léon.**	**Anne de Léon, épouse de Guillaume de la Roche-Moisan.**	**Amice de Léon, épouse d'Alain Le Gall.**
Hervé VI de Léon, s^r de Noyon-sur-Andèle, épouse en 1307 Jeanne de Montmorency.	**Guy de Léon, évêque de Quimper.**	**Amice de Léon, épouse en 1300, Bernard s^{gr} de la Roche-Bernard et de Lohéac, mort sans hoirs en 1306.**	**Alain Le Gall, évêque de Quimper, vivant 1312-1355.**
Hervé VII de Léon qui prit part à la guerre de succession et mourut en 1343 ou 44.			

Cette interprétation mettrait d'accord Froissart et Dom Morice : Hervé est bien le neveu *propre* de Guy de Léon et serait le neveu, *à la mode de Bretagne*, comme on dit aujourd'hui, d'Alain Le Gall.

Il reste à rétablir le texte que j'ai vu, dans ses parties déchirées ou illisibles ; ne disait-il pas : « Alain Le Gall, époux d'Amice de Léon (*marraine ou tante, d'autre Amice*), veuve du sire de Lohéac ? »

Car il est impossible d'admettre Amice de Léon, veuve du seigneur de la Roche-Bernard et de Lohéac, comme étant la mère d'Alain Le Gall, évêque de Quimper, et voici le texte formel qui s'y oppose :

Cathédrale de Quimper, chapelle Saint-Corentin, actuellement chapelle de Saint-Paul. « Cette chapelle fut construite en 1336 ou fort peu de temps avant cette date par Alain Le Gall, évêque de Quimper. — « Un acte du vendredi avant la

Madeleine 1312, nous apprend que ce prélat était à cette date chanoine de Quimper et de Kerahès (Carhaix) et recteur de la paroisse de Bothoua (1).

» Il remplissait en 1329, les fonctions de vicaire général de l'évêque Alain Gonthier (2), auquel il succéda au commencement de l'année 1336.

» L'époque présumée de sa mort est 1355 ou 1356. » Monographie de la cathédrale de Quimper, par M. Le Men, pages 91 et 99.

Chanoine et recteur dès 1312, Alain Le Gall ne peut être fils d'un second mariage d'Amice de Léon, veuve en 1206 de Bernard de la Roche-Bernard, et, comme il est excessivement peu probable qu'elle eût contracté un mariage antérieur, il faut bien remonter d'une génération l'alliance qui créa la parenté d'Hervé de Léon et de l'évêque de Quimper; mais ainsi s'explique en même temps la réflexion de Dom Morice, qui, connaissant la généalogie des seigneurs de Léon, n'y voyait figurer Alain comme oncle *propre* d'Hervé.

Quant au pays d'origine d'Alain le Gall, cité par Courcy, sans attribution de famille, Dom Morice indique la paroisse de Riec. Il est certain qu'en cette commune existe encore un village portant le nom de Kergall; d'autre part le château de Reulliec ou Rulliec en Plouay, a appartenu jusqu'à sa destruction vers 1488, à la famlile Le Gall de Cunfiou. N'y-a-t-il pas eu confusion entre ces deux noms? C'est possible, je n'insiste nullement, me bornant à faire remarquer que le 2e fils de Nicolas Le Gall, l'auteur de la branche du Plessis, se nommait Alain comme celui que je crois son oncle (3).

Toujours est-il que Quimper est pillé et ravagé de la façon la plus abominable par les troupes de Charles de Blois; voilà le pays de Ploërmel mis à rançon et ruiné par Croquart, le partisan de

(1) Quittance délivrée à Alain Le Gall par Guillaume de Goézec, receveur des décimes. — Il y avait à Carhaix, dans l'église de Saint-Trémeur, une collégiale composée de quatre canonicats ou prébendes. (M. Le Men.)

(2) Le mercredi après la Quasimodo 1336, il (Alain Le Gall) fit de nouveaux statuts pour sa cathédrale. Cart. Capit. Corisopit. N° 56, fol. 53. (M. Le Men.)

(3) Voir Potier de Courcy et l'arrêt de la réformation de 1668.

Montfort ; que s'est-il passé dans le malheureux pays de Guérande dont Lesnérac était originaire ?

Il n'est que trop facile de le présumer.

Quelques lignes du plus ancien de nos historiens, Pierre Le Baud, et une montre de 1382 citée dans les recherches sur la chevalerie du duché de Bretagne, apportent la lumière nécessaire à nos recherches.

Qui ne se souvient de la mort d'Olivier III de Clisson auquel le roi de France fit trancher la tête le 2 août 1343, exposer le corps aux fourches de Montfaucon et placer la tête sur une des portes de Nantes, et de la sublime colère de la douce Jeanne de Belleville, devenue *une bête fauve* (1).

L'héroïque mère du futur connétable de Clisson surprend plusieurs châteaux et ne laisse après elle que la désolation et la mort. Enfin, frappée sur terre, Jeanne vend ses joyaux et équipe un ou plusieurs vaisseaux ; c'est ici que je crois voir apparaître le rôle des Guérandais.

Ce sont eux qui ont dû lui fournir des subsides et des équipages. Et avec eux, parcourant les côtes, Jeanne « coule bas tous les vaisseaux français qu'elle rencontre, égorge les équipages, opère des descentes et met les campagnes à feu et à sang. (Levot.)

Mais contre cet intrépide corsaire et contre tous ceux du pays de Guérande qui l'aidaient dans ses sauvages exploits, quelle vengeance plus sauvage encore s'il est possible, n'exerçaient pas les troupes de Charles de Blois unies à cette « truandaille et mauvaise engeance de Français ? »

Voilà expliqué le serment de ne laisser survivre qu'un seul des prétendants à la journée d'Auray, car ce qui s'est passé dans le camp de Montfort a dû avoir son équivalent du côté de Blois ; les deux troupes étaient en relations continuelles quand ce ne serait que par les démarches faites par le sire de Beaumanoir la veille et le matin du combat.

Et Froissart, peut-être mieux informé qu'il ne veut le dire, écrit : « *Et me semble* qu'il avait été ainsi ordonné en l'ost

---

(1) *Biographie bretonne* de Levot, article Clisson.

des anglais au matin, que, si on venait au-dessus de la bataille et que messire de Blois fût trouvé en la place on ne le devait point prendre à nulle rançon, mais occire. Et ainsi, en cas semblable, les français et les bretons avaient ordonné de messire Jean de Montfort; car en ce jour ils voulaient avoir fin de bataille et de guerre. »

Comment les trois conjurés du côté de Montfort s'y prirent-ils pour tenir leur serment ? Ici j'en viens à des textes.

Je ne crois pas, comme l'a supposé M. de l'Estourbeillon, que Lesnérac fît partie de la division de Caverley, qui d'ailleurs n'a su que le matin même de la bataille que Jean Chandos lui réservait le commandement de l'arrière-garde (Froissart, livre I, partie II, chapitre CLXXXV), qu'il n'accepta qu'à grand'peine et qui cependant décida de la victoire.

Non, chacun d'eux voulait combattre en face dans une division différente, mais la nouvelle disposition fit donner, et ici je cite textuellement Pierre Le Baud : « La première bataille à missire Robert Knolles, missire Gaultier Huet et missire Richart Brullé (*Burley*). « En la seconde, missire Olivier de Clisson, le sire de Kaër, Hustache d'Aubrencourt et Mathieu de Gournay et grand nombre de chevaliers et d'écuyers de Bretagne :

» Et la tierce, retint le comte à soy, avec lui messire Jean Chandos, par lequel il traitait son affaire (c'est-à-dire à qui il laissait la direction), et foison d'autres chevaliers et écuyers bretons. »

Et maintenant, étudiez bien ce passage :

« Aussi avait le comte, les GUÉRANDAIS avec lesquels il s'était le plus tenu, et qui toujours l'avaient défendu par mer et par terre, à leur puissance.

» Et bailla le comte à missire Huc de Caverley, son arrière-garde avec cinq cents combattants.

» Et cependant cuida le sire de Beaumanoir retourner en l'ost du comte, ainsi qu'il avait fait le jour précédent ; car il taschait toujours y trouver paix. Mais missire Jean Chandos qui en avait été prié par aucuns des chevaliers du comte, lesquels voulaient combattre, qu'ils ne souffrist nul accord être fait, s'avança vers le dit sire de Beaumanoir et luy dist qu'il ne chevauchât plus avant ; car l'exercite du comte estoient délibérez de l'occire, s'ils l'entreprenaient entre eux. »

A moins de nommer Lesnérac par son nom, il était, je crois, bien difficile à Pierre Le Baud de mieux indiquer le rang et la place qu'il occupait ce jour-là dans l'armée. Il est dans la division de Chandos et celui-ci, général des troupes, est chargé de diriger l'action, il est avec foison d'autres chevaliers et écuyers bretons, il a un poste d'honneur, et les GUÉRANDAIS, nommés à part, sont là; ils forment une sorte de garde du corps au jeune Jean de Montfort et Lesnérac est là, qui veille à l'accomplissement du terrible serment.

Je passe sur tous les incidents de la bataille, pour en arriver à la mort de Charles de Blois, car je n'admets pas un instant que l'on puisse prendre au sérieux les assertions d'un historien anglais que j'avais consulté pour la circonstance ; je transcris, à titre de curiosité tout ce qu'il dit pour l'année 1364 :

« Jean (le roi de France) s'embarqua pour l'Angleterre où il fut reçu avec la plus parfaite cordialitè, et comme les rois d'Écosse et de Chypre se trouvaient à Londres dans le même temps la cour d'Édouard fut des plus magnifiques. Le roi de France logea au palais de Savoye, un des plus beaux alors de toute l'Angleterre, il y tomba malade au commencement du printemps et mourut le 8 avril.

Charles de Blois, roi de Navarre, regarda la mort de ce prince comme une occasion favorable pour faire valoir ses prétentions sur le duché de Bourgogne et il déclara la guerre à son successeur ; mais on finit par conclure un accommodement et on rendit les prisonniers faits de part et d'autre. » (*Histoire nouvelle et impartiale d'Angleterre*, traduite de l'anglais de I. Barrow, 1771, tome V, page 163.)

Il me reste à étudier les circonstances de la mort de Charles de Blois, et je trouve les deux récits les plus opposés dans un des récents écrivains et dans le plus ancien de ceux qui en ont parlé :

Voici ce que dit Dom François Plaine dans la *Revue historique de l'Ouest*, année 1886 :

« Le duc de Bretagne toujours intrépide s'étant alors avancé trop hardiment dans l'espoir de ranimer par son exemple le courage de ceux qui avaient faibli et lâché pied, ne fut pas suivi et se vit bientôt, au contraire, entouré par tout un groupe d'*anglais*, qui l'ayant reconnu à son armure, n'eurent d'autre ambition que de se saisir de sa personne ou de lui donner un coup mortel. Au bout de quelque temps, voyant que toute résistance était impossible, le duc Charles en vint à remettre son épée et à se constituer prisonnier de guerre sur parole ; mais en ce moment même, un soudoyer, lâche et traître, s'approcha et le frappa à froid d'un coup si bien dirigé que le prince tomba pour ne plus se relever.

» On l'entendit s'écrier d'une voix entrecoupée : *ha ! ha ! ha ! Deus meus !* et il rendit le dernier soupir (1). Telle fut la fin de Charles de Blois. Les récits contraires ne sont que fausseté ou calomnie. »

Voilà qui semble formel, malheureusement c'est beaucoup trop vite jugé.

Dans l'enquête qu'invoque Dom Plaine, c'est bien là le sens de la déposition du médecin de Charles, mais il ne dit pas que son confesseur, le seul témoin qui l'eût *vu mourir*, dépose au contraire qu'il était sur le champ de bataille au moment où il quitta ce monde (M. de La Borderie, cité par M. de l'Estourbeillon).

Pour savoir lequel de ces témoins dit la vérité, je vais, après une courte citation de Froissart, émettre mon avis appuyé sur la vraisemblance des faits et les usages de l'époque :

« Et se tint le dit messire Charles de Blois et ceux qui velez (près) de lui étaient une espace de temps en eux défendant et combattant ; mais finalement ils ne se purent tant tenir qu'ils ne fussent déroutés par force d'armes ; car la plus grande partie des anglais conversaient celle part.

(1) Enquête de canonisation.

» Là fut la bannière de messire Charles de Blois conquise et jetée par terre et celui occis qui la portait. Là fut occis en bon convive messire Charles de Blois, le visage sur ses ennemis et un sien fils bâtard qui s'appelait messire Jéan de Blois, appert homme d'armes durement et qui tua celui qui avait tué Mgr Charles de Blois et plusieurs autres chevaliers et écuyers de Bretagne. »

Ah! enfin, voici Froissart qui vient parler des bretons du parti anglais, et à quel moment les nomme-t-il? Au moment où le parent (je ne tiens nullement à établir ou à nier la bâtardise) du vaincu le venge, et il le venge en tuant celui qui l'a tué et en tuant plusieurs autres chevaliers et écuyers de Bretagne.

N'est-ce pas les Guérandais qui sont là, qui entourent Charles de Blois et Lesnérac, l'un d'eux, leur chef vraisemblablement, qui lui traverse la gorge d'un coup d'épée qui sortit d'un demi-pied par derrière?

Il ne reste plus qu'à savoir si Charles de Blois s'est rendu, s'il a pu se rendre.

Non! mille fois non!

Car il faut savoir rendre un juste hommage à sa bravoure extrême et à son courage indomptable.

Il ne pouvait pas se rendre, parce que personne ne lui criait de le faire, ses ennemis voulaient sa mort et non sa captivité, et il se serait cru déshonoré s'il s'était, contrairement à l'usage de son temps, rendu avant d'avoir épuisé tout espoir et trouvé aussi un adversaire d'assez haut rang ou bon parage pour pouvoir lui remettre son épée ducale.

Une fois il a été fait prisonnier, mais dans quelles circonstances? Elle sont héroïques celles-là.

La bataille est sous les murs de la Roche-Derrien : Charles fit des prodiges de valeur; animé, dit un auteur anglais, comme une lionne à qui l'on enlève ses petits, environné d'un monceau d'illustres morts tombés sous ses coups, adossé par une troupe d'ennemis contre un moulin à vent, percé de 18 plaies en son corps, d'où le sang ruisselait de toutes parts, il se défendit encore deux heures et se rendit enfin au chevalier breton, Robert ou Evrard du Chastel, dont la famille possédait la forteresse de Châteaugall, en Landelleau, et qui fut, d'après la tradition, le berceau de la famille Le Gall.

Et c'est ce héros qui combat comme un Rolland à la Roche-Derrien qui va, quand quelques-uns des siens tiennent encore, se rendre! et à qui?... pour se laisser égorger comme un mouton!

Non, encore une fois, il est mort vaillamment, face à l'ennemi, luttant en désespéré, soit, mais luttant toujours.

Lesnérac ne fut pas un lâche assassin, et ce qui le prouve, c'est qu'aux côtés de Charles on combattait encore, puisque sa mort fut vengée sur Lesnérac et sur plusieurs autres chevaliers.

Ce n'est pas un « soudoyer lâche et traitre » qui donna la mort à l'époux de Jeanne de Penthièvre, et c'est avec raison que l'éminent héraldiste, M. Potier de Courcy, indique que Pierre de Lesnérac tua de sa main, selon quelques mémoires, Charles de Blois à la bataille d'Auray.

D'après l'acte inédit publié par M. de l'Estourbeillon, ce n'est pas Pierre, mais Jean qu'il faut lire, et je le crois d'autant plus volontiers que Pierre vivait encore en 1385, et tous s'accordent à dire que le vainqueur de Charles de Blois, ou devint fou, ou fut tué. Pour moi, je crois, avec Froissart, qu'il fut tué à la fin de la bataille.

Reste à savoir où fut mise sa sépulture.

Gabriel Gaulterot, un de ses descendants, nous a appris que l'on voit encore aujourd'hui (1603), près d'Auray, le tombeau dudit Lesnérac, et sa statue élevée.

A moins que Jean IV, duc de Bretagne, qui avait fait transporter à Guingamp la dépouille mortelle de Charles de Blois, n'ait fait élever un tombeau à Jean de Lesnérac à Saint-Michel du Champ, aujourd'hui la Chartreuse d'Auray, je crois qu'il faut placer sa sépulture à Notre-Dame de Locmaria, en Plœmel.

En effet, la famille de Broërec qui fit élever un si remarquable tombeau à Pierre de Broërec dans cette chapelle, en 1340, semble tomber en quenouille à cette époque, car pendant toute cette guerre où peu de familles marquantes ne sont pas nommées, elles reste introuvable, et comme Courcy, dans sa 3e édition, indique Jeanne de Lesnérac, dame de Locmaria, en Plœmel, comme épouse de Jacques de Trévégat, fils d'Olivier, j'ai fait des recherches aux archives départementales du Morbihan, et dans les manuscrits de M. Galles j'ai trouvé qu'effectivement Jeanne de Lesnérac était dame de Locmaria, et poursuivant cette piste j'ai constaté qu'avant elle, son père, Charles de Lesnérac, avait comparu aux réformations de 1426 et 1448 en qualité de sgr de Locmaria.

Je n'ai pu remonter plus haut, mais Jean de Lesnérac dont on s'occupe n'aurait-il pas épousé la fille de Pierre de Broërec, laquelle lui apportait la seigneurerie de Locmaria.

Alors, après 24 ans (1340-1364), la tombe de Pierre de Broërec aurait été rouverte et près de lui aurait été enterré son beau-fils, Jean de Lesnérac.

Et que l'on ne vienne pas m'objecter que Gaulterot dit : « statue eslevée », ce peut, ce doit être mis pour « tombe élevée », portant une figure en creux comme celle de Pierre de Broërec ; les documents fournis par les familles sont si souvent erronés, de très bonne foi certes, mais enfin erronés, et demandent à être passés au crible de la critique historique !

Je n'en veux qu'une preuve, tirée de cette famille même : en 1683, un descendant de Jeanne de Lesnérac, René-François de Trévégat, chevalier, sgr de Locmaria, de Limoges et autres lieux, déclare que « de ladite maison de Locmaria, il dépend une chapelle de Notre-Dame, située audit lieu (de Locmaria), dans le chœur de laquelle il y a une tombe enlevée (élevée), où a été autrefois inhumé le corps d'Alain de Broërec, *duc de Bretagne*, et défunt messire Jean de Trévégat, vivant seigneur dudit lieu de Locmaria, ayeul dudit seigneur, avec leurs armes dans la principale vitre de ladite chapelle, et qui est prohibitif à toute personne quelconque. »

Il n'y a pas lieu de discuter un instant le titre de *duc de Bretagne*, donné à Pierre de Broërec, par René-François de

Trévégat, et cependant, il était seigneur de Locmaria même ; Gabriel Gaulterot, domicilié ailleurs, sachant son ancêtre enterré là, est beaucoup plus excusable en disant que c'était sa statue, son image, qui était représentée, tandis que c'était celle d'un de ses prédécesseurs, mais ce qui est certain, par exemple, c'est que le tombeau de Pierre de Broërec était un véritable caveau de famille, car nul ne songera à mettre en doute l'inhumation en cet enfeu de Jean de Trévégat, non pas aïeul cependant, mais bisaïeul de René-François.

Il n'a pas connu son bisaïeul, et c'est peut-être ce qui cause son erreur, mais la deuxième femme de celui-ci, Françoise du Bois de la Salle, vécut très vieille et put le conduire elle-même sur cette tombe ; ainsi, personnellement, j'ai connu très bien mon arrière-grand'mère, et j'avais vingt ans quand elle est morte. Ses souvenirs sur la Révolution à Quimper étaient très précis, elle y était venue avec son oncle, l'abbé de La Fage, prédicateur célèbre, aumônier de Louis XVI, et si je n'avais quitté à l'âge de dix ans la capitale de la Cornouailles, j'aurais pu, grâce à elle, conserver le souvenir de plusieurs événements de cette époque troublée.

Il est vrai que parfois elle faisait des erreurs que j'ai reconnues depuis, comme cela arrive toujours dans les traditions de famille, mais elle m'a conduit sur le tombeau de mon bisaïeul, et j'en connais encore aujourd'hui l'emplacement ; de même, René-François de Trévégat, mené à la dernière demeure de son ancêtre, ne pouvait faire d'erreur sur le lieu où il reposait.

Il reste à examiner la situation de la famille de Lesnérac avant et après la mort de Charles de Blois.

Avant :

Elle est des plus honorables et fournit un chevalier croisé en 1248 (Potier de Courcy).

Après :

Les documents recueillis, la montrent en haute situation :

Jouan de Lesnérac, gouverneur des villes et pays de Nantes, est père d'Agnès de Lesnérac qui épouse Robert Gaulterot, garde des ville et pays de Nantes, dont Geoffroy Gaulterot, époux de Duralle de la Charmoye (M. le Mis de l'Estourbeillon).

A la revue du sire de Clisson, baron, faite à Ploërmel le 1er juillet 1380 : « Escuyers : Jean Harpedane, Éon de Lesnérac, Guillaume de Lesnérac. » (Collection Clérembaut à la bibliothèque nationale ; Oscar de Poli, *Montres inédites de gens d'armes bretons*), et dans le même ouvrage : « Jean, duc de Bretagne, comte de Montfort et de Richemont, à notre bien aimé conseiller, Richard de Lesnevez, notre trésorier de la chevance de notre chambre, salut : nous vous mandons et commandons que vous paiez à... Macé Souxfait pour un cheval que nous eûmes de li, quarante livres ; à Thomas de Lesnérac que nous li devons pour certaines causes (1), quarante livres ; à Jelequin de Lebest, que nous lui devons de prêt, cent livres, etc.

« Donné en notre ville de Venn., le 26 mars 1387 » (ancien style).

Éon de Lesnérac, cité à la montre de 1380, a rapidement monté en grade, car il est écrit ce qui suit dans le traité de la noblesse d'André de La Roque : « Dans la montre qu'Éon de Lesnérac, capitaine de Clisson, un des grands seigneurs de Bretagne, passa à Paris le 31 janvier 1382, il ne prend que la qualité d'écuyer, quoiqu'il eût dans sa compagnie quatorze chevaliers bacheliers, au nombre desquels étaient Amaury de Clisson, Robert de Beaumanoir, Robert de Guitté avec quatre-vingt-cinq archers, et il ne prit la qualité de chevalier qu'il ne l'eût reçue en effet. »

Le nom de Lesnérac revient plusieurs fois dans l'important travail intitulé : *Encore un armorial breton*, publié par M. le Vte de Pontbriant. On y lit : « Agnès de Lesnérac (c'est la fille de Jouan, déjà cité) et Robert Gautret — ou plutôt Gautrot, — mariés dès 1384, époque où le duc leur afféagea une île nommée l'île de Saint-Martin, près Saint-Martin de

(1) On ne saura probablement jamais quelles sont ces *certaines causes*, mais puisque dans les autres cas le duc spécifie le motif de ces dettes, ne peut-on présumer que celles-là se rattachent à une mission de confiance remplie par Thomas de Lesnérac ou sa famille, à cette époque même ou antérieurement ?

Savenay, pour une paire d'éperons d'or. — En 1387, Pierre de Lesnérac était connétable de Nantes; son sceau était une espèce de buste de dragon ailé ; — 1395, Guillaume de Lesnérac (fils de N[e] de Kermadiou) cède au duc les biens meubles et acquets qui lui étaient venus de Typhaine de Kermadiou, sa sœur de mère, autrefois mariée avec Adrien Moesan. — En 1457, messire Charles de Lesnérac eut une sauvegarde du duc.

Et coïncidence curieuse, cette sauvegarde mentionnée par l'auteur anonyme de l'ancien armorial breton, qui pourrait bien n'être autre que messire David de Cléguennec, seigneur de Meslien, mort à Hennebont en 1695, savant généalogiste et héraldiste, et qui sera l'objet d'une autre étude, cette sauvegarde est également indiquée dans le traité de la noblesse d'André de La Roque, où il dit : « Messire Charles de Lesnérac figure dans une cause appelée au parlement général en 1450 », et il ajoute : « on lit dans les registres de la chancellerie, année 1457 : Sauvegarde pour Messire Charles de Lesnérac. »

On le voit, tous les écrivains qui ont à parler de la noblesse bretonne semblent se donner le mot pour indiquer le grand rôle rempli par les Lesnérac au XIVe et au XVe siècles.

Ainsi, M. de Couffon de Kerdellech, dans ses recherches sur la chevalerie du duché de Bretagne, écrit : « En 1430, Jeanne de Lesnérac est demoiselle d'honneur de la reine de Sicile. »

Si l'on compulse les précieux manuscrits de M. Louis Galles, conservés aux archives du Morbihan, on établit facilement que la demoiselle d'honneur de la reine de Sicile, Jeanne de Lesnérac, épousa Jacques de Trévegat, fils d'Olivier de Trévegat, seigneur dudit lieu, et lui apporta la terre de Locmaria en Plœmel, étant fille unique de Charles de Lesnérac que nous voyons mentionné dans les paragraphes ci-dessus en 1450 et en 1457, et qui était déjà propriétaire de cette seigneurie en 1426 comme en 1448 (Registre des anciennes réformations de Bretagne).

Il est invraisemblable que tant d'honneurs soient donnés, à une date si rapprochée du crime, à la famille et aux descendants d'un vil assassin.

Jeanne de Lesnérac, sa petite-fille, est demoiselle d'honneur d'une reine en 1430; Éon de Lesnérac, probablement l'un de ses fils, en tout cas l'un de ses plus proches parents, est en 1382, capitaine du sire de Clisson, et l'on ne dira pas que Clisson ne savait pas la vérité sur ce qui s'était passé à la bataille d'Auray. Éon, simple écuyer, commande à des chevaliers, en attendant qu'il le devienne lui-même, et parmi ceux qui lui obéissent se trouve Robert de Beaumanoir, ce même Robert de Beaumanoir qui se trouvait aux côtés de Clisson lors de l'attentat du duc de Bretagne contre le connétable dans le château de l'Hermine, à Vannes, ce Robert de Beaumanoir, ce chevalier sans peur et sans reproches qui défia et vainquit Tournemine sur la place du Bouffay, à Nantes, le 20 décembre 1386; ce Robert de Beaumanoir, enfin, fils du héros du *combat des Trente*, frère de Jean qui combattit pour Charles de Blois à la bataille d'Auray où il fut fait prisonnier, et qui lui-même fut toujours hostile, comme tous les siens, à Jean de Montfort, aurait consenti à être sous les ordres d'un Lesnérac, si un Lesnérac avait lâchement et traîtreusement assassiné son prince legitime !

Non, la preuve est faite : Jean de Lesnérac fut un chevalier loyal et fidèle, combattit vaillamment, servit son prince, mit fin, à ses risques et périls, à la guerre de la succession de Bretagne et paya généreusement de sa vie sur le champ de bataille même celle qu'il venait de ravir à Charles de Blois.

Le rôle des Lesnérac dans l'histoire fut aussi court que brillant; leur maison après avoir jeté ce vif éclat s'est éteinte depuis longtemps, et je n'ai pu en dresser une généalogie complète, mais la famille de Trévégat sortie de Jeanne de Lesnérac laissa de nombreux descendants qui prouvèrent leur noblesse à la réformation de 1668, et si, par leurs alliances ou celles des Gaulterot, il reste aujourd'hui, en Bretagne, comme il est probable, des personnes ayant de ce sang dans les veines, j'estime qu'elles ont le droit d'être fières de leurs glorieux ancêtres : les Lesnérac.

Il faut bien reconnaître que malgré le bon droit indiscutable des Penthièvre, le parti de Montfort était bien le parti national breton, et c'est cela qui fit, qu'en dépit des déprédations anglaises et malgré l'hostilité de la France et des plus puissants seigneurs de Bretagne, dont l'histoire répète sans cesse les noms, laissant de côté, dans l'ombre, les simples gentilshommes qui, avec moins d'éclat mais plus d'acharnement peut-être, le soutenaient, il parvint à lutter si longtemps et finalement à triompher.

D'ailleurs la race de Montfort sut user sagement de la victoire, et l'on trouve en haute situation, peu de temps après la guerre de succession, les parents ou les descendants de ses adversaires, et la preuve en est que deux petits-neveux de l'évêque de Quimper, partisans de Blois, Pierre Le Gall, seigneur de Cunfiou, et Alain Le Gall, seigneur du Plessis, sont l'un et l'autre, aux environs de 1430, qualifiés : gentilshommes du Duc.

C'est le souvenir de cette attitude et de ces bienfaits qui se perpétua dans les familles et créa l'attachement inébranlable aux Montfort jusqu'aux deux règnes de la duchesse Anne.

Je crois devoir terminer cette étude en donnant la liste des propriétaires du château de Locmaria dont dépendait la chapelle de Notre-Dame de Locmaria, où ils firent construire le monument funéraire de Pierre de Broërec, dans lequel fut ensuite inhumé Jean de Lesnérac. Ce tombeau qui existe encore de nos jours, fut pieusement entretenu par eux et ils eurent souvent l'occasion d'y venir prier.

En voici la description d'après M. Rosenzweig (statistique archéologique de l'arrondissement de Lorient) :

« Au milieu de la chapelle, sur une base en maçonnerie, pierre tombale remarquable et bien conservée de Pierre de Broërec (XIVe siècle), longue de 3 mètres et large de 1 mètre 50 ; elle présente, gravée en creux, l'effigie d'un chevalier en prières, entouré de huit personnages dans l'attitude de la douleur ; ses pieds reposent sur un lévrier, sa tête sur un coussin. Les huit personnages sont encadrés, quatre de chaque côté, dans les compartiments égaux de deux pilastres à pinacles, reliés au sommet par un arc en cintre brisé surmonté d'un pignon à chou épanoui et crocheté ;

au-dessus du pignon, deux anges tiennent des encensoirs. Toutes ces pièces d'architecture sont richement ornées de trilobes, tréfles et quatrefeuilles Les angles de la pierre, les pilastres sont, en outre, chargés de blasons. Enfin une inscription également en creux borde la pierre tout autour ; on y lit :

CI. GEIT. PRES. LE. FIVX. ALEIN DE BROEREC. DONT. DEUX. AEST. LAME. Q. TPASA. A. SAMVR. LE. IEVDI. AVAT. LA. SAINT. MARTIN. DIVER. EN. VENET. DE. LA. GERE. DENT. LE ROI DE FRANCE. E. LE ROY DENGLETERE. E. FVT. LOT. DE. FRANCE. AV. PONT. DAVANDIN. E. LOT. DANGLETERRE. DAVANT. TORNAY. E. LE. FIT. ALES. SA. FAME. E. GVILL. SON. FRERE. APORTER. CEANT. LAN : (M) : CCC : E. XL.

Voici les noms des seigneurs de Locmaria d'après les manuscrits de M. Louis Galles (à partir de 1426) et quelques autres pièces des archives :

Alain de Broërec, père de :

Pierre de Broërec, sgr de Locmaria, époux d'Alix et frère de Guillaume, décédé en 1340 à Saumur, enterré à Notre-Dame de Locmaria, père de :

Ne de Broërec, de de Locmaria, épouse Jean de Lesnérac, tué à la bataille d'Auray en 1364, enterré à Notre-Dame de Locmaria, père et mère de :

Charles de Lesnérac, sgr de Locmaria, de 1426 à 1448 (Anciennes réformations de Bretagne), père de :

Jeanne de Lesnérac, en 1430 delle d'honneur de la reine de Sicile, épouse de Jacques de Trévégat, fils d'Olivier, père et mère de :

Jean de Trévégat, sgr de Locmaria, père de :

Pierre de Trévégat, sgr de Locmaria, en 1536 et 1540, époux de Jeanne Le Roy, père et mère de :

Gilles de Trévégat, sgr de Locmaria, 1569, mort en 1587, époux de Michelle de Kerbervet, père et mère de :

Jean de Trévégat, sgr de Locmaria dès 1593, épouse : 1o Marguerite Philippot, 2o Françoise du Bois de la Salle. Il eut de son premier mariage :

Claude de Trévégat, sgr de Locmaria, mort en 1638, époux de Jeanne de Botdéru, père et mère de :

François de Trévégat, sgr de Locmaria (1648-1668), époux de Françoise de Quélen, père et mère de :

René-François de Trévégat, sgr de Locmaria (1679-1690), époux en 1669 de Françoise-Ursule de Francheville ; en 1709 il vendit la terre de Locmaria à :

Joseph Le Gouvello.

François de Trévégat exerça le retrait lignager, devint sgr de Locmaria et fut père de :

Vincent de Trévégat, sgr de Locmaria, en 1715.

En 1719, Julien-François de Trévégat est seigneur de Locmaria; il eut pour héritier :

Philippe-François Blévin, qui vendit Locmaria en 1738 à :

Delle Marguerite-Perrine Eudo, de de Locmaria, morte en 1756; elle eut pour héritière sa sœur :

Louise-Marguerite Eudo, dame de Locmaria (1756), épouse de Jérôme-François Charpentier.

La famille de Lesnérac a possédé les seigneuries de Lesnérac, paroisse d'*Escoublac ;* de Pillet, paroisse de GUÉRANDE ; de la Haye-Mareil, paroisse de *La Chapelle-Launay,* et de Locmaria, paroisse de Plœmel.

Les armes sont : *d'azur au buste de dragon ailé d'argent.*

PIERRE DE LESNÉRAC, 1385.

Sceau reproduit par Dom MORICE.

HISTOIRE GÉOLOGIQUE DE L'EAU

(Par M. E. Morio.)

Nous examinerons successivement le rôle de l'eau dans le passé, celui qui lui est dévolu à l'époque contemporaine et enfin celui que l'avenir lui réserve.

Trois points de l'histoire de l'eau seront plus particulièrement approfondis : la formation de l'eau sur notre planète, la période glacière et l'avenir de l'eau.

Où doit commencer pour nous le passé de la Terre ? Irons-nous le chercher dans cette masse cosmique qui, d'après une hypothèse moderne, devait contenir au moins toute la matière représentée par la voie lactée ? Irons-nous le demander à la nébuleuse originelle d'où l'immortel Laplace a fait sortir le système solaire tout entier ? Ou bien, resserrant de plus en plus le champ de nos observations, prendrons-nous les éléments matériels qui constituent aujourd'hui la masse de notre planète au moment où ils se sont séparés de la nébuleuse originelle, alors que Neptune, Uranus, Saturne, Jupiter et Mars gravitaient déjà dans l'espace ; alors que Vénus et Mercure appartenaient encore au noyau du système, noyau réduit aujourd'hui à la masse du Soleil ?

Ni la masse cosmique de la voie lactée, même après ses premières segmentations, ni la nébuleuse originelle du système solaire, ni les éléments terrestres, après leur séparation et avant leur condensation, ne sauraient nous offrir d'intérêt au point de vue qui nous occupe : l'eau n'existait pas. La Terre elle-même ne s'était pas encore individualisée. Petite nébuleuse, la masse d'où elle dérive en dernier lieu devait se segmenter pour donner naissance à des satellites dont un seul, astre froid et sans vie, vient encore éclairer nos nuits d'une lumière empruntée.

L'eau n'existait pas ; ses éléments, à l'état d'atomes, participaient au mouvement communiqué par la puissance créatrice à tous les éléments de la matière, mouvement qui se transformera plus tard en manifestations diverses.

A mesure que l'amplitude du mouvement diminue, la matière perd de sa force vive qui retourne à l'espace sous forme de lumière et de chaleur ; elle se condense et de nouvelles propriétés se révèlent. Les éléments se recherchent ; mais ce n'est point au hasard qu'ils vont se rassembler. Des affinités électives se produiront ; soumises à l'influence des conditions extérieures elles pourront se déplacer ; mais elles tendront toujours vers ce résultat final : perte de chaleur, perte de mouvement, inertie.

Dans l'acte de la condensation, les éléments obéissent à une loi plus générale que celle de l'affinité, c'est la loi de l'attraction. Tandis que, soumis à la première, l'élément fait un choix des rapprochements qu'il va subir, des alliances qu'il va contracter, soumis à la seconde il se précipite vers un centre commun, dépensant son énergie à s'en rapprocher et ne s'arrêtant qu'après avoir épuisé sa force vive ; il se refroidit et devient inerte. Sollicité par la seule force de l'attraction, l'élément se trouve juxtaposé et non combiné à des éléments de même nature, de même densité.

Les lois de la physique nous conduisent à admettre que les éléments les plus denses doivent être les plus rapprochés du centre d'attraction ; les expériences pratiquées pour déterminer la densité du globe fournissent le même résultat ; l'observation directe nous fait voir, en outre, que les roches éruptives sont d'autant plus denses qu'elles ont été plus récemment émises, ce qui revient à dire qu'elles sont d'autant plus denses qu'elles proviennent de couches plus profondes.

L'attraction a pour résultat, dans l'acte de la condensation, de rapprocher les éléments, de diminuer l'amplitude de leur mouvement et d'émettre, par suite, de la chaleur.

Si la force attractive, que nous appellerons désormais la pesanteur, était seule en jeu dans le fait de la condensation, les éléments qui constituent la masse terrestre se trouveraient disposés suivant l'ordre des densités, les plus denses au centre et les plus légers à la périphérie. L'oxygène et l'azote n'existeraient pas seuls dans notre atmosphère; on y trouverait encore l'hydrogène à l'état gazeux; on y trouverait le carbone, le bore, le glucinium et le lithium dont les vapeurs sont ou doivent être moins denses que l'oxygène et que l'azote; on y trouverait probablement le fluor et certainement le chlore, éléments gazeux.

Deux autres forces interviennent en outre et concourent à la condensation des éléments; l'une, l'attraction moléculaire, suffirait à fixer le carbone, le bore, le glucinium et le lithium; l'autre, l'affinité, fixe, au moins temporairement, le fluor, le chlore et l'hydrogène, en même temps qu'une partie de l'oxygène et de l'azote. Mais tandis que la pesanteur agit d'une manière continue et n'est accélérée ou ralentie, dans son travail de condensation, que par le plus ou moins de facilité qu'elle éprouve à dépenser la chaleur qui en résulte, l'attraction moléculaire qui tend à réunir, à condenser les éléments semblables, varie, dans sa puissance, avec la température et les milieux; l'affinité, qui rapproche les éléments de nature différente, varie, dans son action, avec la température, avec les milieux, avec les éléments en présence, avec leur état, etc.

Ces considérations générales et prises de haut étaient nécessaires pour nous permettre d'aborder l'étude de la formation de l'eau dans notre planète. L'eau résulte de l'association, par affinité, de deux éléments hétérogènes, l'hydrogène et l'oxygène. En raison de leur faible densité, en raison du peu d'action qu'ils présentent à l'attraction moléculaire, ces deux éléments. considérés isolément, ont dû tendre de bonne heure à se séparer de la masse chaotique en s'écartant du centre de condensation où venaient s'accumuler les éléments les plus denses et ceux qui se prêtaient le mieux à l'attraction moléculaire.

A quelle phase de la condensation des éléments matériels du globe l'oxygène et l'hydrogène se sont-ils associés pour constituer la vapeur d'eau? Des esprits convaincus, mais entraînés par une hardiesse téméraire, ont émis l'hypothèse que cette condensation par affinité s'est opérée brusquement, sous l'influence de l'étincelle électrique ou d'une élévation de température. Quand on a été témoin de la détonation violente occasionnée par le passage de l'étincelle dans un mélange de quelques centimètres cubes d'oxygène et d'hydrogène, on s'arrête, sans pouvoir s'en faire une idée, devant la grandeur du phénomène qui dut accompagner la production instantanée de la vapeur d'eau aujourd'hui condensée sur le globe. Pour les partisans de cette hypothèse, le retentissement de cette explosion soudaine atteignit jusqu'aux limites de notre système planétaire dont les anomalies n'auraient pas d'autre origine. Si l'esprit se plait à suivre l'exposition savante de séduisantes théories, il ne saurait, en fin de compte, se résigner à les accepter sans analyse et sans contrôle.

Signalons encore l'hypothèse de la préexistence de l'eau dans la nébuleuse terrestre avant toute condensation. Celle-ci tombe aisément devant la critique si l'on considère que toute affinité devait être impossible dans les conditions physiques qui maintenaient à l'état de vapeur légère les éléments aujourd'hui condensés en masses métalliques, comme l'or et le platine, pour ne citer que des matériaux accessibles à notre observation.

Nous ne saurions davantage admettre la première hypothèse de la combinaison brusque, instantanée, de la masse totale des deux gaz de l'eau. Disons d'abord que le retentissement de cette explosion soudaine, si elle s'était produite, n'aurait su atteindre ni troubler dans leur évolution les planètes du système, puisqu'il faut au bruit, comme au son, quelle que soit leur intensité, un agent de transmission, et le vide de nos appareils, qui se refuse à cet office, est moins parfait que celui de l'espace interplanétaire, même aux époques de grande diffusion auxquelles nous remontons dans l'histoire du globe.

L'esprit dégagé de ces préoccupations secondaires, cherchons s'il a pu se produire un moment unique pour la formation de l'eau. L'hydrogène et l'oxygène sont-ils restés, pour l'attendre, libres de toute association étrangère? Nous ne le pensons pas. Pour rendre effective l'affinité réciproque de ces deux gaz isolés, l'intervention d'une étincelle, d'une flamme, est nécessaire, et, bien avant que la condensation eut amené les premiers éléments matériels accumulés au centre à une dépense de chaleur suffisante pour produire ce résultat, d'autres influences pouvaient intervenir et déplacer les affinités respectives de nos deux éléments.

Le chlore abondait dans la masse chaotique de la Terre et nous savons que la lumière solaire suffit pour provoquer sa combinaison avec l'hydrogène. C'est à des combinaisons de cette nature ou de nature analogue que l'on attribue les brusques expansions de traînées lumineuses qui se produisent dans la chevelure des comètes. Le gaz chlorhydrique, absorbant une grande partie de l'hydrogène, devait donc exister bien avant la vapeur d'eau. Plus tard les affinités se déplacèrent ; le chlore fut repris par les éléments métalliques dont quelques-uns se condensèrent à l'état de chlorures ; d'autres furent dissociés avec l'élévation croissante de la température et le chlore revint à l'hydrogène qu'il avait abandonné pour s'y associer de nouveau. L'oxygène s'unissait aux métaux qu'il abandonnait ensuite et si, dans ces échanges variés, multiples, incessament répétés sous mille formes, de la vapeur d'eau se produisait, elle était bientôt détruite pour se reconstituer plus tard.

Tant que le rayonnement vers l'espace put s'effectuer librement, sans obstacle, avant l'interposition de cet écran opaque qui constitue aujourd'hui la croûte consolidée du globe, les éléments matériels étaient soumis à un déplacement incessant de leurs affinités. Les matériaux les plus denses et les plus rapprochés du centre, entraînés par l'attraction, ont été les premiers soustraits aux influences de l'affinité qui ne se révèle, ainsi que nous l'avons dit, que dans des conditions physiques déterminées. Ils ont pu, antérieurement à leur condensation, contracter des alliances ; mais celles-ci ont été brisées plus tard par l'augmentation de chaleur produite.

Si, comme tout porte à le supposer, les météorites sont les débris d'un astre qui n'est plus, nous y trouvons la preuve de l'existence de masses métalliques à l'intérieur du globe.

Les matériaux de la pyrosphère soumis aux seules lois de la pesanteur et de l'attraction moléculaire continuent aujourd'hui l'acte de la condensation et concourent, par suite, à l'entretien de la chaleur centrale. Nous y reviendrons en traitant de l'avenir de l'eau.

L'eau n'a donc pas été formée à un moment unique ; elle a eu des alternatives de dissociation et de reconstitution partielle avant et après la consolidation de l'écorce terrestre. Celle-ci, aux premiers temps de sa formation, portée à l'incandescence, devait par son contact dissocier toute vapeur qui s'en approchait, et les éléments isolés trouvaient, dans des régions plus éloignées du centre, des conditions qui favorisaient de nouveau leur union. Ces éléments n'étaient pas toujours rendus intégralement à l'atmosphère ; l'un d'eux, l'oxygène, éprouvait dans ses affinités un déplacement qui l'éloignait à jamais de l'hydrogène pour le fixer sur des éléments nouveaux, comme le silicium et les métaux alcalins, mais l'hydrogène mis en liberté pouvait toujours retrouver de l'oxygène pour reconstituer l'eau. Nous trouvons un exemple de ces masses d'hydrogène projeté dans les protubérances roses qu'on observe au moment des éclipses dans l'atmosphère du soleil, où elles atteignent un volume qui dépasse plusieurs centaines de fois celui de la terre.

L'écorce terrestre, en se refroidissant, perdit peu à peu de sa puissance de dissociation ; mais de fréquentes déchirures permirent pendant longtemps à la matière sous-jacente de renouveler le phénomène.

Que devenait cependant la vapeur d'eau répandue dans l'atmosphère ? Rencontrant dans les couches supérieures une température moins intense que dans le voisinage de la partie consolidée, elle obéissait à l'attraction moléculaire et se rassemblait en nuées épaisses que le froid des régions élevées condensait de plus en plus jusqu'à l'amener à l'état de gouttelettes liquides sollicitées alors par l'action de la pesanteur.

Il pleuvait ; mais dans les hautes régions seulement. Avant d'arriver au sol en feu l'eau était vaporisée de nouveau et c'est à l'état de vapeur, sous une pression considérable, que l'eau intervint dans le remaniement des premiers matériaux consolidés. Ceux-ci passaient alternativement de l'état métallique ou isolé à l'état d'oxydes, de chlorures, de carbonates, pour être encore dissociés bien des fois suivant les conditions dans lesquelles se trouvaient engagées leurs affinités électives. Tantôt ils nageaient dans la lave incandescente, tantôt, par une combinaison nouvelle, ils étaient entraînés dans l'atmosphère d'où ils retombaient en pluie de feu. A l'état d'oxydes ou d'hydrates les métaux alcalins et alcalino-terreux appartenaient à la masse en fusion ; repris par le chlore ou réduits ils remontaient dans les couches inférieures de l'atmosphère. Le silicium si répandu dans les roches plutoniques était enlevé par le fluor et autres métalloïdes ; la vapeur d'eau brisait ces alliances fugitives et rendait la silice au flôt pâteux et brûlant.

Cet état dura jusqu'à la formation des terrains que nous appelons primordiaux et dont le granite est le type. D'après les expériences les plus récentes, cette roche composée de feldspath, de quartz et de mica, et dont les éléments constitutifs appartiennent à la série que nous venons de mentionner, n'a pu se former et se consolider qu'avec l'intervention combinée de l'eau, de la chaleur et de la pression. Ce que nous avons dit suffit pour expliquer l'élévation considérable de la température et si l'eau n'existait pas à l'état liquide, l'atmosphère, en contact avec les roches de première formation, en était largement saturée ; quant à la pression elle trouve sa raison d'être dans l'immense atmosphère de gaz et de vapeurs qui devait alors environner notre planète. Ce fut par le fait de cette énorme pression que les premières eaux condensées à la surface du sol n'attendirent pas le refroidissement avancé de celui-ci. L'eau put supporter, sans se vaporiser, une température de beaucoup supérieure au point d'ébullition qu'elle atteint sous la pression de l'atmosphère actuelle. Ce fut sous l'action puissante de l'eau surchauffée, tenant en dissolution des matériaux abondants et variés, que les premiers terrains consolidés revêtirent définitivement les caractères qu'on leur connaît aujourd'hui.

Jusqu'ici nous avons cherché à nous rendre compte de la

formation de la vapeur d'eau ; nous avons assisté aux alternatives de dissociation et de reconstitution qu'elle a subies tant qu'elle n'appartenait qu'à l'atmosphère ; nous avons indiqué son concours énergique dans la formation des terrains primitifs et nous l'avons vue se condenser en partie à l'état liquide sur un sol brûlant où la maintenait la pression considérable d'une immense et lourde atmosphère. L'imagination se perdrait en cherchant une limite à la durée de ces différentes phases : ce que l'on peut affirmer c'est que l'évolution du globe suivait une marche d'autant plus rapide que la chaleur dépensée par la condensation trouvait plus de facilité dans son rayonnement vers l'espace. La formation de l'écorce et son opacité ralentirent considérablement la déperdition de chaleur et nous avons fait remarquer dès le début de cette étude que la chaleur est un obstacle à l'attraction moléculaire par le fait même qu'elle en est le résultat. Les périodes qui suivront trouveront dans l'écran opaque que la terre a revêtu une garantie certaine d'incalculable durée.

Les limites que nous nous sommes tracées ne nous permettent pas de nous arrêter à toutes les étapes géologiques auxquelles l'eau a imprimé un remarquable caractère de grandeur ; on nous permettra donc de n'établir qu'une esquisse rapide de son histoire jusqu'au moment qui précède immédiatement l'époque contemporaine.

Quand l'eau s'est condensée pour la première fois sur la terre, l'écorce du globe, offrant peu d'épaisseur, peu de solidité, ne pouvait fournir de points d'appui aux reliefs de sa surface et, pendant une longue période, une mer immense où nul point n'émergeait l'environna d'un manteau liquide. C'est dans cette mer brûlante et agitée que se formèrent probablement les gneiss, les micaschistes et les talcschistes dont les matériaux semblent empruntés aux roches cristallines. Ces roches subordonnées les unes aux autres et universellement répandues à la surface du sol ou dans ses profondeurs précédèrent évidemment la formation de tout relief. C'est ici qu'il convient de rappeler cette magnifique image de la Genèse nous montrant l'Esprit de Dieu planant sur les eaux, couvant en quelque sorte la matière, suivant le texte hébraïque, pour y engendrer la vie organique.

Avec l'abaissement de la température l'écorce consolidée prit de l'épaisseur, de la solidité, par l'appoint des matériaux qui venaient empâter sa face interne ; des inégalités purent se produire à sa surface dont quelques points émergèrent pour un temps limité ou pour une longue durée. Dans la suite les reliefs s'accentueront davantage ; la partie solide, pour suivre dans son mouvement de condensation la masse interne du globe, devra subir un retrait qui amènera des inégalités de plus en plus accusées de la surface. Le volume des eaux liquides grandira avec le refroidissement ; mais avec le refroidissement aussi le sol en absorbera de plus en plus.

En même temps que l'eau agit mécaniquement sur les parties consolidées qu'elle désagrège et dont elle entasse les débris dans les dépressions du sol, elle possède, en raison de sa température élevée et de la haute pression qu'elle supporte, un pouvoir dissolvant qu'elle ne saurait indéfiniment conserver au même degré. Les matériaux dissous iront à leur tour, par l'effet du refroidissement, niveler le fond des mers.

Les affinités que développait autrefois la seule action de la chaleur vont se déplacer en présence de l'eau ; tandis qu'aux premières époques les éléments tendaient à la forme la plus fixe et la moins volatile, ils vont tendre, dans les conditions nouvelles, à la forme la plus insoluble et c'est au sein des eaux que vont s'opérer les transformations qui devront conduire à la stabilité les éléments matériels. De là ces immenses dépôts qui se succèderont d'âge en âge pour constituer, avec ceux que nous avons déjà signalés, les terrains sédimentaires.

Les premiers sédiments qui se déposèrent au sein des eaux dans les conditions que nous venons de signaler durent être extrêmement abondants, et la durée de leur formation ne saurait se comparer à celle des dépôts sédimentaires ultérieurs. Aussi sommes-nous loin d'admettre avec Logan que l'espace de temps pris par la période huro-laurentienne serait égal à celui qui s'est écoulé entre l'époque cambrienne et l'époque tertiaire.

Si les dépôts laurentiens de l'Amérique du Nord, considérés jusqu'ici comme les plus anciens qui se soient formés sous les eaux, sont intéressants par leur épaisseur, mesurant, avec les assises huroniennes, plus de 15,000 mètres, ils le sont bien davantage encore par les débris de l'être organisé qu'on y a rencontrés. Cet être, le seul qu'on ait observé dans l'immense épaisseur de ces couches puissantes, a reçu le nom d'éozoon qui rappelle l'aurore de l'animalité.

Nous voilà dès à présent fixés sur la nature des eaux et sur leur température. L'éozoon appartient aux foraminifères qui habitent les eaux marines ; or nous savons qu'une légère modification dans le degré de salure des eaux amène incontinent l'extinction des êtres qui s'y sont développés ; nous savons encore que, pour les êtres les plus imparfaits, la vie n'est possible qu'à une température bien inférieure à 100°, puisque les ferments eux-mêmes ne sauraient atteindre 60° sans périr.

La présence du sel marin dans les eaux remonte donc aux premiers temps de leur condensation, ou au moins de leur refroidissement, et doit vraisemblablement concorder avec les premiers dépôts calcaires. Le sodium existait sans doute à l'état de carbonate fixe dans la masse en fusion, le chlorure étant vaporisable, tandis que le calcium s'y trouvait à l'état de chlorure fixe, le carbonate ne pouvant résister même à la température de nos fours à chaux. L'arrivée des eaux à la surface modifia leurs affinités et plaça les deux éléments si abondamment répandus dans les conditions que nous connaissons aujourd'hui.

Nous venons de voir la vie se montrer à la surface du globe dès la formation des premiers terrains sédimentaires ; elle va désormais continuer son développement.

Les terres émergées sont rares, peu élevées et battues par les flots ; pas d'asile, pas de nourriture pour l'animal terrestre ; aucun refuge pour l'habitant des airs ; la vie se réfugie sous les eaux. Les polypiers se multiplient d'abord, les mollusques et les crustacés viendront plus tard ; puis d'énormes poissons à l'épaisse cuirasse seront les rois des mers pendant toute la période de transition.

Le règne végétal, représenté d'abord par des algues et des herbes marines, envahit les terres à mesure qu'elles émergent et, trouvant dans l'humidité de l'air, dans l'extrême abondance de l'acide carbonique de l'atmosphère, des conditions éminemment favorables à son développement, il prend, vers le milieu de cette période, une extension que l'imagination peut à peine embrasser. Humbles plantes aujourd'hui dans nos climats, les fougères, les lycopodes et les équisétacées de cette époque féconde atteignent rapidement des dimensions colossales. Leurs débris jonchent bientôt le sol sur lequel s'élèvent des générations nouvelles. Isolées des flots de la mer par des ceintures de rochers peu élevés, les forêts du monde ancien, assises sur un sol imperméable qui s'étend en vastes plaines inondées par des pluies abondantes, vont constituer les tourbières où s'entasseront leurs débris. Par l'effet des ondulations du sol ils pourront pour un temps disparaître sous les flots ; mais ils émergeront plus tard chargés de lourdes assises que l'homme un jour saura traverser pour aller en arracher la houille, ce puissant aliment de l'industrie moderne.

Nous ne saurions, sans nous écarter de notre sujet, suivre le développement du règne végétal à travers les âges du globe ; nous ferons seulement remarquer que, si les individus étaient nombreux et de grande taille aux premiers temps, le nombre des espèces était très limité ; dans la suite celles-ci se multiplièrent, habitant indistinctement toutes les régions du globe, indice certain d'un équilibre de température qui ne fut troublé qu'à la fin de la période tertiaire.

Pendant toute l'époque de transition, avons-nous dit, la vie animale était en totalité sous les eaux dont la domination appartenait aux poissons ganoïdes armés de plaques résistantes. Pendant la période suivante ils devront céder la place à d'énormes reptiles sauriens qui trouveront une abondante alimentation dans la race déchue et dans le développement extraordinaire des mollusques dont les espèces se multiplient à l'infini. Quelques sauroïdes marcheurs apparaissent ; mais leur allure est lourde et pénible ; ils ne sauraient s'éloigner de la mer et semblent mieux faits pour la vie des eaux. Les oiseaux qui se montrent à la fin de l'époque secondaire ne sont eux-mêmes que des oiseaux de rivage.

Avec la période tertiaire les eaux perdent le privilège qu'elles avaient eu jusque-là de donner asile au monde animal : celui-ci va envahir les continents où il se répandra d'un pôle à l'autre ; mais, dans ces conditions, son rôle géologique sera pour ainsi dire nul, tandis que sous les eaux de puissantes assises seront édifiées par la part si large que la mer s'est réservée dans la série animale. Travailleurs infatigables, des êtres infiniment petits que l'œil de l'homme ne peut percevoir qu'à l'aide de puissants moyens d'optique, concourent en phalanges innombrables à la fixation des éléments matériels que l'eau tient en dissolution.

Pendant la période que nous venons de parcourir la température propre de la Terre a considérablement perdu de son intensité. L'écorce consolidée du globe a été remaniée dans ses parties superficielles par l'action des eaux et par l'apport accidentel de matériaux provenant des couches profondes ; elle a gagné en épaisseur par empâtement de sa face interne où venaient, en se refroidissant, s'accumuler les matériaux de la pyrosphère. Cette augmentation d'épaisseur a eu pour résultat de soustraire de plus en plus la surface à l'action de la chaleur centrale.

L'atmosphère refroidie a donc abandonné peu à peu la vapeur d'eau dont elle était saturée sur un vaste rayon, et le volume des eaux condensées n'a fait que s'accroître. La pyrosphère, dans son mouvement de contraction, a été suivie par l'enveloppe solide, et le volume limité par la partie superficielle des terrains consolidés n'a fait que diminuer. De la diminution du volume de la terre et de l'augmentation du volume des eaux condensées devrait, semble-t-il, résulter une réduction croissante de la surface des terres émergées. L'observation démontre, au contraire, que les continents s'étendent et que les mers se retirent dans des limites de plus en plus resserrées. C'est que, d'une part, il se produit une exagération croissante entre les reliefs et les dépressions qui résultent de la contraction de l'écorce. L'eau qui s'étendait en couche mince et uniforme sur toute la surface du globe aux premiers temps de sa condensation, se rassemble aujourd'hui dans de vastes bassins dont la profondeur, sur plusieurs points des mers, échappe à nos moyens d'appréciation. D'autre part, à mesure que les matériaux consolidés parviennent, par suite de l'augmentation en épaisseur des couches sous-jacentes, à se soustraire à l'action de la chaleur centrale, ils se prêtent au phénomène de l'absorption ; l'eau les pénètre et les roches les plus compactes arrachées aux terrains le plus anciennement émergés sont humides ; elles sont imprégnées de ce qu'en langage vulgaire on appelle l'eau de carrière. Il y a donc absorption mécanique de l'eau par les matériaux solides.

Après avoir justifié l'existence des continents et leur étendue croissante pendant les anciennes époques géologiques, et avant d'aborder l'étude de l'eau pendant la période contemporaine, nous devons nous arrêter devant un grand fait qui se rattache de tous points à notre sujet, et sur lequel s'exerce encore aujourd'hui avec ardeur la sagacité des géologues de tous les pays ; nous voulons parler des déluges continentaux de l'époque quaternaire et de la période glaciaire qui en a été la conséquence.

Des eaux abondantes roulèrent sur les continents leurs flots impétueux ; de vastes excavations furent creusées par leur passage aussi bien sur le sommet des plus hautes montagnes que dans l'immense étendue des plaines. On donne aux vastes tranchées qu'elles ont ouvertes le nom de vallées d'érosion et aux débris qu'elles en ont arrachés, pour les accumuler dans les dépressions du sol, celui de diluvium ou d'alluvions anciennes. Quant aux vestiges laissés par les anciens glaciers, on les rencontre dans tout le nord des continents et dans les montagnes les plus élevées des deux hémisphères : sous le nom de drifts glaciaires, ils sont constitués par des roches striées et moutonnées, par des moraines et des blocs erratiques ; ceux-ci, d'un volume quelquefois considérable, ont été souvent portés à de grandes distances de leur lieu d'origine sans avoir subi de frottement, ce qu'indique suffisamment la vivacité de leurs arêtes et la parfaite intégrité de leurs angles de fracture.

Voilà les témoins du fait : notre but est d'en rechercher la cause encore inconnue. Faisons d'abord remarquer que le déluge asiatique ou biblique, postérieur aux temps que nous étudions, appartient à l'époque contemporaine.

Bien des causes ont été invoquées pour expliquer les déluges de l'époque quaternaire et la formation des immenses glaciers qui les suivirent. Parmi ces causes hypothétiques il en est une qu'il importe d'autant plus de signaler au premier rang qu'elle trouve encore sa place dans l'enseignement classique ; elle attribue les déluges continentaux au déplacement brusque des océans sous l'influence du soulèvement d'une vaste étendue de terrain, sous l'influence d'une montagne ou d'une chaîne de montagnes émergeant tout à coup dans le bassin des mers ou non loin de leurs rivages. L'hypothèse d'une action si violente trouve sa justification dans la grandeur et l'universalité des phénomènes d'érosion qui en sont résultés depuis les plaines jusqu'au sommet des plus hautes montagnes. Mais la mer envahissant ainsi les continents n'eut pas manqué d'y laisser de son passage des traces autres que celles que nous avons signalées. Il est impossible d'admettre un déplacement si colossal des mers sans qu'elles n'aient formé presque partout des lacs salés dont l'indice, au moins pour quelques-uns, eut persisté jusqu'à l'époque actuelle ; sans qu'elles n'aient abandonné sur beaucoup de points des débris d'animaux marins qu'on n'observe nulle part dans les alluvions anciennes où l'on trouve en abondance des vestiges d'animaux terrestres et fluviatiles. En outre la soudaineté du phénomène ne concorderait pas avec la durée de l'époque glaciaire. Cette hypothèse étant absolument inadmissible, on a eu l'idée de substituer au déplacement des océans celui de grands amas d'eau douce, comme des lacs ou des mers intérieures ; mais pour expliquer l'immense extension des phénomènes d'érosion et leur manifestation à toutes les altitudes il devenait indispensable d'admettre l'existence de nombreux et vastes lacs sur tous les points culminants des terres fermes. L'idée fut abandonnée. On ne peut supposer davantage l'existence de sources nombreuses se faisant jour à la fois au sommet de toutes les montagnes, à un niveau où il serait bien difficile d'expliquer une alimentation en rapport avec l'importance des phénomènes d'érosion. Il faut donc aller, avec Coutejeau, rechercher dans l'atmosphère l'origine des eaux diluviennes. C'est la seule hypothèse qui permette d'expliquer la provenance et le charriage des alluvions anciennes, la formation et l'extension des glaciers continentaux. Il ne manque à l'hypothèse de Contejeau, et seulement pour la compléter, que l'explication des phénomènes géologiques qui ont amené l'atmosphère à déverser sur le globe entier, à une époque déterminée, les pluies torrentielles et longtemps prolongées qui ont si profondément marqué la période quaternaire.

On a émis l'idée que le globe, à l'époque quaternaire, était beaucoup plus avancé dans son évolution qu'il ne l'est aujourd'hui, et que la continuité du refroidissement avait amené la période glaciaire. Un échauffement subit aurait, dans ce cas, déterminé la fusion des glaciers et causé, par suite, les phénomènes du diluvium. Mais où rechercher la cause de cette élévation soudaine de la température ? Faut-il, avec quelques-uns, la demander au choc d'un corps planétaire ? Les désordres occasionnés dans de telles circonstances auraient inévitablement produit un cataclysme qui eût laissé des traces autrement profondes que celles qui marquent l'époque diluvienne. L'esprit se laisse, en outre, difficilement convaincre par des raisonnements en contradiction avec l'admirable harmonie de l'univers.

On a invoqué encore le passage d'une comète qui, enveloppant la terre, lui aurait soustrait une grande quantité de chaleur ; ou bien l'interposition d'une comète entre le soleil et la terre. La marche extraordinairement rapide de ces astres errants s'oppose à la production d'un phénomène dont la durée comprend bien des siècles puisque, dans l'intervalle, la faune a pu se modifier profondément.

Nous aimons mieux rechercher les causes de la période

glaciaire dans la succession naturelle des phénomènes géologiques dont la production trouve toujours, dans les lois immuables de la physique, son inévitable raison d'être.

L'air, très diathermane pour la chaleur lumineuse, l'est très peu pour la chaleur obscure, et son pouvoir diathermane pour cette dernière se trouve encore notablement diminué par la vapeur d'eau, par l'acide carbonique et par la pression. Or, ces dernières conditions réalisées à un haut degré dans l'atmosphère des anciennes époques géologiques, expliquent la lenteur du refroidissement de la surface de la terre où, jusqu'à la fin de la période tertiaire, s'est fait sentir la chaleur propre de notre planète. Jusqu'alors, en effet, la répartition des espèces végétales était à peu près la même sur tout le globle et les palmiers croissaient dans les parages européens. Les saisons n'existaient pas. Ce qui démontre, en outre, que le moment où la surface du sol a cessé de participer à la chaleur centrale n'est pas très éloigné de nous, c'est que la couche du sol à laquelle cesse de se faire sentir l'influence intérieure, la couche à température constante, ne se trouve qu'à quelques décimètres sous l'équateur et ne va pas au delà de quelques mètres dans les régions tempérées.

Ces considérations nous conduisent à faire concorder la période diluvienne avec le premier refroidissement définitif de la partie superficielle du sol. Celui-ci refroidi et ne recevant pas ou presque pas de chaleur solaire, par suite de la pression encore lourde d'une atmosphère chargée d'acide carbonique et de vapeur d'eau, condensa par son contact ces dernières avec une abondance croissante qui donna lieu aux phénomènes diluviens. Le sommet des hautes montagnes se couvrit de neiges qui s'accrurent de l'extrême humidité de l'atmosphère ; les glaciers prirent naissance dans les cirques creusés par les premières eaux et continuèrent leur extension jusqu'à ce que la plus grande partie des vapeurs atmosphériques se furent condensées. L'observation démontre que l'extension des glaciers au-dessous de la limite des neiges perpétuelles est subordonnée à l'alimentation des cirques d'origine par l'humidité de l'air, bien plus qu'à la rigueur des saisons. A la suite des saisons humides et chaudes, les glaciers descendent, en effet, beaucoup plus bas dans les vallées alpines, qu'à la suite des années plus froides, mais peu pluvieuses.

L'atmosphère dégagée d'une énorme quantité de vapeur d'eau et de tout l'acide carbonique que celle-ci put entraîner, perdit considérablement de sa lourde pression et laissa parvenir jusqu'au sol glacé les rayons calorifiques d'un soleil plus ardent qu'aujourd'hui.

Est-il nécessaire de faire remarquer que la fusion des glaces sur d'immenses surfaces continentales rendit à l'atmosphère une grande partie des vapeurs qu'elle avait abandonnées?

Tel dut être le point de départ d'une succession de phénomènes semblables qui se reproduisirent jusqu'à l'établissement définitif des conditions climatériques de la période contemporaine.

Si, comme nous conduit à le supposer le résultat des fouilles pratiquées dans les grottes alternativement ouvertes et remplies par l'action des eaux diluviennes, l'homme a été le témoin de cette phase mémorable de l'histoire de l'eau à la surface du globe, il dut avoir à soutenir contre les éléments déchaînés une lutte gigantesque. Forcé de chercher un refuge contre les flots envahissants, il dut disputer aux bêtes féroces, non seulement sa vie, mais la possession de leurs cavernes, et c'est aux animaux qui venaient s'y réfugier en même temps que lui qu'il réclamait les éléments de sa subsistance. Pouvait-il compter sur les périodes de calme pour demander à la végétation d'autres ressources, quand, à la suite des inondations, il se voyait entouré bientôt de vastes plaines de glace dont il lui était interdit de soupçonner les limites? Et quelles armes possédaient nos pères pour soutenir la lutte? Des silex taillés, grossièrement emmanchés sur des branches d'arbre! Ce fut avec enthousiasme et reconnaissance qu'ils durent saluer l'aurore de la période contemporaine, pendant laquelle leurs descendants étendront leur puissance sur les continents et sur les mers et prendront peut-être un jour possession de l'atmosphère.

Peu à peu l'atmosphère s'est épurée à la suite de cette longue période de condensation de la vapeur d'eau. Celle qui la sature aujourd'hui ne lui vient plus, comme autrefois, de l'action de la chaleur centrale ; seule, la chaleur émanée du soleil dont les rayons bienfaisants viennent attiédir la surface des eaux, fournit à son alimentation. Froide et désolée, malgré l'immense fournaise incandescente qu'elle recouvre, la surface de la terre ne serait qu'un vaste désert de glace où nulle plante ne pourrait verdir, où pas un être ne pourrait s'agiter, si l'astre dont notre planète émane ne lui rayonnait à travers l'espace la lumière et la chaleur qui entretiennent le mouvement et la vie.

Tant que la Terre produisait elle-même la chaleur qui suffisait au développement des animaux et des plantes, la température était à peu près égale sur toute la surface du globe ; les palmiers et les bambous croissaient et se multipliaient dans les forêts européennes de l'époque tertiaire. Aujourd'hui la chaleur que reçoit la terre se répartit sur les différents points de sa surface avec une intensité qui varie suivant les positions qu'elle occupe en parcourant son orbite. L'absence, en Europe, des palmiers et autres plantes actuellement spéciales aux régions intertropicales fait voir que les climats existaient dès le début de l'époque contemporaine. Les conditions géologiques et climatériques ont peu varié depuis ; elles étaient à peu de chose près ce qu'elles sont aujourd'hui.

Les glaciers se retirèrent sur les régions alpines et vers les pôles où ils ne varient que faiblement aujourd'hui, dans leur extension, avec les saisons, avec les vents, avec la ration d'entretien que leur fournit l'humidité de l'atmosphère.

On a observé que les glaciers des Alpes reculent leur front pendant les années où dominent les vents venant d'Afrique, et qu'ils l'avancent au contraire plus bas dans les vallées pendant les années où ces vents ont fait défaut. Inspirés de ces faits, certains géologues ont prévu la possibilité d'une extension peut-être désastreuse de ces glaciers pour le midi de l'Europe, si l'on menait à réalisation l'idée de noyer sous les eaux d'une mer intérieure les déserts brûlants du continent africain. S'il en était ainsi, l'homme aurait le privilège d'apporter une perturbation profonde dans le régime des eaux et dans les conditions climatériques d'une vaste région.

Après le retrait des glaciers quaternaires les continents prirent leur configuration actuelle. De vastes mers intérieures, à la suite des déluges de l'Europe, parvinrent à rompre leurs digues et à s'ouvrir de larges issues vers l'océan qui les engloutit, laissant à découvert de grands espaces où s'étaient entassés les dépôts tertiaires. Cette extension des surfaces continentales par écoulement des eaux superficielles dispense, au moins pour la période que nous étudions, de l'hypothèse des soulèvements, ou la réduit à de moindres proportions.

Les bassins hydrographiques actuels remontent à la période diluvienne et nos rivières, nos fleuves, ne sont plus qu'une représentation infiniment réduite des eaux volumineuses qui ont, dans leur course impétueuse, creusé leur lit, inondé leurs plaines et raviné leur bassin tout entier. Toutes les voies sont donc ouvertes aujourd'hui à la circulation des eaux superficielles qui vont porter leur tribut aux grandes mers intérieures ou aux océans.

La circulation des eaux, des continents aux mers, se fait par les fleuves et les rivières ; des mers aux continents, elle se fait par l'atmosphère d'où elles descendent dans un état de pureté qui leur laisse toute leur puissance d'action pour remplir le rôle que nous leur avons déjà reconnu. En dehors de son action mécanique qui en fait un puissant agent de nivellement des surfaces du globe, l'eau agit comme dissolvant et va chercher, jusque dans les couches profondes du sol, des matériaux qu'elle amène à la surface. Elle concourt encore, mais faiblement aujourd'hui, à favoriser le transport de la chaleur des parties centrales vers l'atmosphère et vers l'espace.

Les vapeurs atmosphériques, alimentées surtout par l'action de la chaleur solaire sur les surfaces aqueuses, rencontrent dans les hautes régions un abaissement de température qui les condense. Tantôt en pluie, tantôt en neige, l'eau retombe sur les continents qu'elle semble vouloir entraîner par lambeaux pour accomplir son travail de nivellement, et, comme si la vie devait concourir à l'évolution de la matière, l'eau semble lui venir en aide en favorisant la fécondité du sol. Elle entasse, sur le sommet des hautes montagnes, des accumulations de neige qui alimenteront les cours d'eau. Elle visite tous les points de la surface du sol, pénètre dans ses moindres fissures, circule dans son épaisseur en filets, en canaux, en nappes, et parvient jusqu'à des profondeurs considérables où sa puissance de dissolution s'accroît sous l'influence de la chaleur centrale et de la pression qu'elle supporte. Elle remonte chargée de matériaux qu'elle ira porter jusqu'aux bassins océaniques à travers les voies que la période diluvienne lui a creusées.

C'est au sein des mers que s'accomplit activement le travail de condensation des éléments matériels. Répartis dans la masse entière des eaux, où l'acide carbonique de l'air favorise leur diffusion, ils sont repris par des myriades incalculables d'êtres dont les uns fixent la silice et les autres le calcaire, pour ne citer que les matériaux les plus répandus. Placés aux derniers échelons de la série animale, ces êtres s'agitent entre la vie et la matière, et concourent, au sein des eaux, à l'édification de puissantes assises.

Les mollusques, les crustacés, les échinodermes entassent leurs débris près des rivages ; les madrépores et les coraux élèvent des îles dans l'Océan pacifique et dans la mer des Indes ; dans la profondeur des océans vont s'accumuler les coquilles calcaires des foraminifères, animaux souvent microscopiques, les coquilles siliceuses des polycistinés, auxquelles viennent se joindre les débris siliceux et calcaires des éponges.

Plantes infimes dont l'existence ne nous est révélée qu'à l'aide de puissants grossissements, les diatomées pullulent au sein des eaux et concourent pour une large part à augmenter de leur enveloppe siliceuse l'épaisseur des sédiments qui se forment sous les mers de notre époque pour la dévorante activité d'un monde innombrable.

Le rôle de l'eau, pendant l'époque contemporaine, s'accomplit donc avec une régularité parfaite ; partant des mers elle s'élève dans les régions atmosphériques qu'elle parcourt en se prêtant à la fixation d'une partie de l'azote, sous l'influence de l'étincelle électrique, et vient se déverser sur les continents ; elle visite le sol à sa surface et dans ses profondeurs et, par les cours d'eau, elle revient aux océans.

Une perspective de longue durée s'annonce pour les conditions géologiques et climatériques dont nous sommes les témoins. Le soleil, en effet, se trouve dans une période de son évolution qui paraît devoir assurer un long avenir à la température qu'il entretient à la surface de notre planète. La Terre, arrêtée en quelque sorte dans son évolution matérielle par la difficulté qu'elle éprouve, en raison de l'épaisseur de son écorce, à dépenser sa force vive, assure des garanties de stabilité durable à la période géologique qu'elle accomplit sous nos yeux. Nous pouvons donc envisager l'avenir avec sécurité et assister, en spectateurs désintéressés, au rôle que remplira l'eau dans les âges futurs du globe.

Ce n'est point à un effort de l'imagination que nous avons demandé l'exposé des phénomènes géologiques du passé ; nous ne l'avons pas déduit de vaines hypothèses ; seules les lois physiques et chimiques nous ont guidé avec le concours des faits d'observations. Quand ceux-ci nous ont fait défaut autour de nous, nous sommes allé, armé des puissants moyens d'investigation mis à la disposition de la science moderne, les demander au monde des cieux.

La Terre n'a pas le monopole de l'eau ; on en trouve la vapeur dans le soleil et quelques étoiles ; M. Janssen en a constaté la présence dans les atmosphères de Jupiter et de Saturne ; on a reconnu dans Mars des mers et des glaces polaires dont l'extension, comme sur notre planète, varie avec les saisons. Il existe dans certaines plaines de la Lune de vastes glaciers qui polarisent fortement la lumière qu'ils nous renvoient. Avec M. Stanislas Mounier nous dirons, pour imiter une célèbre comparaison d'Herschell : « De même » que, dans une forêt de chênes, on sait, en examinant un

» certain nombre d'arbres, ce qu'était tel arbre en particulier » et ce qu'il deviendra, de même on peut, en comparant les » planètes entre elles, connaître les phases qu'un globe a » traversées et celles qu'il lui reste à parcourir. »

Quelle que soit la durée du refroidissement de la masse interne du globe, la terre se refroidira ; toutes les planètes ont été ou sont dans cette voie. La condensation du noyau central, par suite du refroidissement, entraînera la contraction de son écorce qui gagnera en épaisseur. Les mers deviendront plus profondes et plus réduites, les montagnes plus élevées au-dessus du niveau des océans et les continents plus étendus en surface. La couche à température constante, abaissant son niveau dans les profondeurs du sol, permettra à celui-ci d'absorber l'eau sur une épaisseur d'autant plus considérable. Un exemple de cette évolution géologique nous est offert par une planète voisine de la nôtre. Tandis que, sur la Terre, la surface occupée par les mers est trois fois plus grande que celle occupée par les continents, dans Mars, dont l'atmosphère d'une transparence parfaite permet une facile observation, la surface des mers est à peu près égale à celle des continents : sur notre planète les terres émergées sont massées en vastes continents, surtout vers l'hémisphère nord ; dans Mars les terres et les mers sont entremêlées sur toute la surface de la planète. Le plissement de l'écorce amènera un jour cette disposition sur la Terre, établissant ainsi des voies de facile communication pour ses futurs habitants.

Il ne nous appartient d'apprécier ni le nombre ni la durée des époques qui conduiront la Terre à cette phase de son évolution ainsi qu'aux suivantes ; mais, en raison de la lenteur du refroidissement, en raison de la solidité de plus en plus ferme de son écorce, on peut prévoir une durée croissante pour les périodes de calme géologique.

Dans la succession des temps l'eau liquide finira par être absorbée tout entière ; les surfaces aqueuses se réduisant de plus en plus dégageront moins de vapeur d'eau ; l'atmosphère épurée ne fournira plus à l'alimentation des glaciers qui disparaîtront des montagnes et des régions polaires. On le voit de brillantes saisons se préparent encore pour la terre dans un avenir éloigné ; la végétation pourra s'étendre et, si l'homme a la bonne fortune de traverser ces phases, il connaîtra des jours heureux ; mais un soir il s'endormira sur les bords du lit desséché d'un ruisseau : plus d'eau, plus de végétation, plus d'animaux, plus d'homme ; avec la dernière goutte d'eau la vie aura disparu à jamais de la surface du globe.

L'eau, pour disparaître, n'attendra pas le complet refroidissement de la masse interne. L'hydratation moyenne des roches actuelles est de 12 millièmes ; si la masse totale du globe venait à se partager l'immense volume d'eau qui recouvre sa surface, un calcul approximatif démontre que l'hydratation moyenne des matériaux devenus solides ne dépasserait pas 4 millièmes.

Jusqu'ici, nous avons supposé, en ce qui concerne l'avenir de l'eau, que le soleil ne cessait de fournir la chaleur, avec la même intensité qu'aujourd'hui, à notre planète en cours de condensation. Mais rien ne nous autorise à compter sur la durée permanente de ce tribut bienfaisant. Comme toutes les planètes qu'il a semées jusqu'aux plus lointaines limites du système, le soleil suit son évolution. Nous avons dit et nous avons démontré qu'un astre marche d'autant plus rapidement vers la condensation de ses éléments matériels qu'il trouve plus de facilité dans l'émission de la chaleur qui résulte de cette condensation. Il peut arriver et il arrivera nécessairement que la photosphère du soleil, qui contient à l'état de fusion des métaux connus sur la terre, s'épaissira par solidification des parties superficielles du noyau central d'une part, et par condensation des vapeurs de la chromosphère d'autre part. Nous avons vu, pour la Terre, que ce résultat conduit après une durée dont nous ne possédons aucun élément d'appréciation, à la solidification, à l'opacité, à une diminution de la chaleur transmise. La Terre, dont les phases d'évolution peuvent avoir une longue durée, verra-t-elle, avant d'avoir absorbé mécaniquement l'eau des mers, diminuer la chaleur qui lui vient du soleil ? Assistera-t-elle à l'opacification de la photosphère qui la plongera dans les nuits éternelles ? En ce qui concerne l'eau du globe, si la chaleur solaire, sans faire totalement défaut, venait seulement à diminuer d'intensité, une nouvelle période glaciaire, mais cette fois définitive, recommencerait pour notre planète. Rien de brusque dans son apparition ; lentement les glaciers s'étendraient s'ils existaient encore. Ils descendraient des pôles et des montagnes, couvriraient les continents et les îles et envahiraient les mers profondes. Un linceul de glace annoncerait au monde planétaire la cessation de la vie à la surface de la Terre.

Outre l'absorption mécanique et le froid, d'autres causes viendront nécessairement concourir à l'annihilation, à la destruction partielle ou totale de l'eau. Dans ses mouvements de retrait l'écorce fréquemment s'entr'ouvre et donne lieu à l'émission des matériaux en fusion de la masse interne qui tendent à s'oxyder. Ils prennent l'oxygène tantôt à l'air, tantôt à l'eau, renvoyant dans ce dernier cas des flots d'hydrogène à l'atmosphère où l'étincelle des orages régénère la vapeur d'eau.

En supposant, pour l'avenir, l'absorption totale de l'oxygène de l'atmosphère et des eaux par l'oxydation des masses métalliques de la pyrosphère, nous sommes inspiré par des faits d'observation. La Lune, si avancée dans son évolution que d'immenses failles de rupture la sillonnent profondément à travers monts et plaines, n'a plus d'atmosphère. L'astre auquel ont appartenu les météorites qui viennent échouer sur notre planète n'avait, au moment de sa désagrégation, ni eau ni atmosphère d'oxygène, puisque ces matériaux cosmiques nous apportent des masses de fer métallique qui n'ont pas subi l'oxydation.

Chaque phase d'évolution de la Terre sera donc marquée par une atteinte profonde portée aux éléments qui constituent son enveloppe de gaz et son manteau liquide. Avec l'absorption de l'oxygène la pression diminuera. En même temps qu'ils se multiplieront, les volcans en activité, ayant moins de résistance à vaincre, émettront plus de matières. Dans ses mouvements de retrait, de plissement, l'écorce du globe pourra se déchirer sur de vastes espaces et donner lieu à l'oxydation de masses considérables de matériaux de la pyrosphère. Dans l'intervalle de ces grands mouvements géologiques, pendant les longues périodes de calme, les eaux du globe verront diminuer leur profondeur et se resserrer leurs limites, jusqu'au moment où l'une de ces crises violentes absorbera le dernier atome d'oxygène et décomposera la dernière molécule d'eau.

Congélation, absorption, décomposition : tels sont les termes vers lesquels marchera l'eau, pour s'arrêter à l'un d'eux, dans l'achèvement de son rôle géologique sur notre planète.

Quelle que soit la voie que l'eau aura choisie pour disparaître ou cesser son évolution, avec elle s'éteindra la vie ; et, si l'atmesphère la suit dans son repos, la terre sera, jusqu'au jour de la désagrégation, plongée dans le silence de l'espace.

Plus tard encore la terre se fendra, ses fragments se disperseront, et quelques-uns de leurs débris iront peut-être un jour porter avec fracas la terreur dans une cité ou exciter la curiosité des chercheurs sur une planète plus jeune.

Après cet aperçu de l'histoire géologique de l'eau qui nous a permis d'exposer l'évolution d'un globe, celui que nous habitons, il reste à s'incliner devant les décrets providentiels qui régissent avec une incomparable sagesse l'éclatante harmonie des mondes.

HOPITAL SAINT-NICOLAS DE VANNES

(Par M. l'abbé LE MENÉ).

I. ORIGINE.

Les pauvres furent, dès le berceau de l'Église, l'un des principaux objets de sa sollicitude. Au milieu des persécutions, il y avait dans son sein une administration organisée pour le soin des malades et le soulagement de toutes les misères. Ce ministère était confié aux diacres pour les hommes, et aux diaconesses pour les femmes : il était quotidien. L'évêque, informé par eux, allait à son tour, accompagné d'un prêtre, visiter les malades et les pauvres. Cette discipline nous est révélée par saint Augustin (*Cit.* XXII, 8).

Après le triomphe de Constantin et la liberté rendue à l'Église, ce service prit de nouveaux développements. Les évêques, suivant le conseil de l'Apôtre, pratiquèrent largement l'hospitalité vis-à-vis des pauvres et des voyageurs ; leurs maisons étaient des hôtelleries gratuites, de véritables hospices, *hospitia*. Les pauvres de la ville épiscopale, et plus particulièrement les pauvres honteux, continuaient à être visités par des ecclésiastiques et des femmes pieuses, et à recevoir de larges secours de l'évêque. Quant aux malades qui ne pouvaient être convenablement soignés à domicile, on établit presque partout des maisons spécialement affectées à leur service et appelées hôpitaux, *hospitalia*, *nosocomia*.

Le siège épiscopal de Vannes ayant été érigé vers 465, saint Patern eut à se conformer à la discipline de son temps. Nous savons, par les leçons de son office, qu'il fut très hospitalier pour les étrangers et très charitable pour les pauvres, *charitatem in pascendis pauperibus et peregrinis hospitandis inexplebilem adjunxit*. Fonda-t-il un hôpital destiné à recevoir les malades pauvres ? C'est probable, puisque l'institution se généralisait alors, mais il ne nous en reste aucune preuve directe.

Il faut toutefois remarquer que, dans la suite des temps, les voyageurs, les pauvres et les malades furent souvent réunis dans le même établissement, et que cet établissement prit, à cause de ce mélange, tantôt le nom d'hospice, tantôt celui d'hôpital. Cette seconde appellation finit par être la plus commune.

Voici sur les hôpitaux une prescription du concile d'Aix-la-Chapelle de l'an 816, canon 141. « L'Évangile et les Apôtres nous apprennent que nous devons avant tout nous appliquer à recueillir les hôtes, afin que le Seigneur puisse nous dire à juste titre : J'ai eu besoin de logement et vous m'avez recueilli... Il faut donc que les prélats de l'Église, en suivant les exemples de leurs prédécesseurs, aient un refuge, pour recueillir les pauvres, et qu'ils prennent sur les biens de l'Église ce qui sera nécessaire pour les entretenir, suivant leurs ressources.

» Que les chanoines aussi donnent très libéralement à l'*hôpital*, pour le service des pauvres, la dîme de leurs fruits et des oblations qui leur reviennent ; que dans leur sein on prenne un frère qui soit chargé de recevoir les hôtes et les étrangers, comme le Christ lui-même, et de leur fournir volontiers le nécessaire, suivant ses forces, sans rien détourner à son profit. Les prélats doivent veiller attentivement afin que celui qui est chargé de l'hôpital ne laisse pas se perdre les ressources destinées aux pauvres, et ne s'en serve pas comme d'un bénéfice ordinaire, car nous savons que cela est accepté par des évêques, qui s'occupent trop peu du bien des pauvres.

» Que les clercs aussi, au moins en carême, s'ils ne le peuvent en d'autres temps, viennent à l'hôpital, pour y laver les pieds des pauvres, conformément à cette parole du Sauveur : Si je vous ai lavé les pieds, moi votre Seigneur et votre Maître, à combien plus forte raison vous devez vous les laver les uns les autres. C'est pourquoi il est bon que l'hôpital des pauvres soit dans un lieu convenable, où l'assemblée des frères puisse se rendre facilement. »

Ce texte prouve qu'au IXe siècle l'administration des hôpitaux était encore exclusivement ecclésiastique.

L'hôpital de Vannes était dédié à saint Nicolas, évêque de Myre, en Lycie, mort vers 324, et célèbre par sa charité. Il était situé entre l'église de Saint-Patern et la porte de la ville, sur le côté sud de la rue qui lui a emprunté le nom de Saint-Nicolas. Il était donc à proximité de la cathédrale, et les chanoines pouvaient s'y rendre facilement, pour y pratiquer les œuvres de charité recommandées par le décret de 816. La chapelle, régulièrement orientée, était à l'extrémité de la rue du côté du levant ; les salles des pauvres et des malades lui faisaient suite vers le couchant ; au midi s'étendait un jardin, dont la contenance a varié suivant les époques.

Cet hôpital dut avoir sa part de tribulations, en 919 et années suivantes, quand les Normands envahirent le diocèse de Vannes et promenèrent le fer et le feu depuis la Vilaine jusqu'au Blavet. La population était massacrée sans pitié, quand elle ne s'empressait pas de fuir au loin. La ville de Vannes fut saccagée et l'église cathédrale incendiée. La tempête dura une vingtaine d'années, et ce n'est qu'après l'expulsion des barbares qu'on put relever en partie les ruines accumulées pendant leur séjour.

Durant le XIe et le XIIe siècles, on ne trouve aucun texte qui se rapporte à l'hôpital de Saint-Nicolas. Mais au XIIIe nous avons une charte de Geoffroy, évêque de Saint-Malo, qui le concerne indirectement. Ce prélat, en fondant ou en rétablissant l'hôpital de sa ville épiscopale en 1252, statue que « l'Évêque et le Chapitre y placeront un chanoine à leur choix, *suivant l'usage des autres églises*, pour y célébrer tous les jours la messe, à heure fixée... Le chanoine qui sera désigné pour ce service, jurera, au moment de son institution, à l'évêque, qui lui confiera le soin des pauvres, de conserver fidèlement les revenus des pauvres, et autant qu'il le pourra les droits de l'Église. Il rendra compte de ses recettes quatre fois par an, devant l'évêque ou son alloué, devant le prieur du lieu et deux bourgeois élus d'avance. » (*D. Morice*. Pr. I. 952.)

On peut remarquer qu'en 1252, comme en 816, c'est un chanoine qui est chargé de l'hôpital : preuve que le décret du concile d'Aix-la-Chapelle était encore observé ; et comme cela se pratiquait dans les autres églises de la Bretagne, on en peut conclure qu'il en était de même à Vannes. Quant au serment de fidélité, c'était alors une prescription locale, qui pouvait exister ou ne pas exister ailleurs ; mais la reddition des comptes à l'évêque était partout obligatoire.

Voici, sur cette matière, le règlement général de l'Église, promulgué par le pape Clément V, au concile œcuménique de Vienne en 1312. « Que l'administration des hôpitaux soit confiée à des hommes prévoyants, capables et de bonne renommée, qui sachent, veillent et puissent gouverner avantageusement lesdits lieux, leurs biens et leurs droits, et dispenser fidèlement leurs revenus et leurs fruits au profit des pauvres, et qui suivant les apparences ne détourneront pas ces biens à d'autres usages : en quoi, et sous la menace du jugement de Dieu, nous chargeons la conscience de ceux qui ont l'administration de ces lieux.

» Ceux à qui sera confié le gouvernement ou l'administration de ces lieux, seront tenus, comme les tuteurs et curateurs, de prêter serment, de faire des inventaires des biens desdits lieux, et de rendre compte de leur administration, tous les ans, à l'évêque ou aux propriétaires de ces établissements, ou à leurs délégués. Si quelqu'un ose agir contrairement à cette constitution, nous déclarons nulle et sans valeur toute collation, provision ou nomination contraire. »

Cette constitution fut renouvelée par le concile de Trente en 1547 et 1563, avec la clause que l'administrateur ne serait pas plus de trois ans en charge, à moins de disposition contraire insérée dans l'acte de fondation (Sess. VIII. 15. — XXV. 8).

II. Chanoines Prieurs.

L'hôpital de Saint-Nicolas était desservi et gouverné par un chanoine de la cathédrale, conformément au décret de l'an 816. A raison de ses fonctions et de son autorité, il prenait quelquefois le titre de *recteur* et plus souvent celui de *prieur*, par analogie avec les chefs des paroisses ou les chefs de petits monastères.

En 1329 vivait Geoffroy du Pont, chanoine de Vannes, et *prieur* de l'hôtel-Dieu de Saint-Nicolas. On voit qu'à cette époque le nom d'hôtel-Dieu était synonyme de celui d'hôpital; et désormais nous trouverons tantôt l'un, tantôt l'autre. (*Cart. Prières.*)

Peu après Geoffroy du Pont, vivait Raoul, scolastique de Vannes, qui donna au Chapitre une rente annuelle de douze sous sur un jardin situé « entre le jardin de l'hôtel-Dieu et le jardin de Geoffroy Garin. » (*Rentier de 1387.*)

Vers 1393, Prigent Le Chevalier (Militis), licencié en droit, était « chanoine prébendé de l'église de Vannes, et prieur ou recteur de l'hôpital, ou aumônerie, ou hôtel-Dieu de Saint-Nicolas. » Il eut, en 1397, à exercer des poursuites contre Yves Le Dreizen, curé ou vicaire perpétuel de Surzur. Il prouva devant Bernard Omnès, trésorier de l'église de Vannes et vicaire général de l'évêque, que la paroisse de Surzur avait été assujétie, depuis très longtemps, par un décret épiscopal, à payer à l'hôpital Saint-Nicolas une rente annuelle de 22 livres, représentant 88 perrées de grain, la moitié au synode de la Pentecôte, l'autre moitié au synode de la Saint-Luc ; que cette rente avait été payée fidèlement par les divers vicaires de Surzur, et notamment par feu Guillaume Salioc, prédécesseur immédiat d'Yves Le Dreizen ; et qu'enfin la présentation de la paroisse appartenait aux recteurs ou prieurs de l'hôtel-Dieu : en conséquence il réclama le paiement de la rente due pour l'année échue. Le vicaire de Surzur reconnut l'exactitude de tous les faits avancés par le prieur, il fit remarquer qu'il avait fidèlement payé la susdite rente, sauf pour l'année écoulée, et il prit l'engagement, le 14 janvier 1398 (N. S.), de payer l'arriéré, et de continuer la rente à l'avenir. (*Saint-Nicolas*, *Orig. parch.*)

Le 16 janvier 1405, Prigent Le Chevalier, chanoine et prieur, donna procuration pour résigner ses deux bénéfices, afin de permuter avec Jean Hervé, recteur de Quemper-Guézenec, au diocèse de Tréguier. Le nouveau chanoine prieur prolongea son administration jusqu'à sa mort, arrivée le 26 février 1426. C'est de son temps que le duc Jean V, en 1419, donna une somme de 500 livres monnaie, à placer en rente au profit de l'hôpital de Saint-Nicolas. Alain du Gourvinec, seigneur du Bézit, en Saint-Nofff, accepta le capital et promit d'en payer la rente jusqu'à remboursement du principal (*Ibid.*)

Le jour même de la mort de Jean Hervé, l'évêque Amaury de la Motte lui donna pour successeur à l'hôpital Geoffroy Beign, déjà chanoine de la cathédrale, et reçut son serment d'exercer fidèlement son emploi, de ne point aliéner les biens de la maison et de travailler au recouvrement de ceux qui auraient été perdus. Dès la même année, le nouveau prieur fit une transaction, au sujet du moulin de Bilair, en Saint-Patern. Ce moulin appartenait, par moitié et par indivis à l'hôpital Saint-Nicolas et à Louise de Luzanger, femme de Pierre de Pluherlin. Depuis combien de temps, et comment l'hôtel-Dieu était-il devenu propriétaire de la moitié de cet immeuble ? — On l'ignore. Cette propriété avait subi le sort trop fréquent des biens indivis : chacun des intéressés recevait avec plaisir sa part des revenus, mais négligeait de faire les réparations nécessaires ; aussi le moulin finit par tomber en ruines, et les revenus cessèrent complètement. Témoin de cet état lamentable, et n'ayant pas les ressources voulues pour sa part de réédification, Geoffroy Beign offrit à son co-propriétaire de lui abandonner sa part de l'immeuble, à la condition de relever le moulin et de payer désormais à l'hôpital une rente annuelle de trois perrées de grains, mesure de Vannes, moitié froment et moitié seigle. Cette transaction, avantageuse aux deux parties, fut passée le 9 novembre 1426 par devant les notaires des Régaires, puis approuvée par l'évêque le 23 décembre suivant (*Ibid.*).

Geoffroy Beign vivait encore en 1432, mais on ignore la date de sa mort. Après lui, il faut franchir une quarantaine d'années avant de trouver un autre chanoine prieur. C'est dans cet intervalle qu'on rencontre la gracieuse figure de la B. Françoise d'Amboise. Cette princesse visitait souvent l'hôtel-Dieu de Saint-Nicolas, se plaisait à y soigner elle-même les malades, et donnait de larges aumônes pour y nourrir les pauvres. Quand elle voulut fonder le couvent des

Carmélites du Bondon, elle obtint du pape Pie II, le 16 février 1460, une bulle, adressée à l'évêque de Vannes, et renfermant entre autres prescriptions la clause suivante, qui révèle la charité de la duchesse : « S'il arrive que les religieuses du dit monastère abandonnent la vie régulière et l'observance étroite de leurs règle et constitutions, et violent la clôture, nous voulons qu'elles soient privées de leur dotation de mille livres de revenus, dont 500 seront acquises à l'hôpital commun de la ville de Vannes, et les 500 autres seront appliquées à des œuvres pieuses à la discrétion de l'évêque du diocèse. » (*Alb. Le Grand.*) Cette éventualité ne se réalisa point, et l'hôpital n'eut jamais rien à recevoir de ce côté.

Le 20 septembre 1472, on trouve le don d'une rente perpétuelle de 4 livres 10 sous, fait par Louis Le Gouvello, sur une maison située en face du portail de l'église cathédrale. A cette époque M. Yves de Plumaugat, chanoine de Saint-Pierre, était prieur de Saint-Nicolas. C'est lui qui obtint, en 1477, l'autorisation de reconstruire le pignon du chœur de la chapelle, comme le prouve la lettre suivante de François II.

« Comme par avant ces heures, sur la requeste et remonstrance nous faicte par nostre amé et féal Maistre Yves de Plumaugat, aumosnier et administrateur de l'hospital de Saint-Nicolas près Vennes, disant qu'il avoit intencion et volonté de faire construire et édiffier au dit hospital le pignon de l'église d'iceluy plus hault qu'il n'estoit anciennement, quel pignon ne se povoit asseurer ne estre fait sans y faire et édiffier deux pilliers (contreforts) hors du dit pignon, en une place scise et adjaczante d'iceluy pignon, quelx pilliers ne s'avanceroint sur la dite place que de deux piez ou environ, Nous requérant luy donner licence et octroy de faire le dit édiffice à l'avance des dits deux pilliers en la dite place, Nous eussions mandé et commis à vous nos senneschal et aloué et à chacun vous transporter sur le lieu, et appelés noz procureur et receveur de Vennes, et des bourgeoys du dit lieu en suffizant nombre, vous informer de la longueur et laize d'icelle place et de la portion requise et nécessaire pour les dits pilliers, aussi du prouffilt ou dommage qui povoit estre en y baillant place et espace pour les dits piliers, ou délaissant celle place en l'estat sans aucune chose en occuper, et des circonstances de la matière, et de tout nous faire relacion en forme autenticque : à laquelle commission vous nostre dit aloué avez vacqué et entendu, ainsi que appiert par vostre relacion, signée de vostre main, comme apparaissoit, dattée du pénultième jour d'avril derroin ;

» Savoir faisons que, veuc et meurement examinée en nostre Conseil la dite relacion, avons à iceluy aumosnier, par délibéracion de nostre dit Conseil, donné et octroyé, donnons et octroyons, de grâce spéciale, par ces présentes, faculté, congié et licence de faire faire et construire en la dite place hors le dit pignon, les dits deux piliers, chacun de quattre piez de layze, en gardant la ligne des deux coustez de la dite église...

» Donné en nostre ville de Nantes, le unziesme jour de juign, l'an mil quatre cens soixante deiz sept. »

Signée : FRANCOYS. *(Saint-Nicolas. — Orig. parch.)*.

M. Yves de Plumaugat mourut en 1492. Il paraît avoir été le dernier chanoine, chargé de l'administration de l'hôpital. Ses successeurs furent désormais simplement prêtres prieurs.

III. PRÊTRES PRIEURS.

Le premier prêtre prieur qu'on rencontre à Saint-Nicolas est Guillaume Le Leureux. En parcourant les titres de la maison cet administrateur remarqua qu'un capital de 500 livres, donné par le duc Jean V en 1419, avait été placé chez Alain du Gourvinec, seigneur du Bézit, et que l'hôpital n'en touchait plus aucune rente. De concert avec le procureur général du Roi, il actionna Olivier du Gourvinec, comme héritier de son bisaïeul Alain. L'intimé répondit que l'un de ses prédécesseurs avait certainement remboursé une somme à l'hôpital vers 1478, qu'une quittance en avait été donnée, mais que cette pièce avait disparu du Bézit, au moment du pillage du manoir, pendant la guerre de 1487 ; il offrit de prouver l'existence de cette quittance par son serment, et par le témoignage de ceux qui l'avaient vue. Interrogé pour savoir si cette quittance concernait le capital en entier ou seulement une partie, il répondit loyalement qu'il ne pouvait rien préciser. Il restait donc un doute et une matière à procès. Pour y couper court, les parties transigèrent le 22 avril 1502 : Olivier du Gourvinec promit, pour lui et ses successeurs, d'asseoir sur un immeuble une rente annuelle de *dix* livres au profit de l'hôpital, ce qui représentait un capital de 200 livres.

« Et oultre doit, a promis et s'est obligé ledit du Gourvinec faire faire audit hospital des réparacions, et y fournir de choses nécessaires pour l'entretènement des pauvres, dedans le jour sainct Gille prouchain venant en ung an, jusques à la somme de *cinquante* livres monnoye, selon le feur, devis et ordonnance, que sur ce feront le procureur de Vennes et Me Pierre de Trévegat, chanoine, Me Robert Le Leureux, apellé. »

Olivier du Gourvinec mourut avant d'avoir rempli ses engagements, mais son fils Jean s'en chargea pour lui *(Ibid.)*.

Guillaume Le Leureux eut pour successeur à l'hôpital Alain Trégain. Celui-ci ne fit que passer, et résigna sa charge entre les mains du Pape, au commencement de 1507. Bizien Le Maérer, originaire du diocèse de Quimper, fut pourvu par le souverain pontife Jules II, le 15 avril de cette année, pour jouir « de tous les droits et appartenances de l'établissement, conformément à la constitution du pape Clément V, publiée dans le concile de Vienne (en 1312)... »

Le nouvel aumônier administrateur eut à s'occuper presque aussitôt d'une réclamation de M. Jean Le Maestre, recteur de Pluneret. Il y avait dans cette paroisse, non loin de Saint-Goustan, une chapelle dédiée à saint Fiacre, ayant comme dépendances une maison, un pré et trois pièces de terre. Le tout avait été donné à l'hôpital de Saint-Nicolas de Vannes, à une époque inconnue, l'acte de donation n'ayant pas été retrouvé. Le prieur de l'hôtel-Dieu donnait à ferme les terres et la maison et percevait les oblations de la chapelle à la charge de l'entretenir. Mais bientôt le recteur de la paroisse fit observer que la chapelle était publique, et que par conséquent il avait droit, suivant la coutume, à un tiers des oblations. L'aumônier trouva sa réclamation assez juste, et au mois d'août 1507, intervint un accord, passé par devant notaire, et réservant un tiers des oblations au recteur et les deux tiers à l'hôpital. L'original de cet acte sur parchemin existe encore, mais il est très endommagé et en partie illisible.

Le même prieur fit, le 16 mai 1509, avec Olivier d'Aradon, seigneur de Kerdréan, un échange de nombreuses petites rentes, pour la commodité des deux parties.

Le 25 juillet 1513, on trouve la mention d'une rente de 6 sous 3 deniers, due à l'hôpital sur une maison et un jardin, situés rue Saint-Yves, entrés plus tard avec leurs charges dans l'enclos du couvent de la Visitation.

C'est encore le même aumônier, paraît-il, qui en 1514 acquit les édifices d'une petite tenue, située au bourg d'Aradon, pour la somme de 25 livres, et qui en 1517 obtint une reconnaissance d'une rente de 20 sous sur une maison située entre la chapelle Saint-Yves et la Madeleine.

M. Jean Le Jeune était prieur ou aumônier en 1521. Dès le 10 janvier 1522 (N. S.), il fit un arrangement avec Jean du Gourvinec, seigneur du Bézit. Le 8 juin 1525, il se fit donner une reconnaissance d'une rente de 14 sous, due sur la tenue dite de l'Hôpital, en Pluherlin. Le 13 juillet 1534, il obtint une sentence, confirmant une rente de trois livres due sur une maison de la place Mein-Guèvre (Henri IV).

Quelques années après, il vit s'opérer une révolution radicale dans l'administration de l'hôpital. Jusqu'alors le prieur avait eu l'administration spirituelle et temporelle de l'établissement, sous la surveillance et le contrôle de l'évêque. Mais depuis un demi-siècle, il n'y avait plus d'évêque résidant à Vannes ; les titulaires étaient ordinairement des cardinaux italiens ; et les vicaires généraux n'avaient ni l'autorité ni le prestige nécessaire pour protéger et défendre les établissements ecclésiastiques.

Profitant de cette situation, la communauté de la ville de Vannes, à l'exemple de plusieurs autres, voulut se substituer à l'évêque pour l'administration temporelle de l'hôpital, et elle fut assez heureuse pour obtenir, le 5 octobre 1549, du parlement de Bretagne, une décision favorable et provisoire, qui n'a pas été révoquée depuis.

Voici le texte de l'arrêt :

« Les gens tenans le Parlement, etc...

» Veu le procès verbal de Me Jehan de la Houlle, séneschal, etc., etc...

» La Court dit qu'elle a ordonné que ledit hospital de Saint-Nicollas sera régy et gouverné par gens *laiz*, bons et loyaulx administrateurs, commis et depputez de deux ans en deux ans, qui seront choaisyz et esleuz par les manans et habitans, les officiers de la court et jurisdicion de Vennes appelez ; lesquelx prandront et jouyront du revenu du dit hospital, ses apartenances et deppendances, pour nourir, alymenter et substanter les pouvres d'icelle ville et faubourgs, et aultres passans venant et apportez au dit hospital ; tiendront en bonne et deue réparation le dit hospital et lieux d'iceluy deppandans ; rendront compte tous les ans, par devant les juges de Vennes ou l'un d'eulx, le substitut du procureur général, le procureur des bourgeoys, ensemble missire Jehan Le Jeune, soy disant prieur, appelez, et y pouront assister ceulx des bourgeoys qui y vouldront venir, le tout sans sallaire ;

» Et pour faire et entretenir le divin service deu par les fondacions du dit hospital, tant au dit lieu que ès membres unyz et deppandans d'iceluy, confesser et administrer les sacrementz, et aultres choses nécessaires pour le sallut des ames des dits pouvres, la dite Court a ordonné et ordonne que le dit Me Jehan Le Jeune, et ses successeurs, ou leurs commis, aura par les mains des dits gouverneurs administrateurs la somme de *vingt* livres monnoye, qui seront allouez aux comptes des dits administrateurs par quittances du dit Le Jeune, successeurs ou commis ; et oultre sera le dit Le Jeune ou celuy qu'il commettra logé au dit hospital, lequel sera tenu y faire résidance ;

» Et pour ce que la dite Court a entendu le bon raport et proud'hommie de Jacques Baud et Laurens Cinquevin fait par le dit senneschal de Vennes, a ordonné qu'ils demeureront commis administrateurs du dit hospital ès deux années suyvantes, pour iceluy régir et gouverner comme dessur et apartiendra par raison : le tout par manière de *provision*, et suyvant les arrestz de la dite Court et jucques ad ce que, veu la fondacion du dit hospital, aultrement en soyt ordonné ; et n'entend pour tout ce que dessur la dite Cour préjudicier au droit de nommer ou présenter prétendu par le dit Le Jeune ou ses successeurs soy prétendans prieurs. — Prononcé en parlement scéant à Vennes, le 5e jour d'octobre l'an 1549. »

(*Saint-Nicolas. — Expéd. parch.*).

Ainsi le prieur ou l'aumônier était réduit à ses seules fonctions spirituelles, et l'évêque était privé de son contrôle temporel sur un établissement fondé par ses prédécesseurs : les absents ont tort ordinairement.

IV. Administrateurs laics.

Le prieur, ainsi diminué, paraît avoir donné sa démission, ou être mort peu après. Il eut pour successeur M. Jean Salmon, sur la présentation faite par la communauté de ville. D'où venait ce nouveau droit de présentation ? — On l'ignore. — Quand M. Salmon mourut en 1556, la communauté, qui avait déjà pour elle un précédent, présenta pour le remplacer M. Pierre Baluczon, qui fut institué par l'un des vicaires généraux. Cet aumônier accepta, pour lui et ses successeurs, le 22 juillet 1558, l'obligation d'acquitter une messe par semaine, pour une rente annuelle de 9 livres, conformément à la fondation de MM. de Courcelles, sieurs du Prat.

Le 25 juillet 1560, le roi François II, généralisant le système d'empiétement, inauguré presque partout, enjoignit, par un édit donné à Fontainebleau, à tous les juges du royaume, de faire saisir, dans le délai d'un mois, toutes les terres et tous les revenus des hôpitaux, situés dans le ressort de leur juridiction, et de les remettre aux communautés de ville pour être régis par elles ou par leurs délégués. — La chose était déjà faite à Vannes.

Si les rois étaient parfois jaloux d'étendre leur pouvoir, ils savaient aussi se montrer généreux à l'occasion. L'hôtel-Dieu de Saint-Nicolas avait un jardin, qui s'étendait au midi de la maison, sur la rive gauche du ruisseau venant de Rohan ; il était susceptible d'augmentation, en y ajoutant le terrain marécageux où passait le ruisseau de l'étang du Duc. Les administrateurs, voyant ces terrains inoccupés, ainsi qu'une bande de terre, située sur la rive droite du ruisseau de Rohan, demandèrent au roi, comme héritier des ducs de Bretagne, de les donner à l'hôpital (1567).

Avant de répondre, le roi voulut prendre ses informations, comme le prouve la lettre suivante :

« Charles (IX), par la grâce de Dieu, roy de France, à nostre amé et féal conseiller le trésorier de France et général de nos finances en Bretaigne, et au séneschal de Vennes, salut et dilection.

» Les administrateurs de l'Hostel-Dieu et hospital de nostre ville du dit Vennes Nous ont en nostre Conseil privé faict remonstrer que nous avons en nostre parc de la Garenne, et joignant le dit Hostel-Dieu et hospital, deux petites pièces de terre, qui ne contiennent (pas) plus d'un journau et demy de terre ; les quelles, à cause qu'elles Nous sont inutilles et sans aucun profict, estans en lieu marescageux, les dits exposans Nous suppliroint volontiers les vouloir donner, quitter et délaisser par aumosne au dit hospital, pour la commodité d'icelluy, et leur en octroier lettres.

» A ceste cause, Nous vous mandons que, nostre procureur présent et appellé pour nostre intérest, vous informiez de la qualité et valeur des dites terres en revenu et pour une fois, et du tout nous envoiez vostre advis, pour icelluy veu estre pourveu ausdits supplians ainsi que appartiendra par raison : car tel est nostre plaisir. De ce faire vous donnons pouvoir et commission.

» Donné à Saint-Germain-en-Laye le 8e jour de juillet, l'an de grâce 1567, et de nostre règne le 7e.

» Par le Roy en son Conseil : De Barbère. »

M. Jean Lucas, sieur de Limoral, juge au Présidial, délégué pour la visite des lieux, remplit sa mission le 10 février 1568. Il constata que la première pièce de terre, d'une contenance d'un journal et demi, était inondée par le ruisseau du Duc, ne produisait que du jonc et avait besoin d'être exhaussée pour devenir fertile : elle pouvait sans inconvénient être cédée à l'hôpital. La seconde pièce de terre, située entre le ruisseau de Rohan et la douve de la ville, ne contenait qu'un demi-journal ; mais elle servait à recevoir les terres et les curages de la douve, et elle devait être conservée pour cet usage.

Charles IX, par lettres patentes, données à Marmoutier-lès-Tours, le 12 septembre 1569, donna tout le terrain demandé. Plus tard, vers 1591, le duc de Mercœur y ajouta une bande de terre sur la pente de la Garenne, jusqu'à l'endroit où se trouve aujourd'hui un escalier en pierre.

A cette époque la paroisse de Surzur, qui payait jadis une rente annelle de 22 livres monnaie à l'hôpital, s'en était déchargée en abandonnant les dîmes de la trêve de la Trinité. Ces dîmes, d'une valeur variable, étaient alors affermées au prix de 30 livres; plus tard elles montèrent à 40, 50 et même 60 livres tournois, à cause de la dépréciation graduelle de l'argent.

Les dons et fondations étaient peu nombreux. On trouve cependant une moitié de maison et un jardin, situés à Saint-Symphorien, donnés par Marguerite Gachelle ; — une rente de 30 sous et deux chapons, hypothéqués sur une lande de Norbrat en Meucon ; — un capital de 200 écus, donné par Jacques de Loénan en 1583, pour être placé au profit de l'hôpital ; — une rente de 5 livres monnaie, léguée par Pierre du Théno, en 1583 ; — une fondation de deux messes et de deux distributions de pain, par Guénael Le Floch, vers 1584 ; — une rente de 9 livres tournois, donnée en 1595 par Jean

Le Floch sur un pré voisin de Trussac ; — une maison et un jardin, situés rue de la Rose, donnés en 1603 par Jacquette Cinquevin ; — des fondations de messes par Pierre Coué, Bertrand Guymarho et Pierre Druais en 1604, 1605 et 1621.

Un *Inventaire,* fait en 1615 à l'hôtel-Dieu de Saint-Nicolas, donne les détails suivants sur la topographie et le mobilier.

I. En la chambre du Gardien.

» Deux charlitz. — Cincq couettes de plumes. — Une petite couchette. — Huict coffres de boys. — Une grande mée à faire paste. — Deux grandes chaires de boys. — Un bancq à deux haults boutz. — Une grosse table de cuisine, etc.

II. En la gallerye contiguë.

» Troys vieulx coffres de boys. — Un vieulx bancq à deux haults boutz. — Trois vieilles ruches de paille. — Quattre vieilles palles de fer à jardriner. — Trois fus de baricque. — Etc...

III. En l'églize Mr Saint-Nicollas.

» Quattre chasubles. — Troys gallices d'argeant et leurs plataines. — Une petite croix d'argeant. — Un petit relicaire d'argeant. — Un empol d'estain, où sont les saintes huiles. — Quattre orseaulx d'estain. — Un benoistier d'estain portatiff. — Deux chandelliers de cuivre servants à l'autel. — Quattre parements d'autel de cuir doré. — Un ciel de taffetas vers, o sa frange de soye, au dessus du grand autel. — Deux aultres faillis ciels, de toile blanche, sur les deux aultres autels. — Deux Missals, l'un Romain, et l'autre Vannetoys. — Un manuel Vannetoys. — Vingt-trois nappes d'aultel, de toille, tant bonnes que mauvaises. — Seix aubes. — Quarante amys. — Cinq saintures.

IV. Au dortouer, au bas de l'églize.

» Vingt et un vieulx charlits de boys, et une couchette de casse, pour coucher les pauvres. — Trante couettes de plumes, fors une qui est de balle, tant grandes et petites, que bonnes et mauvaises. — Dix-neuff ciels de lict de toille, tant bons que mauvais, et un ciel de caligriz, tous sans fonds. — Vingt et quattre coupvertures de lict, tant bonnes que mauvaises. — Une longue table de boys sur seix pieds, avecques deux longs escabeaulx. — Un vieil buffet de boys à deux armoires sans huissets.

V. En la chambre du prieur.

Un charlit de boys de chesne à l'enticque. – Une couchette aussy à l'enticque en boys de chesne. — Une couette de plumes et une coupverture blanche. – Seix linceulx de toille, tant bons que mauvais. — Un coffre de boys de chesne, fermant à cleff, et un demy-coffre. — Une grande chaire de boys de chesne à acoudouère.

VI. En la chambre voisine, dite du Prat.

« Elle sert également au prieur Missire Olivier Le Lan. — Un vieulx charlit de boys de chesne. — Une couette de plumes, avecques une couverture de drap blancq, et un ciel de lict à franges. — Un petit coffret vieulx et sans fons.

VII. En la chambre des Mizeurs au second estaige.

« Une grande table de boys de sapin sur tréteaux. — Deux bancqs longs avec la dite table. — Une table de boys de chesne sur carrée. — Un vieil charlit de boys à l'enticque. — Deulx vieulx buffetz de boys de chesne à l'enticque, o leurs armoyres non fermantes. — Quattre petits chandelliers de cuivre, dont trois sont désoudés. — Quattre petites couettes de plume. — Une coupverture de drap blancq. — Une vieille chaise à accoudouer rompue. — Unze douzaines et demy de linceulx, tant neuffs que aultres. – Dix-huit nappes de table, tant neuffves et bonnes que mauvaises.

Signé : Tubouc. — Le Lan. — Collet. — Le Moyne. »

(*Saint-Nicolas. — Expéd. papier.*)

V. Hospitalières.

L'inventaire ci-dessus prouve que les appartements de l'hôpital étaient peu nombreux, que le mobilier était vieux et usé, et que le soin des pauvres et des malades était abandonné à des gardiens mercenaires. L'établissement avait besoin de ressources pour se développer, et d'un personnel féminin pour soigner les malades et faire des économies.

Cette idée, après avoir été longtemps étudiée, finit par prendre corps. On trouva quatre filles pieuses, disposées à se consacrer gratuitement au soin des malades de l'hôpital, et à y laisser ensuite leur mobilier. Ce projet, agréé par Mgr de Rosmadec, fut soumis, le 15 avril 1633, à l'assemblée de la communauté de la ville, en ces termes :

« Le sindic (Henri Colombel) a remonstré que certaines filles dévotieuses de cette ville, se sont offertes à entrer en l'hôpital de cette ville, pour servir au lieu et place des gardiens, sans aucuns gaiges ny salaires, avec offre qu'elles font de laisser après leur mort au profilt du dit hospital tous les meubles qu'elles y porteront.

» La communauté ayant receu la remonstrance du dit sindic, a député M. le séneschal (R. Coué), M. le procureur du Roy, les sieurs Lechet, Hervouet et Olivier Bigaré, avec le dit sieur sindic, pour parler ausdites filles et recevoir leurs propositions, pour icelles veues et raportées à la première assemblée estre délibéré et arresté ce que sera veu bon pour le bien public et de la ville. »

Suivent 17 signatures.

Les pourparlers durèrent près d'un an.

En étudiant la question sous toutes ses faces, on reconnut bientôt que quatre ou cinq filles isolées ne donneraient qu'une satisfaction temporaire, que leur remplacement offrirait peut-être dans l'avenir de sérieuses difficultés, qu'il serait plus avantageux de confier l'œuvre à une congrégation religieuse, que les Sœurs hospitalières de Dieppe conviendraient parfaitement au but proposé, et qu'enfin les filles pieuses de Vannes ne demandaient pas mieux que d'entrer dans cette congrégation, si l'on voulait leur procurer quelques religieuses de Dieppe, pour leur enseigner la règle et les recevoir ensuite à la profession. Il fallut donc écrire aux Hospitalières et obtenir leur consentement éventuel à la combinaison projetée.

Les conditions sommaires ayant été rédigées, furent présentées par le syndic à l'assemblée de la communauté de la ville, le 7 avril 1634.

« Sur quoy la communauté ayant délibéré a accepté les dites offres, comme advantageuses pour l'hôpital, et pour les mettre en possession et dresser les actes en exécution, a commis, avec tout pouvoir à cet effet de la part de la dite communauté, MM. les président, séneschal, lieutenant, procureur du Roy, du Moustoir, de la Villeon et de Bourgerel, avec le sieur sindic et les économes du dit hôpital, et les a requis exécuter au plus tôt que se pourra faire. »

Cinq jours après, savoir le 12 avril 1634, les dix délégués de la ville et les quatre demoiselles aspirantes se présentèrent devant les notaires royaux Le Bras et Tual, à l'hôpital de Saint-Nicolas, et arrêtèrent les conditions suivantes :

1° « Les damoiselles Julienne de Gouiziac, Michelle Buron, Catherine Escrochart et Michelle Le Hellec sont entrées au dit hospital ce jour, pour y servir et assister les pauvres, à quoy elles promettent, pour l'amour de Dieu, s'employer de toutes leurs forces et affections, selon l'ordre qui leur sera prescript par les dits sieurs députés et esconomes, les quels esconomes et leurs successeurs leur donneront tous les sabmedys de chacune sepmaine les grains et deniers requis pour l'achapt des provisions nécessaires à la nouriture des pauvres, sans que les dites filles se puissent ingérer ny attribuer aucun pouvoir ny disposition absolue des biens et revenus du dit hospital, qui demeurent comme par le passé en la garde et conduite des dits esconomes, et compteront les dites filles aux esconomes de mois en mois de l'employ qu'elles en auront faict.

2° » Ne veulent et n'auront les dites filles aucun entretien d'habitz, gages ny loyers des esconomes, pour le service qu'elles renderont au dit hospital, mais elles seront nouries sur le bien d'icelly, et jouiront, comme faisoient les anciens gardiens, du jardin du dit hospital ; pour le labeur et entretien du quel, et pour leur ayder à remuer, porter et nétoyer les pauvres infirmes et plus anciens, elles pouront prandre quelque garçon et serviteur de force compétente, par l'advis des dits esconomes, le quel garçon sera aussy gagé sur les biens du dit hospital.

3° » Demeurera le prieur, qui est à présent au dit hostel-Dieu, dans les deux chambres nommées du Prieur, avec les mesmes gages et droictz du passé. — Mais les sindic et esconomes feront vuider Guillaume Simon, à présent gardien, sa femme et famille, de jour en autre, passé qu'ils ayent rendu leur compte des meubles du dit hospital, des quels les dites filles se chargeront par inventaire, pour en respondre lorsque requis sera, parceque elles s'en pouront servir.

4° » En considération du quel establissement et pour concourir à la declaration et embellissement du dit hospital, les dites filles déclarent dès à présent donner au dit hostel-Dieu une tierce partie de leurs immeubles, qu'elles ont à présent et qu'elles pouront avoir lors de leur décès, parceque leurs héritiers pouront sy bon leur semble racquitter les terres, mais jusqu'à leur décès elles en réservent l'usufruit ; et venantes à mourir à l'hospital, elles luy donnent dès à présent tout ce qu'elles auront de meubles au dit lieu, sçavoir leurs habitz pour leurs compaignes et le reste au profit du dit hospital.

5° » Et d'aultant que les dites quatre filles n'estantes en nombre suffizant, pour rendre tout le soign et service qui incombe ausdits pauvres et hospital, il est accordé que se présentant une autre fille qui vouldroit entrer avec elles, payant aux esconomes 60 livres tournois pour sa nouriture par chacun an, et en laissant après son décès 20 livres tournois de rente au dit hospital, les dites filles, par l'advis des dits sindic et esconomes, la pouront recepvoir aux susdites conditions ; et advenant le décès ou la sortye d'aucune des dites filles, les autres, par les mesmes advis, en pouront admettre d'autres en leur place, et aux mesmes conditions, ou aux autres cy après exprimées, à leur option.

6° » Il sera permis ausdites filles d'en recevoir et associer d'autres, pourveu qu'elles portent et assurent pension ou rente suffisante, qui ne poura estre moins de 100 livres par chacun an, qui seront payées à celle que les dites filles recognoistront entres elles pour supérieure, la quelle en fera paroistre contract ausdits esconomes, et que après le décès de chaque fille qui y aura entré de la dite manière il demeurera 10 livres de rente à perpétuité au dit hospital, qui passeront dans la masse de ses revenus.

7° » Eu esgard qu'il leur seroit requis avoir quelques logements séparés, pour servir avec bienséance à leurs exercices spirituels, et se conserver après le service rendu aux pauvres en exercice de religieuses, suivant les constitutions des Filles Hospitalières ou de la Charité, elles pouront à cette fin bastir à leurs despans, en continuant le long du logix du gardien, où elles demeurent à présent, pour servir les pauvres à perpétuité, ou en tel autre lieu et place de la cour ou jardin du dit hospital qu'elles jugeront plus commode ; et pouront à ce mesme effet retrancher et séparer le jardin par une closture et muraille, laissant la cour et une partye du dit jardin en commun aux pauvres et malades, se réservant l'autre partye pour se recueillir et esviter la trop libre conversation des hommes... »

Ce traité était certainement avantageux à l'hôpital : il lui procurait gratuitement des gardes-malades, et celles-ci payaient même leur pension, sauf les quatre premières, et laissaient après elles une rente perpétuelle de dix livres pour chacune.

VI. Tempête.

Le traité du 12 avril 1634 avait besoin de l'acceptation de l'assemblée de la communauté de la ville pour être mis à exécution. Il fut présenté à la réunion du 22 septembre suivant.

Sa lecture produisit une scission dans le conseil. Vingt-quatre membres se prononcèrent pour son acceptation ; mais quarante-deux le rejetèrent. Néanmoins la minorité, composée de juges et de personnages influents, s'empara du registre des délibérations, rédigea et signa un procès-verbal de ratification. De son côté, la majorité porta plainte au Parlement et au Conseil du Roi.

Voici le passage capital de la requête adressée au Roi : « ... Il y a quelque temps que des filles, se qualifiant dévotes de la ville, et ayant sous ce titre spécieux fait remonstrer aux habitans en leur maison de ville qu'elles estoient portées au service des pauvres de l'hôpital, les dits habitans aians trouvé cette requeste pieuse, l'auroient entérinée ; et pour traiter avec les dites filles, les quelles demandaient seulement la place d'un gardien mercenaire, la communauté se trouva enveloppée dans des entreprises et des desseins captieux... Six (dix) habitants, députés pour traiter, auroient, captieusement et hors leur commission, laissé couler dans le traité, que les dites filles seroient voilées et religieuses : ce qui jamais ne passa en délibération de la dite communauté, la ville n'ayant jamais eu l'intention d'introduire une vie monastique en l'hôpital, ny de pervertir l'ordre ancien, qui est d'estre régi et gouverné par deux habitans choisis et nommés tous les deux ans économes du dit hospital... Le vendredy, 22e de septembre dernier, la dite communauté assemblée auroit esté troublée par des particuliers au nombre de 24 ligués et brigués lesquels... exposèrent leur dessein de reverser l'hôpital (!) en tronquant l'ancien nombre des pauvres (?), et fruster la communauté du droit d'économat (!), dont elle jouit depuis la fondation (?), pour y establir des filles gueuses sous le nom de religieuses... »

Ces violences de langage firent tort à la protestation et l'empêchèrent d'aboutir.

Cependant deux des quatre filles pieuses, Julienne de Gouizac et Michelle Buron, moururent à l'hôtel-Dieu, sans avoir pris l'habit religieux, bien qu'elles en eussent eu le désir, parce que les hospitalières de Dieppe n'étaient pas encore arrivées. Les deux survivantes firent supplier l'évêque et d'autres personnes de qualité d'insister pour la prompte venue de trois ou quatre religieuses.

Enfin, au mois de juillet 1635, quatre religieuses, savoir, Nicole Le Roux, dite de la Nativité, Anne Le Neud, dite de Sainte-Claire, Antoinette Le Matenir, dite de Saint-Laurent, et Marguerite de la Miséricorde, sœur converse, quittèrent Dieppe sous la conduite de Pierre Loguet, leur chapelain, et du sieur d'Ablon, syndic de la ville. Arrivées à Vannes, elles furent introduites dans l'hôpital le 25 juillet. Ce jour-là même fut rédigé un acte notarié, pour la dotation des nouvelles venues, conformément au traité du 12 avril 1634. Les filles qui les attendaient hypothéquèrent aux économes de l'hopital un pré qui leur avait été donné entre les vieux chemins de Bohalgo, et l'affectèrent « pour la sûreté de la pension d'une religieuse, pendant qu'elle demeurerait au dit hospital ; pour les trois autres religieuses, messire Pierre de Lannion, seigneur de Vieux-Chastel, et Jean Gâtechair, sieur de Sabraham, faisant par un particulier, qui vouloit rester incognu, promirent de payer, pour leur nourriture et entretien, la somme de 300 livres tournois par chacun an, pendant quatre ans. »

Ainsi l'hôpital n'avait aucune avance à faire ; le service de la maison avait tout à gagner ; et l'avenir n'était engagé que pour quatre ans au plus. Mais l'opposition n'avait pas désarmé. Informé de l'entrée des religieuses à l'hôtel-Dieu, « le sieur Colombel, procureur, en ayant donné cognoissauce aux habitans en leur assemblée du 30e de juillet, ils déclarèrent d'une commune voix désadvouer le prétendu traité (du 12 avril) comme abusiff et praticqué contre leur gré et sans leur consentement, et mesme arrestèrent que les susdites religieuzes seroint incontinent sommées de sortir et vider le dit hospital, à peine d'en estre expulsées... Dès le mesme jour, la dite communauté de ville y estant descendue en corps, auroit faict vider et sortir les dites religieuzes, néantmoins les oppositions et empeschemens d'aucuns de Messieurs du Présidial et autres de la susdite intelligence, qui les y avoient establies au mespris et sans l'ordre de la dite communauté. »

Les religieuses, qui sans doute ignoraient la division du conseil à leur égard, durent être fort étonnées de ce traitement et se refugièrent toutes tremblantes chez les Carmélites de Nazareth. Bientôt mises au courant de la situation, « elles employèrent plusieurs personnes de grand mérite et des plus éminentes de la province pour remonstrer (aux conseillers) le zèle et l'ardente dévotion qu'elles avoient d'exercer leur charité au service des pauvres de l'hospital, sy on avoit agréable de les y recevoir de nouveau, avecques affirmation de n'avoir entendu commettre aucun mespris ny offense envers la dite communauté en leur première entrée, s'estant entièrement laissées conduire par ceux qui avoient entrepris ce dessein. »

La majorité, déjà honteuse de ses violenses à l'égard des Hospitalières, décida, dans l'assemblée de la communauté, tenue le 2 août, de députer quelques notables de la réunion pour dresser les conditions auxquelles on pourrait réintégrer les religieuses à l'hôpital. Les conditions ayant été acceptées par les religieuses, puis par le conseil, le 3 août, furent définitivement redigées et signées le lendemain. En voici le texte :

« ... Les quatre religieuses entreront dès ce jour au dit hospital, pour y demeurer *deux ans* seullement, afin d'instruire les filles qui y vouldront entrer avecques elles, jusques au nombre de cinq, ou six au plus, pour y vivre et faire profession de la mesme reigle qu'elles professent, par elles apparue aux députtés et sindicq, et à Mgr de Vennes qui l'a approuvée.

» Chacune des dites quatre religieuses paira 100 livres de pension par an, et les deux années finies, elles se retireront au premier dénoncy qui leur en sera fait de la part de la communauté.

» Les filles qui se présenteront pour entrer au dit hospital jusques au dit nombre de 5, ou 6 seullement, ne pouront estre receues que par l'advis des députtés de la communauté, du procureur sindicq, et des esconomes du dit hospital.

» Chacune desquelles filles sera âgée au moins de 15 ans accomplis et capable de servir ; elles pairont aussi chacune

100 livres de pension, et bailleront fondz dans la séneschaussée de Vennes de *vingt* livres de rente au proffilt de l'hospital après leur debceix.

» Les dites religieuses fourniront et assureront aussi la même rente au cas qu'elles décèdent au dit hospital : la quelle rente sera franchissable au denier vingt ; en fourniront aussi les religieuses présentes et futures bonne sûreté et caution.

» Les dites religieuses s'estant retirées, et le debceix des autres advenant, celles qui entreront en leurs places y seront admises par l'ordre cy dessus, avecques les mesmes sûretés, et non aultrement.

» Les dites filles religieuses n'auront aucune disposition des biens de l'hospital, ni des legs pies et aulmosnes qui y seront faictz ; ains elle demeurera entièrement aux esconomes, fors les meubles qui leur seront baillés par inventaire.

» Il leur sera fourny par les dits esconomes, par chacune sepmaine, les grains et deniers qui leur seront nécessaires pour leur nourriture et celles des pauvres, dont elles tiendront estat, qu'elles délivreront ausdits économes pour servir en leurs comptes.

» La direction, la réception et l'expulsion des pauvres, tant hommes que femmes, demeureront aux économes, comme au passé.

» Sy elles veulent clore partie du jardin de l'hôpital, pour y estre plus particulièrement, elles le pourront pour un quart sur désignation des députés de la communauté, laissant le surplus et toute la cour à la disposition des pauvres.

» Ne pouront les religieuses augmenter le bastimant qui est à presant, bien pouront à leur fraitz, si bon leur semble, l'aproprier et changer sur mesmes fondemens.

» Toultes les dites religieuses s'entretiendront d'habitz et autres nécessités pour leur usage, à leurs propres despans, et laisseront après leur debceix au dit hospital les meubles qu'elles y auront portés...

» Faict et gréé au manoir épiscopal de la Motte le 4e d'aoust 1635. — Signé : Sébastien de Rosmadec, év. de Vennes. —

Pierre de Lannion, gouverneur. — Sr de la Nativité. — Sr de Sainte-Claire. — Sr de Saint-Laurent. — Colombel, sindicq. — De Noyal. — Gouault. — Sablon. — J. Cillart. — G. Guymarho. — H. Gibon, etc. »

(*Saint-Nicolas. — Registre parch.*)

Ce traité était au fond le même que celui de 1634, avec quelques aggravations.

VII. Paix.

Les conditions ainsi réglées, l'évêque se chargea d'installer définitivement les religieuses, et fit dresser le procès-verbal suivant : « Sébastien de Rosmadec, etc... Scavoir faisons qu'ayant cy-devant donné nostre consentement pour un establissement de religieuses hospitalières en nostre hospital de Vennes, et Mgr l'archevesque de Rouen, auquel aurions adressé nos lettres et prières à cette fin, sur l'advis nous donné du bon ordre et de telles religieuses par luy establies en son hostel-Dieu de la ville de Dieppe en Normandie, nous ayant envoyé quatre religieuses du dit hostel-Dieu, dénommées en son mandement et obédience de leur directeur, qui nous ont été représentées par discret Missire Pierre Loguet, leur chapelain et confesseur au dit hostel-Dieu, et le sieur d'Ablon, syndic du dit Dieppe, qui les auroient amenées du dit lieu en cette ville, Nous nous serions, ce jour 4e d'aoust transportez de nostre chasteau épiscopal de la Motte en nostre dit hospital de Vennes, assistez de nostre official et promoteur, en compagnie de MM. le gouverneur, magistratz, syndic et habitans du dit Vennes, où, après avoir invoqué l'assistance du Saint-Esprit et chanté *Veni Creator*, avec les cérémonies en tel cas requises, avons conduict processionnellement les dites religieuses, et icelles introduict solemnellement dans l'appartement du dit hospital, que leur avons donné pour logement, les y installans et establissans, comme les installons et establissons par les présentes ;

» Pour y vivre en l'observance des commandements de Dieu et de l'Église, selon leur reigle et constitutions approuvées de mon dit seigneur l'Archevesque, y garder closture, servir les pauvres malades, et faire toutes les autres fonctions selon et en la manière que l'on faict au dit hostel-Dieu de Dieppe ; approuvant et confirmant l'élection faite au dit lieu de la sœur de la Nativité pour y estre supérieure le temps de troys ans seulement, conformément à leurs constitutions ; leur avons assigné et déterminé pour closture les deux grandes salles des malades, le chœur pour chanter le service divin, avec les autres lieux et jardins qui seront nécessaires pour leur demeure au dit hospital, avec deffenses leur faites de les outrepasser, comme aussi avons déclaré et faict les deffenses, selon la forme du Pontifical romain, à toutes personnes de l'un et de l'autre sexe d'entrer en la dite closture, soubz les peines portées par les saints canons et décrets de l'Églize, exceptantz néanmoins de la closture les salles et courts des malades, dans les quelles permettons aux séculiers d'entrer.

» Voulons et entendons, suivant nostre dit consentement, que les dites religieuses et autres y faisantes profession cy-après soient dépendantes de nous soubz nostre autorité et de nos successeurs, subjectes à nos vizites, de nos grands vicaires et commissaires ; qu'elles ne prandront directeur ny confesseur que par nostre ordre et approuvez de nous par mandement spécial à cet effet ; et les avons prises et prenons en nostre protection, sans les obliger par le présant à autres conditions, soit pour la vie régulière, réception des filles, ou assistance des pauvres, qu'à celles qui sont conformes à leur institut.

» Donné à Vennes... le 4e d'aoust 1635.

» Par commandement de mon dit sgr le revd Évesque de Vennes. »

Nicolazo, secrét.

(*Saint-Nicolas. — Orig. parch.*)

Cependant une plainte avait été déposée au Parlement, en dehors des religieuses, au sujet des violences commises contre elles et du traité qui en avait été la suite. La Cour, par arrêt du 16 octobre 1635, condamna le procureur syndic de la ville, le greffier de la communauté, plusieurs membres du

Conseil et le receveur des deniers de l'évêché, « pour la faute commise par eux, à payer solidairement, au profit du couvent des Jacobins de Vennes, cent livres d'amende ; leur fit défense de tomber à l'avenir dans telle et semblable faute, sous peine de punition exemplaire ; leur interdit l'entrée de la maison de ville pendant six mois ; leur enjoignit de porter honneur et respect à leurs juges et magistrats ; cassa et annula l'acte fait à la maison de ville de Vannes le 4 août précédent... » (*Ibid.*).

Les religieuses, rentrées à l'hôpital, prouvèrent que ce qu'elles avaient devait tourner au profit des pauvres. Dès le 6 décembre 1635 et 8 mars 1636, elles acquirent, au prix de 1,700 livres, deux places proche l'hôtel-Dieu, pour augmenter le logement des pauvres malades. D'un autre côté, les vocations religieuses commencèrent à se manifester, avec leurs dotations nécessaires. Ainsi l'on trouve la constitution d'une rente viagère de 100 livres, et d'une rente perpétuelle après décès, pour Marguerite Le Drogo, le 16 novembre 1635, et pour Yvoré Buron, le 10 février 1636.

Le roi, mis au courant de la situation, n'hésita point à confirmer l'établissement par les lettres patentes qui suivent.

« Louis (XIII), par la grâce de Dieu, Roy de France et de Navarre, à tous présentz et advenir, salut.

» Scavoir faisons que Nous avons receu l'humble supplication qui nous a esté faite par les religieuses Hospitalières de l'Hostel-Dieu de nostre ville de Vennes, contenant qu'elles auroient esté appelées de l'hostel-Dieu de Dieppe par le sieur Évesque de Vennes, à la prière des habitans de la dite ville, puis deux ans en ça, afin d'enseigner les moyens de servir les pauvres mallades dans le dit hostel-Dieu de Vennes, selon leurs reigle et institut, et sans aucun frais ny diminution du revenu des dits pauvres mallades, le tout en exécution du contract passé par devant les notaires royaux de la cour dudit Vennes le 12e apvril 1634, entre les députez de la ville et autres nommez au dit contract, par lequel il apparoist que les filles, qui seroient désormais receues dans le dit hostel-Dieu pour l'observance du dit institut, porteroient chacune cent livres de pension ou rente, y bastiroient à leurs fraiz les logemens qui leur seroient nécessaires en la court et jardin du dit hostel-Dieu ;

» Soubz les quelles conditions les exposantes auroient du depuis et encore à présent practiqué leur reigle dans le dit hostel-Dieu de Vennes, mesme acquis deux places proche le dit hostel-Dieu, pour le prix de dix-sept cens livres, relevant de nous prochement en nostre juridiction de Vennes, comme il se voit par les contractz passés devant les dits notaires les 6e décembre 1635 et 8e mars dernier, et ce pour accroistre le logement des dits pauvres mallades, et faciliter celui des religieuses, et oultre leur auroit esté donné par Me Anne Crose et sa femme un pré avec un petit logis et planche de jardin, scis en la rue Neufve du fauxbourg Saint-Patern, par contract du 7e juillet 1634, de sorte que le dit sieur Évesque de Vennes noz officiers et les plus notables bourgeois de la dite ville en auroient receu tel contentement que plusieurs filles de condition auroient désiré et désirent encore par émulation professer l'observance du même institut, et se consacrer dans le dit hostel-Dieu pour le service des pauvres mallades, mais elles n'y auroient peu estre receues ny admises par les exposantes sans avoir obtenu de Nous auparavant la permission de bastir au dit hostel-Dieu les logemens qui leur sont nécessaires, conformément au dit contract, nous requérant très humblement leur vouloir sur ce pouvoir, et pour la seureté de l'acquisition des dites deux places cy-dessus et paisible possession d'icelles, que nostre plaisir soit de les admortir, et sur le tout leur impartir noz lettres nécessaires.

» A ces causes, estans bien et duement informez de la piété et charité des dites religieuses Hospitalières, du bon exemple qu'elles donnent en l'observance de leur institut... avons permis et permettons, par ces présentes signées de nostre main, ausdites religieuses Hospitalières de Vennes de construire et bastir au dit hostel-Dieu tous les logemens qui leur seront requis et nécessaires pour l'exercice de leur reigle et fonction ; et avons admorti et admortissons dès à présent les dites places par elles acquises, et les maison,

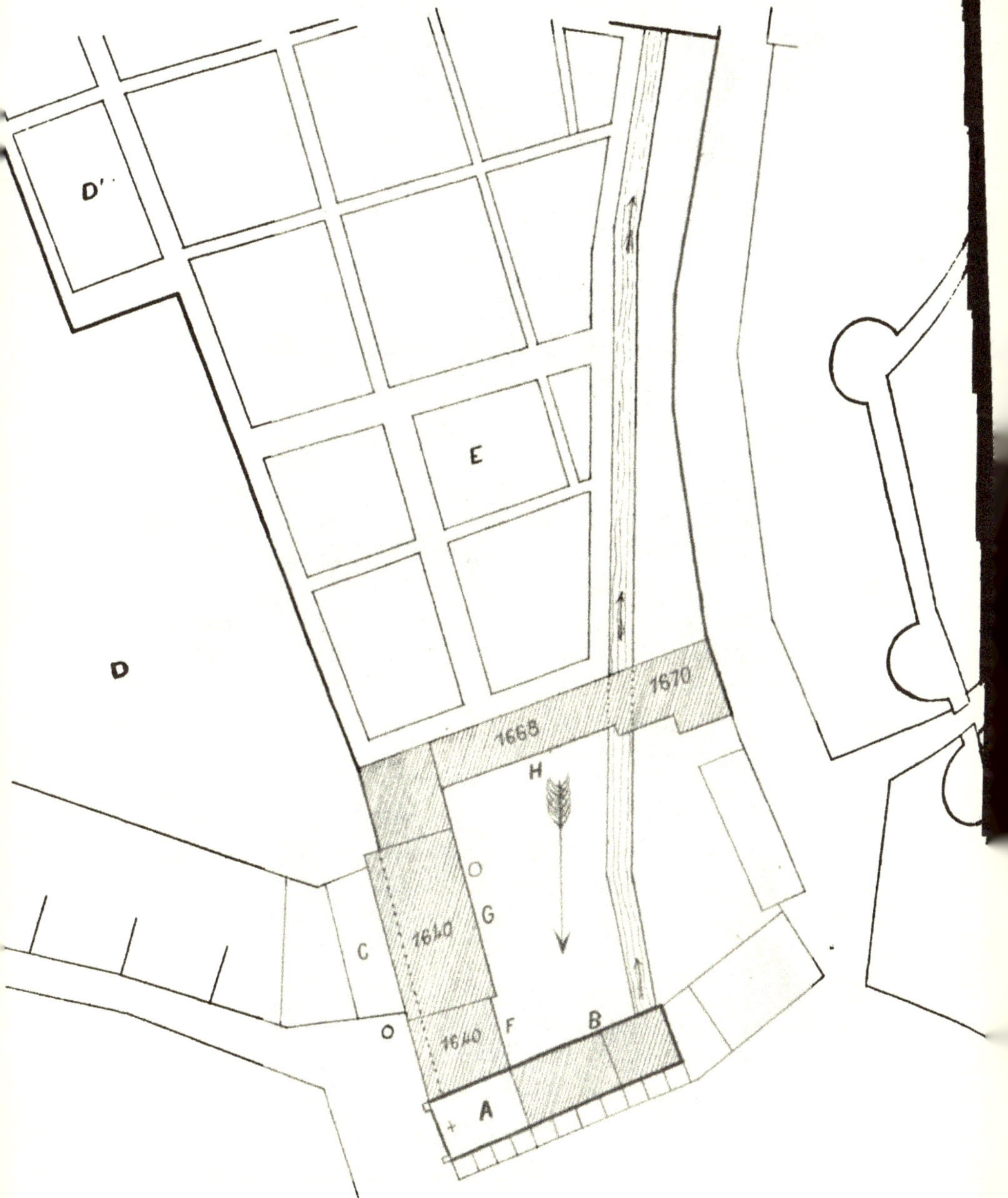

S^T-NICOLAS.

1/1000

pré et jardin donnez par les dits Cose et femme ; et les dites religieuses et hostel-Dieu avons exempté et exemptons par ces présentes de tous les droitz de lotz et ventes, et autres qui nous en peuvent ou pourraient estre deubz ou à nos successeurs, à perpétuité, comme de choses dédiées et consacrées à Dieu.

Sy donnons en mandement... — Donné à Villeroy, au mois de may, l'an de grâce 1636, et de nostre règne le 27e.

Louis, — Par le Roy : Dublet. »

(*St-Nicolas. — Orig. parch. — Seau de Majesté.*)

VIII. — Travaux.

Avant d'examiner les travaux projetés, il est bon de jeter un coup d'œil sur la disposition des terrains et sur le plan ci-joint. La rue Saint-Nicolas était bordée d'une série de quatorze boutiques longeant la chapelle (A) et l'hospice (B) ; les places acquises par les religieuses en 1635 étaient à l'ouest du ruisseau ; la maison du gardien (F) et l'espace (G) situés au sud, destinés à recevoir les nouvelles constructions, étaient limités à l'est par un mur, figuré au plan par une ligne pointillée ; le terrain C, appartenant jadis à l'hôpital, avait été afféagé en 1619 à Jean Quentel, et acheté en 1633 par les Jacobins ; la prairie D, dépendant également de l'hospice, avait été afféagée en 1633 aux dits Jacobins moyennant une rente perpétuelle de 15 livres ; la lettre E marque le jardin, et la flèche indique la cour et la direction du nord.

Les Hospitalières avaient eu d'abord la pensée de bâtir leur couvent dans le jardin de l'hôpital ; un arrangement fait entre elles et les Dominicains, le 14 février 1635, mentionne le mur à construire entre l'enclos des Pères et le jardin de l'hôpital, et sur lequel elles comptaient appuyer leur bâtiment.

Dans ce but, elles demandèrent au roi l'autorisation de faire un grand mur de clôture au haut de la Garenne pour se soustraire aux regards indiscrets, et de faire au besoin une voûte sur le ruisseau de Rohan qui passait dans le jardin. Louis XIII, par lettres données à Fontainebleau au mois de février 1637, accueillit favorablement leur demande.

« Désirant, dit-il, contribuer en toutes occasions, autant qu'il sera en nostre pouvoir, pour le parfaict establissement et augmentation du dit hostel-Dieu, Nous avons permis et accordé, permettons et accordons ausdites religieuses hospitalières de faire construire et édiffier sur le canal d'eau, tout le long de leur jardin, sur voulte ou autrement, ainsi qu'elles adviseront bon estre pour leur plus grande commodité, les bastiments dont elles peuvent avoir besoin, à condition néantmoins que le cours de l'eau du dit canal ne sera par elles diverty et que les dits bastiments n'empescheront pas le passage des charroys.

« Et affin que les dites religieuses, dans leur perpétuelle closture, jouissent librement et avec plus de conformité à leur règle de l'usage de leur dit jardin, Nous leur avons aussy permis et permettons par ces présentes de faire tirer et continuer la muraille de leur closture jusques sur le haut du lieu appelé la Garenne, à la charge toutefois de ne prendre au haut de la dite Garenne qu'autant de fonds et places qu'il sera nécessaire pour la construction de la dite muraille, quy sera tirée et portée le long des terres dépendantes du dit hostel-Dieu, auquel nous avons fait don de ce quy se trouvera d'espace intermédiaire en ce quy a esté partagé de marais entre les Frères Prescheurs et les dites religieuses, depuis le bas de la Garenne jusques sur le haut... »

C'est en vertu de cette autorisation que fut construite la haute muraille qui existe encore le long de l'escalier de la Garenne.

Le projet de construire le couvent dans le jardin avait sans doute l'avantage d'isoler la communauté et de la séparer de l'hôpital, mais le soin des malades et des mourants, soit le jour, soit la nuit, demandait que les religieuses fussent toujours à la disposition immédiate des pauvres. Voilà pourquoi, après y avoir longtemps réfléchi, on trouva plus avantageux de construire à l'est de la cour, aux points marqués F, G.

Comme il y avait quelques difficultés entre les Dominicains et les Hospitalières, une transaction fut conclue entre eux, le 29 août 1640, en ces termes :

1° « Accordent les dits religieux de laisser les dites religieuses bastir une longère de logeix, à commencer au bout de leur église (de Saint-Nicolas) et porter à 102 pieds de longueur; et de leur laisser prendre sur leur fonds, le long de l'ancien bastimant et muraille contiguë, dix pieds de francq, dont le mesurage a esté présentement fait; les dits Pères pourront attacher à la cotalle du dict bastimant des gonds ou affiches, pour fermer leur porte chartière.

2° » Accordent pareillement les dits Pères que les religieuses auront les veues nécessaires dans la longère de leur dit bastimant sur le fonds des Pères, et fenestres ouvrantes, avec grilles au dehors, à six pieds au-dessus du plancher; oultre accordent et promettent les dicts Pères de ne prendre aucune veue, soit par portes ou fenestres du costé des religieuses...

3° » Les dits Pères consentent ausdites religieuses qu'elles prennent l'enlignement du mur de leur jardrin au plus droit que faire se pourra, sans incommoder la voye de leur charette; et oultre ils délaissent à perpétuité ausdites religieuses une quantité de terre en leur jardrin (D'), à commencer du palier quy est au-dessus de la porte du dit jardrin, et estre à tiré droite ligne à vis d'une saule estant au bas d'icelluy, et de la dite saule à la mesme ligne jusque au hault de la Garenne...

4° » Les dits religieux et religieuses feront à communs frais la muraille d'entr'eux, à commencer d'un pilier de bois et conduire jusques au haut de la dite Garenne, laquelle sera de douze pieds de haulteur, et le fond d'icelle pris par moitié sur leurs héritages ..

5° » Les dites religieuses ont promis, pour retour et rescompanse de ce quy leur est baillé et accordé par les dits Pères les libérer et afranchir vers le dit hostel-Dieu de la somme de huict livres de rente foncière et annuelle... »

C'est à la suite de cette transaction que les religieuses construisirent à leurs frais les deux maisons F et G, qui existent encore aujourd'hui, et dont il est par conséquent inutile de donner la description. Quand tout fut terminé, elles cédèrent aux hommes la salle neuve, voisine de la chapelle, et se logèrent elles-mêmes dans l'autre maison. Quant à l'ancienne salle (B) qui précédait la chapelle et qui était partagée entre les hommes et les femmes, elle fut entièrement abandonnée aux femmes.

Le mobilier fut augmenté en proportion ; au lieu des 22 lits mentionnés en 1615, on en eut bientôt 32, savoir 14 pour les femmes et 18 pour les hommes. L'espace réservé aux pauvres et aux malades était doublé et il y avait place pour de nouvelles fondations de lits.

La cuisine fut améliorée, la lingerie remontée, la buanderie complétée et la boulangerie elle-même plus soignée. En un mot, tous les services reprirent un air de vie et de prospérité grâce au dévouement et à l'industrie des religieuses.

IX. Prospérité.

L'ordre attire la confiance, et la charité ouvre les bourses. Dès le 10 mai 1634, Guillaume Billy et Jacquette Le Clainche, sa femme, sieur et dame de Poignan, marchands d'étoffes de soie à Vannes, donnèrent aux économes de l'hôtel-Dieu une somme de 300 livres tournois, afin que la rente fût appliquée au soulagement des pauvres, après avoir prélevé les honoraires de deux messes basses et d'un service annuel.

Le 8 février 1638, Mire Laurent Peschart, seigneur de Lourme et de Pacé, conseiller au parlement de Bretagne, faisant tant pour lui que pour son fils François, sieur de Limoges, de Coetergarf, etc., donna à l'hôpital une rente de 100 livres sur la terre de Kergolher, en Plaudren, en ne demandant que deux messes basses par an.

Par testament du 26 juin 1646, Mgr Sébastien de Rosmadec légua aux pauvres de l'hôpital, par l'intermédiaire des religieuses, une rente annuelle de 150 livres, savoir, 100 livres pour leur fournir du vin d'Anjou, et 50 livres pour augmenter leur portion de viande, en demandant auxdits pauvres de prier et de communier pour lui.

M. Guymarho, sieur de Kerprovost, chanoine de Vannes et conseiller au présidial, fit son testament le 2 janvier 1653, et donna aux pauvres de Saint-Nicolas, par les mains des économes, sa tenue de Kereven-er-Sah, en Erdeven, laquelle payait six perrées de froment par an.

Par testament du 8 octobre 1654, Me Prodhomme légua aux mêmes pauvres, représentés par les économes, une rente de 50 livres tournois par an, pour contribuer à leur nourriture ; ladite rente franchissable pour 1,000 livres, et le capital à replacer aussitôt.

Mme Marie Cillart, femme de Jean Aubin, sgr de Bernus, fit son testament le 18 janvier 1658, et donna aux pauvres, par l'intermédiaire des économes, une rente annuelle de trois perrées de froment sur Plestruen, en Plœren, et aux religieuses une autre perrée, à condition d'avoir douze messes par an et des prières.

Le 4 avril 1658, Jacques de la Couldraye, sieur de Kerboutier, assigna une somme de 1,500 livres à l'hôpital, à la condition d'en servir la rente à sa fille, religieuse, pendant sa vie, et de l'appliquer ensuite au profit des pauvres par les mains des économes.

L'évêque de Vannes, Charles de Rosmadec, témoin du bon ordre qui régnait dans la maison et désireux d'aider un plus grand nombre de pauvres, recommanda l'établissement, le 30 avril 1658, à tous les recteurs et curés du diocèse, les engageant à provoquer en public et en particulier les dons de leurs paroissiens en faveur de cette œuvre de bienfaisance.

C'est sur ces entrefaites que l'hôtel-Dieu de Saint-Nicolas reçut, à titre définitif, une donation considérable, jusqu'alors provisoire. « Ce jour 17e may 1659, dit un acte notarié, ont personnellement comparu noble et discret Mire Pierre Le Gouvello, prestre, sieur de Kerriollet, demeurant le plus ordinairement en sa maison de Querloys, paroisse de

Pluvigner, estant à présant en cette ville de Vennes, logé chez les révérends pères Jésuites (au collège), et noble homme Guillaume Bigaré, sieur de Cano, père des pauvres et esconome de l'hôtel-Dieu et hospital de cette dite ville.

» Le dit de Kerriollet a déclaré au dit sieur de Cano que, dès l'année 1636, il auroit fait don aux hôpitaux de Vennes et d'Auray, de la métairie de la Forest et tenue de Treulin, situées proche Auray, et aultres terres en dépendantes, pour servir à perpétuité au dit hôpital d'Auray, à condition qu'ils y establiroient les Hospitalières de Vennes ; et au deffault de les y établir, que l'hôpital de Vennes et ses esconomes en jouiroient tant et si longuement qu'ils seroient (à Auray) en demeure d'y appeller les dites Hospitallières.

» Comme le dit hôpital (de Vennes) a jouy des dites choses jusques à présent, qui sont 24 ans ou environ, par la négligence et retardement des habitans du dit Auray à exécuter la clauze appozée en la dite fondation, comme aussy la plus grande nécessité que le dit sieur de Querriollet a recogneu que l'hôpital de Vennes a du dit don, et la cognoissance qu'il a des grandes assistances qui y sont rendues aux malades par les économes,... il révocque la dite clauze appozée dans la dite fondation, en faveur du dit hôpital d'Auray, et par le présent veult et entend les en exclure, comme il fait, et que le fonds des dites métairie, tenue et autres terres y spécifiées demeure, comme il le transporte et donne, à perpétuité, et en propriété, au dit hôpital de Vennes, pour l'uzage des pauvres malades, qui y sont et seront, à tous jours cy-après en jouir, par les mains des économes d'icelluy, consentant que de ce jour à perpétuité il en jouisse et appréhende la possession réelle et actuelle...

Signé : Pierre Le Gouvello. — Bigaré.

Gruel, not. roy. — Le Clerc, not. roy. »

(Saint-Nicolas. — Reg. parch., p. 56.)

De son côté, M. Jean Le Meilleur, Sr du Goisvert et conseiller au présidial de Vannes, donna, le 17 janvier 1667, à Saint-Nicolas une rente constituée de 100 livres, « pour avoir des couvertures de lits, robes de chambre, chemises, linceulx et couettes, pour le service des pauvres, à commencer la première année par ce qui sera plus nécessaire des dites espèces, et ce par l'advis de la dame supérieure des religieuses du dit hostel-Dieu, et tousjours continuer par le mesme advis et à perpétuité ; et au cas que les esconomes fissent refus d'employer la dite rente aux choses cy-dessus spéciffiées, les religieuses pourront signiffier arrest ès mains des debteurs et toucher la dite rente, pour l'employer aux choses susdites, et seront creues du dit employ sur leur simple mémoire signé de la supérieure, qu'elles fourniront aux esconomes en charge. » *(Ibid.)*

Pendant ce temps, la communauté des Hospitalières de Vannes se développait de plus en plus. Elle suffisait largement au service de l'hôtel-Dieu, et elle pouvait même envoyer des colonies au loin.

Ainsi, en 1644, à la demande de Mgr du Louet, évêque de Quimper, elle envoya dans cette ville la sœur Anne du Chastel de Kerlech, dite de Saint-François, comme supérieure, la sœur Anne Le Neud, dite de Sainte-Claire, comme mère des novices, afin de diriger l'hôpital, que venait de fonder M. du Chastel de Kerlech. — La communauté de Quimper fonda celle de Tréguier en 1654, celle de Carhaix en 1663, celle de Lannion en 1667, et celle de Guingamp en 16...

En 1672, la communauté de Vannes envoya à Guémené les sœurs Vincente de la Landelle, dite du Saint-Esprit, comme supérieure, Yvonne Doulcé, dite de Saint-Vincent, Julienne de Lentivy, dite de Saint-Hyacinthe, et Jeanne-Bertranne de Carné, pour y fonder un hôpital, qui a été dirigé par elles jusqu'en 1783.

En 1674, l'hôpital d'Auray reçut de Vannes les sœurs Jeanne du Chastel de Kerlech, dite de la Trinité, comme supérieure, Marie-Anne de Kerguiris, dite de Sainte-Cécile, Jeanne Le Texier, dite de Sainte-Croix, et Augustine-Thérèse Le Gouvello, dite de Saint-Séraphin.

Deux ans après, en 1676, fut fondée la communauté de Guérande, et on y envoya de Vannes Françoise de Vaufèrier, dite du Saint-Sacrement, comme supérieure, Perrine Gobé, dite de Saint-Jacques, et Marguerite de France, dite de l'Assomption.

Ainsi, en résumé, la maison de Vannes en a fondé quatre autres, et celle de Quimper quatre aussi. Cette extension rapide prouve que l'institut des *Augustines de la Miséricorde de Jésus* (c'était leur nom officiel) répondait à un besoin réel de la société civile, et offrait aux âmes généreuses le moyen de satisfaire leurs aspirations charitables.

X. Constructions.

Les professes de Saint-Nicolas ne se contentaient pas de payer une contribution aux économes de l'hôpital, pour avoir le droit d'y vivre, elles apportaient aussi une dot à la communauté, pour leur entretien et pour les bonnes œuvres. C'est grâce à ces apports, que les religieuses pouvaient acquérir des immeubles ou améliorer ceux de l'hospice. C'est ainsi qu'elles achetèrent, en 1667, au prix de 3,300 livres, deux maisons et leurs dépendances, situées à l'ouest du ruisseau de Rohan. Dès lors elles voulurent agrandir la salle des pauvres et commencer, au midi de la cour, la construction d'un cloître, qu'elles avaient sans doute l'intention de continuer du côté de l'ouest. Mais bientôt un désaccord se produisit entre elles et les économes ; la ville s'en mêla et la justice fut appelée à juger le débat. Avant le jugement, une transaction fut passée, le 21 février 1668, entre les députés de la ville et les religieuses, en ces termes :

« Entre les dites partyes a esté faict le présent acte de transaction et accomodement sur leurs procès et différends, par lequel les religieuses ceddent, quittent, délaissent et transportent, au tiltre d'eschange, à l'hostel-Dieu, la propriété en fonds et édiffices de deux maisons, petite cour et autres apartenances et dépendances, joignant le dit hospital, par elles acquises de Me Louis Le Clerc et Dlle Renée Goudelin, sa femme, et du Sr Jean Quéneau et deffuncte Julienne Goudelin, sa femme, par contractz des 19 et 22e d'avril 1667, pour et en faveur de la somme de 1,800 livres d'une part, et de 1,500 livres d'une autre ; et oultre les dites religieuses pairont la somme de 1,400 livres, pour estre employée et mise en fonds et produire rente au proffilt des pauvres.

» Et en contr' eschange les dits sieurs députés ont ceddé, quitté, délaissé et transporté, aussi à jamais à l'advenir, aus dites religieuses le tout du jardin et entienne court des pauvres, en propriété, pour en dispozer ainsy qu'elles verront, pour la continuation de leur bastiment en commancé pour leur closture, au désir du marché et devis qui en ont esté faictz, et autrement comme bon leur semblera.

» Les dites religieuses promettent et s'obligent d'enclore l'espace vague, qui est vis-à-vis la porte Saint-Patern (et la tour Joliette), entre le pavé le long de la douve de la muraille du dit jardin vers le Pont quarré, donné par la communauté de la ville au dit hospital, et elles feront démolir l'ancienne muraille du dit jardin, pour l'avancer jusques au pavé, afin que par ce moyen les pauvres reconvalescents puissent avoir un lieu et espace commode pour leur promenade.

» Et en considération de tout ce que dessus, demeure aussy en propriété aus dites religieuses l'espace qu'elles ont fait enclore, puis un an ou environ, sur la Garenne de cette ville, pour l'augmentation de leur enclos, mesme le pouront encore agrandir et augmenter à leurs frais, en faisant abattre ce qui reste des anciennes murailles de leur dit enclos sur la dite Garenne, et continuer la muraille neufve en tirant sur le bas de la dite Garenne vers la douve.

» Et oultre est convenu qu'il ne sera innové aucune chose aux bastimentz des dites religieuses, qui puisse empescher le logement des grains et du bois des pauvres ; et fourniront les dites religieuses les légumes de pot nécessaires pour les pauvres, selon la saizon et à la manière accoutumée ; fourniront aussy aus dits pauvres un lieu et place pour mettre leurs fagotz et gros bois, jusques à ce que leur court ne soit enclose ; souffriront aussy les dites religieuses que les pauvres fassent faire la buée dans la buanderie ordinaire, attendu qu'ils ont payé la moitié de la tonne, du grand bassin et autres ustencilles nécessaires.

» Oultre est convenu et accordé entre partyes, qu'au décez de chacune des dites religieuses il sera payé 10 livres de rente annuelle et perpétuelle, au proffilt des pauvres du dit hospital, entre les mains des esconomes d'icelluy, comme il est porté par l'acte du 12e d'avril 1634, et en conséquence l'acte du 4e d'aoust 1635 (qui imposait 20 livres), demeure nul et sans effet.

» Et le présent ne pourra préjudicier que les dits esconomes ne se fassent payer des arrérages qui se trouveront ostre deulz des 10 livres de rente par le déceix de chacune des religieuses décédées, suivant le dit acte d'establissement, pour le passé, et sans préjudice de la continuation à l'advenir.

» Et en solution et payement de la dite somme de 1,400 livres, les dites religieuses ont faict transport, avec garant à la coustume, au dit hospital de trois contractz de constitut, l'un de 500 livres tournois, l'autre de 400 livres, et le troisième de 500 livres ; les grosses des quels contractz escrites sur veslin ont esté, de l'advis et consentement des dits députés, mises ès mains des sieurs Rio et Thomas, esconomes du dit hospital.

» Et au moyen de ce que dessus, demeurent les oppositions formées par les dits esconomes, de l'ordre du bureau des pauvres, au bastiment que prétendent faire les dites religieuses pour leur closture, levées et annullées, comme si elles n'auroient esté faictes ; pouront les dites religieuses continuer leur bastiment, suivant leur dessein et devis ; et les dites partyes hors de court et procès, sans autres frais ny despans.

» Faict et consenty au dit hostel-Dieu de Vennes, fauxbourg de Saint-Patern, soubz les seings des d. sieurs députés et des d. religieuses, et les nostres, les d. jour et an.

» Le Clerc, not. roy. — Kerviche, not. roy. » — *(Expéd. parch.)*

Un an après, le 5 janvier 1669, Mire Jérôme Buisson, recteur de Liancourt, au diocèse de Beauvais, étant à Vannes, pour liquider la succession de son frère Gilles, docteur en médecine, donna un capital « de 2,800 livres pour estre employé à augmenter le bastiment de la salle des pauvres, » c'est-à-dire, suivant les apparences, l'ancienne salle longeant la rue Saint-Nicolas. Il y ajouta une somme de 1,200 livres à placer, afin d'employer la rente annuelle de 60 livres à rétribuer un prêtre qui ferait chaque semaine le catéchisme aux pauvres. Le chapitre de la cathédrale accepta la charge de ces deux sommes, dépensa la première conformément à la volonté du donateur, et garda la seconde à titre de constitut infranchissable, en payant fidèlement la rente annuelle de 60 livres.

Le 13 mai 1669, M. Crose, sieur de Kermourault, voulant s'affranchir d'une somme de 300 livres promise à l'hôpital, lui donna un journal de terre, nommé Rosglas, situé aux environs du bourg d'Arradon. Cette pièce de terre fut peu après donnée en bail et le tenancier y bâtit une maison.

Les travaux de l'hôpital suivaient leur cours. Voici, à cet égard, un extrait du registre des délibérations de la communauté de Vannes, du vendredi 24 janvier 1670.

« Les commissaires ouïs en leur rapport, la communauté a arresté de consentir aux religieuses Hospitalières de bastir un pavillon sur le canal de l'hospital, au joignant de leur cloistre, et icelly conduire dessus le dit canal, à la charge d'y faire des lieux et lattrines commodes pour les pauvres, et le tout en telle façon que le cours de l'eau ne soit pas interrompu ; et en cas qu'elles démolissent le four et boullangerie, elles les feront rebastir à leur frais et dans leur fonds, en un lieu commode, et choisi par les dits commissaires, suivant le procès-verbal qui en sera fait.

» Et à l'égard du cloistre qu'elles veulent joindre à la salle du dit hospital, elles en feront les arcades si hautes et si eslevées, que la veue de la salle des pauvres ne pourra estre offusquée ni bouchée, ni les arcades fermées en aucune manière que ce soit.

» Et pour la couverture de la salle des pauvres, elles s'obligeront de la faire faire et entretenir à leurs frais; et au parsus que les autres conditions d'entre les dites religieuses et la dite communauté seront observées : au moyen de quoy leur sera permis de continuer leur bastiment; de tout quoy sera faict et passé acte par devant notaires par les dits commissaires. »

Les bâtiments mentionnés dans ces pièces ont subsisté jusqu'à nos jours; les arcades en plein cintre du cloître n'ont disparu qu'en 1894, pour faire place au riche magasin d'un marchand de fer.

XI. Procès.

On a vu précédemment que les religieuses reçues à l'hôtel-Dieu devaient laisser, après leur décès, une rente de 10 livres aux pauvres. C'était un moyen pour la ville de battre monnaie et d'enrichir peu à peu l'hôpital.

Plusieurs religieuses avaient constitué elles-mêmes cette rente posthume; d'autres ne l'avaient pas fait, et la communauté en était responsable. Les travaux récemment exécutés à l'hôpital avaient, paraît-il, fait suspendre ou négliger cette rente. Mais en 1675, les économes rappelèrent que depuis 1635, c'est-à-dire depuis 40 ans, il était mort 24 religieuses, et que par conséquent la communauté devait à l'hôpital une rente annuelle de 240 livres.

Les religieuses ne nièrent pas les engagements pris, mais elles firent observer qu'elles avaient employé plus de 6,000 livres de leurs deniers à faire bâtir une salle pour les hommes, et qu'en 1668 elles avaient cédé près de 5,000 livres d'acquets à la ville; puis rappelant les violences exercées contre elles à leur arrivée, elles confondirent la rente de 20 livres, qui avait été réellement extorquée, et du reste supprimée depuis, avec la rente de 10 livres, qui avait été librement consentie en 1634 et confirmée en 1668.

Par suite de cette confusion, elles obtinrent, le 4 janvier 1676, de la chancellerie, pour le présidial de Vannes, des lettres de restitution, où l'on disait aux magistrats « que si, parties présentes ou deubment appellées, il vous est apparu ou appert de ce que dessus, vous ayez à restituer les exposantes contre tous les actes, clauses et conditions, portant obligation de payer, après les déceds de chacune d'elles à l'hostel-Dieu, le sommaire de dix livres de rente... »

Le présidial de Vannes n'eut pas de peine à découvrir la confusion, et par sentence du 30 juillet 1676, il condamna les Hospitalières à payer à l'hôpital une rente de 10 livres pour chaque religieuse décédée.

Les Augustines, toujours dans l'illusion, en appelèrent au Parlement de Bretagne, qui siégeait alors à Vannes. Par un arrêt du 6 juillet 1677, « la Cour, faisant droit..., a condempné les appellantes de payer aux économes dudit hospital les arrérages de quatre années de la rente de dix livres, qu'elles doibvent pour le decedz de chacque religieuse, estant au nombre de 24 décédées depuis leur establissement, qui font 240 livres de rente de chascun an, et icelle continuer à l'advenir d'an en an ; pour le payement de partye de laquelle rente et arrérages d'icelle, elles pourront céder et transporter aux dits économes les treize contracts de religieuses décédées, qui portent (pour chacune) la stipulation de la dite somme de dix livres de rente, et les y subroger ; et condemne les appellantes de payer le surplus de la dite rente de 240 livres, qui est 110 livres par an, sy mieux n'ayment en faire le franchissement, à la raison du denier seize ;

« Et pour demeurer quittes et deschargées de la dite rente de dix livres par le décez qui arrivera de chasque religieuse à l'*advenir*, soit que la dite rente soit stipulée au proffit du dit hospital dans leurs contracts ou non, condemne les appelantes de payer aux économes, dans un an, pour franchissement et extinction de la dite rente, pour les religieuses quy décéderont à l'advenir, la somme de 2,400 livres, en deniers effectifs ou en contracts ; et condemne les appellantes aux despans des causes principalle et d'appel, moderez à 30 livres.

» Le Clerc. » — *(Expéd. parch.)*.

Cette fois il n'y avait plus d'illusion possible. Les Hospitalières se soumirent à l'arrêt qui les frappait, et le 2 juillet 1679, elles firent un contrat avec les économes, pour payer tout l'arriéré, et éteindre cette rente pour l'avenir.

Les fondations de messes et d'aumônes continuaient à l'hôpital. Ainsi, le 13 avril 1674, Me Charles Le Quenderff, notaire, et Jeanne Couvrand, sa femme, donnèrent une somme de 1,000 livres, pour produire une rente de 50 livres, à consacrer par les économes à l'achat de vin pour les pauvres. Ils donnèrent en outre une somme de 1,400 livres « pour la fondation de la Confrérie de l'Enfant-Jésus, pour faire exposer le très Saint-Sacrement de l'autel à chacun 25e de tous les mois de l'année, en l'église de l'hospital, célébrer la grande messe, vespres et complies, à chant et orgle, avec prédication et salut, recommandation de prières à l'intention des fondateurs, litanies de l'Enfant-Jésus, et *De profundis* ; les religieuses feront aussy faire deux services pour les dits Le Quenderff et sa femme, après leur débcès, et leur appliqueront le mérite de leurs communions, prières et autres bonnes œuvres qu'elles feront en ces jours. »

Ainsi encore, le 26 août 1690, Julienne Le Moyec, veuve de Henri Daviers, donna aux économes une rente constituée de 16 livres, à la charge de faire célébrer quatre messes basses par an, et d'employer le reste du revenu à améliorer le sort des pauvres.

De même, le 12 mars 1696, Pierre Le Melinaidre et sa femme, demeurant au moulin du Duc à Vannes, « désirant aider à leur possible, et pour la plus grande gloire de Dieu contribuer au soulagement, nourriture et entretien des pauvres malades et nécessiteux, qui sont et seront à l'advenir dans l'hostel-Dieu de cette ville », donnèrent une rente annuelle et perpétuelle de 15 livres, sans autre charge, et l'hypothéquèrent sur un pré, situé « proche la rue de la Burbannière », au midi de la route de Rennes.

Une autre bonne aubaine pour l'hôtel-Dieu de Vannes fut l'annexion des biens dépendant des petits hôpitaux de Muzillac et de la Gacilly, conformément aux lettres patentes du Roi, du mois de décembre 1696.

« LOUIS (XIV), par la grâce de Dieu, Roy de France et de Navarre, à tous présents et à venir, salut. — Nos chers et bien amez les administrateurs de l'hôpital des pauvres malades de la ville de Vannes Nous ont fait remontrer que, sur l'avis de nostre amé et féal le sieur Béchameil de Nointel, intendant et commissaire par Nous déparły en Bretagne, sur l'emploi à faire au profilt des pauvres des biens et revenus des hôpitaux de la Gacilly et de Mezuillac, diocèse de Vannes, en exécution de nos édits et déclarations des mois de mars, avril et aoust 1693, seroit intervenu un arrest de nostre Conseil, en exécution d'iceux édits et déclarations, le 25e may 1696, par lequel Nous aurions réuni à l'hôpital des pauvres malades de la ville de Vannes les biens et revenus des hôpitaux de la Gacilly et de Mesuillac..., et que toutes lettres nécessaires leur seroient expédiées : les quelles les dits administrateurs Nous ont très humblement fait supplier leur vouloir accorder.

» A ces causes, désirant favorablement traiter les dits exposants, conformément à l'arrest de nostre Conseil du 25 may 1696, en exécution de nos édits et déclarations, avons, par ces présentes signées de nostre main, uni et unissons à l'hôpital des pauvres malades de la ville de Vannes les biens et revenus des hôpitaux de la Gacilly et de Mezuillac, pour en jouir du 1er juillet 1695, à la charge de satisfaire aux prières et services de fondation, dont peuvent estre tenus les dits hôpitaux, et de recevoir les pauvres malades des lieux et paroisses où ils sont situés, à proportion de leurs revenus ; et en conséquence ordonnons que les tiltres et papiers concernant les dits hôpitaux .. soient délivrés aux dits administrateurs.

» Si donnons en mandement...

» Donné à Versailles, au mois de décembre, l'an de grâce 1696, et de notre règne le 54e. LOUIS.

» Par le Roy : Colbert. » — *(Orig. parch.)*.

En vertu de ces lettres, enregistrées au parlement le 2 janvier 1697, les administrateurs prirent possession, le 29 mai 1697, à Muzillac, de la chapelle de Saint-Éloy et Saint-Yves, des deux tiers des oblations, d'une mazière de maison, et d'un jardin derrière, loué 8 livres ; puis le 31 mai, à la Gacilly, de la chapelle de Saint-Jean, d'une maison et jardin derrière, et d'une pièce de terre contiguë, le tout affermé 15 livres, des deux tiers de la dîme de la Haye et de la Roverye, aux Fougerêts et en Saint-Martin, affermés 80 livres par an. C'était donc au total un revenu d'une centaine de livres par année.

XII. Détresse.

En abordant le XVIIIe siècle, nous entrons dans une période funeste à la France, funeste à une foule d'établissements publics. L'hôtel-Dieu de Saint-Nicolas eut sa part de souffrances. Une bonne partie de ses revenus provenait des capitaux placés sur des particuliers. Or en 1719, à l'époque où la banque de Law jouissait de la vogue la plus étonnante, ces particuliers remboursèrent leurs constituts au moyen de billets. C'était peut-être leur droit rigoureux ; mais l'année suivante ces billets perdirent presque toute leur valeur, et l'hôpital se trouva pour ainsi dire ruiné.

Voici une note du temps, tirée des archives de Saint-Nicolas et qui précise la situation. « L'hôtel-Dieu, qui n'avait que 3,000 livres de rentes, a été remboursé en billets pour près de 1,700 livres de rentes ; partant il ne lui reste plus qu'environ 1,300 livres, qui se consomment dans les charges suivantes, savoir : à M. le chapelain 150 livres, au médecin 50, au chirurgien 50, à l'apothicaire 250, pour la nourriture de quatre domestiques 400, leurs gages 108, le blanchissage 108, le grois bois 260 : qui font ensemble 1,376 livres ; ce qui est déjà plus qu'il n'y a de revenu.

» Il reste donc à pourvoir où prendre la nourriture de tous les malades de la ville, qui sont hors d'état de trouver chez eux leur subsistance. Il faudroit pour le moins 40 lits, et de quoi avoir le fagot, la buaille, le linge, les couvertures, les couettes, les paillasses, les serpillières pour enterrer les morts et de plus l'entretien des meubles et la réparation des maisons et de l'église ; mais les 800 livres accordées sur les octrois (à partir du 26 juillet 1723) ne sauraient suffire à beaucoup près pour cela.

» Les économes n'étant pas obligés, outre leurs soins, d'engager leurs biens pour la subsistance des pauvres, les malades restent chez eux, dans de méchants greniers, où ils n'ont pour couche que quelque peu de paille et encore quelquefois pas, abandonnés de tous secours tant spirituels que temporels ; ils meurent souvent dans cet état, sans consolation ni exhortation de personne, car fort souvent les gens qui demeurent dans la même maison ne se donnent pas la peine de les visiter pour savoir s'ils ont besoin d'un prêtre ou du secours des personnes charitables.

» Pendant plus de deux ans, il n'y avait que quatre ou cinq malades au dit hôpital, et encore fallait-il payer quelque chose en entrant, faute de quoy on n'en recevait pas. Tant la ruine était grande ! »

Emue de cette lamentable situation, la communauté de la ville pensa sérieusement au moyen de prévenir la ruine de l'hôpital Saint-Nicolas. « La difficulté des temps, suivant une délibération du 12 juin 1726, les événements du système (de Law), et la rareté des espèces y ont apporté non seulement du dérangement mais même ont mis la dite communauté dans l'impossibilité de trouver des économes qui soient désormais en état de faire les avances nécessaires et assez sûrs pour répondre des allocations et replacement des fonds restans au dit hôpital ; d'un autre côté ceux qui eussent pu être en état de faire des avances et répondre de ces collocations ont trouvé et trouvent le moyen de s'en exempter, soit par des charges, emplois ou commissions, ou à la faveur de leurs amis, en sorte que la dite communauté s'est trouvée aussi dans la nécessité indispensable de chercher d'autres moyens de soutenir le dit hôpital et d'en prévenir la ruine. Le sieur de Lourme, l'un des directeurs de l'hôpital général, ayant travaillé à un règlement composé de 22 articles qui lui a paru avantageux pour l'hôtel-Dieu, il l'a communiqué au bureau de l'hôpital général, à celui du dit hôtel-Dieu et ensuite à la communauté de la ville, et après de très sérieuses réflexions faites sur ce sujet de part et d'autre, on a cru qu'il n'y avoit point de moyens plus utiles et plus convenables que de mettre le dit hôtel-Dieu sous la direction du bureau de l'hôpital général, qui choisiroit et nommeroit un receveur et administrateur particulier pour le dit hôtel-Dieu... »

Le 10 juillet 1726, le Parlement homologua cette déclaration et décida « que l'administrateur et receveur du dit hôtel-Dieu jouirait des mêmes privilèges, droits et exemptions que les directeurs de l'hôpital général, tant et si longtemps que durerait son exercice, mais qu'il ne serait pas fait confusion des recettes et revenus des deux hôpitaux. »

Ce nouveau régime avait l'avantage d'établir l'unité de direction dans les deux hôpitaux et de donner aux receveurs une commission de quatre ans, toujours renouvelable : ce qui mettait plus de suite dans l'administration ; mais le point capital était de créer des ressources nouvelles. M. Guillo du Bodan fut nommé receveur de l'hôtel-Dieu le 2 août 1726 ; il y était encore en 1739.

Le prélèvement de 800 livres sur les octrois de la ville, autorisé en 1723, fut renouvelé le 31 janvier 1730, le 23 avril 1737 et le 27 novembre 1742.

Peu à peu les recettes de l'hôpital montèrent à 5,000 livres et elles suffirent à payer les dépenses, en observant la plus stricte économie, et en ne recevant que les malades de la ville. Mais la guerre de sept ans vint y apporter la ruine. L'établissement « commença à s'endetter en 1755 par le grand nombre de soldats malades qu'il fut forcé de recevoir pour leur simple paye, et par l'obligation d'établir, en 1756, à ses frais, une nouvelle salle de onze lits pour les soldats scorbutiques, qui furent envoyés de l'hôpital militaire de Belle-Isle ; ses dettes s'accumulèrent ensuite d'année en année par le long séjour et par les fréquents passages de troupes et de marins, principalement de ceux qui furent débarqués en 1757 de l'escadre commandée par M. Dubois de la Motte ; enfin les événements de 1759 et des années suivantes achevèrent de le ruiner et ses dettes dépassèrent 27,000 livres. »

Cette dette, provenant de la surcharge imposée par le roi à l'hôpital, aurait dû être payée par le souverain. Mais les caisses de l'Etat étaient aussi vides que celles de l'hôtel-Dieu. Les administrateurs le savaient et ils se bornèrent à demander au roi l'autorisation de faire un emprunt de 18,000 livres, en titres viagers ou en titres remboursables.

Louis XV, informé de la situation, donna les lettres patentes nécessaires pour cet emprunt.

« ...Voulant, dit-il, favorablement traiter les exposants ;

» De l'avis de notre Conseil ;

» Nous avons, conformément à iceluy, permis, et par ces présentes signées de notre main, permettons aux administrateurs des hôpitaux de Vannes d'emprunter, à rentes constituées au denier 25 (à 4 pour 100), ou à rentes viagères à 9 pour 100, la somme de 18,000 livres ; dérogeant en tant que de besoin à notre édit du mois d'aoust 1749, concernant les établissements et acquisitions des gens de main-morte, et à tous édits et déclarations à ce contraires ;

» Ordonnons que les administrateurs seront tenus de prendre par préférence les sommes qui leur seront offertes pour être placées sur ces hôpitaux en rentes viagères ; que les fonds provenant de l'emprunt seront employés à l'acquit des dettes des hôpitaux, voulant que les administrateurs soyent tenus de justifier par devant le sieur intendant et commissaire departy pour l'exécution de nos ordres en la province de Bretagne de l'employ du dit emprunt, dans les trois mois du jour qu'il aura été rempli.

» Donné à Versailles, le 15e jour d'octobre, l'an de grâce 1766, et de notre règne le 52e.

» Louis.

» Par le Roy : Phélipeaux. » — (*Orig. parch.*)

XIII. Révolution.

La communauté des Augustines de la Miséricorde de Jésus continuait sa tranquille existence, en se dévouant tous les jours au soin des malades et des mourants.

Le nombre des religieuses variait entre 20 et 30 ; une profession avait lieu presque tous les ans, et les décès se produisaient dans la même proportion ; leur cimetière était dans le cloître, au moins dans les derniers temps.

Leur maison étant assez vaste, elles pouvaient recevoir quelques dames pensionnaires, qui cherchaient le calme de la vie, l'économie du ménage, et la proximité des secours spirituels.

Ce n'est pas sans effroi qu'elles virent approcher la Révolution. Dès le 13 août 1790, les membres du district de Vannes, MM. Brulon, Bernard, J. Glais et Rollin dressèrent le tableau de leurs biens et de leurs charges, comme il suit.

I. Immeubles.

La maison de communauté, cour et jardin......	»	»
Une maison et deux petits jardins, rue Neuve, loués	33l	»
Un grand pré sur le chemin de Bohalgo, affermé	150	»

II. Rentes.

Une rente foncière à Plesterven, en Plœren, évaluée	27	7
Six constituts sur les États de Bretagne, rapportant	1,068	7
Quatre constituts sur le clergé, rapportant.....	1,065	9
Un sur l'évêque de Vannes, rapportant.........	100	»
Deux sur le Chapitre de Vannes...............	636	»
Trois sur la Visitation de Vannes..............	440	»
Trois sur le Petit-Couvent....................	382	»
Un sur les Bénédictins de Rennes.............	150	»
Deux sur les Bernardins de Prières............	728	»
Deux sur les Carmélites de Ploërmel..........	110	»
Un sur la municipalité de Josselin.............	100	»
Treize sur divers particuliers..................	1,141	17
Total des revenus.....	6,480	»

III. Charges.

Décimes de la communanté...................	337	»
Deux rentes dues à l'hôtel-Dieu..............	58	»
	395	»

En défalquant cette somme du total précédent, on arrive à un revenu net de 6,085 livres, avec lequel il fallait entretenir les maisons, faire des aumônes, habiller et nourrir environ 25 religieuses.

En regard de ce tableau, voici celui de l'hôtel-Dieu.

I. Immeubles.

L'hôpital et ses dépendances.
La métairie de la Forêt, près Auray.
Autres terres dans le voisinage.
Une maison, rue Gillard (Étang), à Vannes.
Une petite maison et planche de jardin, à Bourg-Maria.
Une petite maison et planche de jardin, à Saint-Symphorien.
Une petite prairie près du Grador.
Deux petites tenues, situées à Arradon.
Une autre petite tenue, située en Baden.
Une maison et terres à Saint-Fiacre, en Pluneret.
Une maison et jardin à Muzillac.
Une maison et dépendances, à la Gacilly.

II. Rentes.

Rentes en grains sur Bilair, Arradon, Brech, Surzur.
Rentes foncières sur des maisons de Vannes.
Autres rentes foncières, en divers lieux.
Rente censive de 15 livres sur les Jacobins.
Rente de 58 livres sur les Hospitalières.
Rente de 72 livres sur le jeu de paume.
Rente sur les octrois de la ville.
Revenus divers.

Malheureusement les chiffres des revenus et des charges font défaut.

Le 18 novembre 1790, les commissaires de la municipalité vinrent prendre les noms des religieuses, et leur demander si elles voulaient continuer ou quitter leur état. Voici leurs noms :

1° Jeanne-Marie-Joseph du Vieux-Châtel, supérieure, 60 ans, de Landeleau..

2° Agathe Brocard, 81 ans, de Saint-Pierre de Vannes.

3° Louise-Hyacinthe Hervieu, 79 ans, de Sérent.

4° Augustine-Jeanne de Kercabus, 75 ans, de Mesquer.

5° Louise-Françoise Tual du Harno, 70 ans, de Guémené.

6° Anne-Prudence de Besné, 67 ans, de Prinquiau.

7° Julie-Eugénie Thébaud, 62 ans, de Belle-Ile.

8° Françoise-Geneviève Keranguyader, 51 ans, de Saint-Aubin-du-Cormier.

9° Guyonne-M. Pélagie de Lentivy, 56 ans, de Rennes.

10° Esther-Louise-Charlotte Hergault, 43 ans, de Rennes.

11° Olive Benoist, dite de Saint-Benoit, 57 ans, du Croisic.

12° Marie-Anne Coquerel, 35 ans, de Vannes.

13° Julienne Le Fur, 35 ans, de Moustoir-Remungol.

14° Hyacinthe Mahé de Kerouant, 40 ans, de Rennes.

15° Marie-Constance Fournol de Granval, 35 ans, de Quimperlé.

16° Angélique-Marie Moulnier, 34 ans, de Mordelles.

17° Marie Piquet, 35 ans, de Questembert.

18° Perrine Merlay, 33 ans, de Questembert.

19° Élisabeth de Besné, 47 ans, de Nantes.

20° Marie-Anne Audouyn, 33 ans, d'Hennebont.

21° Jeanne-Marie Nio, 30 ans (morte le 8 juillet 1791).

22° Jeanne Graillo, converse, 70 ans, du diocèse de Nantes.

23° Marie-Joseph Thurion, converse, 72 ans, de Port-Louis.

24° Élisabeth Digo, converse, 73 ans, de Rochefort.

Ces 24 religieuses déclarèrent toutes vouloir persévérer dans leur état. (I. 780. 787.)

Elles apprirent, le 1er juin 1791, que les chapelles du Père-Éternel, des Ursulines, du Petit-Couvent, de la Visitation et de Nazareth, étaient, par ordre du directoire, fermées au public et réservées aux seules religieuses. Le 4 juin, elles surent que les Filles de Saint-Vincent de Paul étaient renvoyées de la Garenne et les Filles de la Sagesse de l'hôpital-général, pour refus de soumission à l'évêque intrus.

L'évacuation des maisons religieuses de femmes fut fixée, pour Vannes, au 1er octobre 1792, et elle se fit sans pitié.

Les Hospitalières de Saint-Nicolas prolongèrent néanmoins leur agonie jusqu'au mois de décembre, parce qu'il était difficile de les remplacer. Mais le samedi, 8 décembre 1792, l'économe de l'hôpital de Saint-Nicolas (M. Le Maignen) représenta au conseil de la commune « que depuis le commencement de la révolution il avait eu continuellement à lutter contre l'incivisme des Hospitalières : que ces femmes portent le délire de la malveillance jusqu'à séduire les mourants, et se parer dans tous leurs propos de ce méprisable triomphe du fanatisme sur l'extrême faiblesse ; qu'elles employent toutes espèces de manœuvres pour ébranler le civisme des soldats que des infirmités font entrer dans cet hôpital ; qu'elles semblent chargées de soutenir les derniers efforts des ennemis de la liberté ; enfin que le service public dans cette intéressante partie ne pouvait qu'en souffrir d'une manière alarmante pour l'humanité. »

La patrie était, paraît-il, en danger ! « Le conseil général de la commune a vivement senti l'urgence des mesures à prendre, pour éteindre ce foyer d'aristocratie et d'insubordination, et a nommé à l'instant quatre de ses membres, qu'il a chargés de se rendre de suite au district et au département, pour solliciter de ces administrateurs le renvoi de ces Hospitalières et l'autoriser à les faire remplacer par des personnes qui réuniront le zèle et le civisme.

« Les députés rentrés ont rapporté que le directoire du département se porteroit à faire les remplacements provisoires, que les justes sollicitudes de la municipalité lui proposoient, et qu'il autorisoit même la municipalité à faire mettre de suite les scellés qu'elle jugeroit convenables pour parvenir à ces remplacements. » (L. 787.)

XIV. Suppression.

L'expulsion ne se fit pas attendre. « L'an 1792, le mercredi 19 décembre, l'an Ier de la République française, conformément à l'arrêté du département du 14 courant, nous, Marc-Marie Boisgontier et Claude Roy, commissaires nommés par la municipalité pour procéder à l'évacuation des dames hospitalières de l'hôpital Saint-Nicolas, et délivrer à chacune d'elles les effets à son usage personnel, nous sommes transportés au dit hôpital, où, parlant à Mme la Supérieure, nous l'avons sommée de rassembler toutes ses religieuses en la chambre du noviciat : ce qu'elle a fait à l'instant.

« Après la lecture à elles donnée de l'arrêté du département, nous avons sommé ces dames de nous dire vérité, et après la demande à elles faite si elles n'avoient pas connoissance, antérieurement aux scellés apposés par la municipalité, de quelques enlèvements des différents appartements de la maison, elles nous ont toutes déclaré d'une voix unanime que non.

» Après la vérification faite des effets des religieuses, elles les ont fait enlever, et de suite ces dames sont sorties, conformément à l'arrêté du département.

» Aussitôt, de concert avec le citoyen Le Maignen, économe du dit hôpital, nous avons installé les citoyennes Boquenay, supérieure, Le Goff, Bruge, et les deux sœurs Derien, que nous avons laissées en possession et chargées du soin des malades, et avons signé les dits jour, mois et an que devant.

» Roy. — Boisgontier. — Le Maignen, économe. » (L. 787).

Un acte, passé sous silence dans ce procès-verbal, est la protestation des religieuses, conçue en ces termes : « Nous, soussignées, supérieure et religieuses professes du monastère de l'hôpital Saint-Nicolas de Vannes, déclarons que notre intention a toujours été de vivre et de mourir dans notre monastère, et d'y observer en commun la règle que nous avons fait profession de suivre, et à laquelle nous serons inviolablement attachées de cœur et d'esprit. Nous voyant aujourd'hui expulsées de notre maison, nous protestons formellement et expressément contre cette violence ; nous déclarons unanimement qu'en sortant de notre monastère, nous ne faisons que céder à la force, et que les vœux les plus ardents de nos cœurs sont de voir le moment heureux qui nous permettra d'y rentrer, et de remplir librement les obligations que nous nous sommes imposées lors de notre profession, et que nous chérirons jusqu'à la mort. — Fait et arrêté sous nos seings, pour être déposé entre les mains des commissaires. — A Vannes, le 19 décembre 1792. »

Onze mois plus tard, en novembre 1793, le couvent de l'hôtel-Dieu de Saint-Nicolas était transformé en prison, pour y recevoir les religieuses *suspectes*. On y interna pêle-mêle 5 Hospitalières de Vannes, savoir, les sœurs Tual, Thébaud, Keranguyader, de Lentivy, Coquerel, 5 Carmélites de Vannes, 30 sœurs de la Visitation, 16 religieuses du Petit-Couvent, 18 Ursulines de Vannes, 11 Ursulines de Muzillac, 10 Ursulines de diverses autres maisons, et 19 religieuses de divers ordres. Au total 114 personnes, dont quelques-unes furent placées en ville. Elles y passèrent tout le temps de la *Terreur*, et elles ne recouvrèrent la liberté qu'après la promulgation du décret de la Convention du 27 janvier 1795, après une captivité de 15 mois.

Dès le 4 janvier 1795, sur la demande du citoyen Davon, médecin de l'hôpital militaire de Saint-Nicolas, et sur l'avis conforme de la municipalité et du district, l'administration départementale autorisa le transfert de l'hôpital au Petit-Couvent : ce qui fut ratifié le 6 janvier par les représentants du peuple, Guezno et Guermeur. C'est dans ce nouveau local que les sœurs Augustines de la Miséricorde de Jésus ont été appelées en 1803, et elles y sont restées jusqu'en 1866, où elles ont dû quitter le service, pour aller s'établir à Malestroit.

Cependant l'hôpital de Saint-Nicolas était tout à fait abandonné ; les maisons étaient inhabitées ; les murs de clôture ébréchés permettaient à tout venant de jouir du jardin et du verger. — Le 16 juillet 1802, on fut obligé de démolir la chapelle de Saint-Nicolas qui tombait en ruines.

L'enclos et une partie des bâtiments avaient été enfin loués à des particuliers par l'administration des hospices ; mais ils étaient en si mauvais état que le prix de location suffisait à peine pour leur entretien.

Après de longs pourparlers, une loi, votée par le Corps législatif, le 29 janvier 1805, autorisa l'administration des hospices civils de Vannes à céder à titre d'échange, au sieur Burgault, maire de Muzillac, les bâtiments de l'hôpital Saint-Nicolas, avec jardins et dépendances, appartenant aux dits hospices et estimés 20,000 francs (?), et à recevoir en retour du sieur Burgault deux métairies, dites du Pourpris et de la Porte de Bavalan, sises commune d'Ambon, estimées la première 27,806 fr., et la seconde 27,080 fr., avec les terres et bâtiments qui en dépendaient.

La différence considérable des deux estimations semble indiquer que M. Burgault tenait à se défaire des biens des émigrés, qui auraient pu lui être réclamés, et à les remplacer par des biens d'Église et autres, qui lui paraissaient plus solides.

L'autorisation d'échange fut promulguée par décret de l'empereur Napoléon Ier, donné au palais des Tuileries, le 28 février 1805.

Depuis ce temps, le quartier de Saint-Nicolas a pris, par des constructions successives, l'aspect que nous lui voyons aujourd'hui.

CACHETTE DE FONDEUR

DÉCOUVERTE A KERHON, EN ROUDOUALLEC

(MORBIHAN)

(Par M. AVENEAU DE LA GRANCIÈRE).

Au commencement de mars dernier (1896), un cultivateur de la commune de Roudouallec, le sieur Jean-Pierre Huiban, défrichait une lande, dite de Rostel, dont il est propriétaire, dépendant du village de Kerhon, et en labourant profondément le sol, découvrait 170 haches en bronze, régulièrement disposées dans un vase en terre grossière.

Ayant appris fortuitement cette trouvaille, nous avons écrit immédiatement à l'instituteur de Roudouallec, M. Joblot, qui s'est aussitôt empressé de nous donner tous les renseignements concernant cette découverte. Nous ne saurions trop louer son activité intelligente et toute sa complaisance; nous voudrions pouvoir trouver dans chaque commune un auxiliaire aussi zélé.

La lande de Rostel est située à environ 7 ou 800 mètres d'anciennes substructions et retranchements, dits camp romain dans le pays, sis au village du Stang, également en Roudouallec.

La cachette se trouvait au milieu de la lande et était à peine à un mètre de profondeur. L'ensemble de cette trouvaille comprenait 170 haches à douille avec anneaux latéraux, et un lingot.

Une partie de cette importante découverte a été vendue à un marchand d'antiquités de Quimper; l'autre a été dispersée un peu de tous côtés. Nous avons pu pour notre part réunir un certain nombre de haches de tous les types figurant dans cette cachette qui, avec celles acquises par M. Le Norcy, de Pontivy, nous permettront de les décrire. Grâce à M. Joblot, nous sommes aussi possesseur des fragments du vase qui figure en partie reconstitué dans nos collections préhistoriques, à côté du lingot que nous avons également acheté.

Cette intéressante trouvaille contenait les types suivants :

Fig. 1. — Hache à douille rectangulaire avec bourrelet et une barre transversale sous le col. Cette barre existe seulement sur les deux faces. — Longueur, 0m,125 ; poids, 225 grammes.

Fig. 2. — Hache à douille ovalaire avec deux barres superposées sous le bourrelet. Ces deux barres n'occupent que les deux faces. — Longueur, 0m,13 ; poids, 200 grammes.

Fig. 3. — Hache à douille rectangulaire, avec une barre sous le col. Cette barre existe seulement sur les deux faces.

Ce type de hache est orné de quatre petites nervures longitudinales qui suivent les angles dans leur longueur, et à tranchant élargi. Les haches de cette forme, avec filets en relief aux angles, sont, paraît-il, assez rares en Bretagne. — Longueur, 0m,124 ; poids, 200 grammes.

Outre les objets dont nous venons de parler, la cachette de Kerhon renfermait un certain nombre de haches ornementées qui forment la partie la plus intéressante de cette découverte (1).

Les figures tracées sur les haches ne sont pas variées; elles consistent dans les trois éléments suivants : 1° le *point*, *bouton* ou *globule;* 2° le *cercle simple* ou *double;* 3° des *nervures saillantes* ou lignes *verticales*. Cependant l'association de ces simples ornements suffit pour donner plusieurs variétés beaucoup plus rares.

---

(1) Le poids des haches de cette cachette varie entre 150 et 340 grammes, et la longueur entre 0m,120 et 0m,130.

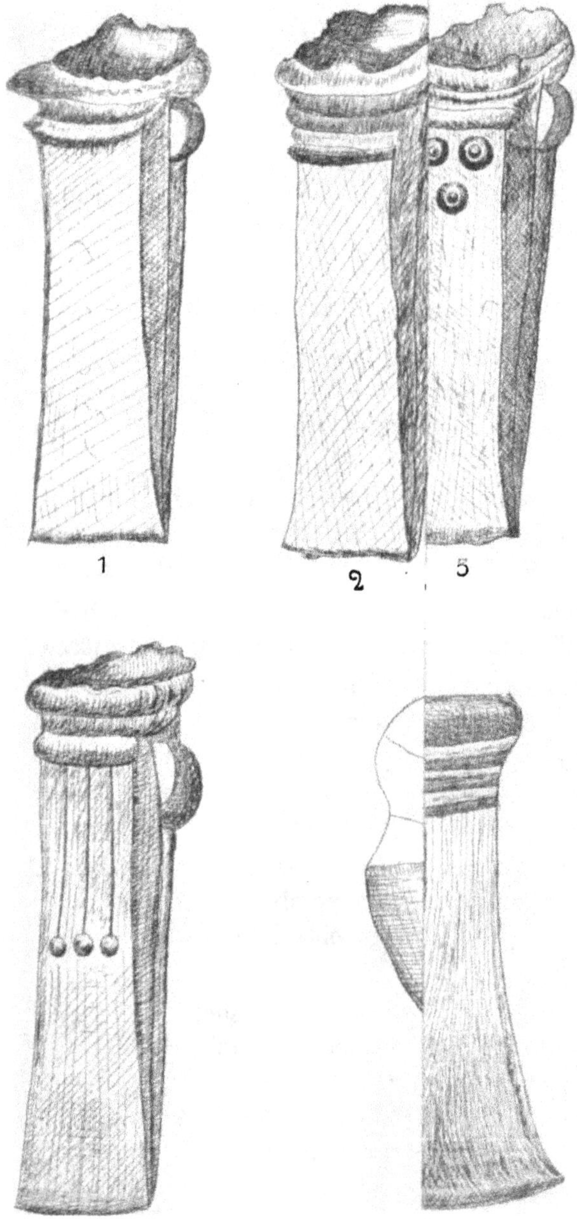

CACH

A KEI

Fig. 1 à 7. Types des haches randeur.

La figure 4 reproduit un type à douille rectangulaire et à boucle latérale. Plus massif que les autres, il a cette particularité que la barre est un peu plus éloignée du col et qu'elle se continue sur les quatre faces. Sur les deux faces, entre le bourrelet et la barre, figure un point ou bouton. — Longueur, 0^{m},129 ; poids, 322 grammes.

Nous avons remarqué plusieurs haches semblables à celle-ci, avec la barre se continuant sur les côtés, moins le point au-dessus. Elles sont plus épaisses que les autres. Leur poids moyen est de 340 grammes.

Fig. 5. — Spécimen de hache à douille rectangulaire avec une barre au-dessous du bourrelet sur les faces seulement. Sous chaque barre, trois points ou globules entourés chacun par un cercle, le tout disposé en triangle. C'est l'un des types les plus rares de la trouvaille. — Longueur, 0^{m},124 ; poids, 205 grammes.

Fig. 6. — Hache à douille rectangulaire, avec une barre transversale sous le col et sur les deux faces seulement. Sur chaque face, trois nervures verticales descendent à peu près à mi-longueur de la hache, toutes les trois terminées par un point ou bouton. — Longueur, 0^{m},122 ; poids, 170 grammes.

Il y avait un certain nombre de haches de ce type dans la cachette de Kerhon, mais la longueur et le nombre des nervures est très variable. Sur plusieurs spécimens elles s'arrêtent à moins de 0^{m},02 du col de la hache, et sur d'autres, elles descendent à peu près à 0^{m},03 du tranchant. Leur nombre varie entre six et deux nervures verticales, toujours terminées par des points ou globules.

Enfin, parmi toutes ces haches qui diffèrent pour la forme seulement bien peu les unes des autres, s'en trouvait une seule d'un type tout différent, très rare dans nos régions et qui a beaucoup d'analogie avec un spécimen particulier à la Grande-Bretagne.

Cette hache (fig. 7) est à douille quadrangulaire, avec trois barres sous le col, se continuant également sur les côtés, et à anneau latéral. Elle est beaucoup plus épaisse que les autres ; la partie formant le tranchant est massive, très élargie et soigneusement aiguisée. — Longueur, $0^m,13$; poids, 435 grammes.

Quant au lingot, il représente assez la forme d'une calotte sphérique ou plutôt d'un gâteau plat ayant $0^m,17$ de diamètre, avec une épaisseur de $0^m,04$ au centre et de $0^m,02$ sur les bords : son poids est de 5 kilogrammes.

La surface a une apparence rugueuse et on y remarque de nombreuses cavités, ce qui indiquerait que le métal a été coulé dans un moule grossier, en terre sans doute, et qu'il était à un état peu fluide.

Nous n'avons remarqué aucune empreinte sur la surface du lingot. L'analyse n'en a pas été faite ; nous ne pouvons donc pas préciser s'il est en bronze ou s'il ne contient pas d'étain. Cependant sa densité nous fait croire qu'il n'est pas exempt d'étain. Ce lingot proviendrait donc alors de la refonte d'objets hors de service.

Les nombreuses cavités formées dans le métal ont peut-être été faites à dessein pour faciliter la rupture du métal, même à froid. On remarque sur les bords trois petites ruptures ; elles ont, sans doute, été faites pour la confection de quelques objets.

Le vase qui contenait les haches, sorte de terrine, est de forme très régulière, quoique façonné à la main. Le bord, légèrement évasé, est supporté par une gorge haute de $0^m,04$ et circonscrite par une légère arête circulaire d'où part le corps du vase dont le fond est plat et un peu rentré. Il est en terre jaunâtre bien cuite et semée de petits grains quartzeux. Le bord est très régulièrement dentelé et le fond est assez épais.

Quoique brisé au moment de la découverte, il était entier. Malheureusement tous les morceaux n'ont pas été recueillis. Malgré cela, avec ceux qui ont été conservés, nous avons pu le reconstituer en partie, mais il manque un tiers environ du pourtour. Ce vase mesurait, à l'orifice, $0^m,33$ de diamètre, $0^m,19$ au fond, et environ $0^m,25$ de profondeur (fig. 8).

Les haches étaient placées en couches superposées et très soigneusement rangées, la douille de l'une reposant sur le tranchant de l'autre.

Aucun autre objet n'a été trouvé à proximité de cette cachette. Le vase rempli par les haches et le lingot était seul et non accompagné, comme parfois dans certaines cachettes, d'un autre vase vide et dont le contenu a déjà été vraisemblablement vendu par son propriétaire (1).

Les haches de cette trouvaille sont telles qu'elles sont sorties des moules. Elles portent encore la marque de la jonction des deux parties du moule ; quelques-unes ont encore dans la douille une partie du noyau d'argile ; les jets sont imparfaitement détachés. Une seule fait exception, la hache aux contours évasés. Cette hache est complètement terminée ; l'entrée de la douille a été polie et est très régulière ; le tranchant est finement aiguisé.

Nous avons cru devoir donner une description un peu détaillée des haches de cette trouvaille. Dans les cachettes qui ont fourni de nombreux objets de ce genre, ceux qui possédent les caractères particuliers que nous venons de décrire sont assez rares.

Le grand nombre d'objets similaires enfouis dans cette cachette ne laisse aucun doute. On sait qu'à l'époque du bronze, de petits industriels, fondeurs ambulants, parcouraient les campagnes pour vendre des objets fabriqués et refondre des objets hors de service. Nous sommes donc en présence de la cachette d'un marchand ayant vécu, d'après les types des haches et les probabilités des dernières découvertes, pendant la dernière période de l'âge du bronze (époque Larnaudienne de M. G. de Mortillet). Les haches à douille sont caractéristiques de cette époque, et la plupart de celles de Kerhon appartiennent à un type essentiellement armoricain et du nord-ouest de la France. On le rencontre

(1) Nous citerons entre autres trouvailles offrant cette particularité, celle de Pluguffan (Finistère), — collection *P. du Chatellier*, — celle de Kerlaëron, en Ergué-Armel, près Quimper, — *musée de Quimper*.

rarement en Grande-Bretagne et, dans tous les cas, dans les comtés du sud seulement, ce qui prouve son importation armoricaine.

Quant à la destination de certains de ces objets, rien de très précis n'a été émis à ce sujet ; ils sont encore l'objet de mille hypothèses. Toutefois nous pensons qu'un certain nombre d'entre eux sont réellement des haches : par exemple, les spécimens à douille épaisse, au tranchant lourd et massif et pouvant être martelé et aiguisé. Ces particularités font supposer qu'on les destinait à servir, soit d'outils, soit d'armes. Elles entrent alors dans la catégorie des haches usuelles.

Quant à celles dont le métal est mince et dont la douille se prolonge jusqu'à l'extrémité tranchante, de même que celles qui sont ornementées presque à cet endroit, — et ces types sont bien nombreux, — elles semblent avoir été des objets votifs ou rituels, et peut-être, certaines d'entre elles des signes distinctifs. Cette dernière probabilité serait d'autant plus vraisemblable, que des objets à peu près identiques quant à la forme, mais en fer au lieu d'être en bronze, servaient, et probablement servent encore, à cet usage aux sauvages du Dahomey. Il y en a même à talon et à douille comme nos haches. Plusieurs de ces objets sont également usuels, et certains d'entre eux servent de contre-poids en bas des lances.

Nous avons vu ces objets et nous avons été frappé de l'analogie qui existe entre eux et nos objets de l'âge du bronze. Peut-être aurons-nous, du reste, l'occasion de revenir sur ce sujet et de décrire minutieusement les objets exotiques en question.

Dans tous les cas, haches usuelles, haches votives ou distinctives, les haches, — nous les désignerons sous ce nom, puisque les unes comme les autres ont la même forme, moins le poids ou l'épaisseur, — les haches, disons-nous, de la cachette de Kerhon, appartiennent bien à la même époque, et ont été fondues dans le même temps, vraisemblablement en Armorique où on rencontre ce type si fréquemment.

Le nombre des cachettes de fondeur découvertes dans ces dernières années est considérable, tout particulièrement pour la Bretagne. M. P. du Chatellier (1) mentionnait en 1889, dans le département du Finistère, 48 cachettes contenant des haches principalement, mais aussi d'autres instruments et presque toujours des culots de bronze. Depuis cette époque, il y a eu d'autres découvertes. Des trouvailles très importantes analogues à celle de Kerhon ont été faites fréquemment dans les Côtes-du-Nord et l'Ille-et-Vilaine. Toutes ces grandes et si nombreuses découvertes, particulièrement de pièces non terminées, font penser que notre région fut autrefois une sorte de centre de fabrication d'objets typiques à l'Armorique.

Ces dernières années, plusieurs trouvailles de ce genre ont été faites dans le Morbihan et, malheureusement, n'ont pas été signalées ; les objets ont été dispersés de tous les côtés sans avoir été aucunement étudiés. Le fait est très regrettable. Il serait à souhaiter que tous les objets appartenant aux temps préhistoriques recueillis dans le Morbihan soient décrits avec détails, ainsi que les endroits ou les monuments qui les recèlent.

Malheureusement ceux qui s'intéressent à l'étude de ces choses sont bien peu nombreux, et la plupart des objets découverts, presque toujours par hasard, par des indifférents ou des ignorants, sont, selon leur nature, soit rejetés, soit l'objet de spéculations ou d'ornements d'étagères, mais restent toujours ignorés et jamais décrits. Tout cela est très pratique mais ne fait pas l'affaire de la science, toujours curieuse de tout connaître et de tout approfondir.

Sans parler de ses très remarquables monuments, notre sol morbihannais est très riche en objets préhistoriques ; il a, du reste, fait largement ses preuves ; l'arrondissement de Pontivy a très peu fourni, n'ayant pas été fouillé pour ainsi dire ; cependant les dolmens, les tumulus s'y rencontrent assez souvent, et beaucoup certainement sont encore à découvrir. Il y aurait donc, croyons-nous, à exhumer de ce sol à peine effleuré, des pages bien intéressantes pour la reconstitution de l'histoire de ces temps reculés.

---

(1) Paul du Chatellier, *Les époques préhistoriques dans le Finistère* (1889).

UNE TROUVAILLE A BRECH

(Par M. l'abbé Le Mené).

Messieurs, la trouvaille dont j'ai à vous entretenir, ne date pas d'hier. Elle a été faite le 23 avril 1888. Un sieur Priellec, qui travaillait dans la lande du Raneu, à 700 mètres environ au nord-ouest du village du Guervec, en Brech, découvrit un pot de terre grossière, enfoui dans le sol. Le briser, pour y trouver un trésor supposé, fut l'affaire d'un moment. Mais l'inventeur n'y trouva que des fragments de bronze, de verroterie et divers objets sans grande valeur pour lui. Aussi céda-t-il le tout à bon compte à M. Collet, vicaire de Plœmel. Celui-ci est mort sans avoir rien publié sur cette trouvaille, et après son décès j'ai pu me rendre acquéreur de ces objets au nom de la Société polymathique.

En voici l'énumération.

Il y a d'abord une trentaine de petites monnaies gauloises, fortement oxydées, et les débris de plusieurs autres. Les exemplaires reconnaissables présentent au droit une tête barbare de profil, et au revers un cheval galopant, et au-dessous un symbole varié. J'ai communiqué ces pièces au savant numismate, M. Anatole de Barthélemy, qui m'a écrit en me les renvoyant : « On peut affirmer qu'elles appartiennent à la série de monnaies armoricaines qui avaient cours dans la seconde moitié du premier siècle avant l'ère chrétienne. » — Voilà qui est précis : ces monnaies se placent entre Jules César et la naissance de Jésus-Christ. Par conséquent les autres objets renfermés dans le même vase doivent remonter approximativement à la même époque.

Quels sont ces objets ? — Les voici :

1. Une bague en or pâle, dont la gravure rappelle une natte de cheveux ;

2. Un cordonnet en or pâle, mesurant environ six centimètres de longueur ;

3. Un petit morceau de fil métallique, probablement en cuivre ;

4. Trois sortes de clous, semblables à des punaises de dessinateur ;

5. Un petit disque métallique, percé comme un grain de collier ;

6. Divers fragments de fil métallique, carré et recourbé ;

7. Quatre anneaux en bronze, dont un cordonné ;

8. Un bracelet en bronze uni, arrondi à l'extérieur ;

9. Divers fragments de bracelets en fil de bronze ;

10. Un bracelet en bronze, creux à l'intérieur du fil ;

11. Divers fragments de bracelets semblables ;

12. Une fibule en bronze, sans sa broche ;

13. Plusieurs fragments d'autres fibules ;

14. Trois tiges de longues épingles en bronze ;

15. Divers fragments de bracelets et de fil de bronze ;

16. Quatre petits anneaux en bronze recourbé ;

17. Dix fragments de bracelets en verre de couleur ;

18. Seize grains de colliers, en verre et en ambre ;

19. Sept fragments de grains semblables ;

20. Une sorte de bouton double en bronze ;

21. Une grosse tige métallique, courbe et oxydée ;

22. Divers fragments de fer oxydé ;

23. Divers fragments de bracelets en schiste ;

24. Deux fragments du vase ayant contenu les objets ci-dessus.

Telle est la liste des objets découverts au Guervec, en Brech : elle n'est pas très riche, mais elle a le grand avantage de donner une date, et de montrer les ornements et les bijoux qui étaient d'un usage courant entre la conquête romaine et l'avènement du Christ.

LE

MARÉCHAL DE CAMP BARON DE WARREN

CORRESPONDANCES ET NOTES (DE 1740 A 1775) (1).

LIVRE DEUXIÈME

De la paix d'Aix-la-Chapelle au traité de Paris

(Suite).

Warren passa les derniers jours de l'année à Nantes. Il y accompagnait, en qualité d'officier d'état-major, le duc d'Aiguillon qui présidait les États. Bonne fortune pour un mondain tel que le baron. Durant six semaines, Warren put jouir des distractions que Nantes offrait en ce moment à ses nobles hôtes. Voici ses appréciations sur la ville et sur les États : « Tout y était grand, tout y était brillant et digne d'une » province si respectable ; spectacles, bals, repas, concerts, » les hommes, les femmes de la dernière magnificence. » Beaucoup de jolies femmes aimables et spirituelles (2). »

Entre temps, il recevait sans y pouvoir, sans doute, prêter grande attention, la nouvelle pourtant grave du départ d'Angleterre de forces navales considérables :

(1) Voir les bulletins de la Société polymathique du Morbihan : années 1892, 2e semestre ; 1893, 2e semestre ; 1894, 1er et 2e semestres, et 1895, 1er et 2e semestres.

(2) Lettre de Warren à Mme Caillette à Calais.

Vannes, 9 décembre 1760.

LE CHer DE REDMOND A WARREN.

«...Voilà la flotte anglaise dehors selon toutes les nouvelles.
» Tout le monde veut que ce soit pour Belle-Isle ou Brest.
» Je le croirai quand je le verrai. Je voudrais, pour
» préliminaire, que les États de Bretagne fussent finis. C'est
» une bien longue contrariété que celle-là. Vous faites bien
» de rester avec le général... »

A la fermeture des États, il fallut songer à s'arracher aux enchantements de la vie de Nantes et à regagner ses anciens quartiers. C'était, en effet, le moment où les généraux restés dans leurs commandements pendant la « tenue » avaient l'habitude de prendre des congés, et le tour du tableau appelait Warren à remplacer à Vannes le Cher de Redmond.

La situation à la Vilaine venait de se modifier. Le blocus des Anglais se relâchait et le Cher de Redmond, à l'occasion de son rapport habituel au Ministre de la Guerre, écrivait :

A Vannes, ce 1er janvier 1761.

MONSEIGNEUR,

« L'escadre anglaise diminue journellement ici dans la
» baie ; il n'en reste plus que quatre vaisseaux, deux frégates,
» trois sloups et cinq bâtiments de transport ; ils n'ont plus
» rien dans la communication de Belle-Ile ; je crois même,
» à leur manœuvre, que le nombre en diminuera encore d'ici
» deux ou trois jours (1).

LE CHer DE REDMOND.

Cette nouvelle fut-elle connue de Warren à Nantes ? Elle ne le décida pas, en tout cas, à quitter cette ville où le retenaient les nombreuses relations qu'il avait su s'y créer pendant son séjour. Le Cher de Redmond, pressé de se rendre à Paris, n'attendit pas son retour. Il lui laissa par écrit ses instructions, remit provisoirement le service au Cte de Balleroy et partit de Vannes le matin du 6 janvier.

---

(1) Archives hist. du minist. de la guerre.

« Je n'ai rien à ajouter à l'état que j'ai eu l'honneur de
» remettre, cet été, à M. le Cher de Warren lorsque je fus
» absent pendant le mois d'août pour les revues de cavalerie
» dont j'étais chargé. La disposition des postes est la même.
» Il n'y a rien de changé à la consigne, chaque commandant
» a son instruction particulière.

« Le régiment de *Brie* fournit à la presqu'île de Quiberon
» et au poste de Carnac. Celui de *Limousin* fournit 100
» hommes aux îles d'Houat et d'Hædic et 85 hommes à
» Locmariaquer où il monte un capitaine et trois lieutenants
» tant pour la garde du fort de Kerpenhir que pour les
» patrouilles et la garde de l'anse Saint-Pierre et de la
» batterie de Kernalvès ou de la pointe de Crach. C'est
» M. de Longueil, capitaine au régiment de *Limousin*, qui est
» en poste fixe à Locmariaquer depuis le commencement de
» novembre et il s'y comporte avec autant d'exactitude que
» d'intelligence.

« Le régiment de *Limousin*, indépendamment de ces
» détachements, a 100 hommes à Belle-Ile qui doivent
» revenir. Ce sont MM. Pascal qui commandent aux îles
» d'Houat et d'Hœdic à l'ordinaire, dont M. le Cher de Warren
» connaît le zèle et les talents. C'est toujours M. de Laval,
» lieutenant au régiment de *Brie*, ou en son absence
» M. de Moneroc, son frère, qui est chargé de l'inspection
» des batteries depuis la pointe de Quiberon jusqu'au fort
» de Kerpenhir inclus.

« Les deux pièces à la suédoise sont toujours à Auray où
» il y a un dépôt de munitions et un garde-magasin du
» corps royal, nommé Thyonville, qui s'y tient avec le nommé
» Joli-Cœur, bombardier, son camarade.

« La partie gauche de la côte depuis le Morbihan jusqu'à
» Pénerf et de Pénerf jusqu'à la Vilaine est toujours gardée
» par le bataillon de *Marmande*. C'est M. Cantecart et
» M. Proteau qui sont en poste fixe à Port-Navalo où ils se
» comportent avec sagesse et vigilance. La redoute du
» plateau est en bon état. M. de Rochebonne, lieutenant au
» régiment de *Bourbon*, est chargé de l'inspection des

» batteries de toute cette partie jusqu'à la Vilaine. M. Daniel » est toujours à Pénerf ; il n'y a, en un mot, rien de changé » depuis que le Cher de Warren a quitté Vannes, que le » renvoi général de tous les gardes-côtes, à l'exception d'un » poste d'un sergent et six hommes de la capitainerie » d'Hennebont qui sont au fort Penthièvre pour la garde des » effets et du vaisseau échoué (1). Leur séjour dorénavant y

---

(1) Ce vaisseau était le *Hopewell* de Scarbrock, commandé par Christophe Franklin. De 265 tonneaux seulement de jauge, il n'avait comme armement que 4 pièces de canon de quatre livres de balles et 2 pièces de deux livres. Ce navire était venu de Porstmouth apporter de l'eau et des légumes à l'escadre anglaise et retournait à Plymouth lorsqu'un coup de vent le poussa à la côte de Quiberon. Voici dans quelles circonstances il fut capturé :

« Déposition au greffe de l'amirauté de Vannes de M. de la Balguerie, capitaine de » grenadiers au régiment de *Brie*.

» M. le Cher de Vergons, lieutenant-colonel du régiment de *Brie*, commandant à » Auray, fut informé le 27 du mois d'octobre par M. de Bouhan, capе de la garde-côte » qui s'était porté à Ste-Barbe, à l'entrée de la presqu'île de Quiberon, qu'une frégate » anglaise ou autre bâtiment s'était approché de la côte, vis-à-vis le corps de garde » de Ste-Barbe ; il me fit marcher avec ma compagnie de grenadiers à l'entrée de » la nuit pour aller voir ce qui se passait dans cette partie. J'arrivai à Ste-Barbe à » 8 h. et demie du soir et je fis reconnaître tout de suite le vaisseau par le lieutenant » de ma compagnie. L'obscurité l'empêcha de voir quel était son état ; en attendant » que j'en puisse juger par moi-même, j'instruisis M. le Cher de Redmond, maréchal » de camp, commandant dans l'évêché de Vannes, de tout ce que j'appris de ce » vaisseau que l'on me disait en danger, et je mandai à M. de Redmond que nous » pourrions peut-être nous en rendre maîtres, si nous avions du canon ; attendu » qu'il en était à portée dans l'endroit où le mauvais temps l'avait obligé de mouiller. » M le Cher de Redmond chargea M. d'Arodes, major du régiment de *Brie*, qui » se trouva pour lors à Vannes et qui s'offrit à me venir joindre, de faire marcher le » plus tôt qu'il serait possible deux pièces de canon à la Suédoise qui étaient à Auray. » M. d'Arodes exécuta promptement ses ordres à ce sujet et vint me trouver le 28, dans » la nuit, à Ste-Barbe. Nous fûmes, dès qu'il fit jour, reconnaître ensemble le vaisseau » anglais ; nous remarquâmes qu'il était mouillé à une demi-lieue au plus de la côte. » Il nous parut être un bâtiment de transport et démâté de deux de ses mâts. La » mer continuait à être affreuse. M. d'Anglars, Cne au régiment de *Brie*, qui était » détaché dans la presqu'île de Quiberon et qui avait vu, la veille, l'état de ce vaisseau, » nous vint joindre. Étant convenus ensemble qu'il n'y avait que le canon qui pût » nous rendre maîtres de ce vaisseau, nous attendîmes que M. le Cher de Redmond » nous l'envoyât comme nous le lui avions demandé. Ce canon nous étant arrivé à » midi, nous l'approchâmes du vaisseau le plus près qu'il fut possible et au troisième » ou quatrième coup de canon que nous lui tirâmes il fit des signaux qui témoignaient » qu'il se rendait à nous. Nous ne fûmes point étonnés qu'il ne mît point de chaloupe » en mer, parce qu'elle était impraticable. En attendant qu'elle devint plus calme, » nous laissâmes notre canon vis-à-vis le vaisseau, dans la meilleure position que » nous trouvâmes, et nous nous occupâmes du soin d'envoyer des chaloupes au » vaisseau, nous imaginant que s'étant rendu une fois et étant d'ailleurs sous le feu » de notre canon, il ne ferait aucune résistance à ceux que nous enverrions pour » l'amariner. Je chargeai M. d'Anglars de mettre tout en usage pour faire armer

» sera très court, l'adjudication dudit vaisseau et de ses
» effets ayant été faite samedi dernier, 3e de ce mois, au
» bureau de l'Amirauté de Vannes et devant être enlevés
» incessamment.

« Il manque un canonnier à la batterie de Penlan depuis
» huit ou dix jours par l'état incurable où est celui qui y
» résidait. M. de Rochebonne en a fait chercher un pour le
» remplacer jusqu'à présent sans succès. MM. les officiers
» des vaisseaux de la Vilaine en sont prévenus et devraient

» quelques chaloupes dans la partie où il commandait et j'envoyai des ordres à tous
» les ports voisins pour en armer d'autres pour le même objet. La nuit survint
» pendant tous ces mouvements. Je remarquai le 29 à la pointe du jour que le
» vaisseau anglais était dans la même position, toujours mouillé près de la côte, et
» notre canon toujours prêt à tirer. Le lieutenant de ma compagnie était resté à la
» batterie que nous avions placée vis-à-vis le vaisseau. J'informai le commandant de
» cette batterie des signaux dont j'étais convenu avec ceux qui conduisaient les
» chaloupes armées et je lui renouvelai l'ordre de tirer sur le vaisseau s'il paraissait
» vouloir quitter son mouillage. M. d'Anglars qui vint alors l'observer s'aperçut qu'il
» filait du câble et commençait à s'éloigner un peu. Il fit tirer tout de suite une
» douzaine de coups sur le vaisseau et quoiqu'il fût moins à portée, il mit un canot à
» la mer que le vent eut bientôt porté du côté du fort Penthièvre. Le capitaine du
» vaisseau anglais s'était mis dedans avec quatre matelots; les chaloupes qui avaient
» été armées et où M. d'Anglars avait fait mettre quelques soldats se mirent en mer
» et gagnèrent, non sans danger, le vaisseau anglais dont la marche fut après
» dirigée par nos matelots vers notre côte. Une de nos chaloupes revint et nous
» amena le reste de l'équipage anglais qui se montait en tout à 15 hommes. Nous
» avions déjà remarqué une frégate anglaise avec deux senauts qui cherchaient à
» donner du secours au vaisseau dont nous venions de nous emparer, mais ils avaient
» le vent contraire et n'avançaient que lentement, de sorte que notre vaisseau eut le
» temps de venir mouiller près du fort Penthièvre. Je fis venir le canon qui m'avait
» été envoyé et qui avait toujours longé la côte autant qu'il avait été possible à
» hauteur du vaisseau anglais. Ce canon fut placé de façon qu'il pût protéger son
» mouillage. A l'entrée de la nuit, le câble qui tenait le vaisseau mouillé rompit et le
» vaisseau échoua dans un fond de sable où il est encore sans danger, et où l'on a
» commencé à en décharger les effets qu'on a mis en dépôt dans le fort. Une chaloupe
» anglaise s'en est approchée depuis, que l'on a fait retirer à coups de canon. Les
» troupes ont travaillé pendant 5 jours à cette opération et c'est à leur travail et à
» leur zèle ainsi qu'au succès de la batterie des deux pièces de canon que l'on doit
» la prise de ce bâtiment qui revenait de porter de l'eau à l'escadre anglaise et qui
» s'en retournait en Angleterre, lorsque le mauvais temps le fit mouiller près de la
» côte. Le capitaine et les matelots ont été envoyés à Auray et de là à Vannes selon
» les ordres de M. le Ch^er de Redmond. »

» Certifié par nous, capitaine des grenadiers au régiment de *Brie*, détaché pour cette opération dans la presqu'île de Quiberon.* »

A Vannes, ce 3e novembre 1760.

LABALGUERIE.

* Archives départementales du Morbihan, Fonds de l'amirauté de Vannes.

» en fournir un de leur bord en cas de besoin. J'ai écrit à « M. le Mis de Broc pour un arrangement par lequel j'espérais » pouvoir remplacer le susdit canonnier, je n'en ai point eu » de réponse...

LE CH[er] DE REDMOND.

Le 8 janvier, le Cte de Balleroy reçut d'importantes nouvelles de la Vilaine. Il les transmit aussitôt au Ministre de la Guerre :

A Vannes, ce 8 janvier 1761.

MONSEIGNEUR,

« J'ai l'honneur de vous informer que les vaisseaux du » roi le *Dragon* et le *Brillant*, commandés par M. le Ch[er] » de Ternay et M. d'Hector, sont sortis, le 6 au soir, de la Vilaine » avec un vent favorable et à la faveur d'une brume très » épaisse. Les trois frégates qui étaient dans cette rivière (1) » en sont aussi sorties le 7, avec les mêmes circonstances. » Comme pendant ces deux jours on n'a entendu, à la côte, » tirer qu'un seul coup de canon dans l'escadre anglaise, et » qu'après la brume dissipée, on lui a vu faire les mêmes » dispositions et apporter la même attention à masquer » l'entrée de la rivière, il y a tout lieu de croire que l'ennemi » n'a eu aucune connaissance de la sortie de ces bâtiments (2).

BALLEROY.

Le 10 janvier, après quatre jours de mer, le *Dragon* et le *Brillant* faisaient leur entrée dans le port de Brest. Ils étaient accompagnés de l'une des frégates sorties le 7, la *Calypso*, (commandant Desforges-Maillard), qui les avait rejoints sans encombre. Le succès de cette sortie dirigée par Ternay lui valut le grade de capitaine de vaisseau.

Des deux autres frégates, l'une, l'*Aigrette* (commandant du Chaffault), fut obligée de faire route vers l'Espagne pour échapper à la poursuite d'un vaisseau anglais, l'autre, la

(1) La *Calypso*, l'*Aigrette* et la *Vestale*.
(2) Archives historiques du ministère de la guerre.

Vestale (commandant de Boisberthelot), fut prise au large par la frégate anglaise la *Licorne*.

Le blocus de la Vilaine n'était pas terminé pour cela. Même il devait durer longtemps encore pour le reste des vaisseaux. Le récit toutefois des événements qui marquèrent sa fin trouve ici plus naturellement sa place.

Ce fut encore une relâche dans la surveillance des Anglais qui favorisa une seconde sortie le 28 novembre 1761. Belle-Ile prise, ils avaient été obligés de rembarquer à destination de la Martinique quelques régiments de l'armée d'occupation, et plusieurs vaisseaux de leur escadre des côtes de Bretagne avaient dû être distraits pour ce transport. Ternay sut profiter de leur absence comme en témoigne cette lettre de M. Martissans au Ministre de la Marine :

Vieille-Roche, le 28 novembre 1761.

MONSEIGNEUR,

« M. le Cher de Ternay ne pouvant vous rendre compte
» lui-même de son départ m'a chargé de vous en informer.
» Ses vaisseaux, le *Robuste*, et l'*Eveillé* commandé par
» M. d'Hector, ont appareillé aujourd'hui à deux heures après
» midi. Je les ai suivis jusqu'en dehors de cette rivière, d'où
» ils étaient sortis à quatre heures... La brume qu'il continue
» de faire fait espérer que leur navigation sera heureuse (1).

MARTISSANS.

Le dernier groupe des vaisseaux de la Vilaine se composait du *Glorieux* et du *Sphynx* depuis longtemps désarmés. M. d'Hector chargé de les faire sortir monta sur le premier tandis que le lieutenant de vaisseau Rousset-Prailly avait la mission de conduire le second. C'était au commencement de mai 1762. Il semble que les Anglais ne se souciassent plus à cette heure du sort des derniers vaisseaux. Le *Glorieux* et le *Sphynx* sortirent donc sans difficultés.

---

(1) Archives du ministère de la marine.

Des bâtiments du roi il ne restait plus dans la Vilaine que la prame le *Prince-Noir* qui sortit aisément de même le 25 mai 1762.

Telle fut cette opération de la sortie de la Vilaine. Ni l'habileté, ni l'audace des officiers de la marine française n'y trouvèrent leur emploi. L'hiver avec ses brumes, une relâche dans la surveillance des Anglais en furent les grands facteurs. De même qu'ils étaient nécessaires, ils suffirent seuls. Pour l'avoir prédit, Marion-Dufresne se vit privé de la satisfaction de sortir son navire avec les autres, mais sa disgrâce n'avait hâté en rien la fin du « roman. »

Léon LALLEMENT. *(A suivre.)*

UN DRAME A PLAUDREN (Morbihan)

EN 1672

(Par M. le Cte R. de Laigue).

« Dans une même paroisse, dit un proverbe du pays gallo, un château, c'est beau ; deux châteaux, c'est prise de maucs (1) ; trois châteaux, c'est coups de couteaux. » L'auteur de ce vieux dicton avait peut-être entendu parler de la querelle qui mit aux prises, en la seconde moitié du XVIIe siècle, deux gentilshommes du Vannetais, et se termina de la façon la plus tragique au milieu des landes de Plaudren. Les péripéties de ce drame nous ont été révélées par un manuscrit respectable égaré dans les archives du château de Trégouët, en Béganne, où il fut découvert, il y a quelques années, par M. le marquis de Sécillon, dont la mort survenue au mois de mai 1896 a été un deuil pour la Société polymathique et pour l'archéologie.

En 1630, trois des anciens manoirs de la paroisse de Plaudren étaient habités par trois familles qu'unissaient entre elles les liens d'une étroite amitié. Le premier, connu sous le nom de Kerscouble (2), avait emprunté son nom à la maison de l'Escouble dont le chef était alors Jean de l'Escouble (3) ;

(1) *Mauc* signifie en patois gallo : museau, bouche.

(2) Le manoir de Kerscouble appartient aujourd'hui à M. Léon Lallement.

(3) Jean de l'Escouble, chevalier, s^{gr} de Kerscouble, Pérennez, Renoyal, etc. était fils aîné de Julien de l'Escouble et d'Amaurie de Quihiac. Il se maria trois fois : 1° à d^{lle} Marguerite du Tressay ; 2° à d^{lle} Anne Colombel ; 3° à d^{lle} Françoise de Guémadeuc dont il n'eut postérité. *Du premier mariage* vinrent trois enfants : Pierre, aîné ; Anne, femme de François de Bouexière, sans enfants ; Yvonne, mariée à Pierre Raoul, dont une fille, Jeanne, morte sans alliance. — *De son second mariage* il eut deux fils : Jean, s^r de Larmor, marié à Guénaëlle Le Net, mort sans postérité le

le second, appelé le Mortier (1), ancien apanage des Botderu, était la résidence de Claude de Trévégat (2); le troisième, la Guittonnière, appartenait à Mathieu de Lantivy (3).

Les sieurs de l'Escouble, de Trévégat et de Lantivy se voyaient journellement. Pierre de l'Escouble, fils aîné de Jean, venait de se marier, et ce mariage avait fourni l'occasion de fêtes répétées dans les châteaux du voisinage : celles du Mortier et de la Guittonnière avaient été particulièrement réussies.

Malheureusement les plus belles journées, les plus ensoleillées même, sont parfois assombries par des nuages qui, bien que légers, n'en sont pas moins précurseurs de la tempête. Une vieille femme inconnue des paroissiens de Plaudren et que l'on ne revit jamais, traversa la lande de la Croix-Peinte le jour du baptême du fils aîné de Pierre de l'Escouble ; arrêtant les pastours occupés à garder les troupeaux des métairies de Kerscouble, elle leur déclara que ce jour devait être fatal pour leur seigneur, et que l'enfant, dont la venue au monde se célébrait au moment même dans les trois principaux manoirs de la paroisse, était destiné à y

---

2 septembre 1685, et Gilles, époux de Renée Le Digabel, dont des filles. — Jean mourut en 1653 et fut inhumé le 3 mai à Plaudren.

Pierre de l'Escouble, son fils aîné, épousa d[lle] Guillemette Caro. Il en eut trois fils : 1° Jean, aîné, s[gr] de Kerscouble, qui *mourut victime du drame de Plaudren* le 16 décembre 1672 sans laisser d'enfants de ses deux femmes, savoir : dame Julienne du Bot, fille aînée de messire Pierre du Bot et de dame Bertranne Gouyon des Hilliers, s[r] et d[e] du Grego, et qui était veuve de Gilles du Maz, écuyer, s[r] du Verger-Brossay, qu'il avait épousée le 21 septembre 1660, — et d[lle] Marie Lesné, dame des Rabines, fille d'écuyer Michel, qu'il épousa le 12 septembre 1663. — 2° Jacques, capitaine au régiment d'Artois, mort sans hoirs en 1673 ; — 3° Julien, marié en 1666 à d[lle] Samsonne-Thérèse Le Bècre, dont seize enfants, et qui continua la descendance. (Archives départementales du Morbihan. Fonds l'Escouble).

(1) Le Mortier appartient aujourd'hui à M. Louis Guyot de Salins.

(2) Paul de Trévégat, s[r] de Kberuet et du Mortier, était fils cadet de Claude de Trévégat et de d[lle] Jeanne de Botderu, s[r] et d[e] de Locmaria, Kberuet, le Mortier, etc. et avait pour frère haut et puissant François de Trévégat, s[r] de Locmaria, Limoges, etc., conseiller au Parlement de Bretagne, marié à d[lle] Françoise de Quélen.

(3) Mathieu de Lantivy, s[r] de la Guittonnière, eut de sa femme d[lle] Jacquette Le Crossec, entre autres, deux enfants : Anne, mariée le 16 septembre 1663 à Paul de Trévégat, ci-dessus, — et René, s[r] de la Guittonnière, qui épousa le 14 juin 1678 d[lle] Louise-Marie de la Chesnaye, fille d'Olivier, s[gr] d'Estimbrieuc, et de dame Charlotte de Galy.

porter le deuil et les plus grands malheurs. L'un des petits paysans s'étant moqué de la sorcière et ayant même osé lancer son chien sur elle, on la vit lever la main et prédire qu'un crime épouvantable serait commis en cet endroit, dans la lande de la Croix-Peinte.

Naturellement l'incident fut commenté dans le pays. Les uns affirmèrent que les enfants avaient rêvé; d'autres, qu'ils avaient été les jouets d'une mystification. Seul, le sieur de Kerscouble fut fort ému et ordonna qu'on ne parlât plus jamais devant lui de la sorcière. De fait, quelques années plus tard, son passage dans la paroisse avait été complètement oublié.

L'enfant, objet de cette prédiction terrible, avait reçu à son baptême le nom de Jean, celui de son grand-père. Vers la même époque la dame de Trévégat mettait au monde un fils à qui on donna celui de Paul. Du même âge, Jean et Paul devaient être et furent inséparables. Partageant les mêmes jeux, les mêmes joies, se consolant mutuellement dans les mêmes chagrins, ils s'aimèrent comme des frères. Rien ne venait troubler la paix des manoirs de Kerscouble et du Mortier, et le sieur de l'Escouble pouvait commencer à se dire que la femme de la Croix-Peinte avait abominablement menti, quand naquit à la Guittonnière celle qui devait être la cause des malheurs prédits : j'ai nommé Anne de Lantivy.

Anne n'avait que quelques années quand Paul de Trévégat, comme tout cadet de bonne maison devait le faire alors, se décida à servir dans les armées du Roi. A peine âgé de 18 ans il alla rejoindre son frère aîné qui commandait en qualité de capitaine l'une des compagnies du régiment de la Meilleraye.

On était en 1648. La guerre de Trente ans venait de se terminer brillamment par la victoire de Lens et le traité de Westphalie : mais faisant suite à la guerre étrangère, la Fronde avait éclaté, et Paul allait pouvoir montrer, dans sa modeste sphère, de véritables talents militaires, talents que Turenne devait apprécier sept ans plus tard et si bien récompenser dans la suite. Après être resté trois ans au régiment de la Meilleraye, il vit le feu pour la première fois au siège de Bordeaux où sa brillante conduite lui valut d'être promu au grade de lieutenant. C'est alors qu'il fit, toujours sous les ordres de son frère, cette admirable campagne du Nord où tour à tour Turenne et Condé déployèrent leur génie, l'un au service de la France et l'autre sous les drapeaux de l'Espagne. Paul de Trévégat s'y fit souvent remarquer. Aussi fut-il nommé capitaine sous les murs de Valenciennes et le Roi voulut-il lui donner lui-même le commandement de la compagnie de son frère : il conserva ce commandement jusqu'en 1660.

Cependant Mazarin mourait et Louis XIV prenait en main les rênes de l'État. On sait que le gouvernement personnel du grand Roi débuta par un incident qui faillit brouiller la France et le Saint-Siège. Le duc de Créqui, ambassadeur à Rome, avait laissé imprudemment les gens de sa suite injurier quelques soldats de la Garde-Corse. Ceux-ci furieux tirèrent un coup de pistolet sur l'ambassadeur, arrêtèrent la voiture de la duchesse et tuèrent l'un de ses pages. Bien que le Pape eût fait pendre les coupables et offert des excuses, le Roi saisit Avignon et envoya des troupes en Italie. Paul de Trévégat fut désigné pour faire la campagne : mais elle devait marquer le terme de ses exploits militaires. En traversant les marais du Milanais, notre héros fut atteint par les fièvres et pris de rhumatismes tellement violents qu'il fut obligé de s'arrêter dans une bourgade italienne. Abandonné des chirurgiens qui déclarèrent alors son état des plus graves, il se vit dans la nécessité de quitter l'armée. Au prix de fatigues excessives, miné par la fièvre, mourant pour ainsi dire, il fut ramené en France par petites journées. Pourtant à son arrivée à Paris il se sentit mieux portant, regagna la Bretagne et parvint, méconnaissable, au château de Limoges près Vannes, dont ses parents venaient d'hériter, et où ils avaient fixé leur résidence ordinaire.

Parmi les personnes qui portèrent le plus d'intérêt au malade, nous devons citer naturellement Jean de l'Escouble et les parents d'Anne de Lantivy. Celle-ci, que Paul avait laissée tout enfant, était alors dans tout l'éclat de sa beauté.

Le jeune capitaine ne l'eut pas plus tôt revue qu'il en devint follement amoureux et demanda sa main. Mais il comptait sans un rival et un rival dangereux : ce rival n'était autre que Jean de l'Escouble, alors chef de nom et d'armes de la maison de l'Escouble, et dont la bonne mine et la belle fortune était en train de tourner les têtes de toutes les héritières de Vannes. Le hasard voulut que Jean fît aussi une demande qu'Anne repoussa formellement, en même temps qu'elle acceptait celle de Trévégat. Dès lors, entre ces deux amis la veille encore si unis, ce fut la guerre., la guerre acharnée, implacable.

Le mariage de messire Paul de Trévégat, écuyer, sgr de Kerberuet et du Mortier, avec Anne de Lantivy, dame de la Guittonnière, fut célébré à Saint-Patern de Vannes, paroisse du château de Limoges, le 1er septembre 1664, dès que la santé du jeune capitaine se fut un peu rétablie. Sur ces entrefaites, Jean de l'Escouble, voulant de dépit être marié avant eux, avait épousé, le 12 septembre 1663, Marie-Servanne Lesné, dame des Rabines.

Mais le caractère de l'Escouble, de doux et facile, était devenu irritable, impatient. Sa femme mourut au bout de peu de temps sans lui laisser d'enfant. Alors le sgr de Kerscouble se retira complètement dans son manoir de Plaudren, ne voulant plus voir ni ses amis, ni ses parents.

Le moment arrivait où la sinistre prophétie de la sorcière de la Croix-Peinte allait se réaliser.

Les tenanciers des manoirs du Mortier et de Kerscouble, ainsi qu'il arrivait souvent dans nos campagnes bretonnes où les propriétaires terriens vivaient un peu de la vie de leurs vassaux, avaient embrassé la querelle de leurs deux seigneurs. Chaque jour amenait quelques disputes entre les fermiers des jeunes rivaux, et ces disputes ne se terminaient jamais pacifiquement. Un jour, un gars du Mortier se prit violemment de querelle avec un serviteur de l'Escouble : celui-ci malheureusement n'était pas loin. Il accourut hors de lui, prit fait et cause avec une violence extrême pour son vassal, et finit par en venir aux mains avec son adversaire : en un instant son épée était tirée et passée au travers du corps du paysan qui expira au bout de quelques minutes.

Ce crime fit grand bruit dans la paroisse de Plaudren ; à Vannes, on s'en émut et les juges de la juridiction de Largouët descendirent sur les lieux pour faire la levée du corps de la victime. Les magistrats se rendirent ensuite au Mortier pour procéder à une enquête qui ne dura pas moins de deux jours. Trévégat, comme la politesse le lui ordonnait, les invita à souper et à coucher à son château. Ce fait augmenta la fureur de l'Escouble : il prétendit que son ancien ami avait voulu suborner la justice et fait tous ses efforts pour obtenir une condamnation sévère contre lui. Il jura de se venger et chercha dès lors l'occasion d'une rencontre avec le mari d'Anne de Lantivy.

Le 16 décembre 1672, vers dix heures du soir, Paul revenait à cheval, en compagnie de deux de ses neveux, du château de Cadoudal où son cousin, le marquis de Guémadeuc, avait donné un grand souper à toute la noblesse des environs. La nuit était noire, glaciale. A peine le cri d'une chouette venait-il de temps en temps rompre le silence impressionnant des immenses landes de Lanvaux. Nos trois cavaliers, enveloppés dans leurs manteaux, avaient pris le pas et suivaient le grand chemin de la Croix-Peinte. Ils n'étaient plus qu'à une petite lieue du Mortier quand, tout à coup, un coup de sifflet sinistre retentit dans la nuit à trois pas d'eux. Le cheval de Trévégat se cabra violemment, si violemment que l'une des étrivières se rompit et que l'on fut obligé de mettre pied à terre. Pendant que leur oncle tentait vainement dans l'obscurité de réparer son étrivière, tout en calmant sa monture, les deux jeunes gens fort intrigués, craignant quelque mauvaise rencontre, s'étaient mis en devoir de sortir leurs pistolets de leurs fontes. Soudain, rapides comme l'éclair, apparurent cinq cavaliers que suivaient deux hommes à pied. Celui qui paraissait diriger la petite troupe, s'avança sans hésiter vers Trévégat : « C'est toi, lui dit-il d'une voix rauque, c'est toi Paul de Trévégat. Il y a trop longtemps que j'attends ce moment tant désiré ! Nous voici enfin face à face !

Dégaîne si tu n'es pas un lâche ! » — « Vous me prenez à votre avantage, l'Escouble, reprit Trévégat en tirant l'épée, mais n'importe. »

En un instant les deux adversaires furent aux prises. Poussant le premier, Jean de l'Escouble se fendit avec tant de violence et d'emportement qu'il s'enferra et que l'épée de Trévégat lui traversa la poitrine. Le coup était mortel. Tout le monde s'élança autour du mourant qui prononça seulement ces mots : « Pérennez, mon neveu, vous pouvez dire à tous que je suis mort en combat déloyal, et par ma faute. Je quitte ce monde en pardonnant à Trévégat et à sa femme tout le mal qu'ils ont pu me causer, et en les suppliant de me pardonner celui que je leur ai fait. Je conjure le Divin Sauveur de me remettre mes péchés !... »

La rentrée au Mortier fut lugubre. Paul de Trévégat déplorait sincèrement la mort de son ancien ami ; de plus, il n'ignorait pas qu'il allait tomber sous le coup d'une instance criminelle devant le Parlement. On était encore à cette époque sous l'empire des édits prononcés par Richelieu contre les duels, édits terribles auxquels on ne pouvait échapper que par la fuite et l'exil.

En effet, quelque temps après, un arrêt de la Cour, en date du 13 mars 1673, ordonnait l'incarcération de Trévégat. Le s^r de Pérennez, neveu de Jean de l'Escouble, déclara sur son honneur de gentilhomme, aux magistrats chargés de l'enquête, « que son oncle avait attaqué son adversaire ; que cette attaque n'avait eu aucun prétexte sérieux ; que lui, Pérennez, avait essayé de le dissuader par tous les moyens en son pouvoir, sachant qu'un duel avec Trévégat devait nécessairement tourner à l'avantage de son adversaire, le sieur du Mortier se mouvant difficilement par cause des gouttes dont il était atteint depuis son voyage dans le Milanais. » Cette déposition fit beaucoup d'impression sur l'esprit des conseillers du Parlement, mais il était évident que malgré tout Trévégat allait être condamné.

Le jeune gentilhomme était d'autant plus affligé qu'il était sur le point de reprendre du service et d'aller rejoindre l'armée en Hollande. Il écrivit alors à Turenne, sous le commandement duquel il avait fait ses premières armes pendant la campagne de 1655, et le supplia d'intervenir en sa faveur auprès du Roi. Le maréchal qui avait gardé très bon souvenir de Trévégat et avait été à même, comme nous l'avons dit, d'apprécier son sang-froid et son intelligence en plus d'une affaire, profita de la première occasion pour rappeler à Louis XIV les services du capitaine, et fut assez habile pour obtenir en sa faveur des lettres de grâce qui furent signées à Reims en juin 1673 et enregistrées au Parlement le 27 du même mois. « Nous désirons, disaient ces lettres, arrêter l'effet des poursuites ordonnées contre le suppliant, celui-ci ayant été attaqué sans sujet par le sieur de Kerscouble, et ayant été obligé de mettre l'épée à la main pour la défense de sa personne ; de plus ledit s^r^ de Kerberuet n'ayant jamais commis aucune action digne de blâme ni indigne de sa naissance, s'étant plutôt dévoué pour notre service et ayant mis très souvent sa vie au hasard dans toutes les occasions d'honneur qui se sont rencontrées. »

Le drame de la lande de la Croix-Peinte n'eut donc pas de suites fâcheuses pour la maison de Trévégat, mais il resta longtemps dans la mémoire des paroissiens de Plaudren ; et peut-être trouverait-on aujourd'hui encore aux environs du Mortier quelques souvenirs de ce guet-apens qui coûta la vie à l'un des plus brillants cavaliers vannetais du XVIIe siècle.

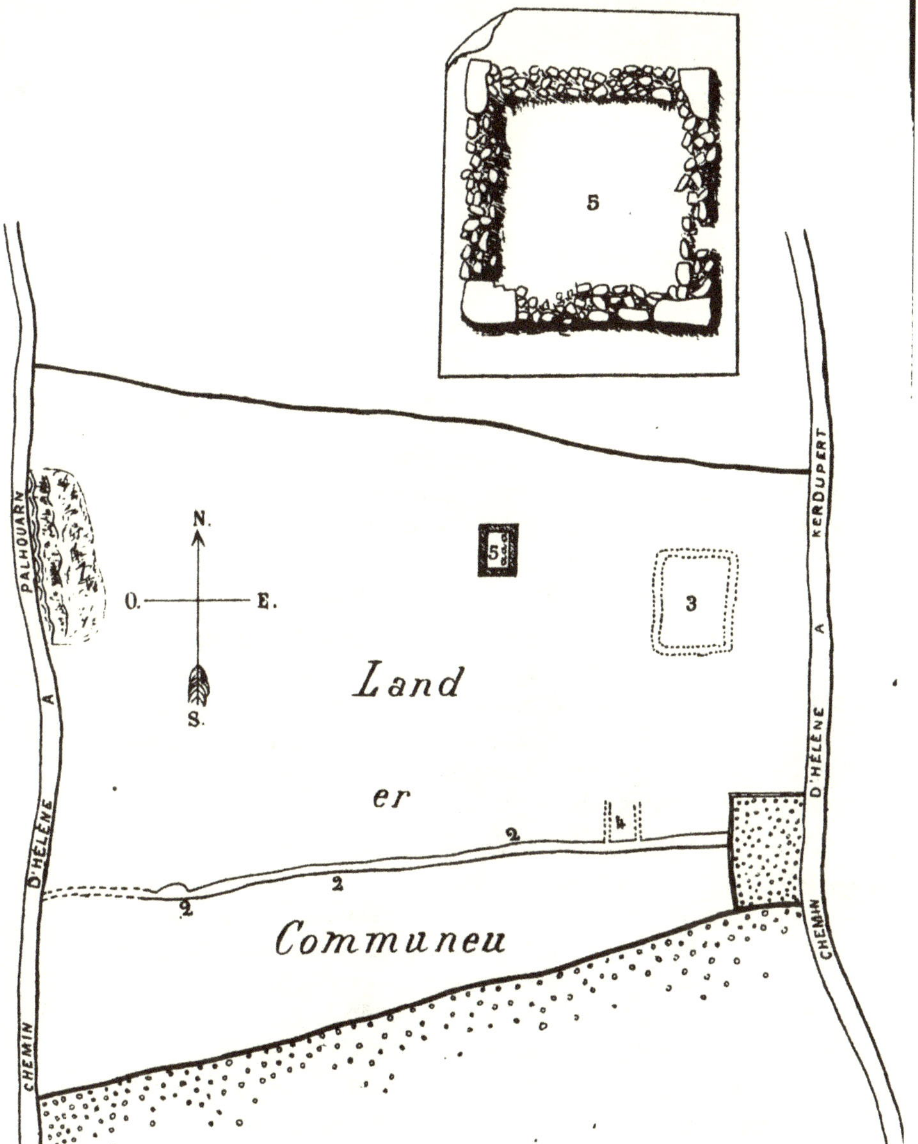

FOUILLES AU HÉLÈNE

Légende.

1.2.3.4.5._ *Parties fouillées.*

5._ *Restes d'habitation.*

a._ *Monnaies romaines.*

Échelle de 0,00125 pour 1 mètre.

NOTE SUR UNE FOUILLE

FAITE AU HÉLÈNE, EN MONTERBLANC

PAR LA SOCIÉTÉ POLYMATHIQUE LE 15 DÉCEMBRE 1906.

A différentes reprises, ces derniers temps, un cultivateur de Monterblanc, M. Joachim Prono, en coupant de la lande au lieu dit « Le Commun » près le village du Hélène, trouva des fragments de tuiles et de poteries. Tout récemment, c'était six monnaies romaines qu'il exhumait.

La Société polymathique en fut informée. Le voisinage de la voie romaine de Vannes à Rennes qui passe à moins de cinq cents mètres des découvertes signalées devait éveiller son attention. Une fouille fut décidée et les obligeantes démarches de M. Guyot de Salins près du propriétaire permirent de la pratiquer immédiatement.

L'aspect de la lande « du Commun » était fait pour légitimer nos espérances d'archéologues. Affectant la forme d'un trapèze, d'une superficie d'un hectare environ — ses deux bases parallèles appuyées aux chemins du Hélène à Palhouarn et du Hélène à Kerdupert, les deux autres côtés déterminés par des murets séparatifs d'héritages voisins — elle monte de l'ouest à l'est aux flancs d'un coteau jusqu'à une altitude de 125 mètres au-dessus du niveau de la mer.

La préférence des Gallo-Romains, du moins chez nous — dans le choix de leurs sites d'habitation — pour les hauteurs d'où le regard pouvait explorer l'horizon et prévenir les surprises est connue. La lande du « Commun » en outre, bosselée çà et là, apparaissait avec tous les traits — talus, excavations, monticules, amas de décombres — qui ont coutume de révéler sûrement des substructions. N'y avait-il pas là de quoi rêver de villas romaines ?

Pour le dire dès l'abord, notre attente a été déçue. Les investigations successivement dirigées sur cinq endroits différents : près du chemin de Palhouarn, le long d'une sorte de talus qui monte de l'ouest à l'est la lande vers la partie méridionale, dans deux excavations proches du chemin de Kerdupert, enfin dans un carré de maçonnerie presque au centre de la lande, n'ont mis au jour aucun vestige de constructions romaines.

Quelques fragments de verre, de poterie, même de poterie samienne, trois ou quatre débris de tuiles à crochet, quatre monnaies romaines presque complètement frustes, tels ont été les seuls objets découverts. L'intérieur du carré de maçonnerie a fourni les monnaies. Le reste provient de l'amas de décombres voisin du chemin de Palhouarn, du sillon formé par le talus et encore du carré de maçonnerie.

Le carré de maçonnerie — il mesure 4m10 sur 4m — ne saurait, en aucune façon, être rapporté à la villa gallo-romaine dont ces objets démontrent l'existence. Les murs en sont bien trop épais : 0m70. Le ciment, de plus, aussi bien que les pierres appareillées, y font défaut. C'est un spécimen d'une architecture des plus barbares dans lequel il ne faut voir que le reste de quelque masure.

La villa gallo-romaine se serait alors élevée dans le voisinage. Ces débris le prouvent. Incorporés dans l'établissement — quel qu'il soit — postérieurement créé sur la lande « du Commun » ils ne peuvent provenir de bien loin.

C'est la conclusion à laquelle se sont rangés à la suite du directeur des fouilles, M. de l'Estourbeillon, les membres de la Société présents : MM. de Sécillon, Le Gall de Kerlinou, Henri et Joseph de Cussé.

Il n'est que juste en terminant d'exprimer notre reconnaissance au propriétaire de la lande. M. Joachim Prono non seulement a bien voulu autoriser les fouilles, il s'est encore dessaisi en faveur du Musée des six monnaies romaines trouvées par lui.

Léon LALLEMENT.

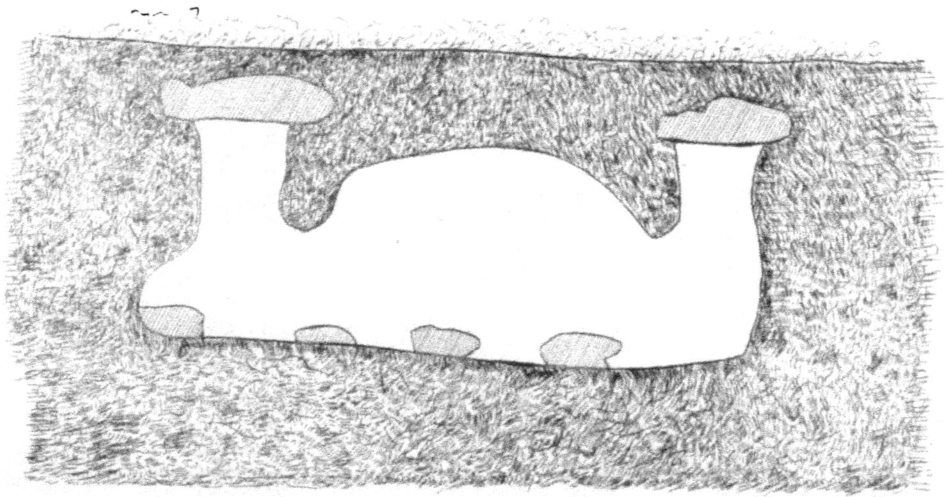

Chambre souterraine de la Tannerie, en Lanouée.

CHAMBRE SOUTERRAINE DE LA TANNERIE, EN LANOUÉE

(Par M. H. DE CUSSÉ).

Suivant l'offre que j'ai eu l'honneur de faire à la Société à l'une de nos séances, je suis allé au commencement de septembre, à Lanouée, visiter la chambre souterraine dont M. le Recteur de la paroisse nous avait obligeamment signalé la découverte.

M. l'abbé Deblond, de qui j'ai reçu le meilleur accueil, a bien voulu encore m'accompagner à la lande « de la Tannerie », à un kilomètre au nord-ouest du bourg. Là se trouve une excavation creusée de main d'homme dans du schiste en décomposition.

Le hasard seul pouvait faire découvrir cette chambre, car rien ne la signale au-dessus du sol. Comme elle est comprise dans la bordure d'une carrière exploitée pour l'entretien des routes, ce sont des cantonniers et leurs ouvriers qui l'ont trouvée, en voyant disparaître sous leur pioche, une pierre au fond d'un trou. Ce trou, ou mieux cette chambre, de forme ovale, est à 1^m,35 de profondeur, *du sol à la voûte ;* elle est longue de 3^m,30, large de 1^m,35, haute de 1^m,50. A chaque extrémité, une ouverture en forme de cheminée donne communication avec le sol ; cette ouverture, large de 0^m,60, était, paraît-il, fermée par un bloc de quartz couvert de terre. — Dans l'intérieur, au moment de la découverte, 7 cailloux de quartz étaient rangés en cercle. En retrait des cheminées, dans une niche, aujourd'hui détruite, il y avait un vase, lequel en partie écrasé par la chute du bloc qui a fait connaître la chambre, est devenu, m'a-t-on dit, la propriété de M. Lanoë, notaire à Josselin.

Des fragments d'autres poteries, du charbon, un percuteur en quartz (ayant subi l'action du feu) et un madrépore, voilà le mobilier.

J'ai pu me procurer et j'ai la satisfaction de vous présenter quelques-unes de ces poteries, dont deux avec dessin en creux, reproduisent une suite de chevrons. Également voici le percuteur et le madrépore.

Si vous me demandez maintenant, Messieurs, quelle époque assigner à ce monument, quel était au juste son usage, je suis quelque peu embarrassé ; pourtant à voir ces poteries faites au tour, le genre de leurs dessins, ce doit être de la période gauloise. Quant à l'usage de cette cavité, il a bien pu être double ainsi que j'en ai entendu émettre l'opinion pour les chambres de Tréhuinec, près Vannes.

Ici, surtout, où nous avons pour voisinage la forêt de Lanouée, fragment de cette fameuse forêt de Brocéliand, qui recouvrait tout le centre de la Bretagne, n'est-il pas à croire que cette chambre était cachée sous l'épaisseur des bois, qu'elle a pu dès lors servir de retraite en temps de guerre avant de devenir une sépulture. Toutefois, avec son peu de hauteur et l'absence totale de traces de feu sur les parois de la chambre et des cheminées, elle n'aurait offert qu'un refuge de passage.

Une chose m'intrigue, pourquoi *deux* cheminées ?

Je suis encore intrigué par la présence du madrépore ; c'est la première fois que je vois figurer cet objet parmi nos trouvailles, je m'étonne aussi de le rencontrer dans l'intérieur des terres ; en avons-nous, même sur nos côtes ?

C'est tout ce que je puis vous dire, Messieurs, sur une fouille qui n'a malheureusement eu que des ouvriers pour témoins.

Sans M. l'abbé Deblond, qui nous a parlé de ce monument sitôt qu'il en a eu connaissance, il en aurait été de la chambre souterraine « de la Tannerie » comme d'une autre chambre semblable qui a été trouvée avant l'arrivée de M. Deblond à Lanouée. Elle aurait disparu sans laisser de traces dans les bulletins de notre Société, et ç'eut été dommage, car ces constructions souterraines se présentent rarement à notre curiosité.

Souhaitons que dans d'autres localités l'exemple de M. Deblond soit suivi.

RAPPORT

DU CONSERVATEUR DU MUSÉE ARCHÉOLOGIQUE.

MESSIEURS,

L'année 1896 a été assez bonne pour le Musée archéologique. Les acquisitions n'ont pas été nombreuses, mais elles ont leur importance.

Je vous citerai d'abord un moulage de la borne milliaire du bourg de Caro, où l'on peut lire encore : NOB. CAES. — C. V. MAXIMIANO — P. F... Le reste est plus ou moins fruste.

Je vous citerai ensuite six haches en pierre polie, que j'ai pu acquérir dans la succession de M. l'abbé Collet, de Plouharnel. Cinq d'entre elles sont en diorite et une en jadéite.

J'ai également acquis pour la Société, par la même occasion, le produit d'une trouvaille faite en 1888 dans la commune de Brech. Au milieu d'objets en or, en bronze, en fer, en verre, en ambre..., dont la liste figure dans le *Bulletin*, il y avait une trentaine de monnaies, armoricaines de très petit module. Le savant numismate M. A. de Barthélemy, après les avoir examinées, les a rapportées sans hésitation à la seconde moitié du premier siècle avant Jésus-Christ, c'est-à-dire au temps qui s'est écoulé entre la conquête de Jules César et le commencement de notre ère. C'est une date précieuse, qui sert à fixer l'âge des objets renfermés dans le même pot de terre.

Je dois signaler aussi les débris de vases romains et d'augets, trouvés les premiers au Hélène en Monterblanc, et les seconds auprès de Montsarrac en Séné ; de plus un percuteur en quartz, une pierre madréporique et des fragments de poteries, trouvés dans une grotte souterraine de la commune de Lanouée ; et enfin une petite meule de moulin, provenant de Beausoleil en Sarzeau et donnée par M. E. de Lamarzelle.

Vannes, le 31 décembre 1896.

Le Conservateur du Musée archéologique,

J[h]-M. LE MENÉ.

RAPPORT

DU CONSERVATEUR DU MUSÉE D'HISTOIRE NATURELLE.

MESSIEURS,

Un échantillon de fer sulfuré,

Don de M. le commandant Piercy.

Une tête d'espadon.

Don de M. le docteur Mauricet,

et une oie cravant (acquisition) sont les seuls objets dont se soit enrichi en 1896 votre Musée d'histoire naturelle.

Nos dépenses montent à 8 fr. 60.

Vannes, le 31 décembre 1896.

Le Conservateur du Musée d'histoire naturelle,

A. LÉGUILLON-GUYOT, fils.

ALLOCUTION

DE

M. LE M^IS DE L'ESTOURBEILLON

EN QUITTANT LE FAUTEUIL DE LA PRÉSIDENCE.

MESSIEURS,

Jam fugit intereà tempus, et cette parole prononcée par le poëte, il y a 2000 ans, demeurera éternellement d'actualité. Il y a un an, à pareille époque, vos trop bienveillants suffrages venaient de m'appeler malgré mon peu de compétence à présider votre docte Société, et je n'envisageais pas sans une certaine inquiétude les graves responsabilités et l'importance de la mission que vous m'aviez confiée. Mais la gratitude, aujourd'hui, a depuis longtemps remplacé dans mon cœur cette anxiété passagère, et les témoignages réitérés de sympathie et de confiance, les encouragements multiples que vous m'avez prodigués dans l'accomplissement de ma tâche, m'invitent à répéter avec Virgile : *jam fugit intereà tempus.* Il disparait déjà, il s'enfuit bientôt à jamais, ce temps de présidence, que m'ont rendu si court votre dévouée et si aimable collaboration. Du moins avez-vous tenu à mettre le comble à votre gracieuse prévoyance, en appelant bientôt à ma place l'un de vos doyens et l'un des plus dignes, M. le chanoine Le Mené, dont la grande compétence en archéologie et la haute érudition historique apporteront à cette Société bien des lumières qui ont pu vous faire défaut au cours de cette année 1896, et feront jaillir un nouveau lustre sur notre vieille compagnie. Il m'est bien doux en votre nom à tous de lui souhaiter la bienvenue au fauteuil de la présidence que j'aurai l'honneur de lui céder dans quelques instants.

Mais auparavant vous me permettrez encore, suivant l'usage, de jeter ici un dernier coup d'œil en arrière, pour nous remémorer ensemble les actes de notre Société en 1896 et graver plus profondément dans nos cœurs le souvenir bien cher de ceux qu'elle a perdus.

Quatre deuils successifs sont venus depuis douze mois éclaircir nos rangs, et la perte des hommes d'élite que nous pleurons à des titres divers, constitue pour nous d'irréparables pertes. Le premier, comme aussi le plus grand et le plus illustre d'entre eux, M. Jules SIMON, ancien ministre, membre de l'Académie française, était de ces bretons fidèles, qui ne sauraient se désintéresser des moindres détails de la vie intime de leur chère patrie. Né dans le Morbihan, tout ce qui touchait ce pays, lui était sacré et le souvenir de la ville de Vannes où il avait passé une des meilleures parties de son enfance, ces joyeuses années de collège où le cœur bat de tant d'espérances, était pour son âme toujours jeune, comme un de ces ports salutaires où vient s'abriter la pensée après les orages de la vie. Comment aurait-il pu dès lors se désintéresser de la Société polymathique et de ses modestes travaux. L'un de ses premiers adhérents, il se complaisait dans leur lecture et il nous souvient encore qu'en 1892, la seule fois qu'il nous fût donné de le voir, sachant nos travaux et ma résidence à Vannes, il me dit avec cette sereine bienveillance qu'ont pu apprécier tous ceux qui l'ont connu : « Vous habitez Vannes, Monsieur, je l'ai bien aimé, et je me fais grand honneur d'appartenir comme vous à la Société polymathique, qui par ses labeurs et sa science a tant contribué à mieux faire connaître notre pays et surtout à le faire aimer. » Il était souvent des nôtres par le cœur et par la pensée. Que s'il ne peut rentrer dans le cadre trop restreint de cette courte allocution de faire une biographie détaillée de notre illustre compatriote si universellement connu, vous m'en auriez voulu à juste titre de ne pas rappeler ici la mémoire de ce confrère éminent dont le nom honorait grandement notre chère Société.

Non moins bienveillant pour nous, M. le commandant de SECILLON, que la mort nous a ravi au printemps dernier, était de ces travailleurs modestes qui, sans bruit, mais avec un zèle qui ne se dément jamais, sont les patients ouvriers des monuments historiques d'un pays. Après avoir pris sa retraite, comme chef d'escadron d'artillerie à Vannes, où beaucoup d'entre vous ont pu l'apprécier et le connaître, il consacra à ses loisirs l'étude des belles archives que renfermait le vieux manoir de Kerfur, près Guérande, l'antique demeure de ses ancêtres, et des nombreux documents que lui fournissaient les châteaux de cette région. Si sa modestie l'empêcha trop souvent de faire profiter le public de ses découvertes par la publication des trésors historiques qu'il avait rencontrés, du moins aimait-il à communiquer ceux-ci à ses confrères avec une largesse sans égale et la plus affable générosité. On lui doit cependant trois intéressantes plaquettes : *Les Champlais, seigneurs de Courcelles ; — La première entrée des évêques de Nantes en la ville de Guérande* et *Les Rohan-Poldu au pays de Guérande.*

Après cette nouvelle épreuve, notre Société semblait pouvoir croire à quelque répit ; lorsque la mort impitoyable est venue de nouveau frapper dans nos rangs. Le 1er novembre succombait à Vannes notre éminent concitoyen, M. Paul Buguel, premier adjoint, l'un des doyens de notre compagnie. Absorbé constamment par ses délicates et importantes fonctions, M. P. Buguel avait depuis longtemps le très vif regret de ne pouvoir assister assidûment à nos séances ; mais passionné toute sa vie pour tout ce qui était grand et beau, amoureux de nos traditions et de nos gloires nationales, il s'intéressait depuis de longues années à nos travaux et avait tenu à honneur dès le principe de faire partie de la Société. L'imposante manifestation populaire qui a conduit à sa dernière demeure ce grand homme de bien, les paroles aussi autorisées que vibrantes d'émotion qui ont été prononcées sur sa tombe, ont profondément gravé son souvenir dans nos cœurs, et la Société polymathique ne saurait l'oublier.

Et voilà que quelques jours à peine s'étaient écoulés depuis ce nouveau deuil, lorsque chacun de vous apprit, on peut le dire, avec autant de peine que de surprise, le décès bien inattendu de notre jeune collègue, M. le baron Fabre, conseiller municipal de Vannes. Toujours bon et affable, véritable modèle de dévouement et de piété filiale, M. Fabre s'intéressait beaucoup lui aussi à nos antiquités bretonnes et avait tenu à honneur de figurer dans nos rangs. Enlevé à la fleur de l'âge, les regrets de tous ceux qui l'ont connu l'ont suivi dans la tombe.

Mais il me tarde, Messieurs, de détourner vos esprits de ces tristes pensées, pour vous présenter en quelques mots le modeste, mais réconfortant tableau de nos faits et gestes au cours de l'année qui vient de finir. Comme les années précédentes, vous avez pu dans cette enceinte entendre des communications multiples et prendre part à d'intéressantes discussions. Continuant l'étude du passé ecclésiastique de ce diocèse, qu'il connait mieux que personne, M. le chanoine Le Mené vous a successivement présenté de curieuses *Monographies du couvent des dominicains de Vannes* et de *l'hôpital Saint-Nicolas*. — Doué de toutes les qualités qui font les bons écrivains et les véritables historiens, votre zélé secrétaire, M. Léon Lallement, nous a souvent charmés par la lecture des meilleurs chapitres de son *Histoire du maréchal de camp baron de Warren, gouverneur de Belle-Ile au XVIIIe siècle*. La *vie intime* et l'*histoire généalogique* de nos vieilles familles bretonnes vous ont été de nouveau révélées par les intéressants travaux de M. Le Gall de Kerlinou et René de Laigue, tandis que, se plaçant à un point de vue plus scientifique, notre confrère, M. Morio, traitait devant vous avec une exceptionnelle compétence la question de l'*Histoire géologique de l'eau*, et que M. l'abbé Nicol, avec son talent de fin lettré et de littérateur délicat, faisait passer sous vos yeux les phases diverses de la vie de nos grands *patriotes bretons*.

Puis, toujours fidèle par ailleurs à ses traditions d'investigatrice infatigable, votre Société, en la personne de MM. de Closmadeuc, l'abbé Deblond, Henri de Cussé, Aveneau de la Grancière, Léon Lallement, S. de Sécillon et A. Orhand, faisait à *Lanouée*, à *Roudouallec*, au *Helène*, en Monterblanc, à *Moustérian*, en Séné, des fouilles sinon toujours fructueuses, du moins permettant d'établir ou de contrôler un certain nombre de détails fort intéressants pour notre histoire locale.

Enfin dans une excursion charmante, organisée le 19 mai dernier à Locmariaker, pour fêter le 70e anniversaire de sa fondation, votre Société ravivait une fois de plus le vieux renom de l'hospitalité bretonne en faisant gracieusement à nos collègues de la Société archéologique de Nantes, les honneurs de nos tumulus et autres monuments mégalithiques si universellement admirés.

Cette longue liste de mémoires, cette large énumération de tous vos travaux, n'est-elle pas plus que suffisante, pour permettre d'affirmer une fois de plus votre puissance de production et la vitalité incessante de notre chère Société ? Les plus exigeants, ce me semble, pourraient y trouver leur compte, et nous ne doutons pas qu'au cours de l'année nouvelle, cette vitalité ne vienne s'affirmer encore. Sous la sage et paternelle direction de M. le chanoine Le Mené, auquel j'ai l'honneur de remettre la présidence que vous m'aviez confiée, notre chère Société ne fera, j'en suis sûr, que prospérer davantage. Et s'il m'est permis en terminant de formuler un vœu, puissiez-vous, mes chers collègues, ne pas garder trop mauvais souvenir de votre ancien président qui, à défaut de compétence, vous garda toujours, comme il le fait encore, tout son dévouement et tout son cœur.

Le compte-rendu, par M. l'abbé Max. Nicol, de l'excursion faite à Locmariaker, le 19 mai 1896, par la Société polymathique du Morbihan, en compagnie de la Société archéologique de la Loire-Inférieure, ne pourra paraître que dans le prochain Bulletin, par suite de circonstances imprévues.

PROCÈS-VERBAUX.

521e SÉANCE.

28 JANVIER 1896.

PRÉSIDENCE DE M. DE LIMUR, ET ENSUITE DE M. LE Mis DE L'ESTOURBEILLON.

ÉTAIENT PRÉSENTS :

MM. de Limur, de l'Estourbeillon, Le Mené, Taslé, Mauricet, de la Gillardaie, Huchet, de Closmadeuc, Nicol, Estienne et Léon Lallement.

Allocution de M. le Cte de Limur en cédant le fauteuil de la présidence.

Allocution de M. le Mis de L'Estourbeillon en prenant le fauteuil de la présidence.

PROCÈS-VERBAL LU ET ADOPTÉ.

Dépôts et donations. — M. le Président dépose pour la bibliothèque :

Bulletin de la société académique de Brest, 2e série, Tome XX, 1894-1895.

Mémoires de la Société d'émulation du Doubs, 6e série, 9e volume, 1894.

Société d'émulation des Côtes-du-Nord, tome XXXIII, 1895.

Revue des Deux-Mondes, 1er et 15 janvier 1896.

Annales de Bretagne, tome XI, No 2, janvier 1896.

Mémoires de la Société royale des antiquaires du Nord, nouvelle série, 1894.

Revue archéologique, troisième série, tome XXVII, novembre-décembre 1895.

Bulletin de la Société d'agriculture, sciences et arts de la Sarthe, 2e série, tome XXVII, XXXVe tome de la Collection, années 1894-1895, 2e fascicule.

Bulletin de la société « les Amis des sciences et arts de Rochechouart » tome V, No IV.

Bulletin de la Société archéologique de Touraine, tome X, 3e et 4e trimestres de 1895.

Annales de la Société d'archéologie de Bruxelles, tome IX, 1er juillet 1895.

Bulletin de la Société des antiquaires de l'ouest, 2e série, tome VII, 3e trimestre de 1895, juillet-août-septembre.

Analecta Bollandiana, tome XIV, fascicule IV.

Revue de Bretagne, de Vendée et d'Anjou, tome XIV, 6e livraison, décembre 1895.

Bulletin de la Société archéologique du midi de la France, N° 16, 1895.

Bulletin du syndicat agricole de l'arrondissement de Meaux, 8e année, N° 12, 15 décembre 1895.

Bulletin de la Société archéologique du Finistère, tome XXII, 11e livraison de 1895.

Rapports annuels de la Commission permanente de l'hygiène de l'enfance pour l'année 1894, Nos 31 et 32.

Revue des provinces de l'ouest, 11e et 12e volumes, tomes XVII et XVIII, novembre-décembre 1895 et janvier 1896.

Notice sur les colonnes itinéraires romaines de Moind et de Feurs (Loire). Par M. A. Barban.

Don de M. le commandant Piercy.

Des remerciements sont votés aux donateurs.

Addition au procès-verbal de la séance du 26 novembre 1895. — Le vœu de M. de l'Estourbeillon tendant à ce que des noms de Bretons célèbres soient donnés désormais aux rues nouvelles de la ville de Vannes a été *adopté*.

Présentation. — M. E. Morio, pharmacien en chef de la marine en retraite, est présenté comme membre titulaire résidant.

Communications diverses. — Sur la proposition de M. Le Mené, la Société vote une somme de 40 francs destinée à contribuer à la réparation de l'antique croix — dite des Évangélistes — en la commune de Pleucadeuc. Cette subvention est mise à la disposition de M. le recteur de Pleucadeuc.

M. Nicol commence la lecture de son étude sur les « Patriotes bretons. »

M. Le Mené lit la première partie de son travail sur les « Dominicains de Vannes. »

Le Secrétaire,

Léon LALLEMENT.

522e SÉANCE.

25 Février 1896.

PRÉSIDENCE DE M. LE Mis DE L'ESTOURBEILLON.

ÉTAIENT PRÉSENTS :

MM. de l'Estourbeillon, Le Mené, de Limur, Lunven, de Kerlinou, de la Gillardaie, de Gourdon, Nicol, H. de Cussé, Willotte et Léon Lallement.

PROCÈS-VERBAL LU ET ADOPTÉ.

Dépôts et donations. — M. le Président dépose pour la Bibliothèque :

Journal des Savants, janvier et février 1896.

Mémoires de la Société académique de l'Oise, tome XVI, 1re partie.

Bulletin d'histoire ecclésiastique et d'archéologie du diocèse de Valence, 15e année, fascicules 1, 2, 3, 4, 5, 6 et 7.

Bulletin de la Commission archéologique de Narbonne, année 1896, 1er semestre.

Société d'émulation des Côtes-du-Nord, bulletins, année 1896.

Bulletin de la Commission historique et archéologique de la Mayenne, 2e série, tome XIIe, 1896.

Bulletin of the american geographical society, vol. XXVII, No 4, 1895.

Bulletin de la Société des sciences naturelles de l'ouest de la France, tome V, 4e trimestre 1895.

Annales de la Société historique et archéologique de Château-Thierry, année 1894.

Association française pour l'avancement des sciences, 24e session, 1895.

Annales de Bretagne, tome XI, No 2, janvier 1896.

Revue historique et archéologique du Maine, tome XXXVIIIe, année 1895, second semestre.

Bulletin monumental, 6e série, tome Xe.

Revue des Deux-Mondes, 1er et 15 février 1896.

Bulletin de la Société impériale des naturalistes de Moscou, 2 volumes, année 1895, Nos 1 et 2.

Société de Borda, 20e année, 1895, 4e trimestre.

Bulletin de la Société des antiquaires de Picardie, année 1895, Nos 2 et 3.

Annales de la Société d'horticulture et d'histoire naturelle de l'Hérault, 35e année, N° 5, septembre-octobre 1895.

Bulletin du Syndicat agricole de l'arrondissement de Meaux, 9e année, N° 2, 15 février 1896.

Les observations de diverses choses remarquées sur l'estat, couronne et peuple de France, tant ancien que moderne, recueillies de plusieurs autheurs, par noble homme Regnault Dorléans, sieur de Since, conseiller au présidial de Vannes, en Bretagne. A Vennes, de l'imprimerie de Jan Bourrellier, 1597. — Ouvrage très rare dont il n'existe que quatre exemplaires connus.

Don de M. le Mis de l'Estourbeillon.

Pour le Musée archéologique :

Deux assignats, l'un de 100, l'autre de 400 liv.

Don de M. Alb. Régnault, avoué.

Des remerciements sont votés aux donateurs.

Rapport de la Commission des finances. — M. le Président lit le rapport dressé par M. Rolland au nom de la Commission des finances, sur les comptes de MM. Fontès et de la Gillardaie, trésoriers en 1895, et sur le projet de budget pour l'exercice 1896.

Les comptes en recettes et dépenses sont approuvés par la Société, ainsi que le projet de budget pour 1896. — Des remerciements sont votés à l'unanimité à MM. Fontès et de la Gillardaie.

L'Assemblée fixe à 175 fr. le crédit ouvert pour la bibliothèque.

Élection de deux conservateurs-adjoints de la bibliothèque. — Sur la proposition de M. Lunven, MM. Estienne et Lallement sont nommés conservateurs-adjoints.

Admission. — M. E. Morio, pharmacien en chef de la marine en retraite, est admis membre titulaire résidant.

Correspondance. — Lettre du Président de la *Société Bretonne de géographie de Lorient* invitant le Président de la Société polymathique à assister au congrès national des Sociétés françaises de géographie qui tiendra à Lorient, au commencement d'août 1896, sa 17e session.

Communications diverses. — M. de Limur donne connaissance à la Société d'un article de la revue « la Science française », relatif au bolide récemment observé à Madrid.

M. de l'Estourbeillon communique un état de frais de justice pour l'exécution d'un breton à Lisieux en 1440.

M. Le Mené continue la lecture de son étude sur *les Dominicains de Vannes.*

La parole est ensuite donnée à M. Nicol pour la lecture de son travail « *Patriotes bretons.* »

Le Secrétaire, Léon LALLEMENT.

523e SÉANCE.

31 MARS 1896.

PRÉSIDENCE DE M. LE Mis DE L'ESTOURBEILLON.

ÉTAIENT PRÉSENTS :

MM. de l'Estourbeillon, Le Mené, de Limur, de Cussé, Ballu, Le Gall de Kerlinou, Willotte et Léon Lallement.

PROCÈS-VERBAL LU ET ADOPTÉ.

Dépôts et donations. — M. le Président dépose pour la bibliothèque :

Bulletin de la Société archéologique du Vendômois, tome XXXIV, 1895.

La Saga de Nial, ouvrage islandais de la fin du XIIe siècle, traduit par Rodolphe Dareste.

Bulletin de la Société archéologique du Finistère, tome XXIII, 2e livraison de 1896.

Bulletin de la Société dunkerquoise, 1895, 2e fascicule.

Revue des Deux-Mondes, 1er et 15 mars 1896.

Mémoires de la Société archéologique et historique de l'Orléanais, tome XXVI, année 1895.

Bulletin de la Société archéologique et historique du Limousin, tome XLIV, 2e livraison.

Revue de Bretagne, de Vendée et d'Anjou, tome XV, 1re et 2e livraisons.

Bulletin de la société archéologique et historique du Limousin, tome XLIII, 1895.

Revue de l'histoire des religions, 16e année, tome XXXII, Nos 2 et 3

Annales de l'académie de Mâcon, 2e série, tome XI, 1895.

Actes de la Société linnéenne de Bordeaux, volume XLIX, 5e série, tome IX.

Romania, recueil trimestriel, No 97, janvier 1896.

Bulletin de la Société historique et archéologique de l'Orne, tome XIV, 4e bulletin.

Table des matières contenues dans les douze premiers volumes du bulletin de la Société historique et archéologique de l'Orne, 1896.

Mémoires de l'académie de Metz, 1892-1893 et 1893-1894.

Analecta bollandiana, tome XV, fascicule Ier.

Bulletin de la Société « les Amis des sciences et arts de Rochechouart, » tome V, No 5.

Mémoires et documents publiés par la Société savoisienne d'histoire et d'archéologie, tome XXXIV, 1895, 2e série, tome IX.

Société d'archéologie de Bruxelles, annuaire 1896, tome VII,

Bulletin de la Société d'études des sciences naturelles de Nîmes, 23e année, octobre-décembre 1895, No 4.

Journal of the anthropological institute, tome XXV, No 3.

L'intermédiaire de l'Afas, tome Ier, No 3, mars 1896.

Revue des provinces de l'Ouest, 12 année, tome XVIII, février 1896.

Dénombrement et types des crânes néolithiques de la Gaule. — Par M. Ph. Salmon. Don de l'auteur.

Le serment de Jean de Lesnerac, meurtrier de Charles de Blois. — Par M. le Mis de l'Estourbeillon. Don de l'auteur.

Des remerciements sont votés aux donateurs.

Correspondance. — Lecture est faite de deux lettres de M. l'abbé Deblond, doyen de Lanouée, informant la Société de la découverte, à deux kilomètres du bourg, sur une hauteur, d'une sorte de caveau profond d'environ 1m,50, long de 3m et large de 1m,50. On y a trouvé des fragments de poterie, des morceaux de charbon, un peu de crasse de fer et quelques petites boules en terre, trouées et évidées dans le sens de la largeur. M. de Cussé a l'intention d'aller, un de ces jours, à Lanouée. La Société le prie de faire un rapport sur la crypte et les objets trouvés, et remercie M. l'abbé Deblond des renseignements qu'il a bien voulu lui envoyer à cet égard.

Communications diverses. — M. le Président expose que M. Auguste Bacqua, membre de la Société de géographie de Nantes, se propose de faire un récit, au théâtre de Vannes, de ses voyages dans les Indes. Suivant le vœu exprimé par M. de l'Estourbeillon, il est décidé que cette conférence faite au profit des pauvres, aura lieu sous les auspices de la Société polymathique.

Sur la proposition de M. de l'Estourbeillon, il est également décidé que la Société polymathique célébrera, les 18 et 19 mai prochain, le 70e anniversaire de sa fondation. A cette occasion, une séance spéciale et publique sera organisée pour le lundi 18 mai, et le mardi, 19, une grande excursion dans le golfe du Morbihan, à Locmariaker, Carnac et Auray, sera faite de concert avec la Société archéologique de Nantes, spécialement invitée pour la circonstance. — MM. de l'Estourbeillon et Lallement sont chargés de l'organisation de ces fêtes.

M. de Limur offre de se mettre, le 18 mars, à la disposition de nos collègues de Nantes pour leur faire visiter sa galerie de minéralogie.

M. le Mené termine son étude sur « *Les Dominicains de Vannes.* »

Notes sur deux familles bretonnes. — A cette séance, M. de l'Estourbeillon a fait don à la bibliothèque du « serment de Jean de Lesnérac, meurtrier de Charles de Blois, » l'auteur fut assez aimable pour en offrir un exemplaire à M. de Kerlinou, qui a pu compléter le document précieux qu'il apportait à l'histoire de notre pays.

Ainsi, M. de Kerlinou a pu établir en s'appuyant sur le vieil historien Le Baud, que la place occupée à la bataille d'Auray, par Jean de Lesnérac était avec les fidèles Guérandais dans le corps de troupes de Jean de Montfort; que sa tombe élevée est bien située aux environs d'Auray, car elle est celle qui fut construite en 1340 pour Érec de Broërec, tué à Saumur, dans la chapelle de Locmaria, en Plœmel, tombe qui fut rouverte pour lui, conformément à l'usage des familles nobles de l'époque, car Jean de Lesnérac était un proche parent, gendre ou neveu de Broërec, et ce qui le prouve, c'est que l'un de ses descendants, Charles de Lesnérac, possédait la terre seigneuriale de Locmaria de 1426 à 1448. La fille de Charles, Jeanne de Lesnérac, apporta cette seigneurie à la famille de Trévégat, qui la posséda jusqu'en 1719; enfin, que le combat fut loyal, victoire et non assassinat, car la famille de Lesnérac, remarquable avant, fut encore plus comblée d'honneurs après, ce qui n'était que juste, Charles de Blois, combattant, ne s'étant pas rendu, bien qu'on ait pu le prétendre, et ce qui le prouve, c'est que jamais aucun chevalier n'a prétendu à l'honneur d'avoir fait prisonnier Charles de Blois, duc de Bretagne, à la bataille d'Auray. (Analyse donnée par M. de Kerlinou.)

Le Secrétaire, LÉON LALLEMENT.

524e SÉANCE.

28 AVRIL 1896.

PRÉSIDENCE DE M. LE Mis DE L'ESTOURBEILLON.

ÉTAIENT PRÉSENTS :

MM. de l'Estourbeillon, de Limur, Le Mené, Mauricet, Morio, de Kerlinou et Luuven.

PROCÈS-VERBAL LU ET ADOPTÉ.

Dépôts et donations. — M. le Président dépose pour la bibliothèque :

Annales du musée Guimet, tome XXVII, 1895. Le Siam ancien (1re partie).

Revue des Deux-Mondes, 1er et 15 avril 1896.

Revue des travaux scientifiques, tome XV, Nos 9 et 10.

Annales de Bretagne, tome XI, No 3, avril 1896.

Bulletin de la Société des sciences naturelles de l'Ouest de la France, tome VI, 1er trimestre, 1896.

Répertoire général de bio-bibliographie bretonne (fascicule 23e).

Mémoires de la Société des antiquaires du Centre, 1895. Table des volumes XI à XX.

Bulletin de la Société d'agriculture, sciences et arts de la Haute-Saône, 3e série, No 26, 1895.

American philosophical society, vol. XXXIV, juillet 1895, No 148.

Bulletin de l'Académie du Var, nouvelle série, tome XVIII, 1895.

Bulletin de la Société des antiquaires de l'Ouest, 2e série, tome VII, 4e trimestre de 1895.

Bulletin du syndicat agricole de l'arrondissement de Meaux, 9e année, No 3, 15 mars 1896.

Revue des provinces de l'Ouest, 12e année, tome XVIII, mars 1896.

Voyage de Vancouver autour du monde. Ouvrage enrichi de figures, avec un grand atlas. 3 volumes, un atlas.

Voyage autour du monde, exécuté sur les corvettes de S. M. l'*Uranie* et la *Physicienne*, pendant les années 1817, 1818, 1819 et 1820, par M. Louis de Freycinet. 2 volumes, un atlas.

Voyage aux terres australes sur les corvettes le *Géographe*, le *Naturaliste* et la goëlette le *Casuarina*, pendant les années 1800, 1801, 1802, 1803 et 1804, par F. Péron. 3 volumes, un atlas.

Voyage autour du monde pendant les années 1790, 1791 et 1792, par Étienne Marchand. 3 volumes et 1 atlas.

Neptune oriental de Daprès.

Neptune de la Méditerranée.

Neptune des côtes septentrionales de l'Europe.

Neptune des côtes occidentales d'Amérique.

Neptune des côtes orientales et du grand archipel d'Asie.

Supplément au Neptune d'Orient.

Atlas du voyage de la corvette l'*Astrolabe*.

Supplément au Neptune de l'Inde.

Neptune des côtes occidentales d'Espagne, de Portugal et d'Afrique.

Neptune des côtes occidentales de France.

Neptune de l'Amérique méridionale.

Neptune de l'Amérique septentrionale.

Neptune des Iles Britanniques.

Don de M. le Cte de Gourdon.

Des remerciements sont votés au donateur.

Correspondance. — Lecture est donnée du programme du Congrès archéologique qui sera tenu à Morlaix et à Brest, du 3 au 11 juin, par la Société française d'archéologie, et de la lettre du comte de Marsy, président, exprimant le désir de voir les membres de la Société polymathique assister aux réunions du Congrès et prendre part à ses travaux.

Communications diverses. — M. le docteur Mauricet rend compte de son voyage en Tunisie et en Afrique comme délégué de la Société. Il débute par remercier ses collègues de l'honneur qu'ils lui ont fait ; il a été heureux de prendre part à deux discussions intéressantes pour le pays. La première avait trait à une des pierres du cimetière de Locmariaker. Les savants venus au Congrès y voient les signes de *Tanit.* Quoi qu'il en soit il serait bien important que cette pierre fût transportée à Vannes ou à Locmariaker à l'abri des injures du temps et des hommes.

Un savant étranger, dont M. le docteur Mauricet ne peut se rappeler le nom, donna une monographie générale des dolmens ; il essaya de leur attribuer un âge et lut une étude sur la distribution des dolmens en Afrique, et leur expansion jusqu'en Scandinavie.

Des excursions très intéressantes au musée du Bardo, aux fouilles et musées de Carthage, au port et aux pêcheries de Bizerte, ont complété l'ensemble des attractions réservées aux congressistes.

M. de l'Estourbeillon lit un travail sur le *Siam archéologique.*

M. Morio commence la lecture de son étude : *Histoire géologique de l'eau.*

Le Secrétaire-Adjoint,

LUNVEN.

SÉANCE EXTRAORDINAIRE.

12 Mai 1896.

PRÉSIDENCE DE M. LE Mis DE L'ESTOURBEILLON.

ÉTAIENT PRÉSENTS :

MM. de l'Estourbeillon, Le Mené, de Limur, Lunven, Le Brigant, de la Gillardaie, Morio, Le Gall de Kerlinou, Nicol, Guillevic, Mauricet et Lallement.

PROCÈS-VERBAL LU ET ADOPTÉ.

Dépôts et donations. — M. le Président dépose pour la bibliothèque :

Journal des savants, mars-avril 1896.

Revue des Deux-Mondes, 1er mai 1896.

Bulletin de la Société philomathique de Paris, 8e série, tome VII, 1894-1895.

Bulletin de la Société archéologique du Finistère, tome XXIII, 3e livraison de 1896.

Bulletin monumental, 6e série, tome X, 1895.

Revue de Bretagne, de Vendée et d'Anjou, tome XV, 4e livraison, avril 1896.

Revue des provinces de l'Ouest, tome XVIII, avril 1896.

Mémoires de la Société royale des antiquaires du Nord, nouvelle série, 1895.

Annales de la Société d'horticulture et d'histoire naturelle de l'Hérault, 35e année, N° 6, novembre-décembre 1895.

Bulletin de la Société dunoise, N° 107, janvier et avril 1896.

Bulletin du Syndicat agricole de l'arrondissement de Meaux, 9e année, N° 4, 15 avril 1896.

Bulletin monumental, 6e série, tome X.

Guide indicateur du Congrès de Morlaix-Brest, 1896.

Don de M. le Mis de l'Estourbeillon.

Le musée du Congo à Port-Navalo. — Notice sur l'explorateur, M. Pouplier, et Memento du musée.

Fêtes des 21 et 22 mars 1896. — Conférence sur la mer, les marins, les sauveteurs par M. L. Berthaut. — Hommage de la Société des hospitaliers-sauveteurs-bretons à la Société polymathique du Morbihan.

Réformation de la noblesse de Bretagne, 1668-1871 — Famille de Saint-Pern. — Don de M. le Mis de l'Estourbeillon.

Allocution de M. Le Meignen en prenant le fauteuil de la présidence de la Société archéologique de Nantes et de la Loire-Inférieure.

L'oratoire de Saint-Clair et la vieille église Saint-Similien de Nantes. — Par M. Henri Le Meignen. Don de l'auteur.

Des remerciements sont votés aux donateurs.

Présentations. — M. Stéphen de Sécillon est présenté comme membre titulaire résidant. M. Bernard, chef de section à la gare de Vannes, est présenté comme membre titulaire résidant.

Correspondance. — Communication est donnée du Questionnaire du congrès national des sociétés françaises de géographie qui se tiendra à Lorient du 2 au 9 août 1896, ainsi que de la lettre du président de la Société bretonne de géographie invitant les membres de la Société polymathique à assister aux réunions du congrès.

La Société polymathique remercie la Société bretonne de géographie. Elle déléguera trois membres chargés de la représenter au congrès.

Lettre de M. Welter, libraire, demandant à acheter pour la bibliothèque royale de Berlin la collection complète des publications de la société. Le secrétaire de la Société polymathique est chargé d'écrire directement à Berlin.

Communications diverses. — M. de Kerlinou met sous les yeux de l'assemblée une pièce de monnaie en argent de Jean, duc de Lorraine et de Brabant, trouvée par M. Ducourtioux dans les fondations du château de Penmur. Cette pièce a été frappée en Brabant. Jean de Lorraine a régné de 1364 à 1391. La destruction du château de Penmur, en Muzillac, remonterait peut-être à cette date.

M. de Kerlinou ajoute que dans les fouilles faites par M. Rigault pour les fondations du nouvel hôtel des postes, à l'éperon de Kaër (Hôtel Bazvalan), une petite pièce en argent de Jean de Montfort a été trouvée, mais elle semble provenir de déblais apportés ultérieurement. On y a aussi découvert une autre pièce en cuivre de Charles VIII portant deux fleurs de lis.

M. le Président prend ensuite la parole et rend compte de ses démarches en vue de l'organisation d'une séance publique à l'occasion du 70e anniversaire de la fondation de la Société.

Il fait connaître que M. Laroche s'est mis obligeamment à sa disposition et se charge de la partie musicale. Malheureusement, ajoute M. de l'Estourbeillon, la date du 18 mai est un peu rapprochée et il n'est guère probable que des membres de la société archéologique de Nantes viennent à Vannes le 18.

Après discussion, la Société décide de remettre à une date ultérieure, très vraisemblablement le 27 octobre, la séance solennelle. Elle charge ensuite son président d'adresser dès maintenant ses vifs remerciements à M. Laroche.

En ce qui concerne l'excursion à faire de concert avec la Société archéologique de Nantes le 19, le programme, vu l'impossibilité de visiter dans la même journée Locmariaker et Carnac, est arrêté comme suit :

Départ de Vannes en bateau à vapeur, quai de la Rabine à 10 h. du matin, déjeuner vers midi à Locmariaker. Visite aux principaux monuments *Mané-Lud*, *Table des Marchands*, *Mané er Roëk*. — Départ vers 3 h., escale à *Gavrinis* et retour par la rivière d'Auray. Arrivée à Vannes par le train de 8 h. 25 du soir.

Le Secrétaire,

Léon LALLEMENT.

525e SÉANCE.

26 Mai 1896.

PRÉSIDENCE DE M. LE Mis DE L'ESTOURBEILLON.

ÉTAIENT PRÉSENTS :

MM. de l'Estourbeillon, Le Mené, de Limur, de la Gillardaie, de Sécillon, de Kerlinou, Lanco et Léon Lallement.

PROCÈS-VERBAL LU ET ADOPTÉ.

Dépôts et donations. — M. le Président dépose pour la bibliothèque :

Bulletin et Mémoires de la Société archéologique et historique de la Charente, année 1895, 6e série, tome V.

Revue des Deux-Mondes, LXVIe année, 4e période, tome 135e, 2e livraison, 15 mai 1896.

Bulletin archéologique et historique de la Société archéologique de Tarn-et-Garonne, 4 volumes, tome XXIII, année 1895, 1er, 2e, 3e et 4e trimestres.

Bulletin de la Société impériale des Naturalistes de Moscou, No 3, année 1895.

Bulletin of the american geographical society, volume XXVIII, No 1, année 1896.

Bulletin de la société « les Amis des sciences et arts de Rochechouart », tome V, No 6, janvier 1896.

Bulletin du Syndicat agricole de l'arrondissement de Meaux, 9e année, No 5, 15 mai 1896.

Des remerciements sont votés aux donateurs.

Admissions. — MM. Stéphen de Sécillon et Bernard sont admis membres titulaires résidants.

Communications diverses. — M. de Kerlinou rappelle qu'il y a exactement 70 ans — 26 mai 1826 — que la Société polymathique s'est fondée à Vannes et que le 26 mai 1896, aujourd'hui même, a lieu à Moscou le couronnement du Czar. M. de Kerlinou demande qu'à l'occasion de son 70e anniversaire, la Société envoie à l'empereur Nicolas II une adresse de félicitations dont il soumet le texte à l'Assemblée.

La Société accueille favorablement cette proposition et charge son président d'expédier cette adresse à l'envoyé extraordinaire du Gouvernement français.

M. Lallement continue la lecture de son travail : *Le maréchal de camp baron de Warren* : débarquement des Anglais à Belle-Ile et siège de la citadelle.

Le Secrétaire, Léon LALLEMENT.

526e SÉANCE.

30 Juin 1896.

PRÉSIDENCE DE M. LE Mis DE L'ESTOURBEILLON.

ÉTAIENT PRÉSENTS :

MM. de l'Estourbeillon, Le Mené, Lunven, Mauricet, de Kerlinou, de Lagatinerie, de la Gillardaie et Léon Lallement.

PROCÈS-VERBAL LU ET ADOPTÉ.

Dépôts et donations.— M. le Président dépose pour la bibliothèque :

Mémoires de la Société des antiquaires de France, 6e série, tome IVe.

Bulletin de la Société des antiquaires de France, 1894.

Académie celtique, table de (1807 à 1889).

Bulletin monumental, 6e série, tome Xe, Nos 5 et 6, 1895.

Bulletin de la Société des antiquaires de l'Ouest, 2e série, tome VIII, trimestre de 1896, janvier-février-mars.

Proceedings of the Cambridge antiquarian, No 37.

Proceedings of the american philosophical society, vol. XXXIV, décembre 1895, No 149.

Bulletin du Comité des travaux historiques et scientifiques, 1895.

Société de Borda, 21e année, 1896, 1er trimestre.

Revue de Bretagne, de Vendée et d'Anjou, tome XV, 5e livraison, mai 1896, 40e année.

Journal of the anthropological institute, may 1896, vol. XXV, No 4.

Bulletin de la Société historique et archéologique de l'Orne, tome XV, 1er bulletin, 1896.

Revue des travaux scientifiques, tome XV, No 11.

Bulletin de la Société des sciences historiques et naturelles de l'Yonne, année 1895, 49e volume, 14 avril 1896.

Société archéologique de Bordeaux, tomes XX et XXI, 1er et 2e ascicules, 1894.

Revue des Deux-Mondes, 1er et 15 juin 1896.

Bulletin de la Commission historique et archéologique de la Mayenne, 2e série, tome XIIe, 1896.

Bulletin de la Société archéologique de Nantes, tome XXXIIIe, année 1895, 1er et 2e semestres.

Bulletin de la Société d'études des sciences naturelles de Nîmes, 24e année, janvier-mars 1896, No 1.

L'Intermédiaire de l'Afas, tome 1er, No 5, juin 1896.

Bulletin de la Société archéologique du Finistère, tome XXIII, 4e et 5e livraisons de 1896.

Société bretonne de géographie, 14e année, No 66, 1er trimestre 1896.

Revue des provinces de l'Ouest, 12e année, tome XVIII, mai 1896.

Les noces d'or de la Société archéologique de Nantes et de la Loire-Inférieure. — Don de la Société archéologique de Nantes.

Congrès scientifique à l'occasion de l'exposition nationale de 1895.

Don de la Société d'agriculture, sciences et arts d'Angers.

Pour le musée d'histoire naturelle : Une tête d'espadon. — Don de M. le docteur Mauricet.

Pour le musée archéologique : Fragments d'amphore. — Don de Mme Grassier.

Des remerciements sont votés aux donateurs.

Correspondance. — M. le Président communique le télégamme qu'il a reçu de Moscou en réponse à l'adresse envoyée au Czar à l'occasion des fêtes du couronnement, par la Société polymathique célébrant le 70e anniversaire de sa fondation.

Le télégramme est ainsi conçu : « De Moscou. — *Ai transmis à Sa Majesté vœux Société polymathique. Suis chargé vous faire parvenir vifs remerciements.* MONTEBELLO. »

Circulaire du bureau de la Société archéologique du Finistère faisant connaître l'ouverture d'une souscription pour un buste en bronze à élever à la mémoire de son regretté vice-président, M. Luzel, et faisant appel à la générosité des amis et des admirateurs du poète. — La Société polymathique déclare souscrire pour 20 fr.

Circulaire du Ministère de l'Instruction publique, des Beaux-Arts et des Cultes fixant au mardi 20 avril 1897 la séance d'ouverture du 35e congrès des Sociétés savantes. — Des programmes de ce congrès sont mis au secrétariat à la disposition des membres de la Société.

Circulaire du *Bureau de l'Association bretonne* demandant l'adhésion de la Société polymathique à la nomination d'une commission permanente destinée à pourvoir par tous les moyens propices à la conservation de la langue bretonne. La Société charge son président de notifier son adhésion.

Communications diverses. — M. le Dr Mauricet fait connaître que la tête d'espadon qu'il offre au Musée d'histoire naturelle provient d'un sujet capturé en 1867 dans le goulet de Conleau. Il relève le passage suivant du *Dictionnaire universel d'histoire naturelle* de Charles d'Orbigny : « — ESPADON : — c'est le nom presque vulgaire mais surtout scientifique d'un poisson aussi remarquable par sa forme que par sa taille et connu dès la plus haute antiquité sous des dénominations qui rappellent, comme celle-ci, dans toutes les langues le trait le plus frappant de la configuration de cette espèce. En effet, elle est connue sous le nom du *xiphias*, *gladius*, *épée*, *dard*, qui tous se rapportent au prolongement de son museau en une lame comprimée, tranchante des deux côtés, terminée en pointe aiguë, semblable, en un mot, à une lame d'épée ou de sabre. Le corps est allongé, fusiforme, rond de l'arrière et un peu comprimé à la région pectorale. »

M. le Dr Mauricet dépose, après en avoir donné lecture, pour être placé aux archives de la Société, le discours prononcé par M. le Dr Mauricet père, sur la tombe de M. Lallement, ancien maire de Vannes.

M. le Dr Mauricet lit une note sur l'analogie qui existe entre certains signes de nos dolmens et les signes puniques. Il émet le vœu que les pierres tombales — très remarquables par leurs inscriptions — du cimetière de Locmariaquer, soient mises à l'abri des injures du temps.

M. de Kerlinou donne des renseignements sur Mre René-François de Le Gall, nommé lieutenant général en 1703 à la suite de la victoire de Munderkingen, sur les Impériaux.

Grâce à des documents qui lui ont été fournis par M. de Laigue, il apprend que ce lieutenant général n'appartenait pas, comme le pensait M. de Courcy, à la famille Le Gall de *la Porte-Garrel*, mais à celle de la Haye, de Launay et de *la Ville-Garrel.*

Les armes de cette famille qui prétendait se rattacher, comme celle de *Kerlinou*, aux *Le Gall de Cunfiou*, étaient, doit-on croire, selon Guy de Missirien : *de gueules à trois châteaux d'or*, comme CHATEAUGAL qui semble d'après des papiers anciens la tige des trois branches. Malheureusement, les *Le Gall de la Villé-Garrel* ont été déboutés et on n'a pas encore pu retrouver les moyens qu'ils employaient pour obtenir leur maintenue de noblesse.

Le Secrétaire,

LÉON LALLEMENT.

527e SÉANCE.

28 Juillet 1896.

PRÉSIDENCE DE M. LE Mis DE L'ESTOURBEILLON.

ÉTAIENT PRÉSENTS :

MM. de l'Estourbeillon, Le Mené, Lanco, de Sécillon, de Kerlinou, et Léon Lallement.

PROCÈS-VERBAL LU ET ADOPTÉ.

Dépôts et donations.— M. le Président dépose pour la bibliothèque :

Actes de la Société linnéenne de Bordeaux, volume XLVIII, 5e série, tome VIII.

Romania No 98, avril 1896.

Annales de Bretagne, 11e année, tome XI, No 4, juillet 1896.

Bulletin de la Commission archéologique de Narbonne, année 1896, 2e semestre.

Revue des travaux scientifiques, No 12, tome XV et Nos 1 et 2, tome XVI.

Mémoires de la Société d'anthropologie de Paris, tomes 1 et 2, 3e série, 1e et 4e fascicules No 1, 1896.

Bulletin de la Société d'anthropologie de Paris, tomes V, VI et VII, 4e série 1896.

Bulletin de la Société d'agriculture, sciences et arts de la Sarthe, 11e série, tome XVII, XXXVe tome de la collection, années 1895-1896, 3e fascicule.

Bulletin de la Société des sciences naturelles de l'ouest de la France, tome 6, 2e trimestre 1896, 6e année No 2.

Revue de Bretagne, de Vendée et d'Anjou, tome XVI, 1re livraison, juillet 1896, 6e année.

Bulletin of the american geographical society, volume XXVIII, No 2, année 1896.

Bulletin de la Société archéologique du Finistère, tome XXIII, 6e livraison de 1896.

Société bretonne de géographie, 14e année, No 67, 2e trimestre 1896.

List of the members cambridge antiquarian society, may 27, 1896.

Bulletin de la Société « Les Amis des sciences et arts de Rochechouart » tome VI, No 1, mars 1896.

Conseil général du Morbihan, 1re session ordinaire de 1896, 13 avril.

Société archéologique et historique de l'Orléanais, tome XI, N° 156, 3e et 4e trimestres de 1895.

Annales de la Société d'horticulture et d'histoire naturelle de l'Hérault, 36e année, tome XXVIII de la 2e série, N° 1, janvier-février 1896.

Bulletin de la Société archéologique du Finistère, tome XXIII, 3e livraison de 1896.

Bulletin du Syndicat agricole de l'arrondissement de Meaux, 9e année, Nos 6 et 7, 15 juin 1896.

Revue des Deux-Mondes, 1er et 15 juillet 1896.

Journal des savants, mai-juin 1896.

Revue des provinces de l'Ouest, 12e année, tome XXVIII, juin 1896.

Mémoire adressé aux deux sections du ministère de l'Instruction publique et des Beaux-Arts. *Comité des travaux historiques. Commission des monuments historiques.* — Par le Père de la Croix.

Don de l'auteur.

Pour les archives :

Aveu de 1678 concernant une maison sise à Vannes, dans le boulevard sur le marché, près l'éperon Notre-Dame.

Déclaration de 1680 faite à l'occasion de la réformation du domaine du Roy.

Don de M. Lanco.

Des remerciements sont votés aux donateurs.

Communications diverses. — M. de Kerlinou propose d'adresser à la Société impériale des naturalistes de Moscou, correspondante de la Société polymathique, le texte de la dépêche adressée à Moscou à l'occasion du couronnement du Tzar, par la Société polymathique, ainsi que la réponse faite par l'entremise du comte de Montebello, ambassadeur de France. — Adopté.

Il est également décidé, sur la proposition de M. de Kerlinou, que ces deux dépêches figureront au *Bulletin*.

MM. de la Gillardaie et Morio qui avaient été désignés dans une précédente séance pour représenter la Société polymathique au Congrès des sociétés françaises de géographie, étant dans l'impossibilité de se rendre à Lorient, du 2 au 8 août, MM. de l'Estourbeillon, de Closmadeuc et Lallement sont désignés pour représenter la Société.

L'idée d'une séance solennelle qui devait avoir lieu au mois d'octobre, à l'occasion du 70e anniversaire de la fondation de la Société, est définitivement écartée.

M. Le Mené commence la lecture de son étude sur *l'hôpital Saint-Nicolas*.

Le Secrétaire, Léon LALLEMENT.

528e SÉANCE.

26 Aout 1896.

PRÉSIDENCE DE M. LE MENÉ, VICE-PRÉSIDENT.

Étaient présents :

MM. Le Mené, de la Gillardaie, Nicol, Huchet, de Kerlinou, de Sécillon et Léon Lallement.

PROCÈS-VERBAL LU ET ADOPTÉ.

Dépôts et donations. — M. le Président dépose pour la bibliothèque :

Revue historique et archéologique du Maine, tome 39e, année 1896, 1er semestre.

Revue des Deux-Mondes, 1er et 15 août 1896.

Annales de la Société d'archéologie de Bruxelles, tome 10e, livraison II, 1er avril 1896.

Mémoires de la Société nationale d'agriculture, sciences et arts d'Angers, 4e série, tome 9, année 1895.

Mémoires de la Société dunkerquoise, 28e volume, 1895.

Bulletin de la Société des antiquaires de Picardie, 2 volumes, année 1895, No 4, et 1896, No 1.

Société de Borda, 21e année, 1896, 2e trimestre.

Annales de la Société académique de Nantes, volume 6e de la 7e série, 1895, 2e semestre.

Revue de Bretagne, de Vendée et d'Anjou, tome XV, 6e livraison, juin 1896.

Mémoires de l'Académie de Stanislas, 1895, CXLVIe année, 5e série, tome XIIIe

Bulletin de la Société Dunkerquoise, 1896, 1er fascicule.

The journal of the anthropological institute, août 1896, volume XXVI, No 1.

Bulletin monumental, 7e série, tome 1er, 1896.

Bulletin du Syndicat agricole de l'arrondissement de Meaux, 9e année, No 8, 15 octobre 1896.

Deux tumulus de l'époque du bronze dans les communes de Locmaria-Plouzane et de Saint-Yvi (Finistère), par M. P. du Chatellier. Don de l'auteur.

Des remerciements sont votés aux donateurs.

Communications diverses. — Exhibition par M. Le Mené de six haches provenant de la succession de l'abbé Collet. M. Le Mené fait connaître qu'il donnera, à une des prochaines séances, avec une note explicative, la liste complète des objets acquis pour la Société à ladite succession.

Exhibition par M. Le Gall de Kerlinou d'une monnaie en or de 48 livres à l'effigie de Louis XVI.

M. Le Mené continue la lecture de son étude sur « *l'Hôpital Saint-Nicolas* ».

Le Secrétaire, LÉON LALLEMENT.

529e SÉANCE.

29 SEPTEMBRE 1896.

PRÉSIDENCE DE M. LE Mis DE L'ESTOURBEILLON.

ÉTAIENT PRÉSENTS :

MM. de l'Estourbeillon, Le Mené, de Closmadeuc, de la Gillardaie, Aveneau de La Grancière et de Kerlinou.

PROCÈS-VERBAL LU ET ADOPTÉ.

Dépôts et donations. — M. le Président dépose pour la bibliothèque :

Bulletin de la Société belfortaine d'émulation, N° 15, 1896.

Mémoires de la Société d'agriculture, commerce, sciences et arts de la Marne, année 1895.

Romania N° 99, juillet 1896.

Mémoires de la Société académique d'agriculture etc., de l'Aube, tome LIX de la collection, tome XXXII, 3e série, 1895.

Bulletin du Comité des travaux historiques et scientifiques — Congrès des Sociétés savantes de 1896.

Bulletin de la Commission historique et archéologique de la Mayenne, 2e série, tome XIIe, 1896.

Bulletin de la Société dunoise, archéologie, histoire, sciences et arts, N° 108, juillet 1896.

Académie de la Rochelle, annales de 1895, tome IIe.

Bulletin de la Société d'étude des sciences naturelles de Nîmes, 24e année, avril-juin 1896, N° 2.

Revue des travaux scientifiques, tome XVI, Nos 3 et 4.

Bulletin de la Société d'étude des sciences naturelles de Béziers, 18e volume (année 1895).

Revue des Deux-Mondes, 1er et 15 septembre 1896.

Bulletin de la Société « Les amis des sciences et arts de Rochechouart », tome VI, N° 2.

Journal des Savants, juillet et août 1896.

Bulletin du syndicat agricole de l'arrondissement de Meaux, 9e année, N° 9, septembre 1896.

Bulletin de la Société archéologique du Finistère, tome XXIII, procès-verbaux et mémoires, 7e livraison de 1896.

Revue de Bretagne, de Vendée et d'Anjou, tome XVI, 1re livraison, août 1896.

Liste des pièces composant ma collection de cartographie bretonne antérieure à 1790. Exposées au 17e congrès national de géographie. — Léon Vignols. — Don de l'auteur.

Des remerciements sont votés aux donateurs.

Communications diverses. — Des regrets sont exprimés par M. le Président, au sujet de la mort de M. Boucher, concierge de la Société depuis 20 ans environ.

Ces regrets sont partagés par tous les membres de la Société.

M. de Kerlinou apprend à la Société la mort de M. le lieutenant d'infanterie de marine Thiratel, membre correspondant, décédé à Madagascar; cet officier, très regretté, avait donné à nos musées plusieurs objets précieux ou rares, provenant du Tonkin, et avait promis d'en envoyer d'autres provenant du pays malgache.

La Société s'associe à ces regrets.

M. de Closmadeuc rend compte de fouilles, auxquelles il a assisté, à Belle-Ile, faites, au mois d'août dernier, par MM. Peyron et Hardouin, directeur et inspecteur de la colonie pénitentiaire.

Il s'agit d'un tumulus en terre, situé dans un bois de sapins, au bord de la route qui mène de Bruté à Bangor, sur la propriété de M. Trochu.

Le tumulus, qui n'a pas moins de 80 mètres de circonférence à la base, recouvrait deux coffres de pierre.

L'un de ces coffres est formé de 4 dalles brutes, posées sur champ, surmontées d'une table de recouvrement. Lorsqu'on eut soulevé la dalle supérieure, on trouva une cavité rectangulaire, longue de 1m,70, sur 0m,30 de large, remplie d'argile compacte. *Aucun objet ; aucun ossement.*

Le 2e coffre présentait une architecture différente : cavité de forme carrée, limitée latéralement par des assises grossières de schiste, et couverte par un énorme bloc également en schiste. L'intérieur était rempli d'argile. — Au fond, on trouva des débris de fer oxydé, ressemblant à des clous, et 4 monnaies *romaines* à l'effigie de Constantin II (4e siècle).

Aucun autre objet, sauf une *macle*, cristallisation minérale qui ne se rencontre pas à Belle-Ile. *Pas trace de charbon ni d'ossements.*

Il est à remarquer que deux dalles de paroi et la table de recouvrement de la première tombe sont en *granit*; et on sait que le sol de Belle-Ile est exclusivement *schisteux*.

Cachette de fondeur découverte à Kerhon, en Roudouallec (Morbihan). — Par M. Aveneau de la Grancière.

Au commencement de mars dernier (1896), un cultivateur de la commune de Roudouallec, en défrichant profondément une lande dépendant du village de Kerhon, découvrait à un mètre de profondeur à peine, un vase en terre jaunâtre contenant 170 haches en bronze, soigneusement rangées en couches superposées, et un lingot. Les haches, toutes à douille et à anneaux latéraux, comprennent plusieurs variétés figurées soit par des barres transversales sans le bourrelet (c'est le type le plus commun), soit par des ornements consistant dans un *point*, un *cercle simple* ou *double* et des *nervures saillantes* ou lignes *verticales*. Le plus souvent ces trois figures sont associées. — Leur poids varie entre 150 et 340 grammes, et la longueur entre 0m,120 et 0m,130.

Le lingot représente assez la forme d'un gâteau plat et pèse 5 kilogrammes.

Le vase est de forme très régulière, quoique façonné à la main; le bord est symétriquement dentelé.

Les haches de la cachette de Kerhon, de forme semblable et essentiellement armoricaine, sont telles qu'elles sont sorties des moules, excepté une seule, complètement terminée, d'un type tout différent, à tranchant massif, très élargi et finement aiguisé.

Ces nombreux objets similaires enfouis dans le même endroit ne laissent aucun doute : c'est une cachette de fondeur.

Quant à la destination de ces objets, les uns, les plus massifs, semblent avoir été destinés à servir soit d'outils, soit d'armes ; les autres, dont le métal est mince et dont la douille se prolonge jusqu'à l'extrémité tranchante, ainsi que ceux qui sont ornementés presque à cet endroit paraissent avoir été des objets votifs, rituels et, peut-être certains d'entre eux, distinctifs. Des objets semblables, mais en fer, ont été employés à ce dernier usage au Dahomey. — Les figures des différents types des haches ainsi que le dessin du vase ont été mis sous les yeux de la Société.

Le Secrétaire par intérim,

E. DE KERLINOU.

530e SÉANCE.

27 Octobre 1896.

PRÉSIDENCE DE M. LE Mis DE L'ESTOURBEILLON.

ÉTAIENT PRÉSENTS :

MM. de l'Estourbeillon, Le Mené, de Closmadeuc, Estienne, Le Gall de Kerlinou, Le Digabel, Nicol, de Cussé, de Sécillon, Morio, Lunven et Léon Lallement.

PROCÈS-VERBAL LU ET ADOPTÉ.

Dépôts et donations. — M. le Président dépose pour la Bibliothèque :

Histoire de Bretagne, par A. de la Borderie. Tome 1er.

Société des sciences naturelles de la Charente-Inférieure. — Annales de 1896. Flore de France. Tome 3e.

Annales du musée Guimet. — Les castes dans l'Inde, par Émile Senart.

Annales du musée Guimet. — Coffre à trésor attribué aux Shògoun Iyé-Yoshi (1838-1853).

Annales du musée Guimet. — Revue de l'histoire des religions. XVIIe année. Tome XXXIII, N° 1, Janvier-Février et N° 2, Mars-Avril.

Annales de la Société d'horticulture et d'histoire naturelle de l'Hérault. Tome XXVIIIe de la 2e série, N° 2. Mars-Avril 1896.

Répertoire des travaux de la Société de statistique de Marseille. Tome 44, 4e de la 9e série, 1re partie.

Revue de Bretagne, de Vendée et d'Anjou. Tome XVIe. 3e Livraison. Septembre 1896.

Bulletin de la Société historique et archéologique de l'Orne. Tome XV. Deuxième et troisième bulletins.

Société d'émulation des Côtes-du-Nord. Table générale.

Bulletin de la Société impériale des Naturalistes de Moscou. Année 1895, N° 4.

Bulletin du Syndicat agricole de l'arrondissement de Meaux. 9e année, N° 10, 15 octobre 1896.

Société archéologique et historique de l'Orléanais. Tome XI. N° 157.

Bulletin de la Société archéologique du Finistère. Tome XXIII. 8e livraison de 1896.

American philosophical Society. Vol. XXXV. Janvier 1896. N° 150.

Bulletin N° 8 de la Société d'émulation des Côtes-du-Nord.

Revue des Deux-Mondes. 1er et 15 octobre 1896.

Précis des faits relatifs au changement de couleurs à Lorient lors de la révolution de juillet 1830 et à la révolution en 1831 du Cte Redon de Beaupréau, conseiller d'État, préfet maritime de ce port.

Don de M. le commandant Piercy, du 48e d'infanterie.

Bibliographie des traditions populaires de la Bretagne (1882-1894), par M. Paul Sébillot. Don de l'auteur.

Des remerciements sont votés aux donateurs.

Correspondance. — M. le Président donne communication de la lettre suivante qu'il vient de recevoir :

Vannes, le 24 octobre 1896.

« Monsieur le Président.

« Devant quitter le Morbihan en raison de ma nomination à la préfecture de la Nièvre, j'ai l'honneur de vous adresser ma démission de membre titulaire de la Société polymathique du Morbihan.

» Je vous serais obligé de vouloir bien exprimer à vos confrères les regrets que j'éprouve de quitter leur honorable compagnie, aux travaux de laquelle j'aurais été heureux de pouvoir participer plus activement.

» Veuillez agréer, etc.

LÉOPOLD GRAVIER.

Préfet nommé de la Nièvre. »

La Société tient à exprimer à M. Gravier toute sa gratitude pour le bienveillant intérêt qu'il n'a cessé de lui témoigner et les regrets qu'elle éprouve de le voir quitter Vannes, et charge M. le Secrétaire de les lui transmettre.

Communications diverses.

Errata à l'impression des formules du Bulletin du 2e semestre :

Article Jade oriental, page 156, lisez : $2\,\dot{Ca} + 6\,\dot{Mg}, \dot{Mn}., \dot{Fe} + \dddot{Si}.$

id. page 157, lisez : $(2\,Ca + 6\,(\dot{Mg}, \dot{Mn}, Fe + 9\,\dddot{Si}.)$

Article Néphrite dans le Morbihan, page 161, lisez : Σ^b

M. Le Mené continue la lecture de son travail sur « *l'hôpital Saint-Nicolas.* »

Une trouvaille à Brech. — M. Le Mené entretient la Société de la découverte faite en la commune de Brech, le 28 avril 1888, d'un vase en terre enfoui dans le sol. Au milieu d'objets en or, en bronze, en fer, en verre, en ambre, etc. renfermés dans ce vase, *étaient des monnaies armoricaines de la seconde moitié du premier siècle avant Jésus-Christ.* — Au moment de la découverte, M. Collet, vicaire à Plœmel, avait acheté tous ces objets. Au décès de M. Collet, M. Le Mené a pu acquérir à son tour, des héritiers, cette intéressante trouvaille au nom de la Société polymathique.

Rapport sur une découverte faite dans la commune de Lanouée. — M. H. de Cussé rend compte de la visite qu'il a faite dans une chambre souterraine située à un kilomètre au nord-ouest du bourg de Lanouée, signalée par M. Deblond, recteur de cette paroisse. Cette chambre de forme ovale, que rien ne signale au-dessus du sol, creusée de main d'homme dans du schiste en décomposition, a 3 mètres 30 de longueur, 1 mètre 35 de largeur et 1 mètre 50 de hauteur. A chaque extrémité de cette chambre, une ouverture en forme de cheminée, fermée par un bloc de quartz donnait communication avec le sol. Dans l'intérieur de ce souterrain on a trouvé un vase en terre, des fragments d'autres poteries, un percuteur en quartz, un madrépore.

Au nom de la Société, M. de l'Estourbeillon, président, remercie MM. Le Mené et de Cussé de leur intéressante communication, et félicite M. le chanoine Le Mené de l'acquisition qu'il a eu la bonne fortune de pouvoir faire pour le Musée.

Le Secrétaire, LÉON LALLEMENT.

531e SÉANCE.

24 NOVEMBRE 1896.

PRÉSIDENCE DE M. LE MENÉ, VICE-PRÉSIDENT.

ÉTAIENT PRÉSENTS :

MM. Le Mené, de Kerlinou, de Laigue, de Closmadeuc, de la Gillardaie, Estienne, de Secillon et Léon Lallement.

PROCÈS-VERBAL LU ET ADOPTÉ.

Dépôts et donations. — M. le Président dépose pour la Bibliothèque :

Revue des Deux-Mondes, 1er et 15 novembre 1896.

Journal des savants, septembre-octobre 1896.

Bulletin de la Société des sciences naturelles de l'ouest de la France, tome VI, 3e trimestre 1896.

Bibliographie des travaux historiques et archéologiques publiés par les sociétés savantes de la France, par M. Robert de Lasteyrie, avec la collaboration de M. Bougenot, tome III, 1re livraison.

Revue de Bretagne, de Vendée et d'Anjou, tome XVI, 4e livraison, octobre 1896.

Bulletin de la Société d'anthropologie de Paris, tome VII, 4e série, fascicules 2, 3 et 4.

Société de Borda, 21e année, 3e trimestre.

Bulletin of the american geographical Society, Vol. XXVIII, No 3, 1896.

Revue des travaux scientifiques, tome XVI, Nos 5, 6 et 7.

Société d'émulation des Côtes-du-Nord. Bulletin No 5, du mardi 10 novembre 1896.

Annales de la Société d'horticulture et d'histoire naturelle de l'Hérault. 36e année, No 3, mai-juin 1896.

Pour les archives : Le 1er numéro du journal « La peinture sur verre », contenant un article de M. l'abbé Chesnot : « Les verriers du Guerno. »

Trois photographies : Pierre tombale de la chapelle Saint-Marc, en Pleucadeuc ;

Chapelle Saint-Marc — vue de l'abside ;

Calvaire Saint-Marc ou des quatre Évangélistes — vue des deux faces.

Hommage de M. Chesnot, recteur de Pleucadeuc, à la Société polymathique.

Des remerciements sont votés aux donateurs.

Communications diverses. — Les appartements affectés à la bibliothèque devenant insuffisants, la Société, sur la proposition de M. Lallement, décide qu'à partir de Noël, une chambre donnant sur la place des Lices sera sous-louée de Mme Boucher, moyennant 50 fr. par an, pour servir d'annexe à la bibliothèque.

M. de Kerlinou propose l'achat, pour la bibliothèque, de l'ouvrage de M. de la Pinelais « Le Barreau du Parlement de Bretagne. » Le vœu de M. de Kerlinou est pris en considération.— Renvoyé à la commission des achats divers.

M. Le Mené termine la lecture de son étude sur « L'Hôpital Saint-Nicolas. »

M. de Laigue entretient la Société de la mort tragique à Plaudren en 1672, de Jean de l'Escouble, tué d'un coup d'épée par Paul de Trevégat. Les péripéties de la querelle des deux gentilshommes — châtelains de la paroisse de Plaudren — sont arrivées à la connaissance de M. de Laigue, grâce à un manuscrit égaré dans les archives du château de Trégouet, en Béganne.

Le Secrétaire,

LÉON LALLEMENT.

532e SÉANCE.

29 DÉCEMBRE 1896.

PRÉSIDENCE DE M. LE Mis DE L'ESTOURBEILLON.

ÉTAIENT PRÉSENTS :

MM. de l'Estourbeillon, Le Mené, de la Gillardaie, Morio, de Closmadeuc, Le Toux, Meslan, Lamy, de Limur, de Sécillon, de Kerlinou et Léon Lallement.

PROCÈS-VERBAL LU ET ADOPTÉ.

Dépôts et donations. — M. le Président dépose pour la Bibliothèque :

Bulletin de la Société des sciences historiques et naturelles de l'Yonne. Année 1896, 50e volume, 20e de la 3e série.

Bulletin de la Société les « Amis des sciences et arts de Rochechouart », tome VI, No III.

Bulletin de la Société archéologique et historique du Limousin, tome XLV, première livraison (tome XXIII de la 2me série).

Revue de Botanique, tome XIII. Nos 145, 146, 147, 148, 149, 150, 151, 152, 153, 154, 155, 156.

Mémoires de l'académie de Nîmes, année 1895.

La Société, l'école et le laboratoire d'anthropologie de Paris à l'exposition universelle de 1889.

Romania, No 100, octobre 1896.

Comptes-rendus du Congrès des Sociétés savantes de Paris et des départements tenu à la Sorbonne en 1896. Section des sciences.

Bulletin de la Société impériale des naturalistes de Moscou, année 1896, No 1.

The journal of the anthropological institute, vol. XXVI, No 2.

Bulletin de la Société archéologique du Finistère, tome XXIII, 9e livraison de 1896.

Bulletin de la Société d'étude des sciences naturelles de Nîmes, 24e année, No 3, 1896.

Bulletin du Syndicat agricole de l'arrondissement de Meaux, No 11, 9e année.

Mémoires de la Société archéologique de Rambouillet, série in-octavo, tome XI.

Mémoires de la Société des sciences naturelles et archéologiques de la Creuse, 2e série, tome 4e, IXe de la collection.

Société archéologique de Bordeaux, tome XX, 3e et 4e fascicules.

Revue archéologique, 3e série, tome 24, juillet-août et septembre-octobre 1896.

Annales de Bretagne, tome XII, N° 1, novembre 1896.

Bulletin monumental, 7e série, tome 1er.

Bulletin et mémoires de la Société archéologique du département d'Ille-et-Vilaine, tome XXV.

Bulletin de la Société archéologique du Midi de la France, série in-8°, Nos 17 et 18.

Bulletin de la Société dunoise, N° 109.

Bulletin de la Société archéologique du Finistère. — Procès-verbaux et mémoires, 10e livraison de 1896.

L'école d'anthropologie de Paris (1875-1896) par M. Philippe Salmon. — Don de l'auteur.

Etudes d'ethnographie préhistorique (Les plantes cultivées de la période de transition au Mas-d'Azil), par M. Ed. Piette. — Don de l'auteur.

Le N° du vendredi 27 novembre 1896 du « Courrier des Ardennes » contenant un article sur le « Musée Le Brigant » par M. Albert Macé. — Don de l'auteur.

Pour les archives :

Règlement de police de la ville de Vannes, 1839.

Mémoire pour l'exécution de la déclaration du Roy du 14 octobre 1710, concernant la levée du dixième.

Manifeste sur les sujets de rupture entre la France et l'Espagne, 1714.

Arrest du Conseil d'Estat du Roy qui déclare le rétablissement des privilèges des maires, lieutenants de maires, échevins et autres officiers de ville, etc., 24 mai 1718.

Edit du Roy portant suppression des offices de maires, lieutenants de maires et autres officiers de ville, septembre 1714.

Arrest du Conseil d'état du roi, portant révocation des privilèges de l'exemption des droits dans la mouvance du roi, 26 mai 1771.

Publication de la paix entre la France et l'Empire, 13 avril 1714.

Edit du roi portant suppression du siège général de l'Amirauté de Paris, juin 1771.

Ordonnance du Roy portant déclaration de guerre contre l'Espagne, 9 janvier 1719.

Thèse de philosophie soutenue par les philosophes du collège de Poitiers S. J. en juillet 1734.

Thèses de droit pour le baccalauréat et la licence soutenues en 1737, par Charles Philippe Durant de la Pastelière.

Don de M. Ch. Lanco.

Des remerciements sont votés aux donateurs.

M. le Président rappelle en termes émus la mort récente de deux membres, MM. Buguel et Fabre, et se fait l'interprète des regrets de la Société.

Correspondance. — Lettre de M. Léon Séché, président du comité de souscription au monument de Jules Simon à Lorient ; M. Léon Séché demande à la Société de contribuer à l'érection de ce monument.

Circulaire du ministère de l'Instruction publique faisant connaître que le 35e congrès des Sociétés savantes s'ouvrira à la Sorbonne le mardi 20 avril.

Circulaire de la Société artistique de l'Ouest fixant au 16 janvier la date du banquet en l'honneur de M. de La Borderie à l'occasion de la publication du 1er tome de l'Histoire de Bretagne.

M. de Limur, président de la commission météorologique du Morbihan, remet, au nom du Bureau central météorologique, un certain nombre de tableaux à remplir par des observations sur les phénomènes de la végétation et sur les animaux, dans le Morbihan.

Communications diverses. — M. de l'Estourbeillon rend compte d'une excursion qu'il vient de faire, en compagnie de MM. Nicol et Orhand, sur les indications de M. Normand, à la grève de Moustérian en Séné. A 150 mètres environ à gauche de l'endroit où la route de Moustérian aboutit au rivage, la côte, à la suite des dernières tempêtes, érodée par la mer, a mis à découvert des débris de poteries gallo-romaines. Il a été facile à nos collègues de recueillir, en peu de temps, une assez grande quantité de poteries qu'ils mettent sous les yeux de la Société. Les unes sont des fragments d'augets, d'autres, malaxées à la main, affectent la forme de vertèbres. — M le docteur de Closmadeuc rappelle qu'on trouve fréquemment de ces augets sur les bords du golfe du Morbihan, à proximité d'établissements balnéaires gallo-romains.

Fouilles à Belle-Ile. — M. de Closmadeuc rappelle à la Société qu'à une précédente séance il a rendu compte de fouilles faites, en sa présence, sur le territoire de Belle-Ile-en-mer.

Sous un *tumulus* en terre, on a trouvé deux *coffres de pierre.* Dans l'un d'eux étaient : des clous de fer oxydé ; des *médailles* de Constantin II, et une *macle.*

Depuis lors, les fouilles ont été continuées, dans l'épaisseur du même tumulus, en dehors des coffres.

On a recueilli : 1° plusieurs lames *de silex ouvré ;* 2° des *celtæ* en diorite ; 3° des *pendeloques* en schiste ; et 4° trois *vases* en terre cuite, de forme différente, ainsi qu'une grande quantité de fragments de *poteries.*

M. de Closmadeuc met sous les yeux de ses collègues, un croquis au crayon, qui lui a été envoyé de Belle-Ile, représentant le plan du monument et les divers objets, qu'il espère voir un jour sous les vitrines de notre musée, grâce à la générosité des propriétaires.

M. Le Toux propose d'échanger une hache en fibrolite chloriteuse pour des monnaies bretonnes. — Adopté.

Présentation. — M. Alph. Orhand, rédacteur en chef de l'*Arvor*, est présenté comme membre titulaire résidant.

M. Lallement lit son rapport sur *les fouilles d'Hélène en Monterblanc.* — Au milieu de débris de poteries et de briques à rebord on a mis à découvert dans les ruines d'une petite habitation quatre monnaies romaines.

La Société fixe au mardi, 12 janvier, la date de la séance supplémentaire.

Le Secrétaire,

LÉON LALLEMENT.

SÉANCE SUPPLÉMENTAIRE

DU MARDI 12 JANVIER 1897.

PRÉSIDENCE DE M. LE Mis DE L'ESTOURBEILLON.

ÉTAIENT PRÉSENTS :

MM. de l'Estourbeillon, Le Mené, Taslé, de la Gillardaie, de Kerlinou, Bernard, Le Digabel, Huchet, de Gourdon, Nicol, Lamy, Léguillon, Lunven, Guillevic, de Sécillon, de Limur, Le Toux, de Closmadeuc et Léon Lallement.

Il est procédé au renouvellement du Bureau :

Le scrutin est ouvert pour la nomination d'un vice-président.

Pendant la demi-heure qui s'écoule avant le dépouillement, MM. Le Mené, conservateur du Musée archéologique, et Léguillon-Guyot, conservateur du Musée d'histoire naturelle, lisent et déposent leurs rapports sur les faits principaux concernant leur département pendant l'année 1896.

M. de Limur lit une note sur la dépression barométrique observée le 6 décembre 1896 à Vannes, et les renseignements qui lui ont été transmis par le bulletin international en réponse à ses observations adressées le 8 au Bureau central météorologique de France.

Le scrutin est dépouillé :

M. le Dr de Closmadeuc est élu Vice-Président.

Sont ensuite élus :

Trésorier : M. de la Gillardaie.

Secrétaire-adjoint : M. Lunven.

Conservateurs-adjoints du Musée archéologique :
MM. Le Brigant et Le Toux.

Conservateurs-adjoints du Musée d'histoire naturelle :
MM. Huchet et Motel.

Conservateurs-adjoints de la Bibliothèque :
MM. Estienne et Lallement.

On procède ensuite au renouvellement des Commissions permanentes.

Sont élus :	MM.
Membres de la Commission des Finances :	Huchet. Taslé. Lamy.
Membres de la Commission des Publications :	Nicol. de l'Estourbeillon. Huchet.
Membres de la Commission des Fouilles :	de l'Estourbeillon. de Sécillon.
Membres de la Commission des Achats divers :	de Limur. Le Digabel.

Le Secrétaire,

Léon LALLEMENT.

LISTE DES SOCIÉTÉS SAVANTES

AVEC LESQUELLES

LA SOCIÉTÉ POLYMATHIQUE EST EN RELATION

AISNE.	Société historique et archéologique, à Château-Thierry.
ALPES-MARITIMES.	Société des lettres, sciences et arts des Alpes-Maritimes, à Nice.
AUBE.	Société d'agriculture, sciences, arts et belles-lettres, à Troyes.
AUDE.	Commission archéologique de Narbonne.
AVEYRON.	Société des lettres, sciences et arts, à Rodez.
BASSES-PYRÉNÉES.	Société des lettres, sciences et arts, à Pau.
BELFORT.	Société belfortaine d'émulation, à Belfort.
BOUCHES-DU-RHÔNE.	Société de statistique, à Marseille.
CHARENTE.	Société archéologique et historique de la Charente, à Angoulême.
CHARENTE-INFÉRIEURE.	Académie des belles-lettres, sciences et arts de la Rochelle.
CHER.	Société des Antiquaires du centre, à Bourges.
CÔTES-DU-NORD.	Société historique et archéologique des Côtes-du-Nord, à Saint-Brieuc.
—	Société d'émulation, à Saint-Brieuc.
CREUSE.	Société des sciences naturelles et archéologiques, à Guéret.
DEUX-SÈVRES.	Société de statistique, sciences, lettres et arts, à Niort.
—	Bulletin de la bibliothèque scientifique de l'Ouest, à Niort.
DOUBS.	Société d'émulation, à Besançon.
DRÔME.	Comité d'histoire ecclésiastique et d'archéologie religieuse du diocèse de Valence, à Romans.
EURE.	Société normande d'études préhistoriques, aux Andelys.
EURE-ET-LOIR.	Société dunoise, à Châteaudun.
FINISTÈRE.	Société académique de Brest.
—	Société archéologique du Finistère, à Quimper.
GARD.	Académie du Gard, à Nîmes.

GARD.	Société d'études des sciences naturelles de Nîmes, à Nîmes.
GIRONDE.	Société archéologique de Bordeaux.
—	Société linnéenne de Bordeaux.
HAUTE-GARONNE.	Société arch. du midi de la France, à Toulouse.
—	Société d'histoire naturelle, à Toulouse.
—	Société hispano-portugaise de Toulouse.
HAUTE-LOIRE.	Société d'agriculture, sciences et arts, au Puy.
HAUTE-SAÔNE.	Société d'agriculture, sciences et arts du département de la Haute-Saône, à Vesoul.
HAUTE-VIENNE.	Société archéologique et historique du Limousin, à Limoges.
—	Société « Les amis des sciences et arts de Rochechouart. »
HÉRAULT.	Société d'horticulture et d'histoire naturelle de l'Hérault, à Montpellier.
—	Société d'étude des sciences naturelles, à Béziers
ILLE-ET-VILAINE.	Société archéologique, à Rennes.
—	Annales de Bretagne, Faculté des lettres de Rennes.
INDRE-ET-LOIRE.	Société archéologique de Touraine, à Tours.
LANDES.	Société de Borda, à Dax.
LOIRE-INFÉRIEURE.	Société archéologique, à Nantes.
—	Société académique, à Nantes.
—	Société de géographie commerciale, à Nantes.
—	Société de géographie et du musée commercial. à Saint-Nazaire.
—	Société des sciences naturelles de l'ouest de la France. Nantes, secrétariat du muséum d'histoire naturelle.
LOIRET.	Société archéologique de l'Orléanais, à Orléans.
LOIR-ET-CHER.	Société archéologique du Vendômois, à Vendôme.
—	Société des sciences et lettres du Loir-et-Cher, à Blois.
MAINE-ET-LOIRE.	Société d'agriculture, sciences et arts, à Angers.
—	Académie des sciences et belles-lettres d'Angers.
—	Société d'études scientifiques d'Angers.
—	Société linnéenne, à Angers.
MANCHE.	Société nationale des sciences naturelles, à Cherbourg.
—	Société académique du Cotentin, à Coutances.
MARNE.	Société d'agriculture, commerce, sciences et arts, à Châlons-sur-Marne.

MARNE.	Société des sciences et arts de Vitry-le-François.
MAYENNE.	Commission historique et archéologique, à Laval.
MEURTHE.	Société académique de Stanislas, à Nancy.
MOSELLE.	Mémoires de l'Académie de Metz.
MORBIHAN.	Société bretonne de géographie, à Lorient.
NORD.	Société dunkerquoise, à Dunkerque.
—	Société des sciences, de l'agriculture et des arts de Lille, à Lille.
OISE.	Société académique d'archéologie, sciences et arts, à Beauvais.
—	Comité archéologique de Senlis.
ORNE.	Société historique et archéologique de l'Orne, à Alençon.
RHÔNE.	Société littéraire, historique et archéologique de Lyon.
—	Musée Guimet, boulevard du Nord, à Lyon.
SAÔNE-ET-LOIRE.	Société d'histoire et d'archéologie, à Chalon-sur-Saône.
—	Académie de Mâcon.
SARTHE.	Société d'agriculture, sciences et arts, au Mans.
—	Société historique et archéologique du Maine, au Mans.
—	Société philotechnique du Maine, au Mans.
SAVOIE.	Société d'histoire et d'archéologie, à Chambéry.
SEINE.	Société de médecine légale, à Paris.
—	Société d'Économie sociale (Réforme sociale).
—	Société philotechnique, à Paris.
—	Société philomathique de Paris.
—	Société d'anthropologie, à Paris.
—	Société nationale des antiquaires de France, à Paris.
—	Société d'ethnographie du Trocadéro.
—	Société académique indo-chinoise de France.
SEINE-ET-MARNE.	Société d'agriculture, sciences et arts, à Meaux.
—	Société d'archéologie, à Melun.
SEINE-ET-OISE.	Société archéologique de Rambouillet.
SEINE-INFÉRIEURE.	Commission départ[le] des antiquités, à Rouen.
—	Société nationale havraise d'études diverses, au Havre.
SOMME.	Société des Antiquaires de Picardie, à Amiens.
—	Société d'émulation d'Abbeville.
TARN-ET-GARONNE.	Société archéologique de Tarn-et-Garonne, à Montauban.
VAR.	Société académique de Toulon.
—	Société d'études scientifiques et archéologiques de la ville de Draguignan.
VENDÉE.	Société d'émulation de la Vendée, à la Roche-sur-Yon.
VIENNE.	Société des Antiquaires de l'Ouest, à Poitiers.
YONNE.	Société des sciences historiques et naturelles à Auxerre.

***

ALGÉRIE.	Société archéologique de la province de Constantine, à Constantine.
ALSACE.	Société d'histoire naturelle de Colmar.
ANGLETERRE.	The archeological journal, à Londres.
—	Antropological Institute, à Londres.
—	Royal archeological Institute of Great Britain and Ireland, à Londres.
—	The Folk-lore Society, 36, Alma square St John's Wood.
BELGIQUE.	Analecta Bollandiana, rue des Ursulines, 14, Bruxelles.
—	Société d'archéologie de Bruxelles, à Bruxelles.
DANEMARK.	Société royale des Antiquaires du Nord, à Copenhague.
ÉCOSSE.	Société des Antiquaires, à Édimbourg.
ÉTATS-UNIS.	Smithsonian association, à Washington.
—	The American geographical Society of New-York.
—	The American philosophical Society, à Philadelphie.
NORWÈGE.	Université royale de Norwège, à Christiania.
RUSSIE.	Société impériale des naturalistes, à Moscou.
SUÈDE.	Académie royale des belles-lettres, d'histoire et d'antiquités de Suède, à Stockholm.
—	Institution géologique de l'Université royale d'Upsala.

REVUES ET PUBLICATIONS PÉRIODIQUES

AUXQUELLES EST ABONNÉE LA SOCIÉTÉ POLYMATHIQUE.

Revue des Deux-Mondes.
Revue archéologique.
Revue des sociétés savantes.
Revue de Bretagne, de Vendée et d'Anjou.
Revue des provinces de l'Ouest.
Revue des travaux scientifiques.
Revue de l'histoire des religions.
Bibliophiles bretons.
Congrès archéologiques de France (Société francaise d'archéologie).
Association française pour l'avancement des sciences.
Année scientifique et industrielle (Louis Figuier).
Journal des Savants.
Bulletin monumental.
Romania.

Bienfaiteurs de la Société polymathique

MM. THOMAS-DUCORDIC.
JEAN-MARIE GALLES.
AMAND TASLÉ.
LE VANNIER.
JULES LE ROY. — ABEL LE ROY.
LÉON DE CUSSÉ.
Comte DE LA MONNERAYE.

MEMBRES

DE LA SOCIÉTÉ POLYMATIQUE DU MORBIHAN.

BUREAU POUR L'ANNÉE 1897.

MM. LE MENÉ, Président.
DE CLOSMADEUC, Vice-Président.
LÉON LALLEMENT, Secrétaire.
DE LA GILLARDAIE, Trésorier.
LE MENÉ, Conservateur du Musée archéologique.
LÉGUILLON-GUYOT, Conservateur du Musée d'histoire naturelle.
LUNVEN, Conservateur de la Bibliothèque.

ADJOINTS AUX MEMBRES DU BUREAU.

LUNVEN, Secrétaire-adjoint.
LE BRIGANT, LÉTOUX, } Conservateurs-adjoints du Musée archéologique.
MOTEL, HUCHET, } Conservateurs-adjoints du Musée d'histoire naturelle.
ESTIENNE, LALLEMENT, } Conservateurs-adjoints de la Bibliothèque.

MEMBRES A VIE

GUILLEVIC (l'abbé), prof. au grand séminaire, titulaire résidant (1893).

VILLEMAIN, Inspecteur général des finances, rue d'Orléans, 3, Rennes, titulaire non résidant.

MEMBRES TITULAIRES RÉSIDANTS

BALLU, Conservateur des Hypothèques (1892).

BÉCEL (Mgr), Évêque de Vannes (1867).

BERNARD, chef de Section à la gare de Vannes (1896).

BLANCHE (Dr) (1884).

BUGUEL, fils, Notaire (1886).

CARADEC (ALBERT), ancien Député, rue des Chanoines (1869).

CARDINAL, Photographe (1882).

CHABERT, Paris (1883).

CHABOT, Vannes (1897).

CHAUFFIER (l'abbé), prof. à l'École libre S.-François-Xavier (1865).

DE BOISSEGUIN, Receveur d'Enregistrement (1880).

DE CLOSMADEUC (Dr) Membre correspondant de l'Académie de médecine (1858).

DE CUSSÉ (HENRI), château de Kergolher, en Plaudren (1884).

DE GOURDON (Cte) (1895).

DE LAGATINERIE, château du Nédo, Plaudren (1880).

DE LA GILLARDAIE, Directr des Contribut. directes en retr. (1859).

DE L'ESTOURBEILLON (Marquis RÉGIS), Inspecteur de la Société française d'Archéologie (1890).

DE LIMUR (1838).

DE SÉCILLON (1896).

DU BODAN, Député du Morbihan, rue des Saints-Pères, Paris (1877).

DU BOISDANIEL, ancien Receveur des Domaines (1880).

DU PORTAL (Mlle), au Minimur, près Vannes (1886).

ESTIENNE, Archiviste (1884).

HUCHET, Avocat (1875).

JAUSIONS (LOUIS), fils (1890).

JOUAN (Louis), Professeur de Mathématiques (1896).
LAFOSSE, rue S.-Honoré, 265, Paris. Château du Mézo, Plœren (1895).
LALLEMENT (Léon), Avocat (1877).
LAMY, Greffier du Tribunal civil de Vannes (1895).
LANCO (Charles), Avoué (1892).
LE BRIGANT, Pontivy (1875).
LE DIGABEL (l'abbé), Aumônier des Ursulines (1892).
LE GALL DE KERLINOU (1875).
LÉGUILLON-GUYOT, fils (1889).
LE MENÉ (l'abbé), Chanoine (1872).
LE PENVEN (l'abbé), Aumônier du Collège Jules Simon (1892).
LETOUX (Dr) (1883).
LUNVEN, ancien Magistrat (1884).
MARTIN (Dr) (1893).
MARTIN (d'Auray), ancien Député (1884).
MAURICET (Dr) membre correspondt de l'Académie de médecine (1862).
MÉLAN, Pharmacien (1884).
MORIO, Pharmacien en chef de la Marine en retraite (1895).
MOTEL, place du Commerce, 3, Nantes (1890).
NICOL (l'abbé) (1885).
ORHAND (Alphonse), Rédacteur en chef de l'*Arvor* (1896).
Supérieur de l'école libre Saint-François-Xavier.
TASLÉ, ancien Notaire (1862).
WILLOTTE, Ingénieur en chef des Ponts et Chaussées (1895).

MEMBRES TITULAIRES NON RÉSIDANTS

ALLANIOUX (l'abbé), Recteur de Meucon.
AVENEAU DE LA GRANCIÈRE (Vte), château de Moustoir-Lan, en Malguénac, par Pontivy.
BONNEAU, Juge de paix, Auray.
CORNUDET (Dr), à la Roche-Bernard.
DAMOUR, Membre de l'Institut, rue Vignon, 10, Paris.
DE BELLEVUE, à Kangat, Plumelec.
DE BELLEVUE (Xavier), rue de Robien, Rennes.
DE CUSSÉ (Joseph), rue Charles Monselet, 8, Nantes.

DE DANNE, à Talhouët, Pluherlin, par Rochefort-en-Terre.
DE KERGONANO (Vte), château de Kergonano, en Baden.
DE LAIGUE (RENÉ), château de Bahurel, Redon.
DE LA BORDERIE, Membre de l'Institut, place du Marchix, 14, Vitré.
DE LAGRANGE, 10, quai du Bootz, Laval.
DE LA MONNERAYE, ancien Sénateur du Morbihan, Le Cléyo en Caro, par Malestroit.
DE NADAILLAC (Mis), rue Duphot, 18, Paris. Château de Rougemont, par Cloyes (Eure-et-Loire).
DE SOUSSAYE, château de Kavion, près Erdeven, par Étel.
DU BOUÉTIEZ DE KERORGUEN, Avocat, Lorient, 12, rue de la Cale-Ory.
DU CHATELLIER, château de Kernuz, Pont-l'Abbé-Lambour (Finistère).
EUZENOT (l'abbé), Curé de Cléguérec.
ÉZANNO (ERNEST) Carnac.
FONTÈS, ancien Directeur de l'Enregistrement et des Domaines, rue Charles-Lafitte, 14, à Neuilly (Seine).
FOREST, Conseiller général, Parc de Bodélio, Malansac.
FORESTIER, Inspecteur général des Ponts et Chaussées, rue de Lille, 5, Paris.
GAILLARD, Plouharnel-Carnac.
GOUZERH, Instituteur à Quibéron.
GUILLOTIN DE CORSON (l'abbé), Chanoine, rue Saint-Melaine, 6, Rennes. Chât. de la Noé, par Bain-de-Bretagne (Ille-et-Vilaine).
GUIEYSSE (PAUL), Député du Morbihan, rue des Écoles, 42, Paris.
HALNA DU FRETAY (baron), château du Vieux-Châtel, par Châteaulin.
HÉMERY, Inspecteur de l'Enregistrement et des Domaines à La Roche-sur-Yon, rue Chanzy, 30.
JACOB, Instituteur à Erdeven, par Étel.
JARDIN (Dr), Auray.
LANJUINAIS (Comte), Député, rue Cambon, 31, Paris. Château de Kerguehennec, Bignan.
LE BAYON (l'abbé), Recteur de Plœmel.
LE FRANC (Dr), Carnac.
LE MAITRE, Chef de bataillon en retraite, Nantes, quai Duguay-Trouin, 16.
LE PONTOIS, Capitaine de Frégate, Lorient.
LE ROHELLEC (l'abbé), Recteur de Landévant.
LEYGUES, Procureur de la République à Pontivy.
MACÉ, Rédacteur en chef du *Courrier des Ardennes*, Charleville.

MAHÉ, Locmariaquer.

MARTIN LAUZER, château de Kerdroguen, près Auray.

MAUJOUAN DU GASSET, à la Ville-en-Bois, Kerentrech-Lorient.

MONTRELAY, Notaire, Lorient.

MOREL, Lieutenant au 116e de Ligne, détaché aux affaires indigènes à Tébessa (province de Constantine).

OHEIX (ROBERT), à Trévé, par Loudéac.

PASSILLÉ, Médecin à Sarzeau.

PIERCY, Chef de bataillon au 48e d'Infanterie, Guingamp (C.-du-N.).

PIRONNEAU, Avocat-général, Limoges (Haute-Vienne).

POCARD-KERVILER, Ingénieur en chef des Ponts et chaussées, Saint-Nazaire (Loire-Inférieure).

REVELIÈRE, Receveur de l'Enregistrement en retraite, 73, rue de Paris, Nantes.

SALMON (PHILIPPE), Vice-Président de la commission des monuments mégalithiques, rue Le Pelletier, 29, Paris.

SIGAY DE LA GOUPILLIÈRE, Notaire à Carnac.

MEMBRES HONORAIRES ET CORRESPONDANTS

AIMÉ DE SOLAND, Président de la Société linnéenne d'Angers.

BEEDHAN, membre de plusieurs sociétés savantes, Kimbolton (Angleterre).

COLLIGNON (Dr), Président de la Société nationale des sciences naturelles et mathématiques de Cherbourg.

DELVAUX, attaché à l'École des mines, Paris.

EVANS (JOHN)

FLEURY (ÉDOUARD), Archéologue, Paris.

GODRON (Dr), Doyen honoraire de la Faculté des sciences, Nancy.

GRÉGOIRE, Inspecteur général des Ponts et chaussées, Paris.

HAMARD (l'abbé), Prêtre de l'Oratoire, Rennes.

JUGLARD (Dr) membre de l'Institut, Président de la Société de statistique, Paris.

DE KERANFLEC'H, propriétaire à Mûr (Côtes-du-Nord).

LAVIGNE (RENÉ), Aide-Commissaire de marine, Brest.

LAVISE, Commissaire de marine, Brest.

LEE (GEORGE-EDMOND), Rect. de la ville de S.-Pierre-Port, Guernesey.

LE ROUZIC, Conservateur du Musée de Carnac.

LUKIS, R., membre de plusieurs sociétés savantes.
MONTEIL, Juge de paix à Mauriac.
MOREAU, Archéologue (Aisne).
PACQUETEAU (ARTHUR), à Ténès (Algérie).
PAVOT (ALBERT), Intendant militaire, Rennes.
RIVET-CARNAC, esquire, Bengal civil service, à Ghazipur (Inde Anglaise).
RIGOUT (Dr), rue Gay-Lussac, 9, Paris.
RIVIÈRE, rue du Bac, 90, Paris.
STÉPHAN (l'abbé), à Groix.
VERRIER, Prêtre, diocèse de Blois.

MM. les Membres de la Société qui auraient à indiquer des rectifications pour leurs noms, qualités ou domiciles, sont instamment priés d'adresser leurs réclamations à M. le Secrétaire de la Société, rue des Vierges, 4, Vannes.

COMMISSIONS POUR L'ANNÉE 1897.

	MM.
Membres de la Commission des fouilles :	Le Président. Le Vice-Président. Le Secrétaire. Les 3 Conservateurs. de Closmadeuc. de l'Estourbeillon. de Sécillon.
Membres de la Commission des publications :	Le Bureau. Nicol. de l'Estourbeillon. Huchet.
Membres de la Commission d'achats divers :	Le Président. Le Secrétaire. Les 3 Conservateurs. de Limur. Le Digabel.
Membres de la Commission des finances :	Lamy. Huchet. Taslé.

TABLE DES MATIÈRES.

PREMIER SEMESTRE.

DEUXIÈME SEMESTRE.

CPSIA information can be obtained
at www.ICGtesting.com
Printed in the USA
LVHW030115210323
742063LV00002B/402

9 783382 701789